FOLIO SCIENCE-FICTION

Sébastien Coville

L'EMPIRE S'EFFONDRE

Gallimard

Sébastien Coville travaille comme consultant et scénariste dans l'audiovisuel. Il vit à Paris. *L'Empire s'effondre* est son premier roman.

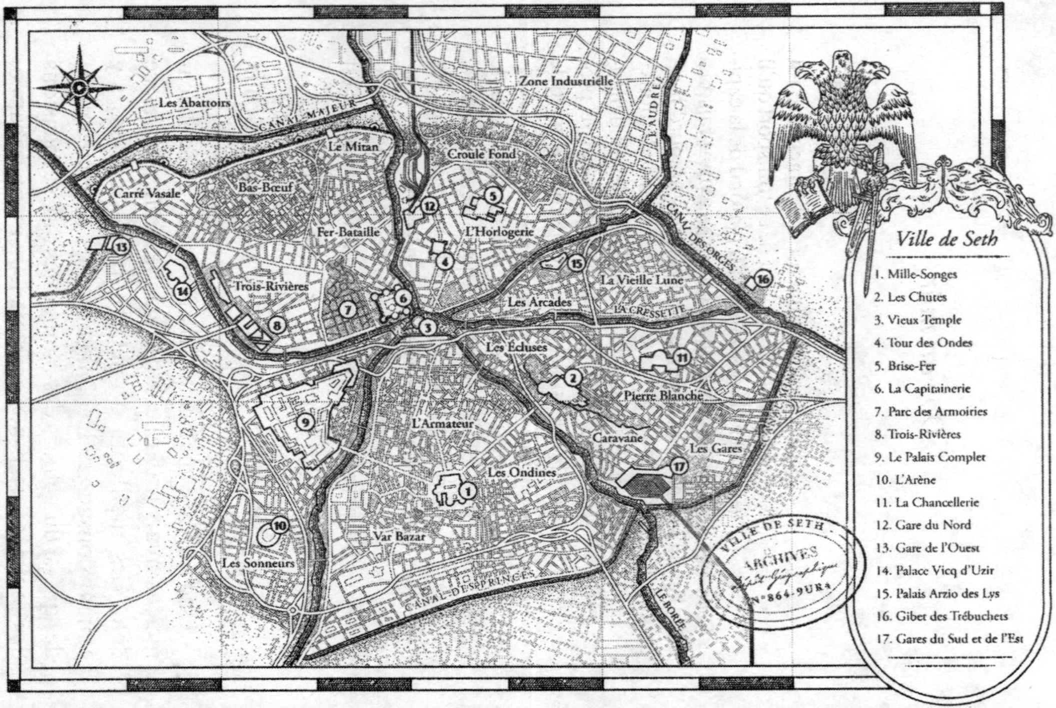
Ville de Seth
1. Mille-Songes
2. Les Chutes
3. Vieux Temple
4. Tour des Ondes
5. Brise-Fer
6. La Capitainerie
7. Parc des Armoiries
8. Trois-Rivières
9. Le Palais Complet
10. L'Arène
11. La Chancellerie
12. Gare du Nord
13. Gare de l'Ouest
14. Palace Vicq d'Uzir
15. Palais Arzio des Lys
16. Gibet des Trébuchets
17. Gares du Sud et de l'Est
Les Abattoirs
Zone Industrielle
Canal Majeur
L'Audrel
Le Mitan
Croule Fond
Bas-Bœuf
Carré Vasale
Fer-Bataille
L'Horlogerie
Canal des Orges
La Vieille Lune
Trois-Rivières
Les Arcades
La Cressette
Les Écluses
Pierre Blanche
L'Armateur
Caravane
Les Gares
Les Ondines
Var Bazar
Les Sonneurs
Canal des Princes
Le Borée
Ville de Seth
Archives
N°864-9UR4

1

Dos au mur

> […] ce chantier immense et tentaculaire fut longtemps décrié. On a dit de ce transport qu'il serait la toile d'araignée au plafond de la capitale. L'avenir prouva que nous avions raison.
>
> Qui en conteste les charmes aujourd'hui ? Qui doute de la solidité de nos installations ? Le réseau tissé sur nos collines devait défigurer Seth, ce fut tout le contraire qui se produisit. Qu'on les utilise ou qu'on les regarde d'en bas, toute la ville est unanime. La capitale entière loue ces lignes tendues dans le vide et l'illusion majestueuse de ces wagons, comme des oiseaux métalliques au-dessus des eaux tumultueuses de nos trois fleuves.
>
> On l'acclame, on vient le voir. Le tramvapeur n'est pas seulement une innovation, c'est un progrès.
>
> *La Revue des Arcades*,
> GUSTAVE NOUGUIER, 99X

Une armée d'ingénieurs, d'architectes et de mécaniciens avait travaillé sans relâche pour réaliser ce défi. Les meilleurs d'une génération entière s'y étaient consacrés. Des maçonneries à l'écartement des quais, du velours des banquettes aux suspensions des motrices, rien ne semblait leur avoir échappé, tout était parfaitement conçu. Les ingénieurs avaient même anticipé la présence des rats qui perturberaient le passage des wagons en se faufilant sur les monorails, et de leur prédateur naturel qui ne manquerait pas de les suivre.

Car c'était bien un chat qu'on voyait s'échiner le long d'un rail, comme un équilibriste perdu dans les airs, à plus de deux cents mètres de hauteur. Un gros matou au pelage gris luisant sous la bruine, la patte sûre et la moustache fournie, qui courait le long de l'acier lissé par l'usure. Il traçait son chemin sous le regard des deux lunes qui se dévoilaient entre d'épais nuages de pluie balayés par le vent. Leur clarté se réverbérait dans les gouttes d'eau qui perlaient sur sa fourrure. On aurait pu croire l'image inédite et rare, il n'en était rien. Chaque soir, des dizaines de chats tentaient leur chance au-dessus des toits de Seth, en empruntant les rails du tramvapeur comme des passagers clandestins.

Si sa silhouette singulière ne s'était pas découpée dans l'immensité des lunes et leur éclat rosé, personne ne se serait aperçu de sa présence. Et d'ailleurs, personne ne le regardait. En revanche, une corneille, qui venait d'atterrir, observait sa course effrénée sur ce rail bordant l'horizon. L'oiseau s'était rencogné dans l'ombre d'une cheminée. Son regard en biais, qu'on aurait juré narquois, passait du chat à son propre plumage avec la régularité d'un métronome. Le volatile arrêta sa toilette pour suivre l'animal qui sortait de son champ de vision. Il bondit du toit en cherchant un nouveau perchoir qu'il dut partager avec un corbeau qui s'y trouvait déjà.

Le félin continua sa course. Un pas de côté, et il tombait vers une mort certaine, le cou rompu sur l'ardoise d'un toit ou les pavés d'une rue. Il se serra autant qu'il le put contre le métal. L'animal connaissait les dangers et redoubla d'ardeur en allongeant sa foulée. Ce n'était plus qu'une onde. Toute sa concentration était tournée vers la station à une centaine de mètres de là. C'est alors que le rail se mit à vibrer.

La corneille et le corbeau ne rataient rien du spectacle. Captivés, les deux oiseaux s'agitèrent d'un même mouvement quand le chat manqua de finir le cou brisé. Il se rattrapa juste à temps et reprit son allure sans s'attarder. Les vibrations sous ses pattes et le long de sa colonne vertébrale annonçaient la venue d'un tramvapeur ; il n'avait plus que quelques secondes. À l'horizon, les lumières blanches de la station perçaient l'obscurité brumeuse. Les deux piliers encadrant le monorail étaient à sa portée. Presque.

Quelques secondes plus tard, le bruit caractéristique d'un moteur vapeur enfla derrière lui. L'acier vibra de plus en plus et la silhouette du pilote se dessina nettement dans la cabine. Les rayons des phares commencèrent à lécher la croupe de l'animal. Le train suspendu gagna encore du terrain, grignotant l'écart peu à peu. Le but était si proche.

Le chat fournit un ultime effort, les chaudières sifflaient à ses talons. La hauteur l'empêchait de sauter dans le vide. Il n'avait jamais couru aussi vite, il y était presque, il allait bientôt pouvoir sauter sur le côté. Juste un espoir avant que le train ne l'engouffre.

Ce n'était pas qu'il n'avait pas essayé assez fort, mais seulement que la machine vapeur se déplaçait plus vite que lui. Il est des lois qui toujours se vérifient. Les roues l'emportèrent dans leur ronde infernale et le broyèrent sans broncher en une giclée étouffée. Le tramvapeur suspendu à son rail aérien continua sur sa lancée en digérant la carcasse, puis le conducteur poussa la manette des freins pour préparer son entrée en gare.

Le corbeau se trémoussa sur ses pattes comme si le spectacle ne lui plaisait pas. L'absence de cadavre à picorer devait en être la raison. Pour les oiseaux dans son genre, la chute était toujours préférable. La corneille, quant à elle, sembla jeter un dernier regard de regret et s'envola d'un ample mouvement d'ailes.

Le problème des chats avait nécessité quelques modifications au projet préparatoire du tramvapeur. On s'était vite aperçu qu'aucune barrière ne réussirait à les retenir. Heureusement, un félin, pas plus qu'un rongeur, n'était de taille face aux six roues motrices des locomotives initialement conçues. Soucieux de l'image de leur innovation, les responsables avaient redessiné les sabots pour éviter que les cadavres des pauvres animaux ne tombent du ciel, ou que leur sang ne coule sur les wagons.

Malgré tous ces efforts, une goutte de sang s'écrasa sur l'épaule d'un homme qui sortait du dernier wagon, telle une unique perle écarlate brodée sur son manteau d'été. Il ne la sentit pas. Il tenait contre lui un grand paquet rectangulaire et suivait la dizaine de passagers qui longeait le quai pour entrer dans le hall de la gare. Tous inconscients qu'un animal venait de mourir au-dessus de leur tête sous les roues voraces de leur moyen de locomotion favori.

Hormis ces nouveaux venus, les quais, à l'abri de la pluie sous les auvents, étaient déserts. Il n'était pas difficile de se repérer dans les stations de la capitale. Elles avaient toutes été construites sur les hauteurs de la ville, à ciel ouvert, selon un même plan très simple. Et la plupart au même moment, dans une esthétique nouvelle, végétale, d'acier et de verre qui avait marqué l'époque par l'audace de son style autant que par la modernité de ses matériaux.

Ce passager, avec son paquet dans les bras, ne les voyait même plus. De toute façon, il n'avait pas la tête à penser à ce genre de considérations dérisoires. Il regarda droit devant lui, les traits de son visage fermé accentués par la lumière blanche et crue des globes de gaz incandescent. Ces boules de verre, qui éclairaient les quais, perdues dans les derniers lambeaux de brume, semblaient flotter dans les airs. Cela ne l'intéressait pas, il avait l'esprit ailleurs.

Une jolie passagère dans une robe à corset lui tint la porte et il pénétra enfin dans le hall de la station. Il porta la main à son chapeau melon pour la remercier, mais s'arrêta, troublé, en découvrant que tous les passagers étaient fouillés par un cordon de policiers qui filtraient les sorties. Le voyageur poussa un soupir avant de se présenter aux forces de l'ordre.

— Papiers et permis, s'il vous plaît.

Il sortit ses papiers de la poche de son manteau et les tendit sans oser regarder le policier dans les yeux. L'uniforme bleu nuit à la coupe austère et ce chapeau au bord gauche relevé, si bizarrement dissymétrique, l'inquiétaient plus encore que la fonction de l'homme. Ce genre de détails comptait pour lui. Il n'avait rien à se reprocher mais la présence quotidienne de ces agents le mettait mal à l'aise, il ne s'y habituait pas. Ce soir particulièrement, il se serait bien passé de leur présence. L'agent prit les documents et plongea son nez dedans.

— Puis-je savoir où vous vous rendez, monsieur… Pointblanc ?

— Au deuxième niveau, monsieur l'agent.

— Qu'allez-vous faire au deuxième niveau ? lui répondit le policier, intrigué, en ouvrant son permis de profession.

— J'effectue une livraison.

— Votre permis dit que vous êtes tailleur, pas livreur. Que transportez-vous ? s'inquiéta alors l'agent en jetant un œil sur le paquet.

— Des vêtements, répondit calmement Victor.

— S'il vous plaît…

Le policier s'empara du paquet sans ménagement. Il regarda l'adresse de livraison qu'on pouvait lire dessus et, relevant la tête, dévisagea Victor Pointblanc d'un air suspicieux.

— Je peux vous expliquer…

— Sergent !

— Ce sont des vêtements, le costume de monsieur le comte…

— On va se mettre sur le côté, monsieur… Pointblanc.

Victor soupira alors qu'on lui montrait un coin plus discret du hall. C'était vraiment inutile. Ils allaient le mettre encore plus en retard ! La gare était vide, les autres passagers n'avaient pas rencontré de problème. Les chanceux, pensa Victor, ils avaient dû prendre tous les taxis qui attendaient à l'extérieur. Tout ça pour des vêtements ! De simples vêtements.

Le sergent ne tarda pas à les rejoindre. Victor comprit à son pas lourd que la journée avait été longue. Il jeta d'abord un coup d'œil au paquet que lui tendait son subalterne. Comme l'agent, il tiqua à la vue de l'adresse.

— Quels sont vos liens avec monsieur de Pergoal ?

— Je suis son tailleur. À mon compte, ne put-il s'empêcher d'ajouter.

— Ouvrez le paquet.

Victor faillit protester mais se résolut à obéir. Il tenta de froisser le moins possible un beau costume de velours vert avec son gilet et ses accessoires. Le sergent, qui manquait de patience, n'eut pas tant de scrupules. Les paluches du sous-officier eurent beau fouiller et triturer les vêtements dans tous les sens, il ne trouva rien d'anormal.

Le sergent hésita sur la marche à suivre. Le tailleur n'avait rien à se reprocher mais, en ce moment, le seul nom de son client aurait pu lui coûter une visite au poste. Son envie de tranquillité fut la plus forte et il relâcha le pauvre artisan.

— Joyeuses fêtes, monsieur.

Se maudissant de ne pas avoir terminé son travail la veille, Victor ne se le fit pas répéter. Tout en remerciant les policiers, il rangea le costume puis saisit ses papiers que l'agent lui tendait d'un air déçu. Ses affaires dans les bras, il quitta la gare tandis qu'une nouvelle vague de passagers déboulait des quais. Il accéda enfin à l'air libre. La brume se dissipait. La pluie fine avait cessé, ne laissant derrière elle que des flaques d'eau sur le bitume où des taxivapeurs attendaient les clients. Victor regarda sa montre et poussa un léger juron en se précipitant vers le premier d'entre eux, avec la vitre baissée.

— Je vais au deuxième niveau, 102 rue de…

— Deuxième niveau ! Ah non, m'sieur, j'suis bien désolé mais j'irai pas !

— Pardon ? Mais enfin…

— Sauf vot' respect, m'sieur, pas un chauffeur ira là-bas un soir de Carnaval !

— Enfin ! Par Pélénian, c'est…

— Prenez les escaliers, j'suis désolé ! Et j'serais vous, j'ferais demi-tour !

Le chauffeur avait prononcé sa dernière phrase en détaillant Victor de bas en haut, certain que son manteau et son costume de belle facture lui vaudraient des ennuis. L'option était dangereuse et le conseil sincère, Victor n'en doutait pas un instant. Qui se serait risqué, habillé comme il l'était, à parcourir le deuxième niveau de l'Horlogerie ? C'était un appel au crime ! Plus aucun habitant des niveaux supérieurs ne mettait les pieds là-bas. S'ils y étaient contraints, un taxi les déposait au pied de leur destination, limitant le contact avec l'extérieur au strict minimum. C'était devenu coutumier, et d'ordinaire le tailleur n'était pas du genre à déroger à la règle.

Mais le sens professionnel de Victor et la particulière méticulosité qui le caractérisait l'empêchaient d'abandonner une promesse faite à un tel client en un moment pareil. La qualité de son service n'était pas négociable. Pointblanc avait promis un costume impeccable, peut-être la seule chose sur laquelle le comte de Pergoal pouvait compter en ces temps troublés… Il devait donc tenir son engagement. S'il faut des années pour faire une réputation, quelques secondes suffisent à la détruire, et son travail était tout pour lui.

Perdu dans ses réflexions, Victor n'avait pas vu la file s'allonger et les clients s'impatienter dans son dos. Le chauffeur insista du regard pour qu'il s'écarte. Le tailleur fit un pas de côté et laissa un couple monter dans le taxi. Il tenta encore sa chance auprès de quelques autos mais reçut la même réponse, parfois avec moins de sympathie.

Pointblanc se résolut donc à emprunter les escaliers métalliques, enroulés comme des serpents d'acier vert autour des grands piliers de maçonnerie qui soutenaient non seulement les stations mais aussi les différents étages de la ville. Il ne savait pas de quand dataient ces niveaux qui divisaient horizontalement chaque quartier de la capitale, ni comment il allait rejoindre l'atelier du comte de Pergoal. Peut-être qu'une bonne âme le guiderait sur son chemin ? Victor pria Mérézin de le protéger en abordant avec tout son courage les escaliers qui descendaient le long du pilier central de la station. L'obscurité qui se dérobait sous ses pieds ne lui offrit aucun réconfort.

Avant d'entamer le périlleux voyage, le tailleur profita du panorama qui se dévoilait depuis la rambarde de la plateforme métallique. Le plus haut niveau de l'Horlogerie, le plus beau aussi, s'étendait sous ses yeux avec ses lumières rassurantes. L'architecture novatrice des bâtiments en verre, en fer forgé et en acier exprimait toute la fierté de la caste qui occupait ce quartier. Les rues supérieures étaient éclairées de nombreux lampadaires aux motifs stylisés d'engrenages, de roues et de poulies. Depuis quelques années, les façades des immeubles cossus de l'Horlogerie s'ornaient de vérandas et de grandes baies vitrées, cerclées de fer forgé artistiquement tordu. Victor s'étonna de voir à quel point les quartiers de la capitale pouvaient différer les uns des autres. Au loin, il ne discernait qu'un ensemble de points multicolores et brillants qui laissaient deviner le tracé des rues et les courbes des neuf collines de la capitale. Chacune possédait un palais à son sommet.

Le quartier de l'Horlogerie ne faisait pas exception, dominé par le palais Brise-Fer que Victor apercevait derrière la station. Il contempla le siège de la caste des Techniciens, assis sur de solides et austères fondations de pierre, couronné de toits de verre rougeoyants du feu des fourneaux qui coulaient l'acier jour et nuit. Rien n'était une ode à la puissance mécanique comme le palais atelier des Ariologues. On n'y cessait jamais de travailler, y compris en ce premier soir des festivités. Ses cheminées crachaient de grands panaches de fumée noire et des gerbes de métal en fusion s'élevaient vers le ciel comme une offrande perpétuelle.

Victor abandonna son observation et descendit lentement les marches, envieux du spectacle qui continuait de s'offrir à ses yeux. L'heure était avancée et la plupart des habitants de la capitale s'occupaient des préparatifs de la fête, certains en savouraient déjà les premières heures. Ils s'amusaient aux terrasses des cafés qui rivalisaient de lampions et lanternes aux couleurs du Carnaval. D'autres se pressaient de rentrer chez eux pour se préparer avant de les rejoindre. Le tailleur chercha du regard les habituels cortèges de pénitents qu'on croisait dans les autres quartiers mais il n'en vit aucun. En réalité, il ne savait pas grand-chose de la vie de cette caste qui était connue pour considérer les rites religieux du Carnaval de la même manière que les verres au comptoir : vite fait, bien fait.

Le tailleur continua jusqu'au troisième niveau où régnait une ambiance plus folle encore. Ses rues en quinconce avec celles du niveau supérieur grouillaient d'une vie intense qui s'égaillait dans des artères étroites et souples, bourdonnantes d'agitation. Le tailleur s'y sentit un peu moins seul.

Sous d'innombrables arches et passerelles, les cabarets, les bars et les restaurants populaires avaient tous sorti le grand jeu avec concerts et fanfares. Alors qu'on s'activait en cuisine, la vapeur s'envolait, plus forte que jamais, le long de conduits rouillés et de cheminées vertigineuses qui couraient jusqu'au niveau supérieur. La foule compacte chantait déjà les refrains connus du Carnaval dont les airs entraînants parvenaient jusqu'à lui. Victor se prit à fredonner ceux qui ne lui étaient pas étrangers. La fête avait commencé mais elle n'était qu'une étincelle comparée au brasier que seraient les trois prochains jours de festivités dans toute la capitale.

Malheureusement, cette ambiance chaleureuse s'évanouissait peu à peu tandis que Victor progressait toujours plus bas. À chaque marche, la musique s'étiolait, la clameur s'assourdissait et Pointblanc sentait grandir en lui l'appréhension. La lumière des rues était engloutie dans le gouffre obscur des escaliers, ou plutôt dans la bouche d'un invisible monstre. Pointblanc faillit reculer, mais il se reprit et serra plus fort encore le paquet dans ses bras. Il *devait* livrer ce costume. Il n'était peut-être qu'un tailleur et non un membre de la caste guerrière, mais il saurait faire preuve de courage. La certitude que les ateliers n'étaient pas loin du pilier le conforta dans sa décision.

Perdu dans ses pensées, il ne vit pas un couple remonter vers lui d'un air apeuré. Leurs habits, sans être en mauvais état, n'étaient pas de la même facture que les siens. Le petit insigne de sa caste qu'il arborait au revers de son manteau, avec ses deux visages stylisés, le différenciait du leur, avec deux roues croisées. Victor sentit leurs regards insistants et porta la main à son chapeau en les laissant passer. La femme hésita à lui parler, mais son mari, d'un geste, lui intima de continuer sa route. Le cœur de Victor battait à tout rompre. Quelle idée monsieur de Pergoal avait-il eue de s'installer dans les bas-fonds de l'Horlogerie ? Plus on descendait dans les entrailles de la ville, et moins les castes avaient l'habitude de se rencontrer. Était-ce la vision d'un étranger dans leur quartier qui les mettait si mal à l'aise ?

Sur les murs du pilier, les réclames disparaissaient peu à peu, remplacées par des affiches officielles. La plupart rappelaient à l'ordre les habitants en avançant les mérites de l'Inquisition et de la police. Certaines prévenaient de sanctions en cas de débordements lors des fêtes, d'autres appuyaient sur le danger que représentait le travail illégal des damnés. Les artistes officiels rivalisaient de talent pour glorifier les forces armées et mettre en garde à travers des symboles clairs les nombreux citadins illettrés. Les avertissements donnaient aux parias des allures de vermine répandant la peste, comme dans les contes pour enfants.

Dans ces profondeurs, les messages impériaux n'étaient pas du goût de tout le monde. Toutes les affiches étaient vandalisées, arrachées, on avait peint par-dessus et des slogans contre l'Empire y revenaient de plus en plus fréquemment. Le tailleur s'approcha pour les déchiffrer dans la pénombre sans cesser de poursuivre sa descente.

Une seule affiche restait invariablement intacte. La peinture des graffitis s'étalait tout autour comme pour mieux la mettre en avant. C'était un texte, un simple texte avec un sceau en bas qui lui donnait un aspect officiel. Victor s'approcha encore pour en découvrir le contenu : la récente déclaration retranscrite du prince Phébus, que des colleurs sauvages avaient arrachée des journaux pour l'exposer sur les murs des niveaux populaires.

Victor se recula instinctivement de peur qu'on le voie en train de méditer devant. Quand bien même personne n'était là pour le surprendre, il descendit les marches plus rapidement. Il ne fut plus seul bien longtemps. Sur l'entresol métallique, quatre voyous tuaient le temps en crachant des noyaux de grioches, ces petites prunes acides et coriaces qui servaient de gomme à mâcher aux pauvres. Ils visaient les toits de tôle qu'on apercevait en contrebas dans la faible lueur des becs de gaz. Hormis autour des piliers, le jour ne donnait quasiment plus, tout était couvert.

Le tailleur n'eut aucun doute sur la nature des jeunes hommes ; il n'y avait qu'à voir leurs vestons élimés, leurs pantalons trop courts et leurs chaussures usées, trouées et reprisées pour savoir à qui on avait affaire. Il voulut les ignorer en passant devant eux silencieusement, comme avait dû le faire le couple qu'il avait croisé, mais le plus petit des quatre se posta devant lui.

Bien rodés à ce type d'exercice, les quatre garçons bloquèrent la route de Victor. Deux devant et deux derrière, il n'avait pas d'échappatoire. Leurs regards mauvais et leurs sifflements admiratifs à la vue de son costume n'annonçaient rien de bon. Ce genre de gavroches était mortel. Victor se maudit à nouveau : il n'aurait jamais dû promettre la livraison du costume alors qu'il n'avait plus de livreurs. Il n'aurait jamais dû se lancer dans cette confection de dernière minute. Il aurait dû écouter sa femme qui l'avait mis en garde, méditer les phrases du chauffeur de taxi et rebrousser chemin, quitte à perdre son meilleur client. Au lieu de cela, il allait être tabassé et volé, tué sans doute, puis jeté par-dessus la balustrade où son corps désarticulé pourrirait, sans que personne vienne jamais l'y chercher.

Victor retint un gémissement quand le meneur de la bande s'approcha pour caresser le velours de son gilet. Le gamin – il ne devait pas avoir plus de seize ans – jeta un œil sur son insigne de caste et les fils de soie jaune au col indiquant son rang d'homme libre. Contrairement à Victor, il était maigre, les orbites creuses, la peau sale, mais son regard brillait d'une intense lueur sauvage. Il écrasa la goutte de sang coagulé sur l'épaule du tailleur et regarda son doigt rougi d'un air intrigué.

— Alors… perdu chez les gueux ?

— Excusez-moi, je ne…

— Que fait Sa Seigneurie dans un coupe-gorge ? lui lança, narquois, le chef de la bande sous les rires gras de ses camarades.

— Je ne suis pas une seigneurie.

— Tatata, tu te tais, lui ordonna l'une des deux brutes du groupe.

Sans annonce, le gros bras l'empoigna pendant qu'on le délestait de son paquet. Une lame collée sous le menton enleva à Victor ce qui lui restait de courage. Sa voix mourut dans sa gorge. Le voyou s'amusait à frôler sa peau de son surin comme les cordes d'un violon avec un archet. Du sang, le sien cette fois, perla au bout du couteau.

Victor pensa sans ironie qu'il aurait bien aimé voir débouler des escaliers les uniformes qui l'avaient agacé plus tôt. Mais il n'y avait rien à attendre des forces de l'ordre qui sécurisaient en priorité les endroits aisés de la capitale. On venait ici à ses risques et périls. Le tailleur avait compté sur la chance et elle l'abandonnait. Impressionné par la qualité du tissu, le meneur déplia le costume au sol en ponctuant son geste d'un long sifflement.

— Ça ne manque pas de thunes, ça !

— Je suis tailleur ! Je travaille de mes mains.

— Et qu'est-ce que ça peut nous foutre à nous ? De tes mains ou de tes couilles, on s'en fout, ce qu'on veut, c'est ta maille. Alors vide tes poches d'abord, sinon on t'vide autre chose…, répliqua le garçon en sortant à son tour un couteau qu'il pointa vers le bas-ventre de Pointblanc.

Victor eut un frisson en sentant leurs doigts sur lui. La simple proximité avec des parias, des maudits damnés, le souillait aux yeux des dieux. La pire descendance de la pire engeance qui ne vivait que de larcins, de rapines et d'idées scabreuses l'entourait. En ville, leur nombre ne cessait de croître et ils rendaient Seth de moins en moins sûre en remontant vers les beaux niveaux chaque jour un peu plus. Les forces de l'ordre semblaient démunies, malgré le renforcement constant de leurs effectifs. Victor savait donc qu'il pouvait mourir d'une minute à l'autre.

Pendant un bref instant, une sensation de tranquillité s'empara de lui. Ce n'était pas du courage, juste de la stupeur. Les dieux l'accueilleraient après sa mort. Mais sa femme et ses deux filles apparurent dans son esprit. C'est à ce moment qu'il ressentit le poison fulgurant de la peur de mourir, comme une aiguille qui lui perçait déjà le cœur.

Le jeune meneur s'approcha de lui et pressa contre

son ventre le bout de sa lame. Victor s'empressa d'obéir, comme il l'avait fait toute sa vie, et vida consciencieusement ses poches. Le voyou qui tenait le paquet interrompit son chef. Il avait sous les yeux l'adresse de livraison. Le caïd ne savait pas lire.

— Quoi ?

— C'est pour l'ingénieur, c'est son tailleur…, répondit calmement son camarade.

— T'es le tailleur de m'sieur le comte ? répéta le chef à Victor.

— Oui, oui, je suis tailleur.

— C'est pour le Carnaval ?

— Oui, souffla Victor d'une voix blanche.

Le meneur de la bande réfléchit un instant. Victor sentit la poigne du molosse sur son bras se desserrer légèrement. Les voyous s'étaient imperceptiblement redressés. Le chef regarda le costume avec envie puis l'adresse de livraison avec une certaine retenue.

— De toute façon, c'est pas à ma taille ce truc-là…

Victor n'en croyait pas ses oreilles. Il retint un soupir de soulagement tandis que le colosse le poussait pour le mettre en marche. Il reverrait ses filles, à défaut de son portefeuille qui était resté dans les mains d'une brute. Escorté par les quatre jeunes gens, Pointblanc descendit en silence l'escalier de la plateforme qui menait à l'entrelacs de rues et ruelles du deuxième niveau.

Leurs pavés étaient disjoints et recouverts d'une pellicule boueuse. Des nids-de-poule rendaient la marche malaisée et dangereuse. Presque toutes les artères étaient surplombées par les rues et les passerelles supérieures, le jour n'y perçait que par des puits étroits et de minces ouvertures. La lumière publique, inexistante, obligeait les habitants à se déplacer dans une pénombre quasi permanente, trouée çà et là par quelques lanternes et des torches d'un autre temps.

Les immeubles délabrés, la peinture écaillée, les devantures des magasins défoncées, tout donnait l'impression de rivaliser de pauvreté comme une étrange compétition consistant à repousser les chalands. Les panaches de vapeur sortaient des conduits au beau milieu des rues et la vapeur prise au piège sous les arches de pierre et de métal surchargeait l'atmosphère d'humidité ; l'air poisseux collait à la peau. Et pourtant des centaines de milliers de personnes à travers la capitale vivaient dans ces conditions immondes. Personne ici ne célébrerait le Carnaval.

C'était un enfer qu'on ne voyait jamais. Pointblanc se demanda comment vivaient ceux qui logeaient au premier niveau, le plus bas. Sans jour, sans air. L'ensemble des déchets et des eaux usées des niveaux supérieurs leur retombait dessus. Il ne fallait peut-être pas s'étonner que la vermine remontât des entrailles de la ville.

Le petit groupe emprunta plusieurs ruelles en attirant le regard des curieux. On ne voyait pas souvent un homme aussi élégant encadré par des voyous, ici et à cette heure. Mais personne n'osa s'approcher d'eux, il n'était pas question de lui venir en aide. Ils débouchèrent bientôt devant un vaste hangar de construction récente, dans le même style que les infrastructures du palais. L'usine propre et moderne jurait au milieu des immondices. Une bourrasque d'air frais balaya le visage de Victor qui découvrit avec plaisir le ciel nocturne au-dessus des cheminées. Les ateliers n'étaient effectivement pas loin du pilier.

L'enseigne de la porte à double battant marquait la fin de son calvaire : « Usines Pergoal – Mécaniques Vapeur ». Tout était calme.

— C'est ici... Nos... saluts à m'sieur le comte.

Les garçons abandonnèrent le tailleur d'un geste de la main et d'un sourire, comme s'ils ne l'avaient pas agressé peu de temps auparavant.

Victor n'avait qu'une envie, se mettre à l'abri de ce quartier infâme. Il courut vers la porte et sonna. Il se recoiffa et eut le temps d'étudier les sceaux impériaux de la Guerre et de la Technique, un glaive foudroyant la terre, deux roues croisées sous les lunes. La simple présence de ces deux sceaux conjoints témoignait de l'importance du propriétaire des lieux. Les Premiers étaient les seuls habilités à travailler de concert avec une autre caste, sous la houlette immédiate de leurs princes respectifs. Une silhouette à travers le verre cathédrale se découpa dans la lumière et la porte s'ouvrit. Victor entra précipitamment.

Les stores des appartements privés du comte Alfred de Pergoal étaient fermés. Tous ses ouvriers savaient qu'il était inutile de venir le déranger. À moins d'une visite princière officielle, aucun prétexte n'était valable. Les recrues les plus téméraires, contre l'avis des anciens, essayaient toujours, mais abandonnaient en voyant la porte désespérément close. Seule sa mécanicienne en chef, son bras droit, Léonore Azur, avait le privilège de pénétrer dans ce sanctuaire. Nul ne savait ce qu'ils s'y racontaient et nul n'aurait eu l'idée de le leur demander. Le comte de Pergoal n'était pas un mauvais patron, sa réputation était même excellente, pourtant sa bonté connaissait des limites. On se gardait bien de les franchir.

Cette certitude permettait à Alfred de Pergoal de se concentrer pleinement sur sa tâche actuelle. Le visage perdu dans une cascade de boucles auburn, il s'enivrait du parfum de Léonore. Tous les deux debout contre la bibliothèque de sa chambre, éclairés par de minces rais de lumière, le comte ingénieur et sa mécanicienne en chef oubliaient le fracas des machines. Leurs deux corps nus, trempés de sueur, ne subissaient pas les chaleurs accablantes de l'été, ni celles des fournaises de l'usine ; au contraire, ils les célébraient. Collée de tout son long contre lui, la bouche ouverte en un cri silencieux, Léonore Azur parvenait progressivement à l'apogée de son plaisir. Alfred la tenait fermement captive dans ses bras. Il aimait sentir son corps se couler le long du sien et se perdre dans la cadence de leurs hanches qui s'éloignaient pour mieux se reconquérir.

Ce Carnaval était particulièrement difficile pour Alfred, et Léonore avait vu l'angoisse l'étreindre au fil de la journée. Cette soirée s'annonçait capitale pour sa vie, pour leur vie à tous, et la jeune femme avait attendu le bon moment pour l'aider, à sa manière. Ce qu'elle lui avait offert, pour la première fois depuis des mois, Alfred n'avait pu le refuser. L'attraction entre eux deux fonctionnait comme au premier jour.

En cet instant, le célèbre ingénieur avait tout oublié. Il ne sentait plus que le sel sur la peau de Léonore qu'il léchait avec gourmandise. Ses mains lui empoignaient les hanches comme pour les modeler, puis s'attardaient sur son sexe brûlant avant de remonter, caressantes, pour saisir ses seins. Il la plaqua tout contre lui et la sentit frémir en jetant ses derniers feux. Léonore vibrait à l'unisson. La jeune femme agrippa d'autorité la tête d'Alfred, qui lui mordait le cou, pour l'attirer jusqu'à sa bouche et lui souffler dans le creux de l'oreille ses derniers gémissements retenus. Ensemble, ils parvinrent à la délivrance. Parce qu'ils savaient l'instant délicieux, ces murmures haletants résonnèrent en eux plus fortement que des cris. Elle lui offrait un peu d'oubli, beaucoup de plaisir, et l'impression que le temps ne comptait plus, que seuls leurs deux corps avaient encore une réalité. Ils ne s'étaient jamais rien offert d'autre, et cela suffisait.

Cette jouissance commune n'arrêta pas leur élan de tendresse. Encore secoué par la déflagration de l'orgasme, Alfred continuait d'embrasser Léonore, de déposer des baisers sur ses grains de beauté qui de son visage s'égrenaient le long de son dos. Perdue dans la volupté de l'instant, Léonore reprenait son souffle et sentit la bouche du comte descendre par petites touches jusqu'à ses fesses rondes et musclées. Alfred aimait toujours leur rendre un dernier hommage.

— Quelle heure est-il ? demanda la jeune femme qui, malgré elle, pensait à la suite des événements.

— Bien trop tard pour perdre du temps…, lui répondit-il à regret.

— Le costume devrait être là, Pointblanc a dû le faire porter…

— J'aurais préféré qu'il puisse faire des retouches. Tout doit être impeccable.

— Tant que la porte est fermée, tu ne pourras pas le savoir, murmura Léonore en se retournant et en se baissant pour saisir délicatement le menton d'Alfred.

Il était rare que son patron accepte de se trahir, lui qui ne montrait guère ses émotions véritables.

Léonore cacha son propre désarroi en voyant ses yeux bleus si tristes et résignés. La jeune femme lui caressa le visage, les cheveux, puis s'éloigna. Elle lui avait donné un moment de répit, un peu de force pour affronter la suite. Il ne fallait pas qu'Alfred gâche cette énergie nouvelle.

— Habille-toi, et profites-en pour m'expliquer ce qui te tracasse tant ce soir…

— Tu le sais bien…

— Non, je ne le sais pas, Alfred. Je pourrais t'aider encore mieux si tu n'étais pas aussi secret, lui dit-elle pour l'inciter à parler.

L'ingénieur se releva et, sans un mot, commença à s'habiller rapidement. Léonore savait qu'il ne servait à rien de le presser, mais elle ne pouvait s'empêcher d'éprouver de l'amertume. En refusant de lui dire ce qui l'angoissait à ce point, Alfred maintenait une distance qui renvoyait aux limbes de Borance Noir la complicité des derniers instants. Elle se sentait utilisée, et pourtant c'était elle qui était venue le provoquer, c'était elle qui avait proposé cette délicieuse distraction.

Le comte ingénieur retrouvait ses réflexes de patron à mesure qu'il boutonnait sa chemise et son gilet. Son regard était déjà vague et Léonore savait que son esprit reprenait le fil de ses pensées. C'était pour cette raison, entre autres, que leurs rendez-vous privés s'étaient faits de plus en plus rares. Elle s'habilla à son tour et vérifia sa mise dans la psyché qui trônait dans un coin de la chambre. Alfred ralluma les lampes à gaz avant de relever les stores. Comme un rituel, Léonore savait que son patron attendait qu'elle ouvre la porte, mais avant de le faire, Alfred posa la main sur son bras.

— Merci, Léonore. Je suis désolé mais…

— Cette conversation n'est pas finie. Je vais voir si ton costume est arrivé. Pendant ce temps, aère peut-être un peu, on ne sait jamais, lui dit-elle en reprenant brusquement l'air léger et joyeux que les ouvriers lui connaissaient d'ordinaire.

Victor Pointblanc attendait sagement dans le grand espace central des ateliers. Les ouvriers continuaient de travailler malgré l'heure tardive et l'ouverture imminente des festivités. On ne lui adressait pas la parole, on le regardait à peine ; les visiteurs du comte n'étaient pas des leurs et la loi leur interdisait de faire plus ample connaissance. Le tailleur regarda sa montre de gousset d'un air dépité en se demandant comment il allait faire pour rentrer chez lui. L'épreuve qu'il venait de vivre l'avait terrifié et l'idée d'avoir à prendre de nouveaux risques le remplissait d'effroi. Il triturait nerveusement le coin de son paquet. Heureusement, il n'eut pas à attendre bien longtemps et vit Léonore Azur s'avancer vers lui. Victor l'avait vue descendre les escaliers menant aux appartements du comte, le chemisier froissé. Même dans le secret de ses pensées, le tailleur se garda bien d'en tirer une conclusion quelconque.

— Monsieur Pointblanc, quel plaisir ! Vous n'auriez pas dû vous déranger en personne !

— Pour monsieur le comte, c'est bien naturel, mademoiselle Azur.

— Suivez-moi, je vous prie.

Alfred de Pergoal contempla avec satisfaction son reflet dans le miroir. Le vert profond du costume rehaussait ses yeux bleus, flattait son teint et dessinait sa silhouette droite de la plus agréable façon. Sa main gauche vint lisser le fin velours du revers en pointe.

Oui, Victor Pointblanc avait fait un excellent travail. Son tailleur le regardait en feignant l'incertitude, sûr en réalité de recevoir les compliments mérités. Le grand sourire d'Alfred dans le miroir l'avait déjà rassuré. Il n'y avait qu'à voir comme Léonore papillonnait autour de lui pour savoir que le but était atteint.

Alfred s'en voulait d'avoir mis son tailleur dans l'obligation de travailler au dernier moment, mais il n'avait reçu la précieuse invitation que la veille. En temps normal, celle-ci lui serait parvenue depuis un mois, au bas mot. Victor Pointblanc était reconnu pour son talent et son sérieux, il n'avait pas démenti l'admirable réputation qu'il s'était, pouvait-on dire, taillée sur mesure.

Alfred jeta un dernier regard dans le miroir avant de se retourner face à Pointblanc. Léonore, n'y tenant plus, le devança.

— Vous avez fait un travail magnifique, monsieur Pointblanc, bravo ! dit-elle en venant épousseter le costume de son patron qui se laissait faire, amusé. Le tissu est superbe !

— Le costume n'est rien sans celui qui le porte, mademoiselle Azur, lui rétorqua le tailleur.

— Vous avez bien raison, mon cher Victor ! Ma mécanicienne en chef l'oublie un peu trop souvent. Mais il est vrai que je n'aurais pas choisi moi-même meilleur tissu, la couleur est sublime, la coupe n'est pas tout à fait conventionnelle…

Le costume était en effet d'une composition très simple et élégante qui tranchait avec les fioritures des mondains de la capitale. La délicatesse des coutures ne laissait aucun doute sur la qualité de la réalisation. Ce n'était pas pour déplaire au comte de Pergoal, qui aimait se faire remarquer par l'indépendance de son style. Ce goût pour la nouveauté était en quelque sorte sa marque de fabrique.

— J'ai reçu ces rouleaux de tissu il y a trois jours seulement. J'ai tout de suite pensé à vous, cette couleur vous va à merveille !

— Il ne sert à rien de faire des compliments à monsieur le comte, celui-ci s'en charge très bien tout seul !

— Comme vous ne pouviez venir le choisir, je me suis appuyé sur les mesures que je possédais. Et faute de temps, je me suis dit que…

— Ce manque de temps vous a fait oser, Victor. J'en suis ravi !

La mécanicienne finissait son inspection sous le regard amusé des deux hommes. Elle avait beau passer ses journées dans la vapeur et le cambouis, Léonore Azur était une coquette. Sa main continuait de caresser le velours côtelé, aucun détail ne lui échappait.

— Il y a un accroc, là.

— Je suis confus, le paquet a eu quelques problèmes…

Léonore se recula pour laisser faire le tailleur qui se précipita avec ses petits ciseaux, du fil et des aiguilles. Pointblanc marmonna dans sa barbe. Alfred ne comprit pas ce qu'il dit mais vit sur son cou la marque d'un couteau.

— Il n'y a pas que le paquet qui a eu des problèmes ?

— Non, trois fois rien, monsieur le comte. Des

policiers à la station de tram et une petite altercation avec un groupe de jeunes gens…

— Et vous vous en êtes sorti vivant ? lança Léonore, dubitative.

— C'est que monsieur le comte a bonne réputation dans son quartier…

— Ils se font des idées…, répliqua Alfred distraitement. Vous auriez dû me le dire, je suis désolé, le risque est bien trop grand. Léonore vous raccompagnera.

— Oh, je ne voudrais pas déranger…, objecta Victor, soulagé, en se tournant vers la jeune femme.

— Taratata, monsieur le tailleur ! Ce n'est pas monsieur de Pergoal, c'est moi qui vais vous raccompagner, s'amusa la jeune femme. Notre chauffeur est déjà pris et monsieur le comte est terriblement en retard, n'est-ce pas ?

Alfred lui fit signe qu'il avait compris et se dirigea vers son bureau pour récupérer les objets qu'il devait porter lors de la cérémonie officielle. Il compta du doigt qu'aucun accessoire n'avait été oublié.

— Oui, Léonore a raison. Vous me ferez parvenir vos frais…

— Comme à l'accoutumée, répondit l'artisan en se courbant légèrement. Je vous souhaite une excellente cérémonie, que les dieux vous bénissent, monsieur le comte.

— Oui, oui… Vous aussi, Victor, merci, lui rétorqua nonchalamment Alfred qui prenait une petite glace pour vérifier sa coiffure.

— Je vous rejoins dans un instant, conclut Léonore à l'adresse du tailleur.

Victor Pointblanc prit son manteau et sortit. Alfred et Léonore attendirent quelques instants que les bruits de ses pas dans l'escalier métallique se perdent dans l'atelier. La mécanicienne s'approcha de son patron, qui tentait de resserrer les liens de sa prothèse.

Alfred avait perdu les trois derniers doigts de la main droite pendant ses études d'ingénieur. Sa famille y avait vu la fin de sa carrière naissante, mais le jeune homme avait réussi à surmonter son infirmité grâce à l'aide de ses professeurs. Avec beaucoup d'effort, il avait appris à devenir gaucher, puis avait confectionné différentes prothèses, jusqu'à la dernière où un ingénieux système de contrôle avec les deux doigts valides restants lui permettait de donner l'illusion d'une main vivante. Bien sûr, elle ne serait jamais aussi performante qu'une véritable main de chair et de sang. Le résultat n'en restait pas moins stupéfiant. La prothèse en cuivre était assez agréable au regard quand elle était découverte et suffisamment fine pour rester invisible sous un gant. Que ce soit sa main gauche ou sa prothèse droite, l'artifice n'était plus très loin du naturel.

Léonore l'aida à resserrer les fins liens de cuir autour de sa paume et de son poignet. La jeune femme jeta un coup d'œil inquiet dans le miroir pour tenter de capter son regard, mais Alfred n'avait aucune envie de se laisser entraîner dans une nouvelle discussion. Il devait résister à ses beaux yeux bleus, aussi clairs que l'eau d'une rivière, et ne pas regarder sa bouche qui l'appelait encore une fois. Mais pouvait-il ignorer la beauté quand la beauté se trouvait devant ses yeux ? On ne se refait pas, pensa-t-il avec un amusement teinté de regret. Malheureusement, c'était prendre trop de risques. Léonore s'efforçait d'aborder le sujet depuis plusieurs jours et leur passion à peine éteinte jouait en sa faveur. Il la sentait frémir à côté de lui, comme un souvenir ou un nouvel appel. Alfred n'était jamais bien loin d'abandonner sa réserve.

— Dis-moi la vérité. Qu'est-ce que tu t'apprêtes à faire ?

— Mais rien ! N'en parlons pas.

— Alors pourquoi es-tu aussi nerveux ? Ils vont forcément t'interroger, lui murmura d'un air inquiet la jeune femme. Ils vont t'étudier sous toutes les coutures, le moindre propos. C'est ça qui t'inquiète ?

— Oui, c'est ça, lui dit Alfred pour s'en débarrasser. Ne me serre pas comme ça. Tu sais que je n'ai rien à me reprocher.

Léonore se recula d'un air furieux. Alfred s'en voulut de la traiter avec froideur mais ses conseils étaient déplacés. Elle était son amie, elle était surtout son employée, qu'elle soit libre ou qu'elle ne le soit pas. Il ne fallait pas qu'elle prenne l'habitude d'être si possessive, au risque de le compromettre aux yeux de la bonne société. Leur relation, même si elle connaissait quelques écarts, restait d'abord professionnelle, pour leur bien.

— Ce n'est pas parce que tu es franc-loyale maintenant que tu peux tout te permettre. Je n'ai aucune raison de m'inquiéter, cette invitation en est la preuve. Je suis un bon sujet, n'est-ce pas ?

— Je ne sais pas. Tu ne me dis rien ! Tiens ! Et pourquoi pas ? Et d'ailleurs, ça serait si terrible que ça, si tu n'étais pas bleu-blanc ? Phébus a raison !

— Léonore, tu ne sais pas ce que tu dis…

La jeune femme lui tourna le dos et s'approcha d'une des fenêtres qui donnaient sur l'atelier. Des ouvriers finissaient de travailler pendant que d'autres partaient enfin pour rejoindre les festivités, l'activité allait bientôt s'arrêter complètement. Contrairement à d'autres patrons, Alfred avait décidé de fermer ses ateliers pour la durée du Carnaval. Trois jours sans ouvrage, c'était une excentricité de plus dans le milieu des ingénieurs qui goûtaient l'argent tout autant que les autres. Cette liberté n'avait pas empêché le comte de demander à ses ouvriers de travailler jusqu'à la dernière minute avant leurs congés.

— Tu me caches des choses, Alfred, et pourtant je ne t'ai jamais donné une raison de douter de moi.

— Je ne doute pas de toi, Léonore. Ne le prends pas comme ça.

— Phébus prend des risques, et tu veux me faire croire que tu n'as plus aucune nouvelle de lui ? Tu as vu les affiches de son discours, elles sont partout sur les murs du niveau, je suis sûre que tu prépares quelque chose…

— Tu es comme les journalistes alors ? Tu ne me crois pas ? lança Alfred qui n'aimait pas la tournure que prenait la conversation.

— Mais eux te veulent du mal. Moi je ne te veux que du bien.

— Ne discutons pas de ça !

— Il va au bout de ses idées. Tu le dis toi-même !

— Ne parlons pas de ça ! s'emporta Alfred.

C'était tellement plus compliqué qu'elle ne semblait le croire ! Comment lui expliquer ? Elle ne pouvait pas comprendre, de là où elle était. Les temps étaient graves, bien plus graves encore qu'elle ne pouvait l'imaginer.

— Donc tu ne fais rien ? demanda-t-elle en ravalant sa colère. Ça ne te ressemble pas… Tu crois que l'Inquisition nous espionnera éternellement ? Tu vas faire quoi pour nous en débarrasser ?

— Rien, il faut attendre…

— Attendre… Tu ne veux vraiment rien me dire ?

— Mais cela n'a rien à voir, Léonore !

La jeune femme bouillait intérieurement. Si le risque n'était pas grand qu'on puisse les entendre maintenant que les machines étaient à l'arrêt, Léonore se serait bien mise à lui hurler dessus. La situation du comte était très grave et la mécanicienne doutait que les usines Pergoal survivent encore longtemps. Elle pouvait comprendre cette peur de voir tant de travail réduit à néant, elle la partageait et voulait tout faire pour aider son mentor à qui elle devait d'être sortie de la misère. Pourquoi refusait-il de lui dire quoi que ce soit ? Pourquoi gardait-il en lui toutes ces angoisses qui le rongeaient ? En tant que célébrité de sa caste, Alfred savait que les journalistes allaient l'assaillir de questions, que la presse n'en perdrait pas une miette pour en faire ses choux gras. Sa proximité avec le prince Phébus Karzian d'Estée était connue de tous et ses idées singulières ne lui attiraient pas que des amitiés. Les malheurs du comte excitaient une noblesse qui reniait sans vergogne celui qu'elle avait porté aux nues. La pensait-il trop faible pour tenir le choc ? Avait-il peur qu'elle le trahisse ?

— Tu ne me fais pas confiance…, regretta Léonore.

— Bien sûr que si ! Mais tu te fais des idées, la vérité est beaucoup plus simple. Tu l'as dit toi-même. C'est cette foule qui m'associe à Phébus et qui nous veut du mal, j'ai peur de faire une erreur, lui dit-il pour mettre fin à la dispute.

Léonore sentait que ce n'était pas tout à fait vrai. Son patron dissimulait quelque chose. Qu'avait-il si peur de voir exposé au bas des marches du palais Mille-Songes ? Elle connaissait son emploi du temps sur le bout des doigts, et elle connaissait aussi les trous inexplicables qu'on pouvait y trouver. Quand elle était devenue proche de lui, la jeune mécanicienne n'y avait d'abord pas prêté attention. Depuis, les événements avaient précipité sa réflexion et le doute s'était installé sans qu'elle puisse l'en déloger. Léonore jeta à Alfred un regard sincère et blessé. Que pouvait-elle faire pour obtenir de lui la vérité ? Le plaisir n'y avait rien fait, la colère non plus, la culpabilité peut-être…

— Tu sais que je serai toujours à tes côtés, que j'ai toujours donné le meilleur de moi-même…

— Je te promets, Léo, dit Alfred d'un air résigné.

— Très bien, s'exclama-t-elle. J'vais raccompagner votre tailleur, monsieur le comte !

Sans lui laisser le temps de répondre, elle prit sa veste et claqua la porte. Alfred se tourna vers son bureau et finit d'épingler sa décoration de Premier d'un geste tout aussi rageur. Quelle idée de l'accabler juste avant la cérémonie du Carnaval ! Il n'avait vraiment pas besoin de la voir partir furibonde comme cela, surtout pas après l'avoir prise dans ses bras.

La vapeur avait fait sa fortune et sa célébrité, son rang était élevé et honoré, mais cela n'était rien face aux soupçons qui pesaient à présent sur lui. On ne l'invitait plus dans les dîners en ville, où la noblesse le présentait désormais comme l'allié et l'espion du prince de la Guerre. De héros à manipulateur, tout était allé si vite. L'Inquisition le faisait suivre et avait ouvert une enquête sur son compte. Le propre prince de sa caste et son ami, Constantin l'Ariologues, prenait dernièrement ses distances avec lui. Et si l'intégralité de ses activités était révélée au grand jour, Alfred ne donnait pas cher de sa peau. Moins Léonore en saurait et mieux elle se porterait.

Le comte de Pergoal connaissait la justice de Seth et son prince, Arsène de Virolles. La question n'était pas de savoir si Alfred était coupable, et de quoi, mais si sa culpabilité servait les machinations du souverain de la Loi. Il redoutait cette justice dont il connaissait la source empoisonnée ; il valait mieux tenir Léonore à l'écart de ces risques tant qu'il le pouvait.

Il épousseta distraitement son costume avant de souffler un coup. Cette cérémonie était importante, il n'avait pas le droit à l'erreur. Tout devait se passer comme les années précédentes. Rien ne devait paraître, c'était la seule vérité qui comptait.

2

Les premières lueurs de la fête

> Chaque quartier de la capitale est un morceau de l'identité de l'Empire. Leur histoire autant que leur architecture en font une vivante mosaïque de notre foi. La vie à Seth est éclatante, brillante d'activités et toujours friande de nouveautés. S'il faut choisir un seul endroit, choisissez la capitale, vous aurez le cercle-monde à portée de main […]
>
> *Guide des voyageurs mondains*,
> MÉLISSE D'ALBRET, 92X

Léonore ne cessait de s'émerveiller devant les véhicules que son patron avait mis à disposition. Le simple privilège d'en user à sa convenance aurait suffi à la faire renoncer à son salaire. Heureusement, la question ne se posait pas et Alfred lui accordait ce droit tout en la rétribuant généreusement. Les cabriolets et les berlines Pergoal constituaient des modèles uniques, dessinés des jantes au moteur par le comte dans le secret de son bureau. Leurs lignes rondes et racées possédaient une grâce féline que les autres constructeurs avaient aussitôt imitée, sans y parvenir aussi bien. Mais leur véritable caractéristique demandait qu'on tende l'oreille, les moteurs « omni » en quadruples circonvolutions n'avaient pas leur pareil.

Conduire ces bolides avec souplesse dans les avenues et sur les quais de la capitale, comme savait le faire la jeune femme, réclamait du talent. Alfred lui avait appris à conduire dès les premières semaines qui avaient suivi leur rencontre, et Léonore s'était tout de suite senti une complicité avec la vitesse, une passion pour ce léger frémissement de la carlingue et cette odeur de cuir si particulière.

À ses côtés, Victor Pointblanc se cramponnait tant bien que mal à son siège en fermant les yeux dès qu'un camion se rapprochait trop vite à son goût. Le trafic dense en cette heure précédant le Carnaval aggravait son émotion et le tailleur crut défaillir plus d'une fois. Plus rien ne l'intéressait désormais que de rentrer chez lui auprès de sa femme. Pour se calmer, il pensait déjà à la balade qu'ils feraient ensemble le long des quais de Pierre Blanche, comme chaque année.

— Ouvrez les yeux, monsieur Pointblanc ! On ne voit pas Seth à cette allure tous les jours, dit Léonore en frôlant une auto.

— Je ne suis pas sûr de vouloir la voir dans cet état, mademoiselle Azur ! Je ne mets pas en doute vos compétences mais je n'y goûte que modérément, lui rétorqua Victor, qui gardait les yeux mi-clos.

— Une question d'habitude, laissez-vous griser…

— Je fais attention à ne pas trop boire, merci.

Léonore jeta un regard amusé au tailleur. Victor redoubla de tremblements en voyant ses yeux quitter la route une seconde. Sous ses airs pincés, Pointblanc ne manquait pas d'humour. Même s'ils n'appartenaient pas à la même caste, Léonore se sentait des affinités avec lui. Ils travaillaient de leurs mains pour composer des créations, elle des moteurs et lui des vêtements. La séparation des métiers du fer et du tissu ne lui avait jamais paru évidente, mais les lois du Faëton connaissaient leur propre logique, une logique qui échappait, selon les prêtres, à la plupart des mortels.

La route s'éclaircissait à mesure que leur véhicule poursuivait vers l'est de la capitale et que les barrages policiers se faisaient plus rares. Léonore rejoignit l'avenue des Piliers d'Astran, qui grimpait au troisième niveau, pour se diriger vers les faubourgs, longeant le tracé de l'ancienne muraille de la ville et le canal des Orges. Le trajet était plus long mais la jeune femme savait que le centre de Seth allait bientôt être impraticable. Une fois sur les faubourgs, le chemin serait dégagé et la vitesse compenserait la longueur du parcours. Elle plaignait d'avance le chauffeur d'Alfred, Baptiste, qui allait devoir faire preuve d'une grande agilité pour combler le retard certain de son patron.

— Entre nous, monsieur Pointblanc, vous connaissez monsieur le comte depuis des années, et vous l'avez souvent vu avant un Carnaval, n'est-ce pas ? Qu'en avez-vous pensé ?

— Mon avis importe peu, mademoiselle Azur, répondit Pointblanc en comprenant que cela n'allait pas suffire. Mais monsieur était tendu, très certainement. La campagne des *Nouvelles* et du *Petit Observateur* contre ses usines aurait de quoi décourager les plus valeureux. Je ne crois pas un traître mot de ce qu'ils racontent !

— Et je suis certaine que monsieur le comte vous en sait gré, monsieur Pointblanc. Nous subissons de plein fouet leurs calomnies. Mais je peux vous assurer que le comte de Pergoal n'a rien à se reprocher, souligna Léonore, qui en doutait elle-même.

Victor Pointblanc approuva d'un hochement de tête et s'enhardit au point de regarder à l'extérieur. Il commençait à s'habituer à la vue déformée des habitations qui faisaient face au canal des Orges. Le faible trafic le rassura sur ses chances de survie : cette soirée ne serait pas sa dernière.

Décidément, le Carnaval avait sur lui un drôle d'effet ! Il ne s'était jamais jeté de son propre chef dans la gueule du loup, et certainement pas deux fois de suite… Cela ne lui ressemblait pas. Pointblanc se concentra sur le spectacle du quartier de la Vieille Lune, comme il l'avait fait deux heures plus tôt au sommet de l'Horlogerie. Un assemblage d'architectures hétéroclites, de petites maisons entassées les unes sur les autres, branlantes et presque déjà en train de s'écrouler. C'était l'un des plus vieux quartiers de Seth, disait-on. Malgré l'absence d'éclairage au gaz du troisième niveau, on devinait les flambeaux des ruelles sinueuses, comme des galeries qui traversaient le quartier à la manière d'une fourmilière. Sa ressemblance avec Bas-Bœuf s'arrêtait là ; contrairement aux apparences, le quartier n'était pas pauvre. On y trouvait de nombreux clubs, des salles de concert, des bars en vogue et un ensemble de petits hôtels discrets qui servaient aux escapades coupables des rangs supérieurs. Ceux qui pouvaient se le permettre venaient s'encanailler à la Vieille Lune sans y risquer leur vie.

En ce soir si particulier, pourtant, où tout le quartier allait accueillir des foules de privilégiés et d'opportunistes, l'activité n'était pas à son comble. Les piétons n'avaient aucun mal à progresser le long du canal et dans les travées. On se serait attendu à une plus grande agitation.

— Cela vous rappelle des souvenirs ? dit Léonore malicieusement.

— Non, non, bien sûr que non. Je suis un homme marié et très heureux de l'être.

— Je vous taquine, monsieur Pointblanc. Je sais que vous n'êtes pas ce genre d'homme ! Je ne connais pas bien la Vieille Lune mais je m'étonne de voir ses alentours aussi calmes.

— Oui, moi aussi… Le centre-ville est sens dessus dessous mais ici tout est tranquille. Je pensais que la Vieille Lune était au cœur des festivités…

— On raconte qu'ici tout le monde a le goût du secret.

La simple évocation du mot « secret » ramena Léonore à ses premières préoccupations. La route et la vitesse ne l'avaient pas complètement lavée de sa rancœur. Alfred fréquentait ce quartier. Parfois, après le travail, quand ils buvaient ensemble, il lui arrivait de raconter certaines de ses aventures ; la plupart en compagnie de son grand ami, Phébus Karzian d'Estée. Chaque histoire tournait autour de l'identité qu'avait choisie le jeune prince de la Guerre pour l'occasion. Une fois, Alfred l'avait présenté comme un guerrier de Breneuve, ce qui avait suscité, lui avait-il raconté en riant aux éclats, une véritable frénésie parmi les nobles dames qui se trouvaient là. Léonore ne l'aurait jamais avoué à Pointblanc, même si elle lui faisait confiance, mais il lui était arrivé d'y aller également en compagnie d'Alfred, et même du prince. Elle aussi avait dû changer d'identité.

— Nous sommes vraiment désolés de vous avoir prévenu si tard. L'invitation a dû se perdre… Monsieur le comte la reçoit bien plus tôt d'habitude.

— Oui… Ce doit être cela, commenta Pointblanc, gêné par la remarque trouble.

— On ne peut pas l'expliquer autrement ! Ils ne peuvent pas hésiter à ce point sur les invités, n'est-ce pas ? Dites-moi, monsieur Pointblanc, avez-vous déjà rencontré ce genre de cas ?

— Vous savez, ma mémoire n'est pas parfaite. Il m'arrive très souvent d'oublier des choses, des conversations entières même ! Ma femme me dit tête en l'air. Le trafic se densifie, non ?

— Oui, oui, excusez-moi, préféra conclure Léonore, qui sentait bien qu'elle s'avançait trop.

Le quartier des Arcades apparut un instant avec ses belles colonnades et ses escaliers en cascade. L'autovape ne s'y attarda pas et traversa le pont des Jumeaux pour emprunter une bretelle qui les menait au quatrième niveau de Pierre Blanche, jusqu'à l'immeuble où habitaient le tailleur et sa famille.

Quand enfin il put descendre de voiture, Victor se palpa pour vérifier qu'il était bien en un seul morceau. Rassuré, il faillit oublier de dire au revoir à la jeune conductrice, et comme souvent, la mémoire se servit de ce petit oubli pour lui en rappeler un plus gros.

— Permettez-moi, mademoiselle Azur, avant qu'il ne soit trop tard, de vous féliciter pour votre franc-loyauté ! Je me souviens encore avec émotion du jour où j'ai reçu mon propre cordon, vos parents doivent être fiers !

— Oui, merci. Très fiers en effet…

— Souhaitez-vous prendre un rafraîchissement

avant de repartir ? C'est la moindre des choses pour vous remercier de m'avoir raccompagné. Le Carnaval approche et je dois aider ma femme avec les préparatifs, il y a encore tant et tant de choses à faire au dernier moment, mais si vous le souhaitez…, proposa-t-il poliment en espérant que Léonore n'en ferait rien.

— Ne vous embêtez pas, j'ai à faire ! Encore beaucoup de travail ! Je vous remercie et transmettez bien les salutations de monsieur le comte à madame. Les miennes également.

— Je n'y manquerai pas !

Sans attendre, Léonore repartit sur les chapeaux de roues. Le tailleur qu'elle laissait devant sa porte n'était pas mécontent d'en avoir terminé avec cette difficile affaire. Son devoir accompli, heureux d'être encore en vie, Pointblanc se dépêcha de rejoindre sa femme qu'il aimait tant.

*

— Mais alors, Mélisse, à quoi devons-nous nous attendre ce soir au palais Mille-Songes ?

— Oh, Armand ! À bien des choses ! Tout d'abord, comme vous le dites, la cérémonie a lieu ce soir au palais du Commerce, la résidence de Sa Majesté Antinosc. Pour nos auditeurs loin de la capitale, je rappelle que le palais dit Mille-Songes est réputé pour sa décoration intérieure d'un luxe i-né-ga-lé…

— Les princes Antinosc ont toujours su s'entourer des plus belles choses. Un peu comme moi ce soir en votre compagnie, ma chère Mélisse…

— Vous êtes bête, Armand !… Mais oui, c'est tout à fait vrai. Parmi ces beautés, le palais est réputé

pour ses peintures et je crois que les contempler sera un spectacle à part entière.

— Comme vous avez raison, Mélisse.

— Eh bien, ce n'est pas tout, Armand. On dit que la troupe royale de cithares des îles Quoraillières assurera un spectacle, tout comme les jongleurs de feu venus de la province reculée des Vermillons! Mais le clou des festivités restera l'orchestre de violines de la principauté de Galaton, qui nous fait l'honneur d'un concert au répertoire mêlant nos compositeurs aux leurs. Cela risque d'être ex-cep-tion-nel!

— Je n'en doute pas! Je vous remercie, Mélisse, et je vous retrouve tout à l'heure pour commenter ensemble, en retransmission directe, la montée des marches de la Cérémonie du millénaire du Carnaval de Seth!

« Une note moins enthousiasmante maintenant concerne l'absence du prince Phébus Karzian d'Estée, qui n'assistera pas, selon nos informations, à la cérémonie du millénaire… La Capitainerie de Fer-Bataille s'est abstenue de tout commentaire. Une première depuis la guerre des Vermillons qui avait retenu le propre père du prince, Urien Karzian d'Estée, aux confins méridionaux de l'Empire.

« Carnaval toujours: entre autres festivités annoncées à l'instant sur notre relais, la cérémonie de ce soir devrait mettre à l'honneur l'ambassadeur de Tallid, Son Excellence Aubray de Varane, pour célébrer les vingt années d'ouverture ininterrompue de l'ambassade du Royaume Volant à Seth. Selon nos informations, Sa Majesté Arsène de Virolles, l'artisan de cette invitation spéciale, devrait d'ailleurs prononcer un discours d'ouverture en lien avec l'actualité récente.

Chers auditeurs, ne quittez pas notre relais pour entendre ce discours et le commentaire de la cérémonie par votre fidèle serviteur et la charmante Mélisse d'Albret… C'était Armand La Rochelle qui présentait les nouvelles du soir, je vous dis à très bientôt pour la cérémonie !

— Et maintenant, un peu de réclame suivie de l'ode du temple Bérame, enregistrée à Lomvarde…

*

Le long des voies sur berge, la ville brûlait dans la nuit claire de toutes les splendeurs du Carnaval. Le vent avait dégagé le ciel tout en apportant de la fraîcheur. Le soir, au solstice d'été, Seth se drapait d'étoffes aux couleurs des castes impériales. Elle n'était jamais plus belle qu'à cet instant, pensa Alfred. Bannières et flambeaux, masques colorés et costumes d'arlequin, l'atmosphère bruissait de rumeurs, les rires claquaient dans l'air comme les étendards princiers flottaient au vent.

Les berges et les neuf collines étaient en fête, et le son des processions et des musiques rituelles s'invitait partout, des plus hautes tours des palais aux caves sordides des tripots. La berline rouge dans laquelle se trouvait Alfred de Pergoal fit un écart sur la route en entrant sur les berges du Borée. L'ambiance était tellurique.

Les populations s'apprêtaient à célébrer la plus grande fête de l'année. Le petit peuple arpentait les quais, les places et les esplanades pendant que les plus riches et les nobles investissaient les salles de réception, les hôtels particuliers et, pour les plus chanceux, les palais princiers. La même distribution avait lieu dans les provinces. Dans ses châteaux ou ses domaines de campagne, la noblesse se réunissait pour donner des fêtes. Alfred en avait fait quelques-unes.

Dans les brasseries des niveaux populaires et sur la place des villages de l'Empire, les rangs inférieurs préparaient les festivités. On n'y boirait aucun nectar d'Euthrate ni autre liqueur de Bleu-Démir, mais le fuzo coulerait à flots. Les rangs supérieurs allaient écouter la retransmission des célébrations princières grâce à leurs tout nouveaux postes à ondes telluriques, tandis que les rangs inférieurs se presseraient autour d'un unique poste dans un troquet un peu plus cossu que les autres. Quant aux plus pauvres, ils apprendraient le compte rendu des cérémonies par la bouche d'un lecteur public ou d'une commère. Pour le moment, tout le monde commençait à boire.

Pendant trois jours et trois nuits, vapeurs sacrées et profanes se mêleraient dans les rues de la ville et le secret des alcôves. Des avalanches de fuzo et de bière des Halles couleraient sur les escaliers et dans les ruelles, inondant les caves et recouvrant la crasse d'une nouvelle couche. Et dans les tréfonds de la ville, on attendrait, comme chaque année, que la folie religieuse retombe pour ne pas risquer de se faire tuer par des bandes de jeunes enivrés, qu'ils forment des cortèges de Sincères fanatiques ou seulement une joyeuse troupe en vadrouille…

Ce Carnaval-là était différent des autres, pensa Alfred. Ce soir plus que jamais, l'orage n'était pas dans les cieux mais dans les entrailles de Seth. Absents des niveaux inférieurs, les camions et les autos des forces de l'ordre se multipliaient sur son chemin depuis que sa berline avait rejoint l'avenue principale. Un cordon d'agents laissait passer les autos au compte-gouttes. Les embouteillages n'en finissaient pas. Un officier se pencha vers Baptiste, le chauffeur, qui avait baissé sa vitre et se préparait à parlementer. À sa grande surprise, il vit le policier le dévisager rapidement et lui faire signe de continuer sa route. La berline redémarra tranquillement. Cet officier devait savoir qu'un personnage comme Alfred bénéficiait de sa propre surveillance.

— Sommes-nous toujours suivis, Baptiste ?

— Oui, monsieur le comte, répondit-il en regardant dans le rétroviseur. Toujours les deux mêmes autos.

Elles ne les avaient pas lâchés depuis leur départ. L'Inquisition ne faisait aucun effort pour se rendre invisible. Et quand le pouvoir ne se cache pas pour vous surveiller, c'est qu'il vous réserve d'autres surprises. La manœuvre avait beau être connue, son effet était toujours redoutable. Alfred n'avait eu d'autre choix que d'apprendre à vivre avec cette escorte imposée.

L'autovapeur traversa plusieurs carrefours. La présence policière ne se relâchait pas et la nervosité des forces de l'ordre était palpable. On ne redoutait pas seulement les rixes traditionnelles des sujets avinés, on redoutait quelque chose de plus incontrôlable, de plus sauvage aussi. Ces derniers temps, aux ravages de l'alcool s'étaient ajoutées une haine intercaste et des alliances improbables entre les parias et les plus pauvres des sujets. Fallait-il craindre ce soir une violence inédite ? La police protégeait les routes où les camions de livraison et les riches berlines se suivaient dans un concert de cris, de klaxons et de bras levés. La tension qu'Alfred lisait sur les visages n'était pas une illusion, elle semblait bien étrangère à l'humeur joyeuse qui aurait dû régner. Qu'allait-il naître de cette atmosphère enfiévrée où les dieux venaient danser parmi les mortels à l'abri derrière leurs masques ?

Pris dans les embouteillages, le véhicule avançait lentement et lui laissait le temps de contempler l'activité des berges juste avant le coup d'envoi des festivités. Des ouvriers inspectaient une dernière fois les installations décorées pendant que des artistes amateurs se poudraient le visage. Cela formait déjà une petite foule au pied de chaque structure érigée pour l'occasion.

Ces échafaudages, comme on les appelait populairement, étaient en réalité des petites scènes de théâtre à niveaux, les plus hautes culminant à plusieurs dizaines de mètres. On les disposait traditionnellement sur les esplanades longeant les trois fleuves pendant la semaine qui précédait le Carnaval. Ils étaient tous différents et on y retrouvait agglutinés les Sethis des rangs inférieurs que leurs patrons avaient accepté de libérer. La coutume voulait que chacun puisse s'amuser au moins deux jours, d'aucuns en obtenaient même trois en participant à la construction. Certains patrons ne manquaient pas de le faire savoir pour se tailler une bonne réputation sans lever le petit doigt.

Le véhicule d'Alfred longea le quai des Arpentes où plusieurs scènes mettaient en avant les célèbres inventions de Sayef le Talent, le dieu principal de sa propre caste. Quelques mécaniciens effectuaient les derniers essais sur les machines pyrotechniques qui crachaient par leurs tuyères des flammes vertes et bleues.

Sur la berge opposée, les murailles de la Capitainerie de la famille Karzian d'Estée tombaient à pic dans les eaux de l'Audrel. Le palais et ses hauts remparts avaient l'aspect d'un promontoire rocheux indestructible. L'austérité grise de la forteresse n'empêchait pas les citadins aisés de se promener au pied de cette falaise artificielle, sur la grève de sable jaune. C'était une activité dont ils raffolaient. Été comme hiver, on la longeait jusqu'au parc des Armoiries, qu'Alfred ne pouvait voir à cet instant puisqu'il se trouvait de l'autre côté de Fer-Bataille. Lui aussi aimait particulièrement cette balade où l'on n'était jamais à l'abri d'une bonne rencontre. Pendant des années, il y avait flâné en compagnie de ses amis, mais depuis plusieurs mois le cœur n'y était plus. Le printemps était fini et Alfred n'avait pas vu les allées de calaviers en fleur.

Comme pour lui donner raison, la grève d'ordinaire animée était plongée dans l'obscurité. Les spectacles guerriers attiraient pourtant le peuple qui assistait avec enthousiasme aux combats titanesques d'Abaal la Colère et Nyal la Force, l'un des couples divins, face aux géants des temps mythiques. Alfred s'étonna de constater une absence totale d'effervescence.

— Que donnent les échafaudages de Fer-Bataille ? demanda Alfred à son chauffeur.

— Ils ont été supprimés, monsieur le comte.

— Ne rien présenter quand même, quel dommage..., fit-il distraitement remarquer.

Les mains gantées de Baptiste se crispèrent sur le volant. L'ingénieur savait que la nouvelle avait de quoi remuer. Que la fière caste de la Guerre ne monte aucun échafaudage était bien le signe que la déclaration de Phébus bouleversait l'Empire et ses sujets. Il y en avait eu l'année dernière. Un seul quartier historique, Bas-Bœuf, ne présentait jamais rien. C'était le quartier de la pègre, des marginaux et des parias qui aspiraient à plus de richesses. Pour eux, le Carnaval était ailleurs.

La berline continua son trajet le long des voies rapides. Celles-ci entouraient les collines, longeaient les quais des trois fleuves et permettaient de se déplacer rapidement dans la ville. Mais, en ce soir de fête, la route tronçonnée par les péages était bouchée par la nuée de camions qui fournissaient les réceptions des plus grandes maisonnées de Seth. Le trafic, à l'approche du centre-ville, se fit plus dense encore. Les voies se croisaient, les échangeurs surprenaient les conducteurs qui braquaient parfois au dernier moment. La conduite fluide de Baptiste avait sauvé déjà deux fois Alfred d'un accident fâcheux.

La ville se densifiait sans cesse et les architectes redoutaient davantage le mécontentement de leurs prestigieux clients que celui des gens qu'ils obligeaient à déménager. Alfred savait cela injuste, mais lui-même ne s'était pas appesanti sur leur sort en installant ses usines au second niveau de l'Horlogerie. Et si les fleuves avaient favorisé le commerce pendant des siècles en participant activement à l'enrichissement de la capitale, ils étaient un enfer pour les ingénieurs et les architectes en charge de la construction des routes. Les travaux duraient depuis des décennies ; il fallait revoir, raccorder, changer, creuser et construire sans cesse.

Quand bien même le tramvapeur avait réussi à désengorger la circulation en offrant une alternative, Seth était un chantier à ciel ouvert. Certains considéraient ces travaux perpétuels comme un signe de vigueur et de prospérité qui témoignait de la bonne conduite des affaires de la capitale. Que ces travaux soient inutilement coûteux, mal conçus ou exécutés, cela n'était pas la question, il fallait que tout bouge sans arrêt.

— Nous risquons d'arriver avec quelque retard, monsieur le comte, lui dit son chauffeur en regardant dans le rétroviseur.

— En dix ans de Carnaval, j'ai toujours veillé à arriver dans les derniers, Baptiste. Ce n'est pas aujourd'hui que cela va changer…

— Bien sûr, monsieur.

Ils arrivèrent bientôt en vue du Vieux Temple sur l'île située au carrefour des trois fleuves. C'était le cœur historique et religieux de la capitale. Son style épuré était celui des premiers temps, quand Seth n'était encore qu'une bourgade, et l'Empire qui prendrait son nom un rêve prophétique dans l'esprit des sept premiers princes. Une petite communauté de femmes dévouées y vivait en autarcie et veillait jour et nuit sur le premier foyer de la ville. Un feu qui ne devait jamais s'éteindre.

Le Palais Complet, cité dans la cité et véritable siège de la Foi, se dressait juste en face. De sa place arrière, Alfred regrettait de ne pouvoir mieux observer ce summum de l'architecture impériale qui recouvrait intégralement l'une des neuf collines. Si ses prêtres et ses érudits avaient le droit d'en sortir, nul sujet extérieur ne pouvait y entrer. L'opacité des murs et le mystère de la Foi entretenaient les plus folles rumeurs au sujet de la vie qu'on y menait. Parce que aucun sujet n'avait vu l'intérieur, tout le monde se l'imaginait.

Baptiste bifurqua vers le pont de la Bataille de Bramassa, qui traversait le Borée pour rejoindre les rives de l'Audrel, un fleuve réputé pour ses eaux tumultueuses. Le quartier de l'Armateur se distingua petit à petit derrière l'île centrale. Le front du fleuve n'était qu'un enchaînement de boutiques ouvertes, de cafés et brasseries populaires aux devantures basses. Les étoffes continuaient de se vendre tandis que les serveurs s'activaient en terrasse. La foule sur les esplanades se pressait déjà aux guichets pour obtenir des places assises.

Les échafaudages de l'Armateur n'étaient pas aussi hauts que ceux des Arcades, ni plus impressionnants qu'à Fer-Bataille, ils n'étaient pas plus richement décorés qu'à Var-Bazar, mais ils étaient incontestablement les plus drôles. Alfred voyait déjà les acteurs s'agiter, la tête dépassant à peine des grands costumes traditionnels représentant Mérézin l'Imagination, un dieu célébré pour sa malice et ses astuces. Ses échafaudages rencontraient chaque année un franc succès. Et même s'il était encore un peu tôt, des familles entières, qui n'avaient pas les moyens de s'offrir un billet pour une place assise, rôdaient déjà afin d'être sûres de ne pas rater le spectacle.

— Ne prenez pas le marché couvert, il y aura trop de monde. Remontez directement par Var-Bazar, ordonna Alfred. Je veux bien être en retard, mais pas absent.

— Entendu, monsieur le comte.

L'autovapeur laissa derrière elle les installations hétéroclites du marché des Ondines où Ralto le Cœur et Cellixte la Lumière vivaient autant d'histoires d'amour qu'il y avait d'amants dans le cercle-monde. La coutume, plus que la loi, proscrivait strictement aux rangs inférieurs des différentes castes de se mêler les uns aux autres, mais les trois nuits du Carnaval faisaient office d'exception. Il n'était pas rare de voir des sujets d'un quartier passer toute leur soirée dans un autre, et chacun repartir chez soi au petit matin. Le contact physique cependant restait profondément sacrilège. Les histoires de ces deux dieux étaient l'occasion pour tout le monde de vivre par procuration devant la même scène un amour interdit.

Pendant que Baptiste se démenait dans le trafic, Alfred ne savait pas très bien ce qu'il attendait en regardant la ronde infernale de sa trotteuse. Voulait-il la voir accélérer sa course ou ralentir ? Ce n'était qu'un mauvais moment à passer, pensa-t-il pour se rassurer, mais l'angoisse lui gelait les tripes. C'était un événement majeur dans la vie mondaine de la capitale et l'invitation était arrivée si tard. Comment l'interpréter ?

Alfred avait la religion en horreur. Le comte ingénieur n'était pas réputé pour ses œuvres de charité et participait seulement aux rites religieux nécessaires pour ne pas éveiller les soupçons. Ses employés, comme Baptiste, avaient fini par s'en faire une raison, mais aucun n'avait cru bon de le dénoncer à l'Inquisition. D'ailleurs, rien de l'extérieur n'aurait pu étayer cette thèse, Alfred continuait de jouer le jeu comme un sujet loyal. Son rang et ses activités valaient bien ce mensonge.

L'image d'excentrique inventeur qu'il s'était façonnée le protégeait jusque-là. Les journaux mondains y avaient volontiers contribué, avant d'en faire à présent une cible à abattre. Alfred jouait avec cette réputation qu'il entretenait dans les meilleurs salons et les établissements privés. Il était toujours un client assidu du club ultrasélect, les Sept Yeux du Chat, bien que ses raisons réelles échappent à tous.

Mais la déclaration de Phébus, quelques semaines auparavant, avait encore aggravé la situation. La presse s'évertuait désormais à fouiller partout dans ses affaires, à chercher la moindre preuve de sa culpabilité. Il ne lui suffisait pas d'être suivi par les services de l'Inquisition, Alfred devait se défendre en permanence contre les inquisiteurs médiatiques. Il n'y a pas de plus belle histoire que celle du héros déchu et les journalistes rêvaient de le faire tomber définitivement. Alfred repensa à la célèbre citation du Faëton : « Brûle ce que tu as adoré comme le plus pur d'entre nous. » Ils avaient fait de ce verset leur devise. Mais son astuce avait réussi à le sauver plus d'une fois et il ne s'avouait pas vaincu. C'était cela ou la ruine.

L'architecture des promenades changea soudainement et les grandes façades blanches de Var-Bazar firent leur apparition en même temps que les premiers échafaudages aux décorations vermillon. Le quai des Balances était pratiquement vide. Les entrepôts et les sièges des armateurs fluviaux, qui engrangeaient biens et richesses plus que quiconque dans cette ville, s'offraient un véritable luxe : à cette heure-ci, l'activité avait cessé. Les moins religieux et les plus prospères des commerçants sortaient à peine des cérémonies rituelles et commençaient à se répandre vers l'Armateur pour boire un verre avant d'assister aux spectacles. Il fallait manifester sa foi avec engouement sous peine d'être signalé par ses voisins à l'Inquisition, et le petit peuple illettré se devait de connaître les histoires divines contenues dans le Faëton. Les échafaudages étaient un bon exemple de devoir et de plaisir mêlés.

Toute la ville vivait au rythme de la fête. On aurait pu croire qu'elle resplendissait de joie de vivre et de bonheur, on aurait pu confondre le décor avec la réalité. Pour Alfred, ce n'était que le couvercle d'une cocotte-vapeur. Qui aurait pu deviner que, sous les façades colorées des différents niveaux en espalier, grouillait une vermine chaque jour plus nombreuse et belliqueuse ? Qui aurait pu se douter que, pour chaque sujet satisfait, trois autres se cachaient dans l'ombre et quémandaient du pain plutôt qu'un salaire à leur patron ? La ville entière. Alfred le savait, tout le monde le savait. Et le pouvoir autant que quiconque. Voilà peut-être pourquoi, les sourires comme les tréteaux, tout semblait bancal.

La vie à Seth était devenue plus que jamais une grande scène de théâtre, où des acteurs à perpétuité jouaient en boucle un rôle dont ils n'avaient même plus conscience. Tout le monde faisait comme si, comme si Phébus n'entrait pas en sécession, comme si l'Empire ne se dirigeait pas vers la guerre, comme si l'exploitation acharnée des hommes et des femmes n'était pas devenue insupportable au milieu de tant de richesses…

Alfred soupira en observant dans le rétroviseur un groupe de Sincères, ces jeunes gens fanatisés par des prédicateurs, qui remontait derrière eux les quais à la recherche de victimes, le plus souvent des parias. Le petit groupe se distinguait avec ses broderies et portait bien haut un étendard à la gloire du dieu Pélénian le Sage. Il psalmodiait d'un air austère les paroles sacrées du Faëton et arpentait les berges comme la réminiscence d'un autre âge, un âge où la vapeur n'existait pas.

Chaque jour rendait l'ingénieur plus songeur. Des plus bas aux plus hauts rangs, personne ne sentait la masse immense basculer lentement. Les surfaces étaient trop grandes, l'inertie encore imperceptible. On croyait que tout était solide et que l'illusion durerait, qu'à force d'y croire les rêves deviendraient réalité. Peut-être se faisait-il des idées, mais Alfred savait que les choses allaient très prochainement changer du tout au tout. Son métier l'avait toujours rapproché des gens les plus simples, quand bien même il n'en faisait pas partie. C'était un fils de la petite noblesse, mais la noblesse, même petite, valait toujours mieux que la roture. Contrairement à ceux qui fuyaient les ateliers dès qu'ils le pouvaient, Alfred avait toujours apprécié évoluer dans les panaches de fumée et le fracas des machines en côtoyant ses ouvriers ; et même s'il ne leur parlait pas beaucoup, il les voyait. Avait-il fait ce qu'il devait ? Cette question l'obsédait.

Bien installé dans le siège en cuir de sa berline vapeur, Alfred regarda la capitale s'échauffer ; bientôt son métal serait blanc. L'excitation était palpable, les frissons d'impatience secouaient même les immeubles austères du quartier des Sonneurs, sur la berge d'en face. Ils progressaient lentement dans le trafic et s'arrêtèrent devant des familles qui installaient un misérable pique-nique sur une rive herbeuse. L'endroit n'était pas idéal, coincé entre les voies routières et les flots boueux du fleuve. Ils étaient seuls sur une petite langue de terre, à quelques mètres de lui, éclairés seulement par les phares et les deux lunes.

Les mères avaient cousu elles-mêmes des morceaux de tissu aux couleurs fanées sur les guenilles de leurs rejetons. Des morceaux récupérés sur des habits usés jusqu'à la corde. Cela ne les empêchait pas de sourire et d'envoyer à leurs compagnons des œillades assassines. Les hommes sortaient d'un panier en osier de maigres provisions et jetaient des regards méfiants alentour. Ils faisaient tout pour se faire oublier du trafic et des passants sur les trottoirs, peut-être faisaient-ils tout pour les oublier eux aussi. Ces familles allaient s'amuser, les pieds dans la boue, au bord d'une voie rapide, mais au moins, ici, l'air était pur.

Avec la froideur d'un microscope qui grossit sans pudeur une image, Alfred les regarda s'installer. Ces parias étaient damnés pour le Faëton et n'étaient rien aux yeux de tous les sujets. Éboueurs, équarrisseurs, tanneurs, fossoyeurs, fondeurs et ferrailleurs, tous les métiers jugés impropres aux hommes et aux femmes des autres castes leur revenaient. Bien qu'ils soient nécessaires au bon fonctionnement de la société, les ignorer le plus possible était un devoir sacré. Leur état de servitude ne choquait personne, leur défense au contraire provoquait immédiatement la suspicion et la crainte. Alfred serra les poings. Il n'était peut-être pas si froid que cela. À quoi bon célébrer la foi de ceux qui vous haïssent ? Pourquoi accepter le Faëton, ce livre immonde qu'il détestait lui-même de tout son être ? Ces gens avaient peur, comme lui. Ils vivaient tous dans la peur. En dehors des premiers niveaux, où ils grouillaient dans la pisse et les rats, les damnés étaient tolérés uniquement quand ils travaillaient. Leurs corps étaient à la disposition des autres, c'était écrit. Ce n'était pas une légende urbaine et personne ne serait venu se plaindre au tribunal. Leurs vies ne valaient rien. Et pourtant, ils étaient là, toujours debout, souriants.

Leur hardiesse lui paraissait folie. Mais quelle démonstration de liberté ! Ces hommes et ces femmes ne pensaient pas à la religion, ils ne pensaient qu'au maigre bonheur qu'ils osaient prendre et qui les rendait fiers. Ces pères et ces mères étaient des exemples pour leurs enfants, libres malgré l'adversité. Voilà en quoi ils étaient meilleurs que lui ce soir. Le nez d'Alfred lui piqua. Il observa les familles de parias sur le sable grossier et l'argile glissante de la berge. La liberté était un risque qu'il était prêt à prendre. La sienne n'aurait pas le même visage que la leur, mais c'était pourtant la même liberté. Il n'attendrait pas qu'on la lui donne, il la prendrait sans la permission du ciel qu'il contempla avec rancœur à travers la vitre. L'ingénieur se secoua, dégoûté par ces dieux qui ne veillaient pas sur eux, quoi qu'en disent les prêtres.

Son chauffeur, qui patientait au volant dans les embouteillages, les aperçut et vit la mine sombre de son patron dans le rétroviseur.

— Ils ne devraient pas être ici, il va leur arriver des bricoles.

C'était un euphémisme qu'Alfred ne releva pas, dans un premier temps, avant de comprendre ce que Baptiste voulait dire.

Les quelques familles réunies eurent le mauvais réflexe de vouloir conserver les provisions qu'elles s'étaient procurées avec tant d'effort. Hommes et femmes se dépêchaient de rassembler les pâtés pressés, les bouteilles de mauvais fuzo et les fruits que les enfants avaient déjà éparpillés aux quatre coins des nappes. Leurs regards ne cessaient d'aller et venir entre leurs mains et le bout du quai. Alfred se retourna sur son siège et vit le cortège de Sincères qu'ils avaient dépassé quelques instants plus tôt. Les jeunes gens hurlaient déjà en direction des parias, abaissant leurs étendards comme des lances pour charger. En un instant, ils se jetèrent sur les pauvres familles affolées.

Courageusement, les pères se portèrent en avant pour permettre aux enfants de fuir avec leurs mères. Des femmes vinrent leur prêter main-forte. Cela ne suffisait pas face à la rage fanatique des jeunes nobles qui avaient mâché toute la journée de la gomme d'alazée, la fleur du désert des Vermillons. Alfred sursauta en voyant se ficher dans la poitrine d'un paria la hampe d'un étendard. Le sang gicla sur la bannière du dieu de la Sagesse, au plus grand bonheur des Sincères qui s'élancèrent contre les couteaux dérisoires des damnés. Leur folie l'emporta sur la détermination des parias qui jetaient des regards en arrière pour vérifier que les enfants étaient hors d'atteinte. Un père tomba à genoux, égorgé, tandis qu'un autre se faisait rouer de coups avant que son nez ne lui rentre dans la cervelle en craquant sinistrement. Une jeune fille, l'une des plus belles, fut jetée au sol pendant qu'on finissait de mettre à terre les quelques adultes encore debout. Les rires sonores des Sincères se mêlaient aux hurlements des victimes.

Alfred n'osait pas bouger dans sa berline, pas plus que les autres passagers à l'abri dans leur véhicule. Certains piétons avaient fait demi-tour ou contournaient la scène, mais des badauds regardaient le spectacle à distance. Le comte ne pouvait rien faire, car contre toute raison, les Sincères étaient dans leur bon droit. Le soir de Carnaval, on les laissait commettre ces crimes publiquement, on les en louait même. C'est pourquoi, si certains passagers comme lui étaient horrifiés par ce qu'ils voyaient et en cachaient la vue à leurs enfants d'une main tremblante, d'autres se régalaient, applaudissant, hurlant macabrement leur joie et leur plaisir. Une envie de vomir prit Alfred en voyant un des passants se passer la langue sur les lèvres devant les misères que l'on faisait subir à cette pauvre jeune fille.

Les Sincères n'avaient pas tué tous les parias, les survivants contemplaient à genoux le calvaire qu'allait endurer l'une des leurs, la robe de toile grossière désormais déchirée de part en part. Elle continuait de crier, de demander grâce, pitié, d'arracher ses ongles en accrochant la terre meuble sous ses doigts pour tenter de reculer. Rien n'y fit, les jeunes nobles la plaquèrent violemment au sol pendant que l'un d'entre eux défaisait sa braguette. Un homme, peut-être son père, trouva la force de se relever et de repousser son adversaire. À peine avait-il fait un pas qu'un coup de bâton lui brisa la nuque.

— Qu'attendez-vous pour partir, Baptiste ?

— Tout est bouché, monsieur le comte !

— C'est ignoble…

Alfred ne voulait pas assister à cette monstruosité. Que pouvait-il faire ? Sortir et se faire tuer à son tour, rester là et fermer les yeux ? La drogue altérait la conscience de ces jeunes gens, et même sans l'artifice de la gomme, la violence était dans leur nature. La corruption de l'âme existe et touche toutes les couches de la société. Chez certains êtres, même l'éducation la plus stricte ne parvient pas à endiguer la noirceur et le vice. Les hurlements redoublèrent et Alfred s'obligea à regarder les coupables, la victime et tous ces gens qui assistaient comme lui à cette scène d'horreur.

Mais aux cris de la jeune femme d'autres cris répondirent qui provenaient d'ailleurs. Alfred tourna la tête et vit débouler du front de quai une horde de parias. On les reconnaissait à leurs guenilles, aux surins et aux bouteilles brisées qu'ils tenaient. Comme des ombres, les silhouettes passèrent entre les voitures, certaines faisant crisser les carrosseries en les éraflant de leurs couteaux. Des passagers hurlèrent de frayeur quand un paria creva leurs pneus, d'autres se tassèrent le plus possible sur leur banquette pour ne pas se faire remarquer. Un damné à la chemise ouverte sur un ventre gonflé comme une baudruche s'arrêta un instant devant la berline d'Alfred. Juste le temps de sourire d'un air glauque, découvrant des mâchoires sans dents, et il reprit sa route.

Occupés par leur sale besogne, les Sincères n'eurent pas le temps de réagir. Le massacre changea de camp, l'affrontement s'équilibra et bientôt ils abandonnèrent leurs proies pour se regrouper. Auparavant, jamais les parias ne seraient sortis au secours des leurs, mais ce Carnaval-là ne ressemblait pas aux autres. Quelques passants se jetèrent dans la mêlée pour soutenir les jeunes nobles qui se voyaient submergés par ces assaillants. Alfred regarda dans le rétroviseur et entendit, avant de les voir, les sirènes des camions de police. Sous l'effet de la panique, les véhicules pris dans l'embouteillage trouvèrent de nouvelles routes pour se frayer un chemin et fuir le plus loin possible.

Les policiers sautèrent à bas des trois camions à peine arrêtés et tirèrent immédiatement sur les parias. Ils ne visaient pas les deux groupes, seulement les damnés. Des hommes, des femmes et parfois même des enfants tombaient au sol, la poitrine ou le crâne percé d'une balle. Un noble fanatique, qui allait se retrouver avec un tesson de bouteille dans l'œil, put se relever sans blessure grâce à l'intervention des forces de l'ordre. Alfred aperçut son air satisfait avant de le perdre de vue. Sa berline gagna de la vitesse et l'éloigna de cette vision cauchemardesque.

*

— *Quelle merveille que ces magnifiques robes et ces costumes élégants, mon cher Armand ! Si nos auditeurs pouvaient voir le déploiement de soieries et de pierres précieuses qui font briller les plus belles femmes de l'Empire sous nos yeux… C'est véritablement rendre grâce à Cellixte de contempler autant de beauté ce soir…*

— *Oui, ma chère Mélisse, que d'élégance, que de grâce et de couleurs, alors que nous venons de voir le duc Anglas Karzian de Varm faire une entrée remarquée avec sa femme, la duchesse Mathilde.*

— *Oh, mais attendez, n'est-ce pas la cantatrice la Paxèle qui sort d'une berline noire ?*

— *Tout à fait, en compagnie de son mari… Et là, à sa suite, le baron Auguste Honoré, Premier naturaliste auprès des Architectes, en compagnie de sa femme…*

— Chers auditeurs, l'ambiance est extraordinaire. Ce millénaire nous réserve des surprises in-croy-ables ! Nous ne savons où donner de la tête !

— Oui, Mélisse, toutes ces merveilles et ce charme ! Les plus grandes familles de l'Empire et de l'Acréon nous ont rejoints au cœur de Seth…

— Eh oui, Armand, vous venez de le dire : ce n'est pas seulement Seth qui se réunit ce soir, c'est le cercle-monde ! La délégation de l'Empire Bleu de Z'Heartz vient de faire une entrée remarquée dans ses belles tuniques et ses ceintures dorées traditionnelles…

— D'ailleurs, je vous coupe Mélisse, je vois le prince René IV de Galaton qui salue la foule. Quelle ambiance incomparable !

— Oui, les agents de police ont bien du mal à contenir l'excitation…

— Restez à l'écoute, chers auditeurs ! Nous promettons de vous faire vivre ce Carnaval du millénaire. Depuis les marches du palais Mille-Songes jusqu'au cœur de la cérémonie, nous serons avec vous, et vous serez avec nous ! Ne quittez pas le relais des Ondes Telluriques Impériales !

*

Les usines Pergoal étaient désertes, ou presque. Ernest, tout seul, attablé dans le coin de repos, finissait de réparer un petit boîtier de contrôle hydraulique qui faisait des siennes. Le vieil ouvrier sifflotait tout en écoutant d'une oreille distraite la voix aiguë de la présentatrice mondaine, Mélisse d'Albret, qui sortait, criarde, des enceintes du poste. « *Et ça, c'est seulement sur O.T.I. ! Tout de suite, quelques réclames…* »

L'ouvrier s'arrêta un instant de revisser le boîtier pour regarder le poste d'un air pensif. Toute sa vie, il s'était émerveillé du progrès technologique qui faisait la fierté de sa caste. Il était né avec les grandes innovations du siècle et avait l'impression qu'elles étaient les bornes chronologiques de sa vie. De formidables inventions avaient bouleversé Seth à mesure qu'il vieillissait : l'expansion du train, les autovapes et les routes bitumées, les tramvapeurs, toutes ces nouveautés jusqu'à la découverte des ondes telluriques. Ernest les avait accompagnées tout du long et, sans que cela ait beaucoup de sens, il en tirait une certaine fierté.

Même si cette technologie avec ses bienfaits avait stupéfié jusqu'aux ingénieurs eux-mêmes, elle n'avait pas supprimé la distance qui séparait l'ouvrier d'un noble, elle ne l'avait pas réduite non plus, elle l'avait même plutôt agrandie. Ernest avait attendu toute sa vie de pouvoir conduire sa propre autovapeur, il attendait encore. Ce n'était pas faute d'avoir travaillé d'arrache-pied ! Il s'était passionné pour son métier, qu'il n'avait pourtant pas choisi. Mais, ces derniers temps, il ne cherchait plus à comprendre comment les choses fonctionnaient, peu importait qu'elles soient mécaniques ou non. Il s'en était lassé et se sentait un peu dépassé, tel un coureur fatigué qui voit le vainqueur franchir la ligne d'arrivée bien avant lui. Tout ça, c'était l'ordre des choses disait-on, mais les années passaient et Ernest avait l'impression que l'ordre des choses accélérait de manière exponentielle. Il n'aurait bientôt plus le temps d'attendre, ni d'espérer.

S'il était intarissable sur les effets dévastateurs des échangeurs différentiels de compression vapeur mal fraisés, il ne servait à rien de lui demander comment fonctionnait le poste qu'il avait devant lui, il n'en avait aucune fichue idée. Personne n'en savait rien. Même Monsieur le comte n'avait pas su leur donner une réponse compréhensible. Ernest regarda les petites molettes et les aiguilles en cuivre qui indiquaient que l'appareil recevait le signal.

Comme la plupart des habitants de Seth, il avait découvert la machine dans les pages arrachées des catalogues de vente à distance qui servaient à emballer les provisions au marché. Puis le poste s'était répandu dans les magasins et les restaurants des beaux étages. Le vieil ouvrier se souvenait de la première fois où il avait entendu sa musique grésillante. Elle s'envolait d'une fenêtre ouverte d'un niveau supérieur, le soir, hésitante et si différente de celle des orchestres populaires qu'il connaissait bien. Quelques mois plus tard, les ouvriers de l'usine avaient découvert un poste flambant neuf dans le coin de repos. Leur patron avait veillé à leur en acheter un, même si tout le monde savait que Mam'zelle Léonore était la véritable responsable. La jeune femme savait que les petites attentions avaient du poids.

Cela faisait dix ans qu'Ernest travaillait pour le comte de Pergoal en tant que contremaître. Il faisait partie du lot qu'un ancien constructeur de trains avait revendu, avant de prendre une retraite sans descendance. Ernest ne servait plus à grand-chose ici depuis trois ans déjà. Il était trop vieux, usé jusqu'à la moelle. Ce n'était un secret pour personne. Comme un outil avec lequel on a fait tant de belles choses et dont on ne peut se séparer, Monsieur Alfred le gardait au chaud au-dessus des machines où les ouvriers prenaient leur pause ; c'était mieux que d'avoir froid et faim au-dehors en attendant la mort. Ils étaient quelques-uns dans son cas et ne rataient jamais une occasion de le remercier et de rappeler aux copains la chance qu'ils avaient. D'habitude, il n'y avait qu'un pas entre l'usine et les hospices misérables, et ce pas s'appelait la retraite. En compensation, Ernest rendait de menus services au patron. C'était sa manière à lui de ne pas se précipiter dans le bûcher.

L'ouvrier se redressa quand il perçut du bruit dans l'atelier d'assemblage. Il entendit d'abord des pas dans l'escalier avant de voir bientôt, derrière le verre cathédrale de la cloison, la silhouette de Léonore. Sa tête apparut dans l'encadrement de la porte.

— Tu devrais être chez toi, Ernest !

— Pas d'soucis, mam'zelle Léonore, je finis ça et je file.

— Des infos ? demanda la jeune femme d'un mouvement de menton vers le poste.

— Ils commentent les premières arrivées…

Léonore se rapprocha pour mieux écouter. Elle tenait un grand carton à dessin qui contenait ses travaux personnels. Ses sourcils froncés et la tension générale qui se dégageait d'elle n'échappèrent pas au vieil ouvrier, qui lui désigna une chaise avant de se saisir d'un verre propre pour lui servir une belle rasade de fuzo largement coupé à l'eau.

— Prenez deux secondes pour vous, mam'zelle.

— Merci, Ernest, lui répondit la jeune femme en s'asseyant. J'ai tellement peur de c'que les journalistes peuvent faire au patron…

— Monsieur le comte saura se défendre, pour sûr !

— Tu sais comme moi qu'ils voient le mal partout… C'est leur gagne-pain !

— Drôle de métier…

Léonore ouvrit son carton et étala quelques plans sur la table avant de boire à petites gorgées la boisson d'un blanc nacré. Le liquide frais et acidulé lui fit du bien. Elle revenait à peine de sa virée en voiture pour raccompagner Victor Pointblanc. Les embouteillages au retour ne lui avaient pas facilité la tâche. La jeune femme était encore choquée du nombre de camions et d'autos des forces de l'ordre qui stationnaient aux carrefours de la capitale. Même si, chaque année, le Carnaval était une période sensible, cette fête du millénaire s'annonçait des plus périlleuses.

Si le pouvoir se préparait autant, c'est que la situation était bien plus tendue que ce qu'on en racontait sur les ondes. Ça se sentait. Et les cortèges de Sincères qu'elle avait croisés ne lui inspiraient aucune confiance. L'ardeur qu'elle avait lue sur leurs visages réservait de sombres heures aux malheureux parias qui tomberaient entre leurs mains.

Léonore avait passé presque toute sa vie dans les niveaux inférieurs, elle y avait développé ce sens particulier, ce léger malaise qui vous prévient quand la situation va dégénérer et qu'il faut déguerpir au plus vite. Ce soir, toute la ville baignait dedans. Pas un seul endroit qu'elle n'ait traversé sans ressentir une gêne profonde. Comme si tout n'était qu'un décor faux et truqué qui disparaîtrait bientôt pour dévoiler la réalité, comme si la ville entière était devenue un immense échafaudage de Carnaval. Elle avait préféré ne rien en dire au tailleur.

Ernest regarda la jeune femme perdue dans ses pensées. Si les années et leurs rangs ne les séparaient pas tant, il lui aurait fait une cour assidue. Il avait toujours aimé le bras droit du patron qui les avait rejoints un an après l'ouverture des premiers ateliers. Elle venait des mêmes rues fangeuses et humides qu'eux. Elle était des leurs et avait réussi à s'élever ; c'était suffisamment rare dans les usines de l'Horlogerie pour être noté. On n'obtenait jamais son cordon de franc-loyal en partant d'aussi bas, mais comme pour toute règle, il fallait bien des exceptions. Ernest comprenait son patron, une fille comme ça devait être choyée et protégée.

La jeune femme sembla soucieuse en se redressant sur son siège.

— Vous travaillez encore à cette heure, mam'zelle ?

— C'est un projet personnel, Ernest. Je fais ça sur mon temps libre.

— Et c'est quoi ? demanda l'ouvrier, intrigué par les formes inédites qu'il pouvait distinguer de l'autre côté de la table.

— Une machine volante ! Un avape, comme l'appelle monsieur le comte. C'est... une auto pour les airs, si tu veux, précisa la mécanicienne en voyant le regard dubitatif du vieil homme.

— Comment ça marche ? se surprit-il à demander.

Léonore fit signe à Ernest de s'approcher des plans. Un croquis en particulier permettait de se faire une idée générale de l'engin, les autres dessins détaillaient le moteur, la structure des ailes, le profilage des hélices et de la carlingue. La jeune femme ne cachait pas sa fierté d'être à l'origine de cette invention, du moins de son application réelle. Depuis qu'elle était petite, Léonore rêvait de voler comme les oiseaux. Elle s'arrêta un instant sur le magnifique plan qu'elle avait dessiné avec Alfred, en suivant du bout du doigt les lignes rondes et souples du fuselage de l'avape.

— Grâce à nos moteurs, des hélices provoquent un… un mouvement d'air suffisant pour tirer l'avape en avant. La vitesse et le poids doivent être parfaitement calculés. Il faut une vitesse suffisante pour créer de la portance…

— De la portance ? demanda Ernest, de plus en plus curieux.

— Tu vois l'aile ? Elle doit avoir une certaine dimension pour « porter » l'avion. Le dessus est arrondi, là, dit-elle en pointant une coupe en tranche. Cela crée une différence de flux d'air entre le dessus et le dessous, on appelle ça une dépression qui soulève l'aile, et donc l'avape.

— Ça a l'air dangereux comme tout, votre truc, remarqua Ernest, qui n'était pas rassuré à l'idée de voler.

— C'est encore en expérimentation, mais un jour, tu verras, on ne se déplacera plus que comme ça…

Les centres de recherche de Brise-Fer travaillaient avec Trois Rivières sur les questions d'aérofluidité, et de nombreux tests avaient été menés à l'abri des regards pour mieux comprendre l'écoulement des fluides autour d'un objet, le principe du vol et de la portance. Les ingénieurs en charge des recherches ne s'intéressaient qu'aux principes physiques qui régissaient leur environnement. Ils se méfiaient des fanatiques qui n'hésiteraient pas à s'emparer du sujet pour en faire une question religieuse. On gardait tout cela secret, mais Ernest ne représentait pas un danger. Jusque-là, aucun moteur vapeur ne développait une puissance suffisante pour permettre aux hommes de sillonner les airs, la recherche n'était que théorique. Alfred de Pergoal y avait remédié.

Son système d'omnicompression inédit avait révolutionné la motorisation. À la différence des anciens modèles, ses moteurs intégraient organiquement les différents éléments qu'on trouvait compartimentés dans un assemblage traditionnel. Des centaines de conduits très fins, plissés et enroulés sur eux-mêmes, permettaient de chauffer l'eau de manière fulgurante et de fournir une pression décuplée grâce à des chambres compressives intégrées à des points clés. Les moteurs Pergoal n'étaient pas simplement plus petits, plus efficaces, plus légers et plus rapides, ils révolutionnaient la conception même d'un moteur. Alfred avait dit un jour, non sans une certaine malice, que ses moteurs ressemblaient à la forme d'un cerveau humain. Léonore le croyait sur parole.

À cause de son rang trop bas, la jeune femme n'avait pas pu étudier à l'université d'Antycère, mais les cours particuliers qu'elle recevait d'Alfred depuis dix ans faisaient d'elle un ingénieur aussi compétent qu'un diplômé. C'était elle la responsable de cette nouvelle machine.

Aucun essai à échelle réelle n'avait été encore réalisé et Léonore rêvait pour le moment de frôler les nuages divins, à défaut de pouvoir le faire en vrai. Ils avaient conçu cette machine tous les deux, le soir dans la tranquillité de l'usine désertée. Ils en étaient si fiers ! La mécanicienne en particulier y avait donné de sa personne, ne rechignant pas à faire des heures supplémentaires, toute seule, pour affiner les calculs et les dessins qui la mèneraient peut-être à une carrière inédite. Car qui serait assez fou pour risquer sa vie dans les airs ? Certainement pas Alfred !

— Tu feras attention en rentrant, Ernest, y a des policiers partout.

— Là où je vais, ça m'étonnerait. Dites… le patron…, tenta le vieil ouvrier qui sentait sa vulnérabilité. Il avait l'air tendu…

— Faut faire confiance… C'est un bon patron.

— J'suis bien d'accord avec vous ! Toutes ces histoires finiront par s'arranger, lui dit Ernest en tendant son verre.

Léonore trinqua avec une fragile connivence. On ne parlait pas de politique, c'était sacrilège, mais les conditions de vie étaient devenues si ignobles que les langues se déliaient. Auparavant, jamais un simple contremaître comme Ernest ne se serait permis d'aborder le sujet avec un supérieur.

L'époque était aux rumeurs surprenantes qui rompaient avec les habitudes. Des parias étaient venus en aide à un immeuble en flammes, des soupes populaires accueillaient des parias. La plupart du temps pourtant, c'étaient des viols, des attaques et des cambriolages de plus en plus impressionnants qui opposaient les uns aux autres. Cette violence omniprésente empoisonnait la vie des gens et les rendait méfiants. Tout le monde semblait se retourner contre tout le monde.

Seuls les prêtres redoublaient de condamnations. Ils hurlaient sur le perron des temples et prêchaient devant l'autel avec une ardeur renouvelée. Certains s'époumonaient même au cœur de la nuit. Rien n'y faisait. L'ordre disparaissait à mesure qu'on ignorait les dieux et leur loi sacrée. Tel un serpent qui se mord la queue, la crainte des dieux était dévorée par le chaos quotidien. Les prêtres avaient beau menacer, personne ne voyait le ciel s'abattre sur la ville.

De moins en moins de castes avaient quelque chose à perdre, se dit Léonore. Les dieux avaient-ils le cœur à dépouiller des misérables ? Son regard revint se poser sur le petit poste. Le phrasé hystérique des présentateurs était difficile à suivre.

— Et vous allez faire quoi ce soir, sans indiscrétion, mam'zelle Léonore ?

— Je dois finir mes plans. J'irai au temple et puis je rentrerai ici, dit-elle d'une voix sans timbre.

— Vous sortez pas avec vos amis ? Y a bien un jeune homme qui doit vous courir après ? s'enquit l'ouvrier avec un clin d'œil.

— Non.

Léonore pensa à sa mère, qui devait préparer un repas de rue comme le faisaient les vieux pauvres de la capitale. En mettant leurs provisions en commun, les habitants faisaient leur unique festin de l'année. La mécanicienne n'avait aucune envie de la rejoindre, ni de retourner chez elle au quatrième étage. Son appartement moderne avec ses moulures et son éclairage au gaz restait vide depuis son emménagement. Son statut de franc-loyale récemment acquis lui ouvrait les portes d'une nouvelle vie : elle pouvait désormais aller et venir librement dans tous les quartiers de la ville, sans craindre la police ou l'Inquisition. Son salaire de mécanicienne en chef lui permettait un luxe et des divertissements qui restaient hors de portée de la plupart des habitants. Pourtant, Léonore ne savait pas quoi en faire. L'argent ne faisait pas tout et la vie des riches lui paraissait toujours mystérieuse. Elle-même n'arrivait pas à se faire à l'idée qu'elle n'était plus la petite fille des bas-fonds de l'Horlogerie qu'elle avait toujours été.

Quelques soirs, elle s'était essayée à visiter seule des clubs privés et des brasseries chics, mais le sentiment de malaise avait été le plus fort, l'imposture lui paraissait flagrante. Il suffisait d'un regard amusé de la part d'un serveur pour briser son courage. La plupart du temps, Léonore demeurait à l'usine avant d'aller s'effondrer sur son lit, dans son nouvel appartement où les murs étaient trop blancs et trop lisses. La jeune femme finit son verre d'une gorgée et sentit à quel point elle était angoissée, exténuée. Alfred lui avait dit que la seule chose à faire était d'attendre. La cérémonie du Carnaval était imminente.

3

L'attentat du Carnaval

> Nous sommes au IXe siècle depuis la fondation de notre Empire, qui est dirigé par le Conseil des princes, les souverains des sept castes sacrées. Notre État est le plus stable et le plus puissant du cercle-monde. L'Empire de Seth domine l'Acréon, notre région continentale, et il est craint par-delà les mers.
>
> Notre belle histoire peut être découpée en quatre grandes phases qu'on appelle les Temps. Le premier est […]
>
> *Bréviaire des écoliers,*
> érudit LASZLO DE MYOCÈNE, 54IX

Comme chaque année, les abords du palais de la caste du Commerce regorgeaient de décorations pour célébrer le Carnaval. Var-Bazar, son quartier, était une mer d'étendards, de banderoles et bannières festives que la haute noblesse avait pris soin de faire installer à ses frais, sans perdre une occasion de le rappeler dans la presse et sur les ondes. Il fallait montrer sa fidélité aux dieux et sa loyauté aux princes. La fête la plus importante du calendrier revêtait cette année un caractère tout particulier : l'Empire avait mille ans.

Le palais Mille-Songes, siège des commerçants, était illuminé par des centaines de chandelles à gaz. Habilement disposées, elles soulignaient les ombres des statues qui ornaient les bâtiments et les tours dont le style galatique remontait à l'époque où Seth avait vassalisé Galaton. On s'était approprié les plus belles créations de l'ancien ennemi et les Antinosc avaient inscrit l'événement dans la pierre. Les grandes nefs traversées d'ogives aériennes et lumineuses avaient révolutionné l'architecture impériale qui, jusqu'alors, se contentait d'ériger des monuments massifs et sans lumière, où la subtilité n'existait que dans les statues et les ornements. De la conjugaison de ces deux conceptions était né un style original et puissant.

Alfred aimait ce foisonnement ; il préférait contempler ces détails architecturaux à la foule qui se massait sur les trottoirs pour regarder sa berline remonter la dernière avenue. Mille-Songes avait le charme de cette période où l'Empire se construisait avec de grands galops et des coups d'épée.

Bien qu'immense, la demeure des Antinosc avait une allure élancée et légère, avec ses hautes fenêtres à vitraux que la finesse des meneaux venait rehausser. Deux tours d'origine, recouvertes de marbre blanc dans un style propre à l'Empire, avaient été conservées et perçaient la somptueuse architecture de deux traits purs en direction des cieux. Elles donnaient au palais sa symétrie tout en soulignant son harmonieux désordre. Comme les milliers de statues dans leur niche au mur, ou sur leur socle au sommet des toits, l'édifice était un bijou de pierre ciselée. Un grand escalier descendait lentement jusqu'à l'esplanade en contrebas où se tenaient, en ce moment même, la presse, les invités et les admirateurs les plus fanatiques.

Mille-Songes regorgeait d'annexes et de petits

temples, raccordés grâce à un savant jeu de pièces et de couloirs au cœur de la colline. Dans ses entrailles se trouvait le coffre-fort, car ce n'était pas seulement le siège de la famille princière Antinosc, c'était la banque et la Bourse centrale de l'économie impériale. Des milliers de Sethis appartenant au Commerce s'y rendaient chaque jour pour travailler, négocier des contrats ou solliciter un prêt. Les langues déliées racontaient que même les princes ne connaissaient pas le nombre exact des pièces de leur demeure. Autant d'occasions, susurrait-on, pour mener des opérations clandestines ou cacher des secrets compromettants. Quel commerce n'a pas ses petits arrangements ? Alfred n'y avait jamais mis les pieds et rêvait de l'explorer.

La vaste esplanade au pied des marches bouillonnait d'une activité frénétique. Toutes les personnalités en vue s'étaient donné rendez-vous pour ce millénaire, les services privés des princes avaient veillé à n'oublier personne. Les autovapeurs se succédaient devant le tapis pourpre pour déposer, sous les acclamations de la foule, les plus éminents membres de la société impériale. Les flashs éblouissants des ampoules de magnésium crépitaient, reflétés par les pierres précieuses cousues sur les robes des plus belles femmes de l'Acréon. L'éclat cru de la lumière artificielle se réverbérait sur les monocles et les cannes à pommeau d'argent des hommes, vêtus de smokings de couleur sombre qui s'effaçaient derrière les tenues chatoyantes des dames. C'était une débauche de richesses et de puissance qui ne manquait pas d'impressionner le populaire, lequel se pressait aux barrières, les mains tendues vers ces idoles qui lui brûlaient les yeux.

Les interventions savamment préparées s'enchaînaient devant les pavillons en cuivre que tendaient à bout de bras les journalistes des Ondes Telluriques Impériales, l'une des rares stations à diffuser dans toutes les provinces où l'on se contentait d'ordinaire de la presse écrite. C'était à qui trouverait les meilleurs remerciements pour les princes, le mot le plus spirituel ou la meilleure pose. Les invités étrangers n'étaient pas interrogés et saluaient la foule de loin, avant de monter les marches.

L'agitation redoubla quand l'auto rouge d'Alfred fit son entrée. Même si sa spécialité consistait dans la confection de moteurs ultra-performants, la bonne société connaissait le goût de l'ingénieur pour les véhicules qu'il dessinait en personne. Alfred en fabriquait pour lui-même mais aussi pour quelques amis triés sur le volet, dont Constantin l'Ariologues et Nine d'Entres-Ombres, princes de sa caste, qui ne possédaient d'autres véhicules que les siens. La berline s'arrêta au bas des marches à l'endroit désigné. Même à l'arrêt, ses lignes pures et rondes, dont Alfred avait fait sa marque de fabrique, semblaient tirer le véhicule en avant. La silhouette longiligne et épurée de sa carrosserie était avant-gardiste, ce qui avait plu hier et déplaisait aujourd'hui.

Alfred sortit prestement du véhicule, sous les cris des journalistes et les huées des spectateurs, la portière tenue du bout des doigts par un huissier du palais. Les autres célébrités se dépêchèrent de monter les marches telle une nuée d'oiseaux effrayés. Dans la foule, des cris retentirent encore plus fort : « Traître ! Menteur ! Hérétique ! » Alfred les ignora souverainement et se dirigea vers la meute de journalistes qui accourait à sa rencontre.

— Monsieur de Pergoal, un mot, s'il vous plaît !

— Qu'avez-vous à déclarer sur le prince Karzian d'Estée ?

— Soutenez-vous sa déclaration ? Le prince rompt-il avec le Conseil ?

— Que répondez-vous à ceux qui vous accusent de jouer double jeu ?

— Avez-vous vendu des moteurs confidentiels au Royaume Volant ?

D'un air serein, le comte ingénieur leva les mains pour réclamer le silence. Son dos était en nage mais pas une goutte de sueur ne coulait le long de ses tempes. Décidément, les dîners en ville laissaient libre cours à une imagination extravagante. Il ne suffisait pas qu'on l'associe aux déclarations de son ancien ami, le prince de la Guerre, il fallait également qu'il se soit compromis avec l'ennemi séculaire de l'Empire ! Alfred reconnaissait bien là l'inventivité intéressée des professionnels de la vie mondaine qui savent qu'une bonne calomnie s'accompagne toujours d'outrance.

Les célébrités sur l'escalier se retournèrent et lui lancèrent des regards mauvais : il gâchait la fête par sa présence. Un capitaine de l'Inquisition, dans son austère uniforme noir, les bouscula au sommet des marches pour se diriger à toute vitesse vers l'attroupement. Les flashs au magnésium crépitèrent avec leur panache de fumée blanche, éblouissant le comte ingénieur qui restait imperturbable malgré l'assaut.

— Toutes ces accusations ne visent qu'à me nuire sans apporter la moindre preuve, déclara-t-il. Ce n'est que diffamation et procès d'intention. Je demeure, je l'affirme encore ce soir, un sujet fidèle et loyal. J'espère que le prince Karzian d'Estée reprendra au plus vite le contact avec Leurs Majestés.

— Que pensez-vous de la réalité décrite par le prince dans sa déclaration ?

— Il n'est pas dans mes attributions de commenter ce genre de choses. Je reste à la disposition du Conseil comme n'importe quel sujet dévoué, merci, répondit Alfred en s'efforçant de se dégager de la nasse que formaient les journalistes autour de lui.

Mais ils refusaient de lâcher une aussi belle proie. Un photographe rechargea son appareil avec une ribambelle d'ampoules, pendant qu'un autre changeait son magasin en renversant ses pellicules. Alfred tenta d'avancer et dut repousser les corps qui se pressaient contre le sien. Il pouvait goûter leur haleine et sentir leur odeur.

— Mais nos auditeurs et nos lecteurs veulent savoir pourquoi vous avez déclaré, il y a un an, que le progrès technologique devait s'accompagner d'autres progrès… Était-ce le rôle d'un Premier ingénieur aux affaires militaires ?

— C'est vous qui faites cet étrange rapprochement. Je suis le plus fidèle serviteur de l'Empire…

— Qu'avez-vous à répondre à ceux qui vous accusent d'hérésie ?

— Votre relation avec la mécanicienne Léonore Azur est-elle strictement professionnelle ?

L'attaque prit Alfred au dépourvu alors que les pavillons enregistreurs lui effleuraient les lèvres. L'avidité des échotiers l'écœura. Personne ne put voir sur les ondes son visage se décomposer sous l'effet de la colère. Les appareils photographiques voulurent saisir son expression dégoûtée, malheureusement les pavillons faisaient obstacle. Cela n'empêcha pas les photographes de mitrailler en espérant un bon tirage au hasard. À défaut d'avoir une déontologie, ils avaient du métier.

Pressé de gauche à droite par cette masse grouillante qui le débectait, Alfred ne contint plus sa colère. Les insignes du Service, à têtes jumelles qui rient et pleurent, ne suscitaient plus en lui aucune sympathie. Tant que les journalistes se contentaient de le mettre en avant et de servir son image, Alfred n'avait rien eu à redire, mais ils ressemblaient désormais à des chiens de chasse avant l'hallali, grisés par l'odeur du sang, les crocs prêts à mordre.

— Toutes ces rumeurs ne sont que des calomnies ! Des calomnies que vous vous empressez de colporter ! Vous et votre lectorat ! Laissez en dehors…

Alfred n'eut pas le temps d'achever sa réponse, qui ravissait les journalistes, qu'une main lui saisit brutalement le bras, le sommant de se taire. Toute la meute s'évanouit devant l'arrivée du capitaine de l'Inquisition.

— Laissez passer monsieur le comte !

Le capitaine fit un geste vague de la main qui fut obéi à la seconde. Il ne faisait pas bon se mettre à dos l'un des limiers de la Loi. Personne n'osa s'opposer à sa décision, ne serait-ce qu'en parole. La foule des spectateurs elle-même, parquée derrière les barrières, se contracta et recula. Le capitaine ne lâcha pas le bras d'Alfred et le guida sur le tapis jusqu'aux marches. Il regardait devant lui sans prêter attention aux commentaires qui reprenaient dans leur dos. Alfred le dévisagea rapidement. L'homme avait sans doute le même âge que lui, un nez dur et un front haut qui ajoutaient de la sévérité à ses yeux bleu-gris.

— Mais enfin, c'est un cercle-monde ! Je n'ai rien fait !

— Ne vous inquiétez pas, monsieur le comte, je vous conduis seulement à l'intérieur.

Alfred n'avait d'autre choix que d'obéir. Il gravit avec le capitaine le grand escalier du palais. Les célébrités encore présentes ne cachaient pas leur satisfaction, la foule le montrait du doigt et la presse commentait de mille et une manières le minuscule incident qui s'était produit en bas des marches. Les flashs n'avaient pas cessé une seconde de crépiter.

— Je n'ai rien fait ! Lâchez-moi le bras.

— Monsieur de Pergoal, permettez-moi un conseil, avertit le capitaine entre ses dents tout en desserrant sa prise. En ces temps troublés, même l'innocence est suspecte… Alors la complicité, je vous laisse imaginer.

— Je n'ai rien à me reprocher.

— Je crains, monsieur de Pergoal, que vous ne mentiez. Je suis l'inquisiteur Baras d'Arcane, c'est moi qui suis en charge de votre surveillance.

— Pourquoi me dites-vous cela ? murmura Alfred après quelques secondes d'un lourd silence.

— Parce que j'en sais déjà assez. Je vous souhaite une bonne cérémonie.

Alfred ne répondit rien. Il était blême et avait le souffle court. Était-il trop tard ? Le comte ingénieur hésita à faire demi-tour pour s'enfuir du palais et éviter de se faire menotter une fois les portes refermées. Était-ce le but de cet officier de le faire paniquer ? On n'arrêtait pas quelqu'un au milieu d'une fête, si ? Les questions se bousculaient dans sa tête. L'officier le regarda une dernière fois, droit dans les yeux, impassible.

— Bonne soirée et à très bientôt, monsieur le comte, conclut-il avant de s'éloigner.

Alfred se retourna un instant pour le suivre du regard et faillit perdre l'équilibre sous les bourrasques qui cinglaient au sommet des marches. L'escalier du palais se dérobait devant lui et s'étirait, vertigineux, tel un accordéon interminable. Les lumières de Var-Bazar rayonnèrent alentour plus vivement que jamais, au point de l'éblouir. D'en bas, la foule continuait de l'épier, tout comme les photographes qui le mitraillaient. Il n'y avait plus que lui dans l'encadrement sombre de l'entrée du palais. Sous le regard des dizaines de statues princières dans leurs niches ornant le tympan principal, Alfred était certain que tout était fini.

Il devait faire bonne figure, même si les fers l'attendaient de l'autre côté. Ce n'était pas possible, ce n'était pas le lieu. Pas maintenant. Son pouls ralentit peu à peu, le sol devint plus ferme et Alfred reprit une respiration normale. On n'arrêtait pas les gens au milieu d'une fête. Il pénétra dans le palais en se jurant de conserver son sang-froid. Mais quel sang-froid garder quand, à tout moment, votre corps peut se balancer au bout de la hart ?

Ce genre de moments périlleux lui rappelait les bénéfices de son éducation noble. Habitué dès son plus jeune âge à afficher une mine impassible, à contenir ses émotions pour observer le contrôle de soi, le comte réussit à franchir, sans rien laisser paraître, les portes successives qui menaient à la cérémonie. Les cours de maintien de son précepteur au Pré Carré, la demeure de ses parents, lui revenaient en mémoire : *S'ignorer pour mieux se retrouver, les plus grands troubles exigent le plus grand calme.*

Heureusement, personne ne l'attendait dans les couloirs, excepté les huissiers qui guidaient les invités. Aucune escouade de gardes ne surgit d'une porte dérobée, seuls des serviteurs protégeaient les issues sans lui prêter la moindre attention ; ils ne portaient pas l'uniforme noir de l'Inquisition, seulement des livrées. Alfred se détendit peu à peu, cette soirée allait être normale. Il était le dernier invité à pénétrer dans l'impressionnant vestibule et suivit un domestique qui ne le regarda pas une seule fois en chemin. On le conduisit dans la salle de réception au bout d'une file qui s'allongeait jusqu'à l'estrade où siégeaient les princes. Les portes se refermèrent derrière lui.

Comme personne ne lui adressait la parole, Alfred en profita pour contempler la magnifique pièce ovale, de vastes proportions. Les nobles commerçants, devant lui, jetaient des regards blasés à ceux qui ne pouvaient s'empêcher d'admirer les formidables richesses dont Mille-Songes regorgeait. Alfred se moquait bien de leur mépris affiché. Cette architecture relevait de la prouesse. Ses doubles gradins de marbre, derrière de hautes colonnes, plongeaient vers le centre en une courbe gracieuse en forme de barque. Le comte reconnut là les embarcations emblématiques des commerçants qui avaient tant fait pour cette caste au cœur de la ville. Tout était une vibrante réclame pour la puissance du Commerce. À commencer par le sol, une marqueterie minérale des plus belles pierres qu'on trouvait dans les carrières du Circan, d'Arpe ou encore des Clairs de Sel. Les nobles n'y prêtaient même plus attention. Pourtant les motifs géométriques contrastés par les veines colorées des différents marbres étaient du plus bel effet, comme les larges colonnes en granit des côtes de Grâce qui soutenaient les gradins et la voûte du plafond. Tous ces matériaux étaient localisés à des centaines de lieues de la capitale, et Alfred pensa aux ingénieurs de l'époque qui avaient dû peiner pour inventer les moyens techniques de leur acheminement.

Il chercha un instant des visages familiers à l'étage réservé aux membres éminents des différentes castes. On s'accoudait d'un air las à la balustrade, on faisait mine de ne pas se regarder tout en ne faisant que ça. Les mains se serraient avec une chaleur trop appuyée pour ne pas être feinte. C'était l'attitude de rigueur dans les soirées mondaines. La Loi, le Commerce, la Technique, la Guerre, le Savoir, le Service et la Foi avaient chacun un endroit défini et chaque invité une place rigoureusement pensée. Les rangs professionnels et nobiliaires créaient des casse-tête protocolaires qui avaient dû tenir éveillée pendant quelques nuits une équipe spécialisée de la Chancellerie.

La propre caste d'Alfred était trop éloignée pour qu'il puisse distinguer les visages, malgré le savant éclairage. De grands lustres dorés, dotés de lampes à gaz du dernier cri, éclairaient la salle qui restait dans une relative pénombre à cause de ses dimensions. Leur style moderne tranchait avec le caractère antique que le lieu avait conservé depuis ses origines, pourtant ils ne juraient pas ; ils apportaient même une touche d'élégance nouvelle et légère. Les Antinosc étaient réputés pour leur bon goût et leur sens de la mise en scène : tout le monde pouvait voir ceux qui devaient être vus. Et si de là où se tenait Alfred les visages se confondaient encore, il voyait bien que les gradins réservés aux militaires manquaient d'invités.

Depuis son arrivée, de nombreuses personnalités le pointaient du doigt sans aucune retenue. Heureusement, il n'était pas le seul à attirer les commérages, ils étaient deux car, comme lui, l'ambassadeur du voisin honni, le puissant Royaume de Tallid, était la cible des mauvaises langues. Son Excellence, reconnaissable à son costume d'apparat, assistait aux présentations princières d'un œil narquois depuis la tribune des officiels étrangers. Alfred continua son investigation jusqu'à la fresque illuminée du plafond que quelques visiteurs, plus curieux que mondains, admiraient ostensiblement. L'œuvre était si magistrale qu'il fut happé par sa contemplation.

Elle figurait une seule scène, mais elle fourmillait de détails. Elle représentait le Jour du Don, peut-être la scène centrale de la foi impériale. C'était la première chose que l'on apprenait aux enfants alors qu'ils marchaient à peine : comment la jeune Jézabel, première des Vallons-Pleurs, avait réuni les futurs princes pour bâtir l'Empire au nom d'un livre que les dieux lui avaient donné. Le récit même de ce voyage faisait l'objet de la première annexe au Faëton qu'on appelait *Les Révélations*.

Jézabel avait traversé à pied les plaines des Basses-Prairies, franchi le Borée et l'Audrel sur une barge et la Cressette sur le dos d'un âne, elle avait navigué à l'aveugle dans les marais des Lacs en se servant d'une plume comme boussole et gravi les montagnes des Arpentes chaussée de sandales à semelles de bois qu'on conservait depuis lors dans un reliquaire. La jeune bergère qui deviendrait princesse avait parcouru en sept mois l'ensemble des futurs territoires impériaux pour ramener à Seth, qui n'existait pas encore, les princes désignés par les dieux. Ce voyage initiatique avait fondé l'Empire éponyme.

Ces territoires étaient parfois fort éloignés. Bien trop, selon Alfred qui s'était amusé un jour à calculer la vitesse de déplacement de la princesse pour parcourir en sept mois l'itinéraire décrit dans le livre, à la recherche de personnes qu'elle ne connaissait pas, au milieu de territoires que l'on disait en guerre, en proie à la misère et à l'anarchie. Soit la princesse galopait comme un cheval infatigable, soit c'était tout simplement impossible et, pensait-il, franchement ridicule. Comme l'ingénieur n'était pas du genre à croire aux miracles, il n'hésitait pas à penser que le récit avait été enjolivé, pour ne pas dire inventé de toutes pièces. Il se gardait bien d'exprimer son opinion.

La méfiance était devenue une seconde nature pour les sujets de Seth. Et tout le monde n'avait pas, contrairement à Alfred, le goût de l'indépendance au point de remettre en cause les fondements mêmes de la société. S'il les rejetait désormais en son for intérieur, Alfred avait encore suffisamment d'instinct de survie pour ne pas l'ébruiter. Cela ne l'empêchait pas d'admirer la finesse et la qualité de l'art religieux. Les détails du chef-d'œuvre ne cessaient de le frapper à mesure qu'il les découvrait ; comme ce qui sépare le banal de l'exceptionnel, la fresque semblait n'être là que pour lui. Alfred avança mécaniquement sans prêter attention aux gesticulations nerveuses des invités qui attendaient d'être présentés.

Le peintre avait voulu reproduire le style naïf des statues antiques de la première construction du palais. Les tissus lourds qui drapaient les princes assis sur des trônes vermeils étaient figurés par des plis lisses, simples comme les traits de leurs visages d'une solennelle gravité. Alfred pouvait distinguer au-dessus de leurs têtes le symbole de la caste qu'on retrouvait aujourd'hui sur les insignes de poitrine ou sur les cols. Dans la vie quotidienne, ils permettaient en un clin d'œil de s'identifier. Pour la majorité de la population, ces insignes maintenaient les sujets des castes séparés, les relations sociales étant réduites au strict minimum ; pour les nobles, ils promettaient seulement une impossible union.

Jézabel était debout devant ses frères et sœurs de foi, les premiers princes. Elle tenait un grand livre ouvert qui répandait autour d'elle une envoûtante aura mordorée. Conformément au Livre saint, Alfred reconnut le lieu où la scène s'était déroulée : l'île du Vieux Temple, au centre de la capitale. Des milliers d'animaux étaient représentés dans les forêts, sur les berges, dans l'eau des fleuves, comme si l'homme n'avait jamais foulé cette terre. Cela n'empêchait pas des êtres humains d'être également présents, eux aussi comme des bêtes, pensa Alfred en notant l'absence de vêtements. Ils priaient, pleuraient ou chantaient, de joie sans doute ; d'autres encore se cachaient derrière les bosquets, honteux de leur nudité. Mais Alfred remarqua que l'artiste s'était permis quelques libertés : car si la plupart des hommes et des femmes adoptaient une attitude digne, des corps à moitié cachés par les bois et les buissons semblaient occupés à bien d'autres choses. Des paires de jambes dépassaient des broussailles et des visages ravis, un peu trop proches, prouvaient qu'il faut toujours regarder une œuvre avec attention.

Alfred sourit intérieurement en voyant comment l'artiste s'était amusé à pousser le sacrilège jusqu'au cœur d'un palais princier. La distance, un brin moqueuse, qu'il observait dans ce tableau le persuada que toutes les époques n'avaient pas connu les rigidités actuelles. D'ailleurs, le ciel de la scène lui non plus ne suivait pas les conventions. Le récit mettait rituellement l'accent sur le ciel limpide annonçant l'avenir radieux de Seth. Pourtant, là, de grands nuages camouflaient à demi le soleil. Ils étaient eux aussi peuplés de créatures et surtout de créateurs. Alfred ne les avait pas remarqués de prime abord, mais il discernait à présent leurs silhouettes, puis leurs noms calligraphiés en lettres d'or au-dessus de leurs têtes. Les nuages formaient comme un second paysage, un tableau dans le tableau.

La période où la fresque avait été élaborée devait être bien libre puisque aujourd'hui même la représentation des dieux sous une forme humaine était sujette à de nombreuses controverses qui n'étaient rien d'autre qu'une interdiction déguisée. Les dieux étaient donc complètement absents des œuvres récentes. Les artistes contemporains ne prenaient pas le risque de jouer avec leur vie en défiant leur souveraine, la princesse de la Foi, et tous les fanatiques de sa caste. Connaissant les conséquences d'une telle attitude, Alfred serait le dernier à le leur reprocher.

Mais – autres temps, autres mœurs – cette fresque-là développait les détails de la physionomie divine. Quint le Temps, qui existait avant l'existence, Cellixte la Lumière, qui était le printemps avant d'être l'été, l'été avant d'être l'automne, mais jamais l'hiver, et Pélénian la Sagesse, né du premier dilemme de la matière, regardaient la scène avec une gravité similaire à leurs envoyés. Au contraire, Mérézin l'Imagination, le dieu sans illusions, les contemplait d'un air rusé en se frottant les mains, tandis que Ralto le Cœur, qui avait appris le chant aux oiseaux, écrasait une larme, sans qu'on sache si c'était de joie ou de chagrin. Alfred remarqua que les dieux n'étaient pas seulement côte à côte, mais disséminés dans toute la fresque. Borance Noir, le maître des cendres, caressait un corbeau perché sur son épaule sans prêter la moindre attention à la scène, tandis qu'Égide Horace la Nature, dont la colère faisait trembler les étoiles, se tenait le menton, accoudé à un nuage, le regard pensif. Le propre dieu d'Alfred, Sayef le Talent, le dieu au Compas, se tenait juste à côté d'eux, il dessinait dans les airs un schéma et d'étranges symboles. Il ne regardait pas les princes.

Alfred s'arrêta un instant sur le visage de celui qu'il devait honorer et servir de sa naissance jusqu'à sa mort, à travers son obéissance aux princes de la Technique. Il aimait l'image de son dieu tutélaire, dont les enseignements étaient une incitation à l'effort et au travail, mais il n'appréciait pas de devoir quoi que ce soit à quelque chose qui n'existait pas. Il ne suffisait pas que des prêtres le claironnent pour qu'Alfred y croie. Ce pouvoir, qui ruisselait des dieux jusqu'aux mortels par l'intermédiaire des princes et de la noblesse, était surtout une belle justification pour imposer l'obéissance à un peuple entier. C'était à cause d'eux que la société reposait sur l'asservissement, à travers un jeu complexe de contrats qui liaient les êtres les uns aux autres dans tous les aspects de leur existence. Même les nobles, qu'on disait libres, dépendaient en réalité de seigneurs plus élevés. Des seigneurs qui pouvaient les faire et les défaire.

— Monsieur le comte ! Monsieur, c'est à vous ! lui souffla l'huissier en lui montrant l'estrade à quelques mètres de lui.

Les princes l'attendaient. Tout à sa contemplation, Alfred n'avait pas vu que c'était désormais à son tour d'être présenté. Il déglutit avant de remercier l'huissier d'un regard. Celui-ci se retourna et annonça d'une voix forte :

— Monsieur le comte Alfred de Pergoal, pair du magistère technique d'Antycère, Premier ingénieur aux affaires militaires !

Le silence se fit soudain dans la salle. Toute la noblesse de Seth voulait connaître le sort que les princes lui réservaient. Alfred s'avança, le cœur battant. Il salua puis mit un genou à terre, son chapeau haut de forme sous le bras, tandis que les princes le regardaient d'un air imperturbable.

— Je salue Vos Saintes Majestés et les assure de ma soumission la plus totale et de mon obéissance la plus absolue.

La formule rituelle achevée, il attendit un instant la réponse avant d'oser lever les yeux vers l'estrade. En face de lui trônait la princesse de la Foi, Marianne de Vallons-Pleurs, cachée sous les nombreux voiles qui la drapaient. Seuls ses yeux gris clair, qu'il voyait pour la première fois, brillaient d'une lueur saisissante. Étaient-ce les chandelles des lustres qui se reflétaient dans ses prunelles ou un ardent feu intérieur qui les faisait luire si intensément dans la pénombre environnante ? Il en allait de même pour la femme à ses côtés, sans voile, la grande prêtresse Malo, dont les yeux verts pétillaient en le fixant. Ces regards étaient intenses et pénétrants, mais au grand dam d'Alfred ils ne parlaient pas.

C'étaient peut-être les autres princes qui lui adresseraient la parole. La lumière au-dessus des trônes accentuait la sévérité de leurs traits. Pas un geste, pas un bruissement de tissu. On retenait son souffle dans les gradins. Les princes et les princesses dans leurs costumes de cérémonie, empesés de pierres précieuses multicolores finement taillées, de bijoux ciselés et de perles irisées, s'étaient transformés en d'inquiétantes statues. Alfred fut gagné par un étrange sentiment d'admiration en les voyant tous solennels, graves et dignes comme sur la fresque, brillants de mille feux dans leurs robes et leurs costumes de soie brodés d'or fin. Il se sentit si petit, si faible. Il se sentit ridicule.

Constantin l'Ariologues, le prince ingénieur de sa caste, dont la stature carrée était encore plus massive qu'à l'accoutumée, le regardait à peine, pas plus que celle avec qui il partageait le titre et le trône, Nine d'Entres-Ombres, la princesse des architectes et des constructeurs. Alfred s'attendait à un soutien de leur part, ne serait-ce qu'un mot, mais les deux dignitaires le traitaient avec la plus extrême froideur. De son côté, Arsène de Virolles, le prince de la Loi, dans sa robe de magistrat suprême, arborait le fin sourire du prédateur devant sa proie. Alfred sentit une goutte de sueur froide couler le long de son dos. Les secondes s'égrenaient dans le silence. Ni Antinosc, ni Rocca, ni Tancre-Asclépios ne firent le moindre geste. La princesse du Savoir, dans son costume à la coupe masculine d'un blanc aussi lumineux que ses cheveux, regardait au loin. Alfred n'existait pas.

Le comte ingénieur baissa la tête, il sentait

toujours les yeux de la princesse Marianne et de sa prêtresse plantés sur lui. Le sourire du prince de Virolles ne cessait de le hanter. Et le siège de Phébus était vacant.

— Relevez-vous, monsieur le comte, dit l'huissier, qui voyait bien que les princes ne diraient rien au pauvre ingénieur dont le visage se décomposait malgré ses efforts pour rester digne sous la moquerie silencieuse des gradins.

Alfred se releva et l'officier du palais l'envoya vers un collègue. Les conversations reprirent, fortes et enjouées, comblées par cet éclatant moment de disgrâce. On lui montra son siège le long de la balustrade du premier niveau, juste à côté d'une large colonne qui le cachait au milieu des siens.

Les spectateurs l'ignorèrent, trop occupés à feindre de regarder les bas-reliefs, mais certaines belles âmes, narquoises et hilares, se moquèrent ouvertement de lui en le singeant. Alfred leur jeta un regard noir tout en montant les marches. Quelques visages amis se firent reconnaître d'un sourire, comme le duc Fabrice d'Astran, Premier architecte, qui ne cacha pas sa solidarité. Cela fit du bien à Alfred qui s'assit en attendant le spectacle. Une main se posa sur son épaule, c'était le baron Vallard fils, qui lui apportait son soutien. Alfred le remercia des yeux.

Qu'avait-il fait pour mériter un tel traitement ? Et pourquoi Constantin et Nine l'avaient-ils totalement ignoré ? Combien de sacrifices devait-il faire pour prouver sa bonne foi ? Ses propres princes ne l'avaient pas reçu depuis plusieurs semaines. Alfred s'inquiétait de ce que l'Inquisition avait bien pu découvrir. Constantin et Nine avaient-ils peur ? Il était pourtant certain d'avoir fait le nécessaire pour se protéger et les protéger par la même occasion.

Alfred était l'inventeur des micromoteurs vapeur qui avaient révolutionné l'industrie du transport. Il était à la tête d'une usine qui produisait chaque semaine les composants les plus recherchés, les moteurs les plus performants de tout l'Empire, de tout l'Acréon, de tout le cercle-monde même ! Il était devenu comte d'Empire à la sueur de son front. Mais tout cela était éclipsé par son amitié compromettante avec Phébus. Que faudrait-il faire encore pour qu'on le laissât vivre sa vie comme il l'entendait ? Fallait-il n'être qu'une coquille vide pour plaire à tous ces gens ? Il bouillait de colère et d'une irrésistible envie d'en découdre. Il regarda les visages gras et hideux des moqueurs sur les gradins en face, en sentant les battements de son cœur s'accélérer.

La lumière des lustres diminua d'intensité, plongeant l'immense barque dans la pénombre, et les conversations s'arrêtèrent naturellement. L'attention se concentra sur l'estrade et les princes qui scintillaient. Les larges portes en bronze s'ouvrirent lentement, faisant se tourner les têtes d'un même ensemble, hormis celles des princes qui se trouvaient en face. Une procession de prêtres fit son entrée à la lumière des torches tenues bien haut et traversa la salle au pas en portant une série de coffres sur un palanquin. Les flammes firent danser leurs ombres et celles des encensoirs que des moines faisaient tournoyer dans les airs. Les panaches opaques et odorants purifiaient l'espace et parvenaient jusqu'aux narines des nobles recueillis. Les prêtres se mirent à chanter les litanies sacrées qui invitaient les dieux à écouter leurs prières ; la langue ancienne qu'ils utilisaient était, disait-on, la langue originelle du Faëton. Les spectateurs ne la comprenaient pas mais cela ne les empêchait pas d'être captivés par la mélodie.

Un nouveau cortège, de prêtresses cette fois, entra en chantant d'une seule voix cristalline. Le chant était doux et plaintif, Alfred savait qu'il était un appel à la clémence divine et complétait le précédent. Le rituel était immuable et possédait cette force qu'ont les gestes répétés depuis des temps immémoriaux. Elles s'agenouillèrent en losange devant l'estrade, mêlant leurs voix à celles des hommes en un chant polyphonique. La beauté du cérémonial subjugua Alfred, les mélopées l'enveloppaient et le berçaient peu à peu. Son corps lui paraissait léger, tremblant, fébrile. À la colère succédait la tristesse, il avait envie de pleurer et se sentait démuni. Jamais une cérémonie religieuse n'avait provoqué en lui un tel bouleversement.

Au bout d'une dizaine de minutes, deux prélats, reconnaissables à leurs tenues brodées des mystérieux symboles du Faëton, s'avancèrent vers les gigantesques gongs installés en bas de l'estrade. Ils les firent longuement résonner, chaque coup représentait un dieu du panthéon et symbolisait sa présence. Balançant leurs encensoirs, les moines firent le tour des colonnes avant de venir se poster à côté des instruments en bronze. Les chants continuaient d'emplir toute la salle.

On déposa le palanquin devant l'estrade et les prêtres se penchèrent sur les coffres qu'ils ouvrirent l'un après l'autre. Ils en sortirent une douzaine de statuettes de divinités, des bougies et des coupelles garnies d'offrandes qu'ils présentèrent aux princes et princesses qui s'étaient avancés vers eux. Ces derniers se saisirent de la cannelle des Lacs, de la poudre d'or, du sel bleu des Arpentes, et les éparpillèrent sur les statuettes. Ils ne choisissaient pas n'importe quelle épice ou n'importe quelle matière : Mérézin avait de l'or et Ralto du sel. Un prêtre tendit alors à chaque dignitaire un rameau d'olivier, symbole d'éternité, qu'ils embrasèrent sur les braises du Vieux Temple qui rougeoyaient dans une vasque. Ils s'en servirent pour allumer les bougies placées au pied de chaque statuette afin que la fumée tienne lieu de transport à leurs prières.

Une fois ce rituel terminé, les chants cessèrent soudainement. Les princes se reculèrent et les prêtres sortirent du huitième coffre un agneau blanc comme neige. C'était le moment du sacrifice, l'innocence même qu'on soumettait au pouvoir des dieux par la main des hommes. La jeune Marianne de Vallons-Pleurs s'avança, suivie par sa grande prêtresse qui dominait sa frêle silhouette d'une bonne tête. Elle leva les mains au ciel et commença une incantation qu'on devinait au mouvement de ses lèvres derrière son voile fin. La prêtresse reprit en canon la même oraison, et cette fois chacun put entendre la vieille langue sacrée sortir de sa bouche. On n'en comprenait pas les mots, on en saisissait le sens à force de répétition. Princesse et prêtresse rappelaient l'engagement des hommes auprès des dieux, leur réitéraient les promesses d'obéissance, en louant la beauté du cercle-monde que ces derniers avaient façonné pour eux.

L'incantation achevée, le grand prêtre sortit un couteau effilé et le tendit à la princesse. On lui présenta l'agneau, la gorge tendue. C'était parce que les hommes sacrifiaient l'innocence même que les dieux ne pouvaient douter de leur sincérité. D'un geste vif, Marianne de Vallons-Pleurs trancha la gorge de l'animal, répandant son sang chaud sur le sol. Elle tendit vers la plaie béante une main gracile dont seule l'extrémité de l'index et du majeur dépassait des soieries qui l'enveloppaient. Elle trempa ses doigts dans le sang et vint les appliquer sur le front de chaque statuette et de chaque prince, avant de reculer et de s'agenouiller comme toutes les personnes présentes.

Alfred suivit le mouvement en se sentant de plus en plus mal. L'état de fébrilité qui l'avait saisi au moment des chants ne s'était pas évanoui. C'était très étrange, comme une trop vive émotion ou un abandon. À genoux à côté de la colonne, il ne quittait pas des yeux le spectacle somptueux, mais les pensées se bousculaient dans sa tête et ses sensations devenaient de plus en plus incontrôlables. Tout le monde resta agenouillé et silencieux, les prêtres répondaient pour les dieux en donnant des coups de gong. Les sourdes vibrations remontèrent le long des colonnes puis s'étiolèrent peu à peu et disparurent dans le silence le plus complet. La princesse de Vallons-Pleurs se releva la première, suivie par ses illustres frères et sœurs. Elle se recula tandis que le prince Arsène de Virolles s'avançait au centre de l'estrade, les mains levées :

— Que le Carnaval commence…

La salle poussa des cris de joie en attendant la suite et tout le monde se rassit avec satisfaction. Les prêtres refluèrent vers les gradins, les conversations reprirent comme si le rituel, avec son atmosphère lourde et troublante, n'avait jamais eu lieu. Alfred ne décrochait pas ses yeux d'Arsène de

Virolles, le prince de la Loi, toujours debout sur l'estrade, qui regardait deux prêtres éponger le sang de l'agneau avec un linge d'un blanc immaculé. Le rituel était déjà fini. L'intérêt de participer à la cérémonie du Carnaval, mis à part l'honneur qu'une telle invitation représentait, consistait surtout dans les spectacles donnés pendant les deux heures précédant le banquet. Ils promettaient d'être grandioses. Le prince de Virolles demeura seul au milieu de l'estrade, comme s'il attendait quelque chose.

Alfred ferma les yeux, conscient que son état s'aggravait. Recroquevillé sur son coussin, il soufflait pour ne pas céder à la panique. Il était hors de question qu'il se levât pour quitter la salle, il n'ajouterait pas une seconde humiliation à la première. Des sueurs froides couraient désormais tout le long de son corps. Autour de lui, on ne le vit pas souffrir tant on attendait le discours.

« Nobles sujets de notre Empire sacré ! » Les mots claquèrent depuis l'estrade et tous les gradins se turent en un seul grand soupir. Le prince baissa les bras en voyant qu'il avait obtenu l'attention de l'assemblée. Son rang suprême n'en était pas la seule cause. Sa voix profonde et sa stature altière le distinguaient des autres souverains. Il était connu pour être dur et autoritaire, plébiscité par la gent féminine et les esthètes pour la beauté antique de ses traits.

« Le temps est à la fête, chers sujets ! Mais la fête ne peut ignorer le cercle-monde qui l'entoure. Elle n'a pas tous les droits. Et ce soir, alors que vous attendez tous les réjouissances, je veux votre attention la plus totale… » Les princes s'étaient levés derrière leur frère, ils gardaient une face impassible. « Des temps de chaos se préparent, des moments de peur, des moments de haine qui ne doivent pas nous voir faillir face à nos devoirs, devant notre loi sacrée. Si je m'adresse à vous, c'est pour vous prévenir et vous guider… » Le visage d'Arsène exprimait la détermination dont toute sa silhouette était animée, légèrement tendue en avant, prête à bondir. On était fasciné par une telle prestance, sauf Alfred qui ne regardait plus le prince et l'entendait à peine.

La douleur le submergeait. Il se mordit la langue, la main sur la bouche. Il ne résisterait pas longtemps au besoin de hurler. Par vagues, la souffrance enflait dans tout son corps, en enrobant ses muscles. Son corps entier brûlait au contact d'une mer acide, visqueuse, son sang, telle une eau empoisonnée, lui rongeait les organes qui bouillaient dans ses entrailles. Le comte pleurait en silence en se tenant les côtes dans l'espoir que son calvaire cesse bientôt. Mais rien n'y fit. Un nouvel assaut le prit par surprise en le faisant tomber au sol, aux pieds d'un collègue ingénieur qui ne le remarqua pas, perdu dans la contemplation du prince de Virolles. Alfred voulut se rasseoir mais ses jambes n'étaient plus que des rouleaux de coton.

« La loi sacrée du Faëton est l'unique phare qui guide notre saint Conseil ! En sortir, c'est se condamner à la damnation éternelle. Défier l'ordre établi par le Faëton, louée soit sa parole, défier l'autorité du Conseil des princes, louée soit sa sagesse, est criminel ! Nous ne devons jamais dévier de nos devoirs ! Vous savez d'où viennent les troubles qui nous menacent… »

La noblesse protesta de sa loyauté à grand renfort de cris indignés parfaitement de circonstance. Certaines castes y mettaient une ardeur qu'on ne sentait pas chez d'autres. Les ingénieurs et les militaires applaudissaient avec une très grande retenue, les soldats surtout semblaient particulièrement gênés. Personne ne vit Alfred se traîner contre la colonne, les cheveux trempés et les yeux hagards. Ses voisins comme les autres attendaient la suite du discours.

« Que les dieux prient pour nous car notre frère Karzian d'Estée a visiblement perdu cette vérité en chemin... Prions pour qu'il retrouve la raison et nous rejoigne, nous, ses frères et sœurs, qui l'attendons pour lui faire retrouver la voie sacrée. Mais qu'il sache que cette main tendue ne sera pas éternelle. La véritable foi se trouve ici, et le Conseil ne tolérera plus aucun écart ! » Il était pour le moins inhabituel qu'un prince fasse un tel sermon à la noblesse. Ce genre de discours était réservé d'habitude aux rangs inférieurs. Le malaise grandissait dans certains endroits de la salle. « Faites attention... Faites attention, mes chers sujets, à ne pas vous laisser entraîner sur ce chemin de perdition ! Les dieux nous regardent ! »

Les invités se tassèrent sur eux-mêmes devant l'air menaçant, brutal même, du prince qui balaya les gradins d'un regard sinistre. Alfred n'en pouvait plus, il allait lâcher. Ses mains agrippèrent la balustrade, il colla son visage contre le bas-relief. C'est à ce moment qu'une voisine prit enfin conscience de sa situation.

— Monsieur de Pergoal !

Elle se pencha pour l'aider à se relever, mais recula brusquement quand Alfred posa sur elle des yeux voilés, blancs comme des perles, brillants comme la nacre.

« Les dieux n'ont pas confié le destin de l'Empire à

un homme mais à un Conseil entier ! Il est intolérable d'assister plus longtemps à cette division qui fragilise notre Empire ! Seuls des sujets unis sous notre autorité réussiront à traverser ces temps troublés. Nul n'est libre de ses pensées quand il s'agit du respect de notre foi et de ses lois ! » Le prince jeta ses derniers foudres sur l'assemblée. « Votre obéissance n'a pas de regard, pas d'oreilles ni de bouche, elle est aveugle et ne peut exister autrement. Offrez votre foi, vos mains et vos oreilles, vos yeux et votre souffle à vos princes ! Et n'oubliez jamais que les dieux veillent et pèsent nos âmes chaque jour qu'ils nous donnent. Bénis soient les dieux qui nous bénissent, bénis les dieux qui nous maudissent ! »

Les voisins d'Alfred poussèrent alors des cris qui attirèrent sur eux l'attention de l'assemblée.

Sous les regards affolés, la tête dodelinant de tous côtés et le corps secoué de soubresauts violents, Alfred s'était relevé contre la rambarde qui surplombait le vide. Ses pensées coulaient à l'intérieur de lui comme une eau piégée dans un énorme siphon tourbillonnant autour d'un gouffre sans fond. Des images fugaces lui apparaissaient. Il entendit la voix de Cairo qui hurlait à l'aide dans une ruelle, sentit la main de sa mère dans la sienne sur son lit de mort et vit sa sœur qui pleurait sous un grand saule. Une odeur de charogne s'imposa à lui pendant que les images et les sons se désagrégeaient et se mêlaient à de nouvelles impressions incertaines. Les yeux de son père devant le train pour Seth le fixaient sous des rayons rouges qui caressaient une chevelure blonde. La vapeur d'eau se confondait avec la fumée d'une cheminée et ses doigts tranchés éclaboussaient de sang les engrenages d'une machine qui prenait vie. Les images remontaient à la surface pour plonger ensuite sans distinction dans les ténèbres. Sa vue s'obscurcissait peu à peu.

Alfred ne voyait plus la salle, mais ressentait seulement les pulsations de son cœur qui grondait dans sa poitrine. Il n'était pas conscient que toute l'assemblée l'observait au même moment ; aucun voisin n'osait le toucher. Des veines d'un étrange bleu mat apparurent sur son costume et glissèrent du velours sur sa peau. Elles palpitèrent en remontant le long de ses bras, puis de sa gorge jusqu'à irradier sur son visage et dans ses yeux. Les cris de stupéfaction redoublèrent devant ce phénomène. Soudain, dans un soubresaut plus violent que les autres, Alfred passa par-dessus la balustrade et chuta dans le vide.

Son corps n'atteignit pas le sol, arc-bouté comme si un crochet le retenait par le nombril. Cette fois, tous les invités s'exclamèrent. Les princes n'osaient pas bouger sur l'estrade.

— C'est un miracle ! s'écria un prêtre tandis qu'un autre hurlait à l'hérésie.

Qu'est-ce que l'ingénieur avait encore fait? Comme une poupée de chiffon au bout d'un fil invisible, Alfred glissa dans les airs jusqu'au centre de la salle, sous les regards incrédules. Ses veines luisaient désormais d'une lumière surnaturelle, telles les ondes d'un mascaret remontant le cours de son sang.

Son esprit n'était plus qu'une immense vibration, qui enflait au rythme de la lumière sur sa peau. Il ne contrôlait plus rien, il ressentait seulement de la colère, de la rage, de la rancœur. Ces sensations lui brûlaient le corps. Il descendit lentement et s'écroula sur le sol à la manière d'un pantin dont on a brusquement coupé les fils. L'étrangeté de ce dernier mouvement finit de transformer en crainte l'engouement curieux des plus courageux. Mais la fascination l'emportait sur la raison, et chacun regardait la lumière déborder des veines du comte, le métamorphosant en une statue sculptée dans le feu. Une force inconnue le remit debout, la tête pendante, les bras flasques. Quelque chose d'affreusement mécanique dans cette gesticulation, de profondément malsain, fit s'écrier plusieurs dames qui se pâmèrent d'effroi.

Alfred était ailleurs, son esprit altéré, perdu dans un blanc nacré et bleuté qui l'enveloppait et palpitait à son contact. Ses souffrances s'étaient envolées, son angoisse avait disparu au profit d'un bien-être et d'une puissance comme il n'en avait jamais connu. Il ne pouvait plus lutter à travers ce tourbillon de sensations, il s'abandonna – sans le vouloir et sans le refuser – à cette mystérieuse énergie qui déferlait en lui avec la violence d'un raz-de-marée. Alfred poussa un furieux cri rauque qui terrifia les spectateurs. Le phénomène était tellement inédit, tellement improbable que personne ne bougeait. L'assistance contemplait la scène bouche bée, comme pétrifiée. Sauf une personne.

— Gardes, arrêtez-le ! s'exclama Arsène de Virolles, qui se tenait toujours debout et pointait du doigt la silhouette de l'ingénieur.

Trois gardes s'approchèrent lentement, déstabilisés et craintifs. L'esprit tordu par cette puissance inconnue, Alfred sentit la rage vaincre ses dernières défenses. C'était une pure sensation de dévastation. Il n'était plus lui-même mais le réceptacle d'une volonté féroce. La brutalité sourde et primaire de cette puissance phénoménale s'enivrait d'elle-même.

L'assemblée restait immobile et silencieuse, fascinée par l'image irréelle de ce corps lumineux debout dans l'obscurité. C'était extraordinaire, c'était… La lumière s'intensifia soudain et une onde de choc explosa violemment depuis le corps de l'ingénieur en détruisant tout autour d'elle. Deux autres ondes de choc retentirent dans un éclair aveuglant, puis Alfred de Pergoal retomba au sol. Les veines de lumière avaient disparu et ses paupières étaient closes. Il gisait, inconscient, au centre d'une étoile de granit, dans un silence brisé de stupeur.

Cet instant juste avant la panique est pire encore que la panique elle-même. Le regard balaie la scène sans que l'esprit en tire de conclusion, sans qu'il accepte d'en tirer. Il voit les membres déchiquetés, les taches rouges qui mouillent robes et chemises, les organes mous et les viscères qui débordent des ventres et se répandent sur la pierre. L'oreille enregistre les sons macabres et sifflants, peut-être proches, peut-être lointains, sans savoir quel sens leur donner. La main agrippe l'épaule du voisin sans sentir la vie qui s'en échappe, ni le sang poisseux qui colle déjà aux doigts, et parfois elle se porte au nez qui perçoit une odeur de fer, mais l'esprit refuse encore de comprendre. Puis, tout arrive, en vrac.

Des cris se firent entendre en provenance des gradins, des gémissements vinrent s'échouer sur le marbre en même temps que des corps sans vie. Des colonnes menaçaient de s'effondrer, les balustrades et les bas-reliefs étaient fendus et une centaine de cadavres gisaient déjà au sol ou sur les marches dans de larges flaques de sang dégoulinant le long des escaliers.

Des hommes tenaient leur main sectionnée comme ils le pouvaient, d'autres garrottaient vainement une jambe coupée quand ce n'était pas les deux. Nombreux étaient ceux qui tentaient de ranimer des corps défoncés. Certains invités avaient la poitrine écartelée. Des corps désarticulés et démembrés, comme si on les avait fouettés contre les colonnes, gisaient loin de leur place d'origine. C'était une hécatombe. L'ambassadeur de Tallid, assis bien droit sur son fauteuil, avait encore les yeux ouverts mais la gorge tranchée par un morceau de marbre et la poitrine écrasée ; juste à côté, le prince René IV de Galaton se tenait l'épaule en cherchant ses serviteurs sans que personne vienne. Une jeune femme magnifique et indemne restait immobile à sa place, le visage, le torse et les genoux maculés du sang de son voisin dont la peau et les muscles avaient disparu, laissant à découvert des os blancs et lisses. On aurait pu la croire morte, peut-être l'était-elle désormais sous cette peau écarlate.

Sur l'estrade, plusieurs serviteurs avaient péri, certains sans présenter la moindre trace de violence. Aucun des princes, aucune des princesses n'était touché physiquement, mais leurs visages restaient figés d'horreur. Arsène de Virolles contemplait la scène d'un air halluciné. Le silence paralysé des premiers instants avait laissé place au chœur sinistre des survivants. Partout des voix appelaient à l'aide mais pas une ne leur répondait. Les nobles se précipitaient vers la sortie et commençaient à ouvrir les battants sans l'aide d'aucun huissier. Des jeunes comme des vieux se balançaient sur place, gémissaient et pleuraient, en tenant serrés contre eux leurs proches qui n'étaient pas toujours morts. Leurs larmes bruyantes s'écrasaient sur les visages qui agonisaient en grimaçant.

Le prince de Virolles reprit peu à peu ses esprits. Son regard tomba sur le corps inconscient de l'ingénieur et une bouffée de haine monta de ses tripes. Arsène résista à l'envie de le tuer immédiatement. Il le ferait d'abord parler, il le ferait payer en souffrances.

— Gardes ! Arrêtez-le !

Cette fois, trois hommes se précipitèrent sur Alfred et le saisirent.

Le capitaine inquisiteur Baras d'Arcane accourut. Il n'avait jamais vu son maître frémir d'une telle fureur. Baras n'avait pas encore pris toute la mesure de ce qui venait d'arriver, c'était seulement son instinct et la voix de son maître qui guidaient ses gestes.

— Jetez-le dans la dernière geôle de la Tour Pointue, ordonna Arsène. Perquisitionne les usines, les ateliers, les domiciles, je veux tous ses employés aux Chutes, je les veux tous !

— Oui, Votre Majesté, acquiesça Baras avant de partir en courant.

Arsène le vit à peine s'éloigner et intimer de le suivre à quelques hommes en train d'aider des victimes. Le prince de la Loi réfléchissait déjà à ce qu'il venait de vivre, cela dépassait l'imagination ! Quelle machine avait bien pu employer le maudit ingénieur ? Qui se cachait derrière un projet aussi ignoble ? Phébus ? Le jeune prince n'était pas du genre à commettre ce genre d'ignominies. Arsène de Virolles se retourna et chercha du regard Constantin l'Ariologues et Nine d'Entres-Ombres, les princes du désormais comte criminel. Debout, hébétés, ils semblaient plus perdus que lui. Jouaient-ils la comédie ? Avaient-ils ouvert les hostilités ?

*

— C'est… c'est inimaginable. Mélisse ? Méli ! Répondez-moi… Oh, que les dieux nous viennent en aide… C'est horrible. Je reprends le relais pour vous annoncer… Oh, que Cellixte nous protège… Des centaines de morts ! Sur les gradins, des cadavres… oh… Mélisse est… décédée… Un terrible attentat vient de se produire dans la salle de réception… L'in… génieur Alfred de Pergoal a fait exploser une bombe en plein cœur de la cérémonie ! C'est ignoble ! Des centaines de gens sont morts, le palais est évacué. Je dois rendre le relais, mon technicien est gravement blessé… Je… je…

— Voilà les derniers mots d'Armand La Rochelle avant de rendre le relais. Nous rappelons à nos auditeurs que la cérémonie du millénaire a été interrompue à la suite de l'explosion d'une bombe déclenchée par Alfred de Pergoal en plein cœur de la réception. On dénombre déjà plusieurs centaines de morts, dont notre regrettée Mélisse… Lucie Brieu-René, vous êtes actuellement sur les marches du palais ?

— Oui, Gontran, je me trouve sur les marches où l'évacuation continue. Les premiers camions en provenance de Trois Rivières sont arrivés il y a quelques minutes pour se porter au secours des blessés. C'est la stupeur la plus totale ici, difficile de vous décrire le chaos qui m'entoure…

— Lucie, peut-on déjà faire un bilan de la situation ? Leurs Majestés ont-elles été touchées ?

— Non, Gontran, non. Leurs Majestés ont été immédiatement évacuées mais elles sont saines et sauves. En revanche, je peux déjà vous annoncer la mort de plusieurs membres éminents, plusieurs Premiers ainsi que de nombreuses personnalités de la Foi,

l'ambassadeur de Tallid également, mais l'agitation est telle que je…

— Pouvez-vous vous approcher ? Nos auditeurs aimeraient savoir qui sont les victimes de ce terrible attentat.

— C'est-à-dire que les équipes médicales sont à pied d'œuvre pour donner les premiers soins et…

— Je vous en prie, Lucie, faites un effort. Je rappelle à nos auditeurs que cet attentat est une première dans l'histoire de notre Empire. Alfred de Pergoal a-t-il été arrêté ?

— Oui, oui, Gontran. Le comte ingénieur a bien été arrêté. Je vais tenter d'en savoir plus en m'approchant d'un officier. Attendez…

— Nous attendons de vos nouvelles, Lucie. Aux auditeurs qui nous rejoindraient, je rappelle les faits stupéfiants que nous venons de vivre : la cérémonie du Carna…

*

Un épais crachat coulait sur sa paupière quand Alfred reprit conscience. Il sentit d'abord ses pieds traîner sur la pierre, puis ses bras qu'on maintenait fermement. Deux gardes l'emmenaient sans ménagement à travers le dédale de couloirs jusqu'au sommet de la Tour Pointue, où se trouvaient les geôles les plus reculées. Si son état n'avait pas été si déplorable ni sa situation si précaire, Alfred aurait pu établir un parallèle entre cette scène et la montée des marches qui avait eu lieu deux heures plus tôt. Le même capitaine de l'Inquisition, Baras d'Arcane, était avec lui et des spectateurs peu amènes les observaient également. Mais, en l'occurrence, ces derniers ne se contentaient pas d'observer, ils hurlaient, lui crachaient dessus et lui donnaient des coups quand ils le pouvaient ou l'osaient.

Alfred reçut un nouveau coup de poing et un verre d'urine au visage, quelqu'un s'était chargé de le maculer d'excréments. Grâce aux ondes, la nouvelle de l'attentat avait déjà atteint les hauteurs du palais des Chutes, dit Coupe-Gorge. Les femmes et les hommes qui travaillaient dans le centre du pouvoir judiciaire voulaient le voir pour mieux lui cracher leur haine, les plus hardis osaient le toucher mais la plupart gardaient leurs distances. Son statut d'impie, d'hérétique – car il ne pouvait en être autrement quand on venait de commettre ce qu'il avait fait – déclenchait une aversion teintée de crainte. On redoutait que son vice n'éclabousse. Baras d'Arcane commandait à la foule de s'écarter et repoussait les plus brutaux pour éviter que son prisonnier ne meure avant d'être interrogé.

Plus ils montaient les marches et plus la foule s'éclaircissait. Ils parvinrent bientôt au dernier étage, éclairé par une simple torche. Le couloir était en vieilles pierres, les murs très épais et seule une meurtrière donnait un peu de lumière en journée. C'était une vision qui n'avait pas changé depuis la construction du palais. Baras indiqua la dernière cellule au geôlier qui se dépêcha de l'ouvrir. Les gardes approchèrent Alfred du capitaine qui prit un instant pour le regarder. L'ingénieur croisa le regard de l'inquisiteur et y lut plus que de la haine : de la déception.

— Je suis innocent…, réussit-il à murmurer.

— Comment osez-vous dire ça…

— Je suis…

— Enfermez-le et faites venir les questionneurs, ordonna sèchement Baras.

Le capitaine d'Arcane ne comprenait toujours pas ce qu'il venait de vivre, mais il était certain que cet événement avait brutalement changé la face de l'Empire. Il y aurait un avant et un après. De cet après, il n'avait aucune idée. Arsène de Virolles était un maître exigeant et Baras savait qu'un choix difficile allait bientôt se présenter à lui.

4

Nuit noire

> Ni mérite, ni service, rien ne lavera les Souillés. Ils n'ont jamais cru et ne croiront jamais. Ceux qui ont refusé de croire ont mérité leur châtiment. Que leur damnation éternelle ne suscite aucune empathie, car celui qui prend en pitié les Impurs se souille pour l'éternité devant nos dieux.
>
> *Réflexions sur la Loi*,
> HYACINTHE DE VIROLLES, 46X

Le regard flou de Léonore se perdait dans les reflets de son imagination enflammée. À côté d'elle, Ernest se cramponnait à la carafe d'eau, le visage livide. Habituée au désordre ambiant du quartier, la jeune femme n'avait pas prêté attention aux clameurs jusqu'à ce que des habitants viennent tambouriner aux portes de l'usine avec des cris de joie sauvages. Quelques minutes avaient suffi pour détruire sa vie.

Les commentaires lapidaires des dernières minutes ne donnaient pas une image claire de la situation, mais il était évident qu'Alfred venait de commettre l'irréparable. Comment avait-il pu faire cela ? La mécanicienne et le vieil ouvrier étaient tous deux immobiles devant le poste d'ondes telluriques, comme pétrifiés, mais leurs tripes avaient compris plus vite que leur cerveau. Léonore se tenait solidement à la table en écoutant d'une oreille sourde les commentateurs qui se répétaient. Elle émergea petit à petit et déglutit plusieurs fois en se focalisant sur les battements de son cœur qui cognait plus fort que jamais dans sa poitrine. Il fallait réagir… vite.

— Ils vont arriver dans quelques minutes, Ernest. Prends ton manteau et tire-toi !

— Et vous, mam'zelle Léonore ? J'peux vous aider…

— Fais ce que je te dis, on n'a pas beaucoup de temps !

— Mais…

— Obéis maintenant ! hurla-t-elle en se précipitant dans l'atelier.

Il fallait qu'elle récupère tout ce qu'elle pouvait avant que l'Inquisition n'arrive. Léonore courut sur la passerelle, dévala l'escalier métallique, fila comme une ombre entre les machines et monta quatre à quatre les marches menant à l'espace privé d'Alfred. D'une main tremblante, elle ouvrit la porte puis s'élança vers le bureau pour fouiller les tiroirs bourrés de liasses de papiers, avant de les vider sans précaution par terre. Le dossier qu'elle avait remis à Alfred une semaine plus tôt devait se trouver là ! Il contenait tous les projets de prototypes. Le pouvoir serait trop content de récupérer les dernières innovations de l'ingénieur. Ce serait déjà ça de moins pour eux.

— J'y vais, mam'zelle, faites attention à vous ! Que les dieux vous protègent !

La voix d'Ernest provenait du bas des marches. Léonore lui hurla de nouveau de déguerpir. Elle entendit la porte de service claquer et continua à récupérer les dossiers vitaux.

La mécanicienne en chef jeta un regard autour d'elle et aperçut la toile qui représentait Alfred, sa sœur et son père dans le jardin de leur propriété, à la veille de son départ pour la capitale. Sans se soucier de l'abîmer, Léonore la décrocha brutalement et la jeta au sol. Elle s'interrompit une seconde en réalisant son geste. Tout cela dépassait l'imagination ! Pas le temps ! Un coffre-fort se cachait derrière. Il fallait qu'elle se rappelle la combinaison que son patron lui avait susurrée à l'oreille… « Seulement dans la pire des situations… » Vite… vite… Le code avait un rapport avec un bouquin, mais lequel… *Souvenirs de jeunesse du comte d'Astran*, la première et la dernière lettre de chaque mot… L'Inquisition n'allait pas tarder et Léonore n'avait aucune envie de faire face à la justice, ni aux tortionnaires qui l'interrogeraient avant le tribunal.

Elle se figea en croyant entendre du bruit. Elle tendit l'oreille puis se remit à faire tourner la molette en se triturant les méninges. En entendant enfin le déclic salvateur, elle sourit et tira la lourde porte blindée. Le coffre contenait des liasses de billets qu'elle fourra dans ses poches, des carnets, des dossiers et un pistolet vapeur, visiblement l'œuvre d'Alfred. Elle hésita une seconde et le glissa finalement à sa ceinture. Elle préférait crever plutôt que de se retrouver dans les geôles de Coupe-Gorge. Elle savait très bien ce qui l'y attendait.

Léonore enfourna tout ce qui avait de l'importance dans une besace. Il ne fallait pas traîner. La sacoche en bandoulière, elle sortit de la chambre sans même refermer la porte et dévala les escaliers vers la sortie avant de s'arrêter brusquement : son carton de croquis et ses papiers étaient dans la salle de repos ! Elle posa le sac et courut. Son blouson de cuir, coupé à la garçonne, était accroché tranquillement sur la patère. Elle l'enfila puis réunit les feuillets dans son grand carton. Ce n'était qu'une question de secondes.

Mais des secondes suffisantes pour qu'elle entende qu'on emboutissait l'entrée au moyen d'un bélier. Étouffant un cri, elle se précipita dans l'escalier en se baissant par réflexe pour traverser à nouveau l'atelier en direction de son sac. À peine avait-elle posé la main sur l'anse de cuir que la porte principale céda. La mécanicienne jeta des regards affolés autour d'elle, avant de voir un grand boîtier de commande des lumières qu'elle s'empressa d'utiliser. Les derniers becs à gaz s'éteignirent, plongeant l'atelier dans l'obscurité.

— Fouillez partout ! Il doit y avoir encore quelqu'un ! Inquisition, rendez-vous !

Léonore blêmit. Elle attrapa la besace et courut à l'opposé des premiers agents qui entraient en pointant leurs fusils. La mécanicienne se faufilait entre les machines en veillant à ne rien renverser, à ne faire sonner aucune des pièces métalliques qui l'entouraient. Les cris des inquisiteurs retentissaient dans tout l'atelier, et leurs ombres étirées et difformes s'agitèrent bientôt sur les murs. Elle poursuivait son chemin en fixant une porte de service à quelques mètres d'elle quand la lumière revint tout à coup.

— Là ! Il y a quelqu'un là-bas !

La jeune femme se figea un quart de seconde, sentit une première balle la frôler tandis qu'un deuxième tir pulvérisait un globe de verre juste à côté d'elle. Ils préféraient la tuer que de la voir s'enfuir. Elle se retourna et se précipita vers une porte coupe-feu qui donnait sur un long couloir ; à peine celle-ci se fut-elle refermée que deux impacts de balle tordirent le métal. Léonore continua sa course dans le dédale des bureaux techniques et déboucha à l'arrière des ateliers, sous un ciel dégagé et les deux grandes lunes lumineuses. Les rayons des phares, de l'autre côté du bâtiment, illuminaient des silhouettes qui couraient à sa rencontre. L'avaient-ils repérée ? Elle se retourna et se retrouva nez à nez avec un inquisiteur.

Baras d'Arcane regarda la jeune femme qui avait les yeux exorbités de peur. Il pointait son pistolet sur elle et pouvait l'arrêter. C'était son devoir. Pendant quelques secondes, l'un et l'autre ne firent pas un geste. Léonore le fixait sans savoir quoi faire, comme un animal pris au piège. Baras jeta un coup d'œil derrière lui, puis baissa son arme et lui fit signe de déguerpir. Les autres agents n'allaient pas tarder à arriver.

— Fuyez vite ! lui souffla-t-il en voyant l'incrédulité se dessiner sur ses traits. Fuis, Léonore !

Sans attendre, la jeune femme fonça dans la première rue qu'elle put trouver. Elle avait l'avantage d'être née dans les bas quartiers de l'Horlogerie et comptait bien disparaître dans l'obscurité des travelles, ces ruelles où la lumière du soleil et des lunes ne perçait jamais, encore moins l'éclairage public. Des bruits d'explosion retentissaient dans le lointain, mais Léonore les ignora en traçant son chemin, comme ces jouets automates dans les foires qui roulent au milieu des jambes des spectateurs.

Les agents s'étaient déjà répandus dans les ruelles alentour. Elle les entendait aboyer à quelques dizaines de mètres derrière elle, ou devant elle, elle ne savait plus car la pénombre camouflait aussi bien les silhouettes que les sons. Léonore accéléra sa course mais, trop occupée à vérifier qu'on ne la suivait pas, elle pénétra dans une ruelle que trois agents remontaient avec leur chien. Quand elle voulut faire marche arrière, il était trop tard. Ils la tenaient en joue d'un air mauvais avec leurs pistolets, tout en s'avançant à travers les fumerolles de vapeur. Léonore sortit maladroitement le sien de sa ceinture, l'arma et le pointa vers eux en tremblant.

— Posez cette arme, mademoiselle, n'aggravez pas votre cas, lui dit d'une voix enjôleuse celui qui tenait le chien en laisse et semblait être le chef.

Où était passé l'inquisiteur ? De la sueur coulait sur son front, tout son corps tremblait, ses doigts se crispaient sur la crosse en bois. Les grognements du chien l'angoissaient terriblement et les idées se précipitaient dans sa tête : fallait-il qu'elle leur tire dessus, quitte à mourir ? N'était-ce pas la meilleure solution ? Plutôt ça que périr sous la torture ou pendue comme la dernière des criminelles ! Léonore déglutit, le doigt sur la détente.

— Ne soyez pas stupide ! Baissez immédiatement cette arme, ce n'est pas un jouet !

Le ton condescendant de l'agent faillit la faire capituler mais elle se reprit au dernier moment. Elle aurait juré qu'ils souriaient.

— N'avancez pas ou je tire ! Je n'ai rien à voir avec cette histoire !

— C'est ce que nous verrons au palais... mademoiselle.

Les trois agents s'arrêtèrent à quelques mètres d'elle. Plus personne ne bougeait ni ne parlait.

Soudain, un chant se fit entendre. « Il les a tous crevés, l'ingénieur ! Ingénieux, ingénieux, ingénieur ! Il les a tous crevés avec sa bombe vapeur ! Ingénieux, ingénieux, ingénieur ! Et si les dieux regardent le Carnaval, naval, naval ! Ils ont dû voir un spectacle vraiment génial ! Il les a tous… »

Une bande composée d'une dizaine de garçons des bas-fonds passait à l'autre bout de la ruelle avec des bouteilles à la main. Léonore n'hésita pas une seconde et appela à l'aide. Les agents lui jetèrent un regard noir et furent obligés de se retourner. Le chef avec son chien continuait de la fixer, tournant le dos aux voyous.

La bande s'arrêta net en voyant une femme isolée et trois hommes. En temps ordinaire, ils n'auraient pas levé le petit doigt, mais ces trois hommes portaient l'uniforme noir de l'Inquisition. Ils étaient trois dans une ruelle sordide de l'Horlogerie, seuls en quelque sorte. En ce soir de Carnaval, l'ingénieur avait tué des centaines de nobles. C'était peut-être à leur tour de faire la peau aux puissants. Les garçons s'avancèrent lentement vers les trois agents qui les sommèrent de reculer une première fois, puis une deuxième. Ils s'immobilisèrent enfin en les narguant de leur sourire crapuleux. L'un d'eux prit la parole.

— Vous emmerdez une gentille d'moizelle ?

— Rentrez chez vous si vous ne voulez pas qu'on vous embarque avec elle ! lança l'un des agents, visiblement nerveux.

— Ils perquisitionnent les usines Pergoal ! cria Léonore en espérant que cela les pousse à agir.

— Ta gueule, toi ! lui hurla le sous-officier qui tenait toujours son chien en laisse.

— Z'avez pas retenu la leçon ? cracha un des garçons.

— Vous en voulez encore ? s'agita un troisième.

La lueur d'un canon de pistolet étincela parmi les adolescents, puis un deuxième. Ils n'avaient pas seulement des bouteilles. La tension monta d'un cran.

— On fait quoi, caporal ?

Le chef, qui regardait Léonore, souffla de rage et se retourna finalement pour affronter la bande qui s'échauffait. On sentait l'excitation grandir et comme des décharges dans l'air. Le caporal sortit son arme et les mit en joue.

— Vous avez deux pistolets, nous trois et un chien. On va tuer les deux qui ont des armes et moi je vais tirer dans le tas, tout ça pendant que le chien vous déchirera les couilles à coups de canines. Ou bien vous partez, et on en reste là… Alors ?

La tirade, dite d'un ton glacial, refroidit immédiatement l'engouement des voyous qui n'avaient pas vu les choses sous cet angle.

— Je compte jusqu'à trois… Un… deux…

Il n'eut pas le temps de finir sa phrase qu'une balle lui traversa le crâne par l'arrière. Le caporal s'effondra sous le regard incrédule de ses acolytes et des adolescents. Le pistolet que pointait Léonore laissait encore échapper un peu de vapeur au bout du canon. Elle visait le deuxième agent armé quand les voyous tirèrent à leur tour. Les hommes s'écroulèrent dans un même mouvement. Libéré de son entrave, le molosse se jeta sur l'un des gavroches avant d'être roué de coups par tous les garçons réunis.

Pris dans la fureur de l'instant, ces derniers s'acharnèrent à coups de pistolet sur les cadavres, les hommes comme la bête, avant de s'arrêter. Toute la petite bande hurla de joie et de fierté, tandis que Léonore prenait conscience qu'elle avait tué un homme pour la première fois de sa vie, dans le dos de surcroît. Sa respiration s'accéléra, se fit brève et haletante. Il fallait qu'elle reprenne le contrôle de ses émotions. Elle mit le pistolet à sa ceinture et commença à remonter la ruelle en enjambant les trois agents morts dont le sang mouillait déjà la terre battue entre les pavés défoncés. Les tirs avaient pu être entendus par leurs collègues qui ne devaient pas être très loin, rester ici n'était pas une bonne idée.

Léonore passa devant les garçons sans un mot, mais une main la retint par le bras. La jeune femme se retrouva au milieu des adolescents qui la regardaient avec des yeux brillants d'excitation. Ce qu'elle pouvait y lire n'avait rien pour la rassurer. Ces mauvais garçons n'avaient reçu aucune éducation, si ce n'est les coups de bâton de leurs différents patrons depuis qu'ils avaient cinq ans, l'âge légal du travail. La frénésie de l'instant étincelait encore dans leurs prunelles.

Une main remonta le long de son bras, une autre lui caressa l'épaule et une troisième lui prit la taille. Léonore frissonna d'horreur et lutta à nouveau pour contrôler sa panique grandissante. Elle tombait de Véron-Lanterne en Grimault. Une main aventureuse et déterminée se glissa entre ses cuisses. Léonore se dégagea brutalement. Elle jeta le regard le plus impérieux qu'elle pouvait.

— On ne remercie pas ses sauveurs ? C'est pas très poli…

— Merci. Mais je dois vous laisser, répliqua-t-elle le plus calmement possible.

— Avant ça, on peut p't-être trouver un arrangement… Une 'tite faveur…, murmura sinistrement l'un des garçons qui se touchait déjà le sexe à travers son pantalon.

Léonore réprima une grimace de dégoût. Ce n'étaient encore que des enfants, mais des enfants qui buvaient, fumaient, travaillaient et vivaient sans parents et sans modèle à imiter. Des adolescents d'une quinzaine d'années, livrés à eux-mêmes. Leur jeunesse ne rendait pas leurs viols moins brutaux et leurs coups moins mortels, leur passé n'excusait pas ce qu'ils étaient devenus, et Léonore ne s'était jamais soumise à de tels jugements biaisés.

Ce genre de choses était pourtant monnaie courante dans les bas-fonds ; les cris des jeunes filles n'en sortaient jamais et on fermait les yeux, par une lâche compréhension pour la misère, et surtout pour ne pas avoir à affronter ces bandes. Malgré sa mauvaise posture, Léonore réussit à ne pas se laisser dominer par sa peur, son enfance lui avait au moins appris cela. Elle repensa subitement au récit que Victor Pointblanc lui avait fait de son arrivée à l'Horlogerie. La réputation de son patron allait peut-être la servir.

— Je suis le bras droit de l'ingénieur Pergoal. Celui de votre chanson qui vient de tuer plein de nobles ! tenta Léonore devant les garçons qui reculèrent imperceptiblement.

— Et ?

— On va pas s'arrêter là ! Si vous me violez, dit-elle en appuyant sur le mot, vous m'empêcherez de mener à bien notre plan et d'en tuer encore plus ! C'est pas ce que vous voulez ?

La peur pourtant restait aux aguets et continuait d'agir, elle la sentait se diffuser lentement comme un poison dans son sang. Léonore était à bout de nerfs et ne savait pas où elle puisait la force de s'opposer à eux. Mais il fallait que les mots butent contre leur instinct primaire. Il ne fallait pas leur faire entendre raison, il fallait les déstabiliser, trouver quelque chose pour faire diversion.

— C'est sûr mais…

— On a une occasion de faire tomber les princes et de se gaver chez les riches ! On va tout leur prendre, on va tout leur piquer ! Hein ? Vous habillerez vos garces avec ! On est du même bord, vous et moi ! Et vous aurez autant de filles que vous voulez, des filles de la noblesse, avec la peau toute douce ! Moi, je dois faire autre chose, mais elles, elles aimeront ça, assura-t-elle.

Le stratagème était odieux et Léonore croyait naïvement les orienter vers une autre cible hypothétique. Tous les adolescents étaient déjà en train d'imaginer posséder les richesses des hôtels particuliers dans leurs mains, et surtout les demoiselles… Ils se les figuraient en train de fuir à travers les immenses pièces de leur demeure. Ils les entendaient pousser des petits cris pendant qu'ils se pressaient contre elles sur des lits comme ils n'en avaient jamais connu. Ils les sentaient déjà s'abandonner complètement et leur excitation redoubla. Léonore sentit bien que son approche avait totalement échoué. Les garçons se serrèrent encore plus autour d'elle.

— Allez, tu vas nous en donner un avant-goût…

— Fais pas ta gueuse, tu vas aimer ça toi aussi…

— Et puis, qu'est-ce que t'es belle, aussi belle qu'une noble…

Les mots n'avaient strictement servi à rien ! Au contraire, ils les avaient galvanisés et Léonore se mit à paniquer intérieurement. Un silence inquiétant s'installa et elle entendit la fermeture éclair de plusieurs braguettes s'ouvrir. Un haut-le-cœur la prit quand elle sentit sur son visage le souffle des garçons qui empestait l'alcool. Il fallait changer de méthode. La mécanicienne rua avec ce qu'il lui restait de force et parvint à se saisir de l'avorton du groupe en lui pointant son pistolet contre la tempe. Dans leur excitation, les adolescents avaient oublié de la délester de son arme.

— Si vous ne me laissez pas passer, je lui troue la cervelle !

— T'oseras pas ! dit le chef de bande en s'écartant quand même.

— J'ai tué un caporal de l'Inquisition, je peux bien tuer un gueux des bas-fonds ! J'en ai rien à foutre ! cria-t-elle en se cassant la voix.

— Les gars, faites pas les cons…, articula avec difficulté celui qu'elle tenait à sa merci.

Son air déterminé et celui réellement terrifié de leur camarade dissuadèrent la bande de faire durer l'ignoble jeu. Ce n'était pas maintenant qu'ils allaient pouvoir se régaler. La mécanicienne fit quelques pas en avant et les voyous se reculèrent sans pour autant s'avouer vaincus. C'était de la fierté des rues, la plus absurde, mais Léonore savait qu'elle avait gagné. Il fallait qu'elle donne le coup de grâce.

— Reculez-vous encore ou je lui colle une grioche !

— Allez, on la laisse passer, les gars ! ordonna le meneur.

Léonore avança en se servant de son otage comme d'un bouclier, heureusement le bout de la ruelle n'était pas loin. Elle put enfin relâcher le gamin et courut de toutes ses forces, loin de ces misérables garçons. Sa besace, serrée fort contre elle, protégeait son cœur qui battait la chamade. Elle sécha ses larmes d'un revers de la main. Aucune pensée ne devait la paralyser, il fallait avancer. Elle ne pouvait compter que sur elle-même, ce n'était pas Alfred qui viendrait la sauver. Au bout d'une dizaine de minutes à courir sans savoir où aller, Léonore s'arrêta et se mit à vomir au-dessus d'une borne minérale mangée par l'acidité des eaux d'évacuation. Tout ce qu'elle venait de vivre, de faire et de dire la dégoûtait, mais elle était toujours en vie.

Que faire ? Son appartement au quatrième niveau devait déjà grouiller d'agents. Et la police ne manquerait pas de continuer à la chercher en sa qualité de bras droit d'Alfred. Se planquer dans un bar perdu des entrailles de Bas-Bœuf, le quartier de la pègre ? Elle n'était pas sûre d'en sortir vivante. Même dans ces endroits paumés, l'Inquisition pouvait avoir quelques mouches. Sa dernière chance était d'aller chez Malène. Sa mère adoptive ne serait pas contente, mais cela valait toujours mieux que les autres options. Étant donné qu'elle n'apparaissait sur aucun dossier officiel et que Léonore avait toujours veillé à ne pas ébruiter leur lien intercaste, la mécanicienne espérait y trouver une relative sécurité.

Pour aller là-bas, il fallait qu'elle rejoigne le quartier de Pierre Blanche, au pied de la Chancellerie. Malène avait une petite maison au premier niveau, incrustée dans un des immenses piliers qui soutenaient les étages de la ville. Ce n'était pas tout près. Il fallait désormais que Léonore se décide sur l'itinéraire. Traverser l'Horlogerie, puis les Arcades par les premiers niveaux ne lui semblait pas être une bonne idée, mais les ruelles maintenaient l'Inquisition à distance. Le chemin le plus exposé était aussi le plus rapide : longer les quais Bélise du quartier des Arcades pour prendre, au-dessus de la Cressette, un pont qui la mènerait directement au premier niveau du quartier réservé aux serviteurs. Une bonne heure de marche, si rien ne l'arrêtait.

Léonore s'était rencognée dans un endroit sombre qui la dissimulait aux regards. Elle cracha la bile qui lui restait en bouche et se redressa pour souffler. La nausée reflua peu à peu jusqu'à disparaître. Pendant un instant, elle crut que tout cela n'était qu'un mauvais rêve, mais la réalité revint, plus flagrante encore. C'était comme si les parias et les rangs les plus misérables s'étaient donné rendez-vous pour tout faire flamber dans un grand feu de joie. On s'attaquait aux devantures des petits ateliers fermés pour y voler des outils, des clefs à molette, des lames et tout ce qui pouvait servir à s'étriper. La violence était telle que les émeutiers n'attendaient pas les forces de l'ordre pour commencer à tuer. Léonore sut qu'il fallait repartir quand elle vit un jeune homme fracasser la tête d'un vieillard qui luttait pour empêcher l'accès à son établi. Elle enfonça une gapette sur sa tête et partit en direction du foyer où elle avait passé son adolescence.

Les ruelles de l'Horlogerie grouillaient d'une activité de plus en plus frénétique. Des explosions provenant des niveaux supérieurs résonnaient dans les galeries du dessous, certaines devantures étaient en feu, des bandes de pillards – parias ou simplement pauvres – sévissaient partout. Des jeunes, hommes et femmes, continuaient de sortir des boutiques en emportant tout ce qu'ils pouvaient. Léonore ne leur prêta aucune attention. La ville était en train de sombrer dans la folie.

Elle s'arrêta une seconde, comme par intuition : un corps tomba du troisième niveau dans un hurlement et s'écrasa à ses pieds. L'homme était mort sur le coup, le sang de sa cervelle explosée sur le trottoir imbibait déjà son costume de laine. La jeune femme recula devant l'horreur de la scène et se trouva dos à la vitrine d'une boulangerie encore intacte d'où émanait de la lumière. Comme un phare dans la nuit noire, peut-être un endroit où se cacher en attendant que les choses se calment…

Derrière le rideau, une silhouette travaillait au-dessus de son plan de travail, allant et venant pour pétrir la pâte. Quel boulanger pouvait travailler à cette heure de la soirée et dans une telle anarchie ? Léonore toqua au carreau et chercha un endroit pour mieux voir à l'intérieur. Dans l'interstice entre le rideau et le montant de la porte, elle aperçut un homme qui martelait consciencieusement la tête du boulanger contre le bois du plan de travail. La mécanicienne cria d'effroi avant de mettre la main devant sa bouche. L'agresseur s'arrêta soudainement et tourna la tête vers elle. Pouvait-il la voir ? Léonore le vit jeter le cadavre sur le sol de tomettes ébréchées pour se diriger vers elle. Fuir était encore la meilleure option.

Les bandes de pillards avaient fait irruption dans les niveaux supérieurs et s'attaquaient désormais aux boutiques cossues et aux hôtels particuliers des ingénieurs de haut rang. Leurs cris, entre deux explosions, se réverbéraient dans les conduits d'aération. Léonore se félicita que personne ne viendrait piller les usines du patron mais se rembrunit en se rappelant que l'Inquisition y perquisitionnait en ce moment même… Des coups de feu retentirent bientôt, couverts par les sirènes de la police qui déboulait sur les boulevards.

La jeune femme devait traverser la ville sans s'arrêter. Elle penserait plus tard aux hommes qui se battaient juste devant elle à coups de couteau ou à cette auto de police qui était en feu avec les cadavres de ses agents en train de rôtir à l'intérieur. Il fallait fuir ; fuir vite avant que la folie de la ville ne l'avale, fuir avant que ses nerfs ne craquent. En traversant un carrefour déjà jonché de débris en feu, Léonore entendit des gémissements qui lui firent tourner la tête. Le goût du sang n'était pas la seule violence qui sévissait dans les ruelles, tous les vices ressortaient de ces marécages et souillaient ses yeux autant que son âme. Là, contre un mur, une jeune femme se faisait violer par deux hommes au pied d'un cadavre. Les sens révulsés, Léonore ne voulait pas s'appesantir mais quelque chose lui interdisait de s'éloigner sans rien faire. Prenant son courage à deux mains, la mécanicienne se saisit de son arme et s'approcha lentement. Pourtant quelque chose la dérangeait, quelque chose… Quand son regard croisa celui de la jeune femme, Léonore comprit. C'était un éclat, une petite étincelle, peut-être aussi cette manière de la fixer sans pudeur, et ce très léger sourire, si mince. Ce n'était pas de l'amour, mais ce n'était pas un viol non plus, pas même du sexe, c'était encore autre chose. Ils jouissaient tous les trois dans la crasse et la mort, à l'appel du chaos. Perrotin le Cruel et Sylve la Vierge Vorace devaient danser tout autour d'eux, pendant que Bavène le Balafré excitait la vengeance des parias. Léonore s'en alla, plus horrifiée encore que devant les assassinats.

Elle déboucha finalement sur les quais des Écluses. Là aussi, ce n'était plus la fête attendue, plus les mêmes gens, bien que les cris puissent se confondre avec ceux des spectateurs et les éclats de verre avec le bruit des pétards. Les guinguettes étaient attaquées par des centaines de parias qui sortaient des entrailles de la ville et tentaient de vider leurs réserves avant d'y mettre le feu. Deux échafaudages brûlaient, tandis que des camions fonçaient le long des quais de l'Armateur vers un gros attroupement qu'on distinguait au loin sur les rives en face du Vieux Temple. Léonore s'arrêta un instant en voyant des individus téméraires se jeter à l'eau et nager en direction de l'île. Il fallait être fou pour s'y risquer en raison du courant des trois fleuves qui se rencontraient ! Même les barques s'accrochaient à un filin d'acier pour rejoindre et approvisionner le temple.

Mais la furie du Carnaval était plus grande, la rancune dans les cœurs bien trop forte pour ne pas éclater contre ce symbole de la foi. Léonore vit les camions s'arrêter sur les berges en dispersant la foule. Des agents en sortirent à toute vitesse et se postèrent avec leurs fusils. Ce n'étaient pas les flots mais les hommes qui allaient régler leur compte aux intrépides dans le courant. Avant qu'elle ait le temps de se retourner, les silhouettes noires de l'Inquisition armèrent leurs fusils et tirèrent sans sommation. Les salves méthodiques claquaient dans la rumeur des incendies, la jeune femme était trop loin pour voir si elles faisaient mouche.

La police et l'Inquisition tuaient toujours dans l'ombre des geôles ou à l'abri d'un porche ou d'une passerelle. Ce soir, tout se faisait aux yeux de tous. La haine bestiale des parias et des plus pauvres avait quitté les premiers niveaux et se répandait dans la ville tout entière. Partout le long des quais et à chaque seconde, de nouvelles lueurs incendiaires apparaissaient, témoignant de l'étendue du soulèvement. Ce n'étaient pas seulement les parias et les ouvriers mais tout le petit peuple qui participait à cette éruption de haine. Malgré sa répugnance, Léonore était fascinée par le spectacle de la capitale en feu.

La foule sur la berge, qui s'était d'abord éparpillée, se reconstitua derrière les forces de l'ordre occupées à tirer sur leurs cibles. Les gueux s'élancèrent à l'assaut en poussant des cris sauvages. Les agents se retournèrent immédiatement et firent feu sur la masse des individus ; plusieurs silhouettes s'effondrèrent au sol. Mais, loin de les repousser, cela accrut l'ardeur des insurgés qui se jetèrent sur ceux qui étaient isolés. Léonore entendit ces derniers hurler en se faisant massacrer sous les coups de poing, de surin et même de hachette. Les fusils ne furent pas perdus pour tout le monde. La mécanicienne écarquilla les yeux. Il fallait qu'elle parte vite ou elle se retrouverait au cœur de l'un de ces affrontements à ciel ouvert. Si les rangs aisés aimaient d'ordinaire faire la fête ici, les parias avaient manifestement l'intention ce soir de régler l'ardoise des comptes qu'ils tenaient depuis des siècles.

Un bâtiment du quartier explosa tout à coup en projetant un grand panache de fumée. Les conduites de gaz étaient un cauchemar pour les pompiers. Les hourras des émeutiers retentirent, tandis que les citadins paniqués s'enfuyaient en hurlant ou se calfeutraient derrière leurs volets. Léonore n'attendit pas que d'autres camions les rejoignent pour se couler le long du quai Trouvère qui la mènerait jusqu'aux Arcades, le quartier des constructeurs et des architectes.

Ce qui se passait était tout simplement inimaginable. Des centaines de feux éclataient sur les collines de la capitale, seuls les palais semblaient épargnés par les flammes. Les derniers niveaux à l'air libre étaient attaqués par des milliers d'êtres en furie. Les sirènes des camions et le tocsin des temples retentissaient dans la nuit comme autant d'appels à l'aide. Il était évident que le pouvoir ne pouvait rien faire pour rétablir le calme ; tout était trop soudain, trop énorme et général pour qu'il réussisse à circonscrire les émeutes. L'attentat avait donné le signal de départ à tous ceux qui en voulaient à l'Empire : les parias bien sûr, mais plus terrible encore, les bas rangs qui n'acceptaient plus de vivre en sursis.

Dans sa course, Léonore vit le clocher d'un temple des Arcades s'embraser tandis que des silhouettes s'agitaient au balcon, et même que l'une d'entre elles était précipitée dans le vide. Toute la ville scintillait de milliers d'éclats et de lueurs, comme des étoiles, comme si le ciel se réfléchissait dans les eaux cristallines et calmes d'un lac. Mais loin de la tranquillité, la ville tressaillait sous les spasmes de haine qui bondissaient de ses tripes. Le peuple misérable gonflait ses artères comme un sang épais et noir.

Léonore continuait de courir le long du quai déserté par ses habitants. Un camion la dépassa et une rafale de balles passa au-dessus de sa tête : un policier lourdement armé qui était à bord lui avait tiré dessus ! Le camion remonta par une rampe d'accès pour s'engager à l'intérieur du quartier. Pourquoi l'avait-il visée ? Il n'avait pas pu la reconnaître et elle ne représentait aucun danger ! Son pistolet était à sa ceinture, comment aurait-il pu le voir d'aussi loin, et de dos ? Elle le rangea dans sa besace et continua sa route.

Le pont Victorin était à la pointe de l'architecture et de la technologie. C'était une passerelle intégralement métallique qu'on venait d'achever et qui enjambait les lourds flots de la Cressette d'un léger entrechat. Léonore l'emprunta et découvrit à mi-chemin un couple pressé contre la rambarde par trois pillards. L'homme tentait de protéger de son corps sa femme, cramponnée à sa main, qui poussait des petits cris.

— On va la faire chanter toute la nuit, ta femme, et après on la butera ! lança l'un des agresseurs en pointant une dague d'une taille impressionnante.

Léonore ralentit en hésitant sur ce qu'elle devait faire – rebrousser chemin ? Le cœur amer, elle se détourna pour s'éloigner le plus discrètement possible.

— Aidez-nous ! implora la femme.

— Toi là, bouge pas !

Un pillard accourut pour lui barrer la route. La femme qui la dévisageait avait les yeux exorbités de terreur. Léonore avait assurément ressenti la même panique face aux adolescents, mais avait-elle eu cette expression de lâche stupéfaction ? Cette conne mettait sa vie en danger… Soudain, Léonore reconnut à ses côtés monsieur Pointblanc, le tailleur d'Alfred. Il ne portait pas le même costume que tout à l'heure et l'ombre de son chapeau dissimulait en partie ses traits. Il ne quittait pas des yeux les deux voyous qui lui faisaient face. Pas une deuxième fois ! Pas ce soir ! Pas après tout ce qu'elle avait vécu !

— Monsieur Pointblanc !

Victor se tourna un bref instant vers Léonore et ne put s'empêcher de la supplier du regard, oubliant même d'être étonné par sa présence. Elle comprit que le tailleur arrivait au bout de son courage. Pour survivre, il aurait fallu prendre l'avantage, frapper le premier, mais l'artisan n'était pas de cette étoffe-là. Il voulut parlementer encore, trouver un arrangement, de l'argent peut-être, et se retourna vers ses agresseurs… Léonore mit la main dans sa besace à la recherche de son arme. Trop tard. En s'avançant vers ces scélérats, le tailleur s'était condamné lui-même. L'un des pillards lui planta son poignard dans le ventre et le remonta dans la chair tendre avant de le ressortir, dégoulinant de sang et de viscères. Léonore n'avait rien pu faire, elle vit Pointblanc s'effondrer au sol sous les hurlements hystériques de sa femme.

Trop choquée pour comprendre ce qu'elle venait de voir, Léonore devait affronter la brute qui lui souriait d'un air malsain. Elle le regarda encore une seconde, puis sortit son pistolet, arma la cellule de compression, visa le truand dont le sourire se transforma immédiatement en un rictus de crainte. Il leva les mains pour apaiser la jeune femme.

— On va vous laisser tranquille, passez… Désolé…

Il recula. Léonore ne pouvait laisser la femme du

tailleur se faire violer et assassiner sur ce pont, mais l'idée de tuer à nouveau, de sang-froid, la rebutait.

— Laissez-la partir !

L'épouse de Victor Pointblanc se précipita vers elle sans que les hommes osent bouger sous la menace du pistolet. Léonore les contourna mais elle vit du coin de l'œil qu'un des larrons attendait de se retrouver dans son dos pour lui foncer dessus. C'était un risque de trop, cette fois la jeune femme n'hésita pas et tira sur l'homme qui se trouvait en face d'elle. Les deux autres crièrent et prirent la fuite. La dague sanguinolente tomba au sol en tintant sur le bitume. Tout s'était déroulé comme sous l'effet d'une mécanique d'engrenages, sans sentiment, et pourtant Léonore frissonna de tout son corps sous l'effet de la pression et du dégoût. Elle n'avait pas réfléchi ! Qu'est-ce qui lui avait pris ? Elle était devenue folle elle aussi.

L'assaillant sur le carreau gémissait. Elle ne l'avait pas tué, Pélénian soit loué ! Il se tenait le côté gauche des deux mains, la balle avait mordu le gras de son flanc. La blessure suffisait à le clouer au sol. La jeune femme l'abandonna à son sort.

— Aidez-moi ! Oh, Victor…, geignit la femme du tailleur en se précipitant vers son mari.

— Rentrez chez vous, murmura Léonore qui ne voulait pas voir ce cadavre.

— Il faut l'aider, s'il vous plaît, il faut…

Victor Pointblanc ne bougeait plus, les yeux grands ouverts. Le sang coulait de sa plaie sans s'arrêter. Il n'y avait plus rien à faire et la mécanicienne n'avait pas assez de force pour deux.

— Il faut le conduire à Trois Rivières ! S'il vous plaît…, supplia sa femme.

— Rentrez chez vous, lui répéta doucement Léonore qui remettait déjà le pistolet dans sa besace d'une main tremblante.

— S'il vous plaît, aidez-le… Aidez-moi…

— Rentrez chez vous ! Il est mort ! lui cracha brusquement Léonore en la repoussant.

Elle ne pouvait pas supporter autant de violence, elle allait s'effondrer. Et elle reprit sa marche dans un état second, laissant derrière elle l'épouse du tailleur choquée et démunie.

Les émotions qui l'assaillaient allaient bientôt clouer la mécanicienne sur place. Le bruit de ses bottes de travail qui claquaient sur le métal de la passerelle focalisa son attention. Elle pleurait. Ses sanglots la secouaient encore quand elle déboucha sur le quai et elle sécha ses larmes une nouvelle fois.

La vue qui s'offrait à Léonore était à couper le souffle. Le Vieux Temple se découpait au loin, isolé au milieu des incendies. Des nuages de fumée s'envolaient par dizaines au-dessus des collines et réverbéraient les éclats orangés des bâtiments en flammes le long des quais. Les panaches inquiétants venaient gonfler une masse obscure qui dominait la ville et couvrait les lunes. Le vent transportait un murmure permanent de soupirs, de cris et de hurlements, dans le fracas des explosions et le tintamarre des tocsins. La fureur de la misère transpirait par tous les pores de la capitale et se sublimait dans l'air. Tout le monde inhalait cette atmosphère de fureur et de chaos. La folie avait gagné tous les niveaux, des berges au sommet des temples. C'était un Carnaval comme jamais Seth n'en avait connu.

Léonore se sentit faiblir encore et fit un suprême effort pour rejoindre Malène. Elle déboucha sur les quais de la Chancellerie où régnait la même violence cathartique. Des femmes, le corps à moitié nu, se tenaient par la taille et chantaient à tue-tête des chansons populaires de basses castes, vulgaires et salées. Cette troupe débraillée s'embrassait, crachait et brandissait fièrement des armes maculées de sang, en aguichant les hommes et en moquant les cadavres qui jonchaient le sol. Léonore se fraya un chemin en faisant tout pour oublier ce qu'elle voyait. Malgré l'extraordinaire anarchie alentour, certaines scènes avaient encore le pouvoir d'attirer son attention. Comme cet enfant, dans un petit costume gris de marin, qui faisait barrage aux eaux usées avec son corps frêle dans le caniveau, face contre la pierre. Léonore contint une nouvelle nausée et se força à regarder droit devant elle.

Les façades de Pierre Blanche étaient couvertes de la suie des incendies. Des attroupements tentaient de forcer les portes du grand magasin Arcole & Broquin qui avait ouvert quelques années plus tôt. Les parias, qui passaient leur vie à contempler des richesses auxquelles ils n'avaient pas droit à cause des préceptes du Faëton, étaient venus réclamer leur part. Ce grand magasin construit sur les quais, exposant ses objets de valeur aux yeux de tous, avait été une provocation de trop, pensa Léonore en contournant la foule pour s'engouffrer, sans se faire remarquer, dans une ruelle du premier niveau de Pierre Blanche.

Le quartier du Service était l'un des plus peuplés et les immeubles délabrés comprimaient les rares maisonnettes qui subsistaient encore dans une atmosphère pesante et humide. Le ciel ne perçait pratiquement plus et la fumée des incendies stagnait sous les arches. Quelques ouvertures aspiraient à toute vitesse les grandes nappes de cendres en suspension, on ne pouvait respirer qu'en se baissant. Léonore colla son nez à son manteau et pressa le pas, courbée en deux.

Étonnamment, plus elle s'enfonçait dans les entrailles de la colline, plus l'air devenait respirable. Les incendies étaient beaucoup plus rares parmi les habitations misérables, l'inconscience de la foule en colère s'était intuitivement dirigée vers les zones dégagées. La mécanicienne progressa dans le dédale de ruelles. Pierre Blanche était l'un des seuls quartiers à ne pas avoir de niveau occupé par des parias. Les métiers liés au Service étaient tellement nombreux, et tellement peu qualifiés pour certains, que les plus bas rangs occupaient l'intégralité des habitations. Contrairement aux parias, ceux qui les exerçaient avaient le droit d'exister et touchaient un salaire. L'avantage était somme toute relatif : le premier niveau de Pierre Blanche n'était pas un bidonville infâme et sanglant, seulement un quartier sale et dangereux. À cette heure, ses ruelles étaient vides, soit qu'on pille, soit qu'on serve les plus riches dans leurs demeures.

Léonore arriva enfin à destination en voyant se profiler le gigantesque pilier de maçonnerie qui maintenait les différents niveaux du quartier en place. Nul n'aurait pu dire de quand dataient ces piliers, mais ils n'avaient pas toujours été là. Le populaire se le racontait, comme pour la plupart des choses du passé, sous la forme de contes mêlant le fantastique au réel. En l'occurrence, un vestige des épreuves de l'Alain, l'assistant préféré de Sayef. On ne savait jamais vraiment quand et comment les choses de l'Empire étaient devenues ce qu'elles étaient aujourd'hui. On savait seulement que la vie ne s'était pas améliorée.

Moins fantasque, Alfred avait un jour donné à Léonore des informations plus précises et réalistes avec son habituel air sarcastique : les piliers étaient le résultat d'une mode, d'une exaltation de la foi trois siècles plus tôt, selon les documents des travaux du tramvapeur qu'il avait étudiés. Les nobles ne s'étaient pas gênés pour construire leurs habitations au-dessus des moins nobles dans le but de se rapprocher des palais. C'était ainsi que la ville avait acquis ces corolles minérales, superposées sur les flancs des neuf collines, et que les pauvres occupaient les caves.

Malène Rousse avait su tirer son épingle du jeu. Léonore aperçut en effet sa maisonnette au bout de la ruelle qui formait comme une excroissance du pilier. Une rue un peu plus importante que la moyenne la longeait, ce qui lui apportait un peu d'espace alentour. Mais le clou du spectacle était la large ouverture à l'aplomb de la bicoque, à plusieurs dizaines de mètres de hauteur, qui lui offrait un peu de lumière à midi et de l'air libre presque frais, un véritable luxe. Les habitations au pied du pilier étaient les hôtels particuliers des pauvres.

Léonore ne tenait quasiment plus sur ses jambes, elle espérait que sa mère adoptive ne soit pas restée dehors avec les autres vieux. Elle tapa à la porte de toutes ses forces, sans s'arrêter. Une silhouette imposante apparut derrière les voilages de la petite fenêtre éclairée et vint lui ouvrir.

— Tu viens m'apporter des ennuis, ma chérie ? lui dit la matrone qui l'avait récupérée douze ans plus tôt dans un caniveau en plein hiver.

Léonore s'effondra dans ses bras, en laissant cette

fois couler librement les larmes sur ses joues. Malène la serra contre elle, elle n'avait jamais vu sa fille dans cet état.

*

Toute la ville se consumait. À la manière des pirates tallidiens dans les petits théâtres du quai Trouvère, la police affrontait des assaillants toujours plus nombreux qui s'en allaient comme ils étaient venus. À peine les croyait-on parties que ces masses violentes et d'apparence désordonnée revenaient à la charge et reprenaient leur sinistre commerce.

Ernest, le vieil ouvrier employé par Alfred de Pergoal, connaissait bien ces mendiants et misérables qui s'agglutinaient devant les commerces pour entasser tout ce qu'il pouvait dans leurs bras. Des siècles de misère avaient corrompu ces gens en les rendant cruels et violents comme des bêtes. Comme il était dur d'en trouver dans cette fange qui ne soient pas boueux ! Les parias, qu'il évitait depuis sa fuite en longeant les artères urbaines la tête basse, chantaient à tue-tête. Tout ce qu'ils faisaient, ils le faisaient en chantant. Les gens autour de lui s'entre-tuaient, violaient, baisaient ou buvaient, tout en pillant les hôtels, les magasins et les appartements privés, en chantant. Ils faisaient résonner leurs voix ivres dans toutes les avenues de la capitale. Eux qu'on n'entendait jamais d'habitude.

Les chemins escarpés qu'Ernest empruntait serpentaient jusqu'au sommet de la Vieille Lune. Ce quartier ancien et mélangé accueillait les activités nocturnes de la haute société. Il regorgeait de passages et d'escaliers inconnus de l'immense majorité des habitants de la capitale. Le cœur du vieil ouvrier battait vite sous l'effort, mais ici, dans ce dédale exigu, une relative sécurité régnait encore. Qu'étaient devenus Léonore et le patron ? Il soupira en voyant enfin se dessiner l'enseigne du club qu'il voulait rejoindre à tout prix.

Ernest vérifia que personne ne le suivait et se présenta devant une porte bleue sans poignée, sous le regard stylisé et dérangeant des sept yeux d'un chat. Il reprit son souffle, tapa trois coups puis un quatrième, et attendit. Un bruit d'explosion retentit dans le lointain, une course résonna au bout de la ruelle, trois ombres traversèrent l'obscurité sans s'arrêter. La porte s'ouvrit et dévoila un homme élégant à la mine aussi sévère que carrée.

— Que voulez-vous ?

— La maîtresse.

— Et qui êtes-vous ?

— Le vieux.

— Vous êtes attendu ?

— Non.

L'homme recula et referma la porte. Ernest avait mal au dos et sentit à quel point la traversée l'avait épuisé. Une nouvelle déflagration le fit sursauter. Enfin, la porte s'ouvrit en grand et on lui fit signe d'entrer.

— Ce sera la cinquième.

Il n'était pas question d'être vu dans ce club huppé, ce n'était pas la place d'un ouvrier comme lui. Même si ce n'était pas non plus la place pour les activités qui s'y menaient clandestinement. On y organisait des concerts, des rencontres d'artistes et des fêtes qui devaient être très courues puisque son patron y participait. Par la porte entrouverte, Ernest aperçut les membres du club qui continuaient de s'amuser malgré les événements extérieurs. Peut-être n'étaient-ils au courant de rien ? L'ouvrier s'était habitué à voir ces hommes et ces femmes se déhancher, étrangement vêtus, un loup sur le visage et un cocktail improbable à la main. Au milieu de la fumée de cigarette, l'orchestre jouait une musique bizarre, aux triolets de clarinette rageurs, que le vieil ouvrier goûtait modérément.

Ceux qui se rendaient ici n'étaient pas vraiment des modèles de vertu. On y prenait des drogues interdites, on y buvait jusqu'à l'excès dans la plus grande indifférence pour les insignes et les lois religieuses qui devaient tenir les habitants de Seth éloignés les uns des autres. Mais ces festivités n'étaient que façade, le plus intéressant se déroulait en bas. On lui montra, comme à chaque fois, une porte dérobée donnant sur un petit escalier qu'il emprunta en se tenant à la rampe. Ses jambes n'étaient plus aussi sûres que dans sa jeunesse et ses cuisses lui faisaient mal.

Le corridor sur lequel il déboucha était plongé dans la pénombre. Ernest discernait à peine son reflet dans le grand miroir à l'autre bout. Chaque porte était numérotée de 1 à 5. Les salons privés servaient aux clients fortunés soucieux de conserver l'anonymat, mais on y accédait aussi depuis une annexe de la salle haute car certains aimaient exposer publiquement leur charmante compagnie avant de se retirer pour s'adonner à des plaisirs interdits. Deux chemins différents pour des invités d'inégale valeur.

Ernest se dirigea vers la porte numéro 5 et toqua trois fois, puis une quatrième. Son visage était bien en face de l'œilleton. Le verrou tourna et une femme l'invita à entrer.

— Tu en as mis du temps ! lui dit-elle en refermant la porte. Il faut faire vite !

— J'ai fait aussi vite que j'ai pu, madame…

Cornélia Wulokind passa devant lui sans se soucier de lui indiquer une place. D'habitude, il prenait le siège en face d'elle, à côté du guéridon et de la lampe, mais une inconnue y sirotait un verre de liqueur. Il n'y avait pas d'autre siège, ni même un canapé, dans la pièce aux tentures noires. Ernest se rappela qu'il avait oublié d'enlever sa gapette et le fit prestement avec un air d'excuse.

— On s'fera des politesses plus tard ! dit Cornélia. Je ne vous présente pas, il vaut mieux éviter… Il travaille pour notre organisation…

— Ravie de faire votre connaissance, monsieur.

— Moi de même, madame, répliqua l'ouvrier, très impressionné.

L'invitée mystérieuse devait avoir une quarantaine d'années, comme la patronne, mais sa chevelure d'un noir profond la faisait paraître plus jeune et sa singulière beauté mettait fin à toute comparaison entre elles. Le cordon qu'elle portait en sautoir montrait son appartenance à la caste de la Loi ainsi que sa dignité de baronne. Que faisait-elle ici ? Ce n'était pas vraiment le type de personnes qu'Ernest était habitué à côtoyer. Le seul noble qu'il connaissait personnellement était le patron, et on ne pouvait pas dire que c'était un modèle du genre. Si cette femme était là, c'est qu'elle avait ses raisons et que ces raisons suffisaient à Cornélia.

— Ils sont venus à l'usine du patron… On a fui avec mam'zelle Léonore !

— Elle a récupéré ses affaires dans le coffre ?

— Je pense, oui. Mais je n'ai pas vu si elle a pu s'échapper… Elle m'a ordonné de partir…

— Elle a de la ressource, tu as bien fait ! Alfred a justement pensé à ce type de situation. Léonore a les papiers. C'est toujours ça de moins pour Virolles…

Ernest avait de la peine pour la mécanicienne en chef Azur qui n'avait pas été mise au courant des activités réelles du comte. C'était une question de sécurité, comme pour tous les protocoles qu'on lui avait collés sur le dos. Il ne connaissait personne de plus précautionneux qu'Alfred de Pergoal. On ne parlait entre collaborateurs que si cela s'avérait strictement nécessaire.

— Si je peux…, dit-il en montrant l'inconnue du coin de l'œil.

— Tu peux.

— Pourquoi cet attentat ?

— Je ne sais pas ce qu'Alfred a fait, ou ce qu'on lui a fait, mais je peux t'assurer que nous n'avions rien prévu de cette sorte ! déclara Cornélia en allumant une cigarette avec celle qu'elle venait de finir.

— Vous me rassurez, murmura-t-il. La ville est devenue complètement folle.

— Il faut à tout prix tenir l'Inquisition et la police en dehors de nos affaires. Moins ils en sauront, mieux nous nous porterons.

— Alfred est entre leurs mains désormais, intervint la baronne.

Cornélia toussa violemment et fit tomber sa cigarette. Ses yeux se voilèrent à la pensée du sort qui attendait son ami ingénieur. La noble la réconforta d'une pression sur le bras. Ernest voyait bien qu'elle aussi avait de la peine.

— Je suis désolée, compatit la baronne. N'y pense pas. Mais il faut agir au plus vite maintenant, tu connais leurs méthodes… Vous n'avez pas travaillé pour rien.

— Madame, dites-moi ce que je peux faire, renchérit Ernest.

— C'est juste… Sale engeance déchue…, s'emporta Wulokind en se redressant. J'sais pas encore qui, mais la sale engeance responsable de tout ça paiera ! Quel merdier !

Cornélia en avait vu d'autres, mais cet attentat était particulièrement dur à avaler. Il fallait qu'elle garde son calme. On ne craque pas au cœur de la tempête, on s'écroule après, c'est à cela qu'on reconnaît les braves. Ils avaient besoin d'elle et Alfred n'aurait jamais accepté qu'elle s'apitoie sur son sort. Elle recoiffa ses cheveux filasse d'un geste vigoureux et l'énergie qui la caractérisait revint à mesure qu'elle jurait pour se défouler. Son interlocutrice ne s'en choqua pas.

— Très bien ! reprit Cornélia. Je veux que tu te rendes à Bas-Bœuf et que tu réunisses toutes les informations et les inventaires. Nous devons tout évacuer en urgence, les productions, les hommes et les machines si cela reste possible… Vois avec Sylvestre, arrangez-vous, déléguez si vous pouvez…

— Ça va prendre des jours, madame ! objecta Ernest. Avec le chaos qui règne dehors !

— Deux jours. Au troisième, on doit avoir filé. C'est le temps qu'il faut aux troupes pour rejoindre Seth. Ils vont faire donner le canon dans la capitale ! Ils vont vider les quartiers, il faut que nous soyons partis… Je te rejoins dès que je peux, je n'ai pas encore fini…

— Mais madame…

— Je sais ! Fais ce que je te demande, je t'aiderai dès que je peux, j'ai confiance en toi. Tu peux le faire, les hommes t'écouteront, ils ont confiance en toi !

Cornélia se leva et alla vers lui. Ernest la dominait d'une bonne tête, mais c'était bien elle, à son tour, qui lui redonnait courage et fermeté. Il avait tellement peur de la décevoir et de décevoir le patron. L'intensité du regard de la maîtresse contrastait avec ses traits d'une banalité ennuyeuse. On oubliait sa figure sitôt qu'on l'avait rencontrée, mais ce regard particulier, qu'elle gardait en réserve, la tirait immédiatement de l'anonymat.

— Deux hommes t'attendent en haut, ils t'escorteront, ajouta Cornélia. Fais ce que je te dis, rassemble tes hommes, qu'ils réunissent les leurs, fais vider les entrepôts, protège les cargaisons, nous devons prendre des risques si nous ne voulons pas voir tous nos efforts réduits à néant. N'est-ce pas ?

— Oui, madame.

— Va !

Jusque-là, Cornélia et Alfred assumaient ensemble la direction des affaires. Désormais, elle était la seule responsable. Ernest ne mit pas une seconde son ordre en question. Il salua les deux femmes d'un coup de gapette et s'en alla, encore chancelant sous l'émotion. Cornélia ne doutait pas qu'il ferait un très bon travail, Sylvestre et les autres l'y aideraient. Ernest vouait un culte à son patron et n'avait jamais commis la moindre erreur depuis qu'il les avait rejoints. La formation qu'il donnait aux jeunes parias qui travaillaient dans leurs usines comprenait aussi une sévère discipline. Le vieil ouvrier était respecté d'eux.

— Il est vieux quand même…, objecta l'inconnue.

— Oui, mais il fera le boulot comme je lui ai demandé. Que faut-il de plus ? Ils n'ont pas besoin de bras là-bas, ils ont besoin d'autorité. Que reste-t-il à voir ensemble ? demanda Cornélia en se rasseyant.

— J'ai ce qu'il me faut. On aura les autorisations…

— Ils ne filtreront pas les portes de Seth dans les jours à venir, mais si Arsène donne l'ordre de former des péages dans les provinces… C'est une possibilité.

— Ça ne peut pas être aussi terrible qu'ici. Je vais moi-même me retirer aux Croquants, il ne fait pas bon être dans les parages pour quelqu'un comme moi.

— Qui a pu se servir d'Alfred ? Et comment ? interrogea Cornélia pour revenir aux questions qui l'assaillaient depuis l'annonce de l'attentat.

— Je ne sais pas, mais nous devons nous adapter. Je te tiendrai au courant des messages de ma hiérarchie, si nous en sortons vivants…

— Nous nous reverrons. Pour le moment, replions-nous.

— Fais bien attention à toi, Cornélia.

— Ce n'est pas à moi que je dois faire attention, Isabella, c'est à l'organisation.

La baronne de Lucq acquiesça en finissant son verre. Les temps qui se profilaient posaient effectivement la question sous cette forme : allait-il être plus important de faire attention à soi, ou aux choses auxquelles on croyait ?

5

Cellule de crise

> Tu entendras leurs voix dans tes songes, ma fille. Tu verras leur image dans la lumière d'un rayon de soleil, dans l'ombre d'un pin et le secret des bougies. Ils sont partout, tout autour de nous, ils nous embrassent. N'oublie pas que tu es l'Éveillée, tu es le matin qui se lève, tu es la coquille d'œuf qui craque, tu es l'oreille attentive […]
>
> *Les Recommandations*,
> JÉZABEL DE VALLONS-PLEURS

Baras d'Arcane venait à peine de poser sa carcasse rompue de fatigue sur la pauvre chaise de son bureau lorsqu'une estafette lui remit un pli urgent. Le message lapidaire le convoquait au Conseil. L'inquisiteur jeta un coup d'œil las à sa montre et décida que l'ordre était suffisamment récent pour qu'il puisse s'accorder deux minutes de pause. Il regarda le message quelques instants en se renversant dans son fauteuil dont le cuir des accoudoirs était défoncé par l'usure.

La perquisition des usines Pergoal avait failli virer à la catastrophe. Si ses agents étaient arrivés quelques secondes plus tôt, ils l'auraient pris sur le fait. Il avait réussi à les distraire et à les ramener à l'usine, et seulement alors il avait compris qu'un autre groupe avait cru malin de s'enfoncer dans les ruelles au cas où la mécanicienne s'échapperait. Ce genre de désobéissance lui rappelait toujours ce que certains de ses hommes pensaient de lui : il avait beau être leur chef, il n'en restait pas moins un dual, un être à la nature trouble et douteuse. L'heure qu'il avait passée à attendre leur retour avait transformé les usines en vestibule du Gouffre. Mais les agents n'étaient jamais revenus et Baras ne les avait pas pleurés, ni fait rechercher.

Penché en arrière, le pied accroché au rebord de sa table pour ne pas tomber, le capitaine de l'Inquisition fit le point. De cet angle, il contemplait la nuit par l'étroite et unique fenêtre de la pièce. Cela l'aidait à réfléchir, seulement éclairé par une chandelle, dans la poussière des dossiers qui s'accumulaient autour de lui. Il soupira en portant la main à sa barbe naissante qui lui chatouillait le bout des doigts. Qui aurait pu prévoir le crime horrible de l'ingénieur ? Qui aurait pu prévoir que cet acte entraînerait une telle fureur des damnés ? Les dieux n'étaient que des voyeurs qui ne se laissaient jamais voir.

Le bruit de la panique générale dans les couloirs lui parvint malgré le bois épais des cloisons. Ses collègues couraient d'un quartier à l'autre en rapportant des nouvelles effarantes. Même pour rejoindre son bureau, il avait dû se frayer un chemin au milieu des agents éperdus, aussi affolés que des fourmis sans but. Jusqu'à cette nuit, qui aurait pu imaginer qu'on puisse être à ce point démuni au cœur de l'État ?

Baras n'arrivait pas à en vouloir aux miséreux. Certes, ils étaient maudits par les dieux, mais ils lui ressemblaient trop pour le laisser indifférent. Ils étaient comme le lierre qui grignote les arbres depuis la racine, ils remontaient des entrailles de la cité, progressant le long des piliers, depuis des années. Ses collègues ne voyaient que leur faiblesse et pensaient que leur docilité craintive était le signe de leur inhumanité. Le capitaine inquisiteur d'Arcane se dit, non sans une certaine satisfaction, qu'ils venaient de leur prouver le contraire. Par la violence de leur ressentiment, ils étaient des hommes comme les autres. Les vices partagés, bien plus que les vertus, prouvent aux hommes leur commune nature, Baras n'en avait jamais douté.

Il se redressa sur sa chaise et se frotta les sourcils d'un geste nerveux. L'ingénieur subissait les affres de la torture à l'heure qu'il était, en un lieu d'où il était impossible de s'échapper et impossible pour les fonctionnaires de l'entendre crier. L'équipe spécialisée ne chômait pas. On pouvait même se demander s'il ne serait pas mort avant d'atteindre le gibet. Baras ne put s'empêcher d'éprouver de la gêne à l'idée d'assister à sa pendaison, en s'imaginant à son tour avec la corde au cou. Il fallait espérer qu'Alfred de Pergoal ne dirait rien sur leur petite conversation en haut des marches. Ce n'était pas grand-chose, un maigre échange de mots, mais cela suffirait à intriguer les enquêteurs qui liraient les comptes rendus des tortionnaires. Si l'information remontait à Virolles, Baras ne donnait pas cher de sa peau.

Comment était-il passé à côté d'une information aussi importante que la préparation d'un attentat ? Il n'avait pas su repérer les signes avant-coureurs, alors même qu'il était en charge de la filature de l'ingénieur. Il réfléchit à sa propre défense en espérant que le message qu'il avait reçu n'était pas une convocation pour rejoindre la prison à son tour. On ne se défend pas dans ce genre de situation, on s'excuse et on espère. Car s'il n'était pas au courant, qui aurait pu l'être ? Baras se pinça la joue. Une telle explosion requérait un engin d'une taille impressionnante, d'ailleurs à sa connaissance il n'existait pas de bombe vapeur d'une telle puissance. Ce devait encore être une invention brillante de Pergoal.

Depuis deux ans qu'il poursuivait son enquête, l'inquisiteur était tombé de surprise en surprise. Il en avait passé des nuits blanches à chercher à comprendre les allers-retours du comte ingénieur, ses déclarations et ses actions contradictoires en apparence. Baras n'était pas sûr d'avoir saisi ses réelles motivations, il croyait seulement les deviner. Mois après mois, il avait esquissé une sorte de nébuleuse de personnages et de lieux qui gravitaient autour de sa cible, pourtant le dessin final lui échappait encore. Une chose était certaine : Alfred de Pergoal portait peu d'attention aux dieux et mentait sur ses activités réelles, son travail clandestin en était la preuve.

Cette capacité à la dissimulation et ce goût pour le secret trouvaient un écho en Baras, qui avait passé toute sa vie dans le silence de sa condition de dual. Le capitaine notait des ressemblances avec l'ingénieur. Même leurs parcours possédaient des similarités qui les rapprochaient ; tous deux avaient une infirmité, de nature différente certes, mais qui avait nourri la même soif d'indépendance, le même désir de vérité. Il avait éprouvé, au fil des mois, une amitié avec sa cible dont il était seul au courant et il avait rêvé pour Alfred de Pergoal l'existence libre que sa propre naissance lui interdisait.

Comment cet homme avait-il pu commettre une monstruosité pareille ? Cela ne lui ressemblait pas.

Baras aurait dû se sentir révulsé, comme ses collègues depuis l'événement, pourtant il était seulement curieux des motivations d'Alfred, tout en étant déçu par l'indignité de son acte. On trouve toujours des êtres pour refuser de se conformer, d'un côté comme de l'autre, et certains peuvent être des anticonformistes brillants. L'ingénieur n'était pas le seul à prendre des libertés. L'inquisiteur sourit à l'idée que cette seule pensée était déjà hérétique.

Baras aurait aimé pouvoir se confier à quelqu'un mais il n'avait personne. On se méfiait de lui à cause de ce qu'il était, un double-sang qu'on avait abandonné à la naissance. De toute façon, personne n'aurait voulu entendre ce genre de propos, accoudé au zinc d'un bar de Caravane, le quartier où la police allait se vider la tête. Une oreille attentive pour s'épancher, simplement parler, lui manquait terriblement. Et celle qui possédait une telle oreille ne l'entendrait jamais. Il était sûr pourtant qu'elle l'aurait écouté et qu'elle aurait trouvé des choses intéressantes à lui dire ; elle seule pouvait le réconforter.

Il avait tellement envie de quitter le palais et d'aller la voir, comme il le faisait certains soirs. Il avait fait sa connaissance en même temps que celle d'Alfred, et de la même manière, dans l'ombre. Baras s'imaginait la rencontrer et lui dire tout ce qu'il avait appris d'elle, tout ce qu'il avait appris à aimer d'elle. Léonore Azur, la mécanicienne en chef, était aussi belle que courageuse, aussi intelligente que débrouillarde, elle était devenue l'image même de l'amour que le capitaine n'avait jamais connu. Baras savait que cet amour était impossible, il lui parlait seulement dans le noir de sa chambre quand la vie l'accablait trop.

Parfois, il attendait des heures qu'elle rentre du travail, en civil sur le trottoir d'en face. Il aimait l'observer déballer impatiemment ses nouilles vapeur devant la porte de son immeuble et remercier le concierge qui se dépêchait de l'aider. Il avait tissé une relation intense et silencieuse avec elle, sans qu'elle le sache, sans qu'elle le voie jamais. Ce soir, ils s'étaient rencontrés pour la première fois et il lui avait sauvé la vie. Baras passa une main dans sa chevelure brune. Comment pouvait-il encore faire semblant ? Sa solitude n'était que souffrance. Les jours passaient et il avait l'impression d'être condamné à une amère torture, où son esprit craquait mais ne rompait pas, il continuait de vivre.

Il ouvrit un tiroir et en sortit une petite fiole qui contenait un liquide vert sombre. Il la porta à ses lèvres et sentit la chaleur de la liqueur tapisser son palais puis sa gorge. Il engouffra une belle poignée d'amandes qui attendaient dans une coupelle juste à côté. C'était la seule chose qu'il avait mangée depuis le matin où il avait bu son habituel tava corsé au comptoir.

Le message portant le sceau personnel du prince l'attendait toujours sur le bureau. Baras hésita à fuir une seconde à peine, l'espace d'un battement de cœur, avant de se secouer. Il accepterait le verdict de la justice, quel qu'il soit. On ne fuit pas devant l'inéluctable. En proie à des désirs contradictoires, le capitaine inquisiteur d'Arcane oscillait entre la frénésie et l'apathie, incapable de retrouver son calme. Il ferma les yeux un instant en savourant la sensation que lui procuraient la liqueur et les amandes.

Des conversations animées reprirent de l'autre côté de la cloison. Il n'était pas le seul à être déboussolé. La situation ne s'améliorait pas. Des quartiers entiers étaient maintenant plongés dans l'obscurité sur l'ordre du gouverneur militaire de Seth qui ne voulait pas que le gaz serve les émeutiers plus qu'il ne l'avait déjà fait. Baras approuvait la mesure, tout en se demandant si cela suffirait à calmer la fureur populaire. Il n'avait encore jamais vu des foules refuser de se disperser sous les injonctions des agents de l'Inquisition. La crainte était le premier des pouvoirs, et elle ne suffisait plus.

Il s'attarda sur le dossier déjà bien garni de la filature de l'ingénieur, qu'il gardait constamment sur la table, et vérifia que chaque pièce était dans le bon ordre avant de se lever. Au-dehors, le ciel était désormais voilé par des lambeaux noirs et menaçants. Les troubles n'étaient pas près de se calmer. Après un rapide regard à sa montre, il constata qu'il était déjà 2 heures du matin. Cela faisait plus de cinq heures que les émeutes avaient commencé.

Un hurlement de douleur le tira de ses réflexions. Il prit son dossier et alla ouvrir la porte pour découvrir deux collègues qui revenaient d'une patrouille. Ils passèrent devant lui en portant un blessé qui criait tout en se vidant de son sang. D'autres agents les suivaient, se tenant par les épaules et comprimant leurs blessures de leurs mains poisseuses. Un agent avec un œil et une arcade enfoncés, comme si on l'avait battu avec une barre de fer, fixa sinistrement de son œil valide Baras qui passait une tête par la porte.

— Débarrassez une table, engeance ! Vite !

Ils se dirigèrent dans la salle de repos juste en face. La pièce miteuse, à la peinture écaillée et aux antiques lampes à huile, possédait une longue table dont les troufions se servaient pour taper le carton pendant les pauses. On se dépêcha de la désencombrer. Le jeune agent se tenait le ventre. Ses vêtements étaient trempés de sang et déchirés à plusieurs endroits. Ses collègues s'installèrent comme ils le pouvaient dans la pièce et dans les couloirs.

— Ces salopards l'ont lardé de coups de couteau ! Trois Rivières est pris d'assaut, même les apothicaires n'ont plus rien pour soigner les blessés ! C'est la merde ! Engeance !

Il y avait de la folie dans les yeux. Le sang coulait comme une liqueur épaisse sur leurs mains et répandait cette odeur ferreuse caractéristique des abattoirs. Pourtant, Baras ne ressentit aucune compassion devant les grimaces de douleur du jeune blessé ; l'agitation autour de lui ne l'atteignait pas. Ils venaient mettre du désordre et briser sa fragile paix intérieure alors qu'il se dirigeait sans doute vers la mort, *sa* mort… Arsène de Virolles allait punir son erreur d'un châtiment bien plus terrible que de simples lames.

— Qu'est-ce que vous foutez là ? les rembarra-t-il. On ne peut rien faire pour lui, ici ! Allez dans les salles du bas !

— Y a plus de place ! On sait pas, on s'est dit qu'au moins… Merde… On fait quoi ?

— Vous le reprenez et vous l'emmenez en bas, y a des salles pour ça ! Débrouillez-vous, cria un lieutenant qui venait d'arriver en suivant à la trace le sang par terre.

— Vous pouvez nous aider ! On… on…

Baras montra son dossier pour se dédouaner et ignora l'air stupéfait des deux agents qui lui faisaient face. Après tout, c'était leur problème. Baras n'avait rien à voir avec des gens comme eux. Les limiers de l'Inquisition ne traînaient pas avec ces gros bras. En tout cas, certainement pas Baras d'Arcane. Le lieutenant qui venait d'arriver avait de la bouteille. Il se pencha sur le blessé qui ne criait plus depuis quelques secondes.

— Il est mort..., déclara-t-il.

Le capitaine d'Arcane s'éloigna sans un regard.

Pour accéder à la salle du Conseil dans le palais, il lui fallait emprunter de nombreux couloirs et remonter dans le bâtiment principal. Le palais des Chutes, qu'on appelait plus volontiers Coupe-Gorge dans la population, était un bâtiment tout en hauteur. De l'extérieur, ses hautes fenêtres croisées et étroites donnaient l'impression qu'un mince filet métallique l'empêchait de bondir vers le ciel telle une flèche.

Cette verticalité était accentuée par sa situation géographique. La colline, que dominait le palais, était plus exactement un imposant promontoire rocheux. Construit au bord du précipice, l'édifice créait avec la paroi rocheuse une façade immense et vertigineuse qui surplombait les fleuves. C'était de ces hauteurs que, dans les temps anciens, les criminels et les hérétiques étaient précipités vers la mort. On racontait que leurs cris résonnaient dans toute la capitale sous les yeux ébahis des spectateurs amassés le long des berges. Depuis, on les pendait plus sobrement au gibet des Trébuchets.

Baras se dépêcha de quitter les services de l'Inquisition pour se faufiler, à travers le dédale de salles, d'escaliers et de couloirs, jusqu'à la salle du Conseil. L'atmosphère des escaliers de marbre, aux marches polies par l'usure, était singulière, irréelle, comme si le palais entier était aux abords d'une forêt en feu. Tout était pénétré de l'éclat orangé de l'incendie et la poussière elle-même scintillait dans l'air. Mais sa stupeur était telle que Baras avait l'impression de marcher dans la pénombre et les bruits sourds.

Un véritable silence régnait parfois, rendant les lieux plus sinistres encore ; ces étages-là appartenaient déjà au royaume de Borance Noir, le maître des cendres. Des cris lointains s'y réverbéraient en échos fantomatiques, et d'horribles sons qui claquaient contre les murs lui firent rentrer la tête dans les épaules. Des agents apeurés se massaient devant les vitraux pour observer la ville en feu, on ne parlait pas, on ne commentait rien, le spectacle était trop impressionnant. Baras refusa de se laisser happer par la contemplation de la foule qui tentait d'atteindre les accès au palais protégés par des soldats et des agents, il s'obligea à regarder droit devant en ignorant les gémissements craintifs autour de lui.

Au milieu d'une salle vide, une jeune femme du personnel administratif tournait en rond, ses mains saisissaient d'invisibles objets dans les airs. Elle parlait toute seule à des interlocuteurs absents. La pauvre fille s'était perdue dans les étages, sans doute avait-elle craqué devant la terreur que lui inspiraient les rapports des unités de terrain et les rumeurs qui circulaient entre collègues. Baras se colla contre le mur et le longea pour ne pas se faire repérer par la secrétaire démente.

Il parvint enfin au cœur même du palais où il put entendre des cris, des ordres et des lamentations qui fleurissaient en un bouquet macabre. On avait déposé d'autres blessés dans les salles du rez-de-chaussée, où ils attendaient des soins. Baras écarquilla les yeux en voyant ses collègues allongés sur le sol sans aucun confort et comprit un peu mieux le désarroi de ceux qui étaient remontés. Quelques rares médecins de la caste du Savoir couraient entre les rangs pour tenter de soulager leur douleur. Mais le manque de praticiens était criant et plusieurs agents étaient déjà morts dans des mares de sang, ou à la suite des brûlures extrêmes qui leur avaient été infligées. Leur peau avait craqué et s'était lézardée comme une terre aride. Ce désordre contre nature fit frissonner Baras d'Arcane. Il connaissait son patron, les représailles allaient être terribles.

Il traversa les pièces en silence et arriva enfin devant la grande porte du Conseil. Chaque palais possédait une salle dédiée aux réunions de la plus haute instance de l'Empire et chaque prince pouvait y convoquer les autres à tout moment. Les souverains des différentes castes prenaient les décisions importantes de manière collégiale et profitaient de ces sessions pour informer leurs frères et sœurs des activités de leurs sujets respectifs. Baras allait toquer mais se retint. Une nausée monta, qu'il réprima violemment, la main sur la clenche. Ses jambes tremblèrent et il dut se ressaisir quelques secondes avant d'entrebâiller la porte sans frapper, juste ce qu'il fallait pour se glisser à l'intérieur.

Tous les assistants princiers et les officiers de service se tenaient debout contre un mur, la tête baissée. Baras se faufila et s'adossa dans la même posture pendant que les princes discutaient férocement autour d'une table ovale. À l'exception du prince de la Guerre, ils étaient tous là, et son patron, debout, n'en finissait pas de tempêter contre un amiral qui lui faisait face dans son uniforme d'apparat. Baras ne voyait ce dernier que de dos mais il n'avait aucun doute sur son identité. Avec sa haute stature et ses cheveux aux reflets cuivrés, cela ne pouvait être que l'amiral Anglas Karzian de Varm, le plus proche cousin du prince Phébus.

— Cet attentat est une ignominie de plus que je mets sur le compte de votre cousin, Anglas ! Phébus est allé trop loin, il a passé les bornes ! hurla quasiment Arsène de Virolles.

— Vous n'avez aucune preuve de ce que vous avancez, mon frère ! Alfred de Pergoal a très bien pu œuvrer seul ! répliqua Galatée de Tancre-Asclépios, princesse du Savoir, elle aussi dans son costume blanc de cérémonie, toujours intact.

— Et que voulez-vous faire, ma sœur ? Attendre que la capitale brûle de fond en comble ? Que nous soyons assiégés par les canons de notre frère félon ! lui rétorqua Arsène en jouant avec les larges plis de son costume de magistrat pour créer un effet dramatique.

— Vous vous acharnez sur Anglas qui n'y est pour rien. Calmez-vous, je vous en conjure ! tenta d'apaiser la princesse. L'amiral est notre plus dévoué serviteur ! Phébus est à des centaines de lieues d'ici !

Arsène de Virolles vibrait de colère, ses yeux lançaient des éclairs. Baras, pas plus que les autres officiers présents, ne voulait croiser son regard. La main légèrement tremblante, Arsène se rassit, consterné. Comment pouvait-on garder son calme après un tel massacre ? Ce Conseil des princes ressemblait de plus en plus à un club de la capitale ! On y discutait, on y échangeait des informations mais on ne prenait jamais de décision sérieuse. C'était pourtant à eux d'assumer les responsabilités du pouvoir, les souverains de chaque caste, les êtres saints désignés par le Faëton pour commander et être obéis.

Orvast d'Antinosc, souverain des Commerçants, tira sur sa pipe rouge, de la même couleur que son costume raffiné. Derrière ses lunettes fumées, il conservait une expression tranquille et mesurée. Orvast croyait que ses frères et sœurs le trouvaient sage, sans savoir qu'on se moquait souvent de lui et de ses remarques vides.

— Arsène, Seth est en pleine tempête et nous devons maintenir le cap. Il faut rétablir l'ordre, dit-il d'un air serein. Nous devons également savoir comment cet ingénieur a fait, qui l'a aidé…

— Pergoal est interrogé en ce moment même en haut du palais ! Je ne ferai pas à notre frère Constantin et notre sœur Nine l'affront d'avoir à se désolidariser de son acte ignoble…

— Non, tu ne le feras pas, Arsène, répliqua Constantin d'un ton uni que son regard glacial démentait.

— Où est le gouverneur militaire de Seth ? Qu'il se présente devant nous ! Anglas, restez ici ! relança le prince de la Loi en changeant de sujet.

L'amiral ne bougea pas alors qu'un homme d'une cinquantaine d'années faisait quelques pas en avant et se présentait devant les princes. Le gouverneur avait le visage fatigué et des cernes sous les yeux, mais Baras ne savait pas si cela était dû aux dernières heures ou aux minutes qui allaient suivre.

— Monsieur de Mars, comment expliquez-vous l'état insurrectionnel dans lequel nous sommes ? J'exige des réponses, lui lança Arsène, oubliant ses frères et sœurs.

— Leurs Majestés savent que nous ne pouvons intervenir dans la capitale sans l'ordre de Sa Majesté le prince Karzian d'Estée, or le prince Phébus n'est pas ici…, répondit le gouverneur en s'inclinant profondément. J'ai déjà fait fermer les gazoducs des principaux quartiers et mes hommes se tiennent prêts. Je crains que la garnison symbolique de la Capitainerie ne soit pas assez nombreuse pour reprendre la ville, nous ne pouvons assurer que la sécurité des palais et des places stratégiques…

— C'est intolérable ! Vous entendez ? Nous ne pouvons nous permettre de subir plus longtemps les desiderata du jeune prince !

Arsène avait appuyé sur ces derniers mots comme chaque fois qu'il parlait de Phébus. Galatée de Tancre-Asclépios, vieille femme habituellement plongée dans ses recherches, laissa échapper un geste d'agacement. Comme les autres souverains, elle voyait pertinemment où voulait en venir son frère Arsène.

— Nous ne pouvons pas rester dans cette situation effectivement, renchérit Edmond de Rocca, doyen du Conseil.

— Que proposez-vous, Arsène ? Autre que ces vociférations, lui demanda Galatée.

— Je propose que nous nommions Anglas chef des armées en attendant que Phébus soit déchu !

— Et de quel droit ? Ce n'est pas à vous de prendre une telle décision ! s'emporta Nine d'Entres-Ombres. Pour le moment, Phébus n'a rien fait de mal !

Cette femme, pensa Baras qui continuait d'observer la scène en se faisant tout petit, n'était vraiment pas belle mais possédait une énergie incroyable. Ses traits masculins n'arrivaient pas à disparaître sous le maquillage, ni sa petite taille et ses rondeurs sous le costume de cérémonie, néanmoins la vigueur qu'elle mettait en chaque chose la rendait remarquable. Elle s'était levée sous le coup de l'émotion en défiant son frère. Le prince de la Loi posa son poing fermé sur la table et se releva. On aurait cru qu'ils allaient se jeter l'un sur l'autre. Ce n'était un mystère pour personne que les coprinces Nine et Constantin détestaient Arsène de Virolles, qui le leur rendait bien ; pourtant, d'ordinaire chacun savait raison garder. L'attentat surprise commis par le protégé de Nine et Constantin et les insinuations du prince risquaient de faire voler en éclats cette belle hypocrisie nécessaire à la conduite d'un État.

— Rien de mal ? Alors qu'il n'a pas paru depuis deux ans à la table du Conseil ? Alors que ses troupes sillonnent l'Empire sans notre accord, sans même notre consultation ? Alors que son meilleur ami vient de faire exploser une bombe au cœur du Carnaval ? Que vous faut-il de plus ? rugit-il. Je ne vous comprends pas, mes frères et sœurs ! Cet empire est au bord du gouffre ! Voulez-vous faire quelque chose pour le sauver ?

— Ce que vous dites est extrêmement grave, Arsène, objecta Galatée.

— Ce sont des accusations gratuites et sans fondement, riposta Nine.

— Elles sont parfaitement fondées ! Voulez-vous que je vous montre le rapport sur les activités de votre ingénieur ? Et que faut-il comprendre de la déclaration de Phébus, si ce n'est un rejet pur et simple de nos institutions ?

Nul n'osa répondre à Arsène de Virolles, qui dominait l'assistance de toute sa taille. Nine se tourna vers Constantin l'Ariologues, son coprince de la Technique, avec qui elle partageait le trône pour des raisons qui s'étaient perdues dans les méandres des archives. Elle aurait aimé entendre sa voix profonde s'opposer à leur frère, mais Constantin resta muet et prostré sur sa chaise.

— C'est pourquoi, ma chère sœur d'Entres-Ombres, je me tourne vers Marianne et je lui demande de déclarer Phébus hérétique !

Arsène abattait là une carte qui changeait la partie. La demande fit frémir les rangs d'observateurs, la langue froide d'un reptile persiflant n'aurait pas obtenu meilleur effet. Déclarer le prince hérétique ? C'était une première depuis la fondation de l'Empire. Baras, comme les autres, fut secoué en entendant une telle proposition. Déposer un prince, plus haut dignitaire de l'Empire sacré de Seth, était une mesure qui n'avait jamais été prise. Et comment prédire les conséquences d'une telle décision ?

Que se passait-il ? Apporter une telle solution à la situation de l'Empire, c'était prendre le risque de le déstabiliser encore plus. Une terrible gravité cloua les princes sur leurs sièges. La demande d'Arsène était un point de non-retour et le maître de Baras le savait parfaitement.

— Nous nous égarons encore, intervint cette fois Constantin l'Ariologues. L'acte du comte de Pergoal n'a certainement rien à voir avec ce que fait Phébus. Notre frère est parti parcourir l'Empire, c'est après tout légitime quand on est en charge de sa défense.

— Absolument pas, Constantin ! Nous devons faire appel à notre armée pour rétablir l'ordre dans la capitale ! Monsieur de Mars se protège derrière l'absence de Phébus pour ne rien faire, que les militaires prennent leurs responsabilités !

— Arsène ! Vous ne pouvez pas lancer une telle accusation sans preuves ! Nous savons que monsieur de Mars est un sujet loyal, répliqua Nine, qui tira frénétiquement sur son long fume-cigarette.

— Que l'on soit obligé de rappeler la loyauté de notre frère et de ses sujets montre bien l'étendue du problème ! lâcha amèrement Arsène. Je veux donc que nous votions maintenant pour nommer Anglas Karzian de Varm chef des armées, et pour cela nous devons déposer Phébus. Après tout, l'amiral de Varm est le premier sur la liste de succession.

— Tu es trop extrême, lui reprocha Edmond de Rocca, qui se redressa sur sa chaise en faisant un geste de la main pour apaiser les tensions. Nous pouvons très bien faire l'un sans l'autre pour le moment…

— Dois-je vous rappeler que seule Marianne peut prendre une décision aussi grave ? C'est impensable ! Phébus n'est même pas là pour se défendre ! cingla Nine, les bras au ciel.

On n'entendait plus une mouche voler. Tous les regards se tournèrent vers Marianne de Vallons-Pleurs dont le visage restait caché sous ses voiles. On ne devait pas la voir ni l'entendre avant sa majorité. La jeune femme fit un geste gracieux de la main. Debout derrière elle depuis le début de la réunion, la prêtresse Malo s'avança dans une attitude respectueuse et se pencha légèrement pour prêter l'oreille aux mots de la princesse. L'échange fut très court. Malo se redressa et s'adressa au Conseil :

— La princesse Marianne de Vallons-Pleurs refuse de juger l'hérésie de Phébus sans preuves.

— Sans preuves ! Le gamin se balade depuis deux ans en complotant contre nous ! s'exclama Virolles.

— Vous vous oubliez, Arsène ! s'empourpra Galatée de Tancre-Asclépios. Comment osez-vous parler ainsi de l'un d'entre nous ! La sagesse des dieux ignore l'âge et les dispositions !

Le prince de la Loi se renfonça dans son fauteuil. Ils étaient tous faibles, tous pleutres, ils ne voyaient pas à quel point ils trahissaient l'Empire en refusant de sauter le pas. Y compris cette jeune idiote de quatorze ans qui ne parlait que par l'intermédiaire de sa prêtresse, laquelle la couvait à l'excès. Si cela avait été Clara, sa mère, alors les choses auraient été bien différentes ! Mais Clara de Vallons-Pleurs était morte trop tôt, emportée par une maladie inconnue.

Baras jeta de petits coups d'œil pour observer la physionomie de son patron. À force de le côtoyer depuis son plus jeune âge, il savait reconnaître en lui les plus infimes variations dans les émotions. Et quelque chose le surprit, quelque chose clochait. Le prince de Virolles était habituellement un fanatique des règles, et voilà qu'on le prenait la main dans le sac, en pleine tentative d'outrepasser les lois sacrées. Cela ne lui ressemblait pas. Les vraies colères du prince étaient froides et ses erreurs extrêmement rares.

— Je propose que nous mettions aux voix la décision suivante : Anglas sera nommé temporairement chef des armées, afin de rétablir l'ordre dans la capitale. Nous lui ordonnons de franchir les enceintes avec ses troupes. Nous verrons plus tard pour le cas de Phébus, intervint Orvast d'Antinosc.

— Qui est pour ? demanda Edmond de Rocca, le doyen et prince du Service, une caste qu'on retrouvait dans presque toutes les activités de l'Empire.

Les mains de tous les dignitaires, sauf celle de Nine, se levèrent. La princesse ne put s'empêcher de regarder son frère Constantin d'un air blessé, sans que cela le dissuade de suivre la majorité. Constantin ne voulait sans doute pas s'afficher ostensiblement en désaccord avec ses autres frères et sœurs. Il savait que le geste infâme d'Alfred les avait fragilisés à leurs yeux. Au contraire, Baras vit son patron sourire imperceptiblement.

— Le Conseil nomme donc Anglas Karzian de Varm chef par intérim des forces armées. Que monsieur de Mars se mette à la disposition de son nouveau supérieur, conclut Edmond de Rocca qui croyait en avoir fini avec cette question.

Il souffla comme s'il venait d'effectuer un effort particulièrement éprouvant. L'amiral, qui attendait toujours debout devant les princes, se permit de demander la parole. On la lui accorda.

— Je remercie Leurs Majestés pour la confiance dont elles m'honorent. J'aimerais cependant aborder un point avec elles avant qu'il ne soit trop tard…

— Nous vous écoutons, Anglas.

— Certains de mes soldats se trouvent avec Sa Majesté mon cousin, et j'ai la preuve que des troupes stationnent au pied de la forteresse des Arcs du Midi depuis quelques semaines déjà.

— Et à quoi servent ces troupes ? s'enquit Constantin.

— Je ne voudrais pas que le Conseil pense que j'accuse le prince de quoi que ce soit…

— Parlez, Anglas, puisque nous vous le demandons, le rassura Orvast.

— Mes services pensent que le prince compte remonter avec une armée vers la capitale, répondit calmement Anglas Karzian de Varm. Dans quel autre but, sinon ?

Des officiers s'agitèrent dans la salle, certains assistants osèrent même chuchoter entre eux. Le gouverneur de Mars s'avança en levant la main, d'autres officiers le retinrent avant qu'il ne commette une faute sacrilège. Seuls ceux conviés à la table avaient le droit de demander la parole. Les marins de la suite de l'amiral se pressèrent autour des officiers d'infanterie qui participaient au cabinet du gouverneur. Les regards en disaient autant que les mots.

— Vous voyez, mes frères et mes sœurs ! Que vous faut-il de plus ? cracha Arsène.

— Des preuves ! Il nous faut des preuves ! Êtes-vous sûr de ce que vous avancez, Anglas ? rétorqua Galatée.

— Qui nous dit que Phébus a l'intention d'attaquer quelqu'un ou quelque chose ? s'emporta Nine.

— Nos renseignements sont formels, Majestés… Mon cousin se prépare.

— La bonne question, amiral, est de savoir : à quoi ?

Ce n'était ni plus ni moins qu'une nouvelle accusation d'hérésie. Le calme mit quelques secondes à revenir sous les nombreuses injonctions d'Edmond de Rocca. Baras regarda les militaires qui se disputaient à voix basse. Quelques jeunes officiers prenaient à partie les marins qui leur tournaient le dos. Les dissensions internes éclataient au grand jour, sous l'air ahuri des assistants étrangers. Baras lui-même n'en croyait pas ses yeux.

— Si Phébus veut commettre un tel crime, nous le saurons bien assez tôt. Et je doute fortement que nous en venions à de telles extrémités. Que proposez-vous, Anglas ? voulut savoir Edmond de Rocca.

— Je propose, une fois l'ordre rétabli dans Seth, de rassembler des troupes de façon préventive. Si le prince n'a pas d'intention belliqueuse, nous aurons au moins pris les devants. Nous avons besoin de tous les moyens à notre disposition pour ne prendre aucun risque.

— Je rêve ! Et comment Phébus devra-t-il l'interpréter ? lança la princesse architecte qui jeta son fume-cigarette dans le cendrier devant elle.

— Préparez au plus vite un plan à nous soumettre, Anglas, conclut Orvast d'Antinosc. Nous verrons si nous l'approuvons.

— Et moi, je vous dis que nous préparons nous-mêmes la catastrophe ! ajouta Nine avant de se taire sous la pression de Constantin à ses côtés.

L'amiral salua et partit, en faisant signe au gouverneur de la ville et à ses ordonnances de le suivre. Une bonne moitié des officiers présents quittèrent la salle. Comme par un enchantement qui se lève, chacun recouvra ses esprits avec lenteur. Un moment historique, selon toute vraisemblance, venait d'avoir lieu.

Le prince de la Guerre régnait mais ne commandait plus. Cette nomination était à la limite de l'illégalité, comme en témoignait le teint livide de la prêtresse Malo. Le capitaine de l'Inquisition réfléchissait à toute vitesse. Comment était-on passé d'un attentat commis par un membre de la Technique à la nomination d'un amiral au poste de commandant suprême des forces impériales ? Cela n'avait pas de sens. Les troubles inédits qui secouaient en ce moment même la capitale semblaient bien éloignés d'un tel bouleversement hiérarchique. Le Conseil aurait pu demander à Phébus de rentrer en catastrophe à Seth ou d'envoyer ses troupes en renfort. Par les ondes, un tel message n'aurait pris que quelques heures.

La présence d'Anglas ne relevait pas d'une heureuse coïncidence et le jeu de son patron semblait de plus en plus faux à Baras. Il trouva que toute la scène puait le théâtre. Arsène avait-il prêché une solution extrême et illusoire, la destitution définitive du prince Karzian d'Estée, pour obtenir une solution accessible et satisfaisante, son remplacement temporaire ? La retenue du gouverneur dans la défense de son prince, l'empressement d'Anglas au contraire à l'accuser d'une intention belliqueuse, le soutien des princes du Commerce et du Service, tout cela prouvait que quelque chose se tramait dans les coursives de la Capitainerie, et peut-être ailleurs. À quoi jouaient-ils tous en s'efforçant de ne pas voir la radicalité de cette décision historique ?

Baras était habitué à l'art de la manipulation d'Arsène, auquel il avait souvent servi de main aveugle, mais jamais son maître ne s'était essayé à d'aussi hautes manœuvres. Sa Majesté ne lui avait jamais dit quoi que ce soit à ce sujet. Il s'inquiéta en silence.

— Que chacun prenne des mesures d'urgence pour remplacer nos sujets décédés, déclara le prince diplomate. Nous préparons déjà des listes à la Chancellerie.

— Le Commerce va pâtir des destructions, de nombreux entrepôts ont été pillés… Il faudra financer les reconstructions, enchaîna Orvast en fixant

Nine qui, seule, continuait de fulminer. Nous aurons aussi besoin de machines.

— Brise-Fer est à l'abri des troubles pour le moment, nous orienterons la production, dit Constantin d'une voix sans timbre.

— Ce n'est pas seulement la capitale, mais l'Empire tout entier qui risque de s'embraser, renchérit Arsène, à nouveau comme s'il était seul. Nous devons envisager la suite. En ce qui concerne Pergoal, je ne veux pas traîner. Je souhaite un exemple vif et ferme, et je ne doute pas de votre approbation, conclut-il en se tournant vers Constantin et Nine.

Les deux souverains ne pipèrent mot. Nine avait allumé une nouvelle cigarette et Constantin fixait un pan de mur ; il hocha imperceptiblement la tête. Aucun prince, aucun observateur n'avait le moindre doute sur le sort qui attendait l'ingénieur.

Les princes discutèrent encore de la situation générale de l'Empire. Edmond de Rocca fustigea comme à son habitude les gouverneurs de province, dont les nouvelles depuis plusieurs mois ne cessaient de le démoraliser. Le prince du Service, chef de la diplomatie, regretta également la mort de l'ambassadeur de Tallid, qui allait causer grand tort aux relations entre les deux pays. Le Royaume Volant, malgré ses déclarations d'ouverture, entreprenait des activités bien étranges qui devaient faire l'objet d'une surveillance accrue. Les espions du prince, disséminés aussi bien dans les bureaux de l'Amirauté que dans les coursives du palais royal de Bélarès, lui avaient rapporté que le Royaume avait dépêché trois de ses plus beaux navires vers une destination qui restait inconnue, malgré tous leurs efforts. Grâce à un agent particulièrement bien placé chez l'un des Quarante-

Cinq, les barons du Royaume, Edmond de Rocca pouvait leur assurer que les navires se dirigeaient plein ouest, là où il n'y avait que l'Océan et la limite du cercle-monde. Ce n'était peut-être rien, mais l'homme qui menait l'expédition n'était autre que Rackam Thorpe, le plus célèbre des amiraux tallidiens, le Pirate aux Yeux Noirs comme on l'appelait sur les côtes de Bramassa. On ne pouvait imaginer qu'un tel choix ait été fait pour une exploration dénuée d'intérêt.

De son côté, Galatée de Tancre-Asclépios exprima ses réserves sur la manière dont on traitait les rangs inférieurs, qui ne devaient pas être confondus avec les parias. Il était difficile de les repérer parmi les plus pauvres. Selon elle, il serait difficile pour ses médecins de soigner les innombrables blessés qu'on comptabilisait déjà. La situation de la capitale s'aggravait d'heure en heure et il fallait qu'une décision soit prise pour fixer les rangs prioritaires. Il valait mieux soigner les sujets les plus utiles et commencer dès à présent à creuser les fosses qui accueilleraient les plus pauvres.

Quant à Orvast d'Antinosc, il s'emporta contre les destructions et rappela que le moment ne pouvait être plus mal choisi. L'économie tournait au ralenti ! La capitale ne devait pas souffrir ce genre de perturbations ! Le prince du Commerce, qui était resté calme jusqu'alors, s'empourpra à mesure qu'il énumérait ses griefs comptables. Sa sagesse s'envolait vite dès qu'il s'agissait des comptes en banque de Mille-Songes et des mauvaises projections de ses analystes. La liste de ses soucis n'en finissait pas, à commencer par la hausse exorbitante des prix de l'alimentation. Isodore de Bô, le patriarche des paysans, ignorait ouvertement ses requêtes et continuait à n'en faire qu'à sa tête. On lui avait pourtant assuré que les récoltes étaient bonnes !

Malgré la gravité des propos et le ton autoritaire des intervenants, personne ne semblait prendre la mesure de ce qui se déroulait en ce moment même dans la capitale. Les informations, qu'un assistant juridique venait de remettre à Baras, n'avaient rien pour le rassurer : le peuple s'en était pris aux temples de la même manière qu'il s'en prenait aux grands magasins. Le capitaine de l'Inquisition découvrit en parcourant les feuillets à quel point l'Empire était entré dans une nouvelle ère de son existence. Le millénaire commençait en fanfare.

Baras attendit docilement que la salle se vidât. Il ne resta bientôt plus que lui et Arsène de Virolles. Son maître était assis devant des documents qu'il feuilletait d'un air indifférent. Le capitaine se demanda s'il ne l'avait pas oublié, camouflé comme il était dans la pénombre. Mais il connaissait trop bien le prince pour l'espérer vraiment. Soudain, la porte s'ouvrit sur un homme en costume d'une grande sobriété qui convenait aussi bien à un artisan cossu qu'à un ingénieur de bas rang. L'absence d'insigne sur la poitrine intrigua le limier de l'Inquisition. L'étranger devait avoir une petite quarantaine, une dizaine d'années de plus que lui, son ventre était déjà proéminent sous son gilet bleu, et son cou épais. Baras n'avait aucune idée de qui il pouvait bien s'agir.

— Baras ! Approche ! lança Arsène de Virolles, le nez toujours plongé dans la paperasse.

Le capitaine de l'Inquisition ne put retenir un tressaillement en entendant son prénom. Il pria intérieurement Pélénian pour que sa sagesse apaise la colère du souverain. Il s'avança vers son prince et maître.

— Tu as échoué, Baras… Je suis déçu.

Les dés étaient jetés. Baras se vit, les fers aux pieds, conduit à l'échafaud. L'image du gibet des Trébuchets lui apparut. On y laissait les corps suspendus jusqu'à ce que les chairs tombent en lambeaux. Il s'avança encore puis s'agenouilla à bout de nerfs, la tête basse. Il sentit les effluves de l'encens dans l'air et inspira un grand coup en tentant de masquer les sanglots dans sa voix.

— Je prie Votre Majesté de pardonner à son pauvre serviteur… J'ai tout fait… Je vous le promets, je…

Arsène de Virolles le considéra sans dureté. Baras osa lever les yeux et vit une main qui lui faisait signe de se relever.

— Relève-toi et cesse de trembler, tu es ridicule.

Baras était complètement perdu.

— Je suis déçu, Baras. Mais, cette fois-ci seulement, tu as le droit à l'erreur. Surtout quand l'erreur me procure un solide avantage.

Les mots du prince n'arrivaient pas jusqu'à la conscience de l'inquisiteur car la peur les travestissait et rendait leur sens confus.

— Relève-toi, mon dual, avant que je ne regrette ma décision. L'attentat de Pergoal était impossible à prévoir, je ne connais même pas la technologie qu'il a pu utiliser. La vapeur ne peut pas être à l'origine d'une telle… dévastation. Il faudrait une immense machinerie.

Le prince reposa son dossier pour se concentrer pleinement sur son dual.

— Ces ingénieurs commencent vraiment à me déplaire. Ils nous cachent la réalité de leurs expériences, j'en suis persuadé… Mais je n'ose croire qu'ils soient tous derrière ce crime ignoble… Quand bien même, Constantin et Nine sont moins dans les lunes qu'ils n'aimeraient nous le faire croire et je suis sûr qu'ils préparent quelque chose. Les histoires qui tournent autour des ondes telluriques sont de plus en plus inquiétantes, il va falloir s'en occuper…

Le prince aimait bien donner à ses interlocuteurs une vue plus large que le seul problème qu'il voulait aborder avec eux, et Baras devait connaître ces éléments au cas où une information susceptible de lui être utile surgirait.

— En attendant, je t'offre une occasion de briller, Baras. J'ai une nouvelle mission à te confier, allez, relève-toi…

Le dual entendit l'ordre derechef et trouva, sans trop savoir comment, la force de se redresser. Ses jambes tremblaient légèrement mais il sentait le sang circuler à nouveau dans son corps.

— Tu vis seul, n'est-ce pas ? Tu sais que je ne t'ai jamais interdit de te marier, Baras ? Enfin ! Encore une fois, cela m'arrange ! Les dieux doivent m'être favorables. Je les aime de cette manière.

Un sourire sardonique apparut quelques secondes sur les lèvres d'Arsène.

— Ta mission avec Pergoal est presque terminée. J'ai lu ta note sur l'usine, je veux que tu perquisitionnes tout ce que tu pourras. Je les veux tous, et cette fois tâche de ne rien oublier, je le saurai et je ne te le pardonnerai pas…

Un éclair glacial passa dans les yeux bleus du prince.

— Ce sera ta dernière mission concernant Alfred de Pergoal.

Quelqu'un l'avait-il vu relâcher Léonore ?

Arsène de Virolles se redressa et se passa une main dans les cheveux. Il avait perdu l'expression menaçante affichée lors du Conseil, sa voix était douce. Ses admirateurs la comparaient à l'eau d'une fontaine. Sa remarquable beauté, que soulignait la lumière du chandelier placé juste au-dessus de lui, frappa son serviteur qui y était pourtant habitué. Ses yeux, qui ne lançaient plus d'éclairs, laissaient entrevoir ruse et intelligence. Car le prince brillait tout autant par sa beauté que par son esprit. Et bien que suprême magistrat, Virolles était sans doute plus proche de l'astucieux Mérézin que du sage Pélénian. Ce changement d'aspect était saisissant. Baras savait qu'il fallait redoubler de méfiance dans ces moments-là : Arsène avait toujours été d'excellente humeur au moment de le punir.

— J'ai décidé de t'assigner une nouvelle mission, elle devrait te plaire… Monsieur Loret, approchez, s'il vous plaît… Je vous présente mon inquisiteur personnel, le capitaine Baras d'Arcane…

Le serviteur s'approcha d'un pas tranquille, s'inclina respectueusement devant le prince et salua Baras de la tête.

— Monsieur Loret est un clerc de la Foi, et je vois déjà ton interrogation… C'est à ma demande qu'il ne porte pas un costume… approprié.

Baras tremblait encore intérieurement mais il avait retrouvé la maîtrise de lui-même et posait désormais un regard intense sur cet homme des dieux. Des années de formation lui permettaient de retenir les traits d'un individu avec une extrême précision. Il n'oublierait plus jamais ce monsieur-là. Les pupilles sombres du religieux brillaient d'une lueur intéressée et hautaine qui le dégoûta instantanément.

— Il t'expliquera ce qu'il en est plus en détail. Mais je ne vais pas prendre de pincettes avec toi, Baras. L'attentat n'est pas ce qu'il y a de plus terrible dans notre Empire. Il y a bien plus grave encore…

Le prince sortit de sa poche un étui à cigarettes. Il alluma un petit cigare sombre, en profitant du silence qui régnait dans la salle. En temps ordinaire, ce n'était pas un geste qu'on le voyait faire en public. Il prit quelques bouffées et exhala tranquillement la fumée.

— Je soupçonne la princesse de Vallons-Pleurs d'être sous l'emprise de personnes hérétiques. D'autres encore que celles que nous connaissons, pires encore, si cela est possible. Et ces soupçons proviennent de ses plus fidèles sujets… Si cela s'avérait, ce serait un tel séisme que notre Empire tout entier ne vacillerait pas, il s'effondrerait. Il n'en est pas question. Il faut être prêt. Je veux donc qu'une fois les derniers éléments du dossier Pergoal réglés, tu entres au Palais Complet grâce à ce monsieur qui te servira de guide et de prétexte… Mène ton enquête, rapproche-toi de l'entourage de la princesse et dis-moi ce qu'il en est. Je veux ton œil sur cette affaire, pas le leur. Tu comprends les répercussions de ce que je te dis ?

Baras acquiesça. Arsène le punissait d'une manière qui ne manquait pas d'imagination. C'était un honneur que le prince lui confie une tâche aussi périlleuse, c'était aussi un châtiment sévère. Si sa mission venait à s'ébruiter, si la princesse en était informée, sa carrière, pour ne pas dire sa vie, serait grandement compromise. Et derrière les murs du temple se trouvaient des gens qu'il ne voulait pas voir, Arsène le savait très bien. Cependant, la prison et la mort s'éloignaient de lui momentanément.

— J'ai confiance en toi. Depuis que tu es à moi, tu me sers bien et je sais que tu auras à cœur de débusquer la vérité. Réussis et tu auras la liberté en récompense. As-tu des questions ?

Baras en voyait des milliers, mais le regard bleu posé sur lui le dissuada de les formuler. Il se débrouillerait tout seul.

— Ne perds pas trop de temps avec les perquisitions, fais vite, l'ingénieur ne sera bientôt plus un problème…

Le prince retourna à ses dossiers. Le dual salua pour montrer qu'il comprenait et Arsène lui donna congé en même temps qu'au clerc, qui s'inclina profondément avant de lui emboîter le pas.

Baras referma la porte derrière eux. L'étrange monsieur Loret ouvrit la bouche mais l'inquisiteur l'arrêta immédiatement :

— Demain, vous me direz ce qu'il faut pour vous suivre.

Il sortit le carnet qui ne l'abandonnait jamais et nota l'adresse d'un troquet où il avait ses habitudes.

— Le Père Crevé, soyez à l'heure.

Le clerc acquiesça et Baras le laissa en plan pour fuir ce palais et retrouver l'air libre. Il avait une irrésistible envie de vomir.

*

— Doit-on comprendre, maître Saint-Patrice, que cet attentat était prémédité ? Les informations que nous recueillons depuis plusieurs heures semblent l'indiquer…

— Non, Armand, il faut savoir se modérer. Le terrible événement que nous venons de vivre est trop frais pour qu'on puisse tirer des conclusions, ne nous hâtons pas…

— Mais que dire alors des troubles qu'on recense, en ce moment même, sur l'ensemble du territoire ? Terrance, Droma et Brefont ont lancé des alertes ; le gouverneur d'Astran dans les Hauts-Verts parle d'une situation « incontrôlable » ; Bruinés et Menoë ont demandé l'envoi de troupes. Cet attentat, qui a touché la capitale, doit-il être mis en relation avec la fureur des parias ? Alfred de Pergoal est-il un agent hérétique ?

— Ce n'est pas à moi ni aux pairs de le dire. Notre sainte justice fera toute la lumière sur cette affaire. Non, en revanche, je me dois d'insister sur un point que la Chambre des pairs va discuter dès l'ouverture de la séance extraordinaire au palais Arzio des Lys.

— Arnaud Saint-Patrice, je rappelle aux auditeurs qui nous rejoindraient que vous êtes délégué de la Chambre des pairs et que le Conseil des princes vient de se réunir.

— Oui, un Conseil qui a pris la mesure des événements, je peux vous l'assurer. Nos princes, malgré l'absence incompréhensible de Sa Majesté Karzian d'Estée, ont su réagir sur-le-champ. Nous allons en voir les effets dans les prochains jours…

— Pouvez-vous nous dire en substance ce qui a été décidé par Leurs Majestés ?

— Non. Il vaut mieux pour le moment laisser nos institutions se charger des problèmes urgents. Je sais que tous les sujets voudraient connaître la réponse, mais il y a des… problèmes qu'il est bon de garder pour soi tant qu'ils n'ont pas été parfaitement résolus.

Le Conseil a pris la mesure des enjeux qui secouent notre Empire. Les princes sont conscients que des réformes en profondeur sont nécessaires. C'est pourquoi, à la demande de Sa Majesté de Virolles, une commission va être créée pour proposer des pistes nouvelles qui nous permettront de sortir de cet écueil. Notre saint Conseil est conscient des problèmes de la population… Je puis vous assurer que vous en serez les premiers informés.

— Je vous remercie, maître Saint-Patrice. Car oui, quand nous sommes informés les premiers, c'est vous, chers auditeurs, qui l'êtes… Je me tourne vers Gontran pour un rappel des titres…

6

Des échos à travers l'Empire

> Les ondes telluriques parcourent le cercle-monde tout entier. Leur tracé fluctue très légèrement en fonction des saisons. Sur notre territoire, les itinéraires qu'elles empruntent ne connaissent que des modifications mineures, désormais cartographiées par nos services. Ces ondes vont et viennent à cadence régulière – à la fréquence de 1 onde/seconde pour les plus lentes, et jusqu'à 12 000 ondes/seconde pour les plus rapides. Leur vitesse maximale de propagation nous est encore inconnue.
>
> On peut effectivement rapprocher le fonctionnement des ondes telluriques de celui de l'eau, son débit à l'image des fleuves, rivières, torrents […]
>
> *Journal scientifique*, n° 348, 72X

De violentes bourrasques grimpaient à l'assaut des contreforts de la forteresse des Arcs du Midi. Les vertigineux remparts affrontaient depuis des siècles une nature hostile sans jamais faillir. L'ancienne construction trônait, imperturbable, dans la nuit étoilée. Ses vastes façades, percées de fenêtres à peine plus larges que des meurtrières, étincelaient dans l'obscurité. Mange-Terre, comme on l'appelait dans l'armée, avait servi pendant des siècles à défendre la frontière australe, avant que celle-ci ne soit repoussée plus au sud. Elle avait connu de nombreuses reconstructions et ajouts qui n'avaient en rien amoindri l'allure massive et sinistre du dessin originel. En ce temps-là, on construisait de la même façon qu'on priait les dieux : avec lenteur, ardeur et pour l'éternité.

Adossée sur le plus haut col des Arcs, une excroissance de la chaîne des Arpentes à l'orient de l'Empire, la forteresse dominait le cours sinueux du Borée et l'immense forêt des Marcous. Ainsi perchée, elle était constamment battue par des vents féroces et glacials. C'était aussi pour cette raison que ses murs avaient plusieurs mètres d'épaisseur. Délaissée depuis la fin de la guerre des Vermillons, une quarantaine d'années plus tôt, c'était là que l'armée du prince de la Guerre avait établi ses froids quartiers d'été.

Le gaz n'avait pas été installé, pas plus qu'aucune des commodités modernes de la capitale. À l'image de la plupart des campagnes de l'Empire, Mange-Terre avait des décennies de retard technologique. Voilà pourquoi le soldat qui apportait des apéritifs avançait maladroitement dans la pénombre, en tenant d'une main son plateau et de l'autre une torche pour éclairer son chemin. En marchant seul dans des couloirs interminables, aux murs nus sur lesquels se projetait son ombre vacillante, il aurait pu croire la forteresse déserte. Cette impression, le soldat l'avait depuis son arrivée.

Chaque troupier éprouvait le même sentiment ; la moindre porte refermée et vous aviez l'impression d'être seul au monde. Dans leurs petites cellules, les officiers entendaient le vent lécher les murs et pousser des râles ; au moins, les ronflements des dortoirs avaient l'avantage de couvrir ces bruits inquiétants. Mange-Terre n'était pas un lieu accueillant, c'était bien pour cela que le prince les y avait conduits.

La lumière sous la porte, au bout du couloir, que le soldat pouvait voir et les exclamations qu'il entendait lui firent presser le pas ; il n'aimait vraiment pas se balader seul dans cet endroit sordide. On racontait que des fantômes d'anciens guerriers continuaient de monter la garde et il n'avait aucune envie de rencontrer l'un de ces spectres. Il arriva devant le battant, toqua deux coups qui firent cesser la conversation animée et attendit l'autorisation de pénétrer dans la salle. « Entrez ! »

Le serviteur de fortune se dépêcha de refermer la porte pour ne pas laisser perdre la chaleur. Un grand feu brûlait dans un âtre aux dimensions impressionnantes. Surpris de voir les quatre officiers supérieurs debout, malgré les confortables fauteuils à leur disposition, le soldat déposa les boissons et les amuse-gueules en silence puis se redressa et salua. Le capitaine qui dirigeait la garde princière, Astrée de Saint-Ange, se saisit de son verre et le vida d'une traite, sans un remerciement ni même un regard. Malgré la finesse de ses traits et sa jeunesse, le capitaine de Saint-Ange arborait constamment une mine renfrognée. Son uniforme vert sombre de la garde princière accentuait encore sa sévérité. Les autres officiers se penchèrent sur leurs verres avec plus de retenue. Le soldat resta quelques secondes au garde-à-vous, dans l'indifférence totale de ses supérieurs. Il en profita pour regarder avec envie le poste d'ondes-T éteint sur une console. Les réfectoires en bas n'en possédaient pas. Finalement, le vieux général Brutus de

Léry lui signifia son congé d'un haussement de sourcils plus bonhomme que réprobateur.

Un cinquième personnage, qui se tenait dans la pénombre près d'une fenêtre, se retourna alors. L'estafette mit aussitôt un genou à terre en reconnaissant son prince. Phébus Karzian d'Estée lui fit signe de se relever d'un geste et d'un regard aimable. Le soldat salua à nouveau et se retira pour aller retrouver ses compagnons qui mangeaient des mets nettement moins sophistiqués au rez-de-chaussée. Les officiers et le prince attendirent quelques instants avant de reprendre leur conversation. L'amiral Drakar Varo, fringant dans son bel uniforme gris de la marine, avait été interrompu en pleine tirade.

— Cela ne nous dit pas ce que nous allons faire ! reprit-il immédiatement. Cet attentat est le point de rupture que nous attendions ! Virolles jouera la carte de la légalité parce qu'il en est le maître, nous devons jouer nos propres cartes. Nous avons les moyens de le déposer.

— Tu oublies, Drakar, que cet attentat est bien éloigné de notre cause, rappela le doyen Brutus de Léry, qui finalement prit un siège. Votre déclaration, Majesté, a marqué une rupture avec le Conseil des princes, mais ce que le comte de Pergoal a fait est d'une tout autre nature. Son crime va mettre l'opinion des nobles du côté de Virolles. Je suis d'accord avec l'amiral Varo : il faut en faire quelque chose, tout en désapprouvant publiquement cet acte horrible.

— Votre cousin Anglas lorgne la succession, ses officiers et ses régiments n'ont pas répondu à notre appel ! Qui nous dit qu'il ne s'arrange pas avec le Conseil ? Cet attentat est peut-être une manipulation de Virolles, Pergoal était peut-être l'un de ses agents, s'emporta Astrée de Saint-Ange en provoquant une pointe d'agacement chez son prince.

— Léry a raison, ignorons l'attentat et prenons les devants, résuma Tibère Marvelle, le général d'artillerie. Nous ne pouvons pas attendre que le Conseil nous accuse ou se serve de votre éloignement pour se retourner contre vous ! Cet attentat est ignoble mais, d'une manière ou d'une autre, il nous impose cette décision que nous redoutons tous.

— Que dis-tu, Tibère ? demanda Phébus, les yeux mi-clos.

— Majesté, soit cet attentat est du fait de Virolles, et il s'en servira pour nous accabler. Soit il n'est pas de son fait, et ce geste infâme mais désespéré signale que la rupture est consommée, que le peuple est mûr. Nous devons nous saisir de cette chance, nous avons encore l'avantage, Majesté. Il faut accuser puis attaquer dans un même mouvement, lança Tibère Marvelle, l'artilleur que l'on reconnaissait à ses grands favoris grisonnants.

L'état-major restreint rassemblé autour du prince exprimait le même avis, en dépit de divergences de méthode. Ses membres n'avaient ni le même âge ni la même formation, mais tous sentaient la nécessité de s'emparer d'un tel drame pour en tirer profit.

Malgré certaines différences notables de parcours, ces officiers travaillaient bien ensemble. Selon la coutume, Phébus avait élevé Drakar Varo à l'amirauté juste après sa propre intronisation. Ce n'était pas une faveur. Drakar possédait toutes les compétences militaires requises, il lui manquait seulement un peu de souplesse. Quant au capitaine de Saint-Ange, elle avait pris la place de son père, comme le voulait la tradition, qui associait au prince l'aîné de la famille Saint-Ange pour lui servir de garde depuis son plus jeune âge. Chaque prince accédait ainsi au pouvoir avec ceux de sa génération ; c'était faire le pari de l'énergie. Bien sûr, l'expérience pouvait manquer. Pour cela, Phébus avait tenu à conserver en poste le général Marvelle, dont il avait toujours apprécié les conseils, et le général de Léry, son parrain.

Formés dès l'enfance à la discipline militaire, les officiers qui entouraient Phébus savaient de quoi ils parlaient, le prince ne pouvait en douter. Cependant, la décision qui pesait sur les épaules de Phébus était surtout politique. Elle ne consistait pas, pour l'instant, à gagner une guerre par les armes, mais à savoir comment reprendre en main le pouvoir de la capitale… Une guerre plus pernicieuse, plus malicieuse, pensait-il. Les machinations tortueuses de Seth impressionnaient davantage Phébus que les régiments ennemis à la veille d'une bataille.

Le prince ne répondit rien et retourna à la contemplation du ciel étoilé par la fenêtre. Il entendait le vent siffler contre la vitre et devina à la lueur argentée qui enveloppait la canopée des Marcous que les lunes devaient être hautes et bien visibles.

— Si nous attendons que le Conseil fasse une erreur…, commença calmement le jeune homme en levant une main pour apaiser la réaction de ses officiers.

— Excusez-moi, Majesté, mais je doute qu'attendre encore nous soit d'un grand secours. Il faut prendre une décision ! le contredit le général Marvelle. Nous avons tous vu dans quel état l'Empire se trouve, cet attentat va déclencher des émeutes partout dans le pays. Nous devons nous en servir !

— Calme-toi, Tibère… Je réfléchis.

L'autorité qui entourait les princes des castes, personnages sacrés et inviolables, permit au jeune homme de ne pas hausser le ton. Il rejoignit les membres de son état-major près du feu. Les flammes dansèrent sur son visage en soulignant ses traits juvéniles ; il entrait dans sa vingt-septième année. Brutus de Léry lui tendit un verre que le prince but à petites gorgées. Ses yeux se fermèrent en écoutant la musique qui sortait du poste depuis que la retransmission de la cérémonie du Carnaval s'était brusquement interrompue, ainsi que les commentaires, sans doute pour ne pas entretenir l'émoi dans les provinces.

Les mélodies aériennes d'une des fôleries les plus connues de l'Empire l'apaisèrent. Cette musique lui rappelait les bals que ses parents organisaient à Fer-Bataille et à Yissar pendant les grandes fêtes estivales. Le Tout-Seth ne manquait jamais ces soirées grandioses. Les officiers en tenue de parade faisaient tournoyer les plus belles demoiselles de la noblesse sur le parquet ciré de la Capitainerie, ou sur l'herbe verte, à l'abri des grands pins d'Yissar, la forteresse côtière qui servait de résidence d'été. La guerre n'y était alors qu'un jeu de galons dorés, de fourragères argentées qui brillaient autant que les lustres et les flambeaux. Les bottes étaient immaculées, et le seul sang qu'on versait était le vin dans les carafes. Cette époque lui semblait lointaine désormais, comme l'écho du tonnerre qui éclate brusquement au pied des montagnes, avant de s'évanouir sans laisser de traces. Les pensées du prince ne tardèrent pas à revenir à ses soucis présents.

— Il faudra des semaines au Conseil pour venir nous chercher ici, fit remarquer Astrée de Saint-

Ange, dont le regard plongeait droit dans le feu. Mais si nous ne faisons rien, ils viendront.

— Autant leur faciliter la tâche et aller à leur rencontre, ajouta l'amiral Varo en contemplant les reflets orangés de son verre de liqueur de Bleu-Démir.

— Il n'est pas question de rester ici, n'est-ce pas ? renchérit l'artilleur Marvelle. Ce serait une catastrophe. Nos soldats ne comprennent déjà pas ce que nous faisons là.

— Êtes-vous en train de dire que mes soldats ne me seraient pas fidèles ? voulut savoir Phébus que l'idée hantait sans qu'il ose l'avouer.

— Non, Majesté. Simplement qu'il faut leur donner un cap. Votre armée tout entière ne peut tenir dans les murs de cette forteresse. Comme tous vos sujets, nous attendons votre décision, conclut le général Brutus de Léry qui comprenait la gravité du moment.

À l'instar de sa fidèle Astrée, Phébus concentra son attention sur les flammes qui dévoraient le tronc dans l'âtre. Brutus de Léry avait raison. Il fallait une direction claire, sous peine de laisser retomber l'excitation que sa déclaration relayée par la presse avait suscitée dans le cœur de la population. Son calme apparent pouvait cacher tout autant sa détermination que son incertitude, et plus le temps passait, plus ses officiers envisageaient la seconde option. L'attentat ne pouvait pas servir d'argument pour convaincre les militaires encore réticents à le suivre. Ils n'y verraient qu'un acte ignominieux. En revanche, ce crime allait très certainement perturber l'ordre établi et toutes les vaines certitudes de la noblesse.

Depuis plusieurs années, aucun membre de la

Chambre des pairs, aucun prince lors des conseils dans la capitale ne semblait prendre au sérieux les différents rapports qui remontaient des provinces impériales. Sur la recommandation avisée que son père lui avait donnée quelques mois avant sa mort, le prince, lui, les avait lus avec attention. Le constat était si alarmant qu'il avait décidé de s'y rendre lui-même. Une occasion qui lui permettait aussi de s'extraire du bourbier qu'était devenue la capitale.

Cela faisait deux ans qu'il sillonnait le territoire à la rencontre des gouverneurs de province et de leur peuple, dont le rôle était primordial pour l'Empire, et vital pour la richesse de la capitale qui concentrait les finances et les pouvoirs de l'État. Chaque année, affluaient de ces païs, comme on les appelait, des millions de tonnes de biens et de vivres pour nourrir Seth et le territoire tout entier. Le voyage du prince Phébus avait corroboré ses lectures et la certitude sans appel que l'Empire était au bord du gouffre, n'en déplaise aux courtisans. Partout les mêmes propos fugaces et masqués dénonçant la misère, les impôts excessifs et le manque d'énergie de la capitale dès qu'il s'agissait de remédier aux manques des provinces.

La colère ne sourdait plus, elle explosait. C'était encore bref, disparate et localisé, mais Phébus avait pu s'en faire une idée assez précise. Les sacrilèges étaient désormais monnaie courante : mariages, enfants, propriétés, tout y passait. L'ordre était en train de disparaître, comme le laissaient présager ces signes, bénins à première vue. L'Empire se divisait, la noblesse et les franc-loyaux d'un côté, leurs clients de l'autre. La solidarité dans les castes disparaissait au profit des rangs et des situations. On ne regardait plus que ses intérêts sans penser aux besoins de ses coreligionnaires. C'était contraire aux valeurs qu'on lui avait inculquées depuis l'enfance.

On signalait le phénomène à la capitale en des termes vagues et policés qui, cependant, excluaient le doute pour qui voulait bien lire entre les lignes. Les castes frayaient entre elles, les enfants illégitimes se multipliaient, et même avec les damnés ! Les uns et les autres avaient fini par s'abreuver aux mêmes sources pour survivre. Les parias n'étaient pas devenus moins parias pour autant, quand les basses castes, elles, s'ensauvageaient ; c'était une eau polluée qui se mêlait au cours d'une rivière et déréglait son ordre tracé depuis des siècles, les menant tous à la chute.

Certains seigneurs étaient démunis face à tant de difficultés. Ils perdaient foi en leur capacité de reprendre le contrôle, autant que confiance dans les Chambres et le Conseil des princes. Des velléités d'indépendance renaissaient, que le pouvoir de la capitale traitait avec arrogance. Phébus avait habilement su exciter les frondeurs quand leur colère lui était favorable. C'était un jeu dangereux et inédit. Le jeune prince avait reçu des marques d'affection là où il n'en attendait pas, tout en continuant à chercher celles qu'il croyait lui être dues. L'Empire n'avait plus rien à voir avec ce qu'on s'imaginait dans les palais de Seth, pourtant des décisions graves se préparaient en sous-main à Mille-Songes et à la Chancellerie. Il fallait réagir comme il avait réagi deux ans plus tôt : en rompant. Mais, cette fois, il n'y avait pas de retour en arrière possible.

L'Empire avait besoin d'un homme fort qui ne soit pas un bourreau comme Arsène de Virolles, mais qui ose prendre les bonnes décisions, quitte à faire usage de la force, quitte à faire trembler les fondations lors de leur restauration. Il n'était pas question de renoncer à sa foi, ni d'en couper les racines ; il fallait seulement marcher au bord du précipice. Phébus avait-il eu raison de s'éloigner du centre du pouvoir ? Comment devait-il y retourner, par la ruse ou par la guerre ? Il ne pouvait revenir à la capitale comme si de rien n'était, il n'en repartirait jamais vivant. De cela, il était convaincu.

— C'est la deuxième fois que vous n'assisterez pas aux libations du Carnaval, Majesté, souffla le vieux général de Léry qui n'aimait pas qu'on manque de respect aux dieux.

— Ce n'est qu'un rituel, objecta son homologue d'artillerie Tibère Marvelle d'un air indifférent.

— Ne sois pas hérétique, Tibère, s'agaça Astrée de Saint-Ange.

— Tout cela n'a pas d'importance, contre-attaqua Tibère en s'attirant les foudres de la jeune femme et du vieil homme. Le prince peut prier ici.

— Les rituels comptent, Tibère, dit le jeune souverain.

Tibère Marvelle ne se serait jamais permis d'en dire plus, mais Phébus se doutait bien que sa foi n'était pas très consistante, à l'image de celle de son ami Alfred de Pergoal. Le prince préférait ne pas en parler avec lui au risque de devoir le sanctionner. Son cas était très rare dans les rangs de l'armée, presque unique, car toute chose tient dans les mains des dieux et dans l'observation de leurs commandements, surtout quand on risque sa vie. La propre légitimité de Phébus en dépendait, renier les dieux lui paraissait inconcevable. Ceux-ci n'étaient pas les auteurs de la misère, et le Livre saint était un champ ouvert et fécond. Que chacun brûle de l'encens en direction des dieux, même si ses pensées prenaient un autre chemin, songea Phébus qui soutenait sa foi avec ardeur, tout en ayant besoin de son général d'artillerie.

Cette règle fondamentale, octroyée à l'Empire de Seth, avait fait sa puissance, mais elle ne devait pas pour autant excuser la misère actuelle que partout il avait constatée. Une solution devait s'imposer qui puisse maintenir l'ordre sacré des castes, tout en promettant de meilleures conditions de vie à ses sujets, y compris aux millions de parias. Il fallait pour cela faire plier le Conseil et ce n'était pas la très jeune princesse de la Foi qui allait l'y aider. Tout était compliqué, comme le lui avait souvent dit Alfred.

Le visage du prince conserva son impassibilité à la pensée de l'ingénieur, son improbable ami. Comment avait-il pu commettre un tel crime ? Alfred était un être tout de mots et de paroles, d'idées avancées avec fougue pour mieux reculer au moindre risque. Lui et les siens avaient trop l'habitude de dessiner des plans de machines qui ne verraient jamais le jour ! Phébus le croyait incapable d'un tel geste. Et l'ironie, en cette soirée de Carnaval, voulait que ce soit lui, Phébus Karzian d'Estée, prince de la Guerre, qui hésite à troquer les mots contre des actes. Il sentait la prudence combattre en son for intérieur la hardiesse. L'indécision s'ajoutait au remords qu'il sentit poindre d'avoir abandonné son ami, et d'autres encore.

Alfred avait été comme un grand frère pour lui. Ce n'était pas seulement pour son talent et ses compétences hors pair sur la vapeur que Phébus avait demandé à Constantin de le faire Premier ingénieur aux affaires militaires. Le prince jeta un coup d'œil discret à Astrée, qui ruminait toujours, les yeux perdus dans les flammes. Les autres officiers faisaient de même, chacun dans ses pensées. La sortie de Tibère les avait visiblement gênés. La libre-pensée du général perturbait leur éducation stricte et traditionnelle. À l'image de l'artillerie, sa présence était nécessaire et dérangeante, nécessaire parce que dérangeante. Tout comme l'était parfois Alfred.

Le jeune prince se redressa sur son siège. Son regard s'égara du côté de la fenêtre et il aperçut son reflet dans la vitre. Sa jeunesse le stupéfia. Il devait s'endurcir, être juste, à la hauteur des événements. Il savait que la guerre allait éclater. Il le savait depuis le moment de son départ. La justice pour le plus grand nombre valait bien qu'il se sacrifie lui aussi.

Astrée de Saint-Ange se leva de son fauteuil pour faire les cent pas.

— Si la source de nos maux se trouve dans le Conseil, il faut le démettre. C'est en somme ce que vous sous-entendez, Majesté. Mais cela ne s'est jamais fait dans notre histoire, on le saurait, n'est-ce pas ? Attentat ou non, cette issue est la seule possible.

— Le capitaine de Saint-Ange voudrait-elle, comme Tibère, remettre notre foi en cause ? ironisa le vieux Brutus en se servant un nouveau verre. Il serait plus utile de focaliser nos griefs sur une figure ou deux. Arsène de Virolles et Orvast d'Antinosc sont sans doute les deux personnages clés sur lesquels nous devons peser…

— Je ne fais que prolonger la déclaration de notre prince, dit Astrée. Nous sommes tous conscients que c'est vers cela que nous devons aller… Démettre ne veut pas dire supprimer. Nous devons agir les premiers, au nom de la justice des dieux et de sa restauration ! La domination de Virolles n'a que trop duré !

— Je suis d'accord avec Saint-Ange, Majesté. Nous ne devons rien abandonner… et ne rien trahir, dit le jeune amiral Drakar Varo en adressant sa tostée à Tibère. Mais le temps joue contre nous. Qui sait jusqu'où est prêt à aller le prince de Virolles ? Et votre cousin Anglas pourrait effectivement avoir intérêt à jouer contre vous.

— Cet attentat bouleverse nos prévisions, ou plutôt il les précipite, conclut le vieux Brutus. Majesté, je dois me ranger à l'avis de vos officiers supérieurs, il est temps de décider : partons-nous vers Seth seuls, ou avec votre armée ?

Phébus sourit enfin, sachant le moment arrivé. Depuis les premiers commentaires annonçant le terrible événement, le prince savait que tout était joué. Cela faisait deux heures qu'il se préparait à prononcer ces mots qui lui brûlaient les lèvres. Il avait volontairement provoqué ses officiers pour tester leur volonté, et les propos qu'il entendait le renforçaient dans sa détermination. Plus rien n'allait être comme avant… C'était en son nom, pour sa cause, que ses hommes allaient sauter avec lui dans le vide. C'était cela, le réel fardeau du pouvoir. Phébus les regarda tour à tour et sut qu'il prenait la bonne décision.

— Ce soir, je sais que les dieux parlent à travers nous, et ce soir comme tous les soirs, j'écoute ce que les dieux me disent. Il n'est plus question de supporter l'injustice du prince de Virolles, la cupidité d'Antinosc et le cynisme de Rocca. Galatée se mure dans sa neutralité et Marianne ne peut rien faire. Constantin et Nine ne savent plus à qui se fier. C'est donc à moi de mener la charge pour rénover l'Empire. Ce sont mes soldats qui ouvriront la voie d'une nouvelle justice et d'une nouvelle ère.

Ses généraux comprirent quelle direction prenait le discours du prince. Leurs yeux s'agrandirent de stupéfaction et d'émerveillement. Le prince s'était décidé et il leur paraissait soudainement plus grand.

— Cette ère sera celle de la véritable justice pour tous les sujets, de la mansuétude pour nos parias dont les malheurs provoquent d'autres malheurs. L'Empire doit renouer avec l'exemple des dieux, être puissant et magnanime. C'est pourquoi, mes fidèles généraux, je vous annonce que nous partons pour Seth et que nous y rentrerons en vainqueurs et en héros ! Pour l'Empire de Seth, pour les dieux !

Les officiers se réjouirent bruyamment et chacun se sentit plus libre de respirer. Les semaines d'attente venaient de prendre fin. Le Conseil ne pouvait s'attendre à une telle réaction de la part du jeune prince de la Guerre, l'élément de surprise constituait leur premier avantage. Phébus, dont les yeux se perdaient à nouveau dans les flammes, pria Nyal et Abaal. Plus que de l'entendre, les dieux devaient l'aider.

Partout dans la vieille forteresse, les cris retentirent et l'excitation redoubla. On s'était langui de rejoindre une altitude plus clémente et de se mettre à l'ouvrage. Les soldats connaissaient les ambitions du prince mais, sans le dire, nombreux étaient ceux qui doutaient de sa détermination. Un seul ordre avait suffi à leur faire oublier ces doutes sacrilèges. Le soleil se leva sur une forteresse en ébullition.

Astrée de Saint-Ange et quelques ordonnances

dans son sillage accompagnèrent Phébus parmi les soldats exaltés qui couraient en tous sens. La jeune femme regarda son prince à la dérobée, en traversant une cour dans la fraîcheur du petit matin. Phébus rayonnait enfin. Jamais Astrée ne l'avait aimé autant qu'à cet instant ; comme un chien adore son maître, elle souhaitait ne jamais l'abandonner. Les dernières heures avaient remué tant de choses en elle qu'il fallait qu'elle se concentre pour garder son esprit affûté. L'épopée promise commençait enfin et Phébus n'allait pas les décevoir.

Ils entrèrent dans le donjon principal. Phébus les guida vers ses quartiers privés, on aurait dit que ses semelles effleuraient à peine les grandes dalles. La gloire le portait déjà, pensa-t-elle en se laissant aller à sa grandiloquence naturelle. Sur le pas de la porte, il fit signe aux ordonnances d'attendre dans l'antichambre, seule Astrée fut invitée à le suivre.

Une fois la porte refermée, Phébus se mit à son bureau pour rédiger un nouveau discours qu'il allait prononcer le soir même sur les ondes. Il fit signe au capitaine de s'asseoir et plongea le nez dans ses papiers. La jeune femme n'osa pas le déranger, en se demandant bien pourquoi il la retenait alors qu'il y avait tant à faire pour préparer leur départ.

Toute la forteresse s'agitait et Astrée avait envie de s'agiter avec elle. Le capitaine de Saint-Ange dirigeait la garde princière qui formait les régiments d'élite de l'armée. Ses hommes finissaient leur paquetage, les chaudières des véhicules sifflaient à nouveau, on vérifiait l'état de l'armement. Le frémissement guerrier était leur véritable nature, la déprime générale qui les affectait quelques heures plus tôt s'était évanouie. Malgré sa fonction qui la cantonnait auprès du prince, Astrée aimait partager la vie simple des soldats et sentir, au même rythme qu'eux, l'ardeur de la bataille grandir en elle. Phébus feuilletait une liasse, visiblement à la recherche d'une information.

— Tu te demandes sans doute pourquoi je ne te libère pas comme les autres ? interrogea-t-il en levant la tête.

— Tu as tes raisons.

En privé, Astrée était une des rares à tutoyer le prince et à l'appeler par son prénom. L'intransigeance du terrible Pengruel de Saint-Ange envers le protocole n'avait servi à rien, il est des règles qui ne peuvent tenir quand on grandit ensemble. Une des nombreuses choses qu'il avait ratées dans l'éducation de sa fille unique, comme il aimait à le dire.

— J'ai une mission spéciale pour toi, dit Phébus en voyant les yeux du capitaine briller de curiosité. Mais je ne suis pas sûr que cette mission te fasse plaisir…

— Tu ordonnes et j'obéis, Phébus, répliqua-t-elle, piquée au vif.

— Je veux que tu ailles à Seth exfiltrer Alfred des griffes d'Arsène. Ce n'est pas une mission facile, mais si quelqu'un peut la mener à bien, c'est toi et personne d'autre. C'est pour ça que je te le demande.

Le visage d'Astrée s'empourpra. Qu'allait-elle faire dans cette galère ! L'ingénieur s'était rendu coupable d'un crime odieux qui ne l'avait pas vraiment étonnée. Astrée lui avait toujours trouvé un air fourbe, les idées transgressives d'Alfred ne l'avaient jamais charmée. Elle le soupçonnait depuis longtemps d'utiliser son amitié avec Phébus pour son compte personnel, ou peut-être pour celui d'un autre… Astrée n'éprouvait aucune compassion pour l'ingénieur et certainement pas le désir de le sauver. Elle ne comprenait même pas pourquoi Phébus pensait à une telle ineptie ! C'était simple, il fallait le laisser croupir en geôle et mourir pour son forfait.

— Tu me le demandes ou tu me l'ordonnes ? Pergoal est devenu fou ! Je croyais que tu n'approuvais pas son crime ? C'est ignoble ce qu'il a fait ! s'indigna la jeune femme.

— Son crime est peut-être horrible, mais il constitue le point de départ qu'il nous fallait. Son geste a créé la rupture dont nous avions besoin, nous ne pouvons l'ignorer.

— Alors, nous sommes comme ces misérables qui pillent les villes ? rétorqua-t-elle, narquoise. Tu nous associes avec un meurtrier de masse qui préfère tuer des innocents que de s'attaquer aux véritables coupables ? Je ne savais pas que c'était ça, ta vision de la justice !

— Ne persifle pas, Astrée… Je ne peux pas croire que ce soit aussi simple qu'on le prétend sur les ondes…

— Les ondes ne mentent pas toujours. Alfred, lui, n'est pas à un mensonge près !

— Je veux qu'il me le dise droit dans les yeux. Peut-être avait-il une raison que nous ne connaissons pas…

— C'est ton cœur qui parle, pas ta tête, lui lança Astrée, que l'idée révulsait. Pourquoi moi ? Envoie donc une unité spécialisée, si tu y tiens, mais ce n'est pas mon rôle !

Phébus savait qu'elle avait mal vécu depuis deux ans de se tenir éloignée des théâtres d'opérations. La vie d'un prince lors d'un voyage au cœur de l'Empire n'avait pas grand-chose à voir avec la geste guerrière. Il encaissa la remarque sans réagir. C'était sa colère qui parlait. Parce que la jeune femme était son plus fidèle compagnon d'armes et un meneur respecté de ses hommes, il ne lui en tint pas rigueur. Le prince trouvait même, sans se l'avouer ouvertement, un certain plaisir à voir la réalité de son pouvoir s'imposer à Astrée. Leur commune enfance lui faisait trop souvent oublier ce qu'il était en droit d'exiger d'elle.

— Je ne veux pas seulement que tu tentes de l'exfiltrer, je veux aussi que tu prennes langue avec les officiers de la capitale. Il se trame quelque chose… Les rapports de monsieur de Mars sont lacunaires. Et certains de nos amis de l'Académie m'envoient des informations que le gouverneur de Seth ne prend pas la peine de me communiquer. Ils me pensent loin, mais je serai là, à travers toi. Un simple officier supérieur n'y parviendrait pas… Il faut Saint-Ange.

— Ne me flatte pas, objecta Astrée, toujours ulcérée.

— C'est un constat, pas une flatterie. Ce qui se passe à Seth ne concerne pas seulement notre caste, Astrée…

Le prince de la Guerre prit quelques feuillets et se leva de son siège pour s'approcher de la fenêtre, qui donnait sur les flancs montagneux dégringolant jusqu'au Borée. Le versant abrupt de la maçonnerie surplombant la roche donnait le vertige même aux grimpeurs aguerris. Mais, à cet instant, Phébus ne ressentait que l'envie d'y plonger à toute vitesse, pour voler tel l'aigle qu'on trouvait sur ses armoiries familiales.

— En réalité, cet attentat est le coup d'envoi d'une partie plus grande encore… Il fallait bien qu'elle commence. Nous avons longtemps cru que nous étions seuls. Il faut sortir de notre isolement et contacter les autres princes qui pourraient nous être favorables… Je veux que tu sauves Alfred, car il sait des choses dont nous avons besoin. Je veux que tu ouvres les yeux et les oreilles à Seth, le temps que tu pourras, pour en apprendre un peu plus. Qui sait, peut-être qu'Alfred n'a pas agi seul, peut-être que Nine et Constantin ont attaqué les premiers…

Astrée bondit de son siège devant une telle naïveté ! Phébus continuait de croire qu'Alfred était un ami à sa hauteur ! L'ingénieur n'était qu'un fou qui venait d'en donner une preuve irréfutable ! Rien ne justifiait de tuer aveuglément des innocents par un moyen aussi infâme ! Phébus s'égarait, il ne réfléchissait pas, il se laissait dominer par ses sentiments.

— Avec tout ce qu'il a déclaré contre nous ? Avec ce qu'il vient de faire ? cracha le capitaine.

— Les mots ne pèsent rien face aux actes. Le même dit le jour et fera la nuit. L'attentat prouve que nous avons sous-estimé la situation à Seth… Alfred ne peut pas être seul derrière ce geste désespéré. J'ai eu tort de nous croire isolés. Et nous ne sommes pas en position de refuser toute l'aide qu'on peut nous apporter. Il ne s'agit plus de se cacher, il s'agit d'avoir le maximum d'alliés, Astrée.

— Et que diront les autres officiers en apprenant que tu veux sauver un homme qui a tué les nôtres ? Il y a des militaires parmi les victimes !

— Ils diront ce que je leur dirai de dire ! Assez ! s'emporta Phébus avant de se reprendre. Nous devons choisir, Astrée, entre la morale du Conseil ou la justice de nos peuples. Croyais-tu que tout allait se faire sans qu'aucun civil soit touché ? Il faut savoir risquer, tu me le disais toi-même… Et ce risque, je l'embrasse.

Phébus la prenait à son propre jeu. Même les traits du prince s'étaient creusés, ses pommettes ressortaient, sa mâchoire était plus volontaire. Était-ce à cause de la nuit blanche qu'il venait de passer, ou quelque chose avait-il définitivement changé ? Phébus n'avait plus la candeur de sa jeunesse, seulement les traits tirés d'un homme.

Astrée n'arrivait plus à se concentrer. Elle observait son prince mais son esprit était ailleurs. Elle n'avait aucune envie de revoir Alfred et les manœuvres politiques la dégoûtaient. Le capitaine avait toujours détesté ces êtres hypocrites et leurs réflexes d'araignée. Les risques qu'elle devrait prendre seraient considérables. En temps normal, l'objectif était simple : vaincre ou mourir. Mais la mission que Phébus lui donnait ne lui soufflait qu'un mot : mourir.

— Prends tes meilleurs hommes, quelques-uns seulement pour voyager léger. Déplace-toi discrètement. Rejoins Rocca et prends un express pour Seth. Le trajet serait trop long en camion et nous devons utiliser les véhicules en priorité pour le matériel. Là-bas, exfiltre Alfred et renseigne-toi, résuma Phébus en se réinstallant à son bureau pour montrer qu'il avait tout dit.

— Je dois assurer ta sécurité…, commença Astrée. Et mener mes régiments.

— L'armée tout entière me protégera. Je sais que tu feras ton devoir. Et j'ai toute confiance en toi pour mener à bien cette tâche. Elle est dangereuse mais tu l'es tout autant, n'est-ce pas ? Cette mission est essentielle, Astrée, lui dit-il pour apaiser sa colère.

— Et que vas-tu faire ?

— Écoute les ondes demain, tu sauras l'important. Je préfère que tu n'en saches pas trop...

— Au cas où je me ferais prendre, c'est ça ? s'enflamma-t-elle.

Phébus la regarda très calmement. Il ne souriait pas, ses yeux ne pétillaient pas, il avait conscience de ce qu'il exigeait d'elle. Astrée comprit qu'il ne discuterait plus et qu'il lui fallait obéir. Elle avait voulu un prince de cette trempe, elle ne pouvait pas se plaindre. Le capitaine se leva et salua. Phébus lui murmura « Bonne chance, que les dieux te protègent » du bout des lèvres, avant de replonger dans la lecture des récentes dépêches.

Une fois sortie de la pièce, Astrée ne put s'empêcher de s'adosser au mur pour prendre de grandes inspirations, sous le regard gêné des deux ordonnances qui s'empressèrent de baisser la tête. La jeune femme avait envie de hurler de dépit, de rancœur, de rage. Même si ce n'était que temporaire, elle avait l'impression que Phébus la punissait en l'écartant des prochaines manœuvres. C'était la première fois qu'elle obéissait à un ordre qu'elle rejetait complètement, et l'amertume qu'elle ressentit gâcha la joie des dernières heures.

Comment ferait-elle pour sauver Pergoal qui devait déjà n'être plus qu'une loque après les premiers interrogatoires de l'Inquisition ? Elle expira à plusieurs reprises pour calmer son pouls qu'elle sentait pulser dans ses tempes. Son éducation et son entraînement militaire reprirent le dessus et le capitaine envisagea les choses sous un angle nouveau : elle allait mener une opération secrète et dangereuse au cœur du pouvoir, un sauvetage inouï qui resterait gravé dans la pierre. Si elle s'en sortait vivante, elle deviendrait une légende. Même si elle devait sauver un assassin…

Astrée secoua la tête de découragement : qu'en dirait son père s'il était là ? La figure réprobatrice du vieux Pengruel ne la quittait jamais tout à fait et la jugeait avec tant de sévérité qu'elle avait du mal à se sentir à la hauteur. Quand il apprendrait que sa fille suivait son prince dans un conflit intérieur qui l'opposait aux institutions de l'Empire et aux autres souverains… C'était un homme de principes et de devoir, très à cheval sur l'autorité et la discipline. Astrée s'interdit d'y penser plus avant, certaine de connaître la réponse. Qu'importe ce qu'il penserait d'elle, elle devait obéissance à son prince, pas à son père. Même si l'ordre reçu l'éloignait de ses soldats et lui restait en travers de la gorge.

Elle se redressa et se mit en marche à la recherche de son second, le lieutenant Guillaume. En remontant les couloirs de la forteresse, elle calcula mentalement les étapes du chemin et fut convaincue qu'il lui faudrait au moins cinq jours pour rejoindre Seth. En espérant que, d'ici là, l'ingénieur ne soit pas déjà mort dans sa geôle ou pendu au gibet. Elle descendit les marches quatre à quatre et vit, non sans une violente bouffée d'envie, des officiers dans la cour se diriger vers la salle des cartes.

Des lampes à huile suspendues au plafond, au cuivre vert-de-gris, éclairaient comme des balises en mer une atmosphère fébrile, surchargée par les volutes de fumée des pipes et des cigarettes. Les officiers du prince allaient et venaient autour de la table stratégique couverte de cartes. Des soldats apportaient des nouvelles, d'autres se bousculaient pour déplacer les pions, griffonnaient des calculs de distance sous le regard sévère de leurs supérieurs. On attendait l'arrivée du prince.

Dans le brouhaha des conversations et des ordres, les postes d'ondes-T diffusaient en boucle les nouvelles de la capitale qui avait connu la veille un événement sans précédent. En raison de la vitesse de propagation des ondes au sol, la forteresse avait appris la nouvelle avec un décalage de quelques heures, et les campagnes environnantes, qui n'avaient pas de ligne prioritaire, en prenaient seulement connaissance. Les commentateurs rapportaient de menus détails, comme si toute la compréhension des faits en dépendait. Leurs voix agaçaient terriblement Brutus de Léry, mais il ne voulait pas rater une donnée essentielle qui pouvait surgir au détour d'une actualité rabâchée.

Les assistants baissaient la tête sous les ordres secs des deux commandants en charge de la mise en place. Ils disposaient les pions qui symbolisaient les régiments, les compagnies et les places fortes que Seth possédait sur tout son territoire. Les plus proches officiers du prince corrigeaient ici ou là quelques erreurs, en suivant les indications que Phébus leur avait communiquées une heure plus tôt, sans autre explication. Ils espéraient tous qu'il expose enfin ses motivations.

Le jeune amiral Drakar Varo ne perdait pas une occasion de souligner la faiblesse des installations portuaires, tandis que le général Brutus de Léry reprenait les assistants qui avaient du mal à comprendre les ordres dans le tourbillon ambiant. Tibère Marvelle fumait son cigare en silence.

— Non, rien ne dit qu'Astran nous est favorable… De toute façon, nous ne sommes pas sûrs de la moitié de ces informations ! Qui sait si cette place forte, là, prendra notre parti ? Son gouverneur est un ami de promotion d'Anglas. Et cette cité, elle ne nous a pas accueillis quand nous sommes passés. Enlevez le bleu et mettez du rouge ! tonna le vieux général en pointant Icade au centre de la carte.

Phébus entra dans la salle et tous les soldats se mirent au garde-à-vous, les officiers saluèrent, puis le prince leur fit signe de reprendre le travail. Il s'approcha de la carte.

— Nous listons toutes les réserves de soldats disponibles, commença Drakar.

— Nous ne sommes pas persuadés qu'elles répondront toutes à notre appel… L'école d'infanterie de l'Esylvestre n'a jamais envoyé la moindre recrue, reconnut Brutus d'un air gêné.

— Votre cousin a la main dessus, ajouta Drakar.

— Anglas rêve de me remplacer, il agit comme un petit prince dans ses provinces, déclara doucement Phébus en regardant le pion qui représentait l'école. Mais ce n'est qu'une école parmi d'autres. Je préfère des soldats aguerris.

Il en désigna une autre, qu'il savait fidèle, Terrance et sa forteresse située à quelques dizaines de lieues des côtes, dans la province des Basses-Prairies. Brutus n'avait pas tort, ils manquaient de renseignements. Mais la surprise serait des deux côtés, lui fit tout de suite remarquer l'amiral Varo qui se penchait à son tour sur la carte d'un air concentré.

— Le Conseil est complètement débordé et nous

devons en profiter. On nous rejoindra, n'est-ce pas, Majesté ?

Drakar se tourna vers son prince, qui n'affichait aucune émotion et considérait désormais la carte d'un œil lointain.

Sur les ondes, on annonçait déjà des troubles dans tout l'Empire : les exactions, les émeutes, les meurtres sauvages agitaient les provinces et se répandaient depuis Seth, comme si l'attentat avait donné le coup d'envoi d'une révolte généralisée et orchestrée. Cela pouvait être aussi, plus simplement, une réaction logique à des années d'injustice. Les deux options restaient valables. C'était à lui de rallier tous les mécontents à sa cause.

Le prince fit signe d'arrêter le travail, les officiers fébriles se tournèrent tous vers lui. Un jour auparavant, Phébus avait froid et rêvait aux chaudes soirées d'été sur l'herbe tendre d'Yissar. Désormais, il entendait la respiration de ses hommes, le tintement des décorations sur leurs poitrines, le chant des oiseaux dans les ramures, le roulis de l'eau qui sautait de galet en galet sur les berges du Borée. Phébus pesait chaque chose, et chaque chose, autour de lui, avait une texture, un goût fort, une singularité. Leur poids lui parut soudain énorme et il comprenait déjà dans sa chair l'ampleur des bouleversements que susciteraient ses prochains mots.

Il lui fallait agir, parce qu'on avait brisé les marbres de Mille-Songes ; et ce qui touchait la pierre de Seth touchait son cœur. Les troubles qui secouaient la capitale tout entière et les cités des provinces n'étaient pas anodins. Phébus était certain que le prince de la Loi réagirait avec la plus extrême fermeté, et s'il en croyait les ondes, la situation dans la capitale le réclamait sans doute. Sa propre absence permettait aux violences de perdurer. Sans prince à Seth, la garnison de la capitale serait paralysée et les régiments extérieurs ne pourraient entrer dans la ville. Il devait accepter de jouer ce mauvais rôle. La vertu ne peuplait pas ses pensées, la guerre naissante aurait bientôt des exigences plus odieuses encore. Il fallait s'y résoudre. Il ne faiblirait pas et tiendrait bon. Phébus jeta un regard aux trois officiers supérieurs qui lui avaient juré fidélité les premiers.

Brutus de Léry avait les yeux d'un père. Son visage était creusé par le temps et les campagnes militaires passées, pourtant ses cheveux blancs et ras, ses traits droits et son nez volontaire conservaient une beauté martiale. L'énergie de ce vieux soldat, témoin de la dernière grande guerre, en faisait comme un souvenir vivant, intact, un éternel passé. Brutus lui avait appris l'art de la guerre tout autant que le combat à mains nues et le maniement de l'épée. Phébus lui savait gré de l'avoir suivi dans cette aventure périlleuse où il avait plus à perdre qu'à gagner.

C'était le cas de tous ces officiers qui s'alignaient le long des murs en attendant le discours princier. Ils étaient nés dans les meilleures familles de la Guerre et n'avaient pour justifier de leur présence en ces lieux, loin de la capitale et de leurs hôtels particuliers, que le sens de l'honneur et la dignité du soldat. C'était également le cas de Drakar Varo, son unique ami de l'Académie qui lui faisait face dans son uniforme gris de la marine. Phébus pouvait compter sur lui sans l'ombre d'un doute. Ce qu'il aurait très bien pu dire de son général d'artillerie Tibère Marvelle, malgré l'air sauvage que ses épais favoris lui donnaient. Phébus se racla la gorge et se décida enfin à expliciter ses intentions.

— Je ne peux pas soutenir publiquement une action aussi vile que celle que vient de commettre l'ingénieur Alfred de Pergoal... Mais nous profiterons de toutes les opportunités que ce crime nous offre pour prendre les devants et imposer notre rythme au Conseil. La désorganisation qui sévit dans l'Empire est une occasion en or pour obliger les princes à la négociation : nous ne sommes pas le problème, nous sommes la solution.

« Cela ne peut se faire à coups de billets de banque, ni par des tribunaux expéditifs et iniques ! Ce n'est plus un secret pour personne, les provinces se désagrègent et les troubles n'ont fait qu'augmenter ces dernières années. Il est temps désormais de jouer cartes sur table. Notre caste a toujours été la colonne vertébrale de l'Empire, pas seulement par la force de nos armes, mais par le modèle que nous inspirons, par le mérite et par l'épreuve ! Sans nous, sans la sagesse de nos vies dédiées au bien de tous nos peuples, c'est l'Empire tout entier qui s'écroule.

« Depuis trop longtemps, le Conseil des princes a fait de nous un simple outil pour mener sa politique générale. Une politique fondée sur le seul droit des plus forts, une politique qui en oublie tous les devoirs, envers les dieux et envers les hommes, une politique qui nous mène au désastre. Il est temps de reprendre les rênes ! Et de mettre le Conseil face à ses responsabilités ! À quoi devons-nous nous attendre ? Nous le verrons bien. Mais je ne vous abandonnerai pas, ni vous ni l'Empire, et c'est comme prince de la

Guerre que je vous mènerai vers un glorieux renouveau !

Les yeux des officiers brillaient dans l'atmosphère qui s'enfiévrait. Ces hommes savaient qu'ils étaient dans le cocon d'où naissent les grandes idées. Ils se tenaient droits car ils étaient fiers.

— Certains craignent d'agir contre les dieux et la volonté du Faëton. Certains s'inquiètent du sort de leur famille qui ne combat pas… Qu'ils soient rassurés ! Loin de moi l'idée de remettre en cause notre foi ! Bien au contraire ! Rappelez à vos proches que la guerre est notre famille ! Que le Faëton est notre loi ! Ces craintes doivent être oubliées ! Je les abroge ! Elles ont disparu ! Ignorez votre doute, nous le couvrirons de la gloire des dieux. Car c'est notre foi qui nous porte et notre devoir qui nous pousse à agir. Les abus doivent cesser !

« Par notre comportement exemplaire, par le message d'espoir que nous portons au nom des dieux, tous nos peuples se joindront à nous. Comme nous recevons depuis des semaines l'apport de troupes nouvelles, comme nous avons vu les acclamations populaires le long de notre route, nous serons rejoints jusqu'à la capitale par l'Empire tout entier. En foulant la terre de nos ancêtres, nous y mêlerons l'air de notre temps et la sueur de nos efforts. L'Empire, le vrai, sait que nous menons un combat légitime ! Ce combat s'arrêtera quand nous aurons obtenu justice auprès des autres princes !

Les rayons d'une lampe venaient caresser le profil de Phébus dans la pénombre. Il y avait des éclats, des lueurs étranges et comme irréelles qui voletaient dans l'air, de la ferveur dans les yeux des soldats.

Les officiers mirent un genou à terre ; les dieux seuls avaient le droit de juger.

— La misère est trop grande, la justice trop aveugle et la cupidité flagrante. Je ne peux pas croire que les dieux aiment ce spectacle. Mes valeureux sujets, nous devons restaurer l'ordre dans l'Empire ! Nous devons retrouver l'amour des dieux ! La Loi de Virolles voudrait avoir tous les droits. Ne lui laissons pas ce pouvoir ! Chaque caste a son rôle, et si l'une prend le pas sur l'autre, alors c'est notre cercle-monde qui est déstabilisé et le désordre qui règne. Vous seuls, mes sujets, avez le droit de porter mon épée, celle qui punit les vicieux et protège les vertueux ! Devant nous s'ouvrent la voie des dieux et la gloire de l'Empire, pour notre peuple ! Nous serons valeureux comme les soldats de la Plage des Pics Gorgés, comme l'arrière-garde de Terrelle, nous serons grands comme la chevauchée des Cent Terribles ! Notre armée part jusqu'à la capitale ! Suivez-moi ! Pour la justice véritable ! Pour la vraie foi ! Pour l'Empire de Seth !

Les officiers reprirent en chœur les derniers mots avant de pousser des cris pleins d'ardeur.

L'armée de Phébus ne comportait pour le moment que quelques milliers d'hommes, mais des dizaines de milliers étaient déjà en chemin ou attendaient de les rejoindre à des points clés. On se méfiait des ondes et on leur préférait encore les pigeons voyageurs. Sitôt le discours fini, cinq soldats se dépêchèrent de le coder pour l'expédier à tire-d'aile.

Phébus fit signe à ses trois officiers supérieurs de le suivre. Ils sortirent de la salle et se mirent à marcher en direction des remparts. Le prince avait besoin d'inspirer l'air frais des créneaux, après avoir respiré la fumée du donjon. Ils arrivèrent sur le long chemin de ronde qui ceignait la forteresse.

Le petit matin avait disparu. Les premières lueurs avaient cédé le pas aux rayons qui inondaient les cimes et les crêtes d'une lumière revigorante. Phébus avait besoin de cet air pur et de ce ciel ouvert et prometteur. C'était un bon présage. Il regarda la cour en contrebas où l'excitation atteignit son paroxysme pendant qu'on répétait son discours à la troupe. Le visage battu par le vent, il inspira profondément en goûtant pour la première fois le bonheur de se sentir puissant et maître. Il avait désormais le champ libre pour développer son action. Il n'avait pas seulement donné le départ, il avait donné le départ *vers la capitale*. Phébus était sûr que la peur de voir son armée si proche obligerait les princes à négocier avec lui. Certes, il les contraignait à traiter sous la menace, mais sans lui l'Empire n'avait pas d'armée. Il se tourna vers Drakar Varo qui marchait juste à ses côtés.

— Drakar, pars à Bramassa pour obtenir de Tétragos un soutien naval. Nous devons faire pression sur Seth par les côtes. Fais-toi accompagner par tes meilleurs marins, mais présente-toi comme une ambassade, je ne veux pas que Tétragos ait des raisons de se sentir menacé. Ne réunis des forces qu'en dernier recours…

Le jeune amiral écoutait, la tête légèrement penchée en avant pour contrer les bourrasques violentes qui cinglaient son visage. Phébus, lui, semblait les ignorer. L'annonce cependant fit se redresser Drakar. Cette nouvelle allait lui donner l'occasion de prendre la mer. Bientôt il ne serait plus un amiral en plein continent.

— Tétragos n'est pas commode ! Il préférera sans doute jouer solo…

— Promets-lui plus d'autonomie et réponds à ses demandes. Dis-lui que le Conseil de Seth veut mettre la main sur ses coffres.

— Nous allons le laisser continuer son manège ? demanda Drakar, qui aurait bien voulu que ce conflit soit l'occasion de mettre certaines choses au point avec le maire de Bramassa, la ville des corsaires et des pirates.

— Tant que nous n'avons pas la main sur sa flotte… Je suis comme toi, je ne le porte pas dans mon cœur, mais c'est un homme rusé et puissant, ta mission est d'abord diplomatique avant d'être militaire. Pars vite, sois discret et sauvegarde tes hommes.

— Bien, Majesté, lui répondit Drakar.

Les deux jeunes hommes se regardèrent en silence, conscients qu'ils n'allaient pas se revoir de sitôt. Drakar salua respectueusement avant de faire signe à son ordonnance de le suivre vers un escalier. Phébus se tourna vers Brutus et Tibère qui le regardaient avec une immense satisfaction.

— Majesté, l'artillerie va être difficile à déplacer en camions. Nous risquons d'avoir des soucis pour transporter les troupes si nous en mobilisons trop.

— Je sais, Tibère. Nous réquisitionnerons des trains pour tes canons… En attendant, les camions sont pour toi.

— Et si le gouverneur du Circan ne nous ouvre pas ses portes ?

— Nous les ouvrirons pour lui, répondit Phébus d'un air sans équivoque.

Il se retrouva seul avec Brutus, qui attendit en

silence. Ils regardaient tous deux le paysage, en profitant du moment. Phébus s'accouda au parapet. Brutus n'était pas seulement son premier conseiller, c'était un intime et le seul auprès de qui Phébus acceptait de chercher les conseils comme un fils se présente devant son père.

— Urien a souvent rêvé de faire ce que nous allons faire, lui rappela le vieux général. Jeunes déjà, nous en parlions, je vous l'ai bien assez raconté. La puissance des Virolles et des Antinosc doit être jugulée, ils sont obsédés par leurs seuls intérêts. Ces deux castes doivent redescendre sur terre. L'Empire bénéficiera de notre reprise en main. Vous prenez la bonne décision, Majesté.

— Quand j'étais petit, je ne croyais pas mon père invincible. Je *savais* qu'il l'était. Ses bottes me montaient jusqu'à la taille...

— Votre père était un colosse.

— Que ferait-il, s'il était encore là ? murmura Phébus sans le regarder.

— Les morts regardent. Seuls les vivants agissent, Majesté... Urien doit être fier de vous.

Brutus lui fit signe de se pencher du côté de la cour. On courait partout pour préparer les paquetages et les vivres. Les camions arrivaient des hangars adjacents, ils freinaient à peine que des soldats commençaient leur chargement. Soudain, l'un d'eux poussa un cri en pointant Phébus du doigt et d'autres se mirent à l'imiter. La silhouette du prince dans le contre-jour était nimbée d'or, comme une apparition divine, imprécise et splendide. Ces vivats le ravirent et lui rappelèrent ceux que recevait son père.

Le soleil, rond et blanc, transperçait les murailles par les grandes portes ouvertes. Les uniformes bleus de l'armée régulière se confondaient dans la lumière avec les pointes de vert et de gris des gardes et des marins. Devant tous ces visages tournés vers leur prince, Phébus pensa à un flot agité d'écume. C'était un océan qui allait se déverser sur l'Empire. Ici se trouvait la source de toutes les mers, et cette source allait dévaler la pente des montagnes jusqu'à la plaine de la capitale. Le prince contempla le paysage. Le Circan était sublime avec ses grandes forêts sèches de pins, ses pointes de calcaire, ses flancs montagneux escarpés et ses petits torrents. Si Mange-Terre n'était pas nichée dans un col battu par les vents, il aurait pu y faire bon vivre.

Dans la plaine verdoyante, la ville de Dectroi se discernait à quelques dizaines de lieues en aval. Les silhouettes des temples perçaient, de leurs tours fléchées, les toits rougis à l'ocre typiques de cette région australe. Phébus ne doutait pas une seconde que ses troupes y feraient une entrée facile et plébiscitée. Le jeune prince plissa les paupières pour tenter de distinguer la frontière du Briccon à l'horizon. Le temps n'était pas assez clair.

Il ne fallait pas être trop impatient, son armée y serait bien assez tôt.

7
Une seconde avant la mort

> […] il faut bien admettre que l'Empire a changé de visage. On ne prend plus son cheval quand le train vous emmène en quatre fois moins de temps. Et pourquoi se déplacer à pied, en ville, alors que la chaleur des banquettes molletonnées vous attend dans les autorails et les tramvapeurs ? Dans notre jeunesse, le télégraphe par ondes n'existait pas, pas plus que l'O.T.I. pour relayer chaque jour des informations à travers l'Empire tout entier. Temps que certains regrettent car la vie, nous dit-on, y était plus lente et douce – j'en doute ! Mais faut-il pour autant accorder aux ingénieurs tout le […]
>
> *Les Nouvelles*,
> EDGAR BROSSELLE DU TEMPLE, 99X

Le poing ganté de plomb du tortionnaire s'abattit une nouvelle fois sur le visage tuméfié d'Alfred. Le sang mêlé de bave qui coulait de sa bouche éclaboussa la pierre grise de sa cellule. Ses lèvres étaient fendues, ses pommettes brisées, une arcade enfoncée. Pendu par les poignets, attaché à deux poteaux de fonte, les genoux effleurant une flaque de sang frais, Alfred n'arrivait plus à ouvrir les yeux.

Trois jours avaient passé, peut-être quatre depuis l'attentat dont on l'accusait d'être l'auteur ; le décompte se faisait de plus en plus incertain. Sa vérité semblait indéfendable, pourtant Alfred n'avait cessé de clamer son innocence. Un nouveau coup faillit lui décrocher la mâchoire. Comment les véritables auteurs de ce crime odieux s'y étaient-ils pris pour se servir de lui, c'était inexplicable. Lui-même n'en avait aucune idée. Alfred était conscient que la mort l'attendait très prochainement, il se savait condamné.

— Sale impie ! Parle ! Dis-moi qui ! Dis-moi comment !

Le bourreau se lassait désormais de la résistance du prisonnier. D'habitude, ses victimes craquaient dès le premier jour, parfois le second, mais cet ingénieur faisait des siennes. N'empêche, il le briserait comme il en avait brisé d'autres. Le tortionnaire posa sa paluche sur la tête humide de sueur d'Alfred. S'il le souhaitait, sa main rustre pouvait broyer la boîte crânienne d'un des esprits les plus brillants de son temps. Il en ressentit une vague de plaisir qui le poussa à appuyer de plus en plus fort. Génie ou pas, les os craqueraient de la même manière que sa volonté, d'un coup.

Alfred gémit. La main gantée continuait de presser, presser encore, ses dernières forces l'abandonnaient. Finalement, l'homme se ravisa et glissa sa main jusqu'aux yeux. Il n'eut pas besoin d'enfoncer très longtemps ses doigts dans les orbites pour faire hurler le prisonnier de douleur.

— On fait moins le malin, hein ! T'as plus tes princes pour te protéger ! T'as plus ta petite cour pour te sucer ! Les journalistes te l'ont bouffée, ta queue ! Si tu savais ce qu'ils racontent en ce moment ! Et d'ailleurs, l'ingénieur, ton pote Phébus est bien dans la merde ! Ils l'ont dit sur les ondes hier ! Il y passera après toi, tu verras !

Même l'assistant adossé à un mur de la cellule se sentit gêné par les paroles de son supérieur. Il détourna un instant son regard refroidi par l'habitude. De tels propos à l'égard d'un prince auraient pu leur coûter la vie, si ce n'était pas eux qui l'ôtaient à l'ombre des barreaux de Coupe-Gorge.

Alfred ne comprenait rien et s'accrochait à une idée fixe : son innocence. Le monde extérieur lui paraissait si lointain qu'il n'avait plus de substance. Seuls les murs conservaient leur réalité, jamais ils n'avaient été aussi épais. Alfred voulait mourir mais une autre force le poussait à vivre encore, et ne le lâchait pas. Était-ce, malgré la souffrance et la conscience lucide de sa mort imminente, un fol espoir qui s'agitait en lui ? Derrière ses airs de brute, son geôlier connaissait son affaire. Et tandis que le bourreau comme le prisonnier voulaient trouver la mort, aucun des deux ne se donnait les moyens de l'obtenir.

La tête d'Alfred bourdonna. Un coup particulièrement vicieux fit siffler ses oreilles, une douleur lui transperça le crâne comme une fine dague d'acier un fruit mûr. Pergoal sentit qu'on prenait sa main valide et il eut le réflexe de serrer les doigts. Peine perdue, la brute lui vrilla les dernières phalanges qui claquèrent une à une à mesure que ses tendons lâchaient. Ses doigts pendouillèrent mollement en formant des angles insolites. Il hurla, mais même ses hurlements étaient tordus, comme fracassés.

— Dis-nous avec qui tu as fomenté l'attentat ! Et comment ! Où caches-tu tes secrets ? Où sont tes camarades ? Parle et je ne te torture plus, sale impie…

L'insulte revenait souvent dans les propos du tortionnaire. Derrière les questions, Alfred sentait que les deux agents brûlaient de lui faire payer cette apostasie tant redoutée. Il souhaitait que son corps le lâche mais son cœur continuait obstinément de battre. Il se résigna à provoquer encore une fois les deux hommes. Il fallait que la colère les aveugle.

Le comte murmura avec difficulté, tant ses lèvres étaient gonflées, mais il se força à articuler chaque mot. Il voulait que le bourreau s'acharne et le tue. Il voulait qu'il l'entende. Pour une fois, il leur dirait ce qu'il pensait, sans fard.

— Je crache sur vos dieux qui n'existent pas ! Je crache sur toi et tous les autres, je renie vos idoles. Je meurs en homme libre, toi, tu n'es qu'un esclave…

La dernière phrase avait été à la limite de ses forces. Alfred lutta pour la prononcer avant de sentir sa conscience divaguer, puis s'évanouir. Il sombra dans les eaux chaudes de l'abandon.

— Reste avec nous, sale cafard !

L'agent lui assena deux violents coups de poing. La tête d'Alfred ballotta, le menton sur la poitrine, sans réaction. L'assistant poussa un soupir en se redressant et alla chercher un seau d'eau qu'il jeta sur la tête du prisonnier. Sans effet.

— Il est mort, tu crois ? demanda le chef d'un air inquiet.

Pergoal devait mourir devant les yeux de Seth tout entière, et non entre les quatre murs de sa cellule, ordre du prince. L'assistant se dépêcha de lui tâter le pouls, qui était faible mais toujours perceptible.

— Non, il est seulement inconscient. De toute façon, il ne dira rien…

— Oh, il parlera. Ils parlent toujours. C't'enculé est plus résistant que les autres, j'dis pas. Mais il parlera.

— Tu vas le tuer, là.

— Décroche-le, qu'il respire quelques heures, répliqua le supérieur en crachant au visage d'Alfred qui n'était plus qu'un corps suspendu entre la vie et la mort.

Ils jetèrent sa carcasse sur la maigre couche de paille qui faisait office de matelas. La brute, qui avait envie de le cogner encore, s'accroupit devant lui. Cette face de traître méritait de n'être plus qu'une bouillie infâme, ravagée de crevasses et de coupures ; sa peau n'était pas assez bleue pour un impie. Il aurait aimé le torturer jusque dans son sommeil. Les chiens comme lui ne devraient pas connaître de répit.

Le regard de son assistant sur sa nuque décida l'homme à remettre à plus tard le coup qu'il sentait frémir dans sa jambe. Il se retourna dans un grognement et sortit sans un mot pour son collègue qui s'arrêta avant de refermer la porte, silhouette incertaine dans l'encadrement, saisie par l'apparente chétivité de l'ingénieur recroquevillé au sol.

Par la lucarne qui servait de fenêtre parvenaient des bruits d'explosions et de fusillades dont les échos remontaient le long de la falaise. La sanglante fureur des bas-fonds de la capitale continuait de faire rage et enveloppait tous les niveaux des quartiers de ses draperies de feu et de ses lambeaux de fumée. L'armée n'était pas encore entrée en scène, les premières brigades qui venaient d'arriver stationnaient aux abords de la ville dans un enchevêtrement de tentes blanches.

Depuis l'attentat, Seth était toujours aux mains des pauvres et des misérables : les forces de police et de l'Inquisition avaient dû reculer devant les barricades. Les rues et ruelles, les avenues et les faubourgs vivaient toujours un étrange Carnaval. Le monde était sens dessus dessous, personne ne savait quand cela allait finir, et cette incertitude nourrissait chez les uns l'espoir, chez les autres la terreur. C'est parce qu'il n'est qu'un moment extraordinaire que le Carnaval plaît tant ; dès lors qu'il peut devenir l'ordinaire, les masques grimacent et les feux d'artifice ressemblent à des incendies à circonscrire.

Chaque jour à l'aurore, des cortèges s'enfuyaient en grappes des beaux quartiers, emportant leurs précieuses affaires, avec l'espoir de ne faire aucune mauvaise rencontre. Parfois les convois étaient pris d'assaut. Les misérables se jetaient sur les conducteurs, les familles étaient traînées sur le bitume sans ménagement. Quelques chanceux en réchappaient. Le sang avait fini par brunir la chaussée ; un ciel laiteux pesait sur la capitale.

Le reste du temps, toutes les routes, les quais, les pontons et les avenues étaient vides. Les tramways ne fonctionnaient plus depuis le soir de l'attentat, les entrepôts qui n'avaient pas brûlé étaient déserts et les guinguettes au bord des fleuves restaient silencieuses. Les palais, la Bourse comme la Chambre des pairs, l'université et tous les bâtiments officiels étaient fermés, barricadés et protégés. La police et l'Inquisition tenaient encore le sommet des neuf collines, mais le reste de la capitale leur était désormais inaccessible. L'ordre ancien avait disparu sans qu'on sache quel ordre nouveau allait le remplacer ou si l'ordre allait même revenir un jour.

À la nuit tombée, au contraire, la vermine affluait de partout. Les artères de la ville se gorgeaient de troupes disparates qui poussaient jusqu'aux derniers niveaux pour attaquer les nobles et les franc-loyaux qui, confiants dans les autorités de la ville, avaient cru bon s'y remparer. Les hôtels particuliers se voyaient investis, parfois sur les cadavres des anciens propriétaires, les postes de police saccagés quand on n'y trouvait pas des agents vivants pour s'amuser un peu, les immeubles cossus vidés de leur beau mobilier que les plus forts ou les mieux organisés se répartissaient.

Dans cette foule de misérables, les guenilles côtoyaient les gilets de grosse laine pour la première fois depuis que l'Empire existait. Rien ne semblait leur résister. Une nouvelle époque était en train d'éclore derrière les barricades, aussi bien pour les assiégeants que pour les assiégés. Au cœur de la vapeur des fusils et des machines, un nouveau cercle-monde naissait ; on pouvait voir dans ce cocon brumeux des milliers d'orages tisser leur toile à coups d'éclairs. Les mêmes qui se dédaignaient naguère se donnaient désormais la main, on partageait ses cigarettes avec un inconnu, on s'embrassait sans se demander si les prêtres condamneraient cette rencontre ni si l'Inquisition allait sévir. La musique continuait de régner et des bals populaires, parmi les détritus et les cadavres, s'organisaient à la faveur d'un poste d'ondes-T encore en marche. Les meurtres n'étaient rien pour ces gens, rien, comparés à leur nouvelle joie de vivre.

On croit trop souvent, trompé par la perception des événements, que la réalité est un bloc et le regard qu'on porte sur elle une évidence partagée. Pourtant deux cercles-mondes, l'ancien et le nouveau, se partageaient désormais le jour et la nuit. Chose incongrue, ils coexistaient. Les assauts vers les hauteurs étaient chaque soir renouvelés, et chaque matin, alors que le peuple dormait, la noblesse tentait de fuir.

Le troisième jour de la révolte allait bientôt s'achever. Le soleil sur le point de se coucher reparut avant de disparaître à l'horizon. Les eaux des trois fleuves scintillèrent, les arches des ponts semblaient des portes menant vers d'autres mondes et tout demeura un instant identique à lui-même. Alors le ciel devint rose. L'air était rose. De ce rose fané presque orange des soirs d'été, qui couvre les villes et les transfigure. Les recoins semblaient plus sombres, les rues n'avaient plus les mêmes numéros, les ombres prenaient vie devant les yeux blasés qui ne reconnaissaient plus leur quartier. L'autre monde n'était pas ailleurs, Seth *était* un autre monde. Les deux lunes se levèrent dans le ciel au-dessus de la ville. Ainsi, le peuple assoiffé et l'élite terrifiée entraient dans cette quatrième nuit.

Quand il reprit conscience, Alfred sentit que les agents de l'Inquisition étaient partis. On l'avait déposé sur sa litière. Il souffrait tellement que la douleur ne voulait plus rien dire. C'était désormais une compagne sourde et muette.

Il se concentra sur sa respiration et les battements de son cœur. Le sang ne coulait plus, il avait séché sur sa peau. Alfred se servit de sa main aux doigts amputés, la plus valide des deux, pour effleurer le velours de son costume de cérémonie. La sensation l'apaisa. Comment une si petite chose pouvait-elle détenir un si grand pouvoir ? Si monsieur Pointblanc voyait l'état dans lequel il était, lacéré, déchiré de partout... Son aiguille n'y suffirait pas. Malgré sa détresse, cette pensée réussit à l'amuser.

Les larmes succédèrent aux jappements qu'il poussa en guise de rire, elles emplirent les fentes de ses yeux et peinèrent à couler le long de ses joues. Alfred baissa la tête et les sentit glisser le long de sa peau tuméfiée jusqu'à sa bouche. Il sentit le sel et pleura encore en espérant que la mort vienne le chercher. Mais la mort l'ignorait elle aussi.

Avant de vivre cet enfer, Alfred n'avait jamais souhaité mourir. Désormais il voulait gagner le néant qu'il pensait être la véritable destination des morts. Il n'avait même pas l'espoir de rejoindre ceux qu'il aimait. L'obsession des dieux rendait tous ces gens complètement fous ! On leur promettait les douceurs de la Vallée et ils y croyaient ! Les idiots ! Où étaient les preuves ? Leur foi ardente n'était que crainte des ordres aboyés par les patrons et les prêtres, crainte de la colère des dieux.

Mais ces dieux restaient sourds et impassibles, comme leurs statues dans les temples tapissées de cire coulée, brunies par l'encens. Ils étaient aveugles aux ravages, étrangers aux crimes comme aux grâces. Ce n'étaient pas eux qui se cachaient derrière le baiser d'une mère. Ce n'étaient pas eux qui raffermissaient la main du meurtrier. Ils n'existaient pas et Alfred ne comptait pas faire de cadeau à ses tortionnaires en s'abandonnant aux fariboles du Faëton. Certains prétendent que les convictions bornent la pensée, qu'il faut toujours remettre en question ses idées, mais Alfred aurait répondu que rien de grand ne s'était jamais fait sans convictions. Il n'abandonnerait pas les siennes. Comme il l'avait dit à ses geôliers, il mourrait en homme libre et cette liberté le rendait plus grand que les dieux.

Ses souvenirs venaient lui rendre visite, comme une famille vient au chevet du mourant. Sa mère n'avait pas encore été emportée par la maladie. Elle se tenait bien droite avec son père, à l'entrée du temple, pendant qu'il s'avançait seul vers la statuette de Sayef au fond d'une niche piquée de chandelles. Il n'avait pas sept ans. L'atmosphère lourdement enfumée, la pénombre et les chants n'avaient rien évoqué pour lui. Quand les autres enfants ressortaient en tremblant, pleurant parfois, Alfred était revenu vers ses parents sans la moindre émotion.

À cet âge, il n'avait pas su mettre de mots sur ce sentiment, et plus vieux, il avait compris qu'il ne fallait pas le faire. Habituellement, les enfants étaient impressionnés par les récits du Livre sacré, mais déjà Alfred voulait comprendre le monde qui l'entourait, à commencer par ce qu'il était possible de comprendre. Les dieux et leurs histoires l'intéressaient comme des contes farfelus, un simple divertissement. Il préférait regarder le forgeron frapper le fer, le paysan pousser sa charrue, le menuisier caresser le bois ; ces activités-là racontaient des histoires sans qu'il soit besoin d'en faire tout un cérémonial, elles étaient leur propre rituel. Le jeune garçon d'alors aimait contempler les étoiles à la nuit tombée en rêvant de découvrir un jour ce qu'elles étaient. Pourtant il avait obéi, comme ses parents le lui avaient appris, face au prêtre et à la statuette.

Lors de ce rituel de vocation qui vous fait entrer officiellement dans votre caste, il s'était imaginé être un orgue mécanique, le même que celui qu'il voyait les jours de marché sur la place du village. Il pensait que son bras était en métal et que ses articulations étaient des roues – et toute sa vie, il avait entretenu les apparences comme on huile des engrenages, comme on accorde un instrument, pour qu'elles suivent la partition sans fausse note ; surtout ne jamais se dévoiler. Ses parents l'avaient ensuite ramené dans leur propriété, à l'extérieur du bourg, où il avait retrouvé Cairo, le fils des domestiques, du même âge que lui. Pour le féliciter, on avait permis au petit maître de jouer tout l'après-midi avec le serviteur. En repensant à son ami d'enfance, Alfred sentit sa gorge se serrer de regrets. Un souvenir en particulier s'imposa. À peine sortis de l'adolescence, Alfred et Cairo, devenu son valet, descendaient du train qui les avait menés à Seth. Ce jour-là, le soleil perçait les grandes verrières et traçait sur le quai un chemin doré que Cairo avait signalé comme un heureux présage. Cela avait été l'un des plus beaux jours de leur vie.

Il ne pouvait pas bouger sur la paille souillée. Le corps meurtri et les vêtements en lambeaux, il pensa à tout ce qu'il avait ignoré depuis des années, tout ce qu'il avait voulu oublier. Il avait eu le malheur de croire que, dans la ville éternelle, les destins pouvaient changer. Quelle désillusion ! Alfred comprit que Seth était éternelle parce qu'elle ne changeait jamais. Toutes les innovations, les modes et les passions des siècles successifs n'avaient fait que l'effleurer. Et à l'image de sa capitale, l'Empire lui aussi était immuable.

Son cœur se mit à battre plus vite, ses tempes cognèrent et la douleur dans son crâne s'accentua brutalement, l'ingénieur se mit à trembler. Il ne rejoindrait pas sa mère, Cairo, ni personne. Il ne reverrait jamais sa sœur ni son père, qui devaient se terrer après la nouvelle de l'attentat… Il ne reverrait jamais Phébus, son intrépide ami qui rêvait de grandeur en compagnie d'Astrée, et Léonore se cacherait pendant de longs mois en attendant fébrilement la visite de l'Inquisition ; ses ouvriers le verraient pendu. À moins qu'il ne meure avant. Le sol sembla se dérober sous lui et chaque maigre fétu crissa à ses oreilles. Il eut soudainement très froid, puis très chaud. Il tenta de se soulever sur un coude mais s'affala, sans rien contrôler. Son corps l'abandonnait enfin, il était temps de tirer sa révérence. Alfred se mit à suffoquer.

Tout cela n'était qu'une comédie. Un rideau de théâtre allait bientôt voiler cette mauvaise pièce. La vie n'était qu'une étincelle dans l'immensité d'un brasier ; à peine était-il venu au monde qu'il fallait partir et ne jamais revenir. Grand ou petit, personne n'était réel, rien n'était vrai, car personne ne pouvait voir les coulisses. « Ce n'est pas si grave », murmura-t-il, tout seul dans sa cellule, avant de sentir ses dernières forces le quitter pour de bon. Mais alors qu'il mourait, Alfred sut qu'il venait de mentir, que tout était vrai, et que tout était grave.

La porte de sa geôle s'ouvrit à la volée et une silhouette encapuchée de noir se précipita vers lui. Elle fit un signe au garde de se reculer et de retourner dehors. Le geôlier obéit, laissant la porte ouverte, les yeux dans le vague, et s'installa à son bureau en s'endormant dans le même mouvement. L'inconnu se mit à genoux et ausculta Alfred, qui gémissait sous la panique. Ce n'était pas encore le moment, on avait besoin de lui, il restait tant de choses à faire !

Tant de choses à changer. Il agrippa sans s'en rendre compte le bras de l'inconnu.

— Je ne veux pas mourir… Je ne veux pas mourir…

L'inconnu sous sa capuche posa la tête de l'ingénieur sur ses genoux et lui caressa le front. Ses yeux verts emplis de pitié s'attardaient sur son visage martyrisé, tandis que ses mains décrivaient sur son torse de bizarres circonvolutions en forme de signes. Aveuglé par la douleur, Alfred fixait l'étrangère sans la voir.

Il sentit son corps se détendre et son rythme cardiaque se stabiliser. Les mains continuaient de le frôler, mais loin de lui faire mal, elles distillaient en lui une langueur bienfaisante. Ses souffrances s'atténuèrent et il revint à lui. Les paumes sur son front étaient comme un linge humide et frais.

— Je sais… monsieur de Pergoal… Je sais… Vous n'y êtes pour rien…

La silhouette débita une litanie dans la vieille langue des rituels. Les mots coulaient, chauds et mélodieux. Les paroles l'enveloppaient et le lavaient de toutes ses blessures. C'était un timbre de femme, mais il ne reconnaissait pas cette voix ni ces intonations… Alfred n'avait pas la force de bouger.

— Ne faites pas un geste, monsieur le comte. Ce sont des monstres. Je suis… tellement désolée.

Il ne distinguait pas ses traits ni ses yeux, mais elle devait être belle. Elle lui faisait tant de bien. Elle cessa son chant brusquement. Seul le froissement du tissu brisa le silence pendant qu'elle continuait ses caresses bénéfiques durant quelques instants.

— Les dieux ont un cadeau pour vous…

— Les dieux n'existent pas, réussit-il à murmurer.

La douleur s'était apaisée dans toute sa carcasse. Il était encore grièvement blessé mais il n'était plus au bord de la mort. C'est alors qu'il prit pleinement conscience de sa situation. Qui était cette femme qui le sauvait de la mort ? Une peur soudaine s'immisça en lui. On le requinquait pour mieux le torturer ! Le préparait-elle, sous ses faux airs de compassion, à de nouveaux supplices ? Il ne se rappelait pas ce qu'elle lui avait dit.

Alfred releva légèrement la tête. De maigres rayons des deux lunes éclairaient insuffisamment la cellule, la silhouette se découpait à peine dans l'obscurité. Ce n'était qu'une masse noire qui le dominait.

— Vous travaillez pour eux ? demanda-t-il.

— Pour qui ? voulut savoir la femme mystérieuse.

L'ingénieur ne put s'empêcher de repenser à cet inquisiteur qui lui avait si étrangement parlé en haut des marches du palais du Commerce. L'effort mental était trop intense et son esprit s'embrumait.

— Je ne peux pas faire plus, je suis désolée, monsieur de Pergoal… Tenez, prenez ceci et gardez-le contre vous ! Ne le donnez à personne. Vous m'entendez, gardez-le toujours !

La silhouette sortit un œuf de pierre d'un bleu profond qui tenait dans sa paume, parfaitement poli semblait-il. Elle le déposa à côté d'Alfred, qui regarda l'objet de son œil à peine entrouvert.

Ce n'était qu'un petit morceau de roche, encore un colifichet. Alfred soupira intérieurement. Même dans cette prison, même à l'article de la mort, on lui servait toujours ces vieilles fadaises. La femme devait être une guérisseuse particulièrement sujette à la superstition. Voilà donc de quoi ses dieux étaient capables ? D'un œuf et d'un peu d'espoir ? C'était pathétique.

— Quand vous ne serez plus prisonnier, vous irez porter cet œuf à Valère de Myocène. Retenez bien, Valère de Myocène. Répétez, demanda la femme en jetant des regards vers la porte ouverte de la cellule.

Dehors, le garde se réveillait.

— Valère… de… Myocène, répéta Alfred, à moitié conscient.

— Oui… Valère de Myocène. Il vous dira quoi faire, conclut la silhouette en se relevant. Je prie pour vous, monsieur. Je suis tellement désolée.

La main fraîche et douce s'attarda une dernière fois sur son front, puis l'inconnue se leva et sortit de la pièce en refermant la porte. Le silence revint, parfois troublé par des éclats extérieurs, des détonations et le murmure glacé du vent. Alfred lutta pour rester éveillé et fit un effort pour toucher la breloque du bout des doigts.

Cet œuf misérable concentrait tout ce qu'il détestait : la superstition, l'aveuglement et l'absolution dérisoire et soumise que les hommes accordent aux dieux quand ils souffrent. Il prit plusieurs inspirations et réussit à le faire rouler loin de lui. L'œuf ricocha contre la pierre et s'arrêta en plein milieu de la cellule.

Tout espoir était réduit en cendres. Alfred n'avait pas la force ni même la volonté de mettre un terme à sa vie. La douleur lancinante qui s'était tue pendant que l'inconnue le touchait revint. Il ferma les paupières. Il gisait au sol, défiguré, une épaule déboîtée, un genou broyé et le corps couvert d'hématomes. Il sombra dans un sommeil agité, accablé par les visiteurs de son passé, morts comme vivants.

Dans l'obscurité de sa cellule, le temps sembla s'arrêter. Un mouvement prouva le contraire. L'œuf de pierre bleue se mit à rouler et s'arrêta à côté de sa main aux doigts coupés, recroquevillée contre lui. Tout en gémissant dans son sommeil, Alfred prit la pierre pour la serrer dans son poing mutilé.

8

Cinq jours sous les cendres

> […] Que ce soit au Sept Yeux du Chat ou à la Lanterne Blanche, les ingénieurs et les architectes investissent en force les lieux en vogue. Et pour revenir à notre ingénieur préféré, la coqueluche de ces dames, il semblerait que lui et son très bon ami, Son Altesse le duc Phébus, aiment particulièrement se détendre aux Grandes Volutes, le nouveau cabaret à la mode parmi les amis du bon goût […]
>
> *La Mondaine de Seth*,
> ANITA DE TALYS, 96X

La petite pièce éclairée à la chandelle où Léonore épluchait les dossiers de Pergoal sentait l'humidité. Les rideaux devant l'unique fenêtre étaient troués par les mites, une faille traversait le sol de tomettes ébréchées et les murs penchaient dangereusement vers l'intérieur. Hormis un poêle minable, une table de bois, entourée de trois chaises, composait l'unique mobilier. Comme par pudeur, un napperon de dentelle grossière la couvrait pour masquer les brûlures et les traces de couteau. C'était dans cet environnement que Léonore avait grandi et, pour beaucoup de citadins, cela constituait déjà un luxe ; elle s'y sentait bien.

La mécanicienne était concentrée sur les documents qu'elle avait étalés devant elle, des livres de comptes annotés de l'écriture large et ronde de son patron. Au début, elle n'y avait rien compris. Les lettres de code s'enchaînaient à côté d'inscriptions étranges et de séries de chiffres tout aussi incompréhensibles. Mais, à force d'étude et d'application, Léonore avait fini par percer quelques-uns des secrets que ces colonnes renfermaient. Elle avait découvert que son patron possédait bien plus d'ateliers qu'elle ne le croyait, désignés par des initiales griffonnées dans la marge.

En partant de ceux qu'elle connaissait, elle avait compris qu'une dizaine d'ateliers supplémentaires produisaient pour le compte des usines Pergoal. Forte de cette information, elle avait poursuivi son investigation et, par divers recoupements, avait deviné l'emplacement de certains d'entre eux. L'effroi qu'elle avait ressenti lors de la première nuit d'émeutes n'avait pas disparu, mais Léonore ne pouvait rester cloîtrée chez Malène sans rien faire. Il lui avait fallu rassembler tout son courage pour partir en quête de la véritable vie de son patron.

En quelques jours, la ville de Seth avait changé de visage. Comme si le peuple et la noblesse vivaient dans deux mondes différents, le temps lui-même s'était inversé. En journée, les avenues étaient vides, les rues désertes et les ateliers silencieux, mais le soir les misérables s'y rassemblaient pour célébrer leur victoire qu'ils croyaient éternelle. Léonore avait réussi à se faufiler jusqu'aux quartiers où se trouvaient les ateliers identifiés grâce au carnet. Son pistolet à la ceinture, elle se faisait passer pour une petite mécanicienne qui profitait du désordre pour explorer les endroits de la capitale jusqu'alors interdits.

Ces périples lui avaient beaucoup coûté. Léonore s'était retrouvée deux fois acculée par un groupe malveillant. Elle avait sorti son pistolet, osé tirer en l'air pour montrer sa détermination et réussi à s'extraire de la nasse au prix d'un terrible effort. Les viols et les agressions étaient commis au vu et au su de tous, maintenant que plus personne n'était là pour sévir et que les habitants craignaient davantage la colère d'un voyou que la brutalité de la police. La mécanicienne avait veillé à découdre du col de ses vêtements les cordons marquant son rang de franc-loyale. C'était une nécessité. Quiconque était pris avec les insignes honnis de la noblesse, même la plus modeste, se voyait immédiatement conduit auprès des caïds qui faisaient désormais office de juges. La peine prononcée était toujours la même et Léonore n'aimait pas ces derniers plus que les précédents.

L'ordre d'en haut s'en était peut-être allé, et bien trop vite selon elle pour que cette disparition fût durable, mais un autre était venu le remplacer subrepticement. Les gueux s'étaient réunis en bandes, des chefs s'étaient distingués, et ce petit peuple qui tenait le pavé organisait l'espace à son profit, comme les nobles avant lui. Pour changer de quartier, il fallait passer des barrages et chacun veillait à conserver jalousement le pouvoir qu'il possédait sur une rue, une avenue, un quai ou parfois un quartier tout entier. Certains racontaient que la pègre avait la main sur tout cela, mais c'était compter sans les nombreux opportunistes. Un homme qu'on croyait respectable peut changer. C'est le crime qui fait la canaille. La seule distinction qui importait désormais était la frontière qui séparait les bas rangs des rangs supérieurs. Les deux blocs ne formaient plus que des masses opposées et aucune raison ne pouvait justifier qu'on aidât l'une si on appartenait à l'autre.

Pendant trois jours, la jeune femme avait tenté sa chance et était parvenue à passer entre les gouttes, mais elle sentait que l'étau se resserrait. Une fois la fumée envolée et la poussière retombée, chacun devinait que la situation n'allait pas durer. Les réactions divergeaient, les plus malins préparaient la chute et sa suite, mais la majorité jouissait de plus en plus frénétiquement en pressentant l'échéance approcher. En revenant d'un atelier laissé à l'abandon – un de plus à rayer de sa liste –, Léonore avait vu se dérouler sous ses yeux des orgies qui ressemblaient aux récits mythiques du Faëton. Seulement, pas de créatures étranges et belles, les naïades avaient la peau grise de suie, les cheveux gras de sueur, et les dents déchaussées des satyres donnaient à leurs sourires une intention macabre.

Les bruits les plus fous couraient partout en ville et avaient remplacé les ondes qui ne diffusaient plus que de la musique. On parlait d'alliés bientôt dévoilés, d'un plan secret, d'interventions divines et de galeries souterraines à mesure que les régiments se concentraient aux portes de la ville. On entendait retentir à nouveau les fusillades des compagnies de police, de l'Inquisition et même des militaires qui agrandissaient les périmètres de sécurité autour des palais et des centres névralgiques du pouvoir. Bientôt, Léonore ne pourrait plus sortir de chez elle sans risquer sa vie, or il lui restait un atelier à visiter, sans doute l'un des plus gros. Il était situé dans les bas-fonds de la capitale, dans un quartier qui n'avait rien à voir avec la Technique, Bas-Bœuf, le repaire de la pègre. Ce n'était pas seulement étonnant, c'était sacrilège. Alfred n'avait assurément pas demandé de dérogation aux services de son prince pour y installer un atelier ; ce qu'il contenait devait être particulièrement important.

Le silence de l'unique pièce de la maisonnette l'aidait à réfléchir et, au milieu de ce spectacle familier, Léonore repensait souvent à la vie qu'elle avait menée jusque-là. La solitude lui pesait à nouveau, comme avant sa rencontre avec Alfred. Et si le petit automate vapeur qu'elle avait confectionné pour le vendre à un marchand de jouets avait dévié de son axe au milieu de la rue sans jamais trouver les pieds du déjà célèbre ingénieur, il ne l'aurait pas regardée autrement que comme une jolie gamine un peu crasseuse.

Malgré sa jeunesse, Léonore travaillait depuis des années pour subvenir à ses besoins. Incapable de fournir des papiers pour se faire embaucher comme servante, la seule preuve qu'elle conservait de son enfance la rattachait aux techniciens et lui permettait de trouver du travail à l'Horlogerie. D'abord employée dans des ateliers sans âme, soumise au bon vouloir de patrons vicieux, la jeune fille avait pris le large pour vendre des petits objets de sa fabrication. Elle gagnait à peine de quoi remplir sa gamelle pour soulager Malène, dont la générosité ne remplissait pas le panier à provisions.

Ce jour-là, Léonore faisait sa démonstration au marchand et le destin avait donné un coup de pouce à son culot ; l'incident avait bel et bien eu lieu. Alfred avait sept ans de moins qu'aujourd'hui, un titre de baron en poche et déjà une belle réputation en tant qu'ingénieur. Tout le monde disait de lui qu'il serait le prochain Premier à être nommé. Loin des habitudes de ses confrères, il aimait à se balader dans les rues des petits mécaniciens de l'Horlogerie où personne ne venait le perturber dans ses déambulations. L'engin monocycle s'était précipité sur lui. Heureusement, haut d'une vingtaine de centimètres, il ne pouvait lui faire aucun mal. Tout s'était déroulé comme Léonore l'avait prévu.

La jeune femme se balança sur sa chaise en se retenant du pied au montant de la table. Elle aimait bien cette position quand elle rêvassait… Alfred avait été impressionné par la finesse de son travail. L'automate était fait de bric et de broc, mais l'agencement des pièces était précis, le moteur rudimentaire exécuté avec intelligence. L'ensemble lui plut, autant que celle qui l'avait créé. À dix-sept ans, Léonore savait parfaitement reconnaître l'effet qu'elle suscitait dans le regard des hommes. Plus d'une fois elle avait dû se battre, quelquefois elle avait perdu, mais dans les quartiers pauvres de la capitale, elle se considérait comme chanceuse. La jeune fille des travelles avait tout de suite apprécié la simplicité du baron de Pergoal. Elle avait alors osé lui demander un poste d'apprentie et, après un instant qui avait duré une éternité, Alfred avait accepté qu'elle passe à son bureau.

Le lendemain, elle sonna au 102 et obtint une place d'apprentie mécanicienne, pour un essai de trois mois. Plusieurs soirs par semaine, Alfred lui donnait des cours particuliers qui la faisaient progresser à toute vitesse. Il n'exigeait rien en retour, seulement son travail assidu, et savait se montrer sévère si Léonore n'était pas concentrée. L'adolescente voyait bien, pourtant, que ses courbes et son visage parsemé de taches de rousseur ne le laissaient pas indifférent. Plus les mois passaient, et plus elle avait envie de lui donner quelque chose en retour. Puisqu'il ne demandait rien, elle lui offrit son corps. Elle se rappelait avec délices cette nuit-là entre toutes, la première. Le charme agissait encore. Une soirée comme les autres, elle s'était abandonnée à lui, leurs mains se joignant d'abord, puis leurs bouches et enfin leurs deux corps allongés. Elle avait dix-sept ans, lui vingt-sept. Aucune arrière-pensée n'était venue obscurcir leurs baisers, aucun plan ni calcul ne donnait de direction à leurs caresses. Léonore sentit un frisson lui parcourir les épaules, comme si elle était dans les bras de son patron. Aujourd'hui encore, la mécanicienne ne savait pas très bien si elle l'aimait, mais elle l'admirait. C'était assez pour lui donner du plaisir.

Leur relation n'avait jamais dépassé ce stade flottant où l'éphémère ne dure que parce qu'il se répète. De toute façon, c'était une liaison impossible. Et puis, Léonore n'était pas persuadée qu'ils cherchaient autre chose. Ils voulaient juste se rassurer mutuellement certains soirs, se sentir vivants et frémissants. Le reste du temps, elle travaillait dur pour mériter sa place. Pendant les sept années qui avaient suivi, Pergoal l'avait convaincue qu'elle n'était pas seulement une brillante mécanicienne mais qu'elle avait le potentiel pour comprendre la logique même des éléments. Son patron oubliait souvent la réalité du cercle-monde… Léonore ne pouvait aller jusqu'aux étoiles qu'à travers la fantaisie de ses rêves. En équilibre sur sa chaise, elle leva les bras au ciel et faillit basculer. Elle se raccrocha *in extremis* à la table et soupira en fermant les yeux, s'imaginant toucher à pleine paume les nuages cotonneux.

Alfred vivait dans un univers où tout était possible, mais pour elle rien de tout cela n'arriverait. Elle était parvenue au sommet en obtenant son rang de franc-loyale, chose déjà inouïe. Il était écrit dans le Livre saint que sa place était de travailler et de suivre les ordres, non de commander. Son patron trouvait cela injuste, elle le savait, mais cela ne changerait rien à sa naissance. En voyant devant elle tous ces livres de comptes, la mécanicienne avait désormais la confirmation de ses intuitions : Alfred était condamné lui aussi à ne jamais atteindre son rêve. Même ses titres de noblesse ne l'auraient pas sauvé d'une telle entreprise clandestine.

Elle se redressa et saisit un petit carnet noir, le journal personnel de son patron. Malgré ses réticences à violer ainsi l'intimité de son mentor, Léonore l'avait lu. Tant de choses trouvaient leur explication dans ces pages raturées ! Les récits de son enfance au Pré Carré révélaient – déjà ! – son absence de foi et son goût pour la mécanique, pour l'observation des lois de la nature en général. Le journal ne racontait que les quinze premières années de son existence, juste avant son arrivée à Seth. De nombreuses zones d'ombre demeuraient cependant. Elle se demandait ce que pouvait bien être devenu ce Cairo dont Alfred parlait tant et avec qui il avait préparé sa montée à la capitale. Elle ne l'avait jamais croisé à l'atelier. Léonore fixa les pages manuscrites quelques instants ; qu'importe ce qu'on croit connaître de quelqu'un, un monde s'y cache toujours, que l'on ignore. Avait-elle envie d'en savoir plus, de découvrir des vérités susceptibles de la déranger ? Elle savait que ce genre de choses pouvaient briser l'image qu'elle s'était faite et, quand bien même la personne en face de vous était toujours la même, la fin de l'ignorance pouvait marquer la fin de bien d'autres choses. Avait-elle suffisamment de cœur pour accepter ce que lui cachait Alfred ? Et pour lui pardonner ?

La porte de la chaumière s'ouvrit brusquement. Malène Rousse, qui portait une caisse, entra en grognant sous l'effort. La jeune femme se leva immédiatement pour l'aider.

— Pose ça… côté de… cuisine !

La matrone reprit péniblement son souffle tandis que Léonore traversait la pièce pour s'engouffrer dans un couloir étroit et miteux. La cuisine n'était qu'une courette, un bec de gaz sous une grille constituait l'unique moyen de cuisiner. Une bassine cabossée, une pompe rudimentaire et des casseroles entassées complétaient l'installation. Léonore avait dû attendre de goûter les mets du chef d'Alfred pour connaître autre chose que les bouillies de céréales et les légumes racines baignant dans la graisse – une chance par rapport à ce que mangeaient les plus pauvres. Elle posa maladroitement la caisse par terre et se massa le dos en jetant un œil à l'intérieur : des patates et des racines, du saindoux en bloc, de la farine, des miches de pain et des salasines, ces petites saucisses séchées, spécialité locale dont il valait mieux ne pas connaître la composition. Le tout en quantité largement supérieure à leurs besoins. De quoi faire un festin. Malène avait dû se ruiner.

— Qu'est-ce que c'est qu'tout ça ? demanda Léonore, étonnée.

— Ton frère n'est pas rentré ? Dehors, c'est inimaginable, ma chérie !

— Mais on est en pleine nuit, et toutes les boutiques sont fermées ! Comment t'as fait ?

— Entre serviteurs, on s'rend service ! La lavanderie est fermée, tiens ! T'imagines ? J'ai rasé les murs... Heureusement qu'une vieille femme comme moi n'intéresse personne.

— C'est prendre trop de risques, tu n'aurais pas dû, objecta Léonore en embrassant la joue crevassée par les années de labeur que lui tendait sa mère adoptive.

— Ton frère n'est pas là... J'suis inquiète, Léo. Ça remue un peu moins là, c'est le calme avant la tempête... Tout le monde fait des provisions...

— Si tu veux, je peux te donner de l'argent.

Malène s'écarta de celle qu'elle considérait comme sa fille en lui jetant un de ces regards assassins dont elle avait le secret. Léonore connaissait sa réponse pour l'avoir entendue des milliers de fois.

— Je t'ai pas attendue pour me nourrir ! Garde ton argent ! lui rétorqua la bonne femme en rentrant s'asseoir sur la chaise où elle avait posé son manteau élimé.

Léonore la suivit.

Malène l'avait recueillie quand elle n'avait pas encore dix ans et était une orpheline à la rue. Ses parents avaient été assassinés et personne n'était venu la récupérer, drame populaire malheureusement sans écho à Seth. Elle était restée quelques jours sur place en chapardant sa nourriture sur les étals du quartier, mais l'appartement minable où elle habitait avec ses parents avait été réquisitionné par leurs assassins. La petite fille avait fui dans la nuit en plein hiver, traversant de denses panaches de vapeur qui rendaient ses vêtements poisseux et l'air glacial plus mordant encore. Des jours durant, elle avait erré, au point de crever de faim et de froid. Sa silhouette frêle, dont les contours s'étiolaient à mesure qu'elle manquait de pain, était comme une ombre dans les ruelles. Jusqu'à ce que cette femme vienne la sortir de sa terrible misère, comme Marcellin Tonnerre était venu sauver son frère perdu dans le blizzard. Léonore n'avait jamais osé demander à Malène comment elle l'avait trouvée et la matrone s'était bien gardée de le lui dire ; pour elles deux, c'étaient les dieux qui avaient fait se croiser leurs routes. Décidément, la rue, par deux fois, lui avait ouvert une voie salvatrice. En grandissant au contact d'Alfred, Léonore ne pensait plus aux dieux mais seulement à l'image de la nature elle-même : la rue, ni bonne ni mauvaise, n'était qu'un sanctuaire pour la liberté, tantôt cruelle, tantôt bienfaisante, à l'image de la vie elle-même.

Avec son salaire et l'obtention de son rang de franc-loyale qui lui permettait de circuler librement, la jeune mécanicienne avait tenté à de nombreuses reprises de convaincre sa mère de s'installer dans un appartement équipé du dernier confort. Malène refusait de déménager. Elle aimait cette maison que son défunt mari et elle avaient retapée juste avant la naissance de leur fils, Titus. Ce n'était pas grand-chose, certes, mais ces murs étaient les siens.

— L'armée va bientôt intervenir, reprit sa mère en allant inspecter l'escalier de bois branlant qui menait aux deux chambres de l'unique étage de la masure. Titus m'avait promis de revenir avant minuit…

— Tu sais comment on est à son âge ! Avec

l'agitation dans les rues, il doit être comme un poisson dans l'eau, lui dit Léonore en s'asseyant à la table.

Elle ne s'embêta pas à couvrir les documents pour les masquer à la vieille femme, qui ne savait pas lire.

— Comment tu peux dire ça ! Ils vont tirer sur tout ce qui bouge… Les gens causent que de massacres, tout le monde devient fou ! Ils ont formé des trucs, là, des bataillons pour aller trouver l'armée en premier qui z'ont dit, blêmit Malène en pensant à son fils. Oh Léo, ils vont m'le tuer !

Rongée d'inquiétude, Malène vint prendre la main de Léonore. Sa mère n'avait pas tort mais que pouvaient-elles bien faire ? Léonore se leva pour la prendre dans ses bras et la bercer gentiment. La bonne femme se laissa faire. La matrone n'avait pas un grand savoir, elle n'était qu'une lavandière dans les grandes lavanderies des bords de l'Audrel, elle n'était pas riche et sa maison aurait paru ridicule aux yeux des ingénieurs que Léonore côtoyait au travail, mais son cœur était en or. Et heureusement, il ne serait jamais à vendre. La mécanicienne prit conscience du compte à rebours. Si elle voulait en apprendre plus, c'était maintenant ou jamais.

— Mais non, ne t'inquiète pas… Il est plus malin que tu ne penses… Si je le trouve, je te le ramène, promis.

— Quoi ! Me dis pas qu'tu sors aussi ! Oh Léonore, c'est trop dangereux ! commença Malène en lui lançant un regard noir. Je te l'interdis ! ajouta-t-elle en la retenant par la manche.

— Tu es bien sortie, toi ! Je ne t'ai pas attendue pour connaître les dangers de la rue, répliqua Léonore, sardonique.

— Ça va être terrible ! Ne fais pas ça, c'est une folie !

— Je serai rentrée avant le petit matin, je te l'promets. Je vais te ramener Titus, déclara la jeune femme en s'écartant. Je dois absolument vérifier quelque chose.

Elle chercha son blouson de cuir qui dissimulait ses formes et le pistolet vapeur qu'elle fourra à sa ceinture. Malène la regardait en gémissant face à sa détermination sans faille. Léonore remit un peu d'ordre sur la table, d'une main légèrement tremblante, car elle mesurait les dangers que représentait une telle expédition. Le risque est parfois le seul choix raisonnable, Léonore ne voulait pas subir éternellement les événements.

— Oh, s'il te plaît, fais attention, que les dieux te protègent, lui dit gentiment Malène en venant l'embrasser. Je t'aime, ma chérie…

— Moi aussi, je t'aime, que les dieux te protègent, maman.

Léonore enfonça profondément sur sa tête une gapette pour retenir sa chevelure. Elle jeta un dernier regard confiant à sa mère avant de sortir, mais une fois la porte refermée, elle se sentit bien seule.

L'atmosphère irréelle des rues qu'elle traversa pour se rendre au garage où son auto l'attendait l'inquiéta plus encore que la folle nuit d'ouverture du Carnaval. Des piles de bois et d'ordures brûlaient toujours çà et là dans les ruelles couvertes, mais ce n'était pas l'air chargé de poussière et d'une fumée âcre qui rendait la respiration difficile, c'était toute la tension qu'on ressentait. Léonore leva la tête et aperçut trois étoiles et leurs filaments lumineux dans l'ouverture d'une arcade.

Sur son chemin, elle vit des morceaux de piliers ébréchés et des passerelles qui s'étaient affalées dans les flammes. Comment les émeutiers avaient-ils fait pour dégrader autant en aussi peu de jours ? Léonore s'étonna de tels dégâts avec des assaillants si mal pourvus en armes et en matériel. On sous-estime toujours la force que des bras d'ouvriers peuvent avoir. Elle remonta vers le troisième niveau où se trouvait son auto. Elle dut plusieurs fois se rencogner pour laisser passer des troupes d'hommes et de femmes maladroitement habillés en guerriers, avec des plaques métalliques cabossées en guise d'armures, des casseroles faisant office de casques. Ces accoutrements ridicules auraient prêté à rire si les regards n'étaient aussi féroces et les habits tachés par des éclaboussures de sang. Léonore les vit s'exalter mutuellement à la recherche d'un combat hasardeux aux portes de la ville.

Elle arriva en vue d'une barricade sur laquelle des gens dansaient grâce à un poste d'ondes-T qui diffusait une musique de bal. L'alcool coulait à flots. Une bande de trois garçons sortit d'un bar avec des pichets de fuzo. En regardant de plus près, elle distingua le cadavre encore frais du patron, toujours vêtu de son grand tablier blanc, à l'entrée. Rien n'excusait cette violence à l'égard d'un commerçant qui n'avait fait que défendre son gagne-pain. Le bistrotier était peut-être un homme désagréable, qui utilisait son pouvoir pour contraindre ses employés, mais cela justifiait-il qu'on le tue sans autre forme de procès ? Ce pauvre homme qui baignait dans son sang avait lui aussi des supérieurs, toute la société fonctionnait comme cela ! Le salaire qu'il donnait, les appartements minables qu'il fournissait et les autorisations qu'il avait pu refuser étaient conditionnés par les exigences que ses propres patrons lui imposaient. En se drapant dans la cause du petit peuple, ces émeutiers-là, en réalité, jubilaient d'une passion meurtrière. Cela dégoûtait Léonore.

Qu'ils aillent casser les vitrines des grands faiseurs et les hôtels des plus grandes familles, mais pas celles des petits commerçants ! Qu'ils s'en prennent aux véritables responsables. Comme s'ils étaient les seuls à souffrir, comme si la pauvreté excusait tout ! La mécanicienne comprenait leur colère et partageait leur volonté de faire trembler le pouvoir, mais un simple débit de boissons n'avait rien à faire dans cette histoire. Il ne fallait pas qu'elle se retrouve à parler avec ces gens, elle devait passer le barrage sans se faire remarquer pour rejoindre son garage. Elle espéra qu'une autre barricade ne l'empêcherait pas d'accéder aux voies rapides.

Léonore vérifia que sa chevelure restait prisonnière de sa gapette et que son pistolet était à portée de main, puis elle reprit sa route. Elle longea la rue en passant devant les devantures noircies par des flammes désormais éteintes, avant d'arriver au niveau de la barricade où les gens dansaient toujours. Un homme la vit et lui fit signe, elle lui répondit du même geste de la main sans s'arrêter.

— Hé ! C'est comment là-bas ? Paraît que ça va chauffer ! lui lança-t-il pour entamer la conversation.

— Ouais ! C'est pour bientôt ! répliqua Léonore en enjambant le niveau le plus bas de la barricade.

— Et tu fais quoi toi ? On t'a jamais vu par ici…

Les soupçons étaient à peine masqués. La jeune femme trébucha sur les barreaux d'une chaise encastrée dans des tonneaux et s'enfonça dans l'amoncellement des bidons métalliques et des meubles qui formaient la barricade. Sa jambe se retrouva coincée. Elle lutta quelques secondes pour la dégager tandis que l'inconnu s'avançait vers elle.

— T'as toujours pas pris le coup de main ?

Ce n'était même plus une insinuation, l'homme se doutait qu'elle n'était pas vraiment des leurs. Léonore se mit à paniquer et parvint finalement à s'extirper. Elle se dépêcha d'enjamber le monticule et de sauter au sol pour décamper.

— Hé gamin, c'est à toi que je parle ! Reste là !

Elle jeta un coup d'œil en arrière et vit que les danseurs commençaient à s'arrêter pour la regarder. L'homme n'était plus qu'à quelques mètres. Léonore, qui n'avait pas envie de s'attarder, se mit à courir, clouant sur place la petite troupe qui renonça à la poursuivre. Au bout de quelques tournants de rues, la jeune femme était de nouveau seule et en sécurité. Elle préférait fuir que de tuer à nouveau et pressa le pas en serrant les poings pour empêcher ses mains de trembler.

La porte du hangar se dévoila, intacte, comme un heureux présage. La voiture l'attendait tranquillement sous une bâche dans ce garage qui, Sayef en soit loué, était passé inaperçu ; toutes les autres places étaient vides. Léonore se félicitait d'avoir suivi les recommandations d'Alfred qui lui avait dit de choisir un lieu passe-partout. Elle ouvrit la portière de la petite auto aux lignes aussi rondes que celles d'une coccinelle et se pencha vers le tableau de bord pour enclencher sa clef et faire démarrer le chauffe-eau. Ce n'était pas l'un des tout derniers modèles qui démarraient quasi instantanément, mais Léonore n'eut à attendre qu'une minute avant d'entendre le bruit caractéristique de la mise sous pression.

Le véhicule n'avait pas servi depuis des mois et pourtant tout fonctionnait parfaitement, les moteurs Pergoal, même anciens, restaient les meilleurs. Rien ne l'empêchait plus de partir et elle s'imagina lâchement, un bref instant, quitter la capitale et tout abandonner derrière elle. Léonore alla ouvrir la porte du garage et se dépêcha de retourner à son auto en claquant la portière. Elle serra familièrement le volant, le cuir sentait bon, le bois lustré du volant brillait dans la pénombre. La jeune femme sourit sur son siège, réconfortée par cette atmosphère familière, et fit bondir l'engin au-dehors en direction de l'atelier clandestin.

Ses précédents périples, Léonore les avait effectués à pied, mais Bas-Bœuf se trouvait à l'autre bout de la ville. Quitter le quartier de Pierre Blanche où elle se trouvait fut plus simple qu'elle ne l'imaginait. Les barricades empêchaient les forces de l'ordre de pénétrer dans l'entrelacs des ruelles et des niveaux, mais elles ne bouchaient pas les grandes artères. Il y avait sans doute trop de distance à défendre pour que les émeutiers l'envisagent. Arrivée devant la seule barricade qui lui bloquait vraiment la route, Léonore appuya sans hésiter sur le champignon et fonça dans l'ouverture qu'un affaissement avait provoquée. Plusieurs personnes sautèrent de côté pour éviter de mourir écrasées par la voiture qui défonça quelques chaises et tangua dangereusement, avant de reprendre son assiette pour filer. Léonore poussa un grand cri sous l'effet de l'adrénaline alors qu'elle tenait fermement le volant et continuait sa route.

Le spectacle qu'elle découvrit sur les quais était

inouï. Les routes étaient vides de tout trafic et Seth se dévoilait dans sa vulnérabilité enfumée. Contrairement aux jours précédents, le ciel était clair, les deux lunes brillaient haut dans le ciel et tapissaient la ville de leurs reflets nacrés qui miroitaient sur les eaux du fleuve. Cette vision fantomatique faillit hypnotiser la jeune femme, comme les feux de joie dont les lueurs léchaient les temples et les quais de la capitale. Les ombres créées par les flammes dansaient sur les murs et donnaient à voir la ville sous un jour nouveau au cœur de la nuit.

Sans prendre conscience que ce bruit caractéristique attirait l'attention sur elle, Léonore profita de ce moment pour savourer les rugissements du moteur sur l'asphalte, dont l'écho remontait le long des quais. Elle accéléra encore, enivrée par le sentiment de liberté que lui procurait cette chaussée déserte, et dépassa rapidement les Écluses puis le pont de la Marche pour rejoindre le quai des Arpentes de l'Horlogerie. L'atmosphère chaotique était partout la même. Impossible de retrouver son frère dans ce bordel général ! Elle aurait pu passer la nuit à parcourir Pierre Blanche, les Écluses, la voie Serpentine et les gares sans jamais le croiser. Léonore s'en voulut d'avoir menti à sa mère, mais elle n'avait trouvé que ça pour la rassurer. Elle aussi se faisait un sang d'encre.

À quelques dizaines de mètres de là, des groupes vociférants longeaient les quais, avec des armes et des bouteilles. Ils se rassemblaient pour partir à la guerre et s'agitèrent quand la voiture arriva à leur niveau. Léonore ne ralentit pas une seconde et s'engouffra sur le pont Saint-Heaume à côté de la gare du Nord. Elle jeta un coup d'œil par réflexe à la coupole et aux statues épargnées par le feu, dont elle aimait le style nouveau. La construction était récente mais s'intégrait bien dans la perspective entre l'Horlogerie et Fer-Bataille…

C'est alors qu'elle vit foncer vers elle à vive allure une auto bleue dont le conducteur tendait le poing par la vitre de la portière comme s'il tenait une lance. Léonore l'esquiva et bifurqua vers les anciennes murailles de la ville qui longeaient Bas-Bœuf, la colline des Interdits. Elle mit un peu de temps à comprendre qu'un camion avait surgi derrière elle et venait ajouter ses propres ronflements à ceux de son moteur. Ce n'est que quand un premier impact de balle résonna sur la carlingue que Léonore jeta un coup d'œil dans le rétroviseur et l'aperçut. Trois filles dans la cabine. La conductrice sonnait la corne tandis que les deux autres, l'une assise à la vitre et l'autre debout à travers le toit ouvrant, lui tiraient dessus avec des pistolets vapeur. Leurs visages barbouillés de maquillage avaient un aspect barbare. La panique commença à gagner la mécanicienne. Elle fit une embardée sous les balles qui continuaient de pleuvoir.

Les assaillantes arrosaient leur cible de manière hystérique, sans prendre le temps de viser. La surprise des premiers moments passée, Léonore prit la mesure de la situation. Le camion n'était pas plus rapide que son auto, les jeunes tarées semblaient sous l'emprise de drogue, elle devait juste les semer. Perdue dans sa réflexion, elle réagit au dernier moment quand le camion accéléra brusquement et se porta à son niveau sur la gauche. La fille à la fenêtre la visa et tira par deux fois. La vitre de Léonore explosa et le souffle des balles de plomb se fit sentir à quelques centimètres de sa tête. Elle accéléra et vit bientôt la rampe d'accès qui menait à Bas-Bœuf. Il fallait se dégager à tout prix de ce camion qui cherchait à lui barrer la route. Léonore enfonça la pédale d'accélération en priant Quint de lui donner suffisamment d'avance. La coccinelle dépassa le camion avant l'embranchement et fit semblant de prendre la rampe au dernier moment. Ses poursuivantes mordirent à l'hameçon et la conductrice braqua trop fortement. Emporté par sa vitesse, le véhicule se souleva d'un côté et perdit l'équilibre en s'affalant sur le flanc. Il finit sa course encastré dans les blocs de béton qui marquaient la séparation des voies.

Léonore ralentit et regarda dans le rétroviseur le véhicule dont la chaudière défoncée laissait échapper de grands panaches de vapeur. La conductrice avait à demi traversé le pare-brise et avait la chevelure en sang ; celle qui se tenait debout avait été éjectée par le toit et gisait au pied des vieux remparts ; quant à celle assise à la vitre, elle avait été coupée en deux et seule la partie supérieure de son cadavre était visible à côté du camion accidenté. Léonore réprima avec peine un haut-le-cœur, mais ce n'était pas la vue du sang qui lui donnait la nausée. Elle souffla et reprit sa route.

Pourquoi ces filles l'avaient-elles agressée ! Était-elle responsable de leur mort ? Elle repensa à l'homme qu'elle avait tué quatre jours plus tôt et eut envie de vomir. Ces morts faisaient-ils d'elle une meurtrière ? La ville était devenue complètement folle, sans but ni ordre, à l'image des pièces déformées d'un moteur qui continuent de tourner, à la suite d'une trop violente décompression, sans produire de poussée.

Les enseignements des prêtres de son quartier lui revinrent en mémoire. Oh, comme ils semblaient avoir raison : sans le Faëton, les hommes se transformaient en bêtes. La mécanicienne en doutait jusque-là et les explications d'Alfred lui avaient paru plutôt convaincantes. Pourtant, toute cette violence gratuite lui laissait un goût amer. Léonore croyait les hommes meilleurs. Elle se demandait désormais si tout cela n'était pas dû à la menace sourde et permanente des dieux au-dessus de leurs têtes.

La bordure de Bas-Bœuf se dévoilait devant elle, avec ses maisons sordides et insalubres. Les murs décrépits avaient de petites ouvertures dont la plupart n'étaient même pas vitrées, juste couvertes de papier huilé. C'était le domaine des bannis, le règne des sans-loi. Les incendies s'étaient arrêtés aux limites du quartier. Ici, il n'y avait pas vraiment de niveaux, pas d'organisation ni de transports publics. Seulement la pègre qui s'occupait mal de tout. On allait à Bas-Bœuf à ses risques et périls, et pourtant on y allait. Car c'était également le quartier des sports illégaux, le lieu des commerces illicites, des prostituées bon marché et des trafiquants. On vendait les résines récoltées dans les forêts de l'Esylvestre, la gomme des Vermillons ou les pétales séchés de fleurs qui poussaient dans les champs d'Orth-la-Belle. Certains s'y rendaient aussi pour s'aimer à l'abri des prêtres et de l'Inquisition, et de refuge le quartier se transformait en prison quand il réussissait à ferrer ces amants grâce à la drogue et la violence.

Le marché noir ne manquait jamais de rien et les hommes de main vendaient leurs services à la pelle : pas un assassinat n'avait lieu à Seth sans que l'un d'eux soit sollicité. Le pouvoir laissait faire car il valait mieux connaître la source et la contenir que de la laisser déborder dans tous les quartiers. Cette logique ne convainquait pas Léonore qui connaissait Bas-Bœuf pour y avoir dormi quelques nuits quand elle était à la rue ; cela faisait des années qu'elle n'y avait pas mis les pieds. Si l'on en croyait les rumeurs, on y trouvait des bâtiments, presque des ruines, qui n'avaient pas bougé depuis la fondation de la ville. L'atelier clandestin de son patron se trouvait normalement à un embranchement de la muraille. Juste à côté.

La mécanicienne s'engagea dans la large rue au pas. Dans la pénombre bleutée du petit matin, les lumières d'un hangar éclairaient une file de camions devant sa porte. Enfin un atelier qui n'avait pas été abandonné ! Les doubles battants étaient grands ouverts et des silhouettes se pressaient pour charger les véhicules. Léonore éteignit sur-le-champ son moteur et se gara dans la pénombre qui diminuait à mesure qu'une timide lueur jaune montait à l'est dans le ciel. Les allées et venues étaient inhabituelles à une heure pareille. Parfois des ordres perçaient le silence, le travail s'effectuait avec diligence et efficacité. Ces uniformes lui étaient inconnus mais elle n'avait pas de doute, c'était bien un atelier clandestin appartenant à son patron. Bien qu'Alfred ait caché l'existence de Léonore, tout le monde savait qu'elle était le bras droit de Pergoal. Ils n'oseraient pas s'en prendre à elle. Elle brûlait de connaître le contenu de ces caisses et, pour se donner du courage, la jeune femme se dit qu'elle n'avait pas risqué sa vie pour rien jusqu'ici.

C'était encore une affaire de culot. Léonore prit une grande inspiration et s'assura que son pistolet était toujours à sa ceinture, puis elle descendit de voiture et se dirigea vers l'atelier d'un pas assuré. Sa surprise ne devait pas transparaître. La mécanicienne marcha en direction des hommes qui ne la virent pas tout de suite, tant ils étaient absorbés par leur travail. Arrivée à portée de voix, elle se dit qu'il fallait qu'elle s'impose dès le départ.

— Alors, tout avance comme on veut ? lança-t-elle en s'approchant.

Les hommes se tournèrent vers elle et pointèrent pistolets et fusils. Elle ne les avait même pas vus.

— Ne tirez pas, c'est moi ! Léonore Azur, le bras droit du patron !

Léonore ne savait pas si son esbroufe allait fonctionner et se dit soudainement que son idée était très mauvaise. Ce n'était peut-être même pas la bonne adresse ! Qu'est-ce qui lui assurait que les travailleurs connaissaient l'identité de leur patron ? Elle ôta sa gapette pour libérer sa chevelure d'un mouvement de tête puis leva les mains en l'air. Ce nouvel aspect fit se froncer quelques sourcils, de curiosité et d'admiration.

Les hommes s'approchèrent d'elle avec précaution. L'un d'eux tendit une lampe à huile pour mieux éclairer son visage. Ils étaient tous vêtus d'une combinaison de mécanicien bleu clair et leurs visages étaient ceux des assassins dans les contes : balafrés, les traits taillés à la serpe, le nez cassé. Les fusils étaient toujours braqués sur elle. Soudain, un visage familier apparut. Ernest, le vieil ouvrier, la dévisagea et sourit :

— C'est bien elle ! Je la reconnais !

Les canons s'abaissèrent et les ouvriers s'excusèrent maladroitement avant de reprendre leur travail.

— On s'attendait pas à d'la visite ! C'est la première fois qu'on vous voit ici, mam'zelle Léonore… Je suppose que c'est dû aux problèmes du patron…

Le vieil homme parut extrêmement triste et Léonore fut émue quand leurs regards se croisèrent. La surprise, mâtinée d'une jalousie bien inutile, lui donnait envie de faire des remontrances au vieil homme pour ces secrets. Mais Ernest n'y était pour rien.

— Heureux de vous voir en vie ! ajouta-t-il.

Elle acquiesça en lui pressant l'épaule dans un geste de sympathie, puis se dirigea vers une caisse pour en inspecter le contenu. La curiosité la dévorait.

— Dis-moi, Ernest, c'est quoi tout ça ?

— Les dernières productions, ils ont dû vous l'dire maintenant…

Léonore souleva le couvercle. Elle ne s'attendait pas à ce qu'elle vit : des fusils, une bonne dizaine de fusils, d'un modèle inconnu, à la conception simple et efficace. Les armes n'avaient pas de fioritures, seulement des compresseurs légèrement plus grands que les modèles sophistiqués de l'armée. C'était du matériel solide et rustique.

Ses traits conservèrent une impassibilité bien étrangère aux émotions qui la secouaient. Son patron était à la tête d'une fabrique d'armes illégales ! Ce n'était pas juste ses opinions sacrilèges, ni un simple détournement de sa production sur le marché noir, c'était un véritable trafic d'armes ! Quel rôle jouait Alfred ? Qu'est-ce que tout cela voulait dire ? Était-il réellement l'auteur de cet attentat ? Était-il capable d'une telle horreur ? Léonore n'avait plus aucune certitude et, pour la première fois, elle ressentit une violente bouffée de colère à l'égard de son mentor. Quelle déception ! Ces preuves accablantes le faisaient désormais basculer du côté de la pègre et de tous ceux qui profitaient de la misère pour s'enrichir. Tous ses beaux discours n'étaient qu'une façade pour se draper de dignité, c'était abject. Léonore s'agrippa à la caisse en sentant le sol se dérober sous ses pieds.

— À combien de chargements êtes-vous ? demanda-t-elle d'un air détaché.

— On a encore beaucoup de boulot ! Vous êtes allée voir les autres ?

— Oui, certains, il m'en reste encore à visiter.

— Oubliez alors ! On raconte que l'armée va attaquer dans quelques heures… On doit partir dans moins de cinquante minutes si on veut pouvoir quitter la ville. Les ondes disent que les sorties sont déjà filtrées… Mais après, c'est fermeture totale…

Comme tout le monde, Léonore redoutait le pire. Les troupes de Seth étaient la terreur des pays de l'Acréon ! Le cercle-monde tout entier connaissait l'excellente réputation des soldats impériaux, acquise à coups de batailles sanglantes et de sièges féroces. On n'envisageait quand même pas de massacrer aveuglément les citadins ? Léonore ne savait plus quoi penser. Seules la police et l'Inquisition étaient habituellement affectées au maintien de l'ordre dans la capitale, et c'étaient surtout les parias qui souffraient des exactions meurtrières des pelotons de dispersion. La mécanicienne en chef avait du mal à intégrer autant de nouvelles à la fois. Elle vit que les ouvriers tapissaient les caisses avec des sacs de vêtements, du matériel ou même de la ferraille.

— Est-ce que vous tenez les comptes ? interrogea Léonore, qui voulait comprendre.

— Oui, et je les ai ici, si vous voulez les consulter, mademoiselle Azur.

Ce n'était pas le vieil ouvrier qui lui avait répondu, mais une autre personne dans son dos, dont la voix avait claqué comme un coup de pistolet. Léonore fit volte-face et écarquilla les yeux devant une femme d'une quarantaine d'années à la chevelure d'un blond délavé qui la contemplait, le sourire aux lèvres. Si la voix forte dégageait une autorité naturelle, les traits de son visage étaient la banalité même. Des traits sans caractère, un corps trapu, presque masculin, de ceux qu'aucun homme ne remarque… On aurait dit une paysanne mûrie aux champs, ou une ouvrière de ligne prématurément vieillie. Mais les yeux noirs, qui fixaient Léonore sans ciller, démentaient cette insignifiance.

Comme tous les sujets de l'Empire, Léonore avait appris à reconnaître ce visage qui s'affichait sur les piliers de la capitale. Pourtant, même avec ces incessants rappels, il était facile d'oublier une figure qu'on avait l'impression de croiser dix fois par jour. Le comte ingénieur Alfred de Pergoal était donc un fabricant d'armes qui travaillait avec Cornélia Wulokind, une ancienne maîtresse espionne condamnée pour trahison. Tout allait de mal en pis. La mécanicienne fut prise d'un vertige et tomba dans les bras d'Ernest.

9

Dernières hésitations

> Les textes les plus anciens que nous possédons remontent au Ier siècle après le Don. Nous n'avons pas de traces directes de la période précédente où, sans doute, régnait l'anarchie. Les seules mentions que nous pouvons relever font état de « siècles noirs » et les descriptions de l'époque, ou de ses habitants, sont limitées à quelques sources hérétiques. Cet âge, qu'on devine sans dieux [...]
>
> *Les Siècles noirs, Archives du Palais Complet*, érudit MATHIAS, 52VIII

Affalée dans un fauteuil au cuir épais, Léonore avait besoin d'un tava corsé pour retrouver ses esprits. La maîtresse espionne lui tendit une tasse qu'elle porta à ses lèvres sans prendre le temps de souffler dessus. La jeune femme se brûla légèrement la langue mais ne réagit même pas. Elle était complètement perdue.

Alfred était un idéaliste, un brillant ingénieur, mais de là à l'imaginer en trafiquant à la tête d'un réseau d'ateliers clandestins avec la complicité d'une traîtresse, cela semblait impossible. Il était si fier d'être un membre éminent de l'Empire, si soucieux de sa réputation et de sa place ! On pouvait donc travestir la réalité à ce point ? Certes, on pouvait assumer de vivre une vie de mensonges, mais Alfred mentait-il vraiment ? Ceux qui se laissent berner, qui s'imaginent que la surface est le fond, se mentent peut-être plus que ceux qui le leur laissent croire. Si Léonore s'était menti à elle-même, Alfred l'avait seulement laissée faire.

Désormais, certaines choses trouvaient tout leur sens. L'ingénieur cloisonnait son existence pour une bonne raison : sa propre sécurité. Léonore comprenait mieux ses réticences et l'énergie qu'il dépensait à la maintenir dans le flou dès qu'elle s'apercevait d'une contradiction. Elle se passa une main sur le visage ; elle n'avait pas dormi de la nuit et elle accusait le coup de sa nervosité.

Cornélia Wulokind s'installa à son bureau en face d'elle. Elle sourit, comme si tout était normal, en attendant que la jeune femme se remette de ses émotions. Léonore se massa les sourcils en émergeant péniblement.

— Qu'est-ce que tu sais des activités d'Alfred ? demanda Cornélia avec franchise.

— Manifestement, rien du tout, répondit Léonore, désabusée.

— Tu comprends qu'il ne pouvait pas prendre ce risque ?

— Il aurait pu me le dire, jamais je ne l'aurais trahi !

La jeune femme s'était redressée sur son siège, piquée d'indignation.

— Tu es sûre ? Regarde la façon dont tu as pris la nouvelle. Je suis certaine que tu doutes de lui maintenant…

— Parce que je devrais trouver cela tout à fait

normal ? Alfred est un trafiquant d'armes et je devrais trouver ça bien ?

— C'est plus compliqué que cela… Nous ne sommes pas de vulgaires criminels.

L'ancienne espionne avait passé trois jours et quatre nuits sans sommeil, à parcourir la capitale pour passer d'un atelier à l'autre. Celui-ci était le dernier sur la liste. Elle n'était pas si étonnée de voir Léonore Azur ici, depuis qu'elle savait que la jeune femme avait emporté les documents de l'ingénieur. Cornélia ne la connaissait que par les propos d'Alfred, elle savait donc que Léonore ne manquait pas de ressources.

— C'est quoi, ce délire ? Vous vendez des armes ? À qui ? À l'étranger ? C'est en lien avec Phébus ? Dites-moi que c'est ça…

— Ce serait beaucoup trop long à expliquer, lui dit Cornélia en s'enfonçant dans son fauteuil. Si ça peut te rassurer, je n'ai jamais trahi Seth. En tout cas, pas de mon point de vue.

— Je vous remercie pour cette clarté, ironisa Léonore.

— Que veux-tu savoir ? Tu sais déjà que nous fabriquons des choses, dont des armes, dans l'illégalité. Mais nous ne le faisons pas seulement pour l'argent…

Alors qu'elle pensait avoir touché le fond en imaginant qu'Alfred menait des opérations illégales pour son profit, Léonore découvrit qu'il y avait encore de quoi creuser. Ce n'était pas pour l'argent ! C'était pire ! La trahison suprême ! Même si elle ne portait pas l'Empire dans son cœur, tout son être lui criait de fuir cet endroit le plus vite possible. Ces informations étaient trop graves pour elle, une modeste mécanicienne qui avait eu la chance de rencontrer un bon patron. Léonore avait l'instinct des petites gens qui craignent la hauteur des événements et, plus encore, la chute inévitable qui guette les individus de basse condition. Quand on est habitué à subir, on ne conçoit que le pire.

Remettre en cause l'Empire, tout ce qui existait depuis... toujours ! Il fallait être complètement fou. Mais sa curiosité et son intelligence, ces deux qualités qui la différenciaient aux yeux d'Alfred, étaient piquées au vif. Son patron n'était pas fou, elle le savait. Que cachaient-ils comme armes, comme machines, comme moyens, pour croire, ne serait-ce que croire, qu'ils réussiraient à ne pas se faire prendre ?

— Alfred a vraiment commis cet attentat..., lâcha Léonore, qui en pleine réflexion contemplait ses pieds.

— Non ! Nous n'y sommes pour rien ! Jamais nous ne ferions une chose aussi lâche ! déclara Cornélia en se redressant. C'est un crime terrible !

— Et vos armes ? Et puis, c'est qui, ce « nous » ? Vous dites « nous », vous et Alfred ? Qu'est-ce que vous faites ici et dans les autres ateliers ? Je sais qu'il y en a d'autres ! Pourquoi des armes ? À qui les vendez-vous ? Pour en faire quoi ? Et comment pouvez-vous être sûre qu'il n'est pour rien dans cet attentat ?

— Du calme, dit Cornélia en levant les mains. Les armes ne sont pas l'important... Je ne peux pas tout te révéler, pas comme ça, j'ai encore trop de travail. Mais disons que ce qui arrive aujourd'hui est... prévu depuis des années déjà. Les émotions des derniers jours ne sont qu'un paravent du véritable chaos qui se prépare. Même au sommet de l'Empire, le vent souffle. Nous ne sommes pas seuls et tu serais surprise des soutiens dont nous disposons… Alfred n'aurait jamais compromis notre action par un acte aussi ignoble et incertain.

— Eh quoi ! Vous voulez renverser l'Empire ? Et même les princes ? grimaça Léonore.

— Les renverser, s'en séparer, il existe bien des nuances. Le Faëton n'est plus qu'un prétexte pour de nombreuses personnes influentes, l'organisation de l'Empire est un archaïsme, lui rétorqua Cornélia gravement. Tout cela aurait pu être évité si certains avaient pris plus sérieusement la mesure de la situation. Toute la société a pourri de l'intérieur ; et pendant trop longtemps, parce que l'enveloppe semblait la même, on a cru que rien n'allait changer. Ce n'est pas faute de les avoir prévenus.

— De qui parlez-vous ?

— Je préfère ne pas t'en dire trop… Même si j'ignore comment Alfred s'est retrouvé piégé dans cette machination, l'attentat a secoué l'arbre et les fruits sont tombés. Nous n'avons plus le choix désormais.

Léonore se souvenait du procès retentissant de l'ancienne espionne accusée d'avoir servi les intérêts du Royaume Volant en vendant les plans des routes maritimes du Navi Imperiali, l'immense courant au large des côtes de l'Empire. On la tenait pour responsable de la mort des marins dans les canonnades des corsaires de Tallid. Exceptionnellement, son identité avait été révélée au grand public et l'Inquisition l'avait pourchassée à travers tout le territoire, sans résultat. C'était l'un des premiers scandales dont le procès avait été suivi sur les ondes. Léonore se souvenait des portraits que faisaient d'elle les rumeurs et les bulletins d'informations. Wulokind aurait fait croire à un aveugle qu'il avait recouvré la vue. Tout le monde la disait partie à l'étranger, évanouie dans un petit village des Marcous, ou même morte après s'être terrée dans les marécages des Lacs, mais c'était visiblement au cœur de la capitale que la plus grande traîtresse de l'Empire se cachait.

Même si Cornélia semblait rangée du côté de son patron, Léonore ne pouvait s'empêcher de se méfier d'elle. Et puis, de quel côté était donc Alfred ? Que se passait-il ? Toutes ses certitudes s'effondraient. Elle avait l'impression de vivre en pleine absurdité, elle n'y comprenait rien. Pour elle, la politique ne servait qu'à expliquer pourquoi les riches devenaient plus riches et les pauvres plus pauvres, et elle s'en était toujours tenue éloignée. D'ailleurs, le Faëton ordonnait aux sujets de l'Empire de laisser ce genre d'affaires à la haute noblesse.

— Soyez plus claire.

— Tu n'es pas obligée de me croire. Mais l'entente entre les princes est devenue si mauvaise, et les conséquences ces dernières années si graves, que l'Empire compte ses jours. Il n'y a pas que le prince Phébus et sa croisade personnelle, nous sommes très nombreux à vouloir que les choses changent.

— Soyez plus claire encore, insista Léonore, qui ne savait que penser.

— Si le père de Phébus est mort et la princesse Clara également, ce n'est peut-être pas à mettre sur le compte des dieux… Si l'Empire ne fait rien contre la pauvreté, si certaines castes se frottent les mains pendant que d'autres travaillent à s'en scier les doigts, ce n'est pas un hasard non plus. Rien ne tombe du ciel, contrairement à ce qu'ils racontent. Les princes se sont déclaré une guerre silencieuse, mais celle-ci va bientôt faire beaucoup de bruit…

Léonore resta abasourdie devant la gravité de ces révélations. La princesse Clara était morte de maladie à quarante ans, sans qu'aucun médecin puisse rien faire pour elle. Un terrible drame pour tous les sujets. En comparaison, la mort du prince Urien à un âge plus avancé était passée presque inaperçue. Évidemment, Léonore comprit tout de suite ce que Cornélia sous-entendait : certains princes étaient responsables. Mais lesquels ?

— Je t'ai dit que nous ne sommes pas seuls. Cette guerre camouflée a lieu depuis plusieurs années déjà… Une « révolution de palais », comme on dit à Z'Heartz, est en cours au Conseil et elle dure depuis trop longtemps. Chacun se prépare en secret parce qu'il n'existe plus aucune confiance entre les princes. C'est pour cela que Phébus est parti, tout seul malheureusement… Sa foi l'aveugle.

— Phébus ne vous dit rien, Alfred ne m'a rien dit non plus. Vous faites tous vos petites affaires dans votre coin… Et vous vous étonnez du résultat ?

— Tu as raison, nous avons tous une lourde responsabilité. Mais cela va s'éclaircir très vite, je te le promets.

Léonore était amère qu'Alfred l'ait tenue à l'écart de tant de choses. Elle avait besoin d'air pour se faire une idée de la situation, en analyser les composants un à un, comme elle étudiait les moteurs en pièces détachées. Mais avec autant d'éléments manquants, ses conclusions n'iraient pas bien loin. La jeune femme vida sa tasse et prit quelques instants pour regarder autour d'elle. La pièce était un bureau de dimensions modestes, situé en mezzanine au-dessus des ateliers. Une configuration très classique qu'elle avait vue dans tous les ateliers de son patron. Contrairement à l'immense chambre d'Alfred meublée avec soin, ce bureau était fonctionnel et austère. Personne n'y habitait et on sentait qu'il ne servait quasiment jamais.

Les ouvriers continuaient de charger les caisses, ils auraient bientôt fini et plusieurs camions prenaient déjà la route.

— Où vont-ils, ces camions ? demanda Léonore, poussée par la curiosité.

— Je ne peux pas te le dire… Les derniers événements nous ont pris de court.

— Voilà pour les éclaircissements ! s'emporta Léonore.

— Vas-tu nous dénoncer ? Vas-tu nous aider ? Tu peux aussi t'en aller. Ta promesse me suffira… Mais n'oublie pas que nous jouons notre vie dans cette affaire.

Les yeux de Cornélia avaient perdu toute chaleur. Léonore prit le temps de réfléchir. Cette proposition de la renvoyer était-elle vraiment sincère ? En cas de confrontation, si l'idée lui venait d'utiliser le pistolet à sa ceinture, Léonore ne doutait pas que l'espionne prendrait le dessus. La situation avait déraillé, il n'y avait plus de guide, ni de ligne à suivre, tout devenait risqué.

Avait-elle seulement le choix ? Léonore était sur le point de répondre quand les deux femmes se levèrent subitement en entendant des détonations à l'extérieur. Ce fut très vite une avalanche de déflagrations et de cris. Elles dévalèrent les marches qui menaient à l'atelier et aperçurent, à travers la grande ouverture qui donnait sur la rue, plusieurs ouvriers à terre.

Cornélia lui cria de rester où elle était, mais la mécanicienne, sans l'écouter, se précipita vers les ouvriers debout derrière les camions qui mitraillaient l'ennemi avec détermination. Les balles adverses martelaient le métal et le trouaient souvent. Léonore vit alors qu'une compagnie de militaires avait pris position à l'entrée de la rue, juste à côté de sa voiture.

— Fuyez, mam'zelle ! Fuyez !

Ernest arrosait sans discontinuer derrière le capot du camion en première ligne. Les tirs cessèrent un instant, les soldats reculèrent légèrement et Léonore crut qu'elle pouvait se porter au secours des blessés. Elle allait s'élancer quand le sol se mit à trembler. Un char d'assaut fit son entrée en roulant sur sa coccinelle.

C'était la première fois qu'elle en voyait un. Ses chenilles ridaient le bitume aussi aisément que le vent fait onduler le sable. La machine de plusieurs milliers de livres tonna sa vapeur, comme les créatures fantastiques du Faëton crachaient leurs flammes. La puissance qu'elle dégageait et ses crissements métalliques captivèrent la jeune femme, immobile devant le hangar. La tourelle ajusta son canon et Léonore ne dut son salut qu'aux réflexes d'Ernest qui l'envoya valdinguer derrière une colonne. Les ouvriers, eux, n'eurent pas la même chance. Un obus fit exploser le camion derrière lequel ils s'abritaient, tandis qu'une deuxième salve emportait Ernest dans la Vallée. Le vieil ouvrier n'avait pas une seule fois pensé à fuir.

— Suis-moi ! hurla Cornélia en empoignant Léonore par le col.

— Mais les autres ! protesta cette dernière qui voyait encore quelques silhouettes bouger à travers la poussière des décombres.

— Ils sont déjà morts !

À contrecœur, sonnée par les détonations, Léonore suivit l'espionne qui fonçait au fond de l'atelier en la tenant par la main. Le local était bien plus petit que le 102. Des soldats apparurent dans l'ouverture et commencèrent à les viser. C'était la deuxième fois que Léonore courait dans les ateliers de son patron pour éviter la mort ! C'étaient deux fois de trop. Cornélia lui fit emprunter plusieurs couloirs avant de déboucher dans une ruelle sordide. La jeune femme avançait en silence en serrant la main de l'espionne qui la conduisait à travers un dédale de cours humides et moisies. Elles débouchèrent finalement dans une venelle. Le ciel ensoleillé se distinguait à peine entre les façades noires de suie des immeubles branlants.

L'espionne lui lâcha la main et sortit un trousseau de grosses clefs anciennes. Elle s'agenouilla devant plusieurs caisses de bois pourries qu'elle déplaça pour dévoiler une petite porte et des torches posées à même le sol. L'entrée était si basse qu'il fallait se plier en deux pour l'emprunter. La peinture verte du battant n'était plus qu'un vague souvenir qu'on discernait encore à quelques endroits.

Malgré les remparts que formaient les immeubles autour d'elles, les détonations des canons vapeur et des fusils étaient toujours perceptibles.

— Ils ont commencé le grand ménage, marmonna l'espionne d'un air sombre en bataillant pour faire bouger le mécanisme qui grinça sous l'effort. Cette porte n'a pas dû être ouverte depuis des décennies…

Les innombrables marches d'un escalier plongeaient dans une obscurité toujours plus infâme. Les parois de roche et les murs de maçonnerie, suintant d'humidité, étaient tapissés de grandes nappes de moisissure verdâtre. Cornélia s'engagea la première, en pointant sa torche pour éclairer le chemin, Léonore tenait la sienne comme on s'agrippe à un radeau. Enfin elles arrivèrent en bas. La mécanicienne frémit en imaginant la quantité de pierres, de briques et de ciment qui se trouvait au-dessus de sa tête.

Le tunnel avait un sol en terre battue presque identique à celui de la surface et ses voûtes déformées, aux pierres disjointes, n'avaient rien de rassurant. Certains passages semblaient creusés directement dans la roche. Sa largeur était à peine suffisante pour laisser passer deux personnes de front. L'espionne se retourna vers Léonore et lui caressa la nuque d'un geste familier pour la tranquilliser. La mécanicienne se recula vivement, surprise par ce geste trouble et peu conforme aux lois. Elle n'appréciait pas cette ambiguïté… Cornélia haussa un sourcil amusé mais ne broncha pas. Elles reprirent leur progression et l'espionne l'interrogea sur les derniers jours. Quels quartiers avait-elle traversés ? Comment était-elle venue jusqu'à eux ? Où logeait-elle ? Où étaient les papiers ? Léonore hésita et finalement lui avoua qu'elle logeait chez sa mère, dans le quartier de Pierre Blanche.

— Nous devons faire vite, ces tunnels sont extrêmement vieux… C'est un miracle qu'ils ne se soient pas déjà écroulés, commenta Cornélia en éclairant le chemin, ce qui faisait déguerpir quantité de rats poussant des couinements craintifs.

— Ils datent du premier Temps ?

— Oh, sans doute avant pour certains !

Léonore resta muette quelques instants. Comment

des tunnels pouvaient se trouver en dessous d'une ville qui n'existait pas ? On ne construisait pas une ville sur des tunnels, mais des tunnels sous une ville. Les histoires étaient formelles : avant Seth, la nature était sauvage et seules Jézabel et sa mère y vivaient.

— Mais comment est-ce…

— … possible ? compléta l'espionne. Peut-être parce que le Faëton n'est qu'un ramassis de mensonges, et celui qui l'a écrit, un sacré charlatan…

— Comment le savez-vous ?

— Je n'ai pas l'intention d'entrer dans une discussion aussi profonde maintenant. Il faut se dépêcher ! Il y a des gens qui vivent sous Bas-Bœuf…

— Pardon ?!

Léonore roula les yeux de peur. La population qui habitait à la surface se composait des pires malfrats sans qu'il soit besoin d'y ajouter l'horreur de communautés troglodytes. La mécanicienne allait demander des explications, mais Cornélia lui fit signe de se taire et de continuer à avancer. Les deux femmes marchèrent pendant une bonne heure dans ce labyrinthe, dans le silence le plus complet.

Dès qu'elle pensait à leur situation, toutes seules sous la ville, à la merci d'une étrange rencontre, Léonore frissonnait. Et si des hommes les observaient dans ces boyaux sans qu'elle le sache ? Et si derrière une ombre se tapissait une de ces choses que l'absence de soleil avait forcément transformée en monstre ? Valait mieux ne pas y penser et suivre aveuglément Cornélia. La collaboratrice secrète d'Alfred lui faisait parfois signe de ne faire aucun bruit, sans lui en dire la raison. Cela ne rassurait pas Léonore qui scrutait chaque recoin d'ombre avec la plus grande méfiance. Certains noms de rue étaient gravés dans la roche tendre qui remplaçait parfois la brique. Les mots étaient anciens et difficiles à comprendre. Le silence laissait toute la place aux images des victimes que Léonore avait vues depuis le début de l'insurrection. Tous ces inconnus semblaient marcher à ses côtés. L'espionne elle aussi gardait une mine fermée : ses hommes étaient morts pour les aider à s'échapper.

Au détour d'un carrefour, la première pile d'ossements et de crânes qu'elles rencontrèrent fit crier Léonore. L'espionne sursauta avant de s'approcher et lui expliquer à voix basse que les tunnels avaient servi de nécropole, une pratique ancienne. Ce n'est que plus tard qu'on avait décidé d'incinérer les cadavres des bas rangs pour ne pas avoir à creuser de cimetières tout autour de la ville. Fort heureusement, on avait trouvé un verset dans le Faëton pour imposer cette nouvelle pratique, lui expliqua-t-elle d'un air entendu. Les deux femmes se remirent en route et virent bien d'autres ossuaires avant de s'arrêter à un carrefour.

— C'est ici qu'on se sépare. Continue d'avancer dans ce tunnel, tu vas tomber sur une sortie dans ton quartier. Mais avant…

— Je suis avec vous, la coupa Léonore.

— Très bien. On se reverra, si la chance nous sourit.

Cornélia lui tourna le dos et s'éloigna aussi naturellement que deux copains se quittant après un bon dîner aux Écluses. Léonore n'aimait pas ses manières directes et cette dégaine hommasse qu'adoptait l'espionne quand elle se relâchait.

— Vous croyez que je vais vous laisser partir comme ça ? Vous m'ignorez depuis qu'on est là ! gronda la mécanicienne.

— Reste chez toi pendant qu'ils s'excitent. Si tu connais encore un meilleur endroit pour te planquer, n'hésite pas !

— Répondez-moi !

— Tais-toi ! ordonna Cornélia en regardant autour d'elle un instant. Si tu as un problème, va aux Sept Yeux du Chat et demande la maîtresse. Tu seras reçue, si personne ne te suit. Beaucoup de gens vont mourir, mademoiselle Azur, alors du nerf ! Ta peur et tes regrets, on s'en contrefout ! Fais avec ce que tu as, pas avec ce que tu aurais aimé avoir !

L'espionne prit conscience de la dureté de son ton et mit un peu de miel dans sa voix.

— J'espère que nous nous reverrons.

Elle ne lui laissa pas le choix et reprit sa route. La lueur de sa torche s'évanouit soudainement quand elle bifurqua dans un autre boyau. Léonore était désormais seule, plongée dans des pensées confuses. Elle se dépêcha d'emprunter le chemin qu'on lui avait indiqué. Des choses grouillaient peut-être dans le noir, la jeune femme se concentrait pour ignorer les bruits suspects autour d'elle. Il fallait qu'elle rejoigne sa mère au plus vite. Et son frère ! Elle pria Algard et Vanoë de les garder sous leur protection. Encore fallait-il que ses prières puissent traverser la roche et la terre pour rejoindre les dieux ! Encore fallait-il qu'ils existent ! La mécanicienne ne savait plus sur quoi compter.

L'escalier menant à la sortie ressemblait à celui qu'elles avaient emprunté pour descendre. La jeune femme exténuée remonta à la surface et s'aperçut qu'elle n'avait pas de clef pour ouvrir la porte devant elle. Heureusement, le bois pourri autour de la serrure n'offrait que peu de résistance. Elle se résolut à l'enfoncer d'un coup d'épaule et découvrit qu'elle n'était qu'à quelques rues de la maison maternelle. Le calme alentour était trop profond pour être naturel. Tout était vide, comme purgé ; c'était une absence qui se respirait. Personne ne rôdait dehors et Léonore referma le plus silencieusement possible le battant qui tenait à peine sur ses gonds. Les ruelles étaient désertes. Elle avança précautionneusement, se tapissant dans les renfoncements au moindre doute.

Le bruit du verre brisé et les cris l'alertèrent avant même qu'elle voie ce qui se passait. Elle courut jusque chez elle, mais s'arrêta net en débouchant de la ruelle : une troupe impressionnante attendait devant l'entrée de Malène. La jeune femme recula précipitamment et se cacha pour observer les silhouettes qui mettaient la maison sens dessus dessous. Un agent de l'Inquisition sortit, tenant dans ses bras les papiers que Léonore avait pu sauver de l'atelier. Le carnet, les plans et les livres de comptes seraient épluchés par les bureaux de Coupe-Gorge. Comment avait-elle pu croire qu'ils n'allaient pas la retrouver ici ? Léonore n'eut pas le temps de s'interroger que de nouveaux cris lui broyèrent le cœur. Malène Rousse surgit, menottée, suivie par son fils Titus. Son petit frère était finalement rentré.

Tout le voisinage se tenait coi derrière les volets mi-clos. Nul n'osait défier une opération de cette envergure. De toute façon, les émeutiers étaient aux prises avec les soldats qui reprenaient possession de la ville. Léonore vit la bouille ronde de son frère creusée par l'épouvante et son œil, d'habitude malin, terne et terrifié. On fit monter la mère et le fils dans un camion qui partit presque aussitôt. L'agent fourra les documents dans une sacoche qu'il remit à un officier qui venait d'apparaître sur le seuil. Léonore n'en crut pas ses yeux. C'était l'inquisiteur qui l'avait laissée s'enfuir.

Il devait être plus âgé qu'elle et un peu moins qu'Alfred, maintenant qu'elle le voyait dans la lumière des torches. Il rabroua l'un de ses agents qui s'approchait avec un bidon d'huile incendiaire et fit signe au sergent de la troupe de se mettre en marche. Les soldats s'éloignèrent pendant que l'officier sortait de sa poche une petite bouteille qu'il but d'un trait. Il vérifia ensuite le contenu de la sacoche avant de contempler la maison, les épaules basses. L'absence chez lui de cette morgue propre aux types de son espèce intrigua Léonore, qui ne le quittait pas des yeux, toujours mussée dans l'ombre. Cette curiosité ne l'empêcha pas pour autant de ressentir à son égard une haine violente. À quoi bon l'avoir aidée à fuir les ateliers si c'était pour venir l'arrêter avec sa famille !

Tout en sentant les vapeurs d'alcool fort se diffuser dans sa gorge, Baras regardait la masure où la mécanicienne Azur avait grandi. La bicoque n'avait rien de commun avec les salles spacieuses, les moulures et le parquet des appartements de son enfance. On ne pouvait y connaître la même vie et pourtant il y voyait de subtiles correspondances. Que ce soit ici ou là-bas, l'air était toxique et la situation précaire. En se rendant dans ce quartier, Baras avait espéré n'y rencontrer personne. Ses prières silencieuses imploraient les dieux de lui donner l'opportunité de faire son devoir sans commettre l'irréparable ; les dieux ne l'avaient entendu qu'à moitié. La capture de cette femme et de son fils lui permettrait de ne pas revenir bredouille, mais Baras ne se faisait plus aucune illusion. Il n'espérait plus, même en songe, se faire aimer de Léonore Azur, certain qu'elle apprendrait tôt ou tard que c'était lui qui avait mis sa famille sous les verrous. L'officier de l'Inquisition aurait été prêt à braver la loi pour elle, à défaut d'avoir eu le courage de braver son prince. Soudain, il se sentit épié et fit volte-face.

Comment explique-t-on qu'un regard puisse vous tirer du labyrinthe de vos pensées alors que vous y êtes perdu vous-même ? Peut-être est-ce une preuve irréfutable que l'indicible forme avec l'invisible une réalité tangible. Et, malgré les frêles lueurs du matin qui perçaient à peine l'obscurité du niveau, leurs regards se trouvèrent. Deux yeux verts voilés d'ivresse furent déchirés d'un éclat de tristesse quand ils rencontrèrent deux yeux bleus qui juraient vengeance. Léonore Azur tomba en arrière et se releva à toute vitesse pour s'enfuir dans le dédale protecteur de Pierre Blanche, sans voir le geste désespéré que fit vers elle Baras d'Arcane. L'agent au côté du capitaine suivit le regard de son supérieur et dégaina son arme pour tirer sur Léonore.

Tout était perdu.

*

— Mais alors que dire, Estève de Brieu ? Comment doit-on interpréter cette déclaration ?

— Je comprends votre désarroi, mon cher Armand. Mes confrères l'ont déjà dit à votre relais, il devient très difficile de comprendre le prince Phébus Karzian

d'Estée. Comme l'a annoncé Sa Majesté de Virolles, le prince semble s'éloigner de plus en plus de nos lois.

— Voudriez-vous dire que le prince se rendrait coupable de… ?

— N'allons pas jusque-là, Armand ! Et ce n'est pas à nous, journalistes, d'émettre un jugement sur les actions d'un prince. Nous ne sommes pas ses pairs et nous ne sommes pas des juges.

— Oui, Estève, mais la situation devient dramatique. Le prince Karzian d'Estée nous dit bien qu'il s'agit, je cite, « d'un temps grave pour l'Empire qui demande au Conseil des princes de changer d'attitude s'il ne veut pas craindre le pire… ». Doit-on voir cela comme une menace ?

— Il faut garder son calme. Les troubles que nous vivons ici dans la capitale ne doivent pas nous faire perdre de vue le bien-fondé de nos institutions et la détermination du Conseil à trouver des solutions dans le respect de la foi.

— Quand Sa Majesté déclare que « la foi réelle et sincère a déserté les coursives du Conseil, que des forces inconnues tentent de dévoyer les enseignements du Livre saint et ses valeurs », de qui parle-t-elle ?

— Vous me voyez dans l'incapacité de vous répondre, Armand. Vos chers auditeurs…

— Qui sont les vôtres également, cher Estève.

— Oui, oui, tout à fait, donc je disais… Nos auditeurs doivent comprendre que le Conseil fait tout son possible pour rétablir les liens rompus entre les services du prince et les leurs. Mais il faut également envisager l'avenir. Tout le monde voit bien que l'Empire a besoin de s'adapter aux nouvelles conditions de notre époque, dans le respect de notre foi… Le prince est loin, ses déclarations parfois bien

mystérieuses, mais le Conseil, lui, est à la tâche. Dans le respect de nos valeurs.

— Oui, c'est certain. Dans le respect de nos valeurs… Nous allons écouter encore une fois la brève déclaration du prince… Quelques secondes… ah non ! On me dit qu'il y a d'abord une courte pause pour la réclame… Nous reprenons le relais juste après !

10

Une nouvelle vigueur

> Parce qu'il a fallu de nobles cœurs pour donner vie aux nobles actions, la noblesse sethis est ascendante, c'est-à-dire qu'elle anoblit les ascendants mais ne rejaillit pas pleinement sur les descendants. La tradition veut qu'on leur octroie seulement le titre de franc-loyal, nous y reviendrons. Dans les faits, les familles nobles s'empressent d'obtenir pour leur descendance des titres nobiliaires à leur hauteur et il est usuel, et admis, que le fils aîné ou la fille aînée récupère le titre de ses parents, ainsi que leurs apanages et autres charges valorisantes.
>
> *À l'adresse des étrangers*,
> ELDOR DE MIRANDE, 23IX

Les falaises du Kéros se dévoilaient à l'horizon dans toute leur blancheur. Le calcaire était si pur, sous le soleil austral, que les hommes de l'amiral Drakar Varo, venant de faire halte, plissaient les paupières pour pouvoir les contempler, même d'aussi loin. Elles s'élevaient vertigineusement et dissimulaient encore la Marche de Valôme, longue montée qui permettait de rejoindre la ville située au sommet des plateaux des Brises-Sables. La petite caravane composée de cinq cavaliers reprit sa route au trot. Drakar était impatient de retrouver sa famille, pour profiter de quelques moments volés avant de continuer sa route vers Bramassa.

Les senteurs de la garrigue et les charognards, qui volaient en cercle au-dessus de la végétation sèche et clairsemée, ravivaient en lui les souvenirs de son enfance, du temps où mille aventures l'attendaient avec ses amis en dehors des murs de la ville. C'était avant son envoi à l'Académie des Trois Cors, cette école de guerre où tous les rejetons de la haute noblesse militaire passaient leur adolescence.

Le païs du Navis, et tout particulièrement la province des Brises-Sables, connaissait des températures extrêmes. Ses paysages arides étaient rudes pour le travail de la terre, ici naissaient des hommes secs et pugnaces. Drakar se souvenait avec émotion des mots que son père lui disait rituellement, avant de l'envoyer au lit : « Le feu brûle, la nuit passe, la garrigue toujours renaît. » Il avait découvert bien plus tard que cette phrase était tirée d'un poème du célèbre érudit Jean de Circôme, natif de la région.

À l'évocation de ce souvenir, l'envie de serrer dans ses bras ses parents et ses sœurs se fit plus forte encore. Drakar talonna les flancs de son cheval pour s'élancer au galop. Ses hommes le suivirent aussitôt. Un instant, le jeune amiral oublia tout dans la brise qui venait le rafraîchir en s'engouffrant dans le long foulard qui ceignait sa tête. Les muscles gonflés de sa monture roulaient sous ses jambes. Il entendait les sabots marteler le sol caillouteux. Chaque élément autour de lui le frappait par sa singularité. La crinière dans ses poings le reliait au cheval et Drakar épousait sa foulée avec souplesse. Il sentait l'animal vivre et se sentait vivre avec lui dans l'immensité des paysages sableux, dans l'ivresse de ces sensations primaires et puissantes. Les murs de Mange-Terre s'étaient perdus dans le lointain, l'amiral redevenait, le temps d'une course folle, un jeune homme libre de la clandestinité, joyeux de revoir sa maison et de rentrer chez lui.

Il chevauchait à la tête de ses marins en s'arrêtant le moins possible. Ils avaient dû éviter les bourgs et les villes, les patrouilles et les caravanes commerciales, afin de s'approcher discrètement de Bramassa, la cité corsaire nichée dans les Falaises du Creux. Un régiment de fusiliers marins suivait, à deux jours derrière lui, que le mauvais état des routes obligeait à rouler au pas. Dans ces contrées éloignées de la capitale, le progrès avançait timidement. Cette troupe servait de leurre pendant que Drakar et un carré d'hommes de confiance ouvraient la voie à cheval. Pour le moment, tout se déroulait comme prévu.

Leur itinéraire prévoyait de longer les falaises jusqu'au Baril du Fira qui grimpait discrètement sur les plateaux, en évitant Bleu-Démir, pour rejoindre ensuite la cité corsaire. Drakar voulait profiter de son avance pour faire un détour et revoir sa ville natale, Valôme. Il rêvait de pouvoir emprunter ses escaliers plats et larges, traverser ses allées blanches et sonner à la porte de l'hôtel particulier des Varo, comme un jour ordinaire. Cela faisait sept ans qu'il n'était pas rentré. Si jeune, il était déjà nostalgique de son enfance. À force de sillonner l'Empire avec son prince, cela faisait longtemps qu'il n'avait pas dormi dans un lit qu'il considérait comme le sien, et la tentation du foyer était vive.

Son cheval galopait avec agilité entre les arbustes et les buissons secs, soulevant la terre et dérangeant les abeilles sur son passage. La caravane laissait dans son sillage un grand nuage qui les signalait de loin. Drakar ne s'inquiétait pas. L'eau de l'Océan l'avait choisi, mais la poussière soulevée et le vent sifflant à ses oreilles lui parlaient toujours et il était heureux de les entendre. La province des Brises-Sables était toujours sa terre. Plus il approchait de Valôme et plus l'idée d'avoir à se cacher devenait intolérable. Se déguiser chez soi, il ne pouvait en être réduit à cette extrémité, et pourtant ! L'écart qu'il commettait en faisant ce crochet devait passer inaperçu.

Drakar piqua de nouveau les flancs de sa bête qui tendit l'encolure pour allonger son allure. Les foulées du cheval le grisaient. Son cri libérateur s'évanouit dans les bourrasques et les ombres vacillantes de la végétation rabougrie. Bien que le soleil l'accablât, il se sentait plein d'énergie, plein d'espoir aussi.

Valôme était une ville ancienne qui trônait au sommet des plateaux du Kéros, quasiment à flanc de falaise. Pour y accéder, il fallait emprunter la Marche, un large escalier de pierre creusé dans la roche. Des milliers d'ouvriers et des décennies avaient été nécessaires, disait-on, pour venir à bout de ce travail titanesque. Le lieu était devenu le cœur battant du commerce de la ville. Le jeune amiral remit son foulard bien en place en arrivant au pied du corridor, devant les boutiques sauvages et les hangars des camions de transport. Ses hommes firent de même, tandis qu'ils longeaient les commerces de babioles exposées sur des draps sales. Ces commerçants de misère ne valaient quasiment pas mieux que des parias.

La Marche de Valôme était une étape pour tous les marchands locaux qui, s'ils ne vivaient pas en ville, arrivaient le matin et repartaient le soir avec leurs marchandises. Valôme la Verte Blancheur accueillait aussi bien les commerçants de l'extérieur, comme on disait, que ceux du païs, qui s'étendait jusqu'à la mer Navisienne. Comme des fourmis transportant des feuilles et des brindilles, des ouvriers déchargeaient à la chaîne les caisses des caravanes. Les marchandises gravissaient l'escalier à dos d'homme jusqu'aux entrepôts de la ville, et rien n'avait changé depuis des siècles. La Marche avait été construite pour les piétons et les cavaliers, pas pour les véhicules motorisés.

Les bazars de breloques, peu estimés également par leurs coreligionnaires, se répandaient autour des premières marches. Les pauvres étals installés à la va-vite regorgeaient néanmoins d'objets. Une foule plus clairsemée que dans les souvenirs de Drakar se baladait d'un air distrait entre les échoppes éphémères. Elle allait et venait, de la même manière qu'on flânait au pied des remparts de la Capitainerie à Seth. C'était une activité fréquente ici, traditionnelle. Les citadins descendaient chaque jour des hauteurs de la ville à la recherche d'une fantaisie.

Quelques enfants montrèrent du doigt la petite troupe aux visages cachés qui fendait la foule à cheval. L'un d'eux leur tira la langue. Drakar sourit, il avait l'impression de se voir au même âge. Les cavaliers filèrent vers l'escalier aux dimensions saisissantes et talonnèrent leurs chevaux pour l'emprunter. Si les Brises-Sables étaient une province sèche et sablonneuse, le Navis, qui l'englobait, possédait des côtes magnifiques et une nature aussi riche qu'hostile. Les fruits, les objets confectionnés en galuchat et les verreries qui s'étalaient de part et d'autre des marches plates n'avaient rien à envier aux autres productions de l'Empire. Néanmoins, la richesse de la région reposait principalement sur l'exploitation des vertus de sa flore et la production de liqueur.

Quelques boutiques, au centre de la Marche, attiraient une foule plus nombreuse et dense qui obligea Drakar et ses hommes à ralentir. Un bonimenteur vantait les prodiges des derniers postes d'ondes-T produits par les usines de la capitale. Des relais plus puissants, un son plus clair, un dessin du dernier chic. Les chalands écoutaient avec enthousiasme le chant de la Paxèle, la célèbre cantatrice rescapée de l'attentat, qui sortait des pavillons en cuivre, et les plus riches cherchaient déjà la somme nécessaire dans de grands portefeuilles. Quelques sols ne suffisaient pas à acquérir ces machines. D'autres marchands vendaient un artisanat mécanique local, des horloges sous verre soufflé qui avaient leur petite réputation.

Ce spectacle ravissait Drakar, qui retrouvait des sons et des odeurs qu'il avait craint d'oublier. Ses hommes et lui atteignirent bientôt les derniers commerces qui débouchaient à l'entrée de la ville. Ils longèrent une file d'ouvriers qui gémissaient, ruisselants sous l'effort. Ils exhalaient une odeur de sueur rance, leurs vêtements étaient crasseux, mais leur sort laissait complètement indifférents les commerçants et les clients. C'était une coutume qui rendait le travail des ouvriers harassant, mais les élites commerçantes de la ville refusaient depuis longtemps tout changement. La vision, bien que familière dans sa mémoire, dérangea Drakar qui savait qu'en certains endroits on montrait plus de cœur.

La porte principale formait un goulet d'étranglement où se pressaient porteurs, badauds, charrettes et cavaliers. Ne pouvant venir que du plateau, les autos arrivaient à l'autre bout de la ville et n'avaient pas le droit de circuler de ce côté-ci.

Les maîtres d'ici tenaient littéralement la première marche et le haut du pavé. Le cœur des activités de Valôme était liquide, il battait au fond des verres. Le négoce de la liqueur de Bleu-Démir, cette boisson aux variations infinies, chérie dans tout l'Empire et même l'Acréon, faisait la puissance de la ville. Ses négociants ne se privaient pas de marquer leur domination par une démonstration d'opulence qui proclamait leur supériorité, surtout sur les autres membres de leur caste. Leurs riches vêtements dévoilaient tout un camaïeu carmin qui les signalait de loin, à l'instar de perpétuels paons faisant la roue. Drakar fit attention à ne pas se découvrir et évita soigneusement de les regarder en face. La haute société mercantile de la ville pouvait le reconnaître.

Ne perdant pas de temps à contempler les murailles décoratives, d'un blanc de craie, avec leurs créneaux arrondis peints d'un vert sombre, les marins encadrèrent Drakar et ils se joignirent à un groupe de cavaliers, le temps de passer la porte sous le regard indifférent des gardes en faction. Ils s'engouffrèrent dans l'artère principale sans provoquer d'émotion. Plus ils progressaient, et plus l'atmosphère leur paraissait étrange. Les entrepôts étaient tous ouverts mais l'activité n'y était pas aussi frénétique que Drakar en avait le souvenir. De nombreuses rues étaient vides et les terrasses des cafés désertes. La garde ne patrouillait pas. Le jeune amiral se réjouit d'abord de cette aide des dieux inespérée qui lui permettrait d'arriver sans dommage chez lui, mais la satisfaction fut vite remplacée par de l'appréhension. Les cavaliers empruntèrent plusieurs rues jusqu'à un carrefour, où ils s'arrêtèrent un instant pour faire le point. Tout était trop calme.

— Quelque chose cloche, ne put s'empêcher d'admettre Drakar. Ce quartier était plus animé dans ma mémoire.

— Avez-vous remarqué, amiral, les traces d'incendie devant certains entrepôts ?

— Je ne connais pas Valôme, amiral, mais j'éprouve le même sentiment que vous, conclut un de ses hommes.

Un pressentiment s'empara de la compagnie, les cavaliers se regardèrent, inquiets. Ils reprirent leur chemin et s'engageaient dans une des rues quand un bruit de pas cadencés les fit s'arrêter à nouveau. Hormis ce rythme qui gonflait, on n'entendait que les oiseaux et le vent souffler dans les arbres des cours privées. Soudain, une petite compagnie armée déboucha du coin de la rue, à une dizaine de mètres d'eux. Les cinq marins sortirent leurs pistolets des fontes de leurs selles, tandis qu'en face les soldats armaient leurs fusils. Gardes et marins se braquèrent mutuellement dans un brouhaha de cris. Drakar ordonna de ne pas tirer. On resta quelques secondes à se jauger sans oser faire un mouvement. Enfin, le capitaine des gardes fit signe à ses hommes de baisser les armes et s'avança. Drakar fit de même et le laissa venir jusqu'à lui.

— Je suis le capitaine Astor et j'ai ordre de vous conduire au gouverneur de Valôme.

— En quel honneur ne puis-je pénétrer librement dans ma ville ? Je suis Drakar Varo, amiral de Seth, appuya-t-il.

— Ceci n'est pas une arrestation, une simple

précaution, amiral, répondit le capitaine Astor. Le gouverneur souhaite seulement vous parler.

Drakar se maudit pour son impétuosité. Évidemment que leur entrée n'était pas passée inaperçue ! Cela faisait peut-être plusieurs jours que la nouvelle de sa venue était connue. D'un autre côté, comment croire ce capitaine ? Les meilleurs pièges ont un sourire. Le dernier homme de sa troupe comprit l'ambiguïté de la situation. Sans prévenir, il claqua la croupe de sa monture qui se cabra et bondit en avant. L'effet de surprise lui permit de partir au galop sans qu'on l'arrête. Des gardes voulurent le mettre en joue mais le capitaine ordonna immédiatement de n'en rien faire.

Le jeune amiral leva les mains en l'air pour montrer qu'il ne comptait pas opposer de résistance. Ses hommes l'imitèrent, et les gardes s'attroupèrent autour d'eux. Les cavaliers n'arrivaient pas à se faire une idée de leurs intentions. Drakar jeta un dernier regard en arrière : son aide avait réussi à fuir et partait prévenir le régiment. Brave soldat ! Si le gouverneur avait l'intention de le mettre aux arrêts, les marins l'en dissuaderaient. Ils démontèrent et on s'empara des brides des chevaux pour ne pas risquer une fuite supplémentaire. Le capitaine tendit la paume vers Drakar pour recueillir son arme.

— Ne comptez pas là-dessus.

L'amiral darda sur lui un regard impérieux et l'officier ne tarda pas à abaisser la main. L'artilleur Tibère Marvelle lui aurait tiré l'oreille comme pour punir un enfant… avant de l'insulter copieusement sans aucun doute, pensa Drakar, que cette idée ne fit pourtant pas rire.

Malgré la politesse du capitaine, le jeune amiral

et ses hommes furent encadrés par la compagnie comme s'ils étaient en état d'arrestation. Cela ne manqua pas de les perturber un peu plus. Les quatre cavaliers gardaient leurs armes mais n'avaient plus les moyens de prendre le dessus en cas d'affrontement.

Ils avancèrent en silence et Drakar eut tout le loisir de contempler les façades blanc et vert, et les balcons en fer forgé aux motifs géométriques. Seules des persiennes sans peinture laissaient entrevoir des silhouettes anonymes. Maintenant qu'il en avait pris conscience, l'étrangeté dans laquelle baignait Valôme lui sauta aux yeux. Même le centre-ville était plongé dans un silence morbide, hanté seulement par les ombres fantomatiques de ses habitants. Les citadins de rang peu élevé avaient sans doute reçu l'ordre de ne pas sortir de chez eux. C'était une mesure extrême. Que s'était-il passé en ville ? Effectivement, à mieux y regarder, de nombreux volets étaient abîmés, les lattes éclatées, les façades étaient sales et certaines même noircies par endroits. Valôme avait connu des heures tourmentées, dont la raison n'avait peut-être rien à voir avec lui…

Ils se dirigèrent vers le palais du gouverneur, que l'on distinguait au bout d'une avenue encadrée d'hôtels particuliers. Ces derniers semblaient intacts mais des bancs et des arbres avaient brûlé devant leurs portes. Pour le jeune amiral, l'envie de revoir sa famille se fit plus pressante encore. Sa demeure familiale se trouvait un peu plus loin, à l'extrémité nord de la cité, dans le quartier des Fontaines.

Sur l'esplanade devant le palais, comme dans les souvenirs de Drakar, des hommes et des femmes sirotaient une liqueur glacée, à l'abri du soleil sous les arcades. Des serviteurs changeaient les seaux de glace fondue et remplissaient les verres tout en jetant à la petite troupe qui traversait la place devant eux quelques discrètes œillades. C'était une habitude dans cette contrée, même pour les plus riches, que de venir s'installer sur le seuil de sa maison ou à un endroit de prédilection, pour contempler la vie urbaine et profiter des cris des marchands d'eau et des caravaniers. Cette assistance observait Drakar et ses marins qui gardaient la tête haute ; le capitaine donna l'ordre de presser le pas. Certains regardèrent l'amiral avec hauteur, pour ne pas dire mépris, quand d'autres baissèrent immédiatement les yeux. Tout le monde ici savait qui il était, même après sept ans d'absence. D'autres encore exprimèrent leur amitié, leur pitié peut-être, en osant mettre la main à leur chapeau en guise de salutation. Le capitaine Astor ne rabroua ni les uns ni les autres. L'entrée du palais s'ouvrit en grand.

Drakar avait toujours trouvé que le palais du gouverneur de Valôme manquait d'élégance. C'était une ancienne forteresse de calcaire, à l'architecture sobre et puissante, qui avait été transformée en palais deux siècles plus tôt par des ornementations lourdes et mal exécutées, typiques du style surchargé de la capitale. Les architectes qu'on avait fait venir de Seth, sûrs de leur supériorité, s'étaient confrontés brutalement à la simplicité mathématique des anciens motifs locaux ; le résultat était branlant et manquait de tout. Comme dans chaque province des païs de Seth, le gouvernorat concentrait la garnison militaire et l'administration. L'activité y était incessante. Les cliquetis des machines à écrire, les bribes de conversations et les échos des postes d'ondes-T, qu'on percevait derrière les portes fermées, montraient que ce centre était toujours aussi actif malgré les émeutes récentes. Drakar n'en revenait pas d'avoir été aussi inconséquent en voulant s'affranchir des plus essentielles précautions. Seul l'orgueil le sauvait encore de l'accablement. Cela lui servirait de leçon.

Il fut finalement introduit, avec ses trois compagnons, dans le bureau du gouverneur qui se leva pour les saluer comme si de rien n'était. Issu de la caste du Savoir, Barabas Darzo était l'image même de l'aristocrate savant, vêtu d'un riche complet couleur crème et d'un gilet d'où pendaient des instruments inconnus. Son visage rond exprimait une placidité que ses yeux démentaient. Le Savoir avait pour spécialité tout ce qui concernait les choses naturelles et les moyens de les observer, de les mesurer pour les comprendre ; qu'ils soient naturalistes, médecins, physiciens ou mathématiciens, entre autres, ses sujets se mêlaient de tout et ne touchaient à rien, disait-on, ce qui n'était pas compatible avec la bonne gestion d'une ville.

— Barabas Darzo, se présenta le gouverneur en tendant une main que Drakar ignora. Je suis désolé de vous faire subir un tel accueil, amiral…

— Votre capitaine Astor m'a signifié que je n'étais pas en état d'arrestation, mais vos manières y ressemblent fortement !

— Cet entretien ne pouvait attendre. J'ai reçu hier par les ondes l'ordre de vous arrêter. Il émane du bureau de Sa Majesté de Virolles et est contresigné par le commandant en chef des armées, Anglas Karzian de Varm. En voici une retranscription, lui dit-il en lui tendant un bout de papier.

— Anglas, commandant en chef…

— Je ne compte pas appliquer cet ordre. Disons qu'il s'est perdu en chemin…

Drakar lut la note qui stipulait que ses hommes devaient être mis aux arrêts, le temps qu'une enquête soit menée, tandis que lui-même devait être conduit en résidence surveillée. Le motif était fallacieux. Le mandat spécifiait qu'il aurait dû se présenter à la première garnison, conformément aux directives du nouveau commandant en chef des armées, Anglas Karzian de Varm. Ainsi donc, le Conseil n'avait pas hésité à faire sans Phébus. Drakar nota qu'Anglas n'avait que le titre de commandant intérimaire. Le Conseil avait réagi si vite, comme s'il s'était préparé à une telle éventualité… Les soupçons que Tibère Marvelle et Saint-Ange entretenaient de longue date étaient confirmés.

— Et que dois-je comprendre, monsieur le gouverneur Darzo ? Je suis en chemin depuis plusieurs jours et…

— Que Votre Excellence ne fasse pas semblant de ne pas comprendre. Cela m'épargnerait des explications longues et inutiles. Je préfère rester le plus éloigné possible de ces troubles. Nous sommes bien loin de la capitale ici…

— Pourquoi vouliez-vous me voir alors ? s'inquiéta Drakar.

— Mais pour connaître la raison de votre visite, et savoir ce que vous comptez faire avec le régiment qui vous suit.

— Comment cela ?

Barabas enleva d'une main molle les gouttes de sueur qui luisaient sur son large front. Il ne s'était jamais fait aux chaleurs de cette province, pourtant il y vivait depuis une vingtaine d'années. Les côtes de Bleu-Démir, d'où il était originaire, bénéficiaient d'une fraîcheur océanique, les terres quasiment désertiques des plateaux n'avaient pas cette chance. Les locaux avaient même affublé les étrangers d'un mauvais jeu de mots, les « sieurs » devenant les « sueurs », tant ils étaient moites et déboussolés à la saison chaude.

— Vous ne me facilitez pas la tâche, Excellence. J'ai déclaré Valôme ville neutre et ouverte juste après la prise de Dectroi par votre prince. Nous suivons votre progression depuis plusieurs jours déjà. Les émeutes ont redoublé hier. Ce n'est pas votre discrétion qui vous sauve, amiral, mais le soutien populaire que vous recevez sans vous en rendre compte. Nous avons déjà eu tant de mal à contenir les émeutes, je ne souhaite pas revivre cela.

La princesse Galatée de Tancre-Asclépios n'avait donné aucune instruction claire concernant la part que devaient prendre les membres de sa caste dans le conflit qui s'ouvrait. La princesse, qui était la première à se cacher derrière la perpétuelle neutralité des savants, laissait chacun devant ses responsabilités. Barabas préférait l'étude à la politique, le calme au trouble. Il avait ordonné qu'on rétablisse fermement l'ordre, mais il ne comptait pas pour autant prendre parti pour le Conseil tout entier. C'eût été déclarer la guerre au sein même de sa bonne ville.

Le gouverneur pria Drakar de s'installer en face de lui. D'un geste négligent, il fit signe à un serviteur qui se précipita pour verser un verre de délicieuse liqueur glacée à l'amiral et à ses hommes. Barabas n'avait aucune envie de se mettre Drakar Varo à dos. Même s'il n'était qu'un scientifique peu rompu à la politique, il sentait bien que le vent tournait et qu'il était bon de tourner avec lui. C'était le moment de faire un choix.

— Quelle est la raison de votre présence ici, amiral ?

— Je souhaite voir ma famille avant de reprendre ma route.

— Est-ce tout ? ajouta le savant d'un air sceptique.

— Absolument, monsieur le gouverneur, répondit franchement Drakar, qui comptait obéir aux ordres de son prince.

— Un homme ne peut vivre sans les joies d'une famille, commenta Barabas, désireux de créer un lien de sympathie entre eux, malgré la menace latente.

En temps normal, ces choses-là ne l'intéressaient pas. Les manœuvres des princes au Conseil lui étaient indifférentes. Toute cette politique lui semblait futile et… triviale. Le commerce, n'en parlons pas. Le gouverneur fuyait les commerçants et leurs incessantes récriminations. Il préférait discuter des dernières recherches des laboratoires. La ville en possédait plusieurs de grande réputation. Malheureusement pour lui, il fallait bien qu'il consacre un peu de temps aux troubles actuels s'il voulait garder un semblant d'autorité.

Drakar observa tranquillement Barabas Darzo tout en sirotant son verre. Sa réputation dans la région plaidait pour lui. Un homme passionné par ses recherches. S'il voulait prendre le contrôle de la ville, le gouverneur n'aurait pas l'énergie de s'opposer à lui. Cependant, Drakar avait une mission plus urgente.

— Et puis-je savoir ce que vous venez faire dans le païs du Navis ?

— Non. Est-ce tout, monsieur le gouverneur ? Mes hommes doivent prévenir mon régiment que tout va bien et je souhaite voir ma famille.

— Combien de temps restez-vous ?

— Monsieur le gouverneur Darzo, que la cordialité de cet entretien et ma bonne volonté ne vous trompent pas. Nous sommes en guerre. Votre attitude ouverte à mon égard laisse présager que nous pouvons nous entendre, mais je ne suis pas ici en congé. Si Valôme ne s'oppose pas à mon passage, je vous laisserai tranquille. Maintenant, je considère que nous nous sommes tout dit.

Le ton était passé de cordial à glacial. Il ne fallait quand même pas que ce gouverneur croie dominer la situation ! Le régiment de marins devait passer au pied des falaises pour contourner la ville, il pouvait tout aussi bien marcher droit dessus. Le jeune amiral se leva, imité par ses hommes. Barabas Darzo lui tendit une main qu'il serra, cette fois, sans hésitation. Drakar se voyait comme un homme de parole.

En sortant du palais, il ordonna à l'un de ses hommes de rejoindre le fuyard pour rassurer ses troupes, puis il put enfin se diriger à cheval vers l'hôtel familial, toujours escorté par le capitaine Astor et ses hommes.

Depuis le palais du gouverneur, le parcours portait les stigmates d'affrontements récents. Les émeutes s'étaient concentrées dans les quartiers commerçants limitrophes des rangs les plus bas et des parias. Le quartier des Fontaines en était éloigné, heureusement, légèrement isolé au nord-ouest.

Les paysages urbains qu'ils traversèrent ne correspondaient pas aux souvenirs joyeux que Drakar conservait de ses plus jeunes années. Parmi les badauds qui se pressaient sur les trottoirs à leur passage, certains regards l'agrippaient plus que d'autres, implorants parfois, en colère presque toujours. Les plus venimeux ne lâchaient pas les gardes des yeux. Le capitaine intima à ses hommes d'être sur le qui-vive. Quelques timides cris en faveur de Phébus émanèrent de la foule, d'abord noyés dans la réclame des vendeurs ambulants. Puis, ce fut un véritable raffut qui emporta la rue quand l'identité du cavalier se trouva acertainée par ceux qui l'avaient croisé dans sa jeunesse. On voulait s'approcher au plus près, lui serrer la main, lui toucher la botte ou lui présenter son front, et les gardes aboyaient vainement des ordres pour les tenir à distance et ouvrir un passage. Croyant l'amiral prisonnier, les gens insultaient les soldats qui ne savaient comment réagir.

La foule se massa autour d'eux à une vitesse étonnante, les encerclant comme la marée montante des côtes d'Albaz surprend les pêcheurs à pied dans les criques. Cette multitude n'était pas riche mais variée dans ses métiers que l'on devinait à ses accoutrements bigarrés. Elle comportait aussi des parias qui, dans la masse, restaient isolés des autres. Cette ferveur populaire impressionna beaucoup les marins qui ne purent s'empêcher de serrer quelques mains avec de grands sourires. Drakar lui-même luttait pour rester à cheval et dut donner de la voix pendant que le capitaine s'époumonait. Bien que totalement dépassés, les gardes réussirent à conserver leur calme. On se rassura, on se prit à obéir et l'assistance se fendit en deux devant le jeune amiral.

Le cortège reprit sa route librement et vit, au centre d'une petite place, deux gibets montés à la va-vite sous lesquels pendaient plusieurs corps. Quelques cadavres chétifs d'enfants poussés par le vent continuaient de se balancer au bout d'une corde. Leurs riches vêtements brodés étaient déchirés par endroits. Le jeune homme sur son cheval blanc fut soudainement pris de nausée. La foule dans son dos continuait de l'acclamer sans plus le suivre, indifférente au spectacle immonde.

— Nous sommes arrivés trop tard, dit le capitaine Astor d'un air gêné.

— Eh bien, qu'attendez-vous ! Enlevez-les ! s'écria Drakar qui se détourna du spectacle.

— Il y a tant à faire…, tenta de s'excuser Astor.

— Enlevez-les !

Était-ce possible ? Ces mêmes gens qui l'acclamaient avaient-ils osé commettre cette infamie une nuit plus tôt ? S'en prendre aux enfants est une des rares choses qui ne connaisse ni raison ni excuse. Ce spectacle hideux doucha la joie que Drakar avait ressentie un instant plus tôt.

La compagnie fit une pause, en attendant que des hommes de l'escorte se dépêchent d'aller couper les cordes qui retenaient les petites victimes. Elles ne pesaient rien dans leurs bras. Voulant oublier ce qu'il venait de voir, Drakar reprit sa route en ruminant. Il voulait défendre le peuple, pas ces animaux ! Ce n'était pas pour ce genre d'horreurs que Phébus prenait les armes contre le Conseil. Les misérables n'ont pas plus le droit que les autres de commettre des ignominies.

Heureusement, le bruit des fontaines jaillissantes se fit entendre à la sortie de la place, avant même qu'elles ne se laissent voir. Et l'eau eut sur lui l'effet apaisant qu'elle avait toujours eu. Malgré la casemate garnie d'une mitrailleuse en plein milieu de la chaussée, la vue de la fontaine des Siamoises, qui marquait l'entrée du quartier le plus huppé de tout Valôme, le happa dans un tourbillon de souvenirs.

C'est en écoutant le doux roucoulement de l'eau que Drakar était tombé amoureux de l'Océan. Lui, ce garçon des plateaux, avait voulu voguer sur les étendues d'eaux limpides en rêvant devant un bassin de pierre. Qu'était devenu le quartier des Fontaines ? Elles étaient si belles ! Toutes de marbres colorés, toutes singulières sous les gerbes d'eau. Ce quartier, dont l'harmonie apaisait les cœurs lourds comme un soupir caresse les âmes, n'avait pas souffert des troubles. Le soleil n'écrasait plus la pierre, il enrobait de sa lumière dorée le grain des murs blancs et les sculptures qui ornementaient les grilles. Le jour tombait à peine et le vent soufflait plus fort en balayant la poussière. Il apportait une fraîcheur bienvenue et du sable qui se perdait dans les yeux. Voilà pourquoi sans doute, en traversant ces allées verdoyantes, des larmes coulaient sur les joues de Drakar.

Contrairement à Seth, les capitales de province ne connaissaient pas les niveaux et les étages. L'urbanisme général y était l'expression des différences sociales bien plus que religieuses. Chez les rangs supérieurs, il n'était pas rare qu'un hôtel de la caste du Savoir en côtoie un autre de la Loi ou du Service. C'était le cas ici, et ce n'était pas sans poser des problèmes, surtout pour les jeunes gens qui se fréquentaient ardemment malgré les interdictions. Les histoires populaires étaient pleines de ces tragédies de païs où les jeunes gens de bonne famille tombaient amoureux, concevaient un enfant dans le secret et en payaient un prix terrible : la mort du père et la vocation de l'enfant à une vie de dual, obéissant à un maître pour sa vie entière. Quant aux mères, elles intégraient des communautés de femmes isolées avec l'interdiction d'en sortir jamais. Ce sort catastrophique valait toujours mieux que celui des bas rangs, dont l'enfant était tué en même temps que les parents. On retrouvait partout dans les quartiers misérables ces familles qui fuyaient l'Inquisition.

En son temps, Drakar n'avait pas été le dernier à profiter des permissions d'été pour conter fleurette aux jeunes filles de son quartier. Combien de fois son père ou sa mère l'avaient-ils disputé pour s'être acoquiné avec une de ces belles ! Trop de fois pour qu'il s'en souvienne, sans rien regretter. Un sourire naquit sur ses lèvres en repensant aux meilleurs moments de ses escapades nocturnes. Tel un adolescent insouciant qui se promène dans les rues aux pavés blanchis, à l'ombre des arbres et des haies débordant des grilles ouvragées des propriétés privées, Drakar venait d'oublier ce qu'il avait vu quelques minutes plus tôt.

Perdu dans ses souvenirs, le jeune amiral ne regardait pas la placette carrée dans laquelle il venait de s'engager avec son escorte. Il n'avait pas non plus saisi que cette dernière s'était légèrement mise en retrait, seul le capitaine continuait de l'accompagner. Le populaire avait rebroussé chemin depuis les arches marquant l'entrée du quartier. La place était déserte, trois matous se prélassaient au soleil dans la plus complète indifférence des événements qui bouleversaient le cercle-monde.

Drakar s'arrêta et se tourna vers le capitaine qui

le regardait fixement, hésitant à lui dire quelque chose.

— Amiral, si vous me le permettez... Nous avons jugulé avec peine l'émeute d'hier. Mes hommes n'ont aucune envie d'avoir à tirer comme cela sur les habitants de notre bonne ville. La neutralité du gouverneur est une chose, mais la colère populaire en est une autre, il y a des spectacles que nous ne voulons pas revoir...

— Êtes-vous loyal au prince Phébus ? demanda Drakar avec sa franchise habituelle.

— Bien sûr, amiral. Depuis sa déclaration, nous avons prévenu le gouverneur. Le Conseil n'est qu'une entité bien lointaine, nous sommes au prince.

— Que voulez-vous me dire ?

— C'est l'indécision qui nous plongera dans des troubles plus graves encore. Valôme a besoin de vous, il faut que ses habitants sachent dans quel camp nous nous trouvons. Nous nous soumettrons à votre décision mais nous devons savoir laquelle... Que dois-je dire à mes hommes ?

Drakar regarda le capitaine Astor d'un autre œil. Tout en lui assurant sa fidélité, Astor le poussait déjà. Le capitaine baissa la tête en signe de soumission car sa sincérité était réelle. La jeunesse de Drakar ne l'empêchait pas de comprendre l'honneur du soldat qui voulait se déclarer et agir, mais il n'avait pas prévu tout ce qui arrivait et se voyait pris par l'incertitude.

— Le gouverneur vous a-t-il donné des ordres contraires à ce qu'il m'a déclaré ?

— Non. Il ne fera rien. Le gouverneur Darzo connaît mieux les éprouvettes que les hommes.

— Demain. Je dois réfléchir à...

Il n'eut pas le temps de finir sa phrase qu'il entendit un cri retentir à l'autre bout de la place. Il se retourna et vit la silhouette de sa mère courir vers lui, suivie de près par ses sœurs.

Leurs robes colorées flottaient au vent et leurs chevelures brunes et bouclées brillaient dans le soleil du soir. Il aperçut son père qui attendait dans l'ombre du porche. Drakar serra rapidement la main du capitaine, qui lui fit comprendre d'un regard qu'ils l'attendaient tous. Astor le salua discrètement et repartit vers ses hommes, qui refluèrent pour protéger les accès de la place.

Ses deux jeunes sœurs se jetèrent dans les bras de Drakar en poussant des cris frénétiques. Elles l'embrassaient en sautant de joie. Elles étaient devenues de magnifiques jeunes femmes de dix-huit ans, bien différentes des souvenirs qu'il avait gardés d'elles. La peau cuivrée et le sourire lumineux, si vivantes, si espiègles, le même rire qu'autrefois, lorsqu'elles n'étaient que des enfants. Drakar passa les mains dans leurs cheveux pour bien dégager leur visage et mieux les regarder. Un toussotement sonore et répété les fit finalement se séparer. Il se retrouva devant sa mère, qui lui ouvrit les bras.

Une terrible envie de pleurer s'empara du jeune homme, qui la serra contre lui éperdument. Si frêle de corps et si forte de cœur, elle n'était que douceur et discrétion. Ils s'écartèrent l'un de l'autre et se contemplèrent avec amour. Les longues années d'absence n'avaient rien changé à la profondeur de leurs sentiments. Par-dessus son épaule, Drakar vit son père lui faire un signe et entrer dans l'hôtel. Depuis le seuil de son jardin privé, chacun épiait les retrouvailles de la famille Varo et poussa un soupir de regret quand le portail se referma, mettant un terme à ce spectacle.

L'attentat, les émeutes et la guerre qui s'installaient dans l'Empire lui apparaissaient comme des songes alors qu'il finissait de reprendre des pêches au sirop brûlé, une spécialité des Brises-Sables. La joie et le bonheur de revoir sa famille avaient remplacé pendant quelques heures les stratégies et les machinations. Tout cela avait trop bon goût pour ne pas être vrai.

Même les serviteurs de la demeure souriaient en apportant les plats. Depuis son arrivée, ils étaient tous venus saluer Drakar personnellement. Les domestiques n'étaient pas réduits à des machines vapeur vivantes, comme c'était le cas dans d'autres maisonnées.

L'influence de sa mère, Isia, sur le caractère intransigeant de son père continuait de porter ses fruits, il faisait toujours bon vivre ici. Une forte émotion s'était emparée de Drakar quand le majordome avait ouvert la porte de sa chambre. L'odeur si précise de la pierre chauffée, mêlée à celle des lourds rideaux brodés, formait un bouquet qu'il n'avait jamais oublié. Rien n'avait changé. Le jeune homme avait jeté sur le lit son sac de selle et s'était précipité vers le balcon pour contempler la nuit en train de tomber sur la ville, en contrebas. Le soleil, qu'on devinait encore à l'horizon, faisait ramper les ombres de la végétation luxuriante sur la pierre blanche et lisse des allées. Tout était en ordre.

Portant à sa bouche les pêches dans leur jus avec ses doigts dégoulinants du fameux sucre noir caramélisé, Drakar se régalait. C'était bon, moelleux et juteux, c'était toute son enfance. Il écoutait, les coudes sur la table, sa mère et ses sœurs lui raconter les dernières nouvelles en ville. Grâce à la correspondance qu'il entretenait avec elles, le jeune amiral connaissait l'essentiel de ce qui s'était passé ces dernières années, mais les récents événements lui échappaient totalement.

— Il a fallu une journée entière aux ondes pour porter la nouvelle, expliqua sa mère. La ligne directe n'a pas encore atteint Valôme. Tous ces relais, ça n'est vraiment pas pratique.

— De notre temps, cela aurait pris trois semaines, corrigea son père, qui regardait son fils bâfrer.

— Et je suppose que c'est ce qui a déclenché les émeutes ? Cet attentat..., dit Drakar, la bouche pleine.

— Oh oui, mais pas seulement ! Ces dernières années... Valôme n'est plus qu'une ombre... Les commerçants n'en font qu'à leur tête et Darzo ne leur refuse quasiment rien pour ne pas avoir à leur parler. Quand le bruit a couru que tu venais, le populaire a cru qu'il fallait remettre cela, continua sa mère.

— On a eu vraiment peur ! À cause des damnés surtout ! Ils grouillaient de partout et voulaient venir incendier les hôtels et le palais, mais heureusement, les troupes du gouverneur ont protégé nos quartiers...

— Ne les appelle pas comme cela, Cécile. Les parias sont surtout des pauvres gens... Ils ne sont pas tous si horribles, lui fit remarquer Drakar, gêné au souvenir des gibets.

— C'est donc vrai ce qu'ils disent sur l'hérésie de notre prince ? voulut savoir son père.

Loin d'exprimer quelque émotion, le général à la retraite faisait seulement un constat, mais ce constat en lui-même appelait une conversation autrement plus sérieuse.

Faure Varo était en réserve. Comme d'autres dignitaires de sa caste, selon la tradition, il s'était rangé à la mort de son propre prince, le père de Phébus. Il pouvait toujours être mobilisé si ce dernier faisait appel à ses services, mais la probabilité jusqu'ici était mince. À quoi bon des vieux généraux rétifs à charger au front, quand des jeunes dévoués au nouveau prince pouvaient les remplacer ? Pourtant, bien que démobilisé, Faure n'en restait pas moins attentif aux questions politiques et stratégiques de l'Empire. Il faisait partie des notables de la ville ; son jugement avait du poids et il avait toujours impressionné son fils.

— Notre prince ne renie rien de notre religion, mon père. Au contraire, il veut raviver notre foi. Il souhaite juste soulager les plus pauvres de la misère qui les accable. Seuls les dieux peuvent libérer les parias, mais les aider, c'est nous aider. Les épidémies qui sévissent à Seth et ailleurs sont terribles…

— Rien dans le Livre saint n'exige que nous le fassions, mon fils, rétorqua son père, qui avala une gorgée de liqueur de Bleu-Démir que les serviteurs venaient de verser dans des verres en cristal.

— Les maladies ne connaissent pas la foi, père, et la vie dans les grandes cités comme Seth se fait de plus en plus dure…

— La vie sur les plateaux n'est pas facile non plus.

— Oh, que vous êtes barbants ! Père, Drakar vient tout juste de rentrer, laissez-nous en profiter !

Pas plus que sa sœur Cécile, Agatha ne s'avouait

vaincue, et les sujets politiques ne l'intéressaient pas vraiment. Un éclair passa dans les yeux du vieux général et disparut aussitôt. Il fit un signe de la main pour indiquer qu'il n'insisterait pas. Drakar déglutit, ce n'était que partie remise. Ses sœurs l'assaillirent de questions naïves sur la vie dans la capitale.

Elles étaient encore bien jeunes, pensa-t-il. Elles semblaient tout ignorer de la guerre qui commençait à sévir hors des murs de cet hôtel particulier. Leurs prunelles brillèrent d'excitation en écoutant le récit des soirées, des bals et des affaires galantes, que Drakar menait avant son départ sur les routes, plus de deux ans auparavant. Ces histoires dataient mais ses deux sœurs s'en fichaient, il était auréolé de la gloire d'avoir vécu dans la ville éternelle.

Drakar romança pour elles une existence ennuyeuse et répétitive. Il sélectionnait les bons morceaux, les meilleurs moments formels ou informels que les officiers en garnison à Seth ne manquaient pas d'organiser pour tromper l'ennui. Plus on est haut placé et plus les relations sociales transforment l'oisiveté en richesses. Toutes les occasions étaient bonnes pour se voir et faire la fête. Les rejetons des meilleures familles s'y côtoyaient, tissant des liens d'un air léger, indifférents aux calculs. Ce n'est que plus tard que ces relations s'avéraient utiles pour trouver protection ou avancement… Chaque caste avait ce genre d'événements dans son agenda.

Avaient-elles envie de partir voir la capitale ou d'intégrer enfin l'Académie ? Ses sœurs se consultèrent en silence. Compte tenu de leur rang et de leur situation, elles pouvaient parfaitement mener une vie sans difficultés. Elles pouvaient aussi s'engager dans l'armée, qui était ouverte aux femmes comme aux hommes. Avec leur position nobiliaire, elles obtiendraient en quelques années un rang d'officier et un poste utile au sein de la vénérable institution. Mais, à l'image des nombreuses petites demoiselles de la noblesse, elles préféreraient sans doute trouver un bon parti dans leur caste pour connaître une vie mondaine dans la haute société. Rien n'indiquait qu'elles feraient un choix différent. Les gloussements par lesquels elles lui répondirent confirmèrent qu'elles n'étaient pas du genre à traîner dans la poussière. Il pensa à Astrée, et à d'autres femmes officiers, et faillit éclater de rire en imaginant la tête qu'elles feraient en écoutant ces incessants piaillements.

La société sethis n'avait jamais fait de différence entre hommes et femmes, chacun y avait sa part, à la mesure de ce que son rang permettait. Le dîner fini cependant, les femmes laissèrent les deux hommes seuls dans la salle à manger. Si séparation il y avait, elle était due aux goûts de chacun. Sa mère, Isia, aurait très bien pu rester avec eux, mais elle préférait ses lectures. Elle demanderait sûrement un compte rendu de cette conversation à son mari pour y apporter ses lumières. Quant aux deux sœurs, la perspective d'une discussion sérieuse les ennuyait déjà. Isia caressa rapidement la joue de son fils avant de se retirer dans son boudoir. Les serviteurs débarrassèrent la table en silence sous le regard de Faure, qui continuait de siroter sa liqueur en silence. Drakar en profita pour observer Clarisse, l'une des servantes qui avait à peu près le même âge que lui.

La jeune femme, très belle dans ses habits simples, frôla l'épaule de Drakar de sa poitrine en se penchant pour récupérer son assiette. Un désir brûlant qui sentait bon le lait chaud et les amandes monta en lui. Il y avait tellement longtemps qu'il vivait en caserne. Il sentit le regard de son père sur lui et se redressa en reprenant le contrôle de ses sens. Clarisse lui fit un magnifique sourire en emportant plusieurs plats dans un ample balancement de hanches.

Faure prit le temps de contempler son fils qui était devenu un homme depuis son départ, sept ans plus tôt. Il revit un instant son garçon fraîchement diplômé de l'école de guerre qui agitait son mouchoir avant de piquer les flancs de sa monture. C'était son portrait craché, le vivant reflet de ses jeunes années. Lui aussi avait dit au revoir à ses parents quarante ans plus tôt, à la même place, presque sur le même cheval. Lui aussi s'en était allé prendre le commandement d'une unité et avait eu le sentiment de partir pour l'aventure et pour la gloire de l'Empire. Une pointe de jalousie pinça le cœur de ce père qui comprit à quel point il se sentait vieux, devant la généreuse vitalité de son enfant captivé par la belle Clarisse. Le poids des ans l'accablait peut-être, mais la fébrilité l'étreignait depuis que la rumeur annonçait le retour du dernier des Varo.

Drakar nota que le regard de son père se perdait un instant dans le vague. Depuis leurs retrouvailles il était ailleurs, on ne le reconnaissait pas. Une vieillesse prématurée nimbait de tristesse toute sa personne. Son corps n'évoquait plus cette vigueur dont Drakar se souvenait, son regard était comme émoussé, et même ses gestes avaient perdu cette grâce précise qui le caractérisait. Le fils s'inquiéta pour son père.

— Allez-vous bien, mon père ?

— Maintenant que tes sœurs ne sont plus là, je veux toute la vérité, Drakar. Pourquoi es-tu ici ?

— Je ne devrais pas être là, répondit le jeune homme avec amertume.

— Justement ! Dis-moi tout !

La main de Faure tenait fermement le pied de son verre sur le bois verni de la table. Il se redressa brutalement.

— Tu es un amiral de Seth en rébellion ! La première fois de l'histoire de l'Empire ! Tu comprends, n'est-ce pas ?

— Oui, père.

— Nous sommes loin de la capitale mais j'ai encore des informateurs. C'est une guerre ouverte entre le Conseil et notre prince… Que devient Seth ? Es-tu sûr de ton choix ?

— Oui, j'en suis sûr. Seth est en train de devenir un jouet dans les mains de trois princes, assura le jeune amiral. Il faut retrouver un Empire véritable et fort. Notre caste ne peut pas les laisser faire sans réagir.

— Tu es à la tête de cette famille, mais je ne suis pas encore mort ! déclara Faure en s'appuyant des deux poings sur la table. Même si je crois savoir ce que tu viens faire dans notre païs, je veux des réponses précises, mon fils.

Faure fixa Drakar, qui se trémoussa comme un gosse sur sa chaise. Il ne supportait pas de rester dans l'ombre comme si la vie de Seth ne le concernait plus. Cette vérité le surprenait à l'instant : tout plutôt que de rester dans la morosité des jours identiques de la retraite.

— Les pêches de ce soir, c'était ton dernier plaisir, Drakar, affirma-t-il. Désormais, si tu veux éviter la ruine de ton prince et celle de ta famille, tu dois t'oublier. Nos petites tendresses doivent s'effacer face au devoir. Dis-moi tout, afin que je puisse t'aider… Il n'y a pas de hasard, pas de coïncidences, les dieux ont toujours quelque chose de prévu pour nous. Que fais-tu dans notre païs, que fais-tu dans les Brises-Sables ? Nous ne resterons pas à l'écart de la tragédie qui secoue l'Empire. Mon obéissance va d'abord à mon prince, si jeune soit-il. Je ne veux pas rester ici les bras ballants…

Les fils peinent à comprendre leurs pères. Et quand ceux-ci se dévoilent enfin, il est souvent trop tard. Parce que cette compréhension intime arrive à contretemps, on croit que c'est l'amour lui-même qui a manqué ; cela est faux. Drakar croyait comprendre la détresse du vieux général ; cette brutalité était sa manière d'exprimer son affection et la peur qu'il ressentait pour lui. La larme retenue coula finalement le long de sa joue alors qu'il fixait son père en silence. Il vida son verre d'un trait, le temps de remettre ses idées en place. La responsabilité de guider les siens à travers les brumes de l'avenir lui incombait désormais. Comme Astor le lui avait demandé, son propre père le poussait à envisager un rôle plus important que celui de simple émissaire.

Drakar déglutit en contemplant la flamme des lampes à gaz qui miroitait sur les murs brossés de tons pastel. Leur lueur était trop faible pour illuminer le gouffre qui s'ouvrait à ses pieds. Les profondeurs le firent chanceler sur sa chaise. Comme Phébus quelques jours plus tôt, il comprit soudain la lourdeur de chaque chose. C'était cela la réalité, la masse.

L'imprévisible vérité de la guerre qui s'annonçait le terrifia. Et tout cela, il le ressentait parce que son père, loin de le moquer ou de l'ignorer, souhaitait l'aider. Il n'avait pas assez réfléchi, ni ressenti. Il s'était perdu dans le lyrisme des belles idées en oubliant qu'une idée n'avait pas le goût des pêches au sucre noir, ni la couleur du sang des enfants. Il comprit soudain le caractère grotesque de ce détour personnel. Il fallait tout dire ou partir.

— La guerre est là... Ma mission, père, est de rejoindre Bramassa afin d'obtenir une aide matérielle de Tétragos. Je suis en mission pour l'amadouer.

— L'amadouer ? Vous voulez vous servir de ses vaisseaux, n'est-ce pas ?

— Un régiment de mes meilleurs marins me suit. Nous devons passer par le Baril du Fira. Avec les bateaux de Bramassa, nous récupérerons des hommes sur la côte en remontant vers Yissar.

— Même si cette idée n'est pas bête, je doute que Tétragos se laisse amadouer, comme tu dis. Cet homme ne comprend que l'intérêt sonnant et trébuchant des sols d'or.

— Nous lui en ferons la promesse…

— Des armées fidèles ont pris le contrôle de plusieurs villes dans les Contreforts et les Basses-Prairies, et ton prince a pris Dectroi, il se dirige vers Rocca… Mais tu sais comme moi qu'ici l'Empire est loin… Ta persuasion et tes promesses n'impressionneront pas Tétragos. Fais-moi confiance, je connais l'animal.

— Mais alors, que feriez-vous ? interrogea Drakar, qui ne pouvait s'empêcher de s'agacer de cette dernière remarque.

Son père ferma les yeux pour réfléchir. Drakar devait reconnaître qu'il n'était pas en bonne posture : il pensait avoir pris suffisamment de précautions pour voyager discrètement et pourtant tout le monde connaissait sa venue. C'était un échec total. Il ne pouvait retourner dans le murmure du vent, maintenant que sa présence à Valôme était dévoilée. Le gouverneur avait sans doute prévenu les services de Galatée de Tancre-Asclépios et les informateurs du terrible maire de Bramassa avaient dû lâcher des pigeons en direction de la cité corsaire.

— Nous n'avons plus le choix, Drakar : maintenant que la liqueur est tirée, il faut la boire, et jusqu'à la dernière goutte. Ton manque de rigueur est peut-être l'occasion de jouer une carte.

— Le capitaine de la garde Astor est de notre côté. Il me presse lui aussi…

— Je sais, il m'informe régulièrement. Il faut assumer désormais le choix de Phébus ! On ne fait pas dans la demi-mesure, on ne met pas le fusil en bandoulière quand la troupe part au combat…

— Je dois rester discret.

— Certainement pas ! Tu dois faire exactement le contraire… Vous voulez jouer sur le même terrain qu'Arsène de Virolles, en coulisse ? Il vous battra à ce petit jeu. Vous devez faire ce que vous savez faire : la guerre. Que Phébus s'occupe des grandes batailles rangées, nous mènerons une guerre de terrain. D'abord… Valôme.

— J'ai promis au gouverneur Darzo de laisser la ville tranquille.

— Eh bien, tu rompras ta promesse.

— Père ! Et l'honneur ?

Faure Varo se resservit un verre de liqueur. Son esprit bouillonnait. Son fils accueillait son aide et il se sentait jeune à nouveau, utile. La fébrilité des derniers jours, qui s'ajoutait à la sidération des semaines précédentes, disparaissait enfin. Peut-être même y avait-il un coup plus grand, bien plus grand, à jouer… Faure faillit s'emporter sous l'excitation mais se maîtrisa. Il ne fallait pas affoler Drakar qui semblait croire que tout était simple, le bien d'un côté, le mal de l'autre. Le vieux général savait que rien n'était sûr. Il réservait sa foi aux dieux et comptait sur la puissance des armes pour s'occuper des hommes. L'Empire était une chose, vraie mais lointaine, imposante et fragile comme un vase de porcelaine des Clairs de Sel. Si le cercle-monde changeait derrière la silhouette singulière d'un jeune prince, il fallait changer avec lui et sortir de sa retraite. Un nouvel avenir attendait peut-être cet homme qui pensait avoir sa vie derrière lui.

— L'honneur ne sert pas le perdant. C'est une belle idée mais elle ne se passe pas du champ de bataille.

— Est-ce bien vous qui me dites ça ? lança Drakar, stupéfait.

— Tu seras généreux avec lui en tant que vainqueur, balaya Faure d'un geste. C'est la seule façon de l'être. Écoute-moi, Drakar… Caraïne, Herse-en-Sol et Bleu-Démir doivent être prises. C'est le seul moyen de convaincre Tétragos d'obtempérer. Faute de quoi, ton ambassade est vouée à l'échec. Il te faut les villes et les campagnes, il te faut de la force, la subtilité viendra ensuite. Tu veux lui promettre de l'argent ? Le maire de Bramassa s'en moque…

— Et avec quelle armée vais-je réussir cela ? Où voyez-vous des régiments alignés ? Votre plan n'est pas réalisable ! Vous rêvez encore plus que moi ! Mes hommes n'y suffiront pas pour un projet de cette ampleur.

— Les villes ont des troupes et des volontaires. N'oublie pas que notre caste a le privilège d'enrôler qui elle veut. Tu les feras se rallier à toi ! Tu videras les greniers des garnisons et les entrepôts des arsenaux ! Je n'ai pas dit que ce serait simple, Drakar, mais tu n'as plus le choix ! Bramassa est quasiment imprenable par la terre, tu dois lui donner envie d'ouvrir d'elle-même ses portes… Et au pire, Bleu-Démir possède une flotte non négligeable qui peut servir !

— C'est un tout autre plan… Phébus…

— Phébus n'est pas ici. Notre prince croit peut-être que le fracas de la guerre épargnera ses scrupules. Il va vite comprendre, et toi aussi, répliqua Faure, les yeux brillants. Vous êtes si jeunes… Que croyais-tu ? Que Pengruel de Saint-Ange allait te laisser venir jusqu'à Tétragos sans s'interposer avec les troupes de sa province ? On raconte qu'il mobilise déjà sa garde, Bleu-Démir et les côtes lui sont acquises.

— Il se battrait contre notre prince et sa propre fille ?

— N'est-ce pas ce qu'il a toujours fait, depuis que Sa Majesté Urien nous a quittés ? Il ne se remet pas de la mort de son maître.

Drakar ne savait plus quoi penser. Son père pointait des écueils évidents qu'il aurait dû prendre en compte bien plus tôt. Bramassa était creusée dans les parois d'une grotte marine gigantesque. Une fois à l'abri derrière les portes monumentales qui servaient à fermer ce port intérieur, les navires étaient parfaitement protégés. On racontait que des accès secrets donnaient directement sur la lande, au-dessus de la cité, mais personne ne savait où. Ce n'était pas un hasard si Bramassa bénéficiait d'un statut particulier, l'existence d'un maire en était la preuve. À cela s'ajoutait effectivement la mainmise de Pengruel de Saint-Ange sur les forces locales. Si le père d'Astrée était au courant de sa venue et qu'il prenait les armes contre eux, le stratagème initial de Phébus tombait à l'eau.

Un bruit perturba leur discussion. Clarisse entra de nouveau en apportant de la liqueur fraîche. Elle prit la bouteille entamée qui avait réchauffé dans son seau. Faure lui fit un signe que Drakar, perdu dans ses pensées, ne perçut pas. La jeune femme hocha la tête discrètement et s'en alla sans un mot.

— Barabas Darzo te donnera les clefs, il n'aime pas la guerre et son rôle de gouverneur ne l'intéresse pas plus que cela. Ensemble, avec tous mes contacts et tes hommes, nous pouvons aider Phébus bien plus qu'il ne l'imagine. Tu dois agir par toi-même, et ici, sur place, sinon les ordres seront lancés de trop loin pour tomber juste. Il est tard, va dormir. Profite de cette nuit pour te reposer. Le voyage t'a fatigué, mais demain tu verras que j'ai raison. Tu te sentiras une nouvelle vigueur.

— Je dois y réfléchir, père.

Ils discutèrent encore un peu. Drakar fit un court récit des dernières années et Faure le félicita pour la place qu'il avait su prendre auprès du prince. Puis, la conversation s'essoufflant, le jeune homme partit prendre un peu de repos. Le vieux général resta seul dans le salon à siroter un dernier verre de liqueur. Le feu dans ses prunelles n'était pas le reflet d'un âtre, inexistant dans les demeures de ces régions. Faure avait promis à son fils de servir de conseiller et d'entremetteur. Il n'était pas le seul général à la retraite, et certains doutaient, plus sérieusement encore que lui, des capacités de la capitale et de son Conseil à gouverner des provinces aussi éloignées que la leur. Ces anciens militaires allaient les aider dans cette nouvelle entreprise. Le général était content de retrouver son aîné, mais peut-être plus encore de retrouver une vie d'aventure. Drakar le suivrait, ou plutôt lui le pousserait dans la bonne direction, il n'en doutait pas, quitte à devoir discrètement le manœuvrer.

De son côté, le jeune amiral marchait mécaniquement vers sa chambre en sentant encore l'étreinte que son père lui avait rendue avec une chaleur étonnante. Il l'avait cru diminué, mais il n'en était rien, et jamais le général n'avait fait montre de ses sentiments envers lui comme ce soir. Ce contact inédit et viril lui remuait les entrailles. Comme il était étrange de parcourir ces couloirs en étant un homme nouveau, responsable et soucieux ! Un homme, en somme. Cela faisait beaucoup d'émotions en une journée, beaucoup de questions et de doutes.

Son père n'avait pas tort : son plan avait le mérite de lui assurer l'adhésion entière de la garde du capitaine Astor. L'improvisation fait aussi partie des compétences d'un bon stratège. Cette perspective excitait le jeune amiral autant qu'elle l'intimidait par sa profondeur. Drakar se félicita de pouvoir compter sur le soutien d'un homme expérimenté comme Faure Varo. Pour autant, fallait-il tout changer sur un coup de tête ?

Il ouvrit la porte de sa chambre, l'esprit encombré de toutes ces réflexions. Il faisait encore chaud, bien que la nuit soit avancée ; seuls les criquets refusaient de dormir pour chanter. Il s'approcha de son lit et s'arrêta en découvrant dans la pénombre le corps nu de la belle Clarisse. La servante dormait sur les draps frais, légèrement recroquevillée. Sa peau laiteuse brillait à la lumière des deux lunes qui perçait à travers l'ouverture des épais rideaux. Le jeune homme s'approcha lentement et s'assit au bord du lit. Son regard suivit la courbe gracieuse du profil de la jeune femme, la délicatesse de sa nuque et de ses épaules, son dos souple, descendit jusqu'à ses fesses charnues, rondes comme deux pêches, aussi délicieuses que les fruits juteux qu'il avait engloutis au dîner. L'impudeur révélée de ce corps étendu lui réservait les mêmes délices : un plaisir libérateur, jouissif, dévorant.

Toute cette vie militaire qui le tenait à l'écart des joies simples se fit cruellement ressentir. La chaleur d'une étreinte, la douceur d'un mot glissé à l'oreille et le plaisir d'une conquête, il voulait tout cela. Il en avait besoin, et Clarisse n'était pas venue se coucher dans son lit par hasard. Drakar se rapprocha et frôla les fines chevilles de la jeune femme, en remontant le long des jambes galbées. Il voulait les saisir de toute la largeur de sa main, sans prudence, presque sans tendresse. Il sentait grandir en lui une tension animale. Son rythme cardiaque s'accéléra. En la contemplant, il se voyait plus fort et plus grand qu'il n'était. Quoi de plus beau que le corps délassé et nu d'une jeune femme dans la fraîcheur de sa beauté ? Quoi de plus attirant que l'abandon total…

Elle bougea ; il retira sa main. Drakar frémit. Clarisse se retourna lentement et sourit au jeune amiral dont les yeux brillaient comme ceux d'un félin devant sa proie. Son regard rieur s'amusa du désir impérieux qui torturait le jeune homme. Elle humecta ses lèvres avec lenteur et dévoila sans aucune pudeur deux seins arrogants, avant de prendre la main de Drakar pour la poser sur sa poitrine. Ce contact franc finit d'affoler ses sens. Sous ses doigts, il sentait le cœur de la jeune femme battre avec fougue. Drakar plongea son regard dans le sien, un beau regard de biche qui attendait le loup. Il s'avança lentement et elle l'attira à elle. La main glissée sous ses reins, il sentit son corps tout entier dans ses bras. Son souffle frémissant sentait la liqueur d'amande, ses lèvres en avaient le goût.

La guerre grondait dans le lointain de l'Empire, de terribles batailles attendaient patiemment leur moment. Une décision exigeait tout son sang-froid. Mais à cet instant précis, Drakar n'y pensait plus.

11

Sans tambour ni trompette

L'entourage de la princesse de Vallons-Pleurs limite ses déplacements au cœur même du Palais Complet. On dit la princesse entourée exclusivement d'artistes.

Malgré nos nombreuses demandes, nous n'avons pu rencontrer Sa Majesté au prétexte qu'elle méditait, pendant deux jours, à l'âge de quatorze ans ! Je ne suis pas le seul dans la délégation à en douter. Une escorte nous a suivis pendant toute notre visite pour veiller à ce qu'on ne s'écarte pas du chemin balisé. Je crains qu'il ne faille s'en inquiéter. Je joins à cette note, Votre Majesté, une liste de personnalités rencontrées qui pourraient nous aider à y voir plus clair. Vous y trouverez […]

Note secrète,
CHARIBE, Secrétariat du Prince V

La capitale vivait au rythme de l'attentat et de la terrible répression qui sévissait depuis que l'armée du duc Anglas Karzian de Varm avait franchi ses portes. Ailleurs dans l'Empire, les forces rebelles, placées sous le commandement de Phébus, suivaient un tempo différent. Tous les villages et toutes les villes s'émouvaient des rares échos qui leur parvenaient. La paix était fragile, les ressentiments vifs, et chacun chantait une petite musique qui se répétait partout, encore et encore : le pire était à venir. Personne n'était dupe de ce que racontaient les ondes, la répression à Seth était sanglante et aveugle.

Alors qu'ils poursuivaient leur route clandestine jusqu'à la capitale, l'auberge qu'Astrée et ses compagnons avaient choisie pour déjeuner ne recherchait pas les clients. Les habitués étaient au comptoir, en train d'engouffrer sans sentiment un bol de gruau au lard, avec de beaux morceaux de pain pour tout couvert. Dans les villages autour d'Icade, on ne mangeait que ça pour la pause, et de cette manière, depuis des siècles. La bouillie n'était pas fine mais le gras la rendait savoureuse et roborative. Elle nourrissait son travailleur avant de le renvoyer dans les champs de céréales. Ici, quand on était des labours, on apportait sa pesée de grains et les tranches de son cochon le matin, on payait juste le pain et la boisson.

Impossible de déjeuner en plein air à ce moment de la journée, tant le soleil cuisait la bonne terre. Il vous aurait bu la moindre goutte d'eau. Il en fallait déjà du courage pour courber le dos sur les épis d'orge de rivière en plein cagnard. On n'imaginait plus cela possible sans se rincer le goulot au midi, avec un fuzo bien coupé ou du cidre de pomme, sous un ventilateur.

Même si les paysans étaient destinés depuis leur naissance à travailler la terre, dans le froid et le vent, dans la chaleur et la sécheresse, ces dernières décennies de transformations technologiques avaient permis d'améliorer un tant soit peu leurs difficiles conditions de travail. Depuis qu'ils pouvaient manger et se reposer à l'abri de la chaleur, ils se demandaient comment avaient fait leurs aînés pendant les mois d'été.

Astrée de Saint-Ange avait déjà vu la rouelle de couleur cuivre cousue sur leurs vêtements. À Seth, on ne la croisait jamais, mais elle était très répandue partout dans l'Empire, là où l'on cultivait la terre et où paissait le bétail. Pas d'insigne, pas de blason, mais un emblème : une simple roue qui lui rappelait les cordons colorés de la noblesse. Pourtant, jamais les paysans ne seraient admis à intégrer l'élite impériale.

La jeune femme porta à sa bouche la cuiller légèrement rouillée remplie de bouillie épaisse et mâcha sa mixture, d'un air aussi indifférent que les paysans. Elle n'avait jamais compris pourquoi ils ne formaient pas une caste à part entière, plutôt qu'un ensemble distinct doté de ses propres lois et coutumes particulières. Les paysans n'obéissaient qu'à leur Patriarche et formaient un cercle-monde à part, un État dans l'État. À la différence des parias, on ne les chassait pas, on ne les redoutait pas, on les laissait vivre leur vie sans s'en soucier. Les paysans eux-mêmes accueillaient volontiers les clients dans ce qu'ils appelaient les « maisons communes », cette auberge par exemple.

Des règles tacites existaient cependant qui séparaient les uns des autres. Les paysans ne mettaient jamais les pieds à Seth, ni dans aucune des grandes villes. Ils se mariaient entre eux, vivaient entre eux et mouraient entre eux. On acheminait toutes les denrées qui n'étaient pas utilisées sur place vers Grande Halle, la cité-réserve où régnait Isodore de Bô. C'était leur véritable capitale, à la fois lieu de rencontres et d'échanges, siège des décisions agricoles et marché impérial. La ville était un immense dédale d'entrepôts accolés, qui accumulait les bâtiments au fil des siècles sans jamais les détruire, telle une chronologie visuelle de l'Empire. On s'y perdait facilement, dans l'espace comme dans le temps, et on y trouvait toujours ce qu'on ne cherchait pas.

Grande Halle étalait fruits, légumes, bestiaux et autres produits venus des quatre coins de l'Empire et du cercle-monde. Les paysans acheminaient les denrées et fixaient eux-mêmes les prix pour les grossistes qui revendaient ensuite les marchandises dans les provinces. Les grands distributeurs de Seth, pourtant prospères, réclamaient depuis des lustres d'obtenir le droit de négocier les prix dès la récolte et de transporter les produits eux-mêmes jusqu'à Grande Halle : de mettre la main sur le marché, en d'autres termes. Évidemment, le Patriarche ne voulait rien entendre. Son pouvoir, autant que le maintien d'une juste rémunération, en dépendait. Tout ce qui se nourrissait de la terre et tout ce qui nourrissait les hommes appartenait d'abord aux paysans.

Isodore de Bô n'était pas prince, ni même noble, mais c'était assurément un personnage très important auquel on devait respect et considération. Astrée ne l'avait rencontré qu'une seule fois, en compagnie de Phébus, au cours d'une visite officielle à Grande Halle, car le vieil homme ne se déplaçait jamais. Le capitaine de la garde princière gardait des sentiments mitigés de cette rencontre dans la gigantesque salle de réception, où tous les jours se tenait un banquet ouvert aux visiteurs de passage, qu'ils soient ducs ou parias.

Le Patriarche des paysans, tassé dans son grand fauteuil rustique, ne parlait pas beaucoup et pouvait rester immobile des minutes entières. On le disait sourd de naissance, mais pas une seule fois Astrée n'en avait eu la preuve. Quand il leur avait parlé, sa voix rocailleuse avait résonné avec une profondeur incroyable qui lui avait tout de suite fait penser à celle du père de Phébus, le prince Urien. Ses mouvements se faisaient rares, et ses mains, à l'image de celles des paysans qu'il gouvernait, étaient épaisses et calleuses. Une force émanait de sa personne qui vous impressionnait au premier regard. On comprenait tout de suite qu'Isodore de Bô était habitué à diriger et que son pouvoir n'était pas à prendre à la légère. Et d'ailleurs, Phébus s'était adressé à lui comme on s'adresse à un prince. Astrée n'avait pas apprécié ce genre d'irrégularité.

Encore une des étrangetés qu'on trouvait dans la foi du Faëton, qui aimait faire mille petites entorses aux lois générales sans qu'on en comprenne le sens. Pourquoi le Patriarche n'était-il pas un prince, ou alors un sujet ordinaire ? Pourquoi… Ce n'était pas la peine de se faire des nœuds dans la tête, se dit-elle en reprenant une cuillerée de bouillie. Elle releva le nez en entendant la porte s'ouvrir à la volée. Un jeune paysan entra dans l'auberge en portant un poste d'ondes-T qui avait visiblement été endommagé.

— Faut que vous entendiez ça ! C'est Gus qui me l'a prêté ! C'est complètement dingue ! cria l'adolescent en déposant brutalement sa machine sur le comptoir.

— Tu peux pas nous le dire plutôt ? demanda la matrone derrière son bar.

— Non, non, c'est en boucle, vous allez entendre ! Attendez…

Le garçon tritura les boutons du poste qui finit par s'allumer en grésillant, sans pour autant émettre de son intelligible. Astrée et ses hommes, qui mangeaient en silence, s'interrompirent en voyant tous les clients faire de même. Ils ne devaient pas attirer l'attention sur eux, Astrée leur avait recommandé de toujours suivre le mouvement général.

Ils voyageaient à cinq en tant que chercheurs, de grandes capes de voyage élimées cachant leur équipement. Grâce à la réputation de discrétion des savants, l'insigne du Savoir qu'ils arboraient les tenait à l'écart des ennuis. Les naturalistes menaient de nombreuses recherches à travers tout le pays et les paysans étaient habitués à les nourrir sans poser de questions. C'était un sacrilège d'usurper l'identité d'une autre caste, mais Astrée savait que ce n'était rien comparé à ce qu'ils s'apprêtaient à faire.

Phébus lui avait donné l'ordre de prendre un express à Rocca, mais elle s'était méfiée des informateurs susceptibles de se dissimuler aussi bien à Mange-Terre que dans la campagne environnante. Elle lui avait donc désobéi, pour la réussite de l'opération, et avait préféré entrer clandestinement dans Dectroi.

La modeste cité des Arcs du Midi baignait dans une étrange atmosphère : des gamins des montagnes environnantes étaient déjà venus avertir les habitants des mouvements de troupes dans la forteresse. Les rumeurs affolaient la population, qui hésitait entre la fuite et l'insurrection. La compagnie d'Astrée s'était glissée vers la gare en observant la situation qui dégénérait. Les bruissements populaires devenaient des éclats, et des rixes fleurissaient un peu partout, à même de se transformer en émeutes à tout moment. La garde locale avait bien du mal à maintenir l'ordre.

Les plus pauvres se réjouissaient de l'arrivée du prince qui allait secouer, peut-être même destituer, le gouverneur du Briccon. Ce noble issu de la caste du Commerce n'était visiblement pas apprécié par les citadins qui ne rataient pas une occasion de le dénigrer. Un prétexte qui ouvrait la porte à tous les débordements possibles. Astrée n'aimait pas cela, pas plus que le lieutenant Guillaume, mais la ferveur qu'elle pouvait lire sur les visages des plus démunis battait en brèche ses conceptions ordinaires. Phébus ne se trompait pas, ses officiers loyaux non plus, l'armée représentait pour le petit peuple un espoir certain. En montant dans le train pour la capitale, la compagnie regrettait déjà de ne pas participer à l'entrée dans la ville. Oh, comme Astrée aurait aimé chevaucher à côté de son prince et voir la liesse populaire ! Chaque membre de l'escouade était monté dans le train en cachant son amertume.

La suite les avait déçus davantage encore : l'express pour Seth avait été arrêté à Rocca, où les forces inquisitoriales, soucieuses de stopper les troubles, s'étaient mises à fouiller les trains à la recherche de matériel d'émeutiers, craignant que le mouvement se propage. La troupe clandestine s'était donc réfugiée pendant deux jours dans les rues passantes et très chaleureuses de la ville natale d'Edmond de Rocca, le prince diplomate. Contrairement à Dectroi, que la situation géographique laissait en dehors des radars du pouvoir, la cité de Rocca bénéficiait de l'aide de son prince d'une manière disproportionnée à ses besoins. Astrée, qui n'avait jamais eu l'occasion de la visiter, admira les belles rues larges et les jardins qui fleurissaient à chaque carrefour. Même à Seth les bâtiments officiels n'étaient pas aussi bien entretenus.

C'est à Rocca qu'ils avaient entendu la déclaration de Phébus, assis à la terrasse d'un établissement réputé, dans les jardins d'Exélète, équivalent provincial du parc des Armoiries et véritable ravissement qui les changeait des austères murs de la forteresse. Les arbres formaient au-dessus d'eux une tonnelle naturelle qui les protégeait du soleil estival implacable. Les riches habitants y sirotaient tranquillement un rafraîchissement pendant que les enfants jouaient dans les bassins et sous les jets d'eau. On admirait les statues qui représentaient des dieux mineurs du panthéon au carrefour des allées ou dans les niches qui flanquaient les cascades artificielles : Simon des Saules le musicien, la tendre Ajeanne Six-Sols qui veillait à limiter les excès d'Odilon Gras, ou encore, dans une chambre de verdure, Sylve la Vierge Vorace, aussi belle qu'inquiétante. On s'amusait à nourrir les pigeons avec du pain sec, et on commandait des verres aux tavetiers sans se soucier du prix. Personne n'aurait pu imaginer que des officiers rebelles s'étaient dissimulés parmi eux. Parfois, la meilleure cachette consiste à ne pas se comporter comme un fugitif et à adopter au contraire l'attitude de ceux qui n'ont rien à se reprocher, jusqu'à leur insouciance. Néanmoins, Astrée avait défait sa chevelure blonde, habituellement arrangée en un chignon serré, pour ne pas ressembler aux photos officielles d'elle qui circulaient dans la presse, et cela attirait sur elle les regards pour une tout autre raison.

Le goût du tava frappé, la spécialité locale qu'ils

avaient bue avec délectation, lui restait dans la bouche. Astrée appréciait ces mets et ces boissons qui existaient depuis si longtemps que tout, des gestes aux ingrédients, y était le fruit d'une mûre réflexion. Elle aimait ces petites choses qui pouvaient prétendre à l'éternité – les seules peut-être, avec les dieux, dans le cercle-monde. Tous les clients s'étaient tus quand la voix de Phébus avait retenti dans le poste d'ondes-T, même les enfants s'étaient arrêtés de jouer.

Le ton du prince, aussi bien que le fond de son propos, avait déplu à Astrée. Elle avait trouvé ses termes timorés et ses intentions floues. Le prince de la Guerre prenait tellement de pincettes avec le Conseil qu'à la fin de sa déclaration on ne savait plus très bien quelle était sa position. Au point que plusieurs clients s'étaient permis des réflexions narquoises sur ses volontés. Astrée avait pourtant cru qu'il aurait saisi la nécessité du moment, un moment historique. Il fallait frapper, et frapper juste, sans remords ni faiblesse. Le sort de l'Empire en dépendait ! Astrée, tout à sa conviction, avait trouvé Phébus décevant.

L'Empire était bafoué par les ambitions des princes de la Loi et du Commerce, avec la complicité du prince du Service. Depuis trop longtemps, les bas rangs s'appauvrissaient. Hormis cette noblesse imbue de ses prérogatives, la plupart des sujets trouvaient que l'époque était dure, et ils avaient raison. L'ordre solide, unique, disparaissait au profit de quelques chanceux qui par leur inconséquence menaçaient l'édifice tout entier. Les sacrilèges ne concernaient jamais les plus fortunés, les mauvaises nouvelles ne les atteignaient pas non plus, comme si les malheurs ne pouvaient venir que d'en bas.

Les certitudes de la noblesse ne pouvaient être plus éloignées de la réalité. Astrée en convenait, bien qu'elle fût elle-même de haut lignage. C'était dans l'air, dans l'eau et dans les poignées de main, comme si la vérité avait son goût et son odeur qui ne trompaient personne. Chacun en connaissait le fumet, même les privilégiés. Phébus avait raison de s'élever contre cet ennemi sourd et vil qu'était le Conseil depuis que Virolles, Rocca et Antinosc en avaient pris secrètement les rênes. La jeune femme se rêvait chaque nuit aux côtés du prince, un pistovape dans la main, une épée dans l'autre, face aux véritables traîtres de l'Empire.

Mais, depuis son départ de la forteresse, le rêve avait disparu et Astrée se réveillait avec des images floues qui ne l'inspiraient plus. Peut-être était-ce dû à sa mission, qui la contrariait ? Le sauvetage d'Alfred de Pergoal la révulsait toujours. Astrée était en colère. Ce n'était pas sa place ! Malheureusement le devoir ne connaît pas le confort.

À la suite de cette nouvelle déclaration de Phébus et des troubles qui avaient fini par éclater, même à Rocca, Astrée et ses hommes s'étaient embarqués dans le premier train qui remontait vers le nord. La gare était moins bien gardée depuis que la police jugulait des attroupements et des regains d'émeutes. Cela avait fait leur affaire et ils avaient pu rejoindre la ville suivante, Icade, une cité importante de l'Empire où l'Inquisition se trouvait en force pour contrôler les trains. Le convoi de marchandises s'était arrêté en amont de la gare pour une fouille systématique. Les militaires clandestins avaient dû sauter du wagon et s'éloigner, le temps d'évaluer la situation.

Ce détour leur avait permis d'observer des troupes qui stationnaient aux abords de la ville, dont la présence n'augurait rien de bon pour les forces loyales à Phébus. Astrée, qui devait poursuivre sa route, espérait que des espions avaient pu en informer le prince de la Guerre. Le centre du pays était acquis au Conseil.

Pour ne prendre aucun risque, ils avaient préféré se restaurer dans les faubourgs d'Icade et attendre le train de nuit. Ils s'étaient donc retrouvés à déjeuner dans cette auberge paysanne, que rien de spécial ne distinguait des autres, et cela leur allait très bien. Ils comptaient bientôt reprendre leur route pour Seth.

Le garçon qui venait de débouler en plein repas continuait de chercher le bon relais et poussa finalement un cri de victoire. Le présentateur star d'O.T.I., Armand La Rochelle, était en plein échange. « C'est dingue, vous allez voir ! Dingue ! » Le jeune garçon se prit une taloche alors qu'il gigotait en sautant sur place. Tous les regards de l'auberge se tournèrent vers le poste.

— … *Nous allons donc écouter ensemble la déclaration du prince de Virolles, loués soient les dieux…*

« Mes chers sujets, c'est le cœur lourd et les yeux tournés vers nos dieux protecteurs que le Conseil se voit dans l'obligation d'annoncer les nouvelles suivantes : Anglas Karzian de Varm, Premier amiral de Seth, prend temporairement le commandement général des forces armées impériales. La cité de Seth est sous loi martiale pour une durée indéterminée, et l'exécution du traître Alfred de Pergoal aura lieu à la

lune unique. Le Conseil tient également à déclarer qu'aucune infraction, aucune manifestation en faveur du désordre ne sera désormais tolérée de quelque manière que ce soit à travers l'Empire. Tous les gouverneurs ont reçu l'ordre de faire appliquer la loi avec la plus extrême rigueur. Le Conseil ne tolérera pas les troubles que nous constatons. Et tout sera fait pour restaurer l'ordre des dieux. Cette déclaration, louée soit la sagesse du Conseil et louée soit la volonté des dieux, est parole sacrée. »

Un homme se dépêcha d'éteindre le poste. Seuls les échos de la vie au-dehors résonnaient dans l'établissement. Phébus remplacé, Seth sous la loi martiale et Pergoal exécuté en place publique, le Conseil n'y allait pas par quatre chemins. Un instant, tout le monde resta interdit. Astrée était sidérée. Même si elle détestait Arsène de Virolles, la détermination qu'on percevait au travers de cette déclaration lui parut plus satisfaisante que celle de son propre prince.

Puis les conversations reprirent de plus belle, chacun ayant son mot à dire. La plupart des clients voulaient absolument entendre encore la déclaration pour mieux la comprendre ; certains osaient déjà s'énerver ouvertement contre le Conseil, car ils savaient bien que le prince de la Guerre n'avait pas tort : la misère, ils connaissaient ! L'incompréhension se lisait sur les visages face à une décision inédite dans toute l'histoire de l'Empire. C'était une destitution à mots couverts.

Voilà qui obligerait Phébus à remplacer les pincettes par des canons ! Astrée fit un signe à ses hommes qui se remirent à manger pendant que les conversations s'animaient autour d'eux. Le jeune capitaine ne put réprimer un léger sourire de satisfaction en voyant que la situation s'emballait. L'affrontement était désormais inévitable. Elle connaissait la date de l'exécution de l'ingénieur ; ils ne devaient pas traîner s'ils voulaient arriver à temps. Pénétrer dans la ville ne serait pas si difficile, en sortir serait une autre paire de manches. Encore fallait-il qu'ils arrivent à récupérer le prisonnier avant sa mort !

Astrée termina son bol d'un dernier coup de cuiller et sortit une bourse de sa poche. Elle déposa sur le comptoir quelques sols, ce qu'il fallait pour payer les cinq assiettées sans largesse, et se leva, suivie par ses hommes. De nombreux chariots étaient immobilisés au beau milieu de la chaussée pavée, tandis que des commères aux fenêtres s'apostrophaient d'une façade à l'autre. Contrairement à ce que l'on voyait dans les cités méridionales, le linge ne pendait pas aux fils tendus au-dessus des rues, mais les larges toits d'ardoise apportaient une ombre bienvenue dans les allées de la Petite Serpe.

Les habitants, accoudés sur les caisses de confitures et les sacs de farine, discutaient des dernières nouvelles le long des trottoirs. La déclaration du Conseil faisait naître plus de questions qu'elle n'apportait de réponses. Quelle était réellement la position du prince Phébus pour provoquer une décision aussi insolite et menaçante de la part de ses frères et sœurs ? Et si Seth était dans cet état déplorable, si les troubles étaient « à travers l'Empire », qu'en était-il des grandes agglomérations comme Terrance, Astran ou Herse-en-Sol ? On racontait que dans les Arpentes, Cembre était en flammes ! On restait sans nouvelles de Valôme et Bleu-Démir. Sur les ondes on n'évoquait jamais les autres villes de païs, des villes plus simples et paisibles comme ici…

Les avis sur la situation étaient très partagés, on ne remettait pas facilement en doute l'autorité du Conseil. En passant discrètement, Astrée entendit un gros commerçant joufflu se réjouir de voir le duc Anglas remplacer son cousin : grâce à lui, l'armée aiderait les marchands à renégocier les prix vers Tallid et à discuter avec le « Pater » des paysans… Astrée avait envie de lui coller des baffes, comme à tous ceux qui osaient remettre en cause Phébus. Depuis quand le peuple se permettait-il de donner son avis ? Et d'ailleurs, comment se faisait-il qu'il en ait un ? Il existait une grande différence entre les appels à l'aide des misérables et les doctes avis des bas rangs. Une différence qu'Astrée n'était pas prête à accepter. Ses hommes et le lieutenant Guillaume, qui fermait la marche, serraient les dents pour se contenir.

Ils étaient nombreux dans cette ville à l'abri de la misère des cités industrielles à ignorer les réalités qui traversaient l'Empire. Derrière les mots, ce qui la frappa, ce n'était pas tant une question de conditions de vie que l'expression des antagonismes qui régnaient entre les castes. Les certitudes que les marchands et les légistes ne se gênaient pas d'étaler l'agaçaient : non seulement parce qu'elles étaient sacrilèges, mais parce qu'on aurait dit que quelqu'un leur avait soufflé les mots. Tous ces boutiquiers et greffiers de quartier, tous ces petits notables semblaient peu surpris du tour que prenaient les événements des derniers jours. On les voyait se lancer dans de grandes théories, comme s'ils pouvaient enfin dire à voix haute ce qui leur trottait dans la tête. Qui leur avait raconté qu'ils avaient droit à une opinion ?

De tous, les négociants étaient les pires, toujours à ne voir que l'intérêt de leur porte-monnaie ! Astrée les entendait pérorer sur les prix d'exportation, le besoin d'obtenir de nouveaux marchés ou encore l'insatisfaction de ne pouvoir voyager librement à l'étranger pour commercer. La situation intérieure de l'Empire ne semblait pas les concerner. Pourtant, quand bien même la relation tumultueuse avec le Royaume Volant exigeait des réponses et qu'il fallait encourager le commerce, les troubles étaient la seule et unique priorité qui aurait dû les inquiéter. Le capitaine n'eut que mépris pour ce populaire qui se croyait savant.

Sa compagnie arriva enfin sur le parvis de l'unique gare d'Icade, dont la construction datait de la même époque que celles de Seth. Le réseau ferroviaire de l'Empire était sorti de terre en quelques décennies. Ses piliers métalliques étaient brossés de longs épis de blé qui fusaient vers le ciel, couronnés par des chapiteaux en forme de bottes d'orge de rivière, qui soutenaient des madriers de pierre aux allures de troncs. Astrée trouvait ces représentations naïves, pour ne pas dire frustes. L'escouade longea le bâtiment en prenant soin d'éviter les patrouilles. Hors de question de passer par les guichets. S'ils voulaient rester discrets, il valait mieux ne pas laisser traîner les papiers d'identité et les permis de profession. Dormir sur un lit de charbon dans un wagon ne leur faisait pas peur ; dormir en avançant, cela rendait la nuit utile. Ce n'était pas pour déplaire à Astrée qui était habituée au confort rudimentaire de la vie de soldat.

Une vie rude mais simple, sans surprise et sans mensonge.

L'escouade se faufila dans les entrepôts de fret et ressortit de l'autre côté, juste le long des rails. Les wagons de marchandises leur faisaient face. Malgré la diminution du trafic, leur nombre restait important et les troubles en ville empêchaient l'Inquisition d'effectuer des fouilles poussées pour chaque train, sauf à vouloir gripper un peu plus le commerce, ce qui n'était pas envisageable. Deux soldats vérifièrent que la voie était libre et partirent en reconnaissance pour sélectionner le train qui les mènerait jusqu'à la capitale. Le soleil de la fin d'après-midi caressait les flancs métalliques des wagons rouillés, la chaleur était encore intense mais ne les accablait plus. Astrée se surprit à profiter de ses rayons en attendant le signal.

Les deux soldats revinrent et leur indiquèrent le chemin à suivre. Un wagon les attendait, la porte ouverte. Ils s'y engouffrèrent avant de pouvoir enfin s'asseoir et souffler un peu dans la pénombre. Les quatre militaires profitèrent du silence pour somnoler tandis qu'Astrée montait la garde. Ils se réveillèrent en entendant le sifflement caractéristique de la locomotive qui se mettait en branle.

— Notre prince ne pensait pas qu'ils iraient jusque-là, fit remarquer le lieutenant Guillaume, adossé à une caisse.

— Cela va définitivement clarifier la situation, ce n'est pas une mauvaise chose, enchaîna Astrée, assise dans la même position, en croquant dans une pomme.

Les trois autres acquiescèrent tandis qu'ils sortaient de leur besace de quoi manger un bout. C'était un réflexe plus qu'une nécessité. Parfois, le simple fait de manger permet de comprendre qu'un moment vient de se clore et qu'un autre s'ouvre. Le train avait quitté la cité, au grand soulagement du capitaine qui redoutait toujours les chiens de l'Inquisition.

Ils roulaient depuis une heure maintenant. Le wagon où ils se trouvaient transportait de hautes caisses et Astrée était curieuse de savoir ce qu'elles contenaient. Elle avait envie de soulever un panneau, ne serait-ce que l'entrouvrir, mais la discipline l'en empêchait, et elle retirait sa main à chaque fois. Le lieutenant Guillaume observait son manège d'un air amusé, sans un mot.

— Cela ne nous dit pas comment nous allons libérer le comte de Pergoal, souffla un soldat. Cela va faire juste… Déjà, il faudrait entrer dans Seth…

— Fer-Bataille a ses propres accès sous la ville, je connais un chemin peu fréquenté. Je doute qu'Anglas s'en préoccupe pour le moment, lui répondit Astrée.

— Capitaine, comment on va faire pour le récupérer ? voulut savoir un autre soldat.

— Le capitaine ne veut pas déterminer le plan sans information supplémentaire, répondit à sa place le lieutenant Guillaume. Voyons d'abord dans quel état est la ville. Nous avons des alliés dans les murs. C'est bien ça, Quaribert ?

Astrée acquiesça. Il n'y avait que Tristan Guillaume pour l'appeler Quaribert. La tradition se perdait dans la nuit des temps, nul ne savait qui le premier avait donné ce surnom au capitaine de la garde. C'était un hommage au loup à cinq têtes qui gardait la hache d'Abaal la Colère. D'ordinaire, les soldats s'en servaient quand le capitaine n'était pas à portée de voix ; dans la bouche du lieutenant cependant, le mot passait pour un hommage, Astrée le savait bien.

Les trois autres soldats, la bouche pleine, grognèrent leur assentiment. Ils étaient de la même génération que le lieutenant Guillaume et s'étaient portés volontaires pour cette mission. Leur chef, le capitaine de Saint-Ange, leur plaisait bien. Cette fille, si on leur permettait l'expression, avait du cran. Elle n'avait jamais reculé dans les canyons d'Ar Nigma que l'armée occupait. Ses méthodes différaient de celles de son père, mais ils retrouvaient chez elle la même volonté d'acier et ce goût du risque qui était l'apanage des grands. Quand leur supérieur direct, le lieutenant Guillaume, leur avait proposé la mission, lui-même s'engageant, ils n'avaient pas hésité. L'Empire avait besoin d'eux, leur prince avait besoin d'eux, leur capitaine avait besoin d'eux. Ils ne se souciaient pas du reste. Ils étaient fiers de combattre pour leur prince et l'Empire, parce que leur prince était l'Empire.

Le capitaine Astrée de Saint-Ange regarda, à travers le jour de la porte coulissante, la campagne sethis qui miroitait sous les derniers rayons du soleil. Tout était d'or. Elle percevait le roulis du train, la mélopée métallique d'un vaisseau fendant l'onde végétale. La sérénité aurait pu être peinte dans ces champs, loin de la frénésie des usines et du fracas des canons.

D'ici, Astrée ne pouvait pas entendre les cris des émeutiers ni le crépitement des armes, mais à une centaine de lieues de là, au même moment des corps tombaient sous les rafales. Une armée mettait fin au Carnaval en pourchassant les insurgés jusque chez eux, jusque dans les placards et les greniers, en incendiant les quartiers rebelles et en exécutant sommairement hommes, femmes et enfants contre les murs branlants des niveaux insalubres. L'espérance suscitée chez les pauvres et les parias par l'attentat d'Alfred, cette espérance née de la mort des riches et des puissants, agonisait à son tour dans le massacre. La rage outrée des nobles et des compagnies militaires n'avait rien à envier à la sauvagerie des révoltés qui s'était exprimée quelques jours plus tôt. Pire encore, la légitimité qu'ils pensaient incarner les rendait savants et cruels dans l'exécution des représailles. Par précaution, les habitants s'étaient claquemurés, la pègre avait reflué des avenues pour s'évanouir sans laisser de traces, abandonnant à leur sort ceux qui l'avaient accompagnée. Une multitude d'objets volés avaient été jetés hors des bouges où on les avait précédemment empilés, dans le fol espoir que l'armée épargne leurs illégitimes propriétaires. Cet espoir était vain : la terreur régnait dans les rues de Seth, une seconde terreur. Ainsi s'amusent les dieux qui connaissent la nature des hommes et savent toujours les réunir.

12

La peine et la colère

> Chez les Bô, la table est un honneur qui ne demande aucune rétribution. Chaque pauvre, chaque personne affamée sur le chemin vers Seth peut s'y arrêter, et manger et boire à satiété. Je me retrouvai donc à côté d'un homme un peu plus vieux que moi, un simple paysan à en juger par ses habits sales et usés. Je ressentis le besoin de me lever mais je me retins : cela aurait été très mal perçu. Une heure plus tard, j'oubliai tous mes préjugés et je chantai avec cet homme que je ne revis jamais. Ici, on partageait une interprétation libre du Faëton qui […]
>
> *Souvenirs de jeunesse du comte d'Astran*, 14VIII

L'ombre du geôlier qui faisait les cent pas se distinguait sous la porte. Ce mouvement de va-et-vient n'augurait rien de bon. Pourtant, depuis la visite de l'inconnue, personne n'était revenu torturer Alfred. Cinq jours qu'il recevait invariablement, matin et soir, une portion chiche de pain rassis et un bouillon à peine plus trouble que l'eau claire.

Son état physique s'améliorait cependant, sans qu'il puisse y trouver une explication rationnelle. Debout, en train de regarder par la petite lucarne de sa geôle deux corneilles s'agiter sur une corniche, Alfred caressait distraitement le petit œuf bleu qui ne le quittait plus. Le lendemain de la mystérieuse visite, il s'était réveillé avec la pierre polie dans la main. Cela ne correspondait pas à son dernier souvenir, cela n'avait aucun sens. Et, sans raison non plus, l'ingénieur n'avait pas voulu s'en séparer.

Était-ce à cause de la chaleur qu'il sentait émaner de la pierre ? Avait-elle une propriété particulière ? Contre toute attente, l'objet semblait avoir un lien avec sa santé et son humeur. Alfred refusait de s'en remettre aux fantaisies des amulettes, pourtant l'évidence s'imposait : depuis qu'il possédait cet artefact, il allait mieux. Son corps se réparait à une vitesse incroyable. Ses doigts brisés retrouvaient peu à peu leur mobilité, ses hématomes régressaient sur sa peau à vue d'œil. Ses os ne s'étaient pas tout à fait ressoudés, mais ses côtes ne le lançaient plus comme avant. Quelque chose d'anormal était en train de se produire en un temps record. Cela défiait son imagination et la logique la plus élémentaire.

Alfred ne pouvait ni ne voulait croire que ce soit grâce à une quelconque prière ou à la volonté des dieux. Les formules magiques et les rituels sordides que les vieux pratiquaient n'étaient que superstitions idiotes et dangereuses ; les prières et les offrandes dans les temples n'étaient que gesticulations. Cette pierre n'était rien d'autre qu'une pierre.

À cette idée, quelques souvenirs d'enfance lui revinrent en mémoire, dont un plus précis, celui d'un jeune homme accusé de sorcellerie dans le village voisin. Le procès, expéditif, avait été longuement discuté par les parents d'Alfred. Ils s'étaient même disputés dans le grand salon du Pré Carré, rare occasion où ils avaient laissé transparaître leur dissension devant leur fils et sa sœur. Que le jeune homme ait pu commettre un crime en nouant les fils d'une bourse remplie de verre brisé pour la jeter au feu paraissait complètement risible aux yeux de son père, qui s'emportait aussi bien contre la crédulité du jeune homme que celle du comte local, lequel avait prononcé la sentence. Comment sa propre femme pouvait-elle croire à ce genre d'inepties ?

En grandissant, Alfred avait compris que seule l'indifférence protégeait de la superstition. Son père avait raison : ceux qui en faisaient usage autant que les crédules en étaient les captifs. La richesse ou l'éducation n'y changeait rien. Même la capitale pouvait être sujette à des fièvres, et les journaux faisaient leurs choux gras des quelques scandales annuels de ce qu'on appelait « occultisme » avec une étrange délectation. L'ingénieur était persuadé que les foules, dans de tels cas, n'avaient pas grand-chose à faire de l'objet du procès ni même de la culpabilité de l'accusé. Elles s'animaient pour d'autres besoins et on les laissait faire complaisamment.

Alfred contempla une énième fois la petite pierre dans sa main. Le colifichet n'était pas lisse, contrairement à ce qu'il lui avait d'abord semblé, mais recouvert de fines gravures. Les inscriptions n'étaient pas lisibles sans instrument, et les quelques mots rédigés dans l'alphabet impérial, qu'il avait péniblement réussi à déchiffrer, ne signifiaient rien.

Trois sujets obsédaient désormais l'ingénieur : le sort réservé à ses amis, l'identité de sa visiteuse et le mécanisme qui permettait à cet œuf d'agir sur lui. Aucune de ses réflexions ne lui avait permis de parvenir à la moindre conclusion.

Le sort de ses amis restait totalement incertain. Très vite, cette question s'était transformée en un sentiment diffus de colère et d'angoisse qui s'ajoutait à son malheur. Alfred espérait que Léonore avait fui, que Cornélia avait fait son travail, et que Constantin et Nine les protégeaient tous, lui compris, d'une manière ou d'une autre. Phébus avait dû être surpris par l'attentat, mais Alfred ne doutait pas qu'il s'en était servi pour ses propres projets. L'amertume de son départ était encore là. Sous ses airs naïfs de bellâtre, le jeune prince se dévoilait plus malin et dissimulateur qu'Alfred n'aurait pu l'imaginer. Son ancien meilleur ami ne lui avait pas donné de nouvelles en deux ans et l'ingénieur n'avait pas cherché à en avoir.

Quant à Astrée, elle devait être satisfaite : voilà ce que méritait l'ambition dévorante de ce parvenu ! Si imbu de sa personne et irrespectueux des institutions impériales qu'il avait condamné toute la noblesse par hérésie ! Les doigts d'Alfred se crispèrent sur l'œuf alors que cette idée particulière provoquait en lui une intense envie de revanche. Cette colère était saine, elle lui donnait envie de prouver à Astrée qu'elle avait tort. Bref, de ne pas mourir. Depuis qu'il était passé si près de l'éternel oubli, Alfred voulait vivre et accumulait les raisons qui transformaient ce désir en une nécessité.

L'une d'elles, la plus évidente, était le mystère que représentait l'attentat en lui-même. Ses tortionnaires lui avaient raconté maintes fois son crime. Sur ce point-là aussi, sa raison avait du mal à ne pas s'égarer vers une thèse irrationnelle. Car enfin, comment expliquer qu'il ait pu se déplacer dans les airs, émettre une énergie terrible qui avait ravagé les rangs de la noblesse sethis, tout cela sans rien contrôler, et sans y succomber lui-même ? Alors qu'il n'en était même pas l'instigateur ? C'était tout simplement inexplicable…

Alfred savait qu'au cœur de Brise-Fer, le palais de sa propre caste, on ne cessait de découvrir les étonnantes propriétés de ce que par commodité on appelait « ondes ». Malheureusement, même un Premier comme lui n'avait pas l'autorisation d'entrer dans les laboratoires qui les étudiaient. Les chercheurs concernés avaient ordre d'y rester enfermés sous peine de sévères sanctions, et le prince de la Technique Constantin l'Ariologues n'avait, semble-t-il, aucunement l'intention de les libérer. Lui-même se consacrait entièrement à ce sujet, de jour comme de nuit.

Le grand public ne connaissait que le système de communication, mais la réalité était tout autre. On murmurait dans les couloirs les mieux informés du palais que les ondes telluriques permettaient de transporter bien plus que du son. Elles constituaient par elles-mêmes une étrange énergie dont les applications, semblait-il, défiaient l'entendement. Était-il possible qu'une chose, sous son cuir chevelu, relie son cerveau à un poste de commande ? Ou dans sa nuque ? Il savait bien que non, mais il se gratta machinalement la tête, comme chaque fois qu'il pensait à ça. Il n'avait aucune preuve du rôle que pouvaient jouer possiblement les ondes dans l'attentat. Seuls les mystères de la recherche tellurique et l'irrationalité de cette tragédie lui permettaient de faire un rapprochement. Peut-être était-ce encore un moyen différent ? L'ingénieur n'en avait aucune idée.

Constantin se serait-il servi de lui pour commettre un crime ? Dans le cas contraire, il fallait envisager que cette technologie ait fuité pour se retrouver entre des mains malintentionnées. Alfred ne pouvait croire son propre prince responsable d'un attentat aussi ignoble. Son caractère si secret, réservé et songeur, passait presque pour pathologique ; pour autant, cela ne faisait pas de lui un meurtrier de masse. Mais alors, qui était capable d'infiltrer Brise-Fer ? Virolles ? Rocca ? Alfred les savait aptes à commanditer des assassinats, mais il ne voyait pas l'intérêt qu'ils pouvaient en tirer.

Ses yeux se posèrent sur la pierre polie. Parfois, quand il la regardait suffisamment longtemps, Alfred avait l'impression de plonger en elle, comme si elle contenait un vaste océan. La sensation de tomber, de sauter d'une falaise, correspondait le mieux à ce qu'il ressentait alors. Une fois, il se sentit même totalement happé dans ce qui lui parut être un rêve où, libre et joyeux, il flottait dans l'eau, le regard tourné vers l'azur. L'hallucination n'avait pas duré longtemps mais son souvenir restait particulièrement vif. Une simple pierre gravée ne pouvait avoir cet effet.

Qui était ce Valère de Myocène dont l'inconnue lui avait fait répéter le nom ? De quelle caste faisait partie la mystérieuse guérisseuse ? Selon toute logique, c'était dans celle du Savoir qu'il fallait chercher, pourtant ses paroles sur les dieux la rapprochaient plutôt de la Foi.

Quel rapport ce Valère avait-il avec l'œuf ? L'avait-il créé, trouvé ou même volé ? Pourquoi un prêtre ou un biologiste se serait-il intéressé aux ondes ? Peut-être était-il ingénieur, comme lui, mais Alfred n'avait jamais entendu son nom. L'objet dans ses mains émettait-il un champ tellurique ? Depuis des décennies, on avait isolé de nombreux points dans l'Empire, les nœuds, qui émettaient naturellement des ondes. Était-ce la matière, le minéral, qui agissait sur lui ? La chaleur qui émanait de la pierre, cet œuf qui soignait son corps, ces inscriptions minuscules à sa surface, il devait y avoir une explication.

La porte de la geôle s'ouvrit dans son dos. Alfred fourra l'œuf dans la seule poche de son costume qui n'avait pas été arrachée. Il déglutit péniblement, puis se redressa d'un air provocant. Il ne s'était pas trompé concernant l'anxiété du geôlier.

Ce ne fut pas tant la colère que la curiosité qui s'empara d'Arsène de Virolles, debout devant l'ingénieur. Alfred de Pergoal se tenait droit, le corps traumatisé mais point brisé, assez vif pour un condamné à mort. On avait assuré le prince du contraire deux jours plus tôt. Les geôliers étaient des brutes épaisses qui n'avaient aucune raison de lui mentir et de ne pas passer à tabac un criminel pareil. La chose était insolite. L'ingénieur était peut-être d'une constitution plus solide qu'il n'y paraissait, ses tortionnaires plus fatigués qu'ils ne voulaient bien l'admettre.

Virolles haussa imperceptiblement les épaules en avançant d'un pas dans la cellule. Sa haute stature réussit à effrayer le condamné, qui recula instinctivement. Arsène vit, avec un plaisir de gourmet, le regard de l'ingénieur se poser sur les dossiers qu'il tenait. Le rictus de crainte qui apparut sur ses traits le combla ; Alfred de Pergoal savait que tout était perdu. Habitué dès son plus jeune âge aux responsabilités et aux honneurs, le prince goûtait simultanément la vérité et le pouvoir sans en connaître les saveurs distinctes. Son pouvoir avait le goût de la vérité. Arsène détestait l'acte ignoble qu'Alfred avait commis, mais il éprouvait pour l'homme une certaine admiration. Les documents dans ses mains avaient acertainé son opinion.

— J'avoue m'être trompé sur votre compte, monsieur de Pergoal. Je vous croyais simplement individualiste, un brin idéaliste… Je découvre, au contraire, un homme de pratique, d'un bon sens même très appliqué. Après tout, vous étiez un ingénieur, et pas n'importe lequel ! J'aurais dû me dire que toutes vos contradictions avaient une raison. Les apparences ne sont pas trompeuses, elles sont seulement tronquées, n'est-ce pas ?

Vêtu d'une sobre robe de magistrat, le prince s'approcha avec calme.

— Un homme comblé d'honneurs qui installe ses ateliers dans les niveaux insalubres. Un ingénieur de haute volée qui court les soirées mondaines et les clubs prisés. Un galant dépourvu de véritable galante… Je vous ai cru fantaisiste, à tort. Vous étiez malin, monsieur de Pergoal, vous *êtes* un malin. Mais vous n'êtes pas le seul…

Une lueur traversa les prunelles de Virolles, qui s'approcha encore d'un pas. Alfred ne pouvait plus reculer et se figea contre le mur.

— Comment avez-vous pu commettre un acte aussi ignoble ?

Arsène vissa son regard dans celui de l'ingénieur médusé.

Il commença à feuilleter les carnets et les feuilles libres sous son nez avant de s'arrêter brusquement.

— Pourquoi faire une chose aussi horrible quand on a l'avenir devant soi ? Je ne connaissais pas votre fortune, elle est impressionnante… Surtout avec ces maisons et ces ateliers clandestins qui vous rapportent tant. Rien n'est gratuit, n'est-ce pas ? Pourquoi gâcher tant de richesses ? Vous aviez un si grand potentiel.

Dans l'esprit de l'ingénieur, la surprise céda la place à la colère. Qu'avait donc cet homme à parler déjà de lui au passé ! Il n'était pas encore mort ! Il se savait condamné et n'avait plus aucune raison de retenir ses propos devant quiconque, qu'il fût prince ou paria.

— Je suis innocent, et victime d'une machination. Je n'ai pas souhaité cet attentat, ni tous ces morts… Où avez-vous trouvé ces papiers ?

Alfred se força à rester bien droit, affermissant sa voix malgré les douleurs qui le traversaient encore.

Arsène n'était guère habitué à ce qu'on lui parle de cette manière, mais il ne s'en offusqua pas. Cela l'intéressait davantage d'engager une conversation avec un condamné comme le comte de Pergoal, dont le dossier était particulièrement épais.

— Et pourquoi devrais-je vous croire ? Mes hommes m'ont rapporté que vous refusez d'avouer.

— Vous l'avez dit vous-même : quel intérêt aurais-je à me sacrifier avec une si belle fortune ? Vous savez les efforts qu'il m'a fallu pour être où je… où j'étais ? Pourquoi tout jeter en l'air ?

— Parce que vous ne croyez pas. Vous l'écrivez noir sur blanc, à l'encre de la vérité d'Algard et Vanoë, si j'ose dire. Vous ne supportez pas de vivre dans cet Empire aux « idées archaïques et superstitieuses », c'est écrit, là.

Arsène souligna du doigt la citation dans le carnet noir qu'il tenait ouvert. Alfred comprit qu'il ne servait à rien de jouer au plus fin. Il fallait qu'il sache très vite ce qu'Arsène de Virolles avait saisi pour ne pas en dévoiler davantage. Il fixa le carnet.

— Nous l'avons retrouvé avec vos papiers chez l'hébergeuse de votre mécanicienne, Léonore Azur.

— Elle n'y est pour rien. Léonore non plus.

— Le simple fait de vous avoir côtoyé les rend déjà coupables. Nous avons cette femme et son fils, nous trouverons mademoiselle Azur. Et cela grâce à vous et grâce au prince Karzian d'Estée, votre grand ami. Seth n'est plus sous la loi commune. D'ailleurs, je suis surpris de n'avoir rien découvert à son sujet dans ces documents, ajouta-t-il en les pointant vers Alfred.

— Le prince n'a rien à voir avec mes activités, et rien à voir, pas plus que moi, avec cet odieux attentat.

— C'est étrange le nombre de criminels qui vous entourent et qui n'ont pourtant rien à voir avec vous. De la même façon, vous êtes au centre de cet attentat, mais sans en assumer la moindre responsabilité…

— Phébus n'est pas un criminel.

Les deux hommes se toisèrent. Alfred était diminué, affaibli mais tenace ; le prince, quant à lui, se tenait droit, impérieux comme toujours. Le silence devint pesant. Arsène s'étonna de la détermination qu'il pouvait lire dans le regard de l'ingénieur. Le comte de Pergoal se tenait dos au mur en laissant au prince toute la cellule pour se mouvoir librement. Arsène voyait bien que sous ses airs bravaches, les jambes du prisonnier commençaient à flageoler.

— Quand bien même je vous croirais, monsieur de Pergoal, l'Empire de Seth compte plus de cent millions de sujets. Selon nos recensements, les parias représentent à eux seuls un tiers de cette population, et les bas rangs plus de la moitié. Pour traverser notre Empire, même avec nos lignes ferroviaires, il faut des jours. Cet espace est immense, et sa population nombreuse, variée dans ses coutumes et ses traditions. Comprenez-vous ? Nous avons travaillé dur pour unir des peuples si différents et maintenir chacun de nos sujets à une place utile pour tous. Cette unité n'a rien de naturel et briser l'équilibre fragile que nous connaissons, ne serait-ce qu'en pensée, est déjà un crime qui vaut la mort.

Arsène de Virolles allait et venait devant son prisonnier qui ne le lâchait pas du regard – d'un côté puis de l'autre, comme lors d'une partie de balle vive, le jeu le plus prisé de la noblesse. À l'instar d'un excellent joueur, le prince gardait la main haute en conservant l'initiative des attaques.

— Que vous le vouliez ou non, c'est bien vous qui étiez au centre de cette salle, c'est bien votre corps qui a… explosé en cette énergie dévastatrice. Si ce n'est pas votre esprit, c'est du moins votre corps qui est la source de toutes ces morts. Comment l'expliquez-vous ?

— Je ne le peux pas. Je ne trouve aucune explication plausible avec mes connaissances, répondit franchement Alfred.

— Personnellement, je n'en vois qu'une et elle concerne Constantin, remarqua le prince avec une voix soudainement plus grave. Que trafiquez-vous avec les ondes telluriques ? Pourquoi ne nous dit-il jamais rien ? Est-il derrière cet attentat ?

Alfred se recroquevilla devant la brusque avidité d'Arsène de Virolles qui touchait enfin à la question qui le brûlait depuis son arrivée. Le genre de questions qui l'obligeait à aller interroger son prisonnier en personne. Le prince de la Loi s'était inconsciemment rapproché de lui et le scrutait d'un air sévère ; son calme apparaissait pour ce qu'il était, une apparence.

— Les ondes telluriques… Depuis l'invention du système de communication, vous n'en faites plus rien ! Vos rapports sont ridicules ! Constantin nous assure qu'il cherche mais cela fait des années qu'il ne trouve rien ! Je sais qu'on me dissimule quelque chose. Que peut-il trafiquer de si dangereux qu'il ne veuille rien nous dire ? Monsieur de Pergoal, je me fiche de vos entreprises clandestines, je me fiche de votre athéisme tant qu'il demeure silencieux, mais je veux savoir ce que Constantin et Nine mijotent dans leur coin ! Sont-ils responsables de cet attentat avec vous ? C'est une arme, n'est-ce pas ? Ils sont de mèche avec Phébus et comptent agir à l'encontre du Conseil ?… Vous savez que je peux vous faire torturer à nouveau…

Alfred était au courant de certaines choses qui auraient pu nourrir les soupçons du prince. Ses propres ateliers avaient un but qui pouvait prêter à confusion. Mais les craintes de Virolles étaient d'un tout autre niveau : il croyait que les deux princes avaient pour ambition de défier le Conseil, alors qu'ils souhaitaient seulement s'en prémunir. Cela n'avait rien à voir avec les ondes, et si les princes complotaient contre le Conseil, c'était à l'insu de l'ingénieur.

Constantin l'Ariologues cloisonnait jusqu'à ses relations et filtrait les informations qu'il transmettait à ses proches collaborateurs et amis. Ce n'était pas par hasard que le comte de Pergoal cultivait lui aussi ce goût du secret : il avait fait sa thèse à Antycère, et Constantin avait été son directeur ! Une pointe de fierté permit à Alfred de ne pas céder devant Arsène de Virolles. Il voulut se dégager de son emprise en se décalant le long du mur pour rejoindre la pauvre litière où il dormait. Il mit toute son énergie à tenir bon, à ne pas s'effondrer.

— Vous pouvez me faire torturer, je vous répondrai toujours la même chose : je ne sais rien. Les ondes telluriques sont un secret, même pour les membres de notre caste ! Seuls les ingénieurs impliqués pourraient vous répondre, et ils ne quittent jamais les entrailles de Brise-Fer. Vous vous faites des idées, ma caste n'a jamais cherché à déstabiliser notre pays. Vous savez très bien ce que l'Empire tout entier lui doit depuis plusieurs décennies.

— Vous mentez… Vous êtes un proche de Constantin, vous ne pouvez le nier. Et vous êtes un ami de Phébus, un courtisan. Vous savez dissimuler, vous savez tromper, répliqua Arsène. Quelle est donc la raison de cet attentat ?

— Je l'ignore ! s'énerva le prisonnier. Jamais Constantin ne pourrait se cacher derrière un tel acte ! Ce n'est pas parce que ses recherches sont aussi secrètes que vos enquêtes que cela le désigne comme responsable ! Vos services sont sans doute mieux renseignés que moi.

Alfred refusait de se laisser manipuler plus longtemps. Quel risque encourait-il ? On lui avait déjà tout fait subir ! Ils pouvaient bien le torturer, l'humilier, le tuer sans doute, cela n'avait plus d'importance. Il n'avait pas parlé et ne parlerait pas, il préférait mourir.

— Vous venez voir en personne la pauvre victime de vos machinations pour vous moquer… Vous ou Rocca, ou Antinosc, cela revient au même ! Cet attentat sert bien vos plans ! Le marionnettiste qui se moque de sa marionnette… n'est-ce pas triste ? Je ne sais rien sur les ondes telluriques et vous savez déjà tout sur le reste…

Alfred pointa du doigt les dossiers que tenait toujours le prince. Il trouvait de plus en plus difficile de rester debout. Ses jambes menaçaient de flancher et son sang battait fort dans ses tempes. Quelques éclats de lumière, telles des lucioles, s'agitèrent devant ses yeux. L'ingénieur mobilisa ses dernières ressources en respirant profondément.

Le doute s'immisça suffisamment dans l'esprit d'Arsène pour que ses anciennes certitudes vacillent. La voix de Pergoal avait des accents de vérité et son attitude ne manquait pas de noblesse. Le prince admirait presque les efforts du comte pour ne pas s'écrouler devant lui. Il était toujours persuadé que Constantin lui cachait des choses graves sur les ondes et que celles-ci avaient pu servir d'arme pour l'attentat, mais Arsène n'était plus aussi certain de l'identité du commanditaire.

L'ingénieur reprit son argumentation avec véhémence, osant s'approcher d'un pas vers le prince.

— Par notre travail acharné depuis des décennies, nous avons permis à l'Empire de se développer comme jamais auparavant. Et nous luttons contre vos lois, vos lois religieuses qui nous freinent et nous entravent… Tout cela pour une foi fondée sur un mauvais livre rempli de mensonges et de fables ! Nous ne sommes pas des assassins, nous laissons ce rôle à votre Inquisition et vos tribunaux…

— Avez-vous pensé à ce qui se passerait sans les dieux, et surtout sans leur loi, monsieur de Pergoal ? rétorqua Arsène avec un sourire carnassier. Je vais vous dire un secret puisque vous allez mourir. Je ne crois pas non plus que les dieux existent. Je pense qu'ils ne sont que des contes, au mieux des légendes. Ils sont seulement… utiles. Un jour peut-être, ils ne le seront plus.

Arsène de Virolles, prince magistrat, Premier législateur de l'Empire, pouvait bien révéler à ce prisonnier de choix un secret qui le suivrait dans les cendres. C'était sans conséquence et Arsène prenait même plaisir à pouvoir confesser cela. Délesté de ce poids, le prince fit volte-face et alla à l'autre bout de la cellule, au pied de la lucarne seulement protégée par des barreaux.

Alfred n'en croyait pas ses oreilles. Arsène de Virolles, virulent défenseur du Faëton, maître de la terrible Inquisition, était donc, comme lui, un homme sans foi. Sous le choc, l'ingénieur s'adossa au mur, hébété. Qui aurait pu croire que, derrière la figure menaçante du Prince Sanguinaire, se cachait un homme qui avait renié la superstition ? Comment pouvait-on prôner une justice au nom de dieux qui n'existaient pas ! Voilà pourquoi l'Inquisition l'avait laissé en liberté toutes ces années, malgré quantité de rapports dont, Alfred le devinait, le prince était au courant. L'ordre venait d'en haut.

— Il y a une différence entre ne pas croire et réprouver, reprit le prince d'une voix douce qui fit frissonner Alfred. Que veut dire exister, monsieur le comte ?… Vous comparez vos idées à la croyance dans les dieux. Ou plutôt, vous croyez que les dieux ne sont qu'une idée comme une autre. Vous faites erreur. Les idées ne sont rien en elles-mêmes, elles n'existent pas en dehors de nous… Pour les sujets de l'Empire, les dieux ne sont pas une idée, ni même un idéal, ils ont une réalité palpable.

— Les avez-vous déjà rencontrés ? Où peut-on les voir, ces dieux ?! Une idée peut changer un homme, les dieux n'ont pas ce pouvoir ! ne put s'empêcher de contester Alfred qui pouvait enfin exprimer librement son opinion.

— Bien au contraire, poursuivit Arsène de Virolles. Les dieux sont une réalité tangible aussi palpable que la terre, une réalité qui se respire et se goûte. Les dieux ont parfois le goût des larmes, parfois l'odeur du sang, ils sont là dans la pierre, dans les rivières et dans les bois, et leurs voix résonnent toujours dans un livre ! Voilà ce que ressentent nos sujets. Si seulement la liberté pouvait couler entre les doigts comme de l'eau, n'est-ce pas ? Mais elle ne le peut pas. Votre raison ne peut pas atteindre les dieux, car la foi ne connaît pas la raison et ne la connaîtra jamais. Combien d'hommes sont prêts à vivre leurs idées pleinement ? Combien d'hommes acceptent le fardeau d'être leur propre dieu ? Pour la plupart, les conséquences sont trop lourdes à porter.

Le prince Arsène s'exprimait d'un ton posé, presque serein, tout en arpentant la cellule du condamné comme s'il se promenait dans un jardin. Il n'affichait pas l'attitude autoritaire qui le caractérisait d'ordinaire, et cette nouvelle facette intriguait Alfred plus qu'il ne voulait l'admettre. L'ingénieur reconnaissait un fond de vérité dans les propos du prince. Depuis qu'il avait renoncé aux dieux, il affrontait seul les épreuves qui l'accablaient ; les joies dont il s'enorgueillissait étaient rares, les malheurs bien plus nombreux… Se libérer des dieux avait un prix exorbitant.

— Croyez-vous qu'il me soit plaisant de faire ce que je fais ? reprit le prince. Les condamnations, l'Inquisition dans les foyers, les rafles de parias… Pensez-vous que j'ose me croire parfait et sans reproche, que je ne vois pas l'idiotie bêlante qui ronge la société ? Êtes-vous à ce point narcissique pour ne pas supposer, chez les autres, la même contradiction interne que celle qui vit en vous ? Mais nous n'avons pas le choix ! Vous-même, vous trichez, vous faites semblant, vous vous en êtes accommodé.

— J'ai eu tort, reconnut Alfred. Chacun est responsable de ce qu'il accepte et de ce qu'il rejette, il n'est jamais trop tard pour changer, s'exclama-t-il en refusant de s'avouer vaincu.

— Monsieur de Pergoal, si vous enlevez aux sujets leurs dieux, si vous leur parlez de liberté et de mérite plutôt que de Vallée et de Faëton, vous ne remplacez pas la loi, vous l'annihilez ! déclara le prince. Laissez aux plus fragiles les fables de ce cher Mérézin.

— Je persiste à ne pas le croire !

Arsène de Virolles regarda intensément Alfred, qui se tassa sur lui-même. Les derniers mots du prisonnier s'évanouirent dans le silence qui régnait au sommet de la tour du palais des Chutes. Une bourrasque s'engouffra par la lucarne et agita mollement la paille éparpillée au sol. Puis tout redevint calme. Alfred tendit l'oreille et ne perçut aucun éclat provenant de la ville, comme cela avait été le cas durant plusieurs jours. L'ingénieur et le prince partagèrent, sans se le dire, l'impression qu'ils étaient seuls dans le cercle-monde. Le prince de la Loi reprit d'une voix tranquille :

— Les rituels nous rassemblent, la foi nous unit et la loi nous dirige. Le sujet parfait et libre dont vous rêvez est une chimère. Nous devons utiliser notre énergie pour empêcher le chaos, le limiter. Notre cercle-monde est imparfait, mais il pourrait être bien pire…

— Seulement pour quelques-uns, au détriment de tous les autres ! contesta Alfred qui n'aimait pas cette satisfaction facile que les puissants font passer pour de la sagesse. Vous n'avez pas idée de la misère qui règne à Seth ni dans le reste de l'Empire…

Le prince de la Loi s'immobilisa et regarda Alfred d'un air authentiquement désolé. L'ingénieur ne l'avait jamais vu faire preuve dans son attitude d'autant d'humanité. À cet instant, ce n'était pas l'homme le plus redouté de l'Empire, le souverain autoritaire et glaçant qui faisait trembler les foules et se courber les têtes. Alfred avait du mal à en croire ses yeux, mais le prince semblait partager son opinion.

— Je suis d'accord, monsieur de Pergoal. Vous oubliez seulement que cette situation, nous en avons hérité. Nous ne sommes que les maillons d'un Empire qui continue sa course ! ajouta-t-il en élevant la voix. Nous sommes en mouvement et les siècles passés pèsent bien plus lourd que les meilleures intentions actuelles. Les choses sont ce qu'elles sont, ce n'est pas un constat fataliste, c'est un signe d'humilité.

Arsène s'arrêta et sortit d'un étui en argent une fine cigarette de feuilles de tanavé. Il l'alluma en silence, expira une copieuse bouffée de fumée aux reflets bleutés. Alfred fut surpris de le voir s'adonner à un plaisir aussi trivial, plus courant dans les allées de Bas-Bœuf que dans les cabinets feutrés du palais des Chutes. Le tanavé possédait des vertus légèrement sédatives. Le prince voulait-il le tromper en se comportant d'une étrange manière ? Arsène alla caresser l'un des poteaux de fonte au centre de la pièce. Son regard se porta au loin tandis que l'ingénieur regardait le sol, refusant de se laisser impressionner par sa prestance.

— J'ai lu votre carnet et certaines de vos notes que mes agents ont subtilisées depuis deux ans. Monsieur le comte, nous faisons le même constat. S'ils ont existé, les dieux sont morts depuis longtemps. Pour vivre, l'Empire doit changer. Le Faëton n'est qu'un manuel de survie. On ne peut accéder à une existence pleine et entière en se fiant à un ouvrage désuet, rédigé dans une langue comprise seulement par quelques spécialistes aujourd'hui, et dont les lois résonnent comme le tintement de chaînes qui nous entravent. Il faut changer... radicalement. Mais cette vérité, l'Empire n'en a pas encore besoin. Comprenez-vous ? Il n'y est pas prêt, déclara Arsène comme s'il le regrettait.

— Au contraire, l'Empire a besoin de cette vérité dès maintenant ! s'emporta Alfred en osant affronter le regard du prince. C'est maintenant que le peuple meurt de faim, qu'il crie sa souffrance ! Les castes s'entre-déchirent, les parias se comportent comme des animaux et personne ne fait rien ! Ce qui nous arrive n'est pas un hasard ni une fatalité ! Nous avons besoin d'un changement radical tout de suite. C'est la raison qui le commande. Cet ordre millénaire, cette religion imbécile, tout cela doit voler en éclats ! s'essouffla-t-il en ressentant une vive douleur dans les côtes.

— Qu'est-ce que cela veut dire, radical ? Prenez le jour et la nuit, c'est un changement radical, mais il s'opère petit à petit. Quel est le temps d'un changement radical pour un homme ? Sa vie entière ? Une décennie ? Qu'est-ce que cela représente à l'échelle de l'Empire ? Seth et ses superstitions, Seth et ses archaïsmes, tout cela doit disparaître, nous sommes d'accord. Ces idioties sont déjà mortes mais elles continuent de gouverner les passions du cercle-monde. Voilà pourquoi nous sommes malades. On ne guérit pas du jour au lendemain.

Toutes ces circonlocutions attisèrent la colère d'Alfred, qui était sur le point de s'effondrer complètement. Son état ne lui permettait pas de répondre au prince comme il l'aurait voulu, et malgré cette apparence de conversation entre égaux, l'ingénieur n'oubliait pas qu'il était le prisonnier de son interlocuteur. Il jeta ses derniers feux dans la bataille et se redressa contre le mur de sa cellule en interpellant le prince de la Loi d'une voix dure et cassante.

— Pourquoi ne dites-vous pas cela aux autres princes et à vos sujets ? Pourquoi continuez-vous d'appliquer ces lois iniques ? Vous faites semblant d'éprouver des regrets, mais vous ne m'abuserez pas !

— Il fallait du temps et de l'habileté pour que chacun le comprenne ! Il fallait de la patience ! assura le prince d'une voix ferme en serrant le poing. Vous pleurez quelques milliers de morts chaque année, mais des centaines de milliers nous pendent au nez ! À présent, Phébus nous fait la guerre… Nous y sommes. L'Empire est écartelé par des forces contraires et je suis le seul à pouvoir l'empêcher de se déchirer totalement.

— C'est ce que vous aimez vous raconter, rétorqua Alfred avec une ironie amère. La foi sincère de Phébus, les décisions collégiales du Conseil, tout cela menace votre soif de pouvoir. Tout ce qui vous intéresse, c'est qu'on vous obéisse !

— C'est parce qu'ils craignent ma loi que les ouvriers vous obéissent dans vos ateliers, monsieur le comte ! répliqua sèchement le prince qui, lui aussi, avait cessé les amabilités. Tous ceux qui fustigent l'ordre auquel ils doivent leur position se moquent du cercle-monde ! Phébus, vous, et d'autres encore font semblant de protéger ce qu'ils veulent détruire. La stabilité de l'Empire est trop fragile pour qu'on se lance dans des théories fumeuses qui n'ont jamais été appliquées !

Virolles jeta sa cigarette et l'écrasa par terre en regardant par la lucarne comme si Alfred n'était plus là. Le ciel était pur de toute fumée. Les incendies étaient désormais éteints. Le prince tournait le dos à l'ingénieur, qui envisagea un instant de le frapper à l'arrière du crâne avec l'œuf.

— La guerre est là, dans nos murs, reprit le prince. Combien vont mourir inutilement ? On m'appelle Arsène le Sanglant, vous m'appelez Prince Sanguinaire, mais mes tribunaux ont au moins leur utilité. Ils assurent l'ordre, imparfait certes, mais un ordre qui a le mérite d'exister. La guerre est plus terrible que l'injustice !

— Cette guerre est de votre fait ! objecta Alfred d'un air mauvais. Vous vouliez du temps, mais vous n'en avez pas ! Ceux qui vous combattent aspirent à un avenir meilleur. Ils mourront parce qu'ils se seront engagés de leur propre chef dans cette voie. Pas parce qu'ils y sont obligés par un livre sordide ! Tous ces hommes, toutes ces femmes sont libres malgré vous !

— Libres de quoi ? Libres pour quoi ? La liberté

n'est rien sans le pouvoir ! On leur promet bien des choses, mais le pouvoir… Le pouvoir ne se partage pas si facilement, et sans lui la liberté est dangereuse, elle est… désespérante. Les gens de peu doivent connaître leur place pour assurer la stabilité de la société tout entière. Cela donne un sens à leur vie. Votre discours les emmène plus sûrement à l'abattoir que le mien. L'effondrement de notre pays les plongera dans une misère pire encore !

Alfred était resté jusque-là prostré contre le mur, mais sa fureur lui donna une énergie nouvelle qu'il ne soupçonnait pas. Il s'avança au centre de la cellule, son attitude menaçante cachant presque sa faiblesse physique. Il ne pouvait rien faire contre son geôlier, à part lui jeter au visage sa rage et sa rancœur.

— Les millions de pauvres affamés veulent travailler pour l'Empire, pas en être les esclaves ! Bientôt, ils prendront ce pouvoir. Ce n'est pas l'élite et l'ordre qu'ils détestent, c'est *votre* ordre et *votre* élite ! Vos discours ne sont que des belles paroles pour que rien ne bouge ! Vous n'oserez jamais perdre votre pouvoir à leur profit.

— Vous ne m'en avez pas laissé le temps !

— Mensonge ! lui cria Alfred, qui tremblait de la tête aux pieds. Pendant ce temps, la pègre règne dans les bas-fonds, vos tribunaux étranglent le peuple entier et la noblesse s'amuse ! Le Conseil n'a jamais rien tenté contre cet état de fait ! Votre ordre si fragile ne vaut pas la peine qu'on le protège !

— Savez-vous le mal que vous faites à ceux que vous croyez défendre ? Vous avouez, souffla Arsène de Virolles. Vous êtes prêts à déstabiliser l'Empire tout entier pour le prouver.

— C'est un risque que je suis… prêt à prendre.

— Vous êtes donc bien derrière tout cela !

— Ce n'est pas ce que j'ai voulu dire ! s'alarma Alfred.

Les deux hommes se faisaient désormais face. Le prince de Virolles toisait le comte de Pergoal, voûté mais le regard brûlant. Leurs voix résonnaient aussi fortement l'une que l'autre.

— Vous ne savez pas ce que vous faites… L'ordre des castes et des rangs nous protège de l'anarchie totale. Sans lui, nous sombrerons dans le chaos ! Vous n'étiez pas là pour voir ce que les émeutiers ont commis… Vous n'avez pas vu les massacres et les horreurs pendant ces cinq jours d'émeute ! Si l'ordre que nous connaissons disparaît, à la place de mon Inquisition vous aurez des prêcheurs plus violents encore, et plus fanatiques ! Des exécutions sommaires, des lynchages et des vengeances, c'est cela que vous voulez ? Les foules seront plus implacables que mes tribunaux, n'en doutez pas ! La guerre civile est la pire chose qui puisse nous arriver…

— Cessez donc ce numéro ! Tout ce que vous faites aggrave la vie du peuple ! Vous et les princes Rocca et Antinosc, vous ne pensez qu'à vos intérêts propres. Les pauvres n'ont plus rien à perdre, vous leur avez déjà tout pris ! Vous contribuez plus activement que les autres à déstabiliser l'Empire, reprit Alfred avec véhémence. Vous faites appliquer une loi selon des croyances que vous ne partagez pas, vous empêchez des secteurs entiers de se développer en raison de lois iniques… Vous tuez des innocents ! Vous avez fait assassiner le prince Urien et la princesse Clara !

— Je n'ai rien à voir avec la mort de Clara ! cria

Arsène de Virolles qui perdit un instant le contrôle de ses nerfs.

La maladie inexplicable de l'ancienne princesse de la Foi avait éveillé les soupçons du prince sur ce qui se tramait derrière les murs du Palais Complet. Même Galatée, la princesse médecin, n'avait rien pu faire pour elle. Arsène comptait bien découvrir le fin mot de l'histoire. Aussi l'accusation d'Alfred avait-elle de quoi le faire sortir de ses gonds. Clara était une femme extraordinaire et Arsène avait toujours éprouvé pour elle des sentiments puissants.

La sincérité de son exclamation arrêta net l'ingénieur dans sa diatribe. Était-il possible que le prince de la Loi ne soit pas responsable de cette mort mystérieuse qui avait obsédé Constantin et Nine pendant de longs mois ? La fugace tristesse qui brouilla ses traits étonna le comte, qui n'abandonna pas pour autant son attaque.

— Vous êtes censé incarner la justice, gronda-t-il d'une voix sourde.

— Non, monsieur de Pergoal ! Je suis le prince de la Loi. La loi est le véritable outil, c'est elle qui assure l'ordre. C'est la loi qui fonde une société, qui nous différencie des animaux, pas la justice ! La justice n'est encore qu'une idée… Une idée vaporeuse qui va et vient au fil du temps. La loi est solide, et je respecte nos lois parce qu'elles existent, elles ! Qui a jamais touché la justice de ses doigts nus ? Si vous la désirez autant, allez prier Pélénian !

— Vous devez votre pouvoir et vos lois à ces dieux auxquels vous ne croyez pas, conclut Alfred d'un air sévère qui trahissait l'opinion qu'il avait du prince. Si vous avez de l'honneur, il vous faudra bien un jour renier les dieux, et ce jour-là que vaudra votre loi ?

Les deux hommes se jaugèrent en silence. Arsène de Virolles était sincère lui aussi. Il se retourna sur le seuil de la cellule.

— Vous serez exécuté demain au gibet des Trébuchets.

La porte claqua brutalement.

Les jambes d'Alfred lâchèrent et il s'effondra entre les poteaux de fonte en prenant l'œuf dans sa main valide. Aussitôt, toute sa tension nerveuse retomba. Il ne se sentait plus aucune force. Léonore était perdue, ses ateliers démantelés et sans doute l'Inquisition sur la trace de ses amis et collaborateurs. Tout était sans espoir et sans lendemain. L'ingénieur avait beau lui tenir tête, c'était Virolles le vainqueur. Ils le savaient tous les deux.

Depuis son palais, Arsène avait une vision froide et lointaine des problèmes que ses sujets rencontraient. Alfred, lui, croyait connaître la réalité de l'Empire, sa vérité. Mais était-ce suffisant pour que les deux hommes se distinguent ? Était-ce suffisant pour faire de lui un homme meilleur ? Il n'avait pas de réponse. Il sentait qu'un cercle-monde le séparait du prince, et pourtant c'était la même mer qui bordait les rives opposées où chacun se tenait droit. Toute sa vie, il avait surmonté les obstacles et prouvé sa valeur, mais depuis plusieurs mois, il n'était qu'un jouet entre les mains des autres. Il ne supportait plus cette situation d'impuissance et cette perte totale de contrôle. Malgré la chaleur réconfortante qu'il sentait dans le creux de sa paume, chaque parcelle de son corps lui faisait mal, comme un squelette fracassé, brisé en mille morceaux ; sa chute allait bientôt se terminer et sa vie prendre fin dans le déshonneur.

13

Exécution

> Celui qui a chanté les étoiles le premier dort sous la terre. Et celle qui, la première, a jeté au sol une coupe de sang n'a rien oublié. Ensemble, ils continuent de prier, du matin jusqu'au matin, du soir jusqu'au soir. Et le jour viendra, différent du dernier. La guerre s'est éteinte, mais sous les cendres le foyer n'est pas mort. Le feu brûle et brûlera dans les cieux. Qui seras-tu, enfant, qui contempleras cette aurore ?
>
> *Les Pensées, Troisième annexe du Faëton*, SALAMÉ DE VALLONS-PLEURS

On referma autour de ses poignets de grossières menottes rouillées et on entrava une dernière fois ses mouvements, car on se méfiait du prisonnier qu'on envoyait à la mort ; comme celle des bêtes sauvages acculées, on redoutait l'énergie du désespoir. Pourtant, la sérénité qui avait envahi Alfred depuis qu'on le préparait à mourir le rendait étranger à toute tentative d'évasion. Jusqu'alors, même au creux de l'épuisement, même dans ses songes, Alfred n'avait pas connu la quiétude. Quelque chose en lui continuait de l'irriter, de l'exciter. Parfois une idée, parfois un sentiment, mais toujours un objet de curiosité lui donnait l'impression de n'être jamais lui-même, jamais tout à fait uni. C'était cela le véritable mouvement. Mais, pour la première fois de sa vie, il profitait de cet état langoureux où rien ne pèse. La peur des derniers jours avait complètement disparu, plus d'angoisses ni de tremblements. Il avait l'impression de se diluer dans l'espace, et parce qu'il n'existait déjà plus, il était un souvenir qui s'efface.

À travers la lucarne de sa cellule, l'ingénieur contempla les gros rouleaux gris dans le ciel et les trouva beaux. Cela lui suffisait.

Les deux assistants du bourreau laissèrent ses mains retomber lourdement, entraînées par le poids de la chaîne aux épais maillons. Le plus petit, qui avait des airs de sauterelle, le corps rond et les jambes fines, lui donna une claque sur le dos, comme à un animal de trait harnaché pour le travail.

— Tu dis rien, l'ingénieur ? lui demanda le gros.

— Regarde-le, ils ont dû tellement l'assommer de coups qu'il a perdu la tête, répondit le petit.

— A pas l'air trop abîmé…

— Quand c'est dans la tête, ça se voit dans les yeux, conclut doctement l'autre avant de tirer sur les chaînes pour s'assurer que tout était bien fixé.

L'assistant bedonnant se campa en face d'Alfred et le regarda droit dans les yeux pour vérifier. Les deux peut-être ? Ceux qui se tenaient debout avant leur exécution continuaient de crier leur innocence avec beaucoup d'angoisse, mais cet ingénieur-là n'avait aucune expression. Ils l'avaient trouvé dans cet état et il n'en avait pas bougé, même quand ils l'avaient déshabillé et tondu pour l'instant fatidique. Le condamné n'avait pas prononcé un mot.

— T'as pas l'air si intelligent que ça !

La pique grossière ne remporta pas plus de succès. L'auxiliaire s'écarta légèrement d'un air déçu.

Alfred ne pouvait pas parler car il avait la bouche pleine. Pleine d'un œuf en pierre qui l'obligeait à maintenir ses mâchoires entrebâillées et les lèvres fermées, lui donnant un air benêt qu'il n'avait pas d'ordinaire.

— T'as raison, ils ont dû lui péter un truc dans la cervelle !

C'était la seule cachette qu'Alfred avait trouvée quand la porte de sa cellule s'était ouverte. En voyant les matons entrer, tenant une chemise de laine grossière, le comte prisonnier avait compris qu'on allait lui prendre ses vêtements. Sans même y réfléchir, il avait engouffré l'œuf dans sa bouche pour les empêcher de le lui prendre. Sa relation avec l'artefact était désormais fusionnelle. Il refusait de s'en séparer.

Le gros assistant, le plus stupide des deux, se plaça derrière lui. Son collègue prit le bout de la chaîne et l'accrocha au mousqueton à sa ceinture. Alfred sentit une nouvelle tape dans son dos et comprit qu'il fallait avancer. Il obéit sans broncher. La réalité ressemblait à un rêve, et même ses rêves lui paraissaient plus réels que cet instant. L'émotion, les idées angoissées et rageuses, le sentiment d'impuissance qui l'accablait dans sa cellule, tout avait disparu aussi vite qu'une boule de papier qui brûle. Sa raison s'était évanouie et ressemblait au sommeil. Il vivait un songe et se voyait, spectateur de lui-même, en train d'avancer comme du bétail dans les longs couloirs de Coupe-Gorge, direction le gibet. Toutes ses sensations, ses idées étaient ouatées dans un immense sentiment d'infini, plat et neutre. Il n'était qu'un homme qui allait être exécuté, comme tant d'autres avant lui. À vrai dire, la seule idée imprécise, le seul sentiment diffus qui l'atteignait était celui-là : il n'était qu'un parmi d'autres, il allait mourir comme eux. Tout cela le dépassait, la fatalité s'imposait. Il fallait rendre les armes et il se rendait.

L'atmosphère était lourde, mais quand ils sortirent du palais l'air frais le tira légèrement de sa torpeur. L'orage menaçait, les bourrasques cinglant son visage l'annonçaient. Une charrette munie d'une cage, du même fer grossier que ses menottes, l'attendait avec une escouade de cinquante soldats sur le pied de guerre. Hormis cette funeste escorte, l'esplanade, qu'une barricade et une guérite protégeaient de la route d'accès, était déserte.

Les deux assistants le firent monter dans la charrette et refermèrent derrière lui la porte barreaudée qui grinça lugubrement sur ses gonds. Ils s'assurèrent que le vieux cadenas était bien en place, puis prirent place à l'avant et firent signe au cocher de se mettre en branle. On avait conservé l'antique cérémonial pour les condamnés à mort, le pas cadencé sur la pierre des sombres chevaux impressionnait davantage le populaire qu'un simple véhicule. Les animaux donnaient au convoi un caractère solennel, ils étaient vivants et le seraient encore après l'exécution.

Un coup de fouet claqua dans l'air et on se mit en route, dévoilant bientôt un obscur panorama à la vue d'Alfred. Même d'aussi haut, les grandes taches noirâtres des bâtiments et les toitures effondrées signalaient les incendies éteints. Les bruits et les hurlements qu'il avait entendus depuis sa cellule pendant une semaine trouvaient leur explication. Toute la capitale avait bien failli partir en fumée lors de ces affrontements, mais Seth n'était pas tombée. Les arches de Coupe-Gorge, les statues de la grande tour ; chaque pierre semblait noire et les eaux des trois fleuves au pied de la falaise charriaient de la boue, des déchets et des cadavres. Tout était gris, sinistre et d'un autre âge.

Comprenant qu'on allait le laisser tranquille jusqu'au gibet, Alfred recracha son œuf et le serra entre ses doigts crispés. Immédiatement, le sentiment doucereux qui s'était emparé de lui s'étiola. La tristesse et l'angoisse revinrent comme un poison dans ses veines ; ce qu'il avait pris pour un désintérêt total n'était qu'un effet de cet œuf singulier.

Le macabre cortège descendit la colline le long de la grande route dont les lacets lui donnèrent légèrement mal au cœur. Alfred s'agrippa aux barreaux. Il regarda l'étrange objet dans sa main et regretta de n'avoir pu percer son secret avant de mourir. Il hésita à le remettre dans sa bouche pour s'abandonner à sa torpeur bienfaisante mais la colère l'en empêcha. Elle le maintenait en vie. Désormais, il voulait se confronter, en toute lucidité, à la foule venue contempler le spectacle de sa mort.

Ils attendaient, pressés le long de l'itinéraire, dans un silence profond et comme recueillis. Ce n'était ni le bas peuple ni la noblesse, mais la masse indéfinissable de l'homme moyen qui venait voir cet autre homme, monté si haut pour tomber tout en bas. On ne le détestait pas, on ne l'aimait pas non plus. On se demandait seulement à quoi pouvait ressembler un homme de cette trempe-là. Sur les visages se devinaient aussi la souffrance et la peur qui avaient secoué toute la capitale pendant plusieurs jours. L'exécution du traître Pergoal était en effet la première sortie admise par les autorités militaires.

Tous les habitants de Seth n'avaient probablement pas reçu la permission de sortir ; chaque rang, chaque caste recevait ses ordres propres. Pourtant, ils étaient nombreux à s'agglutiner au bas des immeubles ou au bord des rocades, et l'armée s'était contentée de les tenir à distance. La silhouette blanche d'Alfred se distinguait dans sa cage tandis que la charrette traversait au pas la ville grise. Le tonnerre se fit entendre dans le lointain, un lourd grondement résonna dans l'air épais et un éclair zébra le ciel. Le craquement typique de la foudre mit du temps à leur parvenir.

Les exécutions, que le commun appelait « fournées », étaient mensuelles et le trajet qu'elles suivaient, « le chemin de Borance Noir » comme on le surnommait, était connu de tous les habitants de la capitale. D'ordinaire, on jetait sur les condamnés les restes qu'on avait oubliés au fond de son garde-manger. Mais tous ces gens n'avaient plus suffisamment de quoi se nourrir pour se permettre de gâcher ne serait-ce qu'une pomme pourrie. Alfred regarda ces innombrables visages, identiques dans leur effroi et différents dans leur silence.

Ils arrivèrent enfin en bas de la colline des Chutes. Même ici, au cœur du quartier des juristes, des habitations avaient brûlé. Les façades blafardes réfléchissaient une lumière fantomatique, la capitale ressemblait à un tombeau.

Des camions de l'armée bordaient le chemin menant au gibet des Trébuchets. Les axes principaux étaient bien gardés et les soldats qu'il voyait lui tournaient le dos pour surveiller la foule. On avait cessé de travailler pour l'occasion, cet attentat n'avait pas de précédent, et chacun sentait le caractère exceptionnel du moment qu'il vivait. Le convoi s'arrêta une seule fois, quand un véhicule militaire lui barra la route. Personne n'en sortit, ils attendirent. Des officiers firent des signes au camion, un groupe de soldats commença à s'approcher et finalement le véhicule recula et leur laissa le chemin libre. Les deux assistants et le cocher se moquèrent du conducteur qui ne savait visiblement pas utiliser son frein à main.

Après la traversée des quartiers sinistrés, les faubourgs qui ceinturaient la ville se distinguèrent enfin. La porte orientale, appelée porte des Arpentes, apparut. C'est là qu'Alfred aperçut ceux qui l'attendaient de pied ferme. Il avait beaucoup de peine à se tenir debout et aurait bien aimé s'asseoir sur le métal rouillé, mais l'orgueil lui tenait lieu de siège. Il ne voulait pas montrer qu'il avait peur, qu'il avait faim et qu'il était faible.

Les spectateurs s'animèrent quand ils entendirent les sentinelles leur hurler de s'écarter pour laisser passer le convoi. Les beaux costumes et les bijoux des dames montraient qu'il n'y avait là que des rangs supérieurs. Ces visages haineux – de cette haine qu'ils croyaient tous plus juste que celle des autres – seraient-ils le dernier spectacle d'Alfred avant la mort ? Les sourires se firent plus éclatants devant la charrette qui fendait la foule, les doigts accusateurs et les huées se multiplièrent. Alfred reçut en pleine figure les premières grioches, les abricots trop mûrs et les tomates fendues. Pour cette population-là, la peur s'était envolée, les garde-manger s'étaient vite remplis, et la satisfaction de dominer toujours affermissait leur morgue et leur vindicte.

La noblesse de Seth, qui venait de vivre des jours éprouvants, ne voulait pas rater l'occasion et s'en donna à cœur joie. « Fumier ! » « Ordure ! » « Meurtrier ! » « Assassin ! » « Parvenu ! » Les litanies d'insultes fleurissaient dans la foule qui bombardait sa cage. Alfred ne bougea pas et les regarda avec mépris. Ces gens de si bonne famille voulaient ajouter l'humiliation à sa mort, il n'avait pas l'intention de leur faire ce cadeau. Son attitude digne redoubla leur rage.

— Mais visez bien, bande d'abrutis ! Oh, que c'est mal lancé ! Ça se voit que vous ne venez pas assez souvent ! Vous m'en avez mis partout !

Les assistants du bourreau non plus n'avaient pas la langue dans leur poche. Les soldats hurlèrent à la foule de cesser ses invectives quand les deux auxiliaires, qui avaient reçu leur part de fruits et légumes, commencèrent à les renvoyer.

La charrette traversa l'impressionnante arche croisée de la porte des Arpentes, sculptée de motifs montagneux, avec pioches, mineurs et machines en l'honneur des provinces orientales, le fief de la Technique. C'était à l'est de l'Empire, dans l'immense chaîne montagneuse des Arpentes, que Constantin l'Ariologues avait ses mines et ses fonderies. Alfred n'y avait jamais mis les pieds. Les ancêtres de Nine d'Entres-Ombres avaient construit là-bas des villes à moitié troglodytes, comme Cembre, et l'on racontait que les mines elles-mêmes abritaient des palais et des lieux insolites dans leurs entrailles. Quantité d'histoires sur le sujet circulaient parmi les techniciens qui n'y vivaient pas et certains membres d'autres castes souhaitaient même s'y rendre.

L'horizon dégagé des environs de Seth se dévoila. Un sinistre gibet, entouré d'une terre sèche parsemée de touffes d'herbe jaunie, se dressait au milieu de trois grands bûchers qu'on ne cessait jamais d'alimenter, de jour comme de nuit. C'étaient d'ailleurs eux qui avaient donné son nom au gibet des Trébuchets, bien que l'orthographe du mot fasse penser aux machines de guerre utilisées avant l'arrivée de la vapeur. Les rares nobles exécutés bénéficiaient de la hache et d'un enterrement, mais les damnés et sujets de bas rang, par la pendaison et la crémation, se retrouvaient égaux devant la mort. Les condamnés pourrissaient plusieurs semaines au bout de la hart avant que leurs corps ne soient brûlés – et bientôt ce serait le sort de celui d'Alfred.

Des ateliers, des usines minables et de nombreux taudis se distinguaient au loin. La vie qu'on menait là n'était pas une vie, mais un avant-goût du trépas. On ne parlait jamais de cela dans la capitale, la plupart des habitants ne connaissaient pas l'existence de cet endroit. Même les plus pauvres ignoraient ces pauvres-là.

Pendant la nuit et malgré les interdictions, les parias et les plus misérables avaient afflué et des milliers de visages s'étalaient le long du chemin qui menait aux sept piliers de maçonnerie et leurs deux étages de pendus. Trop de portes à garder, trop de distance à couvrir ; prises entre la volonté de faire un exemple et la peur de ranimer la colère des derniers jours, les autorités n'avaient pas pu les retenir. Encadrée par des militaires sur les nerfs, la foule mécontente attendait. Alfred comprit pourquoi les nobles et les castes supérieures n'avaient pas osé franchir les limites de la ville pour occuper les premiers rangs du spectacle.

Un silence pesant s'installa, entrecoupé par les grondements du tonnerre. Alfred contemplait tous ces visages qui le fixaient sans haine. Il y lisait une interrogation muette et prudente, ou même de la reconnaissance. Ces gens lui donnaient l'impression d'avoir compté. Quelques-uns se réjouirent ostensiblement de sa mort à son passage : ce n'était qu'un noble ! Qu'il ait trahi les siens n'en faisait pas un ami des misérables. La plupart, néanmoins, semblaient assister à leurs propres funérailles, et les fauteurs de troubles se turent.

On voulait contempler l'exécution du désormais célèbre auteur de l'attentat du Carnaval. C'était, à n'en point douter, ce que la postérité retiendrait de lui. Un grondement plus impressionnant que les autres se fit entendre, le claquement sec de l'éclair si proche surprit l'assemblée, qui se recroquevilla par réflexe. La pluie s'abattit. Des dizaines de parapluies colorés s'ouvrirent, distinguant ainsi le carré des officiels sous bonne garde. Alfred ne parvint pas à voir qui s'y tenait à l'abri.

Le convoi s'arrêta au pied du gibet. Les chevaux hennirent et leurs sabots frappèrent le sol. Alfred se retourna et vit la haute silhouette du sinistre instrument. Un nouvel éclair explosa, illuminant les sept piliers de maçonnerie qui formaient une étoile funeste et soutenaient les troncs de chêne transversaux d'où pendaient les cadavres des condamnés, communs ou parias. Le gibet des Trébuchets imposait depuis des siècles sa silhouette inquiétante, et chaque sujet de l'Empire percevait la menace qui sourdait de ses fondations jusqu'aux sept pointes rouillées couronnant la structure.

Alfred contempla rageusement l'escalier de pierre qui allait le mener à son exécution. Les marches étaient érodées en leur centre, à cause des milliers de pas qui les avaient empruntées avant lui. On pendait les criminels sur la plateforme centrale avant de les hisser aux étages. Le gibet était noir, sali pendant des siècles par la fumée des bûchers. Les piliers du gibet plongeaient dans le sol, et une odeur doucereuse et collante s'exhalait de dessous l'édifice. On racontait qu'une seule plante, la mélophée, poussait là, nourrie par les fluides des pendus. Les geôliers ouvrirent la cage et en sortirent Alfred avec brutalité. À côté du bourreau, Arsène de Virolles les observait faire.

Les grondements du tonnerre redoublèrent, mais Alfred n'y prêtait plus attention. Il regardait la foule et crut reconnaître des figures familières. Il voulut s'arrêter pour mieux voir, juste un instant, là une silhouette, ici une tête, un regard. On ne lui en laissa pas la possibilité et on le propulsa vers les marches, qu'il gravit tout en se retournant pour rechercher ces visages perdus.

— Avance, c'est trop tard pour les adieux ! lui lança d'un ton sec la sauterelle qui bombait le torse, gonflée d'importance.

Alfred obéit et franchit les dernières marches en sachant que tout était fini.

Arsène de Virolles ne lui accorda pas la moindre attention. Il fixait la foule de ses yeux d'aigle. La tension sur ses traits était évidente. Il regrettait peut-être d'avoir voulu une exécution comme celle-ci. Quelque chose le perturbait et Alfred se doutait bien qu'il ne serait rassuré qu'en le voyant pendre au bout d'une corde.

Le bourreau s'avança, dans son costume traditionnel de cuir rouge sang – parce que c'était moins salissant, pensa le comte. Sa haute taille et la cagoule fuselée qui ne laissait voir que ses yeux lui donnaient des allures d'ogre. Pourtant, son regard était doux. Il fit signe à ses assistants de libérer l'ingénieur de ses lourdes menottes.

— Mais qu'est-ce que… ?

L'assistant bedonnant venait d'apercevoir la pierre dans la main d'Alfred. Il abandonna la serrure pour le forcer à lâcher l'objet. L'ingénieur fit une ruade et se dépêcha de fourrer l'œuf dans sa bouche. Quel idiot ! Il avait oublié qu'il le tenait serré depuis le début du voyage. L'impression de bien-être se raviva mais il se concentra pour ne pas céder au geôlier.

— Allons ! Ouvre la bouche ! Tu vas t'étouffer !

L'ironie de la situation ne l'atteignit pas une seconde. Le gros avait envie de garder l'objet pour lui. Il dirigea ses mains pataudes vers la bouche d'Alfred, qui paniqua à l'idée de perdre son précieux fétiche.

Le mouvement lui parut très lent, comme si le temps avait brusquement ralenti. Il distinguait les doigts velus s'approcher de ses lèvres. Il les sentait qui palpaient le bord de sa bouche pour s'y engouffrer. Alfred les lui aurait bien mordus, mais l'œuf l'en empêchait.

— Attends, attends, t'en fais des manières !

Le lourdaud lui saisit l'arrière de la mâchoire, derrière les dents, et appuya pour le forcer à ouvrir la bouche, comme on le fait pour mettre un mors à un cheval récalcitrant. Alfred n'avait plus le choix, il avala le talisman.

Ses traits se détendirent, tout son corps se relâcha et ses yeux basculèrent. Il sentit la petite masse glisser lentement le long de son œsophage, sans hâte et sans aucune gêne. Une boule chaude et réconfortante rayonna dans son ventre, la chaleur se diffusa dans ses veines. De nouveau, et plus nettement encore que la fois précédente, il se sentit détaché, indifférent à son sort. Ses pensées l'emportaient ailleurs. Toute cette foule à ses pieds appartenait à une toile immense, dont il n'était qu'un fil ; il respirait le même air, leurs larmes, leurs cris étaient les siens. Il éprouvait un sentiment de permanence, d'éternité palpable, et sa propre existence ne comptait plus. Ou presque.

Deux grands bras musculeux le saisirent alors et le secouèrent, mais rien n'y fit. Alfred n'avait aucune intention de vomir. Il en était même incapable. Tout lui paraissait sourd et lointain. L'assistant du bourreau refusait d'abandonner mais son supérieur le tança d'un ordre sec. Il rejoignit ensuite le prince de la Loi et s'agenouilla avant de lui adresser la parole. Arsène de Virolles fit un geste vague de la main en guise de réponse.

Escorté par ses assistants, le bourreau approcha le condamné de la corde qui pendait derrière eux. Il la lui passa autour du cou et serra le nœud coulant avec délicatesse. Alfred pouvait sentir le chanvre rêche ajusté sur sa nuque et sa gorge. L'homme connaissait son métier, les vertèbres claqueraient sous son poids, lui évitant une mort par asphyxie. Cette pensée le rassura, malgré le brouillard qui s'emparait de lui. Le bourreau vérifia que l'anneau de soutien était solidement vissé dans la poutre au-dessus. Leurs regards se croisèrent et Alfred crut y lire de la peine.

Tout s'effaçait peu à peu, les doutes, les remords et les regrets disparaissaient, la colère était absente. Il aurait aimé vivre plus longtemps, il aurait aimé mourir en faisant plus encore, en arrachant sa liberté à la fatalité. Cette quête était vaine, à présent. La mort venait le prendre et il oublierait tout. Il ne croyait pas à la Vallée, ni au Gouffre, ni au Grand Banquet. Seul le néant l'attendait, noir et neutre, indéfini parce qu'il n'y avait plus rien à définir.

Alfred tourna lentement la tête vers le prince de la Loi qui s'avançait au bord de la plateforme. Les longs pans de sa robe de magistrat suprême épousaient ses jambes sous la violence des rafales de vent. La pluie orageuse, aux gouttes épaisses, avait complètement trempé sa figure et ses habits, mais Arsène n'en avait que faire. Il ne s'abritait sous aucun parapluie, contrairement à ses secrétaires au bas du gibet, et semblait ignorer tout bonnement que le ciel se déchaînait. Des éclairs crépitèrent et ajoutèrent leur craquement lugubre au macabre décor. Arsène ne tremblait pas et son visage grave n'exprimait aucune émotion. Le prince de la Loi voulait être l'unique symbole de l'autorité et de l'ordre dans l'Empire, le peuple devait le voir en action pendant que ses frères et sœurs se terraient dans leurs palais.

Alfred n'entendit pas son discours ; cela ne l'intéressait plus. Le prince affrontait une foule hostile sans le moindre signe de peur et l'ingénieur attendait, la corde au cou, qu'on mette fin à son existence. Le destin avait visiblement choisi son champion. Alfred vit alors l'assistance reculer et plusieurs silhouettes se regrouper au centre d'un espace vide. Un premier sifflement, un deuxième, des cris, des gestes paniqués. Il se passait quelque chose.

Les coups de pistolet le ramenèrent à la réalité et les cris le tirèrent de sa torpeur. Un commando d'hommes et de femmes sortait de la foule en visant les soldats, les gardes et les quelques membres de la haute société présents pour assister à l'exécution. Alfred aperçut entre leurs mains ses propres fusils.

La tentative était désespérée. Ses ouvriers avaient le visage ruisselant de larmes, les yeux rouges de colère et de tristesse, ils s'attaquaient au prince de la Loi sans la moindre stratégie. Trop dispersés et vite isolés par les spectateurs qui s'écartaient, les anciens ouvriers d'Alfred devenaient des cibles faciles pour les soldats perchés sur les camions ou debout sur la plateforme. Le prince de Virolles échappa aux premières salves et n'eut qu'une éraflure au bras, quelques officiels s'effondrèrent au sol. On mit le prince à l'abri et le carré des privilégiés recula sous bonne escorte, le temps d'abattre méthodiquement le commando de fortune qui s'accrochait encore à l'espoir de réussir. Il aurait fallu faire mouche dès le premier coup, il aurait fallu s'y prendre autrement. Les soldats achevèrent les fidèles de l'ingénieur sous un tir nourri et croisé, et seuls quelques-uns parvinrent à s'enfuir.

La poussière soulevée par les balles retomba peu à peu, une escouade de soldats se forma et s'avança jusqu'à la douzaine de cadavres au sol. Les militaires les retournèrent du pied pour vérifier qu'ils étaient bien morts. On emporta les blessés sans ménagement. Certains n'étaient même pas des assaillants, mais de simples spectateurs qui s'étaient retrouvés au mauvais endroit au mauvais moment. D'abord craintive, la foule s'approcha de nouveau – toujours cette même curiosité pour la mort. Il en fallait plus pour impressionner ce peuple qui venait de connaître les horreurs des émeutes. On donna l'ordre de tenir la populace en respect, de la mettre en joue, de tirer si nécessaire. Le sauvetage de Pergoal était un échec.

Alfred sentit l'épaisse corde se tendre au-dessus de lui. Le bourreau avait repris sa place et empoignait le bout libre qu'il commençait à enrouler autour de son bras droit. Conformément à la tradition, la hart devait être tenue par un homme. Le Faëton interdisait de tuer un condamné au moyen d'une machine, quelle qu'elle soit. L'exécution allait avoir lieu et l'assistance autour du gibet s'agita. Les soldats hurlèrent des ordres aux premiers rangs. Remis de ses émotions, Arsène de Virolles refusa de se mettre à l'abri, malgré l'injonction répétée de ses secrétaires. Il reprit sa place au bord de la plateforme.

Le prince jeta un regard de défi à Alfred. Il attendait que le bourreau lui fasse signe qu'il était prêt. « Vite ! » laissa-t-il échapper. Personne n'avait écouté son discours, mais cette tentative d'assassinat, qui avait avorté, l'avait étonnamment rassuré. Il allait s'empresser de tourner l'événement à son avantage. Les dieux décrétaient, par cet attentat raté, que lui seul avait le pouvoir et la légitimité de décider des changements de Seth. C'est ce qu'en diraient les ondes. En lui faisant don de ce signe favorable, le hasard avait bien fait les choses. Les trois soldats morts pour le défendre avaient accompli leur devoir, leur mémoire lui servirait, et les victimes officielles offriraient l'image de l'innocence abattue par la barbarie des ennemis de l'Empire. Quant aux employés du comte de Pergoal, les rares blessés seraient autant de sources de renseignements pour retrouver leurs complices et mettre la main sur le réseau tout entier. Finalement, ce qui venait de se produire était une bonne chose. Arsène en aurait presque cru à l'existence des dieux.

Toutes ces machinations restaient étrangères à Alfred, qui scrutait les visages au premier rang, comme hagard. Sa mort était imminente et le sacrifice de ses ouvriers lui faisait croire que des amis se trouvaient encore dans la foule. Et soudain, il la vit. Elle était vivante ! Léonore était là, dans les rangs les plus proches, une ample capuche sur la tête, les yeux plongés dans les siens. Toute la tristesse du monde, la fatigue des derniers jours et la peur de l'avenir se lisaient en eux. À l'abri de la pluie torrentielle, son visage était ravagé de larmes qu'elle séchait comme elle le pouvait du revers de la main. Elle lui parlait, il n'arrivait pas à l'entendre mais ce n'était pas grave, il comprenait l'essentiel. La sensation fugace d'un baiser, le souvenir de sa joie au travail lui revinrent un très court instant et lui firent regretter que ce jour soit le dernier.

Léonore répétait les mêmes mots sans s'arrêter, Alfred n'arrivait pas à détourner son regard, il ne voyait plus ses lèvres mais ses yeux, seulement ce regard intense, si bleu dans la pénombre de l'orage. Il savait qu'elle ne l'oublierait pas, il savait qu'il ne voulait pas l'oublier. Alfred n'avait pas peur pour lui désormais, il était triste pour elle. Sa peine était la sienne. Il n'avait pas peur de mourir, il regrettait seulement de ne plus jamais revoir sa mécanicienne. Et tous les autres. Il ne voulait pas les oublier.

Soudain, derrière son affliction apparut la réalité de la mort : l'éternité de l'oubli. Comme une lame traîtresse, comme une vérité qui prend forme, qui prend chair quand il est déjà trop tard, Alfred suffoqua en comprenant que lui seul allait tout oublier. Le pire n'est peut-être pas de quitter les vivants, mais de ne rien pouvoir emporter avec soi. La brume doucereuse de l'œuf dans son ventre se déchirait sous le poids de cette pensée, son cœur se serra en pressentant la vérité et cette ultime trahison le fit se redresser de colère, une dernière fois. C'était peut-être cela, mourir.

Il n'y avait plus rien à dire, et si peu à regarder. Le bourreau était prêt, le prince de la Loi ne perdit pas une seconde pour lui donner l'ordre de procéder. Alfred aperçut l'échange et n'eut pas le temps de se retourner vers Léonore lorsqu'il entendit le bruit du mécanisme ouvrant la trappe sous ses pieds. Il sentit son corps irrésistiblement attiré vers le vide, avant que la corde ne se tende brusquement et ne le retienne dans les airs.

Sa nuque ne s'était pas brisée sous le poids de la chute. La douleur n'était pas le pire. La nuit qui emplissait peu à peu sa vue était comme l'eau qui s'engouffre dans les poumons. C'était une mort lente et consciente, malgré l'anesthésie procurée par l'œuf dans son estomac.

Sa vision fut bientôt complètement obscurcie. Une lumière perça peu à peu les ténèbres tandis que des bruits éclataient dans le lointain.

Alfred savait qu'il était en train de mourir, il se sentait à la fois serein et paniqué, libre désormais du cercle-monde et suffoquant sous la potence. Les bruits de pas augmentèrent, des éclats de voix retentirent. Il ne comprenait rien, la lumière continuait de grandir. Elle gagnait sur l'obscurité tout autour. Il ne voyait plus la foule, plus le gibet, mais ce néant lumineux qu'il craignait de rejoindre. Alfred n'avait plus aucun repère, la lumière enflait sans s'arrêter. Il ne savait plus très bien s'il fonçait vers elle ou si c'était l'inverse. Il comprit bientôt que cette suprême clarté, puissante, impérieuse, totale, allait l'engloutir.

C'était fini.

Après de très longues heures de discussions entre membres éminents de la caste de la Foi et de la Loi, lors de débats acharnés et experts au début du siècle, il avait été décidé que même une corde ne pouvait pas être simplement attachée à la potence. Ce n'était pas faute d'avoir proposé d'innombrables plans de machines de mort pour les bas rangs et les damnés – le dernier siècle était rempli de ces effroyables inventions. Mais l'interprétation du texte sacré, malgré quelques passages équivoques, exigeait que ce soit un homme qui tienne la corde, l'épée ou la hache qui tuerait au nom de la justice. *L'homme doit tuer l'homme.* Cette citation du Faëton allait au-delà des exécutions judiciaires. Encore de nos jours, les officiers traditionalistes n'aiment guère l'artillerie qui donne à une machine le pouvoir de tuer aveuglément. Le bourreau tenait donc la corde fermement.

Un immense cri parcourut la foule. L'ingénieur gigotait au bout de la hart. Il n'était pas mort sur le coup. Les soldats tirèrent en l'air, obligeant les plus curieux à reculer. Alfred de Pergoal cessa alors de bouger complètement, ses membres crispés se détendirent, il pendait mollement, sans vie. L'exécution avait eu lieu.

Arsène de Virolles exulta, les bras levés, le visage tourné vers le ciel. Encore une fois, il avait gagné. Il posa un regard indéchiffrable sur le cadavre de l'ingénieur. Cette mort ne lui procurait aucun plaisir mais tout était en ordre. Soudain, une balle fit jaillir un éclat de bois d'un poteau à côté de lui. Il recula aussitôt. Cette nouvelle attaque surprit les gardes qui l'accompagnaient, et cette fois les balles faisaient mouche. Étaient-ce encore des ouvriers ? Les tireurs disséminés dans la foule n'avaient pas la même stratégie, ils ne se regroupaient pas, et leur coordination témoignait de leur expérience. C'étaient des militaires. Et pendant qu'ils tiraient sur le prince et sa garde, des camions apparurent au détour des faubourgs. Ils se dirigeaient à toute allure vers le gibet, des soldats à la tourelle de mitrailleuses vapeur arrosaient la potence et faisaient des victimes même dans la foule.

Plusieurs soldats s'effondrèrent autour du prince, le bourreau s'écroula, touché au cœur et à la tête. Le cadavre d'Alfred tomba par le trou et s'affala au sol comme une poupée de chiffon. Les lieutenants hurlaient leurs ordres et les soldats contre-attaquaient tandis que l'assistance se dispersait dans l'affolement. Une grenade explosa et créa un immense mouvement de panique qui sema le chaos. La confusion était totale. Une seconde attaque avait lieu et elle visait directement le prince de la Loi.

Arsène descendit de l'estrade sous la protection de ses soldats qui s'interposaient, comme des boucliers humains. Dès qu'un des gardes de Sa Majesté tombait criblé de balles, un autre venait le remplacer. Le prince et son escorte réussirent à atteindre la terre mouillée qui n'était plus que boue. Les gardes tiraient sur tout le monde, sans distinction.

Partout autour, la panique. Chacun tentait de sauver sa peau en refluant vers la porte de la ville ou à travers champs. Les misérables se marchaient les uns sur les autres. On s'agrippait, on se jetait au sol dans le fol espoir de survivre plutôt que son voisin. Léonore eut d'abord le réflexe de s'accroupir avec d'autres. Les soldats loyaux au Conseil avaient repris leurs esprits et formaient des carrés derrière les véhicules pour résister. En face, les camions des rebelles roulaient en exposant leurs flancs pendant que les tourelles continuaient d'accabler l'adversaire. Léonore crut percevoir à bord de l'un d'eux une chevelure blonde qui ne lui était pas étrangère. Elle ne s'y attarda pas et se retourna pour chercher où était tombé le corps d'Alfred. Elle le vit sous la plateforme, face contre terre. Des hommes, des femmes et des enfants couraient pour trouver refuge sous la structure, non loin du cadavre. La mécanicienne ne le quittait pas des yeux. C'était l'occasion de pouvoir au moins lui offrir une sépulture digne. Oubliant son instinct qui lui ordonnait de fuir, elle s'avança vers le gibet.

Un grand fracas se fit entendre puis une explosion, avec ce bruit caractéristique d'une chaudière qui craque. Un camion militaire venait d'en emboutir un autre et des soldats sortaient déjà du véhicule bélier pour achever leurs frères. Les cris, les hurlements résonnaient partout. Léonore en avait la tête pleine lorsqu'elle vit l'escorte du prince rejoindre une berline qui démarra en trombe, une fois Arsène de Virolles à l'abri. Deux camions déboulèrent pour les arrêter mais on les mitrailla tant et si bien que la chaudière du premier explosa et que le second dut s'en détourner pour échapper au même sort.

Dans sa concentration, Léonore, qui avançait accroupie, n'avait pas vu le soldat à sa gauche qui la braquait. Il la dominait de toute sa hauteur. Elle se figea, voyant déjà la mort sous la forme d'une balle en plein front. Il allait tirer, puis s'effondra, un jeune homme lui avait planté dans le dos un grand couteau de cuisine. Il ressemblait à son frère Titus… Titus ! S'était-il enfui des geôles avec Malène ? La mécanicienne se secoua. Ce n'était pas lui, seulement un jeune garçon des rues. Sans prendre le temps d'un regard vers son sauveur, elle continua son chemin en redoublant d'attention. Elle arriva finalement à côté d'Alfred. Les hommes, les femmes et les enfants se tenaient à distance du cadavre.

Léonore caressa son visage, ses bras et son torse dans l'espoir futile de le ranimer. L'ingénieur ne bougeait pas. Elle s'approcha de sa bouche en espérant sentir un souffle même infime, mais rien. Elle colla son oreille contre sa poitrine pour entendre son cœur battre, rien encore. Elle se pencha au-dessus de son visage ; les larmes ruisselaient de ses joues sur celles de son patron. « Oh, Cellixte, s'il vous plaît… » Le teint cadavérique et les yeux vides d'Alfred ne laissaient plus aucun doute sur la réalité de sa mort. Elle serra contre elle le corps de son mentor, de celui qui avait changé sa vie et le berça, au milieu des cris et des balles fusantes. Le chaos rugissait autour d'elle mais Léonore n'entendait que sa peine. Que pouvait-elle faire ? Elle tenta de le tirer au-dehors mais le corps était trop lourd pour elle. Vain espoir de croire qu'elle pouvait, à elle seule, emporter son cadavre. D'immenses sanglots la secouèrent juste avant qu'une balle transperce son épaule et la projette en avant. Une deuxième siffla au-dessus de sa tête.

Léonore s'affala sur Alfred. La douleur irradiait dans son épaule mais elle n'en avait que faire. Sa mère et son frère étaient emprisonnés, l'homme qui avait veillé sur elle depuis son adolescence venait de mourir, les ateliers où elle travaillait n'ouvriraient plus jamais. À quoi bon vivre ? Elle serra Alfred une dernière fois contre elle. Bientôt, elle allait le rejoindre.

La jeune femme ne voyait pas que les soldats d'Astrée étaient en train de prendre l'avantage. Des camions étaient partis rattraper la berline du prince pendant que le reste des combattants avançait rapidement sous les ordres du capitaine de Saint-Ange. Astrée combattait à l'épée et au pistolet, soutenue par le lieutenant Guillaume et trois hommes autour d'elle. Léonore s'effondra sur Alfred au moment même où Astrée faisait signe à un camion d'avancer.

Rien ne semblait résister aux commandos. Les soldats du Conseil et les gardes du prince avaient reculé jusqu'aux faubourgs, le populaire s'était dispersé à travers champs, dans les taudis et les usines, des files longeaient en courant les habitations vétustes. Les rebelles contrôlaient le terrain, mais le temps était compté. Les camions n'avaient pas réussi à stopper la berline, le prince était à l'abri et des escouades en réserve se dirigeaient déjà vers le gibet. La situation allait bientôt s'inverser.

Astrée et le lieutenant Guillaume se précipitèrent pour récupérer Alfred et Léonore, pendant que leurs hommes les couvraient en mitraillant copieusement leurs adversaires en train d'arriver en nombre de la capitale. Le chauffeur du camion, à peine descendu de sa cabine pour prêter main-forte, prit une balle en pleine tête et s'écroula au sol. Petit à petit, le flot incessant de tirs changeait de direction, les balles du Conseil reprenaient le dessus.

— Ils sont morts ! cria le lieutenant.

— Au moins, ils ne seront pas brûlés ! répliqua Astrée.

Ils soulevèrent les deux corps et les jetèrent à l'intérieur du camion. Astrée hurla aux soldats de se disperser. Le lieutenant s'empressa de se mettre au volant et démarra en trombe. Une dizaine d'autovapes blindées déboulaient de la porte des Arpentes pour venir à leur rencontre, deux compagnies suivaient au pas de charge. Cela faisait trop pour s'en tirer sans encombre. Ils n'avaient pas le choix, il fallait faire confiance aux dieux et fuir.

La route dégagée traversait les fabriques minables, avant de s'enfoncer dans la campagne sethis. Les camions rebelles encore en état de marche s'y engouffrèrent à vive allure. C'était désormais chacun pour soi. Un camion bascula sur la chaussée défoncée et s'affala sur le flanc, provoquant un accident qui immobilisa le véhicule juste derrière lui. Contourner ce carambolage anéantit l'avance prise sur les poursuivants. Les balles traversèrent l'habitacle où le capitaine et ses hommes tentaient de sauver Léonore Azur. Les secousses les empêchaient de se tenir debout.

— Réveille-toi, engeance ! Réveille-toi ! grogna Astrée qui continuait à prodiguer ses soins.

— On va où, capitaine ? hurla le lieutenant qui fixait la route en serrant le volant à s'en blanchir les jointures.

— Le plus loin possible de cette maudite cité ! Engeance ! Allez !

— Elle respire encore ? demanda un des hommes à côté du capitaine.

À bout, Astrée se mit à gifler Léonore de toutes ses forces. Une, deux, trois fois. La jeune femme ouvrit finalement les yeux, avec lenteur, en prenant une profonde inspiration. Une grimace de douleur crispa ses traits.

— Azur ! cria de joie Astrée en l'entourant de ses bras.

— Doucement, madame…, lui répondit faiblement Léonore qui tâta le tissu imbibé de sang sur son épaule.

Astrée lui avait fait un pansement de fortune. La balle avait traversé juste au-dessus de l'omoplate en laissant une plaie bien nette par où elle avait perdu beaucoup de sang. La mécanicienne, hagarde, regarda le capitaine dont les yeux brillaient de joie. Elle chercha à comprendre ce qui l'entourait et vit, sur le plancher du camion, une main livide, un poignet, un bras, et le cadavre d'Alfred dont le visage lui faisait face, les yeux ouverts. Léonore hurla de terreur. Elle avait cru le voir bouger, elle avait l'impression qu'il venait de tourner la tête.

Astrée se précipita aussitôt et enlaça Léonore. La jeune femme se mit à pleurer. Elle prenait conscience pour la deuxième fois de la mort de son mentor. Ce mouvement de tête, sans doute dû aux cahots de la route, lui avait fait espérer un instant que l'ingénieur était toujours en vie. Et ces yeux vides qui la fixaient… elle avait cru discerner une étincelle de vie dans la pupille. Ce devait être le reflet d'un rayon de lumière à travers le camion criblé de balles.

Le véhicule fit un écart qui les projeta contre la carrosserie. Léonore poussa un cri de douleur, Astrée un cri de surprise et les soldats s'accrochèrent aux poignées sur les planches de bois qui leur servaient de banquette.

— Y a toujours les autovapes qui nous collent au cul ! J'ai besoin d'aide, là !

— Clément, Jules, à la vitre, ordonna Astrée.

Les deux hommes acquiescèrent et s'emparèrent de fusils. Ils vérifièrent, avec les mêmes mouvements souples, que les armes étaient prêtes puis se précipitèrent dans le cockpit, accessible par une étroite ouverture.

Clément se pencha par la vitre mais s'écroula immédiatement, la tête explosée. Sans attendre, Jules l'empoigna et jeta le cadavre à ses pieds pour prendre sa place. Juste avant qu'il passe la tête par l'ouverture, le lieutenant Guillaume lui mit la main sur le bras.

— Passez-nous des grenades !

Un éclair de compréhension illumina le visage du soldat qui se retourna et saisit les trois grenades que lui tendait déjà Astrée, à l'arrière.

— Tu ne la lances pas tout de suite, ordonna le lieutenant qui jetait des coups d'œil dans le rétroviseur, tout en maintenant son allure.

— On fait quoi ?

— Tu la dégoupilles, tu comptes jusqu'à trois, et seulement alors tu la laisses tomber. Ne la jette pas !

— Entendu.

Le soldat dégoupilla la grenade en même temps que le lieutenant et se mit à compter les secondes. Tout allait vite autour d'eux, pourtant chaque seconde semblait s'éterniser, leur concentration ralentissait le temps.

Le camion continuait de foncer sur la route au milieu des taudis. La voie était désormais si étroite que ses flancs frôlaient les façades en tôle des habitations. On ne discernait aucun habitant, ils avaient dû fuir en entendant les détonations.

« … trois. » Ils lâchèrent les grenades par les vitres ouvertes. Dans son rétroviseur, le lieutenant Guillaume vit la première exploser dans les galetas, à cause d'un faux rebond. Mais la seconde avait suivi une trajectoire parfaite, juste après le cul du camion, en plein sur l'autovape de tête qui sauta avant de retomber lourdement en travers de la route. Les autres véhicules pilèrent devant la carcasse fumante.

Le camion, bien que troué de partout, les flancs enfoncés et les pare-chocs emboutis, prit de la vitesse et distança enfin ses poursuivants. Les autres camions rebelles avaient déjà disparu devant eux. Ils quittèrent les taudis, pénétrèrent dans les premiers bois, et arrivèrent en vue d'un carrefour. Le ciel au-dessus d'eux était toujours d'un gris de plomb.

Ils ne devaient surtout pas s'arrêter mais continuer à fuir. Astrée savait que les autres soldats ne chercheraient pas à les retrouver. La mission était un échec : Arsène de Virolles était toujours vivant et Alfred de Pergoal, mort par pendaison. Au moins, les compétences de Léonore pourraient servir les intérêts de Phébus. Mais où allaient-ils se cacher pour rester en vie ?

14

Le manoir des Croquants

> […] les Lacs s'étendent sur des milliers de lieues carrées, formant un immense réseau de canaux, grottes, passages et chutes d'eau qui rendent les déplacements malaisés et contribuent fortement à leur aura légendaire. Après une exploration poussée par Eugène d'Ir et Foudre Marchai, les Lacs ont seulement révélé une faune d'une richesse extraordinaire et une flore incroyable. Les Lacs sont aujourd'hui la première région d'exportation des plantes médicinales et de matières premières précieuses, ce qui explique la présence de nombreux laboratoires de la caste du Savoir.
>
> *Le Voyageur intrépide*,
> GUSTAVE FICELLE, 56X

La lumière diaphane des deux lunes décroissantes permettait à peine de distinguer le chemin de terre sur lequel le camion s'engagea. La voie était étroite, conçue sans doute pour une carriole, et les branchages griffaient le véhicule.

À l'intérieur, hormis le conducteur, tout le monde s'était assoupi. Léonore dormait, affalée sur le plancher, l'épaule fermement bandée, juste à côté du cadavre d'Alfred recouvert d'une bâche. Le bruit des végétaux éraflant la carlingue réveilla Astrée, qui ouvrit un œil et se leva pour s'approcher du lieutenant

Guillaume au volant. Jules, le dernier soldat survivant, était recroquevillé sur le siège passager.

Ils roulaient depuis de très longues heures et seule la nuit leur avait apporté un peu de réconfort. Depuis leur fuite de Seth et le sauvetage raté, il avait fallu changer plusieurs fois d'itinéraire, rebrousser chemin à la recherche des bons embranchements, tout en esquivant la vigilance des patrouilles. Le camion avait pu rouler facilement sur les toutes nouvelles artères bitumées qu'on trouvait dans cette région proche de la capitale – une chance quand on savait que la plupart des routes de l'Empire étaient en fine caillasse ou simplement en terre battue, difficilement praticables pour les véhicules à vapeur. Faute d'indications précises, le second d'Astrée s'était résolu à interroger les habitants des villages qu'ils traversaient. Le lieutenant s'était arrêté deux fois, grimé en pèlerin, comme on en voyait parfois sur les routes, pour demander dans un troquet qu'on lui détaille les environs, sans jamais révéler leur objectif. Ils devaient trouver cet abri au plus vite et soigner la blessure de la mécanicienne. Tristan Guillaume pensait être sur la bonne voie.

— Tu penses qu'on est proches ? questionna Astrée dans un bâillement.

— Si j'en crois l'artisan dans le dernier hameau, le manoir des Croquants est au bout de ce chemin, répondit-il en clignant des yeux sous la fatigue. Je voulais vous dire, capitaine, que…

— Oui ?

— Votre père n'aurait pas fait mieux. Même si nous n'avons pas sauvé l'ingénieur, je vous le dis, dans de telles conditions…

— Encore un effort, tu tombes de sommeil,

l'interrompit Astrée en lui posant la main sur l'épaule, un geste rare.

— Bien, Quaribert.

Le camion prit un dernier virage. Ils aperçurent au loin les lumières d'une belle demeure à travers une haie clairsemée. Dehors, les cigales et les grillons chantaient, une brise chaude soufflait comme si rien n'était survenu depuis le midi, comme si Seth n'avait pas vécu une journée à la fois extraordinaire et terrifiante. La nuit enveloppait les souvenirs du jour en atténuant temporairement leurs contours. Astrée regarda tranquillement à l'arrière : Léonore dormait toujours.

Le véhicule s'arrêta devant une grille en fer forgé, encadrée de deux pilastres surmontés de sangliers en bronze, nobles et fiers. Les phares à gaz du camion les faisaient luire dans la pénombre. Malgré la richesse évidente des lieux, la grille était sale et la végétation laissée à l'abandon.

— Ça paraît désaffecté, non ?

— Oui, c'est étrange, répondit le lieutenant.

Astrée ouvrit la portière et se saisit de son arme. Par précaution, elle inspecta les environs immédiats puis alla sonner la cloche pour s'annoncer. Sur l'un des piliers, une plaque à demi recouverte de lierre indiquait : « Manoir des Croquants ». Ils étaient arrivés à destination.

Quelques minutes plus tard, un homme épais, aux bras robustes de bûcheron, se présenta à la grille. Il tenait un fusil dans une main et dans l'autre une lanterne qu'il posa à ses pieds avant de s'en éloigner de quelques mètres. Ses paupières se plissèrent pour scruter l'improbable équipage.

— Qui êtes-vous ? Éteignez vos phares ! ordonna-t-il.

— Nous sommes des amis de madame la baronne, expliqua Astrée en faisant signe au lieutenant d'obtempérer.

— Quel est votre nom ? Votre nom ! aboya le gardien en continuant de pointer son arme vers Astrée.

— Comtesse Astrée de Saint-Ange, capitaine de la garde impériale !

— Oh…

L'homme abaissa son fusil et reprit sa lanterne. Il alla jusqu'à la grille et dirigea la lumière sur Astrée, qui s'était également approchée. Les photographies existaient depuis quelques décennies, mais seuls les portraits des grands personnages étaient relativement connus. Astrée en faisait partie et le gardien n'eut aucun mal à reconnaître la physionomie du commandant le plus prestigieux de l'armée, après le prince de la Guerre. Il saisit à sa ceinture un trousseau de clefs et ouvrit la grille qui grinça sur ses gonds.

— Je suis désolé, madame la comtesse, il est si tard… Vous et vos amis êtes annoncés ? demanda-t-il d'un ton désormais respectueux.

— Non. Mais on nous a dit que nous serions bien accueillis…

— Oui… Continuez tout droit sur le chemin, vous pourrez garer votre camion sous les abris pour le bois.

Le véhicule avança au pas tandis qu'Astrée marchait devant lui, à côté du gardien qui les guidait avec sa lanterne. L'allée n'était pas entretenue, ici aussi les taillis débordaient largement sur le chemin.

— Le manoir est toujours occupé par la baronne ? s'étonna Saint-Ange.

— Oui, tout à fait. Mais ce n'est pas l'entrée principale, voilà pourquoi j'étais particulièrement méfiant. C'est...

— Une sortie de secours.

— C'est cela. Plus on l'oublie, mieux c'est, rétorqua le gardien d'un ton bourru.

Malgré son gabarit imposant, il lui jetait des regards impressionnés à la dérobade, comme un petit garçon. Ce n'était pas tous les jours qu'on rencontrait une personne d'un rang aussi élevé dans la noblesse impériale et l'ordre des castes. De discuter avec elle en pleine nuit, à la faveur d'une lanterne sur un chemin de gravier blanc, cela défiait son imagination.

— Et vous êtes ? demanda poliment Astrée, qui sentait sa retenue.

— Cassio, je suis le garde-chasse du domaine...

— Ce n'est pas un nom local.

— Non, je viens du Sud, madame la comtesse, dit-il d'un air d'excuse.

La plupart des sujets de basse extraction ne quittaient jamais leur région natale, ni même leur village. Rencontrer des gens de peu qui venaient d'ailleurs était toujours surprenant. C'était sans doute un signe d'ouverture de la part de la baronne de Lucq, chez qui ils se rendaient. Astrée aimait bien ce géantin qui marchait désormais en ne sachant plus où mettre son fusil.

Ils distinguèrent enfin les toits pentus d'ardoises plates du manoir, qui surplombaient les abris où des stères de bois étaient entreposés avec soin. C'était une bâtisse élégante du siècle dernier, haute de trois étages, en pierre de taille de la région, avec des ornements sculptés de motifs floraux. Tout à fait le genre de maison où Astrée aurait aimé grandir. Les flammes des appliques à gaz faisaient danser les fleurs minérales des corniches. Au rez-de-chaussée, des portes-fenêtres donnant sur le jardin dévoilaient un riche mobilier à l'intérieur. Il suffisait d'un regard pour savoir qu'il faisait bon vivre ici.

Ils réveillèrent Léonore, qui descendit du camion hébétée, pendant que le lieutenant Guillaume et le soldat enroulaient le corps de l'ingénieur dans sa bâche pour le transporter.

Ils n'eurent pas le temps d'atteindre les portes qu'elles s'ouvrirent pour laisser passer Isabella de Lucq dans une longue robe de chambre. Âgée d'une quarantaine d'années, la baronne possédait un port de tête racé et une chevelure d'un noir de jais parfaitement coiffée, même au beau milieu de la nuit. La troublante alliée de Cornélia Wulokind ne put s'empêcher de tressaillir en découvrant le cadavre de son ami l'ingénieur. Astrée, soucieuse des conventions, voulut se présenter mais la baronne la coupa dans son élan.

— Dépêchons-nous d'entrer, vous devez être épuisés.

Elle s'effaça pour leur laisser le passage et remercia d'un regard Cassio, qui lui fit un signe de la tête et s'en alla.

— Je suis vraiment désolée, madame la baronne de…

— Allons, comtesse… Cornélia vous a donné mon adresse ? demanda-t-elle en ordonnant à deux servantes de débarrasser la grande table dans la pièce où elle les conduisait.

— Oui. La mécanicienne Azur la tient d'elle, dit Astrée en désignant Léonore.

Les yeux baissés et humides, la jeune femme suivait le cadavre d'Alfred comme on se tient derrière un corbillard. On allongea le corps de l'ingénieur sur la table de la salle à manger avec une délicatesse qui la toucha. Le lieutenant Guillaume et Jules se reculèrent. La mécanicienne s'avança et dégagea de la bâche la tête d'Alfred. Son visage semblait reposé, presque serein. Elle le débarbouilla avec un peu de salive et le recoiffa d'un geste machinal. Sa peau était très froide, souple encore, à peine teintée de marques livides. Un instant, elle espéra qu'il était peut-être encore en vie. Elle se pencha et plaqua son oreille contre sa bouche. Elle attendit mais ne perçut aucun souffle. Elle constata avec amertume qu'elle n'y avait pas vraiment cru. Quelque chose en lui n'était plus là, comme si son corps était creux. Hédus le Passeur était venu le chercher.

La baronne de Lucq s'approcha de Léonore et se permit de lui prendre la main. Les deux femmes restèrent quelques secondes silencieuses, derrière elles tous se tenaient cois. Isabella de Lucq rompit le silence et serra la main de Léonore plus fortement encore.

— C'était un héros discret. Je le connaissais depuis douze ans et il n'a jamais cessé de me surprendre. Alfred nous a prouvé quel genre d'homme il était, quel genre d'homme il faut être. Il n'a pas parlé, et des centaines de personnes ont eu la vie sauve. Mademoiselle Azur… Grâce à lui, nous n'avons pas encore perdu… Alfred de Pergoal sera notre exemple et nous nous battrons en sa mémoire.

Léonore s'effondra dans ses bras. Ses larmes

coulaient sans retenue. Elle se sentait si faible, si fragile. Dans sa détresse, elle avait besoin de la chaleur d'un corps contre le sien. Il lui fallait une amarre pour ne pas chavirer dans la tempête qui lui broyait le cœur comme une mer déchaînée ronge les côtes. Épuisée, Léonore finit par s'endormir quasiment dans les bras d'Isabella, qui fit signe aux servantes de l'aider. Les deux jeunes femmes, muettes depuis l'arrivée des étrangers, se dépêchèrent de soutenir la mécanicienne. Elles sortirent de la pièce en portant Léonore qui luttait pour ne pas perdre connaissance.

— Demain, nous ferons venir un médecin pour examiner sa blessure, déclara Isabella. En attendant, elles lui feront un vrai bandage. Je vais vous montrer vos chambres…

— Et pour le comte de Pergoal ? demanda doucement Astrée.

— Nous enterrerons monsieur le comte demain. Cassio le veillera cette nuit.

— Encore merci, madame, se permit le lieutenant Guillaume.

— Ne me remerciez pas, reposez-vous, dit la baronne en les guidant hors de la pièce.

Sans que personne l'ait remarqué, le garde-chasse était de retour et attendait dans l'encadrement de la porte. Il posa un tabouret près de la table et fixa délicatement, avec une goutte de cire chaude, une chandelle bleu nuit près de la tête de l'ingénieur. Il sortit ensuite de la poche de son pantalon une statuette maladroitement sculptée par ses soins, représentant Sayef le Talent, qu'il installa en regard de la chandelle, de l'autre côté de la tête du défunt. Quand tout fut prêt, il s'assit en joignant les mains et commença à prier.

On les guida à travers la demeure jusqu'à leurs chambres. Le lieutenant Guillaume et Jules s'y engouffrèrent sans même un merci, tant ils étaient fatigués. Isabella accompagna Astrée jusqu'à la sienne. Le capitaine voulut la remercier une nouvelle fois, mais la baronne l'arrêta d'un geste et lui intima d'aller dormir. Astrée de Saint-Ange était peut-être plus élevée dans la noblesse impériale, mais à cet instant Isabella avait seulement devant les yeux une jeune femme exténuée. Le capitaine de Saint-Ange n'avait pas encore pris conscience de ce qu'elle venait d'accomplir.

Dans son lit à baldaquin, aux draps propres et soyeux comme elle n'en avait pas vu depuis deux ans, Astrée ne parvenait pas à trouver le sommeil. Elle n'avait cessé de se retourner dans un sens puis dans l'autre, jusqu'à se mettre sur le dos, les mains derrière la nuque, la tête bouillonnante d'idées confuses.

Avant de s'assoupir dans le camion, Léonore lui avait révélé des informations incroyables sur son patron : il détenait des ateliers clandestins, des parias travaillaient pour lui, il dirigeait avec la traîtresse Cornélia Wulokind une organisation illicite. Tout cela, dans le plus grand secret. Les soupçons dont Phébus avait fait part se confirmaient. Depuis lors, Astrée se demandait pourquoi Alfred ne leur avait rien dit. Les choses auraient été tellement plus simples ! Avec les moyens dont il disposait et leur encadrement rigoureux, les événements auraient pu prendre une tournure différente… Était-il le responsable de l'attentat ou la victime d'une machination, comme le laissait entendre Léonore ?

Plus Astrée y réfléchissait, et plus elle se demandait si Alfred et Phébus recherchaient la même chose. Léonore ne lui avait peut-être pas tout dit sur les motivations de son patron. Pourquoi Alfred aidait-il des damnés des dieux ? Comment s'était-il lié à la traîtresse Wulokind ? Trahissaient-ils ensemble, avec la complicité des princes de la Technique ? Cette femme avait-elle vraiment trahi ? Depuis quand un ingénieur se liait-il d'amitié avec une personne comme elle, cela n'avait aucun sens. Que recherchaient-ils que Phébus n'aurait pas soutenu ? Toutes les réponses restaient pour le moment hors d'atteinte.

Les pensées d'Astrée divaguèrent vers sa relation personnelle avec Alfred de Pergoal. L'ingénieur l'horripilait avec ses idées nouvelles, cet air de toujours survoler les choses, cette manie de rire de tout et de se moquer de tous. Il était de caractère trop léger pour posséder une quelconque profondeur, lui semblait-il alors. Jusqu'à ce jour, ce n'était qu'un de ces bellâtres mondains qui jouait de ses talents pour enchaîner les conquêtes et faire la une de la presse à sensation. Un brillant courtisan qui contrevenait à ses valeurs guerrières. Son mérite de génial ingénieur passait complètement au-dessus de la tête d'Astrée ; les compliments dont Phébus le couvrait lui avaient toujours paru surfaits. Alfred se croyait plus grand qu'il n'était et la jeune femme n'arrivait pas à oublier le mépris qu'elle percevait parfois dans son regard.

Certes, elle se désintéressait de tout ce qui ne concernait pas la guerre et les armes. Elle avait été formée à considérer les autres castes comme inférieures et quantité négligeable. Elle aimait les traditions impériales, et alors ? Pour se venger, chaque fois que l'ingénieur s'était permis de lui adresser la parole comme à une parfaite égale, Astrée lui avait fait sentir toute la fragilité de sa récente ascension. Alfred n'avait pas des siècles de noblesse derrière lui, ni d'aïeux glorieux comme les siens, seulement des nobliaux de province, des baronnets ! Aucune amitié n'avait pu croître dans ce terreau délétère. En dépit de tous ses efforts, et même des ordres qu'il lui avait donnés, Phébus n'était pas arrivé à les réunir.

La bêtise d'une telle attitude sauta soudain aux yeux de la comtesse de Saint-Ange, qui ne trouvait toujours pas de position confortable dans son lit. Tout son corps était douloureux, sa fatigue énorme, mais ses pensées la maintenaient éveillée. Elle devait faire amende honorable. Alfred méritait sa considération, il avait bâti un petit royaume dans l'ombre et avait tout enduré pour conserver ses secrets. Il était mort sans avoir parlé. Rien que cela. Combien de soldats en auraient fait autant ?

La jeune femme se tourna sur le côté, les yeux rivés sur la cheminée en marbre et le miroir dans lequel se réfléchissait la chambre cossue qu'on lui avait attribuée. La décoration intérieure, la psyché devant les épais rideaux qui tombaient parfaitement droit devant les hautes fenêtres, tout respirait le bon goût et le luxe. Cela lui fit penser à sa propre chambre au Roc Archange. Ce qui n'était pas pour l'aider à oublier ses idées noires.

Astrée poussa un long soupir. Sa responsabilité dans la mort de Pergoal était indéniable. Alfred serait peut-être encore en vie si elle n'avait pas attendu que les soldats conjurés lancent l'assaut sur le gibet, si elle avait pu les forcer à obéir au moment de la traversée de la capitale, sur le chemin de Borance. Un poids l'empêchait de respirer, et les paroles attentionnées de son lieutenant ne l'avaient pas soulagée. Tristan Guillaume lui avait sûrement dit cela parce qu'elle n'avait pas été à la hauteur. Astrée estimait n'avoir pris que des mauvaises décisions depuis que Phébus lui avait assigné cette mission.

La jeune femme repoussa le drap et s'assit au bord du lit. Son prince l'avait chargée d'une tâche périlleuse, mais pendant deux ans, à quoi avait-elle servi… Elle avait toujours partagé sa vie, toujours à ses côtés, toujours prête à le protéger. Au cours de leur périple, elle avait fait office d'assistante, commandé la garde pour les cérémonies d'apparat et attendu que Phébus veuille bien la tenir au courant du programme. Et quand le danger, le vrai danger, se présentait, le prince l'éloignait de lui ? La tradition voulait qu'Astrée demeure à ses côtés. Les Saint-Ange s'arrangeaient pour que leur fils naisse en même temps que le prince. Et cette tradition s'était maintenue sans déroger jusqu'à la naissance d'Astrée, la première fille aînée de la famille Saint-Ange depuis cinq siècles ; il avait fallu que ce soit elle.

La comtesse se leva et alla contempler son image dans la psyché. Les rayons des deux lunes soulignaient les contours de son corps, tandis que le reste de la pièce disparaissait dans la pénombre. Il faisait une telle chaleur qu'Astrée s'était mise au lit nue sous les draps frais. Elle voulait se voir mais distinguait à peine sur sa peau les bleus qu'elle sentait au toucher. La jeune femme se tint bien droite devant le miroir. Que fallait-il voir ? Que voyait Phébus ? Que voyait-elle ?

Son corps athlétique, la finesse de ses traits, sa chevelure blonde. Astrée était belle, mais cette beauté lui paraissait superflue. On ne lui avait jamais appris à aimer ses courbes féminines, sa poitrine et ses hanches bien proportionnées. Elle tendit le pied droit, et de la pointe des orteils remonta jusqu'à sa fine cheville, son mollet musclé, sa cuisse. De belles jambes. Personne, à part elle, ne les avait jamais caressées. Elle passa la main dans les frisons bouclés de son pubis, qu'aucun homme n'avait jamais embrassé. En frôlant son sexe, Astrée ferma un instant les paupières et frissonna doucement de plaisir ; elle imaginait un souffle chaud dans ce creux singulier. Cet écho revenait parfois la hanter mais elle refusait de s'y abandonner de peur d'être consumée par ses sens. Elle ouvrit les yeux et se força à continuer son inspection. Toute sa vie, on lui avait rappelé qu'elle était fille, puis femme, mais elle avait tout fait pour oublier l'une et ne connaissait aucun des plaisirs de l'autre. Elle se maquillait uniquement lors des réceptions et des cérémonies, parce qu'on lui avait appris à le faire, et sans y trouver la moindre satisfaction. Avec ses airs farouches et sa réputation de chien de garde, les hommes se tenaient à distance respectueuse. On ne caresse pas un chien qui montre les dents.

Sa respiration s'accéléra et le poids de ses seins ronds dans ses mains la surprit. Elle les bandait chaque matin, comme toutes les femmes de l'armée. Ce ne pouvait pas être pour cette raison que Phébus avait décidé de l'éloigner de lui. Le jeune prince n'avait jamais traité ses officiers différemment selon leur sexe, les hommes comme les femmes prenaient les mêmes risques devant l'ennemi. Et d'ailleurs, sa mission ne s'était pas révélée sans danger. Astrée se sentait néanmoins punie de ne pas participer avec lui aux grandes batailles qui s'annonçaient.

Que voulait-elle ? S'était-elle jamais posé la question ? Astrée sentit le danger d'une telle interrogation. Le devoir ne connaissait pas les doutes personnels et l'habitude lui avait appris à aimer les certitudes. Pourtant, tout semblait changer autour d'elle et la jeune femme se demanda si cela l'entraînerait à changer elle aussi. On ne tirait pas sur un prince, on ne commettait pas un tel sacrilège sans en être profondément bouleversé. Tout semblait s'effriter sous ses doigts. Astrée prenait conscience de la gravité de ses actes, mais ce n'étaient pas les morts qui revenaient la hanter, ni même le sentiment d'avoir trahi les lois, et peut-être sa foi.

L'énormité de ce qu'elle venait de commettre ne pesait rien face à ce qu'elle mesurait en se voyant femme dans ce grand miroir. Elle n'était plus aux côtés de Phébus ! Cela faisait des jours qu'elle voyageait avec ses hommes, et pourtant cette pensée ne lui était pas venue. C'était cependant le cas. Elle n'avait jamais quitté le prince depuis leur entrée à l'Académie militaire, seize ans plus tôt. Phébus allait se battre, il fallait le protéger, le conseiller, il fallait lui vouer sa vie, mais ici Astrée ne le pouvait pas. Était-ce parce qu'elle ne portait pas son uniforme et ses galons que l'idée de n'être pas dévouée corps et âme au jeune prince ne lui déplaisait pas autant qu'elle aurait dû ? Pour la première fois de sa vie, ce n'était pas le reflet de Phébus qu'elle regardait, mais sa propre silhouette.

Sa mère était une femme silencieuse et secrète, son père ne voyait en elle qu'une combattante. Astrée palpa machinalement son bras droit. Pengruel de Saint-Ange l'avait souvent agrippé en se moquant de son petit diamètre quand elle n'était qu'une fillette. Il aurait tellement voulu un fils aîné ! C'était ainsi chez les Saint-Ange, comme la marque des dieux ! Dans ses mauvais jours, il demandait à la fillette elle-même ce qu'en auraient pensé son grand-père et ses ancêtres. Astrée ne répondait rien, devant un père qui ne la regardait même pas.

Le capitaine chassa ce souvenir et tenta de penser aux prochains jours en se détournant du miroir. À quoi bon ressasser le passé, à quoi bon se perdre dans cette observation narcissique ? Elle ne savait même pas quel nom donner au malaise qu'elle éprouvait, ni comment agir pour y remédier. Elle avait peut-être échoué à sauver Alfred mais la guerre débutait à peine. Que fallait-il faire pour continuer à combattre demain ? À cet instant, seule cette question valait qu'on s'y attarde. Enterrer le comte discrètement et rejoindre Phébus, comme c'était initialement prévu. Avec la prise de Dectroi et l'arrivée devant Rocca, les trains de transport et de fret devaient grouiller de militaires aux ordres de son traître de cousin. Ils étaient à mi-chemin de Grande Halle : rejoindre les convois réservés aux marchandises des paysans était une possibilité à ne pas exclure… Il suffisait de parcourir une grosse centaine de lieues en évitant les contrôles, le plus possible à distance des villages.

Au moins, Léonore était encore en vie, et suffisamment intéressante pour que Phébus ne considère pas sa mission comme un échec total. Astrée eut envie de la voir, elle passa une robe de chambre et sortit, pieds nus. Les lattes cirées du parquet ne grinçaient pas sous ses pas légers, tout le manoir se reposait en silence. Elle s'avança dans le couloir sans savoir où elle allait, puis s'arrêta devant l'escalier en comprenant qu'elle n'avait aucune idée de l'endroit où pouvait se trouver la mécanicienne. Elle faillit rebrousser chemin et décida finalement de descendre au rez-de-chaussée pour voir Alfred.

Cassio ne dormait pas, il priait toujours. La chandelle sur la table avait diminué de moitié, la cire perlait tout autour comme une cascade prise par les glaces dans le parc des Armoiries. Le garde-chasse leva la tête. Il était bien plus âgé qu'elle, pas beau, mais sa puissance physique laissait pourtant deviner une fragilité qui avait du charme.

— Je suis désolée, je ne voulais pas vous déranger, murmura-t-elle sur le seuil de la pièce.

— Vous ne me dérangez pas, madame la comtesse, dit Cassio, visiblement troublé par sa tenue légère. Je prie pour que son âme rejoigne la Vallée auprès de Sayef, notre dieu.

— Vous faites partie de la Technique ? s'étonna Astrée.

— Je suis le seul ici. La baronne… ne s'en soucie pas.

Elle s'approcha et contempla le corps d'Alfred. Son visage était toujours serein. La vue d'un cadavre ne la choquait pas, pas plus que la vision du sang n'aurait dégoûté un chirurgien, pourtant le garde-chasse perçut son malaise alors qu'elle tendait un doigt hésitant en direction de son front.

— C'est la première fois que je vois cela… Je sais qu'il est mort, dit-il comme pour lui-même. C'est bizarre, j'ai même voulu prendre son pouls, sans succès…

— On dirait qu'il dort. Sa peau n'a presque pas bougé.

— Mais il est glacé… Pardonnez-moi, madame la comtesse, mais il ne fait pas aussi froid ici, marmonna Cassio que cela perturbait depuis plusieurs heures.

Le capitaine de Saint-Ange acquiesça puis osa caresser la joue de l'ingénieur. Elle ne l'avait jamais vu aussi détendu et n'avait jamais eu pour lui de son vivant un geste aussi intime. De nouveau, le malaise s'empara d'elle.

Comme on pouvait se tromper sur les gens ! Comme on pouvait n'écouter que soi, et croire uniquement ce qu'on voulait bien croire. Quel aveuglement, quel manque de discernement ! Astrée aurait aimé pouvoir confier ces pensées à Alfred. Pour la première fois de sa vie, elle avait envie de s'excuser. Pourquoi fallait-il attendre de rencontrer les morts pour régler ses comptes de vivant ? Sans doute cherchons-nous une réponse muette, une acceptation évidente qui n'appartient qu'à leur voix éthérée. Peut-être valait-il mieux les laisser à leur repos. Comme le lui avait dit un jour le père de Phébus, Urien, les morts et les vivants vivent dans deux mondes séparés pour une bonne raison.

Malgré des sentiments mitigés à son égard, Astrée était contente d'être venue rendre un dernier hommage à Alfred, le comte fastueux, l'ingénieur perturbateur et vantard, premier des siens et emmerdeur de première. Elle ne savait pas ce qu'elle regrettait, mais son chagrin était sincère. Elle prit une chaise et s'assit. Cassio vit qu'elle ne voulait pas parler et se remit à prier.

Les paroles traditionnelles de la prière des morts, et d'autres qu'elle ne connaissait pas, la bercèrent. La litanie des murmures, la présence rassurante du garde-chasse, la pénombre troublée par l'unique chandelle et la douceur du tapis sous ses pieds lui apportaient la sérénité dont elle avait besoin. Astrée trouva enfin le sommeil.

15

L'avènement du Triumvirat

> La fête de la Grande Nuit. Danalos célèbre le jour le plus court et la nuit la plus longue. Contrairement à Samartin, la fête des Morts et des Enfants libres, Danalos ne remercie pas les Ombres mais célèbre le Secret et, par extension, l'Amour. Danalos est la fête des amoureux qui se retrouvent. Les couples mariés se rendent d'abord au temple dédié de Ralto, puis se retrouvent dans les secrets de l'alcôve et n'en ressortent qu'au matin. Si vous souhaitez faire plaisir à [...]
>
> *Mille et un conseils*,
> MAXENCE D'EULOR, 34X

La jeune marquise avait bien des talents et un corps d'une extraordinaire souplesse dont elle était fière ; on la disait volontiers téméraire. Aussi peu farouche qu'elle paraissait sauvage, la jeune femme n'avait jamais attendu longtemps pour exercer son subtil pouvoir auprès des hommes et des femmes qui croyaient la dominer. Prédatrice plutôt que proie, elle les avait dévorés comme une panthère des déserts d'Ar Nigma, en prenant le temps de la traque, en saisissant l'opportunité de l'attaque, ne laissant de son gibier qu'un maigre soupir défait, et comblé. Alice les avait épuisés, rassasiés pour mieux les contrôler, et elle détenait désormais au creux des hanches un savoir-faire bien supérieur à celui des jeunes femmes de son âge ; pour le plaisir d'une nuit avec elle, on était prêt à tout.

Vite lassée par cette chasse facile, l'idée lui vint de se servir de cette vénéneuse sensualité pour conquérir non seulement la richesse et les faveurs, mais le pouvoir lui-même. Elle commanda aux bonnes mains de se poser sur son corps, comprit comment susurrer autant de mots doux que de suggestions à ses victimes. Avec sa langue, elle dominait le sexe, levé ou mouillé, autant que l'esprit qui croyait en être le maître. Ses titres, elle les devait à ses parents et à la place de choix qu'occupait sa tante parmi la noblesse impériale, mais sa puissance, elle ne la devait qu'à elle-même.

En cette fin d'après-midi, les rôles s'inversaient, c'était enfin elle, la proie. Elle frissonnait d'excitation en avançant à quatre pattes, sur le lit aux draps bleus, vers celui qu'elle appelait son prédateur suprême. Sa peau laiteuse, mouchetée de quelques grains de beauté qui dessinaient de rares constellations, était aussi pure que ses cheveux étaient noirs, ténébreux. C'était son âme qui surgissait et formait une chevelure épaisse, léonine et rebelle encadrant de beaux yeux clairs comme l'eau d'une rivière. Sa beauté faisait d'elle une vivante statue d'opale, à l'image de Cléo des Cils, la douce servante du dieu Ralto.

Ses bas blancs qui lui montaient jusqu'à mi-cuisse étaient retenus par une création récente, des porte-jarretelles faits d'une unique lanière de cuir tressé. Ce soir, Alice ne portait que ça sous la longue robe qu'elle avait soigneusement pliée sur un fauteuil dans la chambre fastueuse. Ses formes étaient parfaites, ses courbes tracées d'un seul trait de fusain. Il ne faut pas trop en faire quand la nature vous a déjà donné le meilleur d'elle-même, l'artifice n'est utile que lorsqu'il est nécessaire.

Arsène de Virolles, prince de la Loi, regardait Alice de Chevreul venir à lui, les yeux dans les yeux. Le premier magistrat de l'Empire préférait d'ordinaire les femmes du même âge que le sien, soit quinze ans de plus que la belle demoiselle. Contrairement aux grands qui aimaient entretenir des danseuses de cabaret, des putains dans des maisons closes ou des servantes accortes dans leurs différentes propriétés, quand ce n'était pas une jeune lavandière, Arsène avait d'autres relations. Et l'âge, souvent, était un problème.

Loin de lui l'idée de violer une jeune fille sans défense pour éprouver du plaisir, c'étaient des manières de soudard qui le révulsaient, et goûter aux garçons des faubourgs de Bas-Bœuf, comme le faisaient certains, ne l'avait jamais séduit. Arsène répugnait à participer aux orgies que la haute noblesse organisait à l'abri de son Inquisition dans certains palais princiers et hôtels particuliers. Le prince n'avait jamais su se satisfaire du seul plaisir charnel, ni feindre, comme certains, d'aimer un esprit sans s'intéresser au corps. Ce qu'il aimait, c'était très simple, et d'une subtilité qui échappait à la plupart de ses contemporains : un mélange de franchise et de perversité, une relation excessivement formelle et pourtant d'une intimité totale.

Alice de Chevreul continuait d'avancer telle une chatte en chaleur, en rampant, feulant presque, minaudant sur les draps. Le parfum léger de la jeune femme ne cachait pas les senteurs poivrées de son sexe dans lesquelles Arsène voulait se perdre. Chacun de ses gestes était étudié, et de ses louvoiements ressortait une langueur qui la transformait de panthère en serpent. Il la contemplait venir langoureusement vers lui, ses fesses rondes, à l'horizon de son dos, oscillaient d'un côté à l'autre avec lenteur. Debout, nu devant le lit, Arsène sentait le poids des événements s'alléger peu à peu. Il ne désirait rien tant que profiter de cette accalmie pour récupérer de la tentative de meurtre à laquelle il avait échappé quelques heures plus tôt.

La jeune femme arriva finalement tout près de lui. Elle fit une moue boudeuse en le regardant d'en bas. Arsène pencha la tête et plongea ses yeux dans le ciel qui emplissait son beau regard. Alice avait de très belles prunelles, des lèvres charnues, quelques taches de rousseur discrètes, un nez fin et racé ; son sang était l'un des plus prestigieux de l'Empire, ses traits issus d'un excellent alliage, comme forgé par Befesto, l'un des fils de Sayef et maître des fournaises. Arsène savait ce que la jeune femme attendait.

— Quel présent mon cher cousin va-t-il me donner ?

— Ma cousine sait que je n'omets jamais de lui dénicher une petite merveille, à la hauteur de ses talents.

— Dites « petite »… Petite cousine, corrigea dans un souffle la jeune femme dont l'excitation augmentait à chaque seconde. Ou mieux encore, appelez-moi « petite sœur »… Je suis un peu comme votre petite sœur, si fragile et vous si fort…

Le fantasme de l'inceste, dans les jeux sexuels que ses amantes lui proposaient depuis qu'il était en âge de les désirer, revenait trop souvent pour qu'Arsène s'en trouve surpris. Le prince avait une carrure athlétique et virile, l'image même de l'homme tel que les femmes aimaient à se le représenter. Il avait vite saisi que son corps leur permettait de plaquer sur lui tous les désirs que les conventions interdisaient. Comme il avait été cousin et frère, il était parfois père sans avoir d'enfants. Le prince n'était ni pour ni contre, il aimait les mœurs libres dans le secret des alcôves et s'amusait de voir la jeune femme se couler dans ce désir inavouable, en faisant fi des frontières entre le rêve et la réalité. Car si, le plus souvent, cela relevait du jeu, dans ce cas précis la jeune Alice était bel et bien sa parente ; de quelques degrés suffisamment distants pour que cela ne le dérange pas.

Le prince se recula sans la quitter du regard. Il s'empara d'une boîte en velours sur son secrétaire et l'ouvrit, dévoilant un joli bracelet qui aurait presque pu être un collier. Enchâssés dans des serres d'or et de platine azurées, des saphirs perlaient le bijou qui provenait, sans aucun doute possible, des ateliers de Briscard, le meilleur orfèvre de la capitale. Arsène s'approcha d'Alice qui l'attendait, la gorge tendue, en équilibre sur ses deux bras enserrant ses seins ronds et la délicatesse de ses tétons roses. D'un geste précis, il passa le bijou autour de sa verge dressée. La jeune femme patientait, la bouche ouverte ; ses yeux ne cillèrent pas lorsque le prince se glissa entre ses lèvres. Débordante de reconnaissance et d'un plaisir vicieux, Alice engloutit son phallus pour toucher son présent du bout des lèvres. Cet instant-là valait bien la peine qu'Arsène se donnait pour lui complaire. Il aimait la voir comblée.

Après quelques langoureuses caresses, la jeune femme s'assit dans une attitude provocante : le buste droit, les reins cambrés, les fesses sur les talons. Elle se lécha les lèvres avec une lenteur réfléchie, avant d'enfiler le bijou autour de son poignet pour le contempler d'un air satisfait. Il eut envie de se jeter sur elle sans autre cérémonie. Pourtant il n'en fit rien. Alice n'était pas seulement un paradis des sens, mais également une tête bien faite, particulièrement utile quand il s'agissait de connaître les réactions de ses sujets et les ragots qui couraient dans les rangs de la haute noblesse.

— Votre tante va devoir jouer parfaitement son rôle… Est-elle certaine que les informations n'ont pas filtré ?

— En dehors des commissions de révision, personne n'est au courant. Son annonce créera la surprise, vous pouvez en être sûr.

— Je saurai la remercier comme il se doit. Votre famille m'est d'une grande aide, chère cousine, répondit-il en grimpant sur le lit.

— Oh, mon cousin, ma tante connaît déjà un moyen qui la comblerait comme vous me comblez, ajouta la jeune femme d'un air coquin. Nous pourrions ensemble assurer une réunion de famille…

— Du sérieux, Alice, et un peu de patience. Votre tante me sert admirablement, mais c'est une ruine que l'âge n'a pas épargnée, lui dit-il en enserrant sa gorge d'une main ferme qui la fit gémir doucement. Qu'en dira l'Inquisiteur général ? demanda Arsène, qui savait l'homme pris dans les filets de la jeune femme.

— Il vous suivra jusqu'à la Vallée ! Je crains qu'il ne pense à la princesse Marianne que dans des positions peu conformes à la religion. Les voiles le rendent fou et il rêve de les lui arracher. Quant au reste, il n'obéit qu'à vous, répondit sérieusement Alice tout en reprenant ses tours de piste sur le lit.

— Je vais avoir besoin de mon Inquisition, êtes-vous sûre que rien ne le fera changer d'avis ?

— Que voulez-vous dire ? Que craignez-vous ? s'étonna-t-elle. Tous sont pour vous des serviteurs dévoués. Il se moque de la religion et je vous assure que je saurai le maintenir dans cette voie.

— Cette nouvelle forme du pouvoir que je me tue à mettre en place va changer profondément l'Empire… L'Inquisition n'était plus rien avant moi, désormais elle est partout. Vont-ils oublier ce qu'ils me doivent… ?

— Je peux vous assurer du contraire, mon cousin. Quand il s'emporte en ma compagnie, l'Inquisiteur général n'hésite pas à réclamer que vous soyez seul aux commandes. Pardonnez mon hérésie, dit la belle marquise avec un sourire sardonique, mais le Conseil agace les inquisiteurs presque autant que les militaires. J'ai d'autres amis, et tous savent que ce n'est pas le Faëton qui garantit leur position. Vos deux frères sont-ils au courant que ce triumvirat qui vient n'existe déjà plus ? s'amusa Alice, qui avait compris où le prince voulait en venir.

La marquise de Chevreul bascula sur le dos et fit jouer ses jambes l'une contre l'autre, les pieds tendus et mignons, pour que le prince les caresse. Arsène de Virolles aimait cette complicité qu'il ne connaissait qu'avec des femmes triées sur le volet, secrètes et privées, fidèles à lui. Alice était la cadette de ce cénacle, mais elle prenait depuis plusieurs mois une place de choix parmi ses amitiés. C'était un animal. Tout son corps réclamait une brutalité sauvage, un désir dévorant, comme on pouvait en trouver dans certains bordels raffinés. Mais c'était aussi sa perspicacité, sa conscience aiguë, qui la rendait unique. La jeune femme n'habillait jamais ses idées tortueuses d'un semblant de pudeur et lui dévoilait toujours ses pensées les plus sombres sans fard.

— J'ai besoin de mes frères, et il n'est pas question pour le moment de m'en séparer, reprit Arsène. Ne vous croyez pas si maligne. Pour que l'Empire redevienne prospère, il va falloir une plus grande finesse, oh oui, bien plus grande… Le Conseil met à égalité des pouvoirs qui ne le sont plus, il nous faut remettre de l'ordre.

— Instruisez-moi, mon cousin, apprenez-moi, punissez-moi s'il le faut, pria la jeune femme en se mettant sur le ventre.

— Alice, vous allez avoir du travail… Il va falloir séduire, et je sais à quel point vous êtes douée pour cela, conclut-il en se rapprochant d'elle pour mieux la dominer. Nous allons devoir rassurer la noblesse tout en lui coupant la tête… Détruire les mauvais éléments, tout en maintenant l'édifice debout…

— Et que devrai-je faire ?

— Toujours et tout le temps : m'obéir, soupira le prince devant la courbe parfaite qui se dessinait de la nuque gracile au dos cambré et des fesses rebondies jusqu'aux fines chevilles de la marquise. Une ligne qui courait sur une peau lisse, douce comme de la soie.

— Toujours…, souffla la jeune femme. Et si je n'obéis pas, ou que j'obéis mal ? demanda-t-elle d'une petite voix.

Arsène la regarda une seconde avant d'assener une claque puissante sur la croupe qu'elle avait relevée en prévision de ce qui l'attendait. Ses yeux lui brûlaient, ils débordaient de stupre, d'une ardeur féroce et impérieuse à laquelle Arsène décida de s'abandonner. Il la frappa à nouveau en l'entendant gémir chaque fois un peu plus. Enfin, il glissa une main entre ses jambes et caressa son sexe trempé.

— Alice, ma chère cousine… ma petite sœur… Vous m'obéirez et vous me rapporterez tout ce que vous diront vos amis qui vous aiment tant. N'omettez rien. Ce soir, je n'ai pas le temps de vous parler plus avant, et je veux seulement du plaisir. Demain, je veux un rapport.

— Dès ce soir vous l'aurez, susurra-t-elle en sentant la volupté l'inonder à chaque nouveau coup.

— Quel charmant esprit…

Elle était un pantin entre les bras du souverain de la Loi, elle s'essoufflait de plaisir, l'esprit abandonné aux images bestiales qui la submergeaient. La voyant perdue dans ses délires, le prince profita d'un gémissement pour la pénétrer d'un seul et fluide mouvement de hanches. Leurs corps basculèrent dans la fièvre et le temps perdit sa consistance, sa cohérence même. Tout paraissait bref et éternel. Les montées jusqu'aux cimes des délices s'entrecoupèrent de haltes où chacun reprenait son souffle. Le plaisir frôlait son paroxysme, on le faisait languir, puis tout recommençait. Les doigts de la marquise se perdirent dans les draps, ses mains agrippèrent le rebord du lit et son souffle se saccada, déchiré de cris, de râles et de soupirs. Parfois Alice s'offrait au prince, parfois elle semblait lutter pour s'en dégager. Arsène la laissa reprendre sa respiration, puis la ramena brutalement à lui, saisissant les cheveux, enserrant la nuque d'une main ferme. Il grondait, emporté par son désir. La marquise se redressa, tourna la tête pour partager un regard complice.

Le prince ressentit le désir urgent de tenir tout son corps contre le sien, face à face, de la posséder totalement. Arsène la mit sur le dos. La jeune femme passa ses deux jambes autour de sa taille pour le capturer. Ses ongles labouraient l'échine du prince qui aimait cette douleur autant que les caresses. En prenant appui avec ses jambes, elle poussa alors le torse d'Arsène pour le renverser. Le prince ne résista pas. C'était Alice désormais qui dominait leurs ébats, elle qui le chevauchait et décidait du rythme qui les mènerait jusqu'à l'orgasme. Chacun voyait dans les prunelles de l'autre la petite mort approcher. Elle allait bientôt les foudroyer.

Rompant la cadence, la jeune femme ralentit ses gestes et le va-et-vient de ses hanches. Si elle s'était d'abord abandonnée, c'était en maîtresse qu'elle voulait cueillir l'extase. Chaque mouvement devint aussi profond qu'il était lent. La marquise voulait sentir chaque centimètre du sexe d'Arsène la pénétrer. Chacun attrapa la gorge tendue de l'autre comme pour l'étrangler. Désormais, ils étaient simultanément captifs et geôliers, proies et prédateurs. Ils ne se quittaient plus des yeux, et doucement, dans l'intensité de ces gestes retenus, savourèrent le moment précis où toutes leurs pensées s'envolaient. Ils jouirent à l'unisson.

Alice aimait le terrible prince parce qu'il possédait une volonté totale, en toute chose implacable. Pour toucher son corps, pour recevoir des ordres de sa bouche, la marquise était prête à tuer.

Le prince n'était pas fou, ni sanguinaire, sa

brutalité était si maîtrisée qu'elle pouvait être qualifiée de civilisée. Certaines femmes aimaient les canailles, les brutes, les voleurs et n'hésitaient pas à souiller leur peau et leur sang en fréquentant les hors-la-loi. Quel manque d'ambition ! Quelle basse besogne dans la recherche de ses plaisirs ! Ne savaient-elles pas qu'il existait des êtres plus dangereux encore, plus retors et profonds ? Des êtres qui avaient compris que la violence était froide et ses manières les plus policées de toutes ? Ces êtres-là – les plus dangereux – ont dompté la bête intérieure et la gardent au fond d'eux-mêmes. Pourquoi rêver de l'esclave quand on peut avoir le maître ? Tous les hommes peuvent tuer, quel homme peut en envoyer cent mille à la mort ?

Ensemble, ils rêvaient de chair et de feu ; et d'une cité sous les lunes, d'un Empire aux frontières lointaines, de tambours toujours battant les défis du lendemain. Ce n'était pas de vils instincts, mais au contraire la domination la plus sophistiquée, l'ultime sagesse qui fait de l'homme le maître et possesseur de ce que la nature lui offre sournoisement. Car si ce n'est pas l'homme qui domine la nature, c'est bientôt la nature qui asservit l'homme.

Une heure peut-être passa, qui parut au prince une poignée de minutes, et l'on gratta à la porte de la chambre. Les rares serviteurs qui vivaient dans la demeure n'en connaissaient pas le propriétaire. Le petit hôtel particulier, situé au cœur de la Vieille Lune, était imbriqué dans l'entrelacs de constructions bigarrées, dévoilant des étages biscornus, des patios improbables et une terrasse que de grands cyprès occultaient à la vue des importuns. De l'extérieur, il était impossible d'en deviner jusqu'à l'existence. Les secrétaires privés d'Arsène, Bosco Lalande et Gaspard de Vieuville, assuraient une garde permanente au premier étage de la maison et veillaient à ce que l'identité de Sa Majesté ne soit jamais dévoilée.

— Monseigneur, il est l'heure…

À contrecœur, Arsène se hissa hors du lit et s'habilla. D'ordinaire, Bosco ou Gaspard serait venu l'aider, mais il ne souhaitait pas exposer à leurs regards les charmes dénudés de son amie, sachant trop le plaisir qu'elle allait en tirer. Et peut-être, sans se l'avouer, voulait-il garder pour lui seul l'image de sa beauté reposée sur les draps défaits.

— Ce n'est pas le moment de faillir, Alice. Je veux tout savoir et je compte sur vous pour réussir tout ce que je vous demanderai, ordonna Arsène. La résolution est la clé, et si vous continuez ainsi, je vous promets des présents d'une tout autre valeur.

— Vous n'avez pas besoin de me les promettre, je vous obéis, répliqua la jeune femme.

— Je sais, dit-il simplement, un léger sourire aux lèvres. Mais je n'oublie pas. Vous emprunterez la sortie de la rue des Fauconniers.

— Et vous ?

Arsène lui adressa une moue amusée avant de s'en aller comme il était venu. Il traversa quelques pièces en compagnie de ses secrétaires et emprunta jusqu'au sous-sol un escalier qui le mena vers un long tunnel, au bout duquel une berline l'attendait.

— À la Pairie.

Maintenant qu'un couvre-feu avait été instauré, les avenues étaient désertes et les rares passants munis d'une autorisation marchaient la tête basse et le regard fuyant. Les destructions étaient considérables. Les cadavres qui jonchaient les artères avaient été retirés et brûlaient déjà sur les grands bûchers du gibet. De larges taches noires issues des brasiers s'intégraient désormais au paysage qui se dévoilait en cette fin d'après-midi où le soleil avait remplacé l'orage. L'exécution de Pergoal, la tentative d'assassinat contre sa personne et bientôt une séance extraordinaire des Chambres, la succession d'événements dans un mouchoir de poche prouvait l'importance des changements qui traversaient l'Empire.

La route était dégagée et la berline privée du prince de Virolles n'eut aucun mal à rejoindre les quais où se trouvait l'ancien palais du duc Julien Arzio des Lys, qui abritait depuis plus d'un siècle les institutions législatives de l'Empire. L'annonce allait faire l'effet d'une bombe.

La tension parmi les pairs était palpable. La fumée odorante qui s'envolait des vasques en bronze provoquait des quintes de toux si violentes qu'elles couvraient presque le brouhaha des conversations. Les plus vieux membres de la Pairie racontaient que, selon la dose d'encens prodiguée, on pouvait connaître la position des princes avant même les discussions. D'abord offrande aux dieux, une trop grande quantité de résine asséchait les gorges, anesthésiait l'assemblée et finalement écourtait la séance. Ce jour-là, l'air était quasiment irrespirable.

Chacun avait pris place dans l'immense amphithéâtre aux colonnades de marbre où d'innombrables niches accueillaient les statues des anciens hauts pairs de l'Empire. Sur leurs sièges cramoisis, les têtes blanches ou grisonnantes tranchaient avec les robes traditionnelles aux couleurs de chaque caste. Les rituels et les places étaient, disait-on, les mêmes depuis qu'on avait inauguré l'institution.

L'estrade devant eux n'était pas vide. Constantin l'Ariologues, Nine d'Entres-Ombres et Marianne de Vallons-Pleurs, sous un dais la dérobant aux regards impudiques, attendaient patiemment l'arrivée de leurs frères et sœurs pour ouvrir les débats. Mais que faisaient-ils ? Ce n'était pas normal.

Constantin et Nine n'avaient aucune idée de ce qui allait se passer. Depuis deux semaines, Arsène et les autres princes les avaient laissés dans le noir complet. Grâce à leurs informateurs, ils avaient appris que le prince de la Loi menait des entretiens particuliers avec tout ce que Seth comptait d'important, mais, au grand dam des deux souverains, rien n'avait filtré de ces réunions informelles. Ils craignaient le pire. Les deux princes étaient ici sur les terres de leur frère de foi, au cœur du mécanisme institutionnel de l'Empire, là où les ingénieurs s'appelaient huissiers, greffiers et rapporteurs. Ce n'était pas leur univers, et Constantin le savait.

Un coup d'œil lui indiqua que Nine partageait l'angoisse qui l'étreignait. Elle avait toujours été plus fougueuse et imprévisible que lui, il craignait qu'elle ne fasse un scandale devant toute l'assemblée. Car Arsène leur préparait un de ces coups tordus dont il avait le secret, c'était certain. Ils allaient devoir naviguer à vue. C'était tout ce qu'il détestait. Le prince se tassa dans son fauteuil.

Ceux qui le connaissaient bien auraient également pu déceler dans sa mine les traces du chagrin. La mort d'Alfred l'avait abattu. Ce n'était pas seulement la peur de voir le travail de tant d'années réduit à néant, ni la perte d'un des éléments les plus brillants de sa caste qui creusaient ses traits, c'était la mort d'un élève et d'un ami qui réussissait parfois à le tirer de sa profonde solitude intérieure.

Le coprince de la Technique n'avait pas voulu assister à son exécution et il était resté seul dans son bureau à contempler le premier prototype de micromoteur qu'Alfred lui avait offert après l'obtention de sa thèse. Ce nouveau moteur avait instantanément propulsé le jeune chevalier de Pergoal au zénith de sa profession. Avec une surface réduite de moitié, le système d'omnicompression obtenait des résultats impressionnants qui ouvraient de nombreuses possibilités mécaniques. Nine aussi appréciait l'ingéniosité et le caractère original de son protégé. Constantin s'était enfermé dans ses souvenirs et avait entendu l'horloge marquer les douze coups de midi.

À l'instar de ses frères et sœurs, le souverain des ingénieurs ne menait pas seulement une vie princière, mais dirigeait activement sa caste. Il donnait des cours à Antycère, comme Nine en architecture, et avait vite repéré le phénomène Pergoal parmi ses étudiants de dernier cycle. De son côté, le jeune homme s'était senti honoré et avait rapidement accepté le caractère introverti et taciturne de son professeur et coprince. Les deux hommes vouaient une véritable passion à la recherche et l'innovation, et avaient découvert par la suite qu'ils partageaient d'autres intérêts. Leur relation, faite plus souvent de silence que de conversation, de regards que de mots, aurait paru étrange à bien des profanes, mais jamais Constantin ne s'était senti une aussi belle complicité avec un de ses sujets. Aussi, le chagrin épuisait le prince et paralysait ses pensées. Comme il s'en voulait d'avoir battu froid à Alfred au Carnaval pour ne pas éveiller les soupçons d'Arsène ! Il savait que cet attentat était une machination contre son protégé, et contre lui-même. On leur faisait payer leur absence de foi et leur indépendance d'esprit.

Bien que prince, Constantin ne croyait plus aux dieux, pas plus que Nine. La foi de Seth ressemblait à un folklore au nom duquel on brimait, on exécutait et on brûlait tous ceux qui ne se soumettaient pas. Les deux coprinces de la Technique rêvaient d'améliorer la vie ici-bas parce qu'ils ne croyaient pas aux fadaises de là-haut. Seuls le néant, la putréfaction et la poussière attendaient les hommes. Constantin savait depuis des années qu'un jour arriverait où cette contradiction, cette hérésie même, ne serait plus tenable. Il ne pouvait pas se voiler la face éternellement sur les risques que ses pensées sacrilèges lui faisaient encourir. Mais pourquoi fallait-il que ce jour soit déjà là ?

L'énergie et les convictions de Nine lui faisaient défaut. Il passait le plus clair de son temps dans ses laboratoires, en compagnie de ses ingénieurs, face aux merveilleuses propriétés des ondes. Trop longtemps il avait préféré se perdre dans ses recherches plutôt que d'affronter les difficultés. Nine avait tenté de lui ouvrir les yeux, c'était elle qui avait orchestré avec Alfred et Cornélia la mise en place d'une organisation parallèle. Constantin avait feint d'ignorer la portée d'une telle action, il l'avait seulement approuvée du bout des lèvres. Quelle absence de perspicacité !

Cela ne le concernait que de loin, pensait-il alors. Certains jours, il trouvait même que les actions clandestines de sa coprincesse les mettaient en danger. Constantin avait pris conscience de la menace que représentait Arsène bien trop tard. Il mesurait désormais qu'il avait empêché Nine de prendre les devants, tout du moins qu'il avait ralenti, par son indifférence, les mesures nécessaires pour se prémunir des visées du prince de la Loi. Il avait négligé Phébus qui à présent avançait en solitaire, oublié qu'Arsène ne les attendait pas pour agir et que le peuple ne savait rien de tout cela. Le confort du huis clos l'avait détourné de ses véritables devoirs.

Quoi qu'il arrive, leur caste tout entière, ingénieurs et mécaniciens, architectes et constructeurs, devait reprendre l'initiative, Nine ne cessait de le lui répéter depuis l'attentat. Il fallait que la caste de la Technique, dont la société sethis minorait le pouvoir, prenne conscience de sa puissance et commence à jouer ce jeu sordide qu'on appelle politique. Cette idée le dégoûtait, même s'il en percevait dorénavant la nécessité. Ces derniers jours, Nine s'était concentrée sur l'essentiel : retirer les marrons du feu. Il fallait s'assurer que leurs agents vident les entrepôts et fassent disparaître toutes les traces. Constantin comprenait à présent ce que la princesse architecte ne cessait de marteler : s'ils ne contre-attaquaient pas, leur prudence ne serait bientôt que lâcheté. Que ferait-il pour la soutenir ? Arsène se préparait sans bouger ses pions. Ce soir peut-être…

Les pairs s'agitèrent dans leurs fauteuils en voyant les derniers membres du Conseil princier rejoindre l'estrade. Edmond de Rocca et Orvast d'Antinosc, le Service et le Commerce, entrèrent les premiers. À peine installé, Orvast bourra d'un air tranquille sa pipe carmin avec un mélange de plantes connu de lui seul. Il tourna la tête vers Constantin qui l'observait et lui adressa un clin d'œil qui n'augurait rien de bon. Quant à Edmond, il tomba lourdement sur son siège, le regard absent, le front plissé. Tout cela était si contradictoire !

Galatée de Tancre-Asclépios arriva en même temps qu'Arsène de Virolles, qui affichait une mine sinistre. La princesse n'avait pas l'air enchantée non plus. Contrairement à ses habitudes polies et chaleureuses, elle ignora Constantin et Nine et s'installa en posant sèchement ses notes sur la table.

Tous les pairs se levèrent devant les princes qui venaient de s'asseoir. Un huissier frappa un petit instrument qui émit un son cristallin marquant le début de la séance. En temps normal, les pairs de l'Empire se réunissaient pour proposer des lois au Conseil, former des commissions et émettre des avis consultatifs. Les hauts pairs dialoguaient avec la Chambre basse avant de présenter leurs réflexions au Conseil ; au bout du compte, seuls les princes décidaient du sort de l'Empire. Un congrès réunissant les deux Chambres était donc plutôt exceptionnel, même s'il se réduisait souvent à une cérémonie d'hommage dénuée de poids. La dernière remontait à la mort du prince Urien Karzian d'Estée. Mais Constantin pressentait que cette séance-là n'aurait rien à voir. Qu'avait prévu Arsène ?

Un chant s'éleva des rangs pour placer l'assemblée sous le regard des dieux afin d'acquérir sagesse et bienveillance. Marianne fit un signe de bénédiction en retour pour clore le rituel. Suivirent les comptes rendus des discussions qui avaient agité les Chambres depuis une quinzaine de jours, on les lut au pupitre central, en bas des marches. Constantin fut consterné en découvrant qu'il n'y était jamais question des provinces en sécession, des émeutes dans les villes ou encore des défections dans l'armée, mais de problèmes de communication, de troubles à risque et de désertions. Il n'était pas le seul à avoir cette opinion, des officiers et des techniciens formaient un bloc remuant au centre de l'hémicycle.

Finalement, la représentante de la Chambre haute se leva et se présenta au pupitre. Nine ne put s'empêcher de jeter à Constantin un regard entendu. Catherine de Mire-Rigaud était connue pour être dévouée corps et âme à son prince tutélaire, Arsène. La tante de la sulfureuse Alice de Chevreul était un personnage important, réputée pour son caractère retors et la finesse de ses analyses. Arsène se renfonça dans son fauteuil, soustrayant la nervosité de ses mains aux regards indiscrets. Tout allait se jouer maintenant.

— Chacun de mes éminents confrères ici présents doit savoir à quel point l'Empire vit en ce moment les heures les plus graves de son histoire. Depuis plusieurs jours, à la demande de nos princes, des comités se sont constitués pour réfléchir aux solutions qu'exige cette situation exceptionnelle…

L'incompréhension se lisait sur de nombreux visages, mais la majorité de l'assemblée resta placidement assise. Constantin fit un effort pour ne pas montrer sa colère. Nine, au contraire, s'empourpra. Tous les princes n'avaient pas été consultés.

— Compte tenu de la gravité de la situation, les comités considèrent comme impératif de prendre des mesures radicales visant à rétablir l'ordre et le calme dans l'Empire tout entier. Ces mesures sont conformes aux lois sacrées, grâce au travail rapide et précis des bureaux de l'Inquisition. Elles ont reçu l'approbation de tous les comités. Les voici : le prince Phébus Karzian d'Estée doit être déchu de son titre au profit de son cousin, Anglas Karzian de Varm. Sa déchéance sera votée par le Conseil et le duc sera sacré dans les prochains mois, lorsque Sa Majesté de Vallons-Pleurs sera majeure. Phébus Karzian d'Estée doit être jugé pour haute trahison devant une juridiction spéciale. Sa famille devra prêter un nouveau serment de fidélité et sera gardée en lieu sûr pendant un temps à définir.

« De surcroît, l'accélération des événements exige du Conseil d'être le plus réactif possible. Pour cela, les comités proposent de créer un conseil restreint constitué des princes Arsène de Virolles, Orvast d'Antinosc et Edmond de Rocca. La Loi, le Commerce et le Service, incluant la diplomatie, sont aujourd'hui les trois priorités pour restaurer la puissance de Seth. Ce conseil spécial sera assisté, à sa demande, des autres princes et des comités de la Pairie pour rendre plus efficace son action. Les forces armées seront placées sous ses ordres. Ce conseil aura l'initiative des lois et pourra promulguer ses décrets, sans discussion en Chambres haute et basse, pour répondre à l'urgence de la situation. Hormis la déchéance de Phébus Karzian d'Estée, toutes ces mesures sont temporaires et devront être réexaminées dans un an. Je vous remercie et salue le Conseil des princes. Louée soit sa sagesse.

Voilà comment meurt un régime, en toute légalité. Voilà comment se passe une décapitation politique, sans une éclaboussure de sang. On croit que l'événement s'annonce, que les signes se feront clairement voir, mais non, la chose éclôt comme une fleur de calavier, et le bourgeon devient fleur tandis qu'on détourne le regard. On ne discute pas d'un changement, on ne prévient pas, on change et alors on constate.

L'agitation était à son comble.

— Ce serait un scandale ! Un coup d'État !

— Inimaginable !

— Et qu'en dit Sa Majesté de Vallons-Pleurs ?

— Pourquoi personne ne nous a impliqués dans ces comités ?

Les paroles fusaient entre les pairs contrariés. Les Premiers de la Technique et de la Guerre, ces hommes et ces femmes que les princes choisissaient comme interlocuteurs privilégiés pour une autre caste, se levaient sous le coup de la colère. Comment se faisait-il que personne ne les ait mis au courant ? On les entendait jusqu'à l'estrade, bien qu'aucun n'osât s'adresser directement aux princes. Les Premiers n'étaient pas les seuls, d'autres pairs outragés interpellaient la représentante. L'unité de l'assemblée se morcela, une scission s'opérait entre ceux qui étaient déjà au courant de la manœuvre, les membres des castes concernées, et tous les autres. La caste du Savoir était la plus partagée : certains de ses membres, révulsés par la proposition de Catherine de Mire-Rigaud, fixaient leurs confrères d'un regard appuyé pour demander un soutien qu'ils ne trouvaient pas.

Les ingénieurs et les architectes, tous les membres de la Technique, cherchaient des yeux leur prince et leur princesse avec incompréhension. Ce n'était rien comparé aux militaires dont un bon tiers étaient furieux, vent debout, menaçants dans leur dignité.

— Silence ! Silence dans la salle ! Les contrevenants seront arrêtés pour outrage au Conseil !

Un huissier à la voix de stentor beuglait son ordre pendant qu'un autre tapait comme un sourd avec un marteau. Arsène souriait tranquillement, Edmond semblait happé dans la contemplation du plafond et Orvast vidait sa pipe d'un air indifférent. Galatée tenait ses fiches comme si c'était la chose la plus précieuse au monde, tandis que Constantin et Nine réfléchissaient à toute vitesse. Le coprince de la Technique affichait cet éternel masque qui ne souriait ni ne pleurait.

Que faire ? Pendant qu'ils s'occupaient de leurs petites affaires, Arsène se consacrait aux grandes. Tout cela était planifié, orchestré d'une main de maître. Ils avaient pensé à des arrestations sommaires, des exécutions plus nombreuses, de la force enfin ! Mais non… Arsène de Virolles les avait dépossédés du pouvoir d'agir par une simple proposition de la Chambre dont tout le monde savait ce qu'elle impliquait. Marianne ne pouvait rien dire et se contenta d'un geste pour retenir la grande prêtresse Malo, qui s'était levée d'indignation au premier rang.

Le calme revint peu à peu dans l'hémicycle. Arsène de Virolles se leva alors pour prendre la parole.

— Nous accueillons les paroles de la représentante Mire-Rigaud avec gravité. Et bien qu'il soit intolérable de voir autant d'agitation dans ces murs, nous comprenons l'émotion qui s'empare de vous à l'annonce de solutions si… drastiques.

Le prince s'avança sur l'estrade et se positionna devant ses frères et sœurs.

— Il semble, à entendre les comptes rendus, que

tous les pairs de Seth ne soient pas conscients de la gravité des circonstances. Même si nous n'avons pas besoin de votre assentiment, il m'apparaît nécessaire de vous brosser le portrait de la situation réelle de l'Empire.

Arsène jouait la comédie à la perfection. Tous ces propos ridicules n'étaient qu'une mise en scène pour appuyer la justesse de décisions longuement préparées. On aurait presque pu croire à la sincérité de son affliction, à la franchise de sa peine face à autant de radicalité. Le prince de la Loi semblait regretter les solutions du comité, qui constituaient un fardeau, un sacrifice, une dérogation faite à l'ordre traditionnel. Il allait endosser ces responsabilités, bien malgré lui. Constantin était dégoûté par autant de cynisme et d'hypocrisie.

— De nombreuses provinces ne nous donnent plus de nouvelles. Le Circan et le Briccon, les Terres d'Arpe et les Arcs du Midi sont aux mains du prince félon Phébus. Le sud de l'Empire, les Brises-Sables, le Pays d'Ole et Pied de Roc ne nous informent plus depuis sa déclaration, nous laissant dans le flou quant à leur loyauté. Et l'Est, également, semble hors de contrôle. Nous devons juguler cette hémorragie et lutter contre cette hérésie sécessionniste. Une hérésie qui a tenté de me tuer ce midi même ! Rendez-vous compte ! Seth n'est pas la seule à être touchée par des émeutes de damnés : Cembre et Astran sont tombées entre leurs mains. Valôme, Herse-en-Sol, Caraïne comme Sénor ne répondent pas non plus. Que dire ? Que faire ? Alors que les armées rebelles de Phébus ont pris Dectroi et fondent vers Rocca, les laisserons-nous avancer encore et parvenir au pied de la Cité sainte ?

Arsène dominait son auditoire, il imposait sa propre raison comme la seule raison valable, et profitait de l'hébétement que les annonces avaient provoqué pour tuer dans l'œuf la contestation qui sourdait. La politique est une forme de guerre, ou plutôt la guerre, une autre forme de la politique. Les mêmes qualités sont requises et quiconque se refuse au combat a déjà perdu. C'est pourquoi le prince de la Loi avait pris les devants.

— Que faire alors que le commerce périclite ? Chaque jour, Grande Halle reçoit de moins en moins de vivres sans qu'Isodore de Bô s'en explique, au point que le rationnement de certaines provinces, et bientôt celui de la capitale, devient malheureusement inévitable… Les campagnes ne fournissent plus comme avant et nos villes souffrent. La situation est dramatique.

Cette fois, pensa Constantin, tous les pairs étaient au courant de la réalité, mais le prince ingénieur n'était pas dupe : Arsène ne le faisait que pour appuyer son coup d'État.

— Nos négociations avec le Royaume de Tallid sont au point mort, et nos espions ont relevé des déplacements de sa flotte pour le moins étranges et inquiétants. Qu'a négocié Phébus avec eux ? Pouvons-nous nous permettre d'attendre et de voir débarquer sur nos côtes des forces ennemies ? Serions-nous capables d'y faire face avec une armée désunie et un Empire qui l'est tout autant ? Assurément non. Nous devons nous occuper de notre situation intérieure. Que restera-t-il à défendre si Seth se morcelle, si l'ennemi s'empare de nos provinces ? Les temps changent et nous devons changer avec eux. La structure même de l'Empire n'est plus efficace. Aussi, par leur caractère temporaire, ces propositions me semblent répondre à nos besoins sans contrevenir à nos lois sacrées, dont je suis le garant… Il n'est décrit nulle part dans le Faëton une telle situation. C'est donc devant l'inédit qu'il nous faut envisager des décisions inédites…

Constantin admira l'art consommé avec lequel Arsène jouait les innocents, malgré son cynisme. Ces manœuvres maritimes de Tallid, personne ne pouvait les vérifier ! Et quel lien Phébus pouvait-il avoir avec le vieil ennemi ? Ce n'était qu'une suite d'arguments irréfutables ! La responsabilité du Conseil dans l'aggravation des conditions de vie des bas rangs, celle des élites qui ne pensaient qu'à leur intérêt personnel plutôt qu'aux intérêts de tous les sujets, le scandale des nominations de membres sans envergure aux postes clés qui grippaient la bonne marche de l'Empire et la juste redistribution de ses richesses, tout cela était passé sous silence. Arsène pointa du doigt ses notes devant lui sur la table. Constantin y jeta un coup d'œil et vit que ce n'était qu'un rapport de police.

— Je comprends la réticence de certains à l'encontre de cette structure politique nouvelle et temporaire. Ce n'est pourtant pas la première fois. Nous avons vérifié. Il faut savoir s'adapter, réagir aux circonstances et en tirer le meilleur parti. La perfection est l'apanage des dieux. Nous ne sommes que leurs créatures dévouées et nous tenterons de faire du mieux possible. La Technique doit se concentrer sur la production des biens pour nos sujets, des machines pour les paysans et des armes pour nos armées ; la reconstruction et la rénovation des quartiers de la capitale et des villes de province vont occuper à plein temps les architectes et les ouvriers. Quant aux nombreux blessés des émeutes, et malheureusement des batailles que nous allons devoir mener, ils devront bénéficier de toute l'attention de nos guérisseurs ! Nos chercheurs sont trop occupés à découvrir les innovations de demain... Enfin, laissons à notre sœur Marianne le temps de se préparer pleinement au rôle qui va être le sien...

Voilà une affaire rondement menée, faillit lui crier Constantin, qui se cramponnait à son siège pour ne pas perdre le contrôle de lui-même. L'Empire n'avait, semble-t-il, plus de temps à perdre avec les décisions collégiales. Nine avait raison depuis le début ! Constantin la vit s'agiter dans son fauteuil.

— Tout cela est une mascarade ! Une pièce de théâtre ! Et nous écoutons sans rien dire ce prince qui accapare tout le pouvoir ! Pourquoi ne dites-vous rien ? Pourquoi ne réagissez-vous pas ? C'est... c'est un coup d'État ! Cessez de faire semblant !

Tout le monde avait tourné la tête vers la source de cette interruption. Le doyen des pairs militaires, un général à la retraite, Clarence de Tarn, s'était redressé avec fureur. Sa chevelure blanche et son placard de décorations étincelantes lui donnaient une stature de patriarche antique. Il pointait un doigt accusateur sur le prince.

— Vous vous étonnez que notre prince Phébus fasse sécession, mais en voilà la raison ! Tout ceci n'est que du papier à musique pour les idiots du Carnaval que nous sommes ! Vous mentez, vous vous jouez de nos dissensions que vous avez vous-même créées ! Qui a forcé la main à notre prince ? Qui se sert de son cousin pour déstabiliser son autorité ? Je m'élève contre...

Un huissier lui aboya l'ordre de se taire. Des militaires, d'anciens fidèles au prince Urien, se levèrent, en soutien de leur aîné. Le vieil homme, le souffle court sous le coup de l'émotion, continuait de vilipender Arsène sur l'estrade. Il avait affronté la charge des cavaliers d'Ar Nigma, tout cela ne lui faisait pas peur !

— Vous voulez détrôner notre prince au nom des institutions de l'Empire, mais c'est vous qui détruisez les institutions ! C'est vous qui êtes en train de dévoyer l'ordre des dieux ! Vous ne respectez rien ! C'est une honte, une mascarade ! Un coup d'État !

Les poings du prince de la Loi se crispèrent. Sa voix prit le dessus sur le chœur grondant des officiers : « Gardes, saisissez-vous de lui ! » On redoubla de cris. Les portes en hauteur de l'hémicycle s'ouvrirent et une cinquantaine de gardes en armes descendirent les marches. Trois d'entre eux tentèrent d'appréhender de force le malheureux général à la retraite qui, seul, avait osé protester ouvertement. Les pairs de la Guerre tentaient de faire entendre raison aux gardes qui les ignorèrent superbement en se frayant un chemin, parfois à coups de crosse. Ces derniers n'obéissaient qu'à leur prince. En face, les vieux soldats comprirent que tout était joué, ils n'avaient pas la force de résister ; pas plus que tous les autres.

Constantin ne savait plus quoi faire. Il admirait cet homme qui s'était dressé pour défendre ce qu'il croyait juste. Trop tard. Si tard. La parole était vaine, la raison envolée et seul l'instinct pouvait les sortir de là. Nine n'avait visiblement pas le même sentiment. Elle se leva, mais l'agitation était trop vive pour qu'on la remarque.

— C'est un scandale, Arsène ! Qu'es-tu en train de

faire ? Qu'êtes-vous en train de faire ? s'écria Nine en regardant aussi Edmond et Orvast qui firent mine de ne pas l'entendre. Galatée, tu ne dis rien ?

— Nine…, commença Galatée sans oser la regarder.

— Si tu sais ce qui est bon pour toi, assieds-toi, Nine, lui dit sèchement Arsène qui avait laissé tomber son masque d'hypocrisie.

— Constantin ? tenta la princesse en un dernier recours.

— Obéis, Nine…, lui répondit-il seulement.

Constantin voulait lui faire comprendre que cette partie encore était perdue, que le jeu avait changé du tout au tout, en un instant. Au fond, il savait la responsabilité qu'il portait dans la situation présente.

Le silence se fit dans la salle quand le perturbateur et ses quelques soutiens partirent sous bonne escorte. La plupart des gardes qui étaient entrés restaient campés sur les marches, le pistolet à la main. La plupart des pairs ne disaient rien et attendaient la fin du discours, qui avait été interrompu. Ils faisaient partie des castes qui allaient gagner en pouvoir et en honneurs. Les autres remâchaient leur rancœur à mots étouffés.

— De telles paroles ne sont plus tolérables ! reprit Arsène de Virolles. Le désordre a vérolé jusqu'à cette belle institution. Voyez comme plus personne ne veut le bien commun mais pense à ses intérêts personnels… Ne croyez-vous pas que la survie du plus grand nombre et la pérennité de Seth exigent des sacrifices de notre part ? Nous devons remettre cet Empire sur les rails. C'est pourquoi je demande un vote immédiat du Conseil. Frères et sœurs, approuvez-vous ces mesures qui permettront de restaurer la gloire de l'Empire ?

Le bras levé, le prince se retourna vers les autres souverains. Tout son être était tendu, ses sens affûtés comme ceux d'un prédateur prêt à fondre. Orvast d'Antinosc leva la main :

— J'approuve.

Il fut rapidement suivi par Edmond de Rocca. Nine jeta un regard désespéré à Galatée, qui leva lentement le bras tout en regardant ses fiches avec obstination.

— Nous avons perdu cette bataille, Nine…

— Constantin…, l'implora-t-elle encore.

Elle comprenait parfaitement la situation mais refusait de l'admettre. C'était cette énergie qui la caractérisait et faisait défaut à son coprince. Une seconde encore, à croire qu'elle avait le choix. Constantin leva la main, et Nine l'imita, à contrecœur. L'unanimité n'était même pas nécessaire, mais c'était la décision la plus sage.

— Proposition adoptée.

Ainsi partirent en fumée des siècles de traditions ; ainsi s'évanouirent, sous le regard des statues, les institutions de l'Empire au profit d'un triumvirat et de son homme fort, le prince Arsène de Virolles. Constantin s'était attendu à beaucoup de choses mais pas à un coup d'État. Et soudain il comprit. Les pires scénarios sont toujours les plus probables. Sans les moyens dont disposaient précisément les trois princes qui venaient de conquérir le pouvoir, que pouvait-on faire ? La seule qui aurait pu leur tenir tête était une jeune fille de quatorze ans, réduite au silence et surprotégée par sa grande prêtresse.

Justement, tout le monde avait désormais les yeux

rivés sur Marianne de Vallons-Pleurs, toujours invisible sous ses voiles et son dais. La prêtresse Malo voulut monter sur l'estrade pour transmettre ses paroles. La jeune femme lui fit signe de s'arrêter et de retourner à sa place. Allait-elle dire quelque chose ? Elle pouvait tant faire que Constantin crut un instant que la jeune femme allait briser son silence sacré. Si seulement elle avait eu un an de plus…

De même, l'assemblée s'arrêta de respirer en voyant la princesse s'avancer, lever les deux mains et s'en aller dans la foulée. On ignorait comment interpréter son geste. Demandait-elle le calme ? Approuvait-elle les mesures ? Elle fut immédiatement suivie par Malo et tous les pairs de la Foi, des hommes et des femmes très âgés pour la plupart.

Arsène hésita à lancer un ordre à ses gardes, mais Edmond de Rocca l'arrêta en posant une main sur son bras. On ne touchait pas à la princesse de la Foi, pas comme ça, pas maintenant. Son pouvoir ne résidait pas dans les tribunaux, les entrepôts ou les ateliers, on ne le voyait pas dans les marchés ou chez les apothicaires, mais il était bien réel. Ses prêtres tenaient les temples, ses clercs avaient la mainmise sur les écoles, toute la vie artistique et culturelle du pays dépendait de cette caste. La princesse était l'incarnation de la foi, le symbole vivant qu'un jour lointain les dieux avaient parlé aux hommes et que les hommes continuaient de tendre l'oreille. Son corps était le plus sacré de tous. Il était trop tôt pour que le peuple et même les nobles acceptent qu'on s'attaque à elle. Au moins ne s'était-elle pas ostensiblement opposée à ces nouvelles mesures.

Les huissiers prirent acte de la décision et sonnèrent la fin de l'assemblée, qui se leva sans perdre un instant. Chaque pair descendit les marches pour aller s'incliner respectueusement devant les princes, comme la tradition l'exigeait, comme si de rien n'était. Constantin était debout, furieux derrière sa placidité affichée. Les pairs de la Technique lui jetèrent un regard d'opprobre qui était de bon augure. Il se concentra pour retenir les noms de ceux dont la déception était la plus visible. Ce seraient les premiers que Nine et lui contacteraient.

16

Bas les masques !

> […] un océan de tentes, d'immenses tentes aux couleurs chamarrées, si complexes qu'elles ressemblent à des immeubles, des monuments et parfois même des sculptures d'un art qui ne figure rien. Cette mer s'étend sur des lieues et crée un entrelacs de ruelles, avenues et passages que tous ses habitants connaissent par cœur. À vrai dire, « tente » n'est peut-être pas le mot juste, car ce sont de véritables bâtiments de toiles tendues, épaisses et traitées avec une sorte de laque qui les protège de l'humidité et des intempéries. Les habitants de Z'Heartz ont mis au point un ingénieux système de charpente sans clous ni vis, tout s'y emboîte et se démonte selon l'envie.
>
> *Carnets de voyage*, tome II,
> XAVROS D'EUTHRATE, 45VIII

Le palais Arzio des Lys bordait l'Audrel dans un style néogalatique très en vogue à l'époque de sa construction – ses hautes façades blanches faisaient d'ailleurs l'objet de sept peintures célèbres du prêtre Aristide. La lumière du soir, qui jouait sur ses arches étroites et fines en faisant miroiter ses grands vitraux, était un spectacle hypnotisant et merveilleux qui attirait les riches voyageurs de tout l'Acréon. C'était entre ces murs que l'Empire venait de se métamorphoser quelques minutes plus tôt sans que ses sujets puissent le soupçonner.

L'arrière du palais donnait sur un somptueux jardin désordonné qu'on avait laissé en l'état depuis sa création. Les arbres fruitiers succédaient aux chemins sinueux dans lesquels on aimait à se perdre comme dans un bon soir d'été. Constantin et Nine s'engouffrèrent dans une allée, accompagnés de quelques fidèles qui les avaient attendus hors de la salle pour leur offrir une protection qu'on sentait désormais nécessaire.

Les jardins étaient déserts et seul le piaillement des oiseaux se faisait entendre. Un corbeau se disputait une pêche avec deux corneilles sur un treillage fleuri. Ces deux espèces se plaisaient particulièrement dans la capitale. Sur un signe de Nine, les cinq collaborateurs vigoureux les escortant se positionnèrent au bout du sentier, les deux souverains purent enfin parler librement.

— C'est un coup d'État, Constantin ! Et nous sommes restés là sans rien faire ! fulmina Nine, qui ne pouvait s'empêcher d'aller et venir, dans son énervement.

— Que pouvions-nous faire ? Ce n'était que du théâtre, tout était déjà joué.

— Tu n'as pas voulu voir ce qui nous pendait au nez ! lui cracha-t-elle au visage. Tu préférais t'enfermer dans tes labos, plutôt que de prendre tes responsabilités.

— Tu as raison, j'ai failli ! Mais toi-même, tu ne pensais pas qu'Arsène irait jusque-là ! Nine, ce qui est fait est fait. J'ai commis des erreurs, je suis désolé.

— J'ai pris ton calme pour de l'assurance, or ce

n'était que de l'indifférence. Tu ne penses qu'à toi et tu nous as rendus lâches ! Nous avons trop attendu.

— Non ! Nous sommes malins ! Arsène ne peut pas nous accuser de trahison ni même de la moindre obstruction. Tu as raison, Nine, j'ai commis la même erreur que mon grand-père..., lui répondit sincèrement Constantin qui ruminait ses fautes depuis le début de la séance extraordinaire. Alfred est mort par ma faute...

Nine savait à quel point Constantin pouvait être égocentrique et perdu dans ses songes. Ses recherches comptaient pour lui plus que tout au monde, comme pour son grand-père qui, le premier, avait eu l'intuition des ondes. On disait d'ailleurs que la ressemblance physique entre le petit-fils et son aïeul était troublante. Nine l'avait trop longtemps ménagé. Il fallait que cela change.

— Non, Constantin. Regarde-moi. Le véritable coupable de la mort d'Alfred, c'est le responsable de l'attentat. Et c'est Arsène qui a prononcé sa sentence. Tu n'y es pour rien. Les risques qu'il a pris, Alfred les connaissait. Et si nous voulons honorer sa mémoire, il va falloir passer à l'action, pas seulement gagner du temps... Cela ne suffit plus !

— Il ne nous reste pas grand-chose d'autre, conclut Constantin lugubrement.

— Tu te trompes ! Grâce au travail d'Alfred et Cornélia, nous avons les moyens de nous défendre, mais pour cela nous devons partir le plus vite possible. Les camions sont déjà en route vers les Arpentes.

— Tu veux quitter Seth ? Et abandonner nos sujets et nos usines ? Que feront-ils de Brise-Fer ?

— Je l'ignore, Constantin. Maintenant que tu as

conscience de la situation, mets ton esprit brillant au service de notre cause. Oublie un peu tes ondes et pense à nos sujets ! J'ai besoin de toi comme tu as besoin de moi ! Tu n'as pas le droit de te laisser aller au chagrin, pas maintenant !

Constantin l'Ariologues ne releva pas le ton réprobateur de celle qui occupait le même trône que lui ; ce ton, il l'avait bien mérité. Nine avait raison, et le prince fit taire ses remords en tentant de rassembler ses idées. Ses émotions ne devaient pas le paralyser une nouvelle fois, son intelligence froide devait lui être utile. Constantin entendit presque les rouages de ses méninges se mettre en branle et couvrir de leurs bruits ses gémissements intérieurs. Il devait s'oublier, pour Alfred, pour Nine, pour leurs sujets.

Ce n'était pas la première fois que l'Empire changeait de règles et qu'une entorse était faite au Faëton. Ils en étaient la preuve vivante, le résultat d'une histoire improbable qui avait obligé à créer un siège double – il y avait sept trônes originellement, mais huit princes depuis trois siècles. Comme leur existence le montrait, ces changements pouvaient s'installer dans la durée. Ce que venait de commettre Virolles n'était pas seulement un moment désagréable à passer, c'était la nouvelle réalité de l'Empire. Une réalité indifférente à son chagrin.

— Tu sais comme moi qu'Arsène va venir nous chercher. Orvast et Edmond sont fous de croire qu'il ne va pas les dévorer quand il sera temps ! Galatée veut qu'on lui fiche la paix, et Marianne… Marianne…, répéta Nine, songeuse.

— On ne sait rien d'elle ! Personne ne sait rien d'elle ! On la voit sortir des murs du Palais Complet et y entrer, c'est tout ! Avec cette tradition stupide qui l'empêche de parler. A-t-elle approuvé ? On n'en sait rien !

Il ne put s'empêcher de se sentir gagné par la colère en entendant le nom de Vallons-Pleurs. Il adorait Clara, la mère de Marianne, et la douleur était toujours vive même cinq années plus tard. Si elle avait été vivante, les choses auraient été bien différentes. Clara n'aurait jamais permis une telle situation, elle aurait ramené les uns et les autres à la raison. Constantin se souvenait de leurs longues conversations quand il était adolescent, elle avait l'âge d'être sa grande sœur. Elle n'était que chaleur, intelligence et finesse. Il regrettait infiniment qu'elle ne soit plus là, mais son souvenir lui donna de la force.

— Tu sais, je ne la crois pas indifférente, ni sotte, lui confia Nine.

— Elle est seulement jeune, ne put-il s'empêcher de regretter.

— Oui, trop jeune, mais elle observe et ses yeux parlent. Personne ne sait ce qu'elle dira. En attendant, il faut nous préparer à disparaître, rejoindre les Arpentes au plus vite. Cembre et Astran nous attendent, les montagnes nous protégeront.

— D'accord. Nous partirons. Mais nous ne devons pas disparaître, déclara Constantin.

— Que veux-tu dire ?

— Tu as bien vu les réactions de nos sujets ? Nous devons sortir le grand jeu. Si nous fuyons dans la panique au lieu de battre retraite en bon ordre, ce serait un désastre. Nous devons réfléchir au meilleur moyen de contrecarrer les plans d'Arsène…

Par réflexe, Nine jeta un coup d'œil dans l'allée. Le faible éclairage les plongeait dans la pénombre, l'air était chaud et les grillons chantaient. L'odeur des fruits mûrs autour d'eux adoucissait l'amertume du moment. L'orage dans le ciel était passé. Ils tendirent l'oreille, pas un son ne s'entendait dans les environs, sauf les cris des oiseaux qui se chamaillaient toujours sans plus se soucier de la pêche.

— Nous ne sommes pas lâches, Nine. Je ne suis pas un lâche, dit-il comme pour se convaincre.

— Alors prouve-le-moi, Constantin.

— J'ai sous-estimé l'habileté d'Arsène, mais toi, ne me sous-estime pas. Arsène a joué avec ses règles, nous devons jouer avec les nôtres. Tu as raison, nous ne devons pas perdre une minute, déclara Constantin qui n'avait plus l'intention de finasser.

— Tu ne veux pas négocier, faire avec, trouver le moyen de rester dans tes labos à Brise-Fer ? ironisa Nine avec un léger sourire. C'est bien fini ?

— J'ai eu tort de croire qu'on pouvait le raisonner ! J'ai eu tort de penser que la mesure suffirait ! J'ai eu tort de me voiler la face ! s'emporta-t-il en sentant la digue céder sous la colère. Quitte à se faire accuser, autant que ce soit pour quelque chose ! Il faut que nous frappions très fort, alors seulement nous partirons. Sinon, Arsène ne tardera pas à trouver le moyen de nous déchoir. Nous saurons être à la hauteur, ensemble, conclut-il plus volontairement.

Nine s'approcha de lui, elle était la vitalité même. Cette énergie communicative donnait de la beauté aux traits épais de son visage. Ils avaient grandi ensemble, ce n'étaient pas les dieux qui les unissaient mais leur confiance mutuelle. Pas une seule seconde ils ne pensèrent à faire cavalier seul.

— Ne faisons plus attendre nos sujets, murmura-t-elle.

— Seront-ils toujours nos sujets? répliqua Constantin.

— Nous verrons bien. Tout est possible désormais! Faisons preuve d'imagination…

Constantin écouta Nine et sa détermination le rassura. Le prince et la princesse s'enlacèrent, trouvant dans ce contact la confirmation de leur volonté conjointe, ensemble et solides enfin. Tout était à faire.

En quelques heures, les messagers spéciaux échappèrent aux mouches de Rocca et Virolles pour battre le rappel. Nine et Constantin n'eurent de cesse de recevoir leurs sujets pour les sonder, discuter et échanger; en un mot, comploter. Les mêmes qui les avaient jugés sévèrement lors de la séance extraordinaire ne contenaient pas leur joie de les voir si combatifs.

Le pouvoir d'Arsène était encore trop fort pour que l'on puisse espérer le renverser. Les compagnies d'Anglas sillonnaient les rues et l'Inquisition était partout. À la suite de la tentative d'assassinat qui avait échoué, des dizaines de sujets allaient être pendus pour trahison et complicité dès le lendemain matin. La plupart étaient innocents. Le caractère arbitraire des arrestations montrait bien à quel point le tout neuf Triumvirat était conscient de sa fragilité, et combien il était prêt à tout pour paralyser ses adversaires. Le petit peuple se terrait dans un silence sépulcral. Pour le prince et la princesse de la Technique, ne pas agir contre ce pouvoir légal et illégitime aurait été criminel. Encore fallait-il savoir comment procéder.

Les deux coprinces réunirent les conspirateurs en

pleine nuit dans un laboratoire situé dans les entrailles de Brise-Fer. Leurs soutiens avaient semé des agents : on s'était déguisé, on avait préféré reculer et rentrer chez soi plutôt que de compromettre ses frères de rébellion. Personne, semble-t-il, n'avait trahi. Le laboratoire où ils se cachaient n'avait jamais vu autant de monde dans ses murs, jamais d'aussi hauts personnages, pressés les uns contre les autres devant leurs souverains. Les meilleurs éléments avaient répondu à l'appel. Quelques-uns des sujets s'étaient murés dans le silence et, pour ne pas éveiller de soupçons, on leur avait envoyé de fausses instructions : se contenter d'attendre. Au contraire, ceux qui étaient présents s'étaient manifestés avec empressement, certains avaient déjà, d'eux-mêmes, mis tous leurs moyens à la disposition des deux coprinces. Le coup d'État ne datait que de quelques heures, mais ces heures leur paraissaient déjà une éternité. Nine prit la parole la première.

— Certains d'entre vous le savent, d'autres l'ignorent, mais si l'attentat du Carnaval nous a surpris, nous envisagions depuis longtemps la sécession de Phébus et le coup d'État du Triumvirat. Nous nous sommes donc préparé une position de repli que nous ne pensions pas utiliser de sitôt… L'Empire se morcelle, l'Empire se métamorphose et prend une direction contraire à nos intérêts. Les responsables, vous les connaissez tous. Alors qu'allons-nous faire ? Qu'avons-nous déjà fait ?

La princesse architecte allait et venait devant son auditoire attentif. On entendait seulement le ronronnement des machines.

— Dans les Arpentes nous attendent des vivres, des armes, des machines et des usines qui sont en parfait état de fonctionnement, reprit Nine. Depuis plusieurs années, nous avons prélevé ce qu'il fallait d'acier sur les chargements pour entreprendre ces grands travaux et nous avons pu concevoir nos machines grâce au travail acharné de certains ici présents, et d'Alfred de Pergoal qui est mort sans rien avouer. J'aimerais que nous ayons une… pensée pour lui.

Une grande partie des nobles de la Technique adhéraient mollement aux préceptes du Faëton, certains n'y croyaient plus du tout, mais personne n'osait l'avouer ouvertement. Une pensée plutôt qu'une prière… Cela ne manqua pas de susciter des sourires de connivence et des mines intéressées. Allaient-ils rompre avec la foi ? On baissa la tête, on la releva, le temps de se remémorer une anecdote avec le comte de Pergoal. Chacun ici possédait un tel souvenir.

— Seth nous emprisonne, et bientôt les princes du Triumvirat n'hésiteront pas à s'attaquer à nous. Vous connaissez leurs méthodes, vous savez comme moi que, chaque jour, le risque grandit. Il nous faut prendre une décision et c'est pour cela que nous vous avons réunis dès cette nuit. Je vous le demande, vous qui avez choisi votre devoir face aux vaines promesses, êtes-vous prêts à nous suivre jusqu'au bout ? Sentez-vous que nous entrons dans une nouvelle ère ?

L'assistance approuva bruyamment.

Constantin prit la parole à son tour. Depuis l'assemblée plénière, Nine observait les incroyables efforts qu'il déployait pour faire face. Lui qui était si inquiet pour ses recherches avait ordonné, dès son arrivée à Brise-Fer, qu'on ferme les laboratoires et qu'on rassemble tous les documents essentiels.

Les machines transportables étaient démontées et les autres mises hors service. Nine constatait que son message avait été entendu : Constantin réagissait, enfin.

— Rien ! Rien ne saurait justifier les injustices criantes qui frappent les castes productives et les parias du Faëton ! Rien, si ce n'est un livre inepte, imbécile et méchant, qui date d'un autre âge, où ni les machines ni l'eau courante n'existaient, où les vastes dimensions de l'Empire ne connaissaient que le galop des chevaux et la fureur des tambours ! Nous vivons depuis trop longtemps dans un cercle-monde qui n'existe plus !

« L'élite de Seth ânonne le Faëton en vidant les poches de ses clients, les yeux fermés et les mains avides ! La foi et les prétendues valeurs sacrées ne sont qu'un prétexte au service de cette coterie de voleurs ! Qu'ont-ils accompli pour justifier leur place ? Ils limitent les uns et favorisent les autres au gré de leurs intérêts, au gré de leur humeur ! *Nous* travaillons, mais c'est eux qu'on honore !

« Jamais le mérite n'a occupé si peu de place... Les ondes de l'Empire, ces mêmes ondes que nous avons découvertes et étudiées, sont devenues les ondes de quelques hommes et de quelques femmes ! Et que feront-ils demain de ce que nous allons découvrir ? De ce que nous créons ? Y avez-vous pensé ? J'ai trop longtemps gardé mes recherches secrètes, trop longtemps je vous ai tenus à l'écart... Certains se demandent si nous ne sommes pas les véritables responsables de l'attentat, si le comte de Pergoal n'aurait pas utilisé les ondes pour commettre ce crime. Je ne pense pas Alfred de Pergoal responsable de quoi que ce soit. Nous n'avons rien commandité. En revanche, il est envisageable que les ondes aient servi ce terrible dessein…

Captivés, les conspirateurs se rapprochèrent insensiblement. Les rumeurs allaient bon train entre les membres de la caste, on avait prétendu tout et son contraire. Un éclaircissement était le bienvenu. Le baron Théodoros Marsès, le responsable du laboratoire principal sur les ondes, observait les autres sujets avec un sourire énigmatique, il ne savait pas lui-même ce que son prince allait dévoiler de leurs recherches. Il y avait tant à dire…

— Les ondes, improprement appelées telluriques, ne sont pas seulement un moyen de communication, commença Constantin. C'est une énergie aux propriétés multiples, aux capacités largement inconnues. Plus qu'une énergie, les ondes sont une nouvelle manière d'appréhender le cercle-monde, et ce que nous pressentons, ce que nous avons déjà découvert, balaiera la puissance de la vapeur, balaiera les anciennes forces et s'imposera à tous ! Il nous reste tant de choses à découvrir, mais nous en connaissons déjà quelques applications pratiques. Les ondes… auraient effectivement pu causer une explosion comme celle de la cérémonie du Carnaval. Mais je vous assure que nous ne sommes pour rien dans cet attentat. Faut-il prendre le risque de voir ce pouvoir tomber entre les mains du Triumvirat ? Je ne le pense pas.

Chacun pouvait constater le changement de comportement du prince, qui sortait enfin de sa réserve. Son air renfrogné avait disparu, sa silhouette carrée et lourde s'animait enfin. Le prince déployait une énergie qu'on ne lui connaissait pas.

— Parce que cette élite ne comprend plus aucune

des profondeurs qui animent le cœur de ses sujets, ces commerçants, ces juristes et tous ces entremetteurs ne gardent de l'Empire qu'une coquille vide qui, comme un objet ensorcelé, en fait à son tour des marionnettes. Ils parlent de l'Empire, mais Seth dans leur bouche n'a plus aucune substance. La vérité n'est qu'une illusion pour eux ! Correct et incorrect, juste et injuste, tout cela ne dépend plus que de leur bon vouloir. Ils ne savent plus ce qu'ils font ! Si ce n'est se remplir les poches en vidant le ventre des plus pauvres, en serrant la gorge de leurs opposants.

« Si des informations se sont échappées de nos laboratoires, et je sais Virolles capable de dépêcher des espions jusqu'ici, si de ces informations il a fait une bombe… alors que feront les trois princes avec le reste de nos découvertes ? D'autres que nous se sont déjà soulevés ! Phébus et ses troupes marchent sur la capitale ! Nous ne pouvons pas rester les bras ballants. Arsène de Virolles n'agite sa loi que pour mieux cacher ses rêves de pouvoir. Il veut régner, et régner seul. Pour cela, il favorisera les courtisans et dédaignera les méritants. Il veut nous faire croire que la loi a toujours raison ! Une loi vieille de mille ans que des dieux nous auraient donnée ! Qui a vu ces dieux ? Doit-on bâtir notre vie sur des songes et des mirages ?

Son discours arrivait enfin au point de non-retour. Les déclarations peuvent être belles et grandiloquentes, elles ne sont rien si nul effet ne les suit. Les mots n'ont pas le pouvoir des actes, ils constituent une passerelle vers l'action, vers le geste, qui seul compte. Et ce geste était celui de la rupture, de l'affranchissement.

— Nous savons ce que nous sommes désormais

capables de produire pour le bien de tous. Nous savons que notre caste a trop attendu. Nos ancêtres n'ont même jamais rêvé du pouvoir que nous détenons. Et certains voudraient nous le confisquer par précaution ? Par tradition ? Par obligation vertueuse envers une morale qui n'existe que dans le confort des limousines ! N'attendons pas que Phébus affronte seul les dangers ! Prenons notre part ! N'ayons pas peur ! Quittons la ville, mais quittons-la les malles pleines de notre travail. Prenons conscience de notre pouvoir en frappant ce Triumvirat là où il ne s'y attend pas. Nous ne sommes plus des sujets du Conseil, nous ne serons plus les créatures serviles des dieux ! Partons dans les Arpentes et forgeons notre avenir comme nous forgeons nos machines, bâtissons-le comme un palais et laissons les dieux à leur encens…

Stupéfaite par une telle détermination et une éloquence pareille, l'assemblée n'en acclama pas moins son prince. Sa foi dans le Faëton n'était qu'une mascarade. Tous respiraient à l'idée d'arrêter cette comédie. Ils avaient donc franchi la dernière ligne, ils rejetaient cette vieille foi qui les brimait. Les conspirateurs se sentirent comme soulagés d'un immense poids. Ce n'était plus pour les dieux et pour faire bonne figure qu'ils aimaient Nine et Constantin, c'était pour leur courage et leur fougue. De ce discours enflammé au cœur de la capitale naquit une résolution plus puissante encore que les canons du général Marvelle : ils prêtèrent serment. Tous debout, tous unis, tous fiers, les inventeurs avaient un empire à réinventer.

Nine observa Constantin qui reprenait son souffle et ensemble ils serrèrent les mains de leurs sujets qui continuaient de les féliciter – sans se soucier des conventions, car elles aussi allaient devoir être repensées. Comme devant la première pierre d'un ouvrage dont on a dessiné les plans, Nine ressentait angoisse et fierté. Iraient-ils jusqu'au bout de cette construction ? Avaient-ils de quoi remplacer les ruines par de nouvelles structures ? Chaque bâtisseur sait qu'il ne sert à rien de détruire ce qui sert encore et qu'on ne sait pas remplacer. Tout avait été si soudain !

Après des années ternes et répétitives, la princesse avait l'impression de revivre. Ce bien-être était à lui seul la marque qu'ils avaient raison. Elle ne regrettait rien. Derrière des airs faussement bienveillants, leurs adversaires ne faisaient plus de compromis depuis longtemps. Il fallait les combattre, quitte à changer l'ordre établi depuis un millénaire. Les conjurés dépassèrent les espoirs les plus fous de Nine et Constantin en avançant d'emblée plusieurs projets pour préparer les mois à venir. Les propositions fusèrent, libres, pertinentes, parfois irréalistes. Il fallait des braves pour oser ! Camille Luyne-Tambour, Première ingénieure au Commerce, et le duc Fabrice d'Astran, Premier architecte à la Loi, en étaient. Ensemble, ils exposèrent une idée qui fit aussitôt mouche. Son énormité et sa radicalité avaient de quoi impressionner. Cette audace folle fut longuement discutée. Enfin, on s'y résolut. Il ne restait plus qu'à la mettre en œuvre, et le temps pressait.

*

Au même moment, dans un autre palais de Seth, au cœur de la nuit noire des lunes descendantes, d'autres princes s'étaient réunis pour échanger sur les derniers événements. Le Triumvirat nouvellement formé avait de nombreuses affaires à régler qui demandaient toute son attention.

Gaspard de Vieuville entra dans le cabinet privé d'Arsène de Virolles, que quelques chandelles éclairaient faiblement. Il s'inclina profondément devant son maître et les deux autres souverains, confortablement assis dans des fauteuils en cuir, avant de tendre une missive au prince qui s'en saisit et le congédia d'un geste. Arsène fit sauter le cachet de cire et lut le message avant de se retourner vers ses frères. Orvast d'Antinosc fit tinter les glaçons dans son verre d'un air las. Edmond de Rocca regardait dans le vide.

— Les provinces acquises à Phébus font courir le bruit d'un miracle…

— Comment ça ? s'étonna Orvast.

— Oui, on raconte que les dieux ont dévié la balle qui le visait lors d'une tentative d'assassinat…

— Tiens donc, lui aussi…, s'amusa le prince du Commerce. J'espère que L'O.T.I. ne colporte pas ce genre de ragots.

— Non, pas l'O.T.I., mais les ondes locales, qui utilisent le réseau central, et la presse. Tes journalistes des provinces prennent des libertés, Edmond… Le message vient d'Anglas, expliqua Arsène. Il m'informe qu'il a envoyé des troupes supplémentaires à Rocca, mais cela ne suffira sans doute pas. Il préfère concentrer sa stratégie autour de Lomvarde.

— Je m'y étais préparé, regretta Edmond. Ma bonne ville n'est pas capable de se défendre…

— Si j'en crois ce message, la bataille n'est pas encore jouée, les troupes de Phébus se rassemblent mais beaucoup ne l'ont pas encore rejoint, ajouta Arsène.

— Nous l'avions prévu, ce n'est pas si grave, déclara Orvast en posant son verre pour s'emparer de sa pipe à côté d'un cendrier en vermeil en forme de coquillage. Il faudrait un miracle, un vrai.

— Tant que ce n'est pas à toi..., murmura le prince diplomate.

Arsène revint s'asseoir dans son fauteuil en savourant les flèches que les deux princes se décochaient. Il n'était pas nécessaire qu'Orvast et Edmond s'entendent parfaitement. Il prit son verre d'eau-de-vie de prunelle, une spécialité d'Orth-la-Belle, qu'il sirota en regardant la grande bibliothèque qui tapissait les murs de son cabinet d'étude. La pièce circulaire, tout en hauteur, se trouvait au sommet d'une petite tour du palais. C'est là qu'il passait le plus clair de son temps à réfléchir, esquisser des stratégies, écrire des ordres. Hormis ses secrétaires et quelques privilégiés triés sur le volet, seuls les deux princes en connaissaient la décoration. Dans son bureau officiel, bien trop accessible selon lui, Arsène ne pouvait se comporter aussi librement qu'ici.

Le prince de la Loi sortit une fine cigarette de tanavé d'un étui en argent et l'alluma avec un briquet d'amadou posé sur la table. La première bouffée lui fit grand bien. Il sentit ses épaules se décontracter légèrement. La possible perte de Rocca ne changeait rien à leur plan, Orvast n'avait pas tort, mais il aurait pu faire preuve de davantage de délicatesse envers Edmond qui s'occupait de sa ville natale avec le plus grand soin, pensa Arsène en souriant légèrement.

— Ta manie pour le tanavé manque considérablement d'élégance, Arsène, se permit Orvast, qui vouait un culte à sa pipe et son mélange mystérieux. C'est une habitude de truand.

— C'est bien pour cela que je ne fume pas en public…

— Quant à moi, votre goût pour la fumée me laisse froid. Revenons plutôt aux affaires urgentes qui nous concernent.

Orvast se redressa dans son fauteuil, Edmond trempa les lèvres dans son vin sec des Hauts-Verts. Il but une gorgée et toussa pour s'éclaircir la voix. Du haut de ses quatre-vingts ans passés, le doyen des princes ne manquait pas d'énergie, au grand dam de sa fille qui attendait, disait-on, la succession avec impatience.

— La mort de l'ambassadeur de Tallid n'a pas été facile à expliquer… Mais le marasme actuel parle de lui-même et je suis certain que les espions ont confirmé ce que Vorzac des Clairons leur a dit. Rien n'est rompu avec le Royaume Volant, Bélarès nous propose d'ailleurs un nouvel échange de bons procédés…

— C'est-à-dire ? voulut savoir Arsène.

— Mes espions n'ont pas réussi à en apprendre beaucoup plus. Le palais royal propose des informations en échange de livraisons supplémentaires, ils veulent de l'acier des Arpentes…

— Nous avons déjà du mal à nous fournir en ce moment ! s'exclama Orvast. Nous leur ouvrons nos routes commerciales et voilà qu'ils en veulent encore plus !

— Tallid n'a jamais assez d'acier, tu le sais bien, Orvast ! Cela ne nous coûte pas si cher, conclut Edmond, qui savourait discrètement l'agacement de son frère. Personnellement, je suis curieux de savoir ce que le Royaume Volant possède comme informations pour un tel marché. C'est une première.

Arsène se moquait bien de l'acier. Il en aurait donné des dizaines de cargaisons si cela impliquait une entente solide et à long terme avec Tallid, l'ennemi héréditaire. Il ne fallait pas que les troubles intérieurs se doublent d'une guerre avec le plus grand adversaire de l'Empire. Orvast avait la fâcheuse habitude de penser comme un petit boutiquier proche de ses sous.

— Orvast ! L'enjeu est trop important. Ne t'énerve pas pour si peu. Ce ne sont que de menus cadeaux… Edmond n'a pas tort, nous n'avons qu'à leur promettre une première cargaison modeste…

— C'est toujours trop ! L'acier des Arpentes est précieux, ce n'est pas pour rien qu'il est au cœur de tous nos accords. D'ailleurs, il faudrait parler des mines de Nine et Constantin. Avez-vous vu les cadences ? Les chargements jusqu'à la capitale sont insuffisants ! Cela fait des mois que je le dis et on ne m'écoute pas !

— Pourrions-nous, mes frères, nous concentrer sur les véritables sujets ?

Arsène songeait justement à Constantin et à Nine. Le regain d'activité de Brise-Fer, dès la fin de l'assemblée plénière, était la preuve que les coprinces n'allaient pas rester dociles très longtemps. Ses informateurs n'arrivaient pas à découvrir la nature de cette agitation. Les documents d'Alfred de Pergoal s'étaient révélés de piètre intérêt concernant les ondes et l'attentat, Arsène était pourtant convaincu qu'ils étaient mouillés jusqu'au cou. Derrière son air glacial et solitaire, Constantin avait un cœur trop gros et des bons sentiments dégoulinants. Son amour des petites gens l'empêchait de penser juste et grand. Malheureusement, son évident manque de foi ne pouvait être exploité sans preuve indiscutable. Il fallait d'urgence trouver une solution pour s'en occuper.

— Qu'allons-nous faire de Nine et Constantin ? lâcha Arsène, qui voyait ses frères partagés.

— Et Phébus !

— Anglas nous débarrassera de Phébus, j'ai confiance, répondit Arsène négligemment. Constantin et Nine sont déstabilisés par la mort de Pergoal, mais ils ont de la ressource. Ils peuvent nous gêner à ralentir les cadences, comme tu le dis, Orvast, et à produire moins bien ou mal…

— Et comment comptes-tu faire ? Nous ne pouvons pas les destituer comme cela, sans preuve, fit calmement remarquer Edmond.

— Et pourquoi pas ! s'emporta Orvast en tirant sur sa pipe des bouffées rageuses.

— Ne dis pas n'importe quoi. Tu lorgnes trop ouvertement les mines et le transport, Orvast. En s'attaquant à nous, Phébus s'est placé du côté de l'hérésie, lui. Alors, à quoi penses-tu, Arsène ? insista Edmond.

— Nous avons deux options. La première consiste à les destituer ; il faudra un procès, les emprisonner, contenir leurs sujets fidèles, trouver surtout une raison valable…

— Et la seconde ? demanda Orvast.

— Les faire assassiner, jeta froidement Arsène. Ni l'un ni l'autre n'ont d'enfants et nous pourrons facilement exploiter les querelles de succession.

C'était évidemment la pensée qui avait traversé l'esprit des trois princes dès qu'ils avaient vu les coprinces s'enfuir du palais Arzio des Lys. Arsène savait que ni Constantin ni Nine ne céderaient aux promesses, contrairement à Galatée. La haine dont lui-même était l'objet était trop forte. Constantin n'avait jamais pu l'apprécier. Ils étaient de la même génération mais ils avaient échoué à se comprendre, même les efforts de Clara s'étaient révélés vains. Il fallait donc se résoudre à employer d'autres moyens.

— L'ancien Empire est mort, vive le nouveau ! lança Arsène avec un de ses sourires inquiétants, en levant son verre. Nous bâtirons un Empire plus vaste, plus fort et plus performant, avec ou sans eux. Nous devons nous concentrer sur les innovations, sur le commerce et mettre fin à cette guerre larvée avec Tallid. L'Empire ne peut plus vivre en craignant d'être attaqué. Depuis qu'Ar Nigma a été matée, la seule frontière qui reste dangereuse est l'Océan. Et bientôt ce ne sera plus le cas… Nous apporterons alors une paix durable à Seth, une vraie stabilité, et personne ne pourra dire le contraire.

Arsène prenait le temps de rappeler à Orvast les véritables enjeux. Son frère les oubliait trop facilement à la moindre contrariété.

— Il est impossible de nous appuyer sur les castes si leurs têtes ne nous sont pas fidèles. Impossible de maintenir la cohésion et l'ordre sans l'armée avec nous. N'est-ce pas, Orvast ?

Le prince du Commerce se rembrunit tout en acquiesçant. La machine était lancée et il fallait tirer de cette juteuse affaire tous les fruits possibles. Orvast d'Antinosc aurait aimé pouvoir cueillir ces fruits sans avoir à frémir à chaque étape pour ses biens et sa puissance. Plus Orvast vieillissait, plus il oubliait que derrière les chiffres et les machinations se cachaient des hommes et des femmes, de la matière et du chaos à ordonner.

— Les tuer maintenant serait une mauvaise idée. Leur caste est trop échauffée. Mais bientôt, il faudra s'y résoudre, affirma Arsène sans la moindre émotion.

— Et Marianne ? Ferons-nous la même chose ? demanda Edmond de Rocca, qui formait avec Arsène l'autre grand esprit de la conjuration.

— J'ai un homme au cœur du Palais Complet. Il nous tiendra informés. Marianne est trop jeune pour s'opposer à nous. Et comme tu me le disais pertinemment, ce ne serait pas compris du peuple, ni même des nobles. Ce n'est pas une priorité. Marianne prépare son pèlerinage rituel, mon informateur m'assure que c'est la seule chose qui occupe l'esprit des sujets de la Foi.

— C'est un homme de là-bas ?

— Non, c'est un homme à moi. Je n'ai pas confiance dans les clercs du palais, et je préfère avoir dans les murs un homme d'action plutôt qu'un lettré, si cela s'avérait nécessaire…

— Tu as vraiment pensé à tout, ne put s'empêcher de reconnaître avec une certaine admiration Orvast d'Antinosc.

Arsène se renfonça dans son siège. Leur stratégie était au point mais la partie n'était pas encore gagnée. Malgré l'attentat de Pergoal qui avait précipité l'affaire, les événements prenaient une bonne tournure, il ne pouvait que s'en satisfaire. Dans quelques années, les émeutes des villes, les troubles des campagnes et la guerre civile, que certains évoquaient déjà, ne seraient plus qu'un mauvais souvenir. Le développement du commerce et l'ouverture vers Tallid procureraient de belles opportunités, tous les métiers en bénéficieraient, les traditions changeraient, la loi s'adapterait, et alors on oublierait peu à peu les dieux, et les parias avec eux. Cela valait bien des chantages et quelques assassinats supplémentaires. La mue de l'Empire était en cours et Arsène sentait que cette nouvelle peau était la sienne. Il ressentit un éclat de quiétude. Un instant seulement, car un problème de taille subsistait encore.

— Isodore de Bô ne se laissera pas faire aussi aisément que nos frères et sœurs, reconnut-il. Qu'allons-nous décider pour les paysans de l'Empire ? J'avoue ne pas avoir encore de solution.

— Bien malin celui qui sait ce que le Patriarche pense, confirma Edmond de Rocca. Nos querelles ne l'intéressent pas et nous ne sommes pas en mesure pour le moment de faire pression sur lui, gardons-nous de nous hâter. Tu fais preuve de beaucoup d'habileté, Arsène, mais Isodore est un vieux singe. Réglons déjà le cas de Nine et Constantin…

— Et celui de Phébus, ajouta Orvast, agaçant le doyen des princes.

— Chaque problème en son temps. Vous avez raison, conclut Arsène. Attendons déjà de voir ce que Phébus fera à Rocca…

17

Baptême du vent

> […] et la spécialisation des activités permet à l'Empire de prendre de l'avance sur ses voisins. Pendant le Temps de la conquête, Seth se lance dans de grandes campagnes militaires où les Karzian d'Estée, Terrance et Varm s'illustrent par leur bravoure ; ces guerres créent d'abord des zones tampons qui deviendront progressivement de nouvelles régions. L'Empire n'a pas encore les frontières que nous lui connaissons, mais il devient le premier État centralisé de l'Acréon, la moitié occidentale du cercle-monde. La séparation des […]
>
> *Chronologie & Temps*,
> érudit SAVINIEN, 98VIII

Malgré son rang d'officier supérieur, Tibère Marvelle supervisait lui-même l'entretien des machines et adorait lustrer le fût des canons. Il ne lui serait pas venu à l'esprit d'envoyer ses plus fidèles soldats au combat sans qu'ils soient beaux comme pour aller au bal. Le général d'artillerie, proche conseiller de Phébus, caressa le métal froid de sa main calleuse. Un frisson lui parcourut l'échine quand il sentit les moteurs à vapeur vibrer sous sa paume. Les chaudières étaient à fond, les jauges de pression affichaient des conditions optimales. Il passa et repassa son doigt habillé d'un chiffon gras deux fois dans chaque cran des lourds engrenages qui permettaient d'orienter la gueule de ses créatures ; le général brûlait d'impatience.

Tibère contempla le canon qu'il venait de bichonner avec la fierté d'une mère pour son enfant. Il aimait tout d'eux, le son des chaudières en action, l'odeur du métal fumant et le crissement des pièces quand un obus fusait. Il glorifiait la brume permanente qui stagnait au pied des gigantesques calibres, comme si ces bons gros géants se cachaient par pudeur. Il révérait la précision des calculs de distance et la violence du métal sur la pierre. Tout était une ode à la puissance dont il souhaitait entendre chaque note. Ces canons étaient ses bêtes, ses enfants, ses orgues sacrées.

Le général sauta à bas de la plateforme et retomba au sol avec agilité, malgré ses cinquante ans passés. Il poussa un cri féroce qui amusa autant qu'il impressionna les soldats autour de lui : « Allez, en avant la musique ! » Tibère leva un bras, regarda sa montre et vit l'aiguille passer l'heure. Il baissa vivement le bras et les canons tonnèrent, la vapeur s'échappant des ouvertures de décompression en de grands panaches blancs.

La première salve de cinq obus survola les troupes de Rocca prêtes à livrer bataille et vint s'écraser sur les faubourgs abandonnés. Des maisons, dont certaines étaient en bois, s'effondrèrent, de nouvelles rues se découpèrent dans le tissu urbain. Tibère poussa à nouveau un cri tandis que les soldats finissaient de charger la prochaine fournée d'obus. Il prit les jumelles que lui tendait un aide de camp et regarda le résultat.

— Centrez d'un cran… Armez… Tirez !

Une deuxième salve partit, qui provoqua en lui la même secousse de bonheur, le même frisson d'excitation devant toute cette puissance relâchée en une fraction de seconde. Toujours aux jumelles, le général contempla les dégâts avec gourmandise.

— À l'abri, à l'abri ! hurlèrent les sentinelles.

Les obus ennemis échouèrent au pied des troupes du prince, qui attendaient dans le bois au sommet d'une colline, face à la ville. Ils les manquèrent de beaucoup. Comme prévu, la canopée masquait leur emplacement exact. Tibère reprit son observation.

Devant Rocca, une armée fidèle au Conseil se tenait prête à encaisser l'assaut. Elle se déployait à travers les faubourgs, le plus largement possible pour empêcher la canonnade de provoquer un massacre. Son artillerie venait d'entrer en action.

Une petite moue de déception apparut sur le visage de Tibère. Les ordres étaient clairs : l'artillerie lourde ne devait pas être utilisée sur la troupe mais seulement sur les infrastructures. Les pudeurs religieuses de Brutus et Phébus l'agaçaient.

— Concentrez-vous sur vos cibles ! Armez... Tirez !

Chaque salve emportait des pans entiers d'habitations vétustes qui bordaient la ville du prince de la diplomatie. La populace s'était enfuie. Du promontoire où ils se tenaient, les partisans de Phébus avaient pu observer des convois de charrettes et de civils emportant le peu qu'ils possédaient. Selon les éclaireurs, la population des faubourgs regrettait autant que Tibère que les tirs ne soient pas tournés directement vers le cœur de Rocca.

Le farouche général d'artillerie lâcha ses derniers ordres, puis se mit en selle pour rejoindre les calibres plus légers qui seraient utilisés durant l'assaut. Ses yeux brillaient d'une étrange lueur sauvage. Certains soldats se seraient presque attendus à le voir se lécher les babines.

Tout en galopant vers Phébus et son état-major, Tibère rêva un instant des murs de la capitale. Il lui tardait d'y être. Combien de canons faudrait-il pour les faire s'écrouler ? Depuis qu'ils remontaient le cours du Borée pour rejoindre Seth, il échafaudait une multitude de plans d'attaque. Il se gardait bien de les exposer publiquement, ne voulant pas inquiéter ses soldats qui manifestaient déjà, malgré leur loyauté, quelque remords à attaquer une ville impériale, même si ce n'était que la capitale de la province du Briccon. Il fallait leur laisser du temps ; emportés par les victoires et la fureur des armes, ils y viendraient d'eux-mêmes. Le général talonna son cheval.

Il atteignit l'état-major qui se mettait en marche, ainsi que la troupe, en descendant la longue pente qui menait aux premiers édifices. Malgré les canons et cette situation avantageuse, la présence de nombreux bâtiments autour de Rocca favorisait la défense des troupes loyalistes. Au grand regret de Tibère, l'armée du prince rebelle respectait les règles classiques de l'affrontement et, malgré les armes modernes et l'artillerie, continuait de former des bataillons, des lignes de combat restreintes et des batailles rangées. Tibère voulait que tout cela change, mais l'inertie des traditions entravait sa démarche. Depuis l'invention de l'artillerie, la guerre changeait peu à peu, il était moins question d'emporter l'ennemi en un seul affrontement que de déconstruire avec patience les points névralgiques de ses structures défensives. Mais cette bataille-ci ressemblait à celles que l'on menait jadis, déplorait encore l'artilleur. En l'occurrence, l'armée fidèle au Conseil avait décidé de tenir la ville depuis ses abords, et il fallait bien l'en débusquer. Les troupes ennemies continuaient de se positionner le long des axes principaux. Heureusement, l'artillerie dont elles disposaient avait un calibre insuffisant pour empêcher les rebelles de charger.

Les cinq grosses machines continuèrent de tonner derrière lui pendant quelques minutes encore. Les faubourgs étaient démembrés, quartier après quartier, avec la régularité d'un métronome. Les boulets s'abattaient sur les habitations et frôlaient les ruines de la vieille enceinte de la ville. Du temps de sa construction, au IVe siècle, Rocca possédait, comme quasiment toutes les cités de cette époque, une muraille pour se protéger des bandes de pillards. La jugeant inesthétique, gênante pour le commerce, on l'avait abattue un siècle plus tôt. Il n'en subsistait, comme à Seth, que quelques morceaux, les plus belles portes anciennes et quelques tours de garde qui offraient une jolie vue. Bientôt, on cesserait les tirs pour laisser le champ libre à la cavalerie et à l'infanterie. Tibère était mitigé. Si on l'avait écouté, on aurait rasé à coups d'obus tous ces bâtiments hétéroclites et les soldats qui s'y cachaient. Qu'une telle manœuvre soit moins noble qu'un combat au corps à corps lui importait peu, seule l'efficacité comptait, et avec elle la vie de ses hommes.

Phébus regardait à la longue-vue la progression des armées ennemies à travers les ruelles. Tibère observa l'air sévère du prince qui ne cachait plus sa détermination depuis qu'un espion dépêché par le Conseil avait tenté de l'assassiner.

L'opération s'était produite deux nuits plus tôt, en

plein campement. Le maître assassin avait réussi à se glisser jusqu'à la tente de Phébus ; il avait froidement tué les deux sentinelles qui en gardaient l'accès et s'était fondu dans les ombres des flambeaux pour attendre le moment idéal. Phébus ne devait sa vie qu'à un sixième sens : une intuition, ou peut-être était-ce un bruit, l'avait réveillé tandis que le tueur levait sa dague pour lui trancher la gorge.

Le prince avait roulé sur le côté, désarmé son adversaire, qui s'était immédiatement emparé du pistovape dissimulé à sa ceinture. Certain que les cris de Phébus le condamnaient à mort, l'espion ne rechignait plus à se servir d'une arme bruyante. Le prince Karzian d'Estée avait vu sa dernière heure arriver, mais mû par une terrible volonté et des réflexes de soldat, il avait anticipé en plongeant dans les pieds de l'espion, échappant ainsi à une balle fusante qui lui avait seulement égratigné le bras. Sur sa lancée, le prince s'était redressé pour planter un poignard dans le cœur de l'espion, qui s'était écroulé, raide mort. Les renforts n'étaient arrivés qu'après coup, pour constater l'attaque. La tragédie avait été évitée de justesse et Phébus ne souhaitait plus en parler. Mais Tibère savait que l'événement avait profondément marqué le jeune prince.

Les soldats rebelles attendaient l'ordre de monter à l'assaut. Ils avançaient lentement, au son des tambours et des trompettes. Phébus se tenait au milieu d'eux, à cheval, un pistolet vapeur à la ceinture, sabre au côté. Autour de lui, son état-major, avec sa garde personnelle dans son célèbre uniforme vert – couleur que toutes les gardes des cités arboraient traditionnellement en hommage au prince –, attendait que les derniers sifflements du concert d'ouverture de Tibère s'évanouissent dans l'air pesant de cette journée d'été.

— Toujours pas de messager ? interrogea Phébus qui contemplait les nuages de poussière au-dessus des habitations et des régiments aux ordres de la capitale.

— Non, Majesté, lui répondit un aide de camp qui se dressa sur ses étriers pour analyser la situation.

— Et la garde de la ville ? demanda Brutus de Léry, à côté du prince.

— Elle n'est pas avec eux…

— Quel est le but de cet affrontement… ? lâcha l'un des aides de camp, qui regardait, avec une certaine tristesse, les soldats fidèles au Conseil prendre position.

— Ce sont eux qui veulent nous combattre, pas l'inverse ! lui lança durement le prince.

Arrivés quelques jours plus tôt, ils avaient décidé de solliciter une entrevue avec le gouverneur de la région avant de lancer les hostilités. L'armée bivouaquait dans un village nommé Champ Rocca. Le messager qu'ils avaient envoyé n'était jamais revenu. La nuit suivante, des espions s'étaient glissés dans la cité, avant de revenir avec des nouvelles sur la situation intérieure : plusieurs régiments, menés par des officiers obéissant à Anglas Karzian de Varm, les avaient précédés d'une seule journée. Rocca se croyait en mesure de résister. La première véritable bataille des forces rebelles allait donc avoir lieu.

La rapidité avec laquelle son cousin avait pris les rênes de l'armée dans les provinces loyales au Conseil ne manquait pas d'étonner le jeune prince. Cela avait été un premier revers alors qu'il comptait prendre

Dectroi puis Rocca sans combattre. Les éclaireurs avaient également rapporté des nouvelles plus heureuses. Visiblement, la garde de la ville, d'ordinaire dévouée à son gouverneur, renâclait à ce combat fratricide. Pendant les deux nuits où l'armée avait attendu l'ordre de bataille, plusieurs tirs avaient retenti dans la cité.

Le prince en rébellion observa dans sa lunette ses sujets infidèles se préparer à encaisser l'assaut de ses propres forces. La bravoure de ses adversaires l'impressionna. Il aurait tout à fait pu ordonner à Tibère de les canonner, mais il ne souhaitait pas commencer la reconquête de l'Empire par un geste vil et sans gloire. Même s'il convenait de son efficacité, le procédé le dérangeait et ne correspondait pas à l'idée qu'il se faisait d'une bataille honorable. Les dieux devaient être ménagés. Si Anglas n'avait pas constitué une armée à lui opposer aussi rapidement, Phébus aurait même pu ne pas avoir du tout recours au pilonnage. Mais des généraux et des amiraux l'avaient trahi, des officiers avaient désobéi, il ne pouvait le tolérer. Anéantir l'opposition était devenu la seule solution.

Le prince soupira en se repositionnant sur sa selle. Quel gâchis ! Il n'avait plus le choix, cette bataille était inévitable.

— Il faut donner l'ordre, Majesté, avant qu'ils soient plus difficiles à débusquer. Mais s'il vous plaît, restez ici. Votre vie vaut plus que les nôtres.

Brutus de Léry, qui venait de parler, ressemblait à ce qu'imaginait Phébus quand, enfant, son père lui contait ses campagnes militaires. Une volonté tendue vers un but unique : vaincre. Le vieux général de Léry, son parrain et mentor, n'avait aucune envie de faire couler le sang inutilement. En période de guerre, malheureusement, l'ennemi décide souvent à votre place. La paix n'est pas affaire de souhait mais de puissance, et celui qui souhaite la paix ne la demande pas, il l'impose. Phébus lui sourit, fit claquer les rênes sur l'encolure de sa monture et lança l'assaut en s'y jetant le premier.

Dans les rangs ennemis, la tension monta soudain quand les canons se turent et qu'un grand cri s'échappa des milliers de gorges qui leur faisaient face. Les officiers loyalistes hurlèrent leurs derniers ordres pendant qu'on enclenchait les moteurs de surcompression des mitrailleuses, qu'on épaulait et armait son fusil derrière les abris de fortune. Chaque soldat priait Nyal et Abaal de lui donner le courage et la force de l'emporter.

Le moment tant redouté arriva d'abord par les vibrations qui remontaient du sol le long des jambes avant de gagner le bout des doigts. Les petits cailloux sur la route bitumée se mirent à tressauter, les maisons vétustes encore debout tremblèrent sur leurs fondations.

L'armée de Phébus, avec son infanterie, sa cavalerie et ses quelques chars, fracassait le sol dans sa course et propageait une onde aussi meurtrière pour l'esprit que les balles le seraient pour les corps. Les soldats fidèles au Conseil distinguèrent les visages ennemis qui les fixaient avec une ardeur mortelle, emportés par leur élan. Et la soudaine apparition de ce terrible prince félon qui devançait ses troupes, sabre au clair, le pistovape pointé sur eux, finit de les subjuguer. Qu'est-ce qu'un petit soldat pouvait faire face à autant de courage et de fougue, autant d'ardeur et de fureur ? Les rares vétérans tentèrent de rassurer les jeunes recrues. Le prince était un hérétique, un fou, et le Conseil comptait sur eux. Les princes et les dieux comptaient sur eux. On racontait dans les rangs que Phébus Karzian d'Estée ne ferait pas de prisonniers.

Sur son cheval au galop, Phébus hurla de la même rage que ses soldats. La lumière d'été se réfléchissait dans sa lame qui brillait comme si le soleil s'était coulé dans le métal. Sa silhouette se découpait, singulière et précise, dans la masse bouillonnante de sa cavalerie. Il voulait être le fer de lance, le premier à se battre pour l'Empire et la véritable justice des dieux. Il menait ses hommes et ne les laisserait pas mourir sans risquer sa propre vie.

À la tête des régiments centraux, en pointe de flèche par rapport aux flancs, Phébus et sa garde emportèrent leurs adversaires grâce à la férocité de leur charge. Ils n'entendaient pas les balles des mitrailleuses vapeur qui sifflaient à leurs oreilles, ils ne voyaient pas les têtes explosées ni les corps mutilés ; parfois, un cheval s'écrasait au sol avec son cavalier, un rang de soldats tombait face contre terre. Aucun de ceux qui chargeaient n'en avait conscience. Ils étaient une seule et grande vague qui déferlait sur l'ennemi, emportant tout sur son passage, une masse informe et primitive dans laquelle les individualités s'étaient dissoutes, une mer déchaînée qui s'abattait sur une falaise et s'engouffrait dans la moindre faille.

Tibère n'était pas avec lui quand Phébus volta pour regrouper sa cavalerie avant de reprendre l'assaut. L'artillerie progressait plus lentement avec les canons de taille moyenne qui nettoyaient les maisons et les défenses statiques.

L'ennemi tenta une percée sur le flanc qui faillit prendre Phébus à revers. Un instant, la charge héroïque s'affola, les rebelles se croyant encerclés et submergés tactiquement par des régiments d'infanterie qui se coulaient le long des ruines, leur coupant toute retraite. Les officiers à cheval se massèrent autour du prince. Phébus hurla ses ordres, plaça ses fantassins en formation compacte pour tenir les ouvertures, espérant que sa cavalerie, qui perdait en agilité au milieu des maisons effondrées, parviendrait à se tailler une issue dans la chair des opposants. Le jeune prince ne comptait pas se laisser faire et montra l'exemple en chargeant l'adversaire qui tentait de prendre le contrôle d'un carrefour. Lui et ses hommes sur les talons culbutèrent l'ennemi qui serra les rangs puis se débanda pour se mettre à l'abri dans les premières rues de la ville. C'est le moment que choisit Brutus pour conduire l'aile gauche et envelopper les régiments adverses qui perdirent leur cohérence. L'aile droite du champ de bataille, menée énergiquement par le colonel Elliot de Tarn, digne héritier du pair Clarence de Tarn, entra également en action. La manœuvre réussit à capturer dans une nasse les forces loyalistes qui se virent littéralement au pied du mur, prisonnières des dernières maisons debout.

Le feu des conduites de gaz explosées gagnait les habitations, les troupes de Phébus pénétraient dans les artères avec méthode et détermination. Les murs écroulés ne pouvaient plus servir de refuge et les régiments ennemis cédèrent sous la panique. Plus encore que le vent des armes, le moral des hommes scelle le destin d'une bataille. Contrairement aux ordres des officiers qui tentaient de leur faire tenir les rangs, les soldats reculèrent et se pressèrent dos aux décombres. Certains prenaient déjà la fuite à travers la ville. Très vite, ce fut la débandade.

Les plus valeureux tiraient néanmoins comme ils pouvaient, se battaient à la baïonnette ou au couteau, le visage rapidement couvert de sueur et de la poussière terreuse soulevée par les combats. Ils trébuchaient dans les débris causés par les canonnades. Les cris et les hurlements formaient dans l'air une nuée indistincte. Un nuage de vapeur s'éleva au centre de la bataille alors que retentissaient des milliers de coups de fusils et de pistolets.

Plusieurs officiers ennemis, désespérés, ordonnèrent la reddition, mais le fracas empêcha le message de se répandre immédiatement. Ce délai permit à une bonne centaine de soldats de fuir pendant que d'autres se battaient encore. On s'étripait avec l'énergie du désespoir, on ne croyait plus à la vie mais seulement à la belle mort qui ouvre les portes du festin de Nyal et Abaal. La propagande d'Anglas promettait aux soldats les pires souffrances si le prince les faisait prisonniers ; nombreux étaient ceux qui préféraient mourir que se rendre. Il fallut une heure encore pour crever les dernières poches, abattre les derniers murs et anéantir les plus fanatiques.

Finalement, les tirs cessèrent. Les ordres remplacèrent les hurlements et le calme revint peu à peu. La bataille enragée n'avait pas duré longtemps, mais sa violence en avait décuplé l'étendue. On ne s'était pas battu avec autant de fureur depuis la dernière grande guerre avec Tallid, et malgré la victoire, les soldats rebelles avaient un goût amer dans la bouche. C'était la première fois que l'ennemi était leurs frères. Les régiments acculés déposèrent les armes presque d'un même ensemble. Les officiers loyalistes vinrent trouver Phébus et son état-major qui s'étaient réunis sur une petite place. Le général commandant l'armée au service d'Anglas s'avança et mit un genou à terre.

— Je présente mon sabre à Votre Majesté et lui demande pardon pour l'offense que je lui ai faite. Nous...

— Taisez-vous ! dit Phébus, glacial.

— L'honneur, Majesté, nous commandait...

— Vous ne savez pas ce qu'est l'honneur ! Si vous en aviez, cette bataille n'aurait pas eu lieu. Comment osez-vous parler d'honneur devant votre prince véritable !

Le général allait répondre mais s'arrêta devant la main levée du prince et la fureur contenue dans son regard.

— Je sais ce que vous pensez, général Belval, et à votre place je me tairais.

Phébus fit signe à son aide de camp de récupérer le sabre que lui tendait maladroitement l'officier vaincu, avant qu'on lui passe les menottes. Une fois que ce fut fait, tous les soldats poussèrent des cris de joie. Quelques prisonniers se joignirent à eux. Quand bien même ils avaient voulu suivre leur prince légitime, ils avaient avant tout obéi à leurs supérieurs, qui désormais ne l'étaient plus.

Phébus tourna la tête pour contempler ces prisonniers dont les visages poussiéreux et les yeux hagards témoignaient de la brutalité de l'affrontement qui venait d'avoir lieu. Ils se félicitaient, avec une fébrilité nerveuse, d'être encore en vie, contrairement aux vieux gradés qui ruminaient leur défaite. Phébus croyait connaître la raison de leur haine à son égard.

Ils méprisaient la jeunesse. Le long règne de son père – quarante ans – leur avait laissé tout le temps de se croire immortels et inamovibles. Et pourtant, ils avaient eux aussi remplacé la génération précédente lors de l'avènement d'Urien. En leur promettant de conserver leur poste, Anglas exploitait habilement leur rancœur contre le cycle naturel de la vie.

Plusieurs dizaines de corps gisaient au milieu de flaques de sang sur la place où ils se trouvaient. Un remords piqua Phébus. Si Tibère les avait canonnés, ces soldats ne seraient pas morts. Fallait-il vraiment agir noblement face à un ennemi qui ne connaissait pas l'honneur ?

Déjà, les prisonniers se regroupaient sous les ordres des officiers rebelles. Le prince de la Guerre était auréolé de gloire, sur son cheval. Comme si les dieux le félicitaient, un rayon de soleil oblique perça un nuage et vint souligner ses traits dotés d'une nouvelle grâce : la victoire. Sa stature altière impressionna les jeunes soldats qui ne le connaissaient pas. Beaucoup dans les rangs loyalistes le regardèrent avec regret. Avaient-ils choisi le bon camp ? Était-il encore possible d'en changer ?

Les prisonniers agenouillés se laissèrent fouiller. On trouvait parfois des armes dissimulées sur eux. Les fautifs étaient emmenés en priorité, ils hurlaient de peur d'être exécutés sur-le-champ mais se rassurèrent en voyant qu'on les écartait seulement du gros des troupes vaincues. Phébus fit signe à ses soldats de progresser dans la ville.

Rocca était à lui désormais et sa rage de vaincre n'avait jamais été aussi forte. Il regarda le ciel et remercia silencieusement les dieux tout en avançant avec son cortège vers le palais du prince Edmond.

Il obtiendrait la tête de Virolles et restaurerait l'Empire dans toute sa splendeur. Ce lâche assassinat avait échoué, ses ennemis échoueraient, il en était convaincu. Tout n'était que présage des dieux ; il allait souffrir et vaincre à la fois. C'était son destin, chacun avait le sien. L'image d'Alfred lui vint alors à l'esprit ; Astrée avait-elle réussi à le sauver ? Les préparatifs de la bataille l'avaient tenu éloigné des relais d'ondes.

Les rebelles s'avancèrent à cheval à travers Rocca jusqu'au donjon qui dominait de sa silhouette austère l'architecture riante de la ville. Les rues étaient désertes, la plupart des habitants restaient claquemurés chez eux. L'accueil n'était pas le même qu'à Dectroi, bien que des pauvres et même des parias soient sortis pour célébrer la victoire en agitant des chiffons jaune et blanc aux couleurs du prince. Ils ne démontèrent que devant la porte principale à la herse relevée. Le palais était un véritable château fort, avec ses remparts solides et épais, et son donjon, symbole vivant d'une époque dont la capitale ne se souvenait plus. L'immense bâtiment trônait lourdement sur des pierres angulaires plus hautes qu'un homme. Quel type de guerriers avait bien pu vivre dans ces murs ? Ces soldats oubliés dans les méandres de l'histoire devaient être inébranlables, à l'image de l'édifice. Phébus imaginait son propre père comme le dernier d'entre eux. Le souvenir de ces guerriers d'antan continuait d'exister à travers ces pierres qui leur offraient une étincelle d'éternité. C'était bien plus que n'auraient jamais la plupart de leurs contemporains. Phébus pensa à la fascination d'Alfred pour les grands travaux, et aux architectes et ouvriers qui avaient construit ce château. Peut-être n'y avait-il pas que la mémoire des guerriers à continuer de vivre grâce à lui…

Dans la cour principale, Phébus et ses hommes découvrirent les gardes qui avaient refusé de se joindre aux forces loyalistes. On en avait exécuté certains la veille le long des murs du palais, laissés là sans même prendre le soin de cacher leurs cadavres. Les plus chanceux avaient été enfermés et on les libérait à peine. Ils sortaient des geôles souterraines, hagards mais heureux, avant de voir leurs camarades morts et de se rappeler les horreurs commises par les soldats d'Anglas. Les yeux de Phébus se voilèrent et son poing serra fortement la garde de son épée. Le général Belval allait payer cette forfaiture. Le prince demanda à un garde de l'édifice où se trouvait la salle du relais d'ondes telluriques, mais il se ravisa et préféra d'abord faire un détour par le bureau du gouverneur.

Dans la pièce, on pouvait dire exactement où le mobilier se trouvait avant d'avoir été emporté. L'emplacement des tableaux et des meubles retirés à la hâte se reconnaissait à la coloration sombre de la pierre protégée des rayons solaires. Au moins ne pouvait-on voir les lampes manquantes, la propreté des tables encore en place était irréprochable. Brutus de Léry ne put s'empêcher de ricaner devant ce spectacle ; il passa devant son prince pour compter les objets qu'on présumait volés.

Le gouverneur de Rocca, un homme aux ordres du prince éponyme, aurait tout aussi bien pu servir le prince du Commerce Antinosc. Tout ce qui avait de la valeur avait disparu avec lui. Phébus repensa alors à la demande de Brutus qui, en apprenant sa fuite, avait suggéré de le poursuivre. Il avait cru le gouverneur déjà hors de portée, mais en voyant le butin qu'il devait traîner, le prince comprit qu'il s'était trompé. Il en informa Brutus, qui se fit une joie d'envoyer un officier avec une petite escouade à la poursuite du fuyard. Quelques heures suffiraient à le ramener dans les murs de sa demeure, enfin, de son ancienne demeure.

Ils se firent ensuite conduire dans la salle des ondes telluriques. Chaque palais de gouverneur possédait une pièce identique, dédiée au relais, d'où l'on expédiait les messages destinés au Conseil et aux différents palais de la capitale. Ce qu'ils y trouvèrent fut autrement plus intéressant. Les missives étaient encore éparpillées devant les postes éteints. Le gouverneur avait pensé aux bibelots, mais pas aux informations confidentielles des mouvements militaires ! On fit venir un ingénieur pour remettre en marche toutes les consoles, pendant que les officiers supérieurs se rassemblaient dans une pièce adjacente avec les documents découverts. Les nouvelles n'étaient pas bonnes.

Le général aux favoris grisonnants, Tibère Marvelle, arriva juste à temps pour le début des discussions. Il salua Phébus et s'approcha de Brutus, qui lui jeta à peine un regard. La tête pleine des problèmes d'organisation que lui posait l'acheminement des canons jusqu'à la gare de Rocca, Tibère saisissait mal la situation.

— Que se passe-t-il ?

— Le Conseil a déclaré Sa Majesté coupable de félonie et un triumvirat a été créé au détriment des autres princes, souffla Brutus.

— Est-ce tout ? demanda Tibère sans ironie.

— Non. Anglas a fait beaucoup plus vite que prévu, il est déjà en route vers Icade, répondit Brutus en se penchant au-dessus des documents.

— Quelles sont ses forces ?

— Le double des nôtres…

Tibère comprenait mieux la mine sévère et le regard des officiers fixé sur la carte d'état-major étalée sur la table. Que faire ? Leur stratégie consistait à s'emparer de Rocca puis de Lomvarde, en prenant de court les éléments fidèles au Conseil et en bénéficiant de l'effet de surprise pour compenser le manque d'effectifs à disposition immédiate. Ce plan semblait compromis. Phébus se redressa tandis que Brutus de Léry lui montrait certains papiers.

— Si nous allons au combat maintenant, les risques sont grands, annonça le vieux général.

— Mais si nous attendons, Anglas aura le temps de réunir encore plus de troupes. Le Conseil était préparé…

— Virolles nous attend depuis plusieurs mois, lâcha Tibère en reculant devant le regard noir que lui lança le jeune prince.

— Nous pouvons demander aux troupes des Contreforts de prendre le corridor du Vallon de Vap et de nous rejoindre ici. Les troupes des Basses-Prairies pourraient faire de même, en obliquant avant les Lacs, suggéra Brutus.

— Qu'ils se mettent tous à marche forcée, si ce n'est pas déjà fait ! Saint-Loup risque de devoir reculer mais Montclair peut encore faire jonction, ses forces ne sont pas négligeables, il en amassera d'autres en chemin ! Non, nous devons foncer vers

Lomvarde ! Anglas n'osera pas tirer sur la Cité sainte !

— Et nous, Majesté ? demanda Brutus d'un air embêté.

Phébus frappa trois fois la table en bois. Si certains avaient éprouvé jusque-là des doutes sur sa détermination, le prince les balayait d'un revers de la main. Depuis qu'ils étaient partis de Mange-Terre, sa transformation se faisait chaque jour plus sensible. Son rôle palliait ses faiblesses, c'était le corps qui s'adaptait aux mesures de son nouveau statut, et non l'inverse. Les hommes peuvent faire les événements mais, plus sûrement encore, ce sont les événements qui font les hommes.

— Le premier arrivé à Lomvarde sera le premier servi ! Jamais le gouverneur de la ville ne prendrait le risque qu'on lui tire dessus. Chaque chose en son temps. Il faut d'abord réunir les volontaires de Rocca et du Briccon.

— Nous devons amasser plus de troupes encore, Majesté, lui souffla Brutus.

— Peut-être ferions-nous mieux de contourner la Cité sainte, suggéra un officier.

— Cela permettrait de ne pas vous exposer inutilement, Majesté, continua un autre.

— Me cacher comme les autres princes se cachent dans leur palais ? Certainement pas ! Lomvarde doit être à nous, c'est un signal trop fort pour être ignoré. La caste de la Foi y réfléchira à deux fois avant d'obéir aux ordres de Virolles. Nous avons passé la frontière, Dectroi en était la preuve. S'il subsistait des doutes, je viens d'y mettre un terme aujourd'hui. Je croyais avoir été clair. Demain à l'aube, nous repartons !

Le regard courroucé du prince coupa court à toute protestation supplémentaire ; Phébus ne se laisserait pas tirer vers le bas par une excessive prudence. Il ferait comme son père, et son père avant lui, il irait chercher le combat à la tête de ses hommes. Là étaient l'honneur et la condition pour que ces derniers se dévouent jusqu'à l'ultime sacrifice.

Ces derniers jours, le prince avait brûlé d'une fièvre dévorante. Sa véritable nature pouvait enfin s'exprimer pleinement ; il ne rêvait plus que de soumettre les forces de son cousin et ce Triumvirat impie qui venait de se déclarer. Plus question de reculer ou de temporiser. Maintenant que le mouvement était lancé, il fallait pousser son avantage et profiter du souffle. La guerre est affaire d'endurance, une seule victoire ne suffit jamais, lui disait son père.

Oui, Phébus y croyait. La vérité de son action se dessinait plus précisément à mesure qu'il avançait sur le chemin des combats. Ce que ces derniers exigeaient de lui ne l'effrayait pas, il se sentait capable d'affronter toutes ses épreuves, contrairement à ce que certains princes pouvaient dire ! Même si son cousin possédait, pour le moment, une force supérieure en nombre, il n'avait pas, comme lui, une troupe aguerrie, sûre de son prince et de sa légitimité. Il fallait faire avec ce que les dieux avaient prévu. Rien n'excluait que les renforts de Saint-Loup et de Montclair atteignent à temps Lomvarde, les troupes des Basses-Prairies et des Pointes-Chaudes pouvaient accomplir cet exploit.

— Cela ne change rien à notre stratégie, déclara Phébus. Dites aux officiers de préparer leurs hommes, le campement ne sera qu'un bivouac. Nous prenons la nuit pour souffler et nous partons au lever du soleil.

On salua avant d'aller transmettre les ordres, laissant seuls le prince et ses deux généraux les plus proches.

— Quitte à ne pas avoir toutes les troupes avec nous, nous devrions leur ordonner de gêner comme elles peuvent l'approvisionnement de la capitale, proposa Brutus, encore concentré sur la carte.

— Peut-être Saint-Loup doit-il temporiser, mais Montclair peut encore nous rejoindre.

— Je n'ai pas voulu en parler devant les officiers, Phébus, mais l'exécution de Pergoal a eu lieu hier malgré l'intervention du capitaine de Saint-Ange, annonça Brutus.

Le vieux général lui tendit un télégramme au papier mauve, couleur caractéristique des informations prioritaires, que Phébus lut à peine. Comme Brutus, Tibère redoutait que cette mauvaise nouvelle ne fasse perdre son sang-froid à leur chef. Mais, là encore, Phébus se révéla à la hauteur de la situation.

— Astrée a réussi à s'enfuir, nous aurons bientôt de ses nouvelles, dit-il sans émotion. Les troubles dans la capitale ne pouvaient pas durer éternellement… Anglas est très rapide.

— L'acte infâme du comte de Pergoal déplaît jusque dans nos rangs, confia le vieux général.

Phébus restait un homme fidèle aux serments, vertueux parce qu'il croyait à la vertu. Brutus lui reprochait cette tentative de sauvetage mais préférait une amitié naïve au cynisme des princes de Seth ; c'était cette candeur qui donnait au jeune souverain autant de force. La réflexion du général n'avait pas pour but de le contrarier, seulement de lui faire entendre ce qui se racontait dans la troupe.

— Nous verrons, trancha le prince en feuilletant d'autres papiers sur la table du bout des doigts. Je suis content de voir que l'expédition de Drakar vers Bramassa n'a pas été éventée.

— Le gouverneur de Rocca ne reçoit pas toutes les informations. Nous ne devons pas exclure la possibilité d'un échec, modéra Brutus.

— Drakar est doué, mais Pengruel de Saint-Ange n'est pas né de la dernière pluie. Peut-être aurions-nous dû envoyer une force plus importante… Il est encore temps, se permit de suggérer Tibère. Saint-Loup pourrait piquer plein sud en longeant la côte.

— La situation a changé en quelques jours. Drakar saura s'en satisfaire, rétorqua sommairement Phébus alors qu'un technicien était introduit par le garde en faction.

— Majesté, les stations sont prêtes. Le signal a des relais jusqu'à la capitale mais je ne peux pas assurer que votre discours sera diffusé par les ondes impériales.

Le prince le remercia d'un hochement de tête et fit signe à ses généraux de le suivre. Ils entrèrent ensemble dans la salle des ondes. L'ingénieur désigna le récepteur prêt à recevoir l'allocution.

Phébus savait que sa dernière intervention n'avait pas suffi à emporter l'adhésion, mais la contre-attaque d'Arsène de Virolles ne pouvait rester sans réponse. Le prince rebelle venait de conquérir une deuxième ville, il devait aussi conquérir les esprits. Pour cela, les mots devaient coller aux actes. Même si ce genre d'exercice le rebutait, Phébus était conscient du poids que représentaient les ondes dans le quotidien des sujets. On n'ignore pas un outil qui sert si bien ses ennemis.

Le chef de la rébellion s'installa devant les tables métalliques qui supportaient la grande machine et sortit de sa poche le texte de son discours. Il le relut en silence avant de froisser le feuillet ; ce discours rédigé avant la bataille n'était plus d'actualité. Au-dehors, dans la cour, des soldats commençaient à dresser la potence à laquelle on allait pendre le général Belval et ses officiers supérieurs. Assis devant les bobines et les postes d'ondes, Phébus n'y pensait déjà plus. Une éclaircie fit briller la poussière en suspens dans l'air. L'humidité s'exhalait des pierres ; la pièce sentait le cuir et le métal oxydé. Le jeune prince se redressa. Ses traits tirés reflétaient toute la nervosité des derniers jours, mais loin de l'enlaidir, ils lui donnaient la maturité qui lui manquait.

— Il faut que vous appuyiez sur…

— Sa Majesté connaît le fonctionnement des postes.

Le technicien se recula en attendant l'ordre, qui ne vint pas, de sortir de la salle. Phébus s'éclaircit la voix. Il fallait que cette déclaration soit parfaite, il ne pouvait pas l'enregistrer. Le silence se fit dans la pièce et chacun observa l'air pénétré du prince tandis qu'il approchait ses lèvres du pavillon cuivré. Il regarda ses deux fidèles qui lui adressèrent un mouvement de tête plein de respect et d'encouragement.

Ces mots ne seraient pas les mots d'un prince qui s'apprête à oser, mais ceux d'un prince déjà victorieux. Ce discours-là serait le dernier qu'il ferait avant d'entrer dans la capitale.

Ainsi donc, le Conseil avait disparu au profit d'un triumvirat qui le destituait ? Eh bien, Phébus allait déclarer la destitution du Triumvirat pour instaurer un nouveau Conseil. Tout était clair à présent : sa stratégie n'était peut-être pas parfaite, mais son combat était lisible pour le peuple tout entier. Les ennemis étaient tout désignés. Un soupir de soulagement s'échappa de ses lèvres entrouvertes, ses pupilles se dilatèrent sous l'effet de l'apaisement. Phébus pria un instant les dieux avant d'ouvrir la bouche.

Désormais, il fallait l'emporter ou mourir.

18

Funérailles

Les lunes étaient pleines. Sa grand-mère, Salamé de Vallons-Pleurs, décida que le terme était arrivé ; car elle reconnaissait les signes qu'elle avait reçus en songe. Elle descendit rejoindre la source où, sous le regard attendri de Quint le Temps, elle donna naissance sans difficulté à un magnifique bébé à la peau blanche et sans tache. Sa mère, la deuxième des princesses entendantes et […]

Mémoires des Entendantes,
BÉATE DE LORNE, 57IX

— *Un dernier rappel de l'information : la cité de Rocca a subi l'assaut des troupes félonnes de Phébus Karzian d'Estée. Prenant les habitants au dépourvu, attaquant sans aucune sommation, les troupes du traître ont pénétré dans la ville après un sinistre déferlement d'artillerie sur la cité tout entière. On dénombre des milliers de morts et une terreur sans précédent, les troupes rebelles n'hésitant pas à passer la garde de Rocca par les armes.*

— *Merci, Hugo, pour ce rappel. Je me tourne vers vous, monsieur l'Inquisiteur général, Gonzague de Bresse-Dorval. Que peut-on dire de cette situation et du discours du félon d'Estée, dont vos services ont bien heureusement empêché la diffusion pour ne pas troubler l'ordre public ?*

— Tout d'abord, je vous remercie pour votre invitation, monsieur La Rochelle, et je réponds à votre question sur-le-champ. Nous ne pouvons autoriser la diffusion du discours du traître Karzian d'Estée tant ses propos sont hérétiques et… infâmes, je n'ai pas d'autres mots pour les qualifier.

— Mais comment donc Karzian d'Estée peut-il justifier cette ignoble attaque sur la bonne cité de Rocca ?

— Le félon s'en prend aux dieux, il s'en prend également à la noble assemblée de nos pairs réunis qui ont, avec toute leur sagesse, permis la création du Conseil restreint, qu'on appelle déjà le Triumvirat. Enfin, le traître semble désigner comme ennemi principal Sa Majesté Arsène de Virolles.

— Pourtant, le prince de Virolles travaille jour et nuit à assurer la stabilité et la prospérité de l'Empire avec Leurs Majestés Antinosc et Rocca !

— Cela montre bien à quel point l'ancien prince s'est retourné contre ses frères et tous les sujets qui souhaitent le bien de notre Empire. En tant qu'Inquisiteur général, je ne peux admettre que l'on s'en prenne à notre foi et à nos institutions ! Sous la conduite éclairée de notre prince Arsène de Virolles, nous veillons au respect des lois sacrées de l'Empire.

— Et nous avons besoin des dieux, de leur grandeur et de leur sagesse, plus que jamais en ces temps troublés…

— Les dieux sont notre boussole et notre compas, notre savoir et notre destinée. Quiconque s'en écarte doit en payer le prix. Que nos auditeurs ne s'inquiètent surtout pas, tout rentrera dans…

D'un doigt, Isabella de Lucq éteignit sèchement le poste d'ondes-T. On avait proféré assez de bêtises comme ça dans une journée qui commençait à peine. Elle ne doutait pas que le discours serait bientôt diffusé partout dans l'Empire sur des feuilles de mauvais papier. Tous les journalistes n'avaient pas les mêmes rapports avec le pouvoir que la vedette Armand La Rochelle. Par la fenêtre, Isabella voyait les ombres bleues des arbres du domaine se définir à mesure que l'aurore enveloppait la nature verdoyante de ses rayons. La chaleur était déjà étouffante, de mémoire d'homme on n'avait pas connu d'été aussi chaud. En dépit de l'heure matinale, la plupart des occupants du manoir étaient debout.

Isabella n'avait pas dormi, passant le plus clair de sa nuit à écrire des missives. Elle attendait d'une minute à l'autre le médecin de famille qui devait soigner Léonore Azur. La mort d'Alfred l'accablait mais elle ne devait pas se laisser dominer par ses émotions. Il fallait qu'elle rédige son rapport sur la situation au manoir. Ses contacts seraient les premiers surpris des nouvelles qu'elle détenait. Et sans plus attendre, elle devait préparer la suite de ses propres opérations.

Isabella se leva et fit les cent pas dans sa chambre. Elle se doutait bien que ses visiteurs ne resteraient pas longtemps, il valait mieux pour eux qu'ils reprennent leur route le plus vite possible. La baronne ne voulait pas que leur présence s'ébruite. Elle avait déjà dépêché plusieurs servantes dans les marchés locaux pour qu'elles lui rapportent les bruits qui couraient, comme l'arrivée d'un étrange pèlerin à bord d'un camion défoncé. Rien n'allait plus vite dans la campagne que les rumeurs. Si le véhicule était mentionné, elles sauraient quoi répondre, l'air de ne pas y toucher. La baronne de Lucq ne voyait pas ce qu'elle pouvait faire de plus.

Heureusement qu'elle était entourée de gens de confiance ; la plupart des serviteurs de sa maisonnée étaient les enfants des serviteurs de ses parents. Ils lui étaient entièrement dévoués. De la rapidité de ses manœuvres dépendait désormais leur réussite finale. Cette époque où rien n'était sûr déplaisait à Isabella, qui ne put pour autant s'empêcher de frissonner d'excitation. Elle se sentait délicieusement vivante. Tout ce qu'on entendait sur les ondes s'approchait à peine de la réalité qui secouait l'Empire. Se savoir au cœur de toutes les machinations, connaître la vérité, au-delà de l'illusion dont on se berçait, était pour elle comme une sucrerie qu'elle laissait fondre sur sa langue pour s'en enrober le palais.

Désormais, il fallait qu'elle agisse en personne, qu'elle prenne des risques. Elle sourit pour elle-même et se demanda pourquoi elle n'était pas née dans la caste guerrière, à défaut de pouvoir choisir sa propre voie. Tout cela à cause d'un vieux livre aux règles archaïques !…

Quelqu'un toqua à la porte et elle donna la permission d'entrer. Une petite servante de seize ans à peine, le visage encore brouillé de sommeil, entra dans sa chambre. Elle s'avança et annonça l'arrivée du médecin.

— Madame la baronne, la comtesse de Saint-Ange a dormi toute la nuit à côté du cadavre… Elle s'est réveillée quand la sonnette a retenti, nous lui avons préparé un bain chaud et ses vêtements ont été lavés, l'informa la jeune fille.

— Vous avez bien fait. Le petit déjeuner est-il prêt ? Vous avez servi un tava au docteur ?

— Dès qu'il aura fini, Madame... Le docteur Méribon est déjà auprès de mademoiselle Azur. Cassio lui a ouvert.

— Vous ne pouviez pas le dire plus tôt ? Je descends immédiatement. Vous aviez fermé les portes ? Il n'a vu personne à part vous ?

— Non, Madame.

La baronne la congédia avant d'aller vérifier sa coiffure dans un miroir. Sa tenue était simple tout en étant recherchée, une robe soyeuse ajustée, colorée de fines broderies aux échancrures. Isabella mettait toujours beaucoup de soin dans sa vêture et tenait à être élégante quel que soit son interlocuteur. On sous-estimait trop souvent le pouvoir d'une toilette.

Le docteur Méribon était un vieux monsieur. Léonore le regardait tâter son poignet tout en consultant sa montre de gousset. Des rides striaient son visage comme un filet de ruisseaux, et ses sourcils broussailleux soulignaient des orbites creuses à la manière d'une chouette. Malgré son âge, ses gestes étaient précis et sa poigne ne manquait pas de fermeté. Il défit le pansement que les servantes avaient refait pendant que Léonore dormait. Avec une moue approbatrice, le vieux médecin étudia la plaie. Il aida la jeune femme à se redresser.

— Avez-vous mal ?

— Non, seulement quand je bouge l'épaule. Je me sens faible.

— Vous avez perdu beaucoup de sang, mademoiselle, mais la balle a traversé et la plaie est saine. Bougez un peu l'épaule pour voir.

Il l'aida à faire un moulinet lentement. Léonore

ne pouvait lever le bras au-dessus de sa tête mais constata avec étonnement que la douleur était supportable. Le médecin la surprit en posant sans prévenir l'oreille sur sa poitrine.

— Respirez.

Léonore obéit, gênée. Elle se souvenait d'être allée une seule fois consulter un véritable médecin. Malène Rousse l'avait conduite dans le quartier des apothicaires, au pied de Trois Rivières. Une jeune femme – était-elle vraiment médecin ? – l'avait auscultée avec beaucoup de gentillesse. Le docteur Méribon était tout aussi gentil mais Léonore n'avait plus le même âge. Elle voyait bien que sa blessure et son teint blafard n'empêchaient pas le vieil homme de la trouver charmante. Combien de fois dans sa vie sa beauté lui avait-elle attiré les faveurs immédiates de ses interlocuteurs ?

Depuis qu'il était entré dans la chambre, elle conservait une expression apathique, sans trop avoir à feindre ; sa blessure l'avait épuisée presque autant que la tristesse. Cette attitude lui permettait d'éviter de faire une erreur en parlant trop. Le docteur avait vite abandonné ses questions pour se concentrer sur sa blessure. Il ne lui faisait pas mal et agissait avec méthode.

— La balle a traversé seulement le muscle entre l'omoplate et la clavicule, vos poumons n'ont rien. Ajeanne Six-Sols a eu pitié de vous…

— Je serai vite guérie ? demanda-t-elle.

— Du repos, de bons repas et…

La porte s'ouvrit à la volée et Isabella entra dans la pièce. Le vieil homme se leva et s'inclina légèrement pour la saluer.

— Je suis heureuse de constater que votre état ne

s'est pas aggravé, mademoiselle, lança la baronne en fixant Léonore dans les yeux.

— Je lui disais justement qu'avec du repos, de bons repas, des prières à Égide Horace, elle sera comme neuve ! Avant cela, je vais devoir nettoyer la plaie et recoudre.

— Je vous remercie, docteur, d'être venu si tôt. Nous avons eu peur !

— Si je peux me permettre, madame la baronne, qu'est-il arrivé à cette demoiselle ?

— Oh, la pauvre enfant a fait une mauvaise rencontre dans les bois, imaginez-vous !

— Nous vivons des temps bien étranges…

— Que Pélénian vous entende ! Je vous réglerai l'intervention et j'y mettrai un supplément pour votre diligence, déclara la baronne en lui tendant ses doigts.

— Madame la baronne sait qu'elle peut compter sur moi, répliqua le médecin en les lui baisant comme un jeune homme.

Isabella lui adressa un magnifique sourire et retira très lentement sa main, laissant quelques secondes à son interlocuteur le plaisir de la tenir. Cet inoffensif satyre n'avait jamais été avare de compliments depuis qu'elle était en âge. La baronne savait qu'il ne dirait rien, mais il valait mieux s'assurer qu'il en sache le moins possible en l'étourdissant un peu. Elle observa Léonore et comprit, d'un simple regard, qu'elle s'était bien gardée de révéler quoi que ce soit. Cette mécanicienne n'est pas sotte, pensa la baronne, l'abandonnant aux bons soins de Méribon qui sortait de sa trousse une fiole d'alcool, du fil et une aiguille.

Le capitaine de Saint-Ange et ses deux hommes étaient seuls, attablés dans la salle à manger. Le lieutenant Guillaume et son soldat faisaient honneur aux victuailles. Sur le pas de la porte qu'elle avait doucement entrebâillée, Isabella les épia pendant qu'ils avalaient, dans le désordre, de la pogne tartinée de confiture, des tranches de pâté sur du pain noir et plusieurs œufs à la coque garnis de cerbolette hachée. Pour faire passer le tout, ils vidaient verre sur verre de jus de pomme, entrecoupés de tasses fumantes de tava. Ce n'est qu'après de longues minutes et un raclement de gorge mesuré qu'ils aperçurent la baronne et cessèrent de s'empiffrer sans manières.

Astrée, elle, ne touchait à rien et gardait les yeux baissés. Elle buvait son tava froid à petites gorgées. Le poste d'ondes-T, habituellement allumé au moment du petit déjeuner, restait éteint.

— Pardonnez-nous, madame la baronne, mais autant de bonnes choses, nous n'avons plus l'habitude, s'excusa le lieutenant Guillaume en reposant sa tartine.

— Au contraire, profitez-en… Si je peux me permettre, avez-vous entendu les nouvelles ? s'enquit la baronne.

— Oui, et cela ne m'étonne pas. Ils peuvent gloser à Bas-Bœuf, répondit le capitaine d'un air sombre, je ne crois pas un mot de ce qu'ils racontent, Phébus ne ferait jamais une chose pareille !

— Je profite que nous soyons seuls pour vous demander… comment dire… des informations, continua Isabella en s'attablant sous le regard intrigué des trois militaires. J'ai cru comprendre que vous étiez entrés dans Seth après l'intervention de l'amiral Karzian de Varm… Mais ce sont surtout les intentions de votre prince qui m'intéressent. Si je devais les faire parvenir à Cornélia…

— J'aurais préféré lui parler directement… Il y a bien des manières d'entrer dans Seth que les civils ne connaissent pas, dit Astrée qui ne pouvait refuser de répondre à celle qui les avait si généreusement recueillis. Même Anglas ne peut pas tout prévoir, ajouta-t-elle d'un air mauvais.

De fait, Astrée aurait préféré se retrouver face à Cornélia. L'accueil chaleureux et la générosité de la baronne plaidaient néanmoins pour elle. Le capitaine sentit qu'elle pouvait lui parler en confiance. Elle croisa le regard du lieutenant Guillaume, qui pensait visiblement la même chose.

— Entrer n'a pas été le plus compliqué, dit-elle. Quant à Sa Majesté Phébus, elle souhaite effectivement faire parvenir un message : le prince est très désireux de discuter avec Leurs Majestés l'Ariologues et d'Entres-Ombres. Il croit sincèrement que le dialogue entre certaines castes n'a que trop tardé.

— Phébus peut-il parler au nom de votre caste ? En voyant désormais le pouvoir de son cousin…

Isabella attendait qu'ils développent leur idée, mais Astrée et le lieutenant restèrent muets un instant. Le soldat, entre eux, ne bougeait pas et fixait le mur. Le lieutenant s'essuya la bouche avec sa serviette pendant que le capitaine se redressait sur sa chaise. Astrée autorisa d'un hochement de tête Tristan Guillaume à répondre.

— Anglas croit maîtriser la caste guerrière parce qu'il a reçu l'approbation du Conseil, mais nombreux sont ceux qui pensent comme notre prince. Je ne vous apprendrai rien en vous disant que la famille

Karzian d'Estée et quelques autres familles d'envergure vouent désormais une haine farouche à Arsène de Virolles…

— Non, effectivement. Je m'étonne d'ailleurs que Phébus n'ait encore rien tenté contre eux. S'il est déchu, que va-t-il arriver à sa mère ? demanda la baronne.

— Justement. Pourquoi croyez-vous que les fidèles de Phébus visaient surtout Virolles pendant l'exécution d'Alfred ? Ils savent très bien ce qui les attend. Roland Karzian de Terrance, l'héritier de la troisième branche, est mort dans cette tentative d'assassinat. Et la princesse douairière, qui n'entend pas se laisser emprisonner, a déjà filé avec d'autres membres de sa famille pour se mettre à l'abri. Nous avons été accueillis par des militaires fidèles à notre prince, ils n'ont pas tous fui, conclut le lieutenant Guillaume.

Pendant de très nombreuses années, le prince Urien et sa femme n'avaient pu concevoir un héritier. Les frères du prince n'avaient pas eu le même problème et, les années passant, le changement de lignage était devenu une évidence. On avait continué d'attendre fébrilement la naissance d'un enfant, jusqu'à ce que le miracle survienne enfin : Phébus était l'unique fils d'Urien et Astrid Karzian d'Estée. On avait célébré cette nouvelle partout dans l'Empire ; chaque gouverneur avait expédié un cadeau de sa province et des célébrations avaient animé la grève de la Capitainerie pendant plusieurs jours. Si le plus jeune frère d'Urien, Tancrède Karzian de Terrance, s'était réjoui de cette naissance, le cadet, Léonard Karzian de Varm, l'avait vécue comme un camouflet, et son fils Anglas comme une usurpation.

— Mais pas suffisamment nombreux pour mener une attaque d'envergure à Seth ? voulut savoir Isabella. Les forces de l'amiral ont réussi à empêcher l'assassinat de Virolles…

— L'amiral de Varm est revenu de son fief avec des troupes fraîches, qui lui sont dévouées.

Tous les Sethis savaient que les troupes régulières de l'armée devaient être menées en personne par le prince, ou un représentant désigné par lui, pour pénétrer dans la capitale. Seuls les officiers avaient le droit de loger en ville. Il manquait donc des troupes aux fidèles de Phébus à Seth pour aller au combat. Astrée et son lieutenant gardaient visiblement un mauvais souvenir de leur bref séjour là-bas.

— Les gradés qui vivent dans la capitale sont des anciens du temps d'Urien. Ils sont moins nombreux et beaucoup sont trop vieux pour se battre, ajouta le lieutenant Guillaume.

— Ce n'est pas seulement cela… Sans une autorité comme celle de Phébus, il est difficile de mettre ces vieux barbons d'accord. Je m'y suis cassé les dents, déplora Astrée. Ils n'ont pas cessé de me mettre des bâtons dans les roues, c'était à qui devait commander, qui devait…

— Mais vous n'étiez pas là justement pour cela ? relança, sans l'ombre d'une critique, Isabella.

— Les vieux se croient au-dessus de tout le monde !

Jules, le soldat, sursauta : il avait pensé à voix haute. S'apercevant de sa bévue, il baissa le nez dans l'attente d'une réprimande. Il se souvenait des discussions houleuses entre Astrée et les officiers fidèles à Phébus qui s'étaient réunis dans le salon d'un hôtel particulier. Avec l'assistance du lieutenant Guillaume, le capitaine s'était efforcée de leur rappeler leur devoir, sans y parvenir. Les vétérans la regardaient avec hauteur et la renvoyaient à son jeune âge. Ils avaient toujours une bonne raison de rejeter ses ordres. Toutes ces excuses proférées sur le ton de la sagesse n'étaient que paravents pour masquer la couardise et un sévère manque d'énergie.

— Non, tu as raison, Jules, répliqua Tristan Guillaume. Cela fait trop longtemps qu'ils n'ont pas fréquenté une caserne, ils ont oublié ce que signifient l'ordre et la hiérarchie. Comprenez, madame la baronne, qu'en tant que capitaine de la garde du prince, madame la comtesse est l'un des personnages les plus haut placés de notre caste. Le grade de capitaine peut paraître peu élevé, c'est une tradition trompeuse. Mais quand un amiral de soixante-cinq ans et un général de quatre-vingts, à la retraite, ont décidé de ne pas l'écouter, et quand la plupart des officiers présents suivent leur exemple, que voulez-vous faire ? maugréa le lieutenant.

— Peuvent-ils soutenir Phébus et refuser d'obéir à ses ordres ?

— Allez dire cela à Clémence de Mercœur ! s'emporta Astrée, qui gardait une dent contre l'amiral qui s'était particulièrement opposé à elle. Cette génération ne vise plus qu'une chose : attendre. Nous avons dû nous reposer sur une minorité d'officiers… Ils nous ont aidés à rassembler du matériel et des véhicules. Et encore, avec certaines réticences…

— Des réticences ? demanda Isabella d'un air intéressé.

— Ils n'avaient aucune envie de nous aider à sauver Alfred ! Seul Virolles les intéressait, rappela le lieutenant Guillaume. C'est pour cela qu'ils ont tant attendu. Moi-même, j'ai trouvé le crime du comte immonde, mais les ordres de notre prince sont des ordres, qu'ils nous plaisent ou non.

— Vous pensez que la caste guerrière peut se rebeller contre ce Conseil restreint ? interrogea la baronne. Que dois-je dire à Cornélia ?

— Que croyez-vous que nous fassions ! s'exclama Astrée, piquée au vif. Cela fait deux ans que nous nous préparons à cette éventualité !

— Pardonnez-moi, madame la comtesse, je voulais dire : *toute* votre caste ?

Astrée regarda une nouvelle fois dans le vague, perplexe. Jusqu'à son arrivée à la capitale, elle pensait que ses coreligionnaires réagiraient comme un seul homme pour se porter au secours de Phébus. La rapidité avec laquelle Anglas avait dépêché ses régiments contre lui et la pusillanimité des officiers dans Seth avaient sérieusement écorné ses certitudes. La caste guerrière était l'une des plus vastes de l'Empire, elle comportait une myriade d'échelons séparant la base de son commandement.

Les militaires possédaient le rare privilège de pouvoir recruter en dehors de leurs propres rangs. Même les damnés pouvaient s'y intégrer en tant que cohortes. S'ils survivaient au service de vingt ans, ils offraient à leurs enfants un statut et une protection qu'ils n'auraient jamais trouvés ailleurs. C'était cela, la justice méritante des soldats. Les dernières décennies avaient été calmes, et les enrôlés redoutaient moins de mourir dès les premiers mois.

Cette disposition fort ancienne avait permis d'augmenter considérablement les effectifs pour répondre aux inventions de l'artillerie et des armes vapeur. Malheureusement, et du même coup, tous les membres de l'armée ne se sentaient pas liés à la destinée des Karzian d'Estée, comme c'était le cas auparavant. Les officiers sélectionnés dans les vieilles familles guerrières tentaient de maintenir ce lien, mais les traditions s'étaient détériorées. Il n'était pas dit qu'une partie des militaires choisissent la légalité plutôt que la légitimité.

— Nous verrons bien…

Astrée n'avait aucune envie de s'épancher sur le sujet avec un membre de la Loi, aussi amical soit-il.

Isabella allait leur adresser de nouvelles questions lorsque du bruit se fit entendre à l'extérieur. Des cris aigus retentirent, une dispute éclatait dans le vestibule. Ils se levèrent, Isabella craignait le pire. Le docteur Méribon était encadré de deux jeunes servantes qui le tiraient par les bras pour l'éloigner de la pièce où reposait le cadavre d'Alfred.

— Mais enfin, je suis docteur ! Il est très mal en point !

— Non, Madame la baronne ne vous a rien demandé ! Vous n'avez pas le droit !

— Que se passe-t-il ici ? s'inquiéta Isabella, suivie par Astrée et ses hommes.

— Oh Madame, pardonnez-moi, implora l'une des domestiques. La porte était ouverte, j'étais pourtant certaine de l'avoir fermée…

— Vous avez un malade dans cette pièce et vous ne m'avez rien dit ! s'exclama le docteur, les yeux brillants d'indignation. Et pas n'importe lequel !

Le lieutenant Guillaume sortit son pistolet de sa ceinture et braqua le médecin, qui leva les mains. Astrée ordonna à son second de baisser son arme. Le lieutenant obtempéra mais sans la rengainer.

— Nous ne pouvons pas nous permettre de prendre ce risque, déclara-t-il entre ses dents.

— Je ne dirai rien ! promit le docteur. Je veux seulement l'aider !

— Il est mort, décréta la baronne sans émotion. Venez !

Isabella prit les devants et les conduisit près du cadavre d'Alfred.

Cassio n'était plus là, la bougie avait été éteinte aux premiers rayons du soleil. Le médecin se mit à ausculter le corps sans vie de l'ingénieur : prendre son pouls, sentir son souffle, écouter son cœur. Il lui souleva les paupières pour observer la réaction des pupilles, pas un signe de vie. Il tâta sa peau étrangement glacée. Au bout d'une minute, il arrêta son examen d'un air dubitatif.

— La corde ne lui a quasiment pas laissé de traces… Je n'avais jamais vu un mort aussi froid. C'est tout à fait inhabituel, mais j'ai déjà entendu parler de cas pareils.

— Vous confirmez qu'il est bien mort ? demanda Astrée.

— Oui. Son cœur ne bat plus, plus aucune réaction nerveuse, il est mort… Mais c'est étrange, il n'y a aucun raidissement musculaire et pas de signe de décomposition, ajouta-t-il, perplexe. S'il était dans un sommeil durable, il y aurait au moins des réactions physiologiques essentielles…

La baronne renvoya ses deux servantes en leur faisant signe de refermer la porte. Cela n'échappa pas à Méribon, qui se tassa sur lui-même.

— Maintenant que vous avez confirmé sa mort, docteur, et que vous semblez connaître l'identité de ce cadavre, nous devons parler, commença la baronne.

— Je ne dirai rien ! répéta-t-il. Je n'ai rien vu, je ne sais rien ! Je me contente de faire mon travail, ma caste se fiche bien de tous ces agissements politiques !

C'est toujours ainsi que les membres du Savoir se dédouanent de leurs responsabilités, pensa Astrée. Les chercheurs se terraient dans des laboratoires financés par Trois Rivières sans jamais en sortir. Comme si leurs recherches n'avaient aucun rapport avec les directions prises par le Conseil, comme s'ils ne participaient pas au système. Quant aux médecins, ils réservaient leurs services aux plus fortunés. Rares étaient ceux qui avaient le courage de se dévouer aux plus pauvres dans les bas niveaux de la capitale et les quartiers malfamés en province. Seuls ceux qui s'engageaient dans les corps d'exploration ou d'expédition militaires trouvaient grâce à ses yeux. C'étaient le plus souvent les derniers reçus aux concours.

Quelle bande de pétochards ! À défaut de tuer le docteur, il fallait lui faire peur.

— Qui nous dit que vous n'allez pas vous précipiter auprès du premier garde ou agent de l'Inquisition rencontré en chemin ? demanda le capitaine sur un ton menaçant. Pourquoi faudrait-il vous faire confiance ?

— J'ai toujours servi les de Lucq avec discrétion et respect !

— Je ne peux que confirmer, assura la baronne, qui voulait apaiser les tensions maintenant qu'elle croyait le médecin suffisamment averti.

Cependant, Isabella comprit que cela ne dépendait plus d'elle. Elle regarda la main du lieutenant sur son calibre. Ses yeux ne lâchaient pas le pauvre praticien, qui s'assit sous le coup de l'émotion. Recroquevillé sur sa chaise, il lui faisait penser à un hibou sur sa branche.

Tristan Guillaume pouvait tuer de sang-froid, en ces temps troublés, il était prêt à tout pour protéger son capitaine. Et Astrée de Saint-Ange était un excellent officier, un commandant efficace et respectueux de la vie de ses hommes. Il n'avait pas accepté de la suivre par hasard.

— Êtes-vous conscient que si vous nous trahissez, je me ferai un devoir de vous retrouver et de vous tuer, vous et les vôtres ? annonça le lieutenant en détachant les syllabes. Si ce n'est pas moi, ce sera un autre. Vous ne profiterez pas longtemps de la récompense…

— Je ne vous trahirai pas ! À vrai dire… je… je vous soutiens. Enfin, je crois…

Le médecin comprit qu'il devait mieux présenter son cas s'il voulait être cru. Habitué à se taire, il mesura qu'il n'était plus temps de dissimuler. Parler franchement pouvait le tirer d'affaire, c'était le signe que les choses changeaient.

— La caste du Savoir se moque de la politique mais… mais nous voyons bien que cela ne tourne pas rond ! Les bruits courent que le nouveau Triumvirat a forcé la main de notre princesse et fait pression sur elle depuis des mois, en réalité… Je ne dis pas que j'approuve ce qu'a fait monsieur de Pergoal avec cet horrible attentat, mais je ne soutiens pas non plus ce… ce coup d'État, souffla-t-il. On prétend que la princesse de Vallons-Pleurs a donné son accord, mais moi je trouve ce nouveau Conseil étrange… Deux armées de Seth se combattent sur notre territoire et les ondes-T traitent cela comme une information banale ! Plus aucun prince ne s'exprime librement ! Dans les mots, tout semble toujours sous contrôle, mais dans les faits ! Seth a connu des émeutes, les autres grandes villes aussi, mais non, tout va bien ! Les damnés se révoltent ! Tout semble partir dans les mains de Carabas le Fol, mais on ne dit rien ! Je ne comprends pas… Tout se ressemble, pourtant rien n'est pareil.

— Je n'aurais pas dit mieux, conclut Isabella.

Sans même attendre l'avis d'Astrée, Guillaume rangea son pistolet. Le docteur Méribon n'irait pas voir l'Inquisition. Les accents de vérité de son discours les avaient convaincus. Ils ressentaient tous le malaise que le vieil homme avait si bien décrit.

— Vous devriez brûler son corps, déclara le praticien en regardant le cadavre d'Alfred. Je sais que son rang exige qu'on l'enterre, mais au moins il n'y aura pas de preuves contre vous, madame la baronne.

— Je crains que vous n'ayez raison, murmura Isabella.

— Ne perdons pas de temps. Quand mademoiselle Azur pourra-t-elle reprendre la route ? demanda Astrée au docteur Méribon.

— Le mieux serait d'attendre encore une semaine…

— Très bien, nous partirons demain.

Escortée des deux soldats, Isabella raccompagna le vieux médecin jusqu'à l'entrée de la propriété. Ils cheminèrent en silence. Le soleil de cette matinée estivale caressait les massifs de fleurs autour desquels vrombissaient des nuées d'insectes butineurs. Près de la grille, le parc était entretenu avec soin. De grands arbres au feuillage pointu tourné vers le ciel bruissaient dans le vent. Des oiseaux noirs avec un bec rouge se tenaient en grappes sur leurs branches. Les allées de gravier blanc, les bordures proprement tondues et les buissons taillés charmaient leur regard.

Le chaos n'avait pas encore atteint cet îlot de quiétude. Comme il était difficile d'imaginer qu'en dehors de ce havre de paix, la guerre civile avait débuté ! Le lieutenant comprenait, en traversant cette superbe propriété, combien il pouvait être aisé pour la noblesse de continuer à feindre. Isabella de Lucq faisait figure d'exception.

Quand il fut en vue de l'entrée principale, le cortège s'arrêta. Le lieutenant dut faire un effort pour remettre son masque menaçant.

— Nous sommes d'accord, n'est-ce pas ? Si vous pipez ne serait-ce qu'un seul mot de notre présence en ces lieux, nous le saurons et nous vous le ferons payer, vous et vos proches.

— Oui, bien sûr…

— Docteur Méribon, mon cher Basile, si je peux me permettre… Vous avez toujours été bon pour ma famille. Vous connaissez certains de nos… secrets, je vous fais confiance pour que vous gardiez celui-là aussi. Ai-je raison ? susurra la baronne, caressante.

— Madame la baronne, vous pouvez me faire une confiance absolue. Je ne vous trahirai pas… Je le promets sur ce que j'ai de plus cher !

— Quittons-nous comme si de rien n'était, conclut Isabella en lui tendant la main.

Le docteur s'en saisit et la couvrit de baisers avant de se retirer à reculons. Cassio ouvrit la grille pour le laisser rejoindre une vieille auto qui l'attendait. Le conducteur, un garçon tout juste sorti de l'enfance, se précipita pour mettre en route la chaudière. Méribon se retourna avant de s'engouffrer dans le véhicule. La baronne lui adressa un aimable geste d'au revoir tandis que le lieutenant, en retrait, ne le quittait pas de son regard sévère et farouche.

Cassio referma la grille et vint prévenir la baronne que le cercueil était prêt. Le bûcher allait être dressé à un endroit discret du parc. Il serait prêt dans quelques heures. La baronne le remercia et rebroussa chemin vers la grande demeure qui se dévoilait derrière les arbres et les allées fleuries. Le lieutenant ne cessa de la complimenter sur l'architecture du bâtiment et l'organisation des jardins. Il y mettait tellement d'enthousiasme qu'Isabella eut le sentiment qu'il ne se contentait pas d'observer la belle pierre et les parterres de fleurs. Le lieutenant semblait particulièrement séduit par sa compagnie. Un coup d'œil, aussi précis que discret, lui confirma son intuition. Tout en marchant, elle se prit d'envie de lui raconter l'histoire de sa propriété.

— Le manoir des Croquants doit son nom à mon arrière-arrière-grand-père, Octave Pacôme de Lucq. C'était lui le chef des Croquants, un groupe officieux de jeunes nobles qui avait ses habitudes dans les maisons disséminées alentour, où des fêtes avaient lieu, en toute liberté. À l'époque, on quittait la capitale pour aller s'amuser loin de ses parents et des prêtres…

Elle sourit gracieusement au lieutenant pour appuyer ce détail.

— Grâce à ses talents, le jeune Octave, greffier à la capitale, s'est élevé au rang de chevalier. Il a obtenu l'opportunité d'acquérir des terres non loin de Seth, comme c'était l'usage. Tout naturellement, il est revenu ici, où il avait tant de bons et joyeux souvenirs. De son temps, le manoir ne ressemblait pas à cela, il était beaucoup plus modeste. De greffier, nous sommes devenus huissier, puis magistrat avec mon propre père. C'est lui qui a réaménagé le manoir après avoir obtenu d'en faire une baronnie.

« J'aurais pu me contenter de vivre dans une certaine oisiveté, mais cela ne correspondait pas à mon caractère. Attendre un beau mariage et végéter toute ma vie n'était pas vraiment dans mes plans. Je n'avais aucune envie de devenir une gourde prétentieuse… J'aime l'action !

Isabella posa la main sur le bras du lieutenant Guillaume, qui lui répondit par un sourire. Il n'avait donc pas mal interprété son premier regard.

— J'ai quitté le manoir assez jeune pour aller étudier à Antycère. Je suis devenue magistrate et j'ai obtenu le rang de chevalier. Mais ma vie à Seth, même si elle me plaisait avec ces bals, ces concerts et tous ces clubs enfumés, était constamment gâchée par l'oisiveté des jeunes gens autour de moi qui ne faisaient que dépenser l'argent de leurs parents. Tout le monde semblait tuer le temps en attendant je ne sais quoi ! Très peu pour moi ! À la mort de mon père, j'ai repris le manoir et ses activités. Je fais quelque chose qui compte ici…

Isabella s'écarta du lieutenant pour lui montrer une statuette à demi mangée par la végétation au pied d'un bosquet.

— Cela me convient, même si l'agitation de Seth me manque parfois… Ici, en tant que magistrate de haute justice, je suis un personnage important et respecté. Les nobles qui possèdent les grandes propriétés de la région viennent me consulter, mais cela ne m'empêche pas de m'intéresser aux plus pauvres. Il faut souvent calmer les ardeurs des seigneurs qui ont droit de basse justice sur les domestiques et métayers de leurs domaines. Vous imaginez bien que cela ne leur plaît pas beaucoup, et depuis qu'Arsène de Virolles est prince, c'est encore pire… Au bout de quelques années, on m'a élevée au rang de baronne. N'y voyez pas une approbation de ma hiérarchie, juste l'avancement classique des honneurs pour les membres des rangs supérieurs en activité.

Le lieutenant hocha la tête. Sa propre caste n'était pas exempte de ces promotions motivées par un automatisme bureaucratique. Un système qui tendait à valider un mol état de fait plutôt qu'à reconnaître le mérite et les efforts individuels.

— J'ai rencontré le comte de Pergoal lors d'un bal donné à Seth par une amie commune… En ce temps-là, Cornélia se présentait comme journaliste et Alfred n'était que baron… Comme quoi, les apparences sont trompeuses et les secrets bien gardés, n'est-ce pas ?

Isabella, qui avait pris de l'avance sur les deux hommes, se retourna dans un mouvement parfaitement calculé et surprit le regard captivé du lieutenant. Elle lui sourit de nouveau.

*

Léonore ne pleurait plus en regardant Alfred. Astrée se tenait à côté d'elle, dans un état similaire. Les deux jeunes femmes ne parlaient pas, elles veillaient le cadavre. Elles avaient passé la matinée ensemble. Astrée avait aidé Léonore à descendre pour prendre son repas. Il fallait qu'elle reprenne des forces, la petite troupe ne pouvait se permettre de perdre davantage de temps.

Les bulletins des ondes-T s'étaient enchaînés. Les mauvaises nouvelles s'accumulaient. À la suite des annonces du Conseil, des émeutes s'étaient finalement produites dans différents quartiers de Seth. Trois régiments, désormais en garnison permanente à Fer-Bataille, avaient rétabli le calme à coups de fusillades expéditives. Astrée avait tressailli en entendant que les forces de l'amiral Anglas de Varm se rapprochaient de Lomvarde. Les effectifs annoncés jouaient en défaveur de Phébus… Voilà ce qu'on pouvait comprendre à travers les euphémismes permanents et les piques ironiques des présentateurs et des invités.

En revanche, d'autres nouvelles la réjouissaient : la situation dans certaines villes de l'Empire semblait incompréhensible et « on attendait des informations dans les prochaines heures ou les prochains jours »… Cela pouvait signifier que ces villes ne répondaient plus à l'autorité du Conseil. Tentative de rejoindre les forces de Phébus ? Gouverneurs qui faisaient cavalier seul ? Il n'était pas évident de se faire une idée précise de la situation. Seth était si vaste, ses climats changeants, les communications pouvaient connaître une multitude de problèmes. Plus personne ne semblait se souvenir de l'époque où les ondes n'existaient pas, seulement quarante ans plus tôt.

Malgré les progrès techniques qui rapprochaient les provinces de la capitale comme jamais auparavant, l'Empire demeurait un ensemble d'histoires morcelées qui conservaient chacune ses particularités et son identité. Elles s'étaient jadis exprimées par des élans sécessionnistes, mais cela faisait au moins un siècle qu'aucune province ne s'était rebellée. La gestion de plus en plus centralisée de l'Empire avait accru sa stabilité et l'efficacité de son économie. Il était possible pourtant qu'un sentiment persistant d'indépendance se soit transmis de génération en génération… Nul ne semblait se soucier de la forme que ce sentiment était en train de prendre. L'O.T.I. et sa vedette, Armand La Rochelle, présentaient les troubles comme des faits sans importance.

Tout se ressemblait, pourtant rien n'était pareil. Le docteur avait raison. Ces responsables qui commentaient les informations étaient-ils conscients de mentir, ou ne voyaient-ils pas eux-mêmes ce que Léonore et Astrée imaginaient quand elles les entendaient parler ?

Léonore repensa à son frère et sa mère. Elle s'en voulait terriblement. Comment avait-elle pu imaginer que les services de l'Inquisition ne connaissaient pas sa petite maison au fond de Pierre Blanche ? Si jamais elle retrouvait le salopard qui l'avait espionnée, elle trouverait le moyen de lui faire payer ! Pourquoi l'avait-il laissée s'enfuir de l'atelier ? Léonore lui ferait cracher la vérité.

Elle ricana, désabusée, en pensant à quel point elle se trouvait démunie pour assouvir cette vengeance. La culpabilité l'accablait tant. Il fallait qu'elle réfléchisse à toutes les choses qu'elle voulait faire pour se venger. Cette pensée la soulagea, elle se plongea avec délices dans les vagues chaudes de la haine. Elle rêvait éveillée d'abattre ce système et ne souhaitait plus qu'une chose : voir flamber les palais dans la nuit, à la faveur des deux lunes attentives comme les deux yeux d'un dieu. Malheureusement, rien de tout cela ne rendrait la vie à Alfred.

Cassio et Jules entrèrent dans la pièce en portant un cercueil en bois brut, une simple boîte rectangulaire. Ils saisirent le corps d'Alfred et l'installèrent à l'intérieur le plus délicatement possible. Astrée se leva et les aida sans un mot. Léonore se pencha et embrassa l'ingénieur sur le front avant de laisser Cassio refermer le couvercle. Le marteau ne plantait pas des clous dans le bois, mais des épines dans le cœur de Léonore. Elle contint son envie de fondre en larmes à nouveau.

Ils s'engagèrent sur le gravier blanc d'une allée, à l'arrière du manoir, et furent vite rejoints par la baronne de Lucq et le lieutenant Guillaume qui marchaient dans le parc en discutant tranquillement. Quelques serviteurs leur emboîtèrent le pas. Le petit cortège traversa le parc alors que le soleil était encore haut dans le ciel ; les oiseaux ne chantaient plus, les insectes patientaient sur les pétales de fleurs. Même le vent s'était évanoui et la fraîcheur sous les feuillages était la bienvenue.

Ils arrivèrent finalement devant le bûcher, au cœur d'une chambre de verdure assez vaste pour ne pas risquer l'incendie et suffisamment à l'écart du manoir pour ne pas être visible. Ils déposèrent le cercueil sur les branchages, la tête tournée vers l'ouest, comme le voulait le rituel. Cassio plaça au pied du bûcher une bougie, rouge cette fois, qu'il alluma. Il mit à côté une nouvelle représentation de cire, maladroitement taillée d'après la statuette de Sayef le Talent, et trois coupelles contenant des copeaux de bois, de la limaille de fer et des bris de verre. La bougie et la statuette se mêleraient aux cendres du défunt et aux trois matériaux qui symbolisaient sa caste. Le garde-chasse se tourna vers l'assemblée qui s'était déployée en arc de cercle.

— Quelqu'un souhaite-t-il dire quelques mots à propos du défunt ?

Léonore était soutenue par Astrée. Elle fixait le cercueil et ne pensait qu'à la mort, la mort d'Alfred. Il était mort, ils allaient le brûler, c'était fini. Elle n'aurait jamais de réponse aux questions qui la harcelaient depuis l'attentat. Elle ne rêverait plus jamais en regardant la main agile et précise de son patron dessiner des plans. Il ne la contemplerait plus comme il le faisait parfois, sans qu'elle sache ce qu'il pensait mais en aimant qu'il le fasse. Ce n'était plus qu'un cadavre qui allait devenir cendres. C'en était trop pour elle, elle éclata en sanglots. Elle s'accrocha à Astrée et se serra contre elle, comme si sentir la réalité de ce corps était la seule manière de combattre son terrible chagrin.

Astrée tenta de l'apaiser en lui passant une main dans les cheveux. « *Doux enfant, le jour se lèvera demain et ta peine s'envolera dans la nuit. Pleure, tu as du cœur, enfant, et demain le jour se lèvera de nouveau.* » Elle aurait voulu lui dire ces mots qu'elle avait lus quelque part pendant son enfance, mais elle n'y arrivait pas.

Des paroles qu'elle n'avait jamais entendues chez elle. Pourtant, les funérailles n'avaient pas manqué. Pour les guerriers, la mort n'était qu'une étape, une manière de rejoindre les Arènes de Nyal et Abaal. La détresse qui l'étreignait contredisait ce sentiment. Quels champs glorieux attendaient les autres sujets de l'Empire ? Ses dieux lui paraissaient lointains et sa peine tout contre elle. Les morsures de la nuit revinrent, plus amères encore.

Cassio enflamma un brandon. Il fit le tour du bûcher en mettant le feu au petit bois entre les grandes bûches. Les branchages se consumèrent rapidement et crépitèrent. Tout semblait s'être arrêté autour d'eux, même les arbres et les oiseaux n'étaient plus que des statues, et les flammes s'élevaient de plus en plus haut vers le ciel limpide.

Astrée tenait toujours Léonore contre elle. La mécanicienne se redressa soudain, sentant bouillir en elle une rage inconnue. Ses bras, ses deux poings crispés vibraient de colère, mais elle ignora la douleur de son épaule. Elle fixait le cercueil que les flammes commençaient à lécher, comme une langue sur des lèvres ourlées de sucre. Cet homme n'avait pas mérité ce sort. Il méritait mieux, un destin plus grand, plus libre, à sa mesure. La rancœur de l'injustice rongeait les entrailles de Léonore. Alfred avait-il raison ? Les dieux ne pouvaient exister, ils n'auraient jamais permis cela.

19

Les songes d'une éternelle jeunesse

C'est l'averse qui nous lave
De ses larmes embrasées.
Tout est d'airain,
Or une petite fissure demeure.
Sur le seuil du foyer,
On a cru le soleil mort.

Quatrièmes Échos et Présages,
archiprêtre MAURICE ORDINAIRE

L'ocre était chaud sous la paume et la surface, parfaitement lisse, avait des motifs circulaires, comme d'immenses volutes de fumée dessinées sur la pierre. Les marches qu'il gravissait lui donnaient l'impression que nul n'avait été ici avant lui. Une légère brise lui caressait le visage, sûrement en provenance de la sortie qu'il devinait au sommet. La lumière dorée s'épanouissait depuis cette source comme si un soleil l'attendait sur le seuil. Ses pas ne provoquaient pas d'écho, pas un grain de sable ou de poussière ne se glissait entre ses orteils. Seulement une douce chaleur qu'il sentait sous ses pieds nus.

Il y avait donc quelque chose après la mort. Ce n'était pas la fin de toute conscience, ce n'était pas le néant, mais un escalier où deux personnes pouvaient avancer de front et qui, malgré la hauteur sous plafond, inspirait une vive impression d'exiguïté. Derrière lui, tout en bas, les marches plongeaient dans les ténèbres, et Alfred n'avait aucune envie de savoir ce que cette obscurité renfermait.

Comment était-il arrivé ici ? Il n'en savait rien. Son dernier souvenir remontait à la pendaison, quand il s'était senti happé par une intense lumière blanche. Puis il s'était retrouvé là. Depuis cet instant, il remontait vers la surface. Tout était brouillard dans sa tête, hormis une idée qui revenait en boucle : il y avait de la vie après la mort. Et si c'était vrai, cela signifiait que ses croyances étaient fausses : sa rigueur mathématique, une illusion ; sa logique implacable, une tentative. Il avait tort et devait l'admettre. Est-ce que les dieux existaient ?

Alfred de Pergoal, dans sa chemise de condamné, continua de progresser vers la source lumineuse. La faim ne lui serrait pas le ventre, la soif ne lui asséchait pas la gorge. Il ne se sentait pas bien pour autant. Une nausée le prenait parfois au cours de son ascension vers cette lointaine issue. Il se mit à compter les marches. Arrivé à la deux cent trentième, il s'arrêta. Un murmure parvint à ses oreilles, comme si on chuchotait dans son dos. C'était un soupir pernicieux, menaçant, une voix nasillarde et fêlée. Il se retourna brusquement, persuadé que quelqu'un se tenait derrière lui. Mais rien, personne. Pourtant il crut voir une paire d'yeux sans corps dans le noir. Il monta de plus belle.

Les murs semblaient rétrécir à mesure qu'il s'approchait de la sortie. Qu'il se soit trompé sur la mort était une chose, qu'il abandonne son esprit rationnel en était une autre. Alfred tendit les bras pour mesurer l'écart entre les parois. Rien n'avait bougé. Son impression n'était qu'une illusion. Il se dépêcha de reprendre son chemin, se sentant comme une proie dans le ventre d'un serpent en train de le digérer. Des murmures revenaient eux aussi, plus forts encore qu'au moment de mourir : « Menteur… » « Chien de vivant… » « On te crèvera la poitrine… » « On te mangera les yeux… » Les paroles les plus audibles étaient aussi les plus violentes. On lui voulait du mal.

Alfred regarda autour de lui mais ne vit rien de suspect, il n'y avait personne. D'autres voix résonnaient : « Aide-moi… Aide-nous… N'y va pas, n'avance pas, reste avec nous… » Les intonations étaient douces, les propos faussement prévenants, mais il reconnut cette même fêlure malsaine qui chuchotait dans les ténèbres ; si la fourberie avait une voix, c'était celle-là. Elle couvrait d'autres murmures qui demandaient des nouvelles, des prénoms parfois très anciens se distinguaient au milieu d'interrogations plaintives. Des cris, de douleur, de terreur, des cris d'agonie. Les dessins sur les murs s'agitèrent à leur tour, comme si la pierre n'était qu'un épais nuage de fumée ocre. Alfred n'aimait pas du tout ça. Il regarda les volutes s'animer, la pierre devenait aussi fluide que de l'eau, et il sentit quelque chose le toucher. Il retint sa respiration et tourna lentement la tête pour observer une main minérale resserrer ses doigts anormalement longs autour de son bras. Il se dégagea en poussant un cri et entendit pour la première fois sa voix de mort. Elle n'avait pas changé. La main recula et se fondit à nouveau dans la paroi. Alfred reprit son ascension et enjamba les marches, malgré sa fatigue, se refusant à rester à la merci de ces esprits… de ces choses.

« Cours ! » Une silhouette se découpa au-dessus de lui, telle une soudaine apparition. Elle fonçait droit sur lui. Alfred hésita un instant. La peur le paralysait. Au prix d'un grand effort, il se plaqua contre la paroi tandis que l'ombre se rapprochait, de plus en plus grosse, de plus en plus menaçante. Allait-il être happé par des mains voraces ? Devait-il prendre le risque de s'interposer ?

« Attends ! » Les mains d'Alfred tremblaient. Une sueur froide perla sur son front. Ses yeux s'écarquillèrent quand un jeune homme, presque un garçon, la peau blafarde, les cheveux sombres, sortit du contre-jour et passa devant lui sans même le voir. Sa figure glaça le sang d'Alfred : comme si un verre flou s'intercalait entre eux, ses traits étaient brouillés, effacés, ses yeux, deux taches noires, et sa bouche, juste une couleur. Qui était donc ce jeune homme sans visage ? Le garçon s'arrêta quelques marches après Alfred.

C'est alors qu'il la vit. D'une grâce aérienne, elle sautait d'une marche à l'autre, elle courait dans l'escalier. Déjà femme malgré sa jeunesse apparente, elle s'arrêta devant lui pour le dévisager. Les muscles douloureux de l'ingénieur se raidirent d'appréhension.

Une robe en lin, ouverte sur le devant et maintenue à la taille par une cordelette, voilait à peine la beauté juvénile de son corps. Cette incongruité, cette absurdité dans l'escalier des morts, redoubla la peur d'Alfred. Il nota ses chevilles et ses poignets d'une finesse exquise, sa taille menue et ses hanches agréables. Ses pieds nus étaient adorables. Elle était terriblement belle, d'une beauté incandescente et dangereuse, suffocante de malice et de tout ce qu'elle avait le pouvoir de vous faire faire. La panique le cloua sur place. Il voulait fuir mais n'arrivait pas à esquisser le moindre geste. La jeune fille s'approcha de lui. Ses seins menus se soulevaient au rythme de sa respiration rapide. Le tissu de la robe se tendait et laissait deviner la pointe des tétons. Son visage accrocha un rai de lumière qui révéla un profil parfait.

Alfred n'aurait pu trouver meilleur modèle pour incarner Cellixte, la déesse de la lumière et de la beauté. Ses grands yeux étaient peut-être composés de vert, d'or et de pourpre. L'ingénieur ne parvenait pas à les regarder tant il craignait de ne plus pouvoir s'en détacher. Elle était si belle… Il baissa la tête devant la jeune femme, qui se rapprocha un peu plus. Son visage frôla le sien, en silence, son odorante chevelure envoûta ses sens. Sans l'avoir touchée, Alfred savait que sa peau était la douceur même, douce comme les cils d'une plante carnivore. Il avait envie de hurler, d'agir, de se défendre, mais la peur le paralysait toujours. À la différence de ce qui se passait dans ses cauchemars d'enfant, ses jambes refusaient de lui obéir, il ne pouvait fuir et restait totalement démuni. Un reste de conscience le mit en garde. C'était au garçon qu'elle s'était adressée et non à lui. Pourquoi l'adolescent avait-il obéi alors qu'il la fuyait ? Pourquoi ne l'avait-il pas vue, mais elle, oui ? Qui était-elle ?

Il sentit qu'elle se reculait et osa relever la tête. Elle le regardait, une main sur la hanche dans une pose boudeuse qu'Alfred aurait trouvée charmante en temps normal. Malgré la terreur qu'elle lui inspirait, sa beauté sans comparaison nourrissait en lui un désir brûlant. Deux sentiments contraires menaient bataille et des images lui vinrent à l'esprit, des sensations puissantes qui bandaient ses muscles et lui faisaient perdre la raison. Il fallait qu'il se sauve. Il jeta un coup d'œil en direction de la descente et vit que le jeune homme attendait toujours. Il ne regardait que la jeune femme. Elle se passa un doigt sur la lèvre inférieure avec une lenteur provocante.

— Qui t'a invité ici ? dit-elle à Alfred.

L'ingénieur n'arrivait toujours pas à parler.

— Il y a quelque chose en toi qui m'intrigue, tu portes un vêtement de condamné, les condamnés sont rarement invités ici… Qui es-tu ? J'aime bien la nouveauté… Tu ne veux rien me dire ? interrogea-t-elle avant de se tourner vers le garçon. Criquet mon mignon, viens !

Sa voix était douce, ingénue, et terriblement lascive. Alfred conserva un silence immobile. Le « mignon » un peu plus bas soupira et remonta vers eux.

— Tant pis pour toi ! Regarde !

La fille se détourna soudain d'Alfred et attrapa Criquet par la main. Docile, le garçon se laissa faire et l'ingénieur remarqua que sa tunique grossière était soulevée par son sexe en érection.

La demoiselle incandescente éclata de rire en lui sautant dessus, entourant sa taille de ses jambes et son cou de ses bras. Elle l'embrassa sans aucune retenue et l'adolescent lui rendit son baiser avec un plaisir évident. Alfred continuait de regarder ce spectacle incongru sans savoir quoi faire. Les jeunes amants s'embrassaient, se caressaient en poussant des râles extatiques. Ils se fondaient l'un en l'autre par des baisers dévorants. Criquet arracha la robe de la jeune fille pendant qu'elle branlait son sexe avant de le glisser en elle d'un mouvement violent. Ils faisaient l'amour devant lui, debout sur les marches. Non, ils ne faisaient pas l'amour, ils s'accouplaient, ils copulaient… Leurs cris se cognaient contre les parois, leurs deux corps, par des saccades bestiales, exultaient sauvagement. La jeune fille plongeait ses mains dans les cheveux de son partenaire pour les tirer et les arracher. Alfred avait le cœur au bord des lèvres : l'absence de visage du jeune homme, cette scène d'amour obscène, ces cris brutaux…

Soudain, la jeune femme planta ses dents dans le cou du garçon et lui déchiqueta la gorge. Un épais sang rouge dégoulina de sa bouche sur son menton et ses seins nus. Elle riait follement avant de replonger ses lèvres dans la plaie pour en déchirer un nouveau lambeau. Le sang gicla de plus belle et inonda son torse, descendant le long de son ventre parfait pour maculer sa toison blonde de perles écarlates. Son sexe était mouillé du sang de sa victime.

S'il ne pouvait pas lire sur ses traits l'épouvante du garçon, Alfred vit ses soubresauts et entendit un hurlement gargouillant alors qu'il basculait en arrière. La jeune femme s'agitait frénétiquement, léchant le sang, accélérant les coups de hanches pendant que Criquet tombait au sol et commençait à glisser. Toujours à califourchon sur lui, la demoiselle hurla d'une joie sauvage et vissa ses yeux dans ceux d'Alfred. Ils étaient froids, calculateurs et cyniques. Le cadavre dévala l'escalier en tressaillant, toujours chevauché par cette sinistre cavalière. À bout, Alfred souffla de soulagement en voyant les deux silhouettes s'évanouir dans l'obscurité.

Sans perdre un instant, il se mit à monter les marches quatre à quatre. La fatigue, les interrogations, l'absence totale de repères, il n'en avait plus rien à faire ! Il voulait rejoindre la surface, s'extraire de ce chemin catabatique surnaturel. Jamais une femme ne lui avait fait aussi peur ! La lumière croissait de plus en plus, et finalement il déboucha à l'air libre. Qui venait-il de rencontrer ? Était-ce Sylve, la servante nocturne de Cellixte, la Vierge Vorace ? Alfred ne voulait pas le savoir et s'empressa d'oublier ces sombres apparitions.

Il se trouvait sur une vaste terrasse, comme il n'en avait jamais vu ; elle se perdait au loin en longeant le flanc d'une haute montagne, avec deux grands pics irréguliers, aussi singuliers que les tours d'une cathédrale naturelle. Le sol était de la même pierre lisse que l'escalier, avec des blocs parfaitement jointés. Alfred s'avança au milieu de plantes qui poussaient dans de grands pots en grès. À sa droite, au-delà d'une longue rambarde sculptée, un horizon bleu et quelques nuages blancs. L'atmosphère sereine de l'endroit l'apaisa.

La terrasse était vide de toute présence humaine, mais des oiseaux, des corbeaux et des corneilles, quelques aigles et des moineaux, disséminés çà et là, prenaient le soleil qui faisait chatoyer les teintes de leurs plumages. Les volatiles noirs étaient les plus nombreux et ponctuaient d'une touche funeste ce tableau coloré.

En poursuivant son observation, l'ingénieur distingua un impressionnant édifice sur une saillie de la montagne. Avec ses toits longs et plats, ses flèches asymétriques, il lui trouva un air de ressemblance avec le palais de l'Empire Bleu de Z'Heartz, parfois représenté dans les magazines dédiés au voyage. Sur le passage d'Alfred, les oiseaux s'agitèrent et s'envolèrent en nuée ; il préféra les ignorer et se mit en marche sans attendre vers la demeure qui devait abriter des êtres doués de raison.

Son impatience le fit sourire quand il comprit l'ironie de la situation. À quoi bon se dépêcher ? Il avait sans doute l'éternité devant lui, puisqu'il était mort. À moins qu'on puisse mourir encore ? Cette nouvelle réalité, cette vie après la mort, était bien trop fraîche pour qu'il puisse tirer la moindre conclusion. Il lui fallait des réponses et ce palais était probablement le meilleur endroit où les trouver. Alfred reprit sa route mais l'envie de voir ce qui se trouvait au-delà de la rambarde fut plus forte encore. Qu'est-ce qui se cachait en bas de cet horizon bleu et infini ?

Il ne tarda pas à le découvrir. La terrasse donnait sur une vallée, ou un cirque, qui semblait dimensionnée pour des géants. Des pics montagneux, certains enneigés et d'autres arides sans que l'on en comprenne la raison, flanquaient en contrebas une profusion de lacs, de rivières, de forêts verdoyantes et de clairières à l'herbe tendre. Des bâtiments s'égrenaient et se perdaient dans le flou du lointain. Néanmoins, si la perspective était respectée, leur taille était extravagante. Jamais il n'en avait vu de pareils dans l'Empire. Des tours biscornues défiaient la gravité, des arches en équilibre abritaient des milliers de fenêtres, et des jardins suspendus s'étiraient le long d'un fleuve dont le tracé ne suivait aucune logique. En plissant les paupières, Alfred distingua, près d'une fantastique arène qui semblait flotter au-dessus du sol, une meute d'animaux tout droit sortis des contes du Faëton : des félins ailés, des serpents à pattes et des chevaux à visage humain, enfants de Saver le Foisonnant, l'un des assistants d'Égide

Horace la Nature. Les premiers animaux, créatures des dieux… Il avait beau scruter l'extraordinaire paysage, pas un être humain n'était visible.

Alfred en était désormais certain, il se trouvait dans le royaume divin. Cette vision correspondait trop bien aux descriptions de la Vallée, là où les dieux demeuraient pour l'éternité, là où ils accueillaient les morts, et voilà qu'elle s'étendait sous ses yeux ! L'ingénieur étouffa un sanglot. Jusqu'alors, il avait espéré que cette vie après la mort n'était pas celle promise par le livre maudit. Les horreurs contenues dans l'archaïque Faëton étaient-elles donc la vérité ? Le combat de toute son existence était donc vain et ses rêves de liberté voués à l'échec ? La preuve qu'il avait sous les yeux l'accabla et Alfred ne put contenir son émotion. Il pleura silencieusement en regardant le fabuleux panorama devant lui. Tout était si beau, et le rendait si triste.

Une brise chaude vint ébouriffer ses cheveux, porteuse de senteurs de fruits mûrs. L'odeur lui donna la nausée et Alfred recula ; il s'approcha d'un arbuste en pot dont les branches râblées étaient chargées de fruits verts ressemblant à des melons. Par réflexe, il plongea ses doigts dans la terre avant de les porter à son nez. Il sentit l'humus humide, la fraîcheur des sous-bois, et la nausée reflua.

Sans les dimensions surréalistes et la troublante harmonie de ce cadre, Alfred aurait pu se croire dans les plus beaux jardins d'un palais de la capitale. Mais, dans ce royaume des morts qui l'accueillait après sa pendaison, tout était décuplé : les impressions et les odeurs, les sensations et les sentiments, tout semblait singulier, unique. Et pourtant, cela ressemblait à la vie. Un bruit attira son attention. Des oiseaux volaient en cercle au-dessus de lui. L'un des volatiles, un aigle immense, poussa un cri perçant dont l'écho résonna longtemps.

Un homme âgé s'avança à sa rencontre. Il était vêtu d'une ample combinaison bleu clair, avec une fine ceinture de cuir à la taille, et avait les pieds nus. Il ne portait aucun bijou ni accessoire, mais cette simplicité en elle-même était élégante. Arrivé devant lui, l'homme s'inclina légèrement et lui fit signe de le suivre.

— Rentrons vite.

— Qui êtes-vous ?

La question resta sans réponse. Alfred le suivit sans insister, même si l'envie le démangeait de ne pas bouger. Son nouveau guide le mena vers l'impressionnante bâtisse qu'Alfred avait remarquée. L'ingénieur découvrit qu'elle n'était fermée par aucune porte. D'immenses colonnes en bois soutenaient une avancée du premier étage qui cachait de son ombre une ouverture frontale béante sans murs ni entrée à proprement parler. Alfred avança prudemment, en observant les détails avec attention : des symboles inconnus gravés sur les dalles du seuil, des bas-reliefs au pied des colonnes dont il discernait mal le sujet. Ils dépassèrent les arcades et pénétrèrent dans une salle qui défiait les lois de la construction. Alfred leva le nez et découvrit au plafond des madriers qui finirent de le rendre perplexe : pas d'assemblage, les poutres étaient d'un seul tenant et soutenaient à elles seules un immense plafond. Nine aurait à coup sûr aimé connaître l'explication de ce prodige, pensa-t-il.

Plusieurs espaces se distinguaient les uns des autres grâce à un jeu de bibliothèques qui formaient comme un labyrinthe. Le guide l'entraîna dans ce dédale composé de coins canapés, de tables basses, de longues tables entourées de chaises aux matériaux toujours différents, de tapis – parfois épais, parfois de simples nattes – et toujours de ces étagères hautes et larges sur lesquelles des milliers d'ouvrages, bien plus qu'aucune bibliothèque du cercle-monde n'en avait jamais contenu, attendaient leur lecteur. C'était un assortiment d'objets et de meubles hétéroclites, d'époques et de styles différents, mais bizarrement harmonieux.

Alfred s'arrêta un instant pour admirer, au détour d'un espace qu'il devina être le centre de la pièce, une large vasque de pierre dans laquelle un feu brûlait malgré la saison. Les flammes hautes et virevoltantes s'élevaient sans dégager de fumée. Cela lui évoquait un vague souvenir, une histoire peut-être, qu'il n'eut pas le temps de retrouver. Le comte reprit sa route, son guide le pressait.

Tout ce rez-de-chaussée, dont le pourtour était ouvert aux quatre vents comme si les voleurs n'existaient pas, était dédié au savoir et à la curiosité. Ce n'était peut-être pas un atelier, mais Alfred eut l'intuition qu'il se trouvait chez le dieu de sa caste, Sayef le Talent. Ils continuèrent leur chemin jusqu'à un salon plus modeste. Bien qu'il fût à l'écart des grandes allées, une brise tiède, qui convoyait des odeurs de bois sec et de cendres, lui caressait agréablement le visage. L'homme mystérieux lui fit signe de s'asseoir dans un fauteuil en cuir. Alfred aurait pu se croire dans un palais raffiné lors d'une chaude journée d'été – de ces journées dont on souhaite qu'elles ne finissent jamais.

— Désirez-vous un rafraîchissement ? Nous avons de tout. Reposez-vous quelques instants, lui dit le guide avant de s'immobiliser un instant, l'oreille aux aguets.

— Je prendrais bien un verre de mélasse, demanda Alfred, intrigué par son comportement.

La voix de son hôte était douce et chantante, il s'exprimait sans le moindre accent dans la langue de l'Empire. L'homme, sans afficher aucune surprise, se pencha vers un buffet et en sortit une coupelle d'argent contenant la fameuse mixture. Il prit un verre, une bouteille d'eau tonique et prépara la boisson sous les yeux étonnés d'Alfred qui se demandait comment cela était possible. Il n'y avait de place dans ce meuble que pour quelques bouteilles, et la mélasse s'y trouvait justement ! C'était proprement inimaginable ! Voilà qu'il était assis dans un cadre somptueux, vêtu d'une grossière chemise de prisonnier toute tachée, la peau et les cheveux sales, sa main amputée de trois doigts à nu sans sa prothèse, et on lui servait une boisson rare et chère avec des manières parfaites ! Tout cela n'avait aucun sens. À quoi bon chercher encore la moindre logique dans ce divin royaume ?

L'homme lui tendit son verre avec un léger sourire et s'éloigna sans un mot. Alfred but quelques gorgées et retrouva les sensations plaisantes qu'il avait éprouvées la seule fois où il avait dégusté ce breuvage dans le cabinet de son prince et ami Constantin l'Ariologues. Connue aussi sous le nom de tonique d'agrumes aux herbes vierges, la mélasse était la boisson la plus prisée du Royaume Volant. C'était, disait-on, un morceau de l'île en flacon, une île qu'Alfred n'avait jamais visitée. Personne n'en buvait à Seth, mis à part quelques amateurs qui prenaient le risque d'importer en contrebande des tonnelets de la marmelade alcoolisée. Les connaisseurs la laissaient vieillir plusieurs années avant de la consommer. Sa robe brune aux reflets dorés renfermait des arômes de sucre noir et de pêche mûre, sans masquer toutefois la fraîcheur suave du citron pimpé et des oranges bleues, ni l'amertume de l'hâblette. La mélasse qu'on venait de lui servir était de première qualité.

Alors qu'il sirotait l'exquis breuvage, Alfred ne pouvait s'empêcher de s'interroger sur le sort de ses amis. Qu'étaient-ils tous devenus ? Sa situation funeste marquait la fin de tous leurs espoirs. Virolles avait gagné, lui-même avait péri et tous les autres étaient en voie de disparaître, sans doute. Peut-être les retrouverait-il dans ce royaume ? Alfred n'arrivait pas à se contenter d'une telle perspective. Quand bien même la mort était pour le moment comparable à une longue journée de délassement, l'ingénieur avait toujours envie d'en découdre, il se sentait encore concerné par les affaires des vivants. Ne serait-ce que pour faire payer chaque coup reçu à ce soi-disant juge suprême de l'Empire. La curiosité le taraudait de retrouver le véritable responsable de l'attentat. Mille questions l'assaillaient auxquelles la mort n'avait apporté ni fin ni réponse.

L'ingénieur s'étonna que sa colère ne soit pas dirigée vers sa propre mort. Celle-ci lui paraissait encore irréelle. Hormis le sinistre escalier, tout semblait doux, léger ! En comprenant à quel point il s'était fourvoyé par le passé, il éclata de rire mais ce rire était faux et tourmenté. Quelle absurdité d'avoir cru que la vie et la nature se cantonneraient aux limites de sa propre imagination ! Il y avait tellement de choses qu'il ignorait. Devait-il s'abandonner à l'étrange réalité qui l'entourait et qui correspondait aux descriptions du Faëton ? Les prêtres avaient-ils raison au-delà seulement des apparences ? La vie après la mort ressemblait pour l'instant aux contes du Faëton, mais Alfred espérait encore qu'une autre vérité lui apparaîtrait. Une forme connue peut cacher un fond surprenant. Il ne voulait plus être l'éternel jouet d'une volonté étrangère, supérieure et cachée.

Qu'allait-il lui arriver dans ce palais ? Allait-il de nouveau souffrir entre les mains d'un bourreau ? Peut-être allait-on le laisser libre enfin, même si c'était la liberté d'un mort. Ici ne pouvait pas être comme là-bas, il *fallait* qu'ici soit différent de là-bas. Un bruit sec retentit, comme le son que ferait une canne en frappant la pierre. Alfred sursauta et lâcha son verre, qui se brisa au sol. Il se retourna et s'aperçut que c'était seulement le guide qui revenait vers lui, sans la moindre canne en main.

— Si vous voulez bien m'accompagner, monsieur de Pergoal.

Le comte ingénieur acquiesça avant de chercher du regard les débris par terre. Pas un éclat ni de trace de sa boisson. Un verre plein et intact l'attendait sur la table. Alfred voulut s'en emparer mais s'arrêta net en ressentant soudain, de manière fulgurante, les souffrances qu'on lui avait infligées lors des séances de torture. Il poussa un cri et faillit tourner de l'œil une fraction de seconde avant que la détestable impression de mourir ne se dissipe, aussi abruptement qu'elle était venue.

— Buvez une gorgée, lui conseilla son interlocuteur.

— Comment puis-je ressentir la douleur si je suis mort ? lui objecta-t-il.

— Vous n'êtes pas mort. Cette douleur en est la preuve.

— Je ne suis pas mort ? se surprit à demander Alfred comme si la question était naturelle et somme toute banale.

— Non. Vous ne l'êtes pas. Votre cœur bat toujours, il bat seulement très lentement et faiblement…

Alfred n'y comprenait plus rien. Il posa une main sur sa poitrine, attendit en retenant son souffle, il entendait au loin le piaillement des oiseaux, mais ne sentait rien sous ses doigts. Soudain un battement, si ténu qu'il douta de sa réalité. Il essaya de décrypter l'expression de son interlocuteur qui le regardait avec une parfaite franchise, un léger sourire aux lèvres.

— Mais la pendaison, le tunnel, les voix… Qui êtes-vous ?

— Je ne suis personne, un simple serviteur.

— Où suis-je ?

— Allons, levez-vous, nous avons perdu assez de temps comme cela…

Dans un soupir, Alfred obéit. Il jeta un regard circulaire et vit que des serviteurs nouvellement venus attendaient debout, près d'un fauteuil ou d'un tableau. Ils portaient la même livrée sobre que celui qui l'avait accueilli.

— Où suis-je ? insista Alfred, qui ne se satisfaisait pas de réponses lacunaires. Je suis chez Sayef ?

— Non. Vous êtes chez Borance Noir, le maître des cendres et gardien du Gouffre. Vous êtes ici dans son palais, l'Âtre Blanc.

— Pourquoi suis-je là, si je ne suis pas mort ?

Le guide lui fit signe de le suivre. Les pires craintes

d'Alfred s'avéraient : les dieux étaient ceux du Faëton. La nausée n'avait pas totalement reflué et menaçait de reprendre. La mélasse réchauffait son ventre et lui tournait légèrement la tête. La pression dans sa poitrine s'était apaisée, pourtant sa respiration continuait d'être gênée. Il prit conscience qu'il respirait, qu'il sentait l'air aller et venir dans ses poumons. Il emboîta le pas au serviteur.

— Vous êtes humain, n'est-ce pas ? Vous êtes mort ? osa Alfred, qui regarda les serviteurs se déplacer en même temps qu'eux dans la salle.

— Oui, je suis humain, et non, je ne suis pas mort. Je suis né ici, comme ceux que vous voyez. Suivez-moi.

Alfred était perdu. La Vallée était le sanctuaire des dieux, le royaume divin, inaccessible aux mortels de leur vivant ; le Faëton ne le présentait pas autrement. Comment pouvait-on naître dans un tel royaume ?

Selon les récits sacrés, Borance Noir avait transmis le feu aux hommes. C'était un être double, créateur et destructeur à la fois, à l'image de son élément. Borance était censé être la mémoire du monde et le gardien des cycles. Il partageait avec Égide Horace, son frère, la domination des lois naturelles. La plupart des histoires où il apparaissait se situaient en marge des grandes épopées héroïques, comme si les dieux eux-mêmes craignaient celui qui ouvrait la Vallée aux mortels méritants et réservait aux autres les horreurs du Gouffre. Selon le Faëton, une foi ardente protégeait de l'abysse, hormis pour les parias qui étaient voués à endurer des souffrances éternelles. Alfred se dit soudain qu'il devait profiter de l'occasion pour poser toutes les questions qu'il avait en tête.

— Je n'ai vu personne dans la Vallée, pas même une silhouette… Où sont tous les morts ? demanda-t-il.

— Ne sont ici que ceux qui ont intéressé mon maître ou les autres Seigneurs durant leur existence. Des individus particulièrement brillants… Les autres rejoignent le Gouffre.

— C'est affreux ! Pourquoi les faire souffrir ! s'indigna Alfred.

— Le Gouffre… n'est pas comme vous l'imaginez, répondit le serviteur en cherchant ses mots. Appelez-le néant… si vous préférez.

— Ce n'est pas ce qu'on nous raconte, affirma l'ingénieur. Combien de mortels ont été choisis par les dieux ?

— Très peu. Cela ferait trop de monde si nous devions accueillir chacun de vous. C'est impossible, répliqua le guide d'un ton sec. Après tout, c'est à chacun de se donner du mal durant sa vie. Vivre, c'est aboutir. Et trop peu aboutissent aux yeux des dieux !

— Aboutir… Il y a bien des sens à ce mot. Vivre sa vie simplement, aimer ses enfants, être bon avec les siens, n'est-ce pas suffisant ?

Son interlocuteur ouvrit la bouche puis finalement s'abstint de répondre. Derrière ces belles apparences, pensa l'ingénieur, le monde des dieux était lui aussi injuste. Les mortels n'étaient même pas récompensés de leur obéissance… Cette foi et ces dieux les contraignaient toute leur existence pour les oublier tout de suite après leur mort. C'était un cauchemar. Tout ce qu'Alfred apprenait lui paraissait grotesque, absurde. Il était peut-être en train de délirer ; peut-être que son cerveau le plongeait dans ses propres illusions comme dans des histoires à dormir debout. Si tel était le cas, les capacités de ses méninges étaient incroyables, plus qu'il ne l'imaginait. Mais la Vallée et le palais sentaient, bruissaient, brillaient et goûtaient ; le comte avait toujours les saveurs de la mélasse sur la langue. Quelle différence avec ce qu'on appelait la réalité et, d'une certaine manière, la vérité ? Aucune. D'ailleurs, l'ingénieur s'était fait une raison depuis longtemps sur ce qu'on appelait la réalité. Ce n'était qu'un ensemble de forces qui percutaient les sens, et les hommes – si doués soient-ils – tentaient seulement de l'apprivoiser, sans jamais la contrôler, sans jamais la créer. Pour retourner chez les siens, il lui fallait donc apprendre le plus tôt possible comment fonctionnait cette réalité-là et comment il pouvait lui échapper.

— Vous avez tout à fait raison, affirma le serviteur.

— Que voulez-vous dire ?

— Rien ne résiste à la connaissance, répondit l'homme mystérieusement.

— Valère de Myocène ? questionna Alfred, qui comprit que ses pensées n'étaient pas secrètes.

— Il n'est pas de votre caste, c'est un prêtre, un érudit… C'est lui qui a façonné cet œuf dans votre ventre. Un homme important que vous devriez rencontrer. Suivez-moi, monsieur de Pergoal, je voudrais vous montrer des choses que vous n'avez jamais vues… Je ne sais pas de combien de temps nous disposons.

— Un prêtre ! Où se trouve-t-il ? Et l'attentat ? Qui est derrière l'attentat ?

— Mon maître ne me dit pas tout.

Alfred s'intéressa à la physionomie du guide qui le

devançait de quelques pas. La banalité de ses traits ne dévoilait rien de sa personnalité. Un nez droit, un menton ordinaire, une chevelure courte et bien coupée, des rides au coin des yeux. Ils traversèrent la bibliothèque jusqu'à une pièce qui ne contenait ni tableaux ni ouvrages, à l'exception d'un seul. Sur un lutrin en bois rustique, un somptueux livre ouvert irradiait d'une douce lumière fantastique. Quand le guide se retourna pour lui parler, il était trop tard, Alfred se tenait déjà devant. Il aurait dit que l'objet lui parlait.

Les pages d'où émanait cette subtile lueur étaient couvertes d'une écriture inconnue et de dessins étranges qui lui firent penser au langage des mathématiciens, aux équations des physiciens et aux schémas des ingénieurs. Mais les symboles, eux, correspondaient plutôt aux motifs religieux qu'on retrouvait sur les tenues des clercs et les socles des anciennes statues. Sans en comprendre le sens, il trouvait aux formules une incontestable beauté, comme si chaque chose s'ordonnait parfaitement. Sans connaître leur signification, il éprouvait, en les regardant, la même chose que devant les oiseaux qui volaient : leur forme correspondait parfaitement à leur but intime. Alfred voulait comprendre ce que ces lignes racontaient. Il se rapprocha encore, ces mystérieux symboles lui évoquaient quelque chose… Soudain, cela lui revint. Plus il les examinait, plus il leur trouvait de parenté avec les inscriptions de l'œuf bleu. Sans même demander la permission, il approcha sa main dans l'intention de feuilleter l'ouvrage et allait effleurer le papier quand le serviteur lui cria de n'en rien faire.

— Qu'est-ce ? demanda Alfred avec avidité. C'est le Faëton ? Le vrai ?

— Nous ne l'appelons pas comme cela. Votre livre est un livre d'images composé de fables, de lois, un galimatias de pensées. Celui-ci est bien autre chose…

— De quoi parle-t-il ?

— Des véritables lois de l'univers, répondit le serviteur d'un air sibyllin.

— J'aimerais le lire, s'il vous plaît.

— Vous n'en êtes pas capable. Le toucher vous tuerait pour de bon.

Alfred était sur le point de s'emporter, mais le ton du serviteur n'était pas méprisant, seulement sincère. Le risque de mourir au pays des morts était trop grand ; certes, il était prêt à tout risquer pour la connaissance, mais il fallait pour cela rester en vie. La prudence prévalait. Le serviteur lui prit la main d'autorité et l'emmena pour lui montrer autre chose.

Le Faëton était bel et bien une escroquerie ! Alfred avait envie de pleurer de joie, de crier, de sauter en l'air ! Les lois idiotes et les bêtises que l'on serinait aux fidèles de l'Empire étaient, de l'aveu même d'un être vivant auprès des dieux, « un galimatias de pensées » !

— D'où vient alors ce qu'on appelle, nous, le Faëton ? insista Alfred. Est-ce la responsabilité des dieux ou bien cela aussi, c'est un mensonge ?

— Non, monsieur de Pergoal. Ce n'est pas un mensonge. Et non, ce ne sont pas les dieux…

— Ce que vous dites n'a aucun sens, s'énerva Alfred.

— Les dieux n'existent pas, monsieur de Pergoal. Il y a *des* dieux, chacun avec sa personnalité et ses affinités… Et d'ailleurs, quelques-uns pourraient bien nous écouter à cet instant, dit le serviteur en tendant l'oreille. Certains dieux sont peut-être liés à ces mésaventures, et d'autres encore n'en ont rien à faire. Mais porter une accusation est une chose grave qui doit être prise avec sérieux. Des dieux ont parlé à votre première princesse, puis à quelques autres, ils en ont déjà assez fait comme ça…

— Attendez… Vous dites que des dieux sont responsables de l'attentat ?

— Je n'ai pas dit ça, rétorqua le guide, mal à l'aise. Je parle des mésaventures que votre Empire traverse. Je n'en connais pas les détails mais je peux vous en montrer la raison.

— Mais pourquoi ?

— Parce que mon maître me l'a demandé.

Alfred se retenait d'exploser. Sa stupeur, depuis son réveil, s'était complètement dissipée. C'était la colère qui le soutenait, l'envie de savoir qui le brûlait, la rage d'être manipulé qui grondait.

— Je sais, monsieur, que ces manières peuvent paraître… obscures, concéda le serviteur.

L'homme le conduisit à travers un nouveau dédale. Ils débouchèrent dans une longue galerie de tableaux et s'arrêtèrent devant une immense carte représentant le cercle-monde. C'était une découverte, même pour un homme instruit comme Alfred, qui oublia d'un seul coup ses griefs. On se faisait d'ordinaire une idée vague du cercle-monde et cet homme lui présentait un objet inestimable. À sa connaissance, personne, à Seth, ne possédait de planisphère aussi précis. C'est pourquoi il abandonna ses questions et s'approcha pour contempler la carte, aux traits subtils et aux couleurs vives. L'objet en lui-même était magnifique mais les informations qu'il contenait étaient plus précieuses encore.

Le cercle-monde apparaissait comme un immense continent et Seth s'étendait sur son versant occidental. Cela, Alfred le savait, mais il ignorait que la chaîne des Arpentes était en réalité un minuscule morceau d'un ensemble bien plus vaste que nul homme n'avait jamais exploré. Un océan de montagnes, vaste à en perdre la raison, et à la hauteur sans aucun doute vertigineuse. Il devait y avoir des milliers de lieues de pics enneigés ! S'y trouvait-il actuellement ? Après tout, la Vallée ne portait pas ce nom par hasard, et si l'ingénieur rapportait les distances de la carte aux dimensions réelles, elle était peut-être localisée au cœur de ces massifs sans que personne le sache ni puisse y accéder.

Il revint à l'Acréon, la grande région continentale où se trouvait Seth. En face de l'Empire, il reconnaissait la plus grande île connue, le Royaume de Tallid, qu'on appelait parfois le demi-continent.

Seul Xavros d'Euthrate, deux siècles plus tôt, avait clamé avoir fait le tour du cercle-monde. Comme l'explorateur, Alfred suivit du bout du doigt la route du sud, les déserts d'Ar Nigma, les Quoraillières, les plaines verdoyantes de l'Empire Bleu de Z'Heartz… Il découvrit les Bois de Maud et la Commission hélérienne, les îles Percantines, l'oriental pays d'Onste et la Marche indépendante du Val. Et, au-delà à l'est, encore plus de noms qu'il ignorait : Ecco, le Royaume de Salustre, Among et Bélisaire étaient les États les plus imposants… Il traça un arc de cercle du doigt et retrouva le Nord, apparemment inhabité jusqu'au farouche Royaume de Breneuve, le plus vieil et discret allié de Seth, et la principauté de

Galaton, qui était vassale. Il y avait des myriades d'autres noms, de cités et de pays, de déserts et de montagnes, trop pour qu'il les retienne. D'un coup, l'Empire lui parut ridiculement petit.

— Cette carte évolue dès que quelque chose change. Je suis certain que vous n'avez jamais vu cela. On m'a dit que l'Empire de Seth était l'un des plus avancés technologiquement, mais vous manquez terriblement de curiosité pour la géographie, et même pour l'histoire…

— La faute à qui ? ne put s'empêcher de grincer Alfred.

— Je le sais bien, monsieur de Pergoal. Mon maître est d'accord avec vous.

— Votre maître a sa part de responsabilité, répliqua Alfred avec colère. Quel est le but de Borance Noir en me montrant tout ceci ?

Le serviteur perçut immédiatement la rancœur qui enflammait l'ingénieur. Malgré sa faiblesse physique, ce dernier s'était redressé et le toisait. Il était normal qu'un homme sous le poids de tant d'épreuves s'emporte face à tant de circonlocutions. Le guide lui pardonna cette ombrageuse humeur.

— Vos dieux nous maintiennent dans l'obscurité ! Ils nous tiennent éloignés du véritable savoir ! Vous dites que le Faëton est l'œuvre de certains dieux, lesquels ? À qui dois-je mon ignorance ? À qui devons-nous nos malheurs ?

— Monsieur de Pergoal, votre question est justifiée… mais ce n'est pas moi qui…

— Je suis chez un dieu, me dites-vous ! Et même ici, on me répond « ce n'est pas moi » ! Je rêve ! s'exclama Alfred qui laissa libre cours à sa colère, en sentant la chaleur dans son estomac grandir et le brûler. Que faisait donc Borance Noir quand ses frères et sœurs ont décidé d'asservir une partie de l'humanité ? Peut-être l'ont-ils fait partout, en prenant à chaque fois des masques différents ? Peut-être que votre maître n'est pas responsable ici, mais ailleurs ! Que dois-je comprendre de ce livre, de cette carte ? Comment se fait-il qu'un dieu, un être parfait, ne connaisse pas les réponses à mes questions ? Pourquoi ne pas me les donner ? Va-t-on se jouer de moi encore longtemps ?!

— Ce n'est pas aussi simple, monsieur de Pergoal. Gardez votre calme ! Vous êtes ici dans un lieu de savoir, de recueillement. Je ne sais pas ce que pense mon maître. Je vous transmets seulement ce qu'il m'a chargé de vous dire. Vous vous faites des idées sur les dieux, monsieur. Les dieux ne sont pas parfaits, leur puissance a des limites, leur présence est… sujette à quelques conditions, et votre colère pourrait précipiter…

— Leur puissance a des limites ?

— Les dieux ne sont pas aussi éloignés des hommes qu'ils voudraient le faire croire, murmura le serviteur entre ses dents.

Alfred en resta bouche bée, les yeux écarquillés, le corps tétanisé, comme foudroyé sur place. De son ventre irradiait désormais une chaleur mordante, mais il n'en avait que faire. Les dieux n'étaient ni parfaits, ni omnipotents, ni éternels sans doute, contrairement à ce que clamait le Faëton. C'étaient seulement des êtres puissants qui réclamaient qu'on les craigne comme on doit redouter un mauvais maître. Qu'y avait-il de divin à vouloir soumettre les hommes par la crainte ? Pouvait-on s'appeler « dieux » quand on se comportait comme de simples brutes ? Derrière le Faëton et les temples se cachaient des tyrans qui régnaient grâce au mensonge et à la peur qu'ils inspiraient. D'autres princes, en somme. Alfred en était encore plus révolté ! Ils se jouaient des mortels en les manipulant comme des pions sur un échiquier…

— Voilà, monsieur de Pergoal, c'est exactement cela, tenta le serviteur en se voulant apaisant. Ils vous utilisent car ils ont besoin de vous. Ils le cachent par orgueil ! Mais mon maître souhaitait que vous le sachiez…

— Engeance ! Soyez clair ! Pourquoi votre maître n'est-il pas ici à votre place ? s'écria l'ingénieur, qui tituba en sentant la douleur le gagner à nouveau. Pourquoi suis-je là ? Que veulent-ils vraiment ?

Toute sa vie, Alfred avait lutté pour s'appartenir, et jusqu'au cœur d'un palais divin son combat n'était pas terminé. Jamais plus il ne s'inclinerait ! Ni devant ce livre maudit, ni devant ces dieux vils et ces princes sans honneur ! Tous ces usurpateurs qui voulaient garder la liberté et le pouvoir pour eux !

Les dieux n'avaient laissé aux hommes aucune chance et Alfred sut, avec une certitude déconcertante, qu'il n'en resterait pas là. L'idée venait de jaillir comme une source fraîche au milieu d'une fournaise : la colère qui le dévorait était juste ! Le cercle-monde lui manquait tant déjà qu'il voulait à tout prix le retrouver. Sous la douleur, l'ingénieur se plia en deux, son estomac se retourna et toutes ses entrailles se comprimèrent. Il hoqueta de surprise, luttant pour rester debout, car il gardait encore assez de volonté pour la museler. Pour combien de temps encore ? En voyant le serviteur tendre l'oreille et ses collègues s'agiter avec inquiétude, Alfred comprit que sa présence ici ne devait pas être divulguée.

— Pourquoi suis-je ici ? Répondez-moi !

— Nous n'avons plus le temps ! Regardez la carte, regardez là encore, et voyez à l'ouest, voyez ! Mon maître veut que vous voyiez cela, cette information est la clé de tout, elle vous guidera dans vos choix…

Alfred plissa les yeux et lutta contre la souffrance qui lui tronçonnait les entrailles. Il vit alors ce que le serviteur pointait du doigt. Cela allait à l'encontre de tout ce qu'on lui avait appris. Car tout le monde savait que le cercle-monde était plat et que ses bords étaient constitués d'une énergie dont personne, affirmaient les légendes de marins, ne revenait jamais. Pourtant, au-delà de ce qu'on pensait être le bord occidental du cercle-monde, il existait un autre continent. Ce qu'on croyait être un mur infranchissable était, à cet endroit, une immense cascade, noyée constamment dans une brume épaisse. De l'autre côté, un deuxième cercle-monde attendait. La surprise était totale. En quoi cela avait-il un rapport avec l'attentat et le destin de l'Empire ?

— C'est l'enjeu ! déclara le serviteur. Et tout bon stratège doit connaître l'objectif de son adversaire. Écoutez, monsieur de Pergoal, ce que mon maître veut vous dire : tout ceci a déjà eu lieu ! Les temps changent, les souvenirs s'effacent, mais certaines choses perdurent et perdureront. Connaître cette part qui dure, c'est déjà maîtriser l'avenir plus que d'autres. Il faut que vous retrouviez votre histoire ! La puissance les aveugle tous, la mémoire leur fait défaut, mais mon maître veille sur les cendres, monsieur de Pergoal. L'âtre qui a brûlé, brûle et brûlera se souvient de la vérité… Vous devez découvrir cette vérité.

— Quelle vérité ? Pourquoi moi…

Alfred s'écroula sur le sol. Son corps lui faisait mal, terriblement mal. Sa respiration n'était plus qu'un souffle faible et saccadé, ses doigts se crispaient sur le vide, il ne voyait plus rien. Cette fois, il mourait pour de bon. D'innombrables questions affluaient sur ses lèvres, mais il ne parvenait pas à parler. Le serviteur contempla avec une expression douloureuse l'ingénieur allongé par terre, les yeux mi-clos. Il regarda les alentours et se pencha vers lui.

— Si je vous disais cette vérité, elle ne vous servirait à rien. Ce qui compte, c'est ce qu'elle va vous amener à faire, c'est ce que vous allez créer comme bouleversements en la recherchant. C'est un chemin qui n'est pas encore écrit, mon maître vous donne seulement la destination. Tout ce qui vous arrive, monsieur de Pergoal, a une raison. Des dieux veulent vous faire croire qu'ils ont la maîtrise de toutes choses mais ils mentent. Vous avez les moyens de réagir, les hommes *ont* les moyens de réagir. N'oubliez pas ce que vous venez de voir… N'oubliez pas la carte, n'oubliez pas ce livre, n'oubliez pas ! Remontez l'histoire jusqu'à son origine…

Le serviteur se redressa en entendant un bruit caractéristique derrière lui. Il releva la tête et aperçut l'ombre d'une silhouette imposante. Quand il revint vers Alfred, celui-ci s'était volatilisé. Il soupira de soulagement, tira sur ses manches et s'avança à la rencontre de son visiteur. Au détour d'une bibliothèque, son physique changea totalement, sa tenue se transforma en un costume noir, aussi sobre qu'élégant, une canne apparut dans ses mains, les rides de son visage disparurent, ses traits se métamorphosèrent en ceux d'un bel homme éternellement jeune. Borance Noir préférait cette apparence.

Vêtu de fourrures, portant une hache dans le dos et des guêtres, Marcellin Tonnerre, le dieu de la frénésie guerrière, le regardait approcher d'un air provocant en attendant sur le seuil du palais. Comme le maître des cendres, qu'on ne voyait jamais autrement que dans son sinistre costume, Marcellin portait invariablement la même tenue de combat, toujours prêt à se battre.

— Qu'as-tu trafiqué, Borance ? demanda-t-il. On raconte qu'un mortel bien vivant se trouverait dans ton palais. Sayef m'envoie te voir…

— On ne se cache même plus pour m'espionner ? répondit le dieu en prenant le verre que lui tendait un serviteur qui venait d'apparaître. Pour un héros guerrier, je ne te savais pas si fidèle à mon ingénieux frère, Marcellin.

— Je suis un dieu…, rappela Marcellin entre ses dents.

— Paraît-il…

Borance n'avait jamais considéré Marcellin comme tel, et il n'était pas le seul. Le maître des cendres trouvait le guerrier trop basique, insipide. Certes, Marcellin se battait bien mais il n'avait pas la superbe d'Abaal.

— Je ne te savais pas si lié à mon frère Sayef, commenta Borance.

— Son projet m'intéresse… Tu devrais aller le voir.

Borance Noir acquiesça en portant son verre à ses lèvres d'un air tranquille. Si Sayef pensait lui faire peur en lui envoyant une brute comme Marcellin

Tonnerre, il se trompait. Borance ne le craignait pas, car il était de loin le dieu le plus inquiétant des deux.

— Si je lui rends visite, je me ferai annoncer. C'est la moindre des politesses, n'est-ce pas ?

— Oui, répondit Marcellin, soudain moins sûr de lui.

— Alors pourquoi ne m'as-tu pas dépêché un serviteur pour annoncer ta venue ? Aurais-tu oublié, avec mon cher frère et peut-être d'autres encore, le sens des convenances ? Aurais-tu oublié qui je suis ? Je suis le maître des cendres et le gardien du Gouffre. Voudrais-tu m'accompagner là-bas pour te rafraîchir la mémoire, Marcellin ? Est-ce que les lamentations te manquent ? demanda-t-il d'une voix doucereuse.

— Non, Borance…

— Non, Borance Noir ! Alors que fais-tu ici ? Il n'y a aucun mortel dans ce palais ! Je te laisserais bien jeter un œil, mais vois-tu, il y a des limites à ne pas dépasser… Me suis-je bien fait comprendre, Marcellin ? questionna le dieu d'un ton devenu glacial.

— Oui, Borance Noir. Je me ferai annoncer la prochaine fois, acquiesça Marcellin, qui avait perdu toute sa nonchalance.

— C'est cela. Je ne te retiens pas plus longtemps. Et dis bien à Sayef d'arrêter son espionnage minable et de rappeler ses corneilles de ma terrasse. Mes corbeaux se chamaillent déjà bien assez comme ça…

Le gardien du Gouffre caressait le pommeau lustré de sa canne avec la plus grande froideur. Marcellin Tonnerre regrettait déjà sa légèreté. Il n'aurait jamais dû se porter volontaire pour cette visite ; impétueux comme toujours, il avait oublié qui il trouverait face à lui. Le dieu guerrier baissa la tête. En cet instant,

Borance Noir n'était pas beau, il avait quelque chose de sinistre, un œil torve et l'autre glauque.

*

Alfred ouvrit les yeux dans un sursaut. Ses muscles étaient endoloris, la tête lui tournait mais la douleur au creux de son ventre avait disparu. Allongé sur le dos, il tourna brusquement la tête sur le côté et vomit. Le goût de la mélasse emplit sa bouche. Lorsqu'il toussa pour s'éclaircir la voix, le son résonna anormalement.

Tout était noir autour de lui, il se sentait à l'étroit, son souffle affolé lui revint à la figure. Une odeur de résine de pin et de fumée lui monta aux narines en même temps que sa respiration s'accélérait. Il dégagea son bras droit et tâta la paroi juste au-dessus de lui ; sur les côtés, partout il sentait les nœuds caractéristiques du bois sous ses doigts. Il tenta de pousser la surface au-dessus de lui mais n'y parvint pas. Plus les secondes passaient, plus il paniquait en prenant conscience de sa situation.

De la fumée commença à s'immiscer à l'intérieur par le très faible jour entre les planches. Le crépitement du bois sec mordu par les flammes se fit distinctement entendre sous lui. Des cris sortirent faiblement de sa bouche, inaudibles presque. Il était exténué. Son esprit tournait à pleine vitesse. Il était dans un cercueil, sur un bûcher, et il n'avait pas la force d'en sortir ni de crier pour se faire entendre. Combien de temps s'était-il écoulé depuis son exécution ?

Au-dehors, l'assemblée réunie pour la crémation du comte regardait sans mot dire le bûcher se consumer. Chacun avait l'espoir que le feu purifierait et apaiserait le défunt tout autant que ses propres pensées tourmentées. Astrée fixait une bûche qui venait de s'enflammer sous la bière, Tristan Guillaume repensait aux camarades qu'ils avaient perdus au cours de la mission, la baronne aux heures passionnantes de ses plus jeunes années qu'elle avait passées en compagnie d'Alfred. Les flammes atteignirent enfin le cercueil ; bientôt il ne resterait plus rien du comte de Pergoal, ingénieur renommé, inventeur de génie et Premier aux affaires militaires de l'Empire de Seth.

Léonore ne parvenait toujours pas à y croire, sa colère ne diminuait pas et les mines accablées des autres, loin de faire écho à ses propres sentiments, lui donnaient l'impression d'avoir perdu sans s'être battue. C'était intolérable, c'était tellement injuste pour lui, et pour elle ! La mécanicienne se dégagea des bras du capitaine en continuant de fixer le brasier qui enflait inexorablement. Les flammes tournoyantes brouillaient-elles sa vue ? Les branches réduites en cendres s'affaissaient et la bière tanguait légèrement. Personne ne semblait le remarquer. Accablée de fatigue, épuisée par tant de larmes, Léonore crut halluciner en voyant le cercueil remuer à nouveau.

Dans le crépitement du bûcher, à travers le chant de Cassio, elle crut entendre des coups sourds résonner contre le bois. Elle se concentra. Elle se sentait étrangement légère, comme un esprit sans entrave. Astrée lui posa une main sur le bras et se tourna vers elle avec inquiétude. C'est alors que la mécanicienne comprit.

Prenant Astrée de court, elle s'élança vers le bûcher et déploya toutes ses forces pour propulser le cercueil loin des flammes. Elle devait sauver Alfred, il n'était pas mort ! Elle croyait l'entendre crier ! Elle n'hésita pas, dans sa folie, à marcher sur les premières bûches en feu et réussit à faire basculer le cercueil hors du brasier. Mais le bois calciné s'effondra sous son poids et Léonore tomba la tête la première dans les braises, en se protégeant de son unique bras valide. Il fallut quelques secondes pour que les autres prennent conscience de son geste. Des secondes brûlantes. Le lieutenant Guillaume et Astrée se précipitèrent pour la sortir des flammes.

Léonore hurlait de douleur, des flammèches continuaient de lui mordre la peau, elle n'avait quasiment plus conscience de rien. Isabella dépêcha immédiatement Cassio auprès du docteur Méribon pendant que les autres serviteurs couraient au manoir chercher des linges propres et de l'eau.

— Elle est folle ! Complètement folle ! s'écria le lieutenant Guillaume.

— Tiens-lui les jambes, Tristan, il faut enlever le maximum de vêtements, ordonna Astrée, qui n'acceptait pas de perdre Léonore après avoir perdu Alfred.

Tristan Guillaume obéit. Astrée s'empara du couteau de combat qu'elle portait à la ceinture et déchira les vêtements avec méthode. Un serviteur arriva avec un broc d'eau. Astrée le prit et le versa sur Léonore sans plus de précaution. Ce n'était pas sa première brûlée, il fallait absolument que la plaie ne sèche pas tout de suite, que le tissu ne colle pas à la peau. La mécanicienne gémissait tandis qu'Astrée finissait de la dénuder sur l'herbe fraîche.

Le capitaine évalua immédiatement les dégâts. Les deux bras étaient brûlés ainsi que la gorge et la moitié droite du visage, là où Léonore n'avait pu se servir de son bras pour se protéger. Les habits avaient préservé une partie de son corps mais son sein droit et quelques côtes avaient souffert. C'était moins grave que le visage et le cou. Les brûlures étaient sérieuses. La peau craquelait et gonflait, des reflets nacrés apparaissaient le long des plaies d'une anormale rougeur ; des cloques se formaient déjà. Astrée se mordit la lèvre d'anxiété. Pourquoi Léonore avait-elle fait cela ?

D'autres serviteurs arrivèrent et recouvrirent la blessée de linges humides. Léonore ouvrit les yeux et marmonna le nom d'Alfred avant de le crier dans un hurlement déchirant.

— Calme-toi Azur, calme-toi…, dit Astrée, penchée au-dessus d'elle.

Un grincement sourd retentit. Le capitaine crut un instant que le bûcher s'effondrait et que le bois incandescent allait se répandre jusqu'à eux. Elle y jeta un coup d'œil et arrêta de respirer. Derrière la fumée, une ombre apparaissait qui n'aurait pas dû se trouver là. Astrée se releva lentement. Son cœur cognait contre sa poitrine et ses oreilles bourdonnaient.

L'ombre s'avança maladroitement et émergea sur le côté du bûcher. Astrée était debout, sans faire un geste ni dire un mot, tout comme le lieutenant, le soldat, Isabella et tous les serviteurs revenus. Le vent s'était remis à souffler et la fumée s'envolait en un beau tourbillon gris dans le ciel.

Devant eux, Alfred de Pergoal, dans sa chemise de condamné, titubait, ébloui par la clarté du soleil. Il sentit un vent frais l'envelopper. Tout son corps lui faisait délicieusement mal. Ce n'était plus ciblé dans son estomac, ce n'était pas violent comme pendant la torture. Il s'était réveillé à temps de son étrange sommeil. Il avança encore un peu et eut soudain la nausée. Il se pencha et vomit un liquide grumeleux, noir comme le charbon. Un morceau particulièrement imposant eut du mal à passer. Alfred le cracha en tombant à genoux. Il reconnut un bout de l'œuf et voulut s'en emparer. Trop faible encore, il s'affala complètement, le nez collé au morceau dont il pouvait discerner quelques étranges gravures.

Astrée et Tristan se précipitèrent vers lui. Alfred avait les yeux ouverts, la bouche dans l'herbe. Il grimaçait.

— Mais il était mort ! cria le lieutenant Guillaume en faisant signe aux serviteurs de venir l'aider.

— Non, je n'étais pas mort, murmura très faiblement le comte de Pergoal.

— Alfred est vivant, Léonore ! Il est vivant ! hurla Astrée.

Bien que consciente, Léonore était en trop mauvais état pour se relever. On la délaissait au profit d'Alfred mais elle s'en fichait. Elle souffrait tellement qu'elle ne sentait plus la douleur. Elle pleurait de joie, et les larmes roulaient sur ses brûlures. Son intuition s'était révélée juste. Elle regarda le ciel bleu, sans trace de nuages, et ne cessa de dire « merci » en silence. Elle se moquait bien de savoir quel dieu était visé, elle les remerciait tous.

20

Le devoir ne connaît pas le doute

L'y d'avord la petit brissou,
Qu'est chemin lou do, lou brai, lou galou,
L'y frise petit et volante,
D'y mérangères et d'y passiers faisante.

Danse feullious, baldine l'hirondoise,
D'y béhour caracole lou nouel,
Cy-céans més'am l'y divoise
L'y lou jor ô vienelle.

Ô hucheron et nouam ycel,
Ô vaqueron et nouam par lavers ycel,
S'y gaussers oublieu dy Leys d'antan,
Dicters a monde d'y Rey pensements.

Version originale du poème sacrilège « Roi »,
Hérésies prophétiques,
Archives secrètes du Temple,
prêtre AUGUSTE SABER, 97VIII

Les dernières décennies avaient habitué les sujets de Seth à la paix. L'existence demeurait cruelle pour les faibles et complaisante pour les forts, mais rien ne menaçait la chair de l'Empire. La noblesse coulait des jours paisibles, qu'elle trompait par l'ardeur de ses fêtes. Elle triomphait vainement de cette absence de périls et passait d'une lubie à l'autre sans jamais s'y attacher, comme pour oublier sa propre futilité. Quant à l'homme moyen et tous les pauvres, leur vie semblait telle une photographie ancienne aux couleurs fanées, figée pour toujours.

Pendant ces années prospères, on avait cru que le temps lui-même s'était arrêté ; seule la fumée des usines et des foyers s'élevait dans le ciel. La guerre était une chose oubliée, une anecdote de légende dont le souvenir s'évanouissait au fil des saisons. Parfois, un éclat de nouvelles sur les ondes venait troubler le quotidien : c'était une garnison à la frontière qui avait subi un accrochage, ou une compagnie en territoire exotique sous le coup d'une attaque. Trop peu pour qu'on s'en inquiète.

Pourtant, la guerre était déjà là. Dans les soulèvements des faubourgs et des quartiers misérables qui secouaient les cités, dans les trains de marchandises à moitié vides et les temples dégarnis. La guerre de ce nouveau millénaire était née dans le silence d'une capitale qu'on croyait éternelle.

Elle s'était répandue à travers l'Empire, empruntant les trains, les routes et les ondes telluriques. On n'avait pas voulu la voir et voilà qu'elle crevait les yeux. Comme une maladie, comme une traînée de poudre, elle s'était propagée jusqu'au cœur de villages qui n'avaient encore jamais connu de saccages. La guerre était là et ne ressemblait à rien de ce qu'en disaient les batailles d'antan, ni les commentateurs des ondes. Les nobles l'appelaient « troubles », le peuple savait à quoi s'en tenir, et personne n'osait prononcer son nom de peur de s'attirer les foudres divines. Elle avait grandi, mûri, à l'ombre des certitudes et des fausses pudeurs. Quand le soleil gorgeait les fruits de sucre, l'aveuglement gorgeait la guerre de sang.

On crut d'abord à une éruption de misérables, comme une maladie passagère et bénigne qui allait disparaître aussi vite qu'elle avait surgi. Il fallut se rendre à l'évidence lorsque la caste guerrière confirma sa division à la bataille de Rocca. Chacun des deux camps arborait l'uniforme impérial, tous chantaient les louanges des dieux et pourtant tous n'étaient plus frères ni sœurs.

Sinistre par les morts qui s'amoncelaient déjà dans les charniers aux portes des cités et dans les fosses des campagnes, grandiose par les vivants qui traversaient le pays en compagnies étincelantes d'ardeur et de jeunesse, cette guerre trouva son nom : c'était une guerre fratricide. Quelques jours avaient suffi pour que tout bascule.

Les vieilles habitudes revinrent sans même qu'on y pensât. Quand les soldats conduits par de simples capitaines approchaient d'une cité, la population se claquemurait par précaution ; quand une garde déclarait allégeance au Triumvirat ou au prince, on se taisait et on attendait que l'orage passe, en priant Cellixte et Pélénian d'épargner sa famille et ses amis. Les marchés fermaient plus tôt, les rues se vidaient à la nuit tombée et le couvre-feu résonnait plus encore que les cris des victimes et le hennissement des chevaux.

L'identité de chacun devint d'abord d'une importance capitale ; il fallait identifier, déterminer qui était une menace et qui ne l'était pas. Puis l'identité s'effaça au profit du camp que l'on avait choisi. Les sujets n'étaient plus qu'une silhouette dont seule comptait la couleur du col – rien d'autre, ni son histoire, ni ses relations, ni même sa propre volonté. Dans les villes fidèles, on crachait sur Phébus ; dans les villes rebelles, on crachait sur le Triumvirat. Et partout on se cachait et on dissimulait. Les prêtres se turent et s'enfermèrent au fond des temples et des monastères. À l'instar de leur princesse qui venait d'atteindre le sanctuaire de Sénor dans la forêt des Marcous, on ne les entendait pas, on les voyait encore moins. Les cloches des temples ne tintaient plus dans les villes et les villages, les couvents gardaient porte close. Des prédicateurs apparurent aux carrefours qui haranguaient la foule d'une voix ferme, les yeux luisants de violence, pour annoncer la fin des temps au nom des dieux. Qui étaient-ils ? On ne le savait pas très bien. Que disaient-ils ? De violentes menaces qui diffusaient la peur. Plus les jours passaient et plus tout se délitait. La rigidité des castes s'effritait, les règles sautaient les unes après les autres. Chacun se préparait instinctivement à survivre.

L'ordre se disloquait à une vitesse alarmante ; la pègre gagnait du terrain autant que du prestige. Elle sentait tout le bénéfice qu'elle pouvait tirer de la situation des plus démunis. Les relais d'ondes avaient beau ne rien dire, les nobles rassurer en feignant l'ignorance, chacun savait dans quel péril l'Empire se trouvait. Il tombait et les entraînait tous dans sa chute sans qu'ils puissent rien y faire. Parmi le peuple, nul ne prêtait plus aucune attention aux ondes : le cercle-monde qu'on décrivait aux pavillons n'existait plus. Les rumeurs les plus folles circulaient, on discutait des embuscades entre bandes armées comme on parlait hier d'un fait divers. Les meurtres et les attaques ne choquaient plus.

Malgré l'inertie populaire et la peur, nombreux étaient ceux à vouloir s'en mêler. Qu'on cherchât à s'élever ou qu'on cherchât la justice, le résultat était le même. Et plus les jours passaient, plus les rangs de chaque camp grossissaient. L'issue de la guerre en dépendait.

Après s'être emparée de Dectroi et Rocca, l'armée de Phébus continuait sa remontée le long du Borée. D'autres villes avaient rejoint le prince, comme Herse-en-Sol, Yissar, Astran et Lestre, et leurs garnisons faisaient route vers lui tout en affrontant en chemin les régiments fidèles au Conseil. Seth faisait de même et envoyait ses ordres aux capitaines affidés pour tenir les cités, les reprendre parfois, tout en organisant une armée capable de tenir tête au prince félon qui marchait sur la Cité sainte de Lomvarde. Anglas Karzian de Varm passait ses jours et ses nuits à élaborer la stratégie militaire du Conseil restreint, à diriger ses troupes pour arrêter son cousin. Il fallait être sur tous les fronts, tout le temps. Les affrontements laissaient derrière eux leur cortège de morts et de désolation. Détruire prenait si peu de temps.

C'était comme si l'Empire était coupé en deux, partout et en toutes choses : la guerre des bandes dans l'enceinte des remparts et celle des soldats dans les champs, la survie des villes et des campagnes, des riches et des pauvres, l'Inquisition et les damnés… Comme si le cercle-monde n'était plus qu'une partie géante d'épimées où blancs et noirs s'affrontaient. Mais c'était une vision trop simple. L'unité n'existait plus, et le bloc de pierre qu'on croyait être l'Empire se désagrégeait en une pluie de sable dans le vent de la révolte.

Certains païs étaient divisés, partagés : des poches se formaient et s'affrontaient indépendamment de leurs chefs. D'autres basculaient dans le camp adverse, sans qu'on sache si ce revirement serait durable. Des chefs de guerre et des petits seigneurs tentaient d'imposer leur pouvoir sur des populations hébétées. L'Inquisition et les garnisons se combattaient, la police laissait courir la pègre, les habitants les plus fragiles ne savaient plus à qui s'en remettre. Chaque province, chaque ville, chaque bourg connaissait une situation particulière et inédite, une crise sans précédent. On recrutait partout pour grossir les rangs. Le temps était aux paris et aux convictions de ceux qui se lançaient dans la bataille. Ce n'était plus l'heure de sauver les apparences, il fallait faire preuve de courage, comme l'avait demandé Phébus dès son intronisation.

La guerre civile était là et il était trop tard désormais pour l'éviter. Trop tard, toujours trop tard. Ceux qui avaient cru qu'il fallait seulement attendre et faire le dos rond face aux événements en étaient pour leurs frais. Parce qu'ils avaient cru maîtriser la situation, la situation les dominait. Les experts et les moqueurs se taisaient désormais, terrés dans leur propriété. Ils priaient pour qu'on les oublie. La capitale tenait le pouvoir mais personne ne savait pour combien de temps encore. L'habileté d'Arsène l'emportait sur celle de tous les autres, mais la subtilité ne convient pas aux exploits, l'époque n'était plus aux soupirs dans les coursives.

Désormais, c'était aux canons de parler et à la guerre de proclamer son vainqueur. Phébus avait foi dans les dieux et foi dans sa capacité à restaurer l'Empire et sa justice, tels qu'il se les représentait. Il ne pensait qu'à sa victoire.

— Majesté !

— Montclair, te voilà enfin !

— Oui, Majesté, mes hommes ont marché en dormant pour vous rejoindre !

Le colonel traversa la tente de commandement jusqu'à son prince et mit un genou à terre. Phébus vint lui poser une main sur l'épaule et lui fit signe de se relever. Les nouveaux arrivants de sa suite étaient chaleureusement accueillis par les officiers de l'état-major. Seuls Tibère et Brutus serraient des mains avec plus de retenue que n'en montrait le prince lui-même.

On entendait à l'extérieur le bruit des renforts qui arrivaient, les chaudières des autovapes blindées et les cris des soldats qui déchargeaient l'armement et les vivres. Encore crasseux après des centaines de lieues parcourues pour se porter au secours de l'armée rebelle, Gaspard de Montclair rayonnait aux côtés du prince. À la lueur des torches, ses yeux étincelaient d'adoration pour celui qui avait été son élève.

Le colonel se dirigea vers le petit autel où brûlait de l'encens devant le couple divin des maîtres de la guerre, Nyal et Abaal. Il s'agenouilla et jeta sur les flammes de la sciure de bois qui attendait dans une coupelle, comme le voulait l'usage. Ses hommes suivirent son exemple avant de rejoindre les officiers qui se serraient autour de la table, devant un plan de Lomvarde et des statuettes figurant les troupes amies et ennemies. Phébus fit signe au colonel de se placer à côté de lui. Avec sa petite quarantaine d'années, son physique d'athlète et les nombreuses cicatrices qui marquaient son visage, il n'y avait aucun doute :

Montclair était né pour la guerre. Phébus lui vouait depuis ses classes une sincère et profonde admiration.

Brutus observa ces retrouvailles en silence, le léger sourire qui étirait ses lèvres n'avait rien à voir avec la satisfaction de retrouver le colonel. L'état-major devait prendre une décision capitale et le général de Léry aurait préféré le calme. Ces effusions naïves lui donnaient l'impression qu'ils jouaient un rôle pour faire les délices d'un peintre. C'était bien le genre du colonel… La scène avait déjà son titre : « Le prince Phébus rejoint par son brave Montclair ».

En regardant l'officier supérieur, le vieux général ne put s'empêcher de pousser un discret soupir. Son impétuosité n'avait d'égale que celle, plus récente, du prince. C'était bien la dernière chose dont ils avaient besoin.

Ce fut Tibère Marvelle qui mit fin aux effusions de joie en reprenant le cours de la discussion stratégique.

— Que le colonel de Montclair se joigne à nos discussions ! De combien d'hommes disposez-vous ?

— J'amène à Sa Majesté vingt mille hommes supplémentaires, prêts à combattre, assura-t-il fièrement. Nous avons fait jonction avec plusieurs autres régiments en cours de route.

— C'est une excellente nouvelle ! ponctua le prince.

— Qui, malheureusement, ne change pas grand-chose à notre situation, intervint Brutus. Nos forces sont trop peu nombreuses face à Anglas, Majesté. Même avec les vaillantes troupes du colonel de Montclair, cela reste trop serré…

Brutus déposa sur la table une lettre codée recouverte d'une écriture en pattes de mouche. Il la déchiffra devant l'assemblée d'officiers.

Depuis l'arrivée de l'armée rebelle aux abords de la Cité sainte, les nouvelles n'étaient pas bonnes. La venue du colonel n'était qu'une mince éclaircie qui trouait un ciel de plus en plus incertain. L'atmosphère fébrile qui régnait depuis plus d'une semaine dans le campement mettait les nerfs des soldats et des officiers à rude épreuve. Il fallait reprendre l'initiative.

Le nouveau commandant militaire de l'Empire, Anglas Karzian de Varm, n'avait pas perdu une minute pour s'armer et imposer son rythme. La célérité de l'armée du prince légitime pour remonter les provinces le long du Borée n'y avait rien changé. Anglas contrôlait tout le Nord. Ses renforts continuaient d'affluer par les lignes ferroviaires, malgré les nombreuses tentatives de sabotage des escouades rebelles. Ses fantassins étaient jeunes, fraîchement sortis des écoles militaires que le duc contrôlait, mais celles-ci étaient nombreuses et équipées avec le matériel neuf des usines de Brise-Fer.

Le pronostic que l'on pouvait tirer d'une telle situation conseillait la prudence, voire la retraite. Mais le triomphe à Dectroi et la bataille victorieuse à Rocca donnaient des ailes au jeune prince. L'élu des dieux ne craignait plus de se lancer à l'assaut. Le jeune homme prudent de Mange-Terre disparaissait sous le lustre du conquérant épris de justice. Phébus ne craignait rien ni personne, pas même sa propre témérité, ce qui était sans doute le plus inquiétant.

— Anglas possède tout un arsenal qui va ravager nos rangs si nous tentons un assaut frontal, résuma

Brutus. Nous devons revoir nos plans, Majesté. Attaquer maintenant serait nous condamner à essuyer des pertes terribles.

— Mais Anglas ne dispose pas de notre artillerie ! intervint Tibère. Nous avons pu récupérer de Mange-Terre des canons bien plus puissants que les siens. Le terrain est propice pour les positionner à portée de la cité…

— Tirer sur Lomvarde, général Marvelle ! Êtes-vous aussi fou que ce triumvirat qui usurpe le pouvoir ? protesta Montclair à l'autre bout de la table.

— Il ne s'agit pas de…

— Ne serait-ce qu'effleurer la muraille est inenvisageable, Tibère ! intervint Phébus. Je te l'ai déjà dit, tu vas devoir prendre patience pendant cette bataille. Ton artillerie se limitera à une force d'appoint. Ces conditions ne sont pas propices au déploiement de tes canons lourds…

— Ces conditions ne sont pas propices à un assaut tout court ! s'exclama Brutus.

Avec toute la considération et le respect que Brutus portait à Phébus, il ne pouvait accepter de voir son prince envisager une telle bataille en ignorant volontairement des éléments clés. Cet aveuglement devenait irrationnel. Le vieux général de Léry ne cessait de le répéter : si Anglas les avait laissés autant approcher de Lomvarde, c'était justement pour les empêcher d'utiliser l'artillerie, leur seul avantage ! Mais le prince ne voulait rien entendre, et personne dans l'état-major, hormis Tibère et Brutus, n'osait le contrarier. Malheureusement, si Brutus comptait amener peu à peu Phébus vers plus de raison, Tibère le braquait en présentant ses arguments sans diplomatie.

La répugnance qu'inspirait la force mécanique vapeur aux plus traditionalistes officiers de la rébellion se focalisait de plus en plus sur la personne même du général d'artillerie. Il n'arrangeait rien en faisant la sourde oreille. Si la jeunesse expliquait facilement le manque de discernement de leur prince, elle ne pouvait servir à Tibère, qui avait sa carrière derrière lui.

À la différence de Brutus, qui n'aspirait qu'à une retraite en ordre vers un lieu plus propice pour mener bataille, le général Marvelle souhaitait qu'on rompe avec les anciennes superstitions. Il ne comprenait pas pourquoi les autres officiers s'acharnaient à écarter son corps d'armée. L'idée même que l'on puisse entretenir des préjugés aussi stupides au sein des forces rebelles lui paraissait invraisemblable. Phébus devait changer l'Empire et cela commençait par changer la guerre ! Lomvarde était peut-être sainte, interdite aux armes de toute nature, mais cela valait-il encore en ces temps troublés ? Il fallait dépasser ces idioties ! Quitte à choisir, Tibère se rangeait du côté du général de Léry.

Brutus attendit de voir comment Phébus allait réagir à cette énième intervention. Les divergences étaient si profondément ancrées qu'elles risquaient de mettre à mal la cohésion du commandement tout entier. Les jours passant, la tension s'élevant à des niveaux jamais atteints, le prince se renfermait et se démarquait de plus en plus des conseils de ses deux fidèles généraux.

L'éclatement du haut commandement n'était plus un risque, il devenait une réalité, pensa Brutus en voyant son prince serrer les poings. Or l'honneur du militaire réside aussi dans le combat qu'il mène entre son devoir et sa volonté. Il fallait changer de stratégie et raccommoder ce qui pouvait encore l'être. Se soumettre ou se démettre, Brutus ne pouvait se résoudre à la seconde option.

— Nos récentes victoires doivent nous pousser à avancer toujours plus vers Seth. C'est une course contre la montre, nous devons vaincre Anglas ici ! lança Phébus d'un air confiant.

— Bien dit, Majesté ! souligna Montclair, ce qui lui valut un regard sévère de Léry.

— Votre Majesté a raison, commença Brutus. Nous ne devons pas reculer. Mais pour assurer au mieux la victoire, il faut savoir surgir au bon moment ! Laissons à Saint-Loup et aux régiments éparpillés le temps de nous rejoindre eux aussi ! Nous parlons là de dizaines de milliers d'hommes ! Temporisons. De plus en plus de villes font défaut au pouvoir des trois princes, les marchandises peinent à parvenir jusqu'à Seth, les nouvelles extérieures sont bonnes ! Même les ondes ont du mal à camoufler la situation. Nous pouvons attendre.

— Et laisser encore plus de temps à Anglas ? Lui aussi a des dizaines de milliers de soldats en réserve, déclara Gaspard de Montclair en pointant la lettre à son tour. J'ai traversé l'Empire pour vous rejoindre, Majesté, j'ai vu la réalité ! Les cités attendent un vainqueur, tout comme la population ! Il faut l'emporter vite et mettre un terme à cet infâme coup d'État. Tous les sujets de l'Empire en ont besoin !

— Qui dit le contraire ! Personne ne veut s'enliser, c'est évidemment ce que nous souhaitons tous ! Nous nous battrons jusqu'à la mort pour vous, Majesté, s'enflamma Tibère. Nous vous suivrons jusqu'aux

Arènes… Mais si vous refusez de vous servir de mon artillerie…

— Général Marvelle, cette discussion n'aura pas lieu ! Je vous ai déjà fait savoir ma position là-dessus, coupa Phébus, inflexible.

Brutus soupira intérieurement et attendit que Phébus se détournât pour faire signe à Tibère de se taire. Léry avait fait la première éducation du prince et il comprenait son ambition : prouver à Seth que s'opposer à son armée ne servait à rien, et inscrire cette vérité aussi bien dans la chair que dans l'esprit. Les leçons avaient porté et le prince souhaitait se presser sur le chemin du triomphe, en volant de victoire en victoire. Cela renforçait le moral des troupes qui se sentaient protégées par les dieux. L'ennemi devait toujours être pourchassé, la clémence n'était bonne qu'après la dernière bataille. Si Brutus louait cette volonté, il craignait aussi ce qu'elle renfermait de plus sombre.

Maintenant que le pouvoir du nouveau Triumvirat était apparu au grand jour, tout était devenu plus clair et incertain à la fois. Quel camp la gloire choisirait-elle ? C'était la question que tout le monde se posait. La défaite militaire du Conseil restreint était devenue leur unique but et elle seule indiquerait aux sujets le nord de leurs sentiments. L'inéluctable arriverait donc. La confrontation devait avoir lieu, Brutus aussi la souhaitait. C'était bien naturel pour le vieux général qui pensait que l'ardeur au combat prouvait la valeur d'un prince, mais un tempérament impétueux ne devait pas devenir la source d'une défaite. Le doute l'assaillait depuis trop de jours… Il fallait qu'il réussisse à faire confiance à son prince, jusqu'au bout.

En cas de victoire, de nouvelles troupes accourraient, après avoir abandonné le service du Triumvirat ; dans le meilleur des cas, les usurpateurs chercheraient à négocier avec Phébus. Peut-être se rendraient-ils. Les princes n'auraient sans doute pas le temps d'organiser une nouvelle force pour contrer leur avancée. Le gain pouvait être énorme, Brutus le savait. Mais quelles seraient les conséquences d'une défaite ? À celui qui en accepte les dangers, le risque paie toujours comptant, mais personne ne sait d'avance si ce salaire est fortune ou ruine.

Rien n'est impossible lors d'une bataille, voilà ce que lui avaient appris ses nombreuses années de carrière militaire. Était-ce sa vieillesse qui l'empêchait de prendre tant de risques alors que d'autres solutions étaient disponibles ? Dans son for intérieur, le vieux Brutus prit enfin la décision de soutenir son prince s'il ne parvenait pas à le dissuader d'attaquer Lomvarde lors de cette réunion. C'était sa dernière chance. Autour de lui, les officiers continuaient d'échanger sous l'œil implacable de Phébus.

— Plus nous attendons, et plus nous permettons à Anglas de se renforcer…

— Nous n'avons pas de nouvelles de Saint-Loup, et attendre les autres régiments impliquerait de rester ici pendant au moins deux semaines, un mois peut-être… Anglas nous délogera et nous perdrons l'initiative.

— Saint-Loup a peut-être échoué à traverser leurs lignes !

— Nous n'avons pas les moyens de faire un siège, mais Anglas non plus ne peut pas prendre le risque que nous attaquions la Cité sainte. Son image en pâtirait trop…

Tout le monde souhaitait l'affrontement, mais personne ne le voulait pour le lendemain. Il fallait cependant prendre une décision et ni Brutus ni Tibère ne furent étonnés de voir le colonel de Montclair adopter une contenance dramatique pour s'avancer vers Phébus. Brutus eut un dernier geste qui mourut aussitôt. Il avait perdu.

— Nous sommes prêts à donner notre vie pour vous, Majesté ! Ordonnez et nous irons combattre ! Il n'est pas de rempart qui puisse retenir vos armées. Vous avez la justice des dieux pour vous. Nos corps et nos âmes vous appartiennent et nous vaincrons ce traître d'Anglas ! Comme votre père, nous saurons transformer cette situation terrible en une formidable victoire. Comme votre père, nous repousserons les limites de la gloire ! Nous sommes portés par la justice, par la véritable tradition et par votre courage héroïque. Le prince de Virolles vous craint ! Prouvez-lui que cette crainte n'est pas suffisante, que seule la soumission pourra lui épargner l'ire de nos dieux, par la grâce de votre volonté !

Le colonel s'agenouilla brusquement. Son air de chien fidèle finit par l'emporter. C'est d'un théâtral, pensa Brutus. Tous les officiers imitèrent Montclair avec empressement. À genoux, ils étaient à la fois grands et pathétiques.

Il fallait se rendre à l'évidence. Jamais Phébus ne consentirait à reculer ou même à reporter l'assaut. Avec un léger temps de retard, Brutus et Tibère s'inclinèrent à leur tour.

Le jeune prince ressentit une immense fierté. Les meilleurs soldats de Seth l'entouraient et étaient prêts à le suivre jusqu'aux Arènes de Nyal et Abaal. Ils croyaient en lui, tout comme il croyait en eux. Les dieux ne pouvaient que veiller sur des hommes et des femmes d'une telle vertu.

Comme les journées grises et froides de Mange-Terre lui semblaient lointaines ! Comme les bals d'Yissar et les heures d'entraînement dans la salle d'armes paraissaient irréels, comparés à l'intensité qu'il éprouvait à cet instant. La canopée des Marcous reflétait toujours la douce lumière des deux lunes, la poussière recouvrait toujours les chemins qu'il avait parcourus depuis deux ans, et pourtant tout avait changé. Devant lui, un chemin pavé d'or et de sang se déroulait qui le mènerait à la gloire, la gloire de Seth.

Phébus, les contemplant comme un père ses enfants, leva les mains pour les bénir tous. Il était prince de la Guerre du plus grand Empire de l'Acréon et du cercle-monde. Sa jeunesse rendait tout possible. À ceux qui trahissaient leurs ancêtres, il donnerait le châtiment. À ceux qui oubliaient l'avenir, il rendrait la conscience. Quel sentiment pouvait éprouver un être aimé des dieux ? À cette question Phébus avait désormais la réponse.

— Nous attaquerons à l'aube. Les dieux sont avec nous ! décréta le prince.

L'assemblée répéta ces mots avant de se relever. Tibère et Brutus s'inclinèrent à nouveau pour prendre congé de leur prince qui discutait déjà avec le colonel penché au-dessus de la carte tactique. Phébus ne leur adressa pas un regard, mais Gaspard de Montclair ne se priva pas d'un tel plaisir. Il avait gagné et son air éclatant prouvait que cela n'avait rien de fortuit. Le colonel cachait bien son jeu : lui qu'on présentait volontiers comme grossier avait emporté la mise dans la foulée de son arrivée. Il gagnerait sans doute le grade de général en cas de victoire. Brutus accepta la défaite avec sérénité. Désormais, tout était clair dans sa tête : il fallait obéir.

Une journée suffit à l'armée rebelle pour se mettre en branle. Les tentes furent démontées, les grands draps blancs repliés tandis qu'on désassemblait les armatures. Les feux furent prestement éteints avec des seaux d'eau qu'on remplissait dans les abreuvoirs des chevaux de la cavalerie, tandis que les citernes servaient à remplir les chaudières des chars et des autos blindées.

La troupe retrouvait enfin l'atmosphère vaillante du départ de Mange-Terre. Les souvenirs des longs mois d'attente et l'enthousiasme des premières victoires se ravivèrent dans l'esprit des soldats. La situation était si comparable que l'issue de cette bataille leur semblait certaine. Pour autant, cela n'empêchait pas les officiers de galvaniser les hommes en passant dans leurs rangs, la bouche pleine de phrases truculentes comme aiment en entendre les gens d'armes.

Ils étaient prêts à combattre, impatients d'en découdre. La même tentation qui obsédait leur prince se lisait dans leurs gestes fébriles d'excitation. Jouer le sort, tromper la mort, recueillir les broches d'épine et l'amour des femmes. Tous rêvaient de rentrer dans leur païs avec fierté, leur diplôme de franc-loyal sous le bras. Une fois que l'on était devenu quelqu'un aux yeux des siens, sentir le vent dans les arbres et entendre les chansons rituelles autour du grand feu de solstice devait avoir une autre saveur…

Plusieurs trompettes retentirent et les colonnes se mirent en mouvement. La cavalerie en tête, avec ses chevaux et ses blindés, suivie de l'infanterie longée par le cortège de canons légers et de mitrailleuses vapeur. L'artillerie lourde avait encore du temps avant de prendre la dernière position. Les grosses machines inutiles resteraient à l'arrière. Les artilleurs des petits calibres s'étaient équipés en silence face à l'évidente consternation de leurs camarades qui étaient exclus du combat.

Debout sur la plateforme d'un de ses canons, Tibère broyait du noir. Il n'aperçut qu'au dernier moment le général de Léry qui galopait dans sa direction. Brutus pila devant lui et contempla le spectacle du même air sombre.

— Montclair est un abruti, laissa échapper Tibère. Il croit que nous allons affronter les sauvages d'Ar Nigma… Il n'a aucune idée de ce qui nous attend !

— Je le sais bien, Tibère.

— Je ne les comprends pas ! Leurs réticences à l'égard de l'artillerie sont d'un autre âge, Brutus ! Nous courons à la catastrophe. Lomvarde ne ressemblera pas à Dectroi, ni à Rocca. À quoi bon prétendre changer l'Empire, si on n'y veut rien changer ?

— Tibère…

Le général d'artillerie frottait mécaniquement du pouce un engrenage de sa machine. Brutus, à côté de lui, maîtrisait son cheval dont les naseaux frémissaient à l'odeur de la bataille. Tibère ne put s'empêcher de lui jeter un regard blasé.

Malgré l'invention des autovapes, les officiers continuaient de se déplacer et de combattre à cheval. Leur prestige, disait-on, en dépendait. Voilà encore une chose qui agaçait l'artilleur. Les chars n'étaient pas utilisés à leur juste valeur, les autovapes blindées non plus, comme si l'évolution technologique dépassait, et de loin, l'évolution des esprits. Son regard se perdit à l'horizon. Il remonta son col aux galons rouges pour se protéger du vent.

— Je croyais avoir convaincu Sa Majesté quand je suis venu lui rendre hommage la première fois. Tu te souviens, après la mort d'Urien ? Je lui ai apporté les batteries de Fort Renard sur un plateau, je lui ai promis que mes canons le protégeraient, je lui ai juré de l'aider toujours pour le bien de l'Empire, pour le bien de tous !

— Et c'est ce que tu vas faire…

Le général aux favoris grisonnants avait les larmes aux yeux en se remémorant le jour où il avait fait allégeance au fils d'Urien. La plupart des gradés expérimentés avaient répugné à s'agenouiller devant un jeune homme de vingt-quatre ans ; ils n'y avaient consenti que de mauvaise grâce. Comme Brutus, Tibère ne s'était pas arrêté à son âge ; au contraire, il avait vu en lui un jeune chef qu'il fallait aimer et protéger. Il s'était vite lié avec ses deux compagnons, Astrée de Saint-Ange et Drakar Varo, qui ne partageaient pas les réticences des autres officiers envers la force vapeur. Tibère regretta Alfred, avec qui les discussions étaient toujours passionnantes et enragées. Il ne l'avait pas revu depuis qu'ils étaient partis de Seth. Brutus comprenait son désarroi.

— C'est ce que tu vas faire, répéta Brutus. Et c'est ce que je vais faire moi aussi. Phébus veut jouer le tout pour le tout. Et je t'avoue que je ne sais pas qui de lui ou de nous a raison.

— Mais tu disais…

Brutus se redressa sur sa selle en masquant la douleur qu'il ressentait dans son dos et tout le corps. Les dernières semaines avaient été éprouvantes pour son âge, mais il aurait préféré mourir que de l'admettre.

— Je dis que nous pouvons attendre, et Anglas peut très bien décider de nous attaquer le premier. Qui sait ce qui va arriver ? Si nous l'emportons maintenant, c'est un coup d'éclat qui nous ouvrira la route aussi sûrement que tes canons.

— Mais si nous perdons, Brutus…

— Que cela n'arrive pas, c'est là notre devoir. Écoute-moi bien, Tibère. Varo s'est emparé de Valôme ; Herse-en-Sol lui a ouvert ses portes grâce aux contacts de son père. Il avait pour ordre de se rendre discrètement à Bramassa. Visiblement il n'en a pas tenu compte… Et quelle a été la réaction de notre prince ?

— De la satisfaction…

— Oui. Phébus n'avait même pas envisagé que la chose fût possible. Désormais, un amiral fidèle peut emporter tout le païs du Navis, et Phébus apparaître comme un stratège des plus rusés. Qui sait, peut-être que Pengruel de Saint-Ange ouvrira les portes du Roc Archange sans combattre…

— Tu rêves ! Cette vieille engeance ! Il doit être en train de fulminer contre ce maudit prince qui entraîne sa fille dans son hérésie ! Bleu-Démir résistera.

— Prière, Tibère ! dit le général qui n'aimait pas qu'on parle en mal de ce vieux camarade. Toujours est-il que Varo est en train de nous rendre un fier service, et cela, en désobéissant à Phébus. Il lui apporte des résultats !

Tibère se tourna vers Brutus qui regardait calmement l'armée s'engouffrer sur les chemins de terre menant à la Cité sainte. Lomvarde n'était qu'à quelques lieues et l'armée aurait le temps de se positionner devant le petit village de Mortcerf-la-Clairière avant le lever du soleil.

— Tu ne peux pas te préparer en bravant les ordres de Phébus. Tu ne pourras pas participer à l'attaque comme tu l'aimerais…

— Mais…

— Non, Tibère. Nous avons juré tous les deux d'obéir à Phébus jusqu'à la mort, et nous le ferons si cela est nécessaire…

— Si Varo et Saint-Ange étaient là, peut-être aurions-nous réussi à lui faire entendre raison…

Brutus accueillit les propos de l'artilleur d'un sourire ironique. Les deux jeunes officiers n'avaient pas plus de sagesse que leur prince. Plusieurs trompettes vinrent couvrir le bruit cadencé des bottes sur la terre battue, et les premiers sifflements des chaudières à vapeur retentirent dans la cohorte des camions blindés. Deux aides de camp déboulèrent au galop non loin d'eux. Les galons dorés montraient leur appartenance aux régiments de Brutus.

— Mais tu n'as pas tort sur un point. Fais comme Varo ! Trouve quelque chose qui aille au-delà des attentes de notre prince… En attendant, je serai à ses côtés pour mener nos troupes vers la victoire.

— Sommes-nous déjà trop vieux pour l'audace, Brutus ? interrogea Tibère, qui réfléchissait à voix haute.

— Je l'espère, répondit le vieux général, qui laissa planer un silence de quelques secondes avant de le saluer. Que Nyal et Abaal nous prêtent vie, et sinon…

— Rendez-vous dans les Arènes ! cria Tibère à Brutus qui s'éloignait déjà.

Le général d'artillerie resta immobile quelques secondes à méditer ces paroles. La bataille serait forcément terrible. Anglas ne les laisserait pas arriver au pied des remparts sans réagir. Sitôt qu'ils auraient pris position à une demi-lieue de la Cité sainte, les armées d'Anglas s'apprêteraient à les accueillir. Le nouveau commandant des armées impériales n'aurait aucun scrupule à faire donner l'artillerie, pensa-t-il. La brutalité de l'assaut qui s'ensuivrait écœura son imagination.

Il avait vécu le Pont de Terrelle, la dernière grande bataille menée par Urien Karzian d'Estée. Le récit que l'on en faisait à la capitale n'avait rien à voir avec ce qu'il avait vécu. On oubliait toujours les milliers de morts et la complicité du Royaume Volant, qui avait transformé des barbares en dangereux guerriers. Où étaient à présent les milliers de jeunes soldats qui avaient chargé la cavalerie ennemie à la baïonnette ? Dans des fosses communes dont on s'était empressé d'oublier l'emplacement. Qui parlait encore des damnés de Kar-Morin qui avaient lutté pendant un mois, seuls dans une tour perdue au milieu du désert, assoiffés et sans vivres ? Personne. Et pourtant, Tibère, lui, n'avait rien oublié.

Il revit le prince Urien, un colosse, pleurer en apprenant la destruction totale des trois régiments qui avaient tenu l'arrière-garde, pendant que le gros de son armée traversait le pont et se préparait à repousser les tribus d'Ar Nigma. Le fils d'Urien, qui était le portrait craché de sa mère, éprouvait-il la même compassion pour ceux qui lui offraient leur vie ? Ces hommes avaient peut-être suivi Phébus en hommage à son père. Avaient-ils eu raison d'épouser sa cause contre le Conseil ?

Tibère se secoua. Ce genre de pensées n'aidait en rien. La guerre exigeait qu'on oublie le passé et le futur. Elle n'était qu'un présent écrasant qui affranchissait l'esprit autant qu'il condamnait les corps. C'était peut-être pour cette raison qu'elle procurait à tant d'hommes et de femmes un plaisir macabre et libérateur.

Un aigle volait haut dans le ciel. Il remonta un courant ascendant en décrivant de grands cercles gracieux qui l'élevèrent un peu plus vers le soleil. Tibère le regarda atteindre la bonne altitude avant d'agrandir la boucle de son vol pour couvrir le maximum de terrain. Une idée surgit dans l'esprit du général qui sauta au sol et se dirigea vers ses aides de camp cantonnés à l'arrière, déboussolés par l'inaction. Si l'artilleur ne pouvait utiliser ses grands canons pour attaquer, ses géants pouvaient servir autrement. Tout dépendait de l'issue de la bataille.

21

La bataille de Lomvarde

Au moment de la charge,
Au moins sait-on pourquoi l'on meurt.
Nous avons vécu.
Et c'est sans regret
Que nous partons chercher la gloire.

La vie se meurt
Quand personne ne meurt pour elle.
Ce soir, mille soleils se coucheront sur la plaine.

Prières de guerre,
Commandant UZERO, 78VII

Cela faisait bien longtemps que n'avait pas eu lieu un affrontement aussi remarquable par son ampleur et la qualité de ses armées. Depuis trois décennies, les opérations que Seth menait se cantonnaient à occuper des territoires face à des troupes hétéroclites, mal équipées et souvent ignorantes des choses de la guerre moderne. Dectroi et Rocca n'étaient que des amuse-gueules. La bataille de Lomvarde serait décisive.

Au moment où, dans l'Empire, les sujets matinaux ouvraient leurs volets et où les damnés se découvraient d'une maigre couverture face aux dernières étoiles, les soldats de Phébus se préparaient à l'assaut. Cette nuit, la forêt n'avait pas dormi. Les cris de la troupe qui la traversait retentissaient parmi les troncs feuillus. Les chars et les autovapes blindées crachaient leur vapeur dans les branchages, tandis que les hennissements nerveux des chevaux traçaient une route sonore en direction de la plaine où se tiendrait la bataille.

Plusieurs siècles de gloire militaire avaient nourri les esprits de contes et légendes. Dans les rangs, on se chamaillait pour savoir si les loups de Breneuve existaient vraiment, ou qui, de Jérôme la Hache et Ambale Deux-Lames, les jumeaux ayant combattu aux côtés du premier prince de la Guerre, était mort le premier ; on s'interrogeait sur ce que devaient ressentir les soldats qui avaient tenté de conquérir le Royaume Volant de Tallid au Ve siècle.

Les filaments lumineux tissés dans le ciel nocturne s'ajoutaient aux deux lunes et baignaient la nuit d'une clarté laiteuse. Les officiers comme les soldats acceptaient le présage, tout en regrettant qu'aucun nuage ne vienne assombrir la voûte céleste. Les éclaireurs d'Anglas n'auraient aucun mal à distinguer l'avancée des troupes. Telles étaient les conditions d'une bataille : incertaines et capricieuses. Le premier engrenage en action, il fallait mener la machine jusqu'au bout. Le poids de l'attente en moins, les soldats se dirigeaient avec impatience vers la gloire ; peut-être aussi vers la mort.

Forte de soixante mille hommes, l'armée de Phébus s'étalait sur deux lieues. L'état-major s'arrêta sur les hauteurs qui dominaient le village abandonné de Mortcerf-la-Clairière. Ce n'était qu'un village composé de fermes et de quelques échoppes, sans grande valeur stratégique. Les paysans avaient déserté l'endroit depuis plusieurs jours. Les carrés se reformèrent, les lignes se fixèrent au gré des bataillons. Les compagnies blindées vinrent se positionner en appui ou en réserve. Les citernes d'eau furent installées pour le ravitaillement et la cavalerie profita d'un dernier instant pour distribuer aux chevaux une ration d'avoine. Aucun soldat ne pouvait éviter du regard la somptueuse cité qui s'étendait au-delà du village, ni l'armée des trois princes campée devant.

Les remparts ceinturaient la ville comme un ruban autour d'un écrin. Les habitations cossues et blanches grimpaient le long des versants d'une unique colline jusqu'aux abords de la cathédrale Sainte-Source, dédiée à Algard et Vanoë, le Premier Couple, père et mère des dieux. Sa majestueuse flèche, rénovée deux décennies plus tôt, donnait le vertige à qui la contemplait. Seule l'existence des dieux permettait de comprendre qu'elle puisse s'élever aussi haut dans l'azur infini. La cité tout entière inspirait le respect et la profondeur de la foi.

La cathédrale était bâtie à l'emplacement du premier temple, que la princesse Jézabel de Vallons-Pleurs avait fait ériger à la fin de sa vie en déclarant la ville sainte. C'est elle qui avait parcouru à pied le chemin depuis Seth pour venir s'abreuver à la source qui jaillissait au sommet de la colline. Depuis lors, le temple devenu cathédrale renfermait les reliquaires de plusieurs princesses exposés dans des chapelles et l'eau continuait de guérir les souffrances des fidèles, ou d'en donner une illusion suffisante. Les nombreux pèlerins venaient déposer offrandes et pleurs sur le parvis. Ils n'oubliaient pas, comme le voulait la coutume, de marcher sur les pierres tombales des dignitaires de la Foi qui avaient reçu l'honneur d'être inhumés sous les dalles de la nef.

Aujourd'hui, Phébus ne se présentait pas en pèlerin. Face au spectacle de son armée, celle d'Anglas paraissait chétive. Est-ce parce qu'ils avaient pensé jour et nuit aux effectifs de leur adversaire, à sa puissance mécanique, que la vue de l'ennemi parut rassurante aux partisans du prince rebelle ? Tibère et les autres officiers soufflèrent discrètement. Certes, les troupes du Conseil étaient plus nombreuses que les leurs, mais de peu. Cela ne semblait pas insurmontable. Les éclaireurs avaient dû exagérer les chiffres, tout comme les commentateurs des ondes qui roulaient pour le pouvoir. Fallait-il craindre une lointaine réserve ? La vision dégagée qu'ils avaient du terrain, grâce à leur position dominante, démentait cette éventualité. Leurs positions verrouillaient les accès de la ville. Tant mieux si Anglas disposait de moins de forces que prévu. Le moral des troupes s'en vit renforcé ; la victoire était au bout du fusil.

L'aurore commença à se lever et fit blondir les épis dans les champs. Toute la nature était d'or, et la pierre blanchissait à vue d'œil. L'été ondulait dans la brise chaude et caressante. Un instant de silence se fit après une longue sonnerie de cor. Tibère, qui suivait le prince, se redressa sur ses étriers et se retourna pour contempler l'armée rebelle en ordre de bataille. Il y avait tant de têtes et de fusils, tant de ferveur et de détermination, que le doute qui l'étreignait depuis leur arrivée s'estompa enfin. Comment les dieux auraient-ils pu ne pas favoriser une aussi belle armée ! L'artilleur se concentra pour mémoriser l'image de tous ces soldats qui marchaient avec prestance, le pas assuré et le menton relevé. Son regard croisa celui de Brutus, qui ressentait la même chose. Quand, enfin, il capta l'attention de Phébus, ce fut comme si ces derniers jours, et toutes ces querelles inutiles, n'avaient jamais existé. La victoire allait être difficile mais la gloire du prince serait éternelle, pensa-t-il. Tibère savait qu'il avait fait tout ce qu'il pouvait.

Brutus de Léry partageait ce sentiment. Le doute n'avait plus sa place. Seul subsistait l'espoir de transformer une terrible audace en une victoire éclatante. Phébus pouvait réussir. L'infanterie était prête, galvanisée par ses officiers et soutenue par sa foi dans la justice du véritable prince de la Guerre. Les blindés et la cavalerie sauraient les soutenir et les appuyer. La stratégie élaborée par les généraux sous l'œil attentif de Phébus obligerait les troupes d'Anglas à se découvrir. Il fallait les attirer par la ruse loin des murailles et les faucher comme du blé tendre sur la grande plaine. Montclair avait approuvé le plan, qui donnait le beau rôle au corps d'armée qu'il avait constitué.

— Gardons la tête froide ! ordonna Brutus. Premier régiment d'assaut, préparez-vous !

— Pour notre prince, pour la justice, pour notre foi ! cria à son tour le colonel de Montclair, qui se dépêcha de rejoindre ses régiments.

— Que Votre Majesté ne prenne pas de risques inconsidérés ! Laissez-nous mourir pour vous, dit Tibère à Phébus avant de rejoindre à son tour ses canons légers.

— Pour l'Empire, nous vaincrons ! lança le jeune prince, qui fit signe à sa garde de rester en place.

Les régiments d'infanterie dépassèrent l'état-major en poussant des cris guerriers. Les officiers en première ligne accélérèrent le pas au son des tambours. Les panaches de vapeur étaient les seuls nuages dans le ciel pur du petit matin. En face, les premiers coups de fusils retentirent, et bientôt les canons.

Anglas Karzian de Varm était un amiral qui n'avait pas souvent pris la mer. C'étaient les honneurs dus au rang de sa famille, bien plus qu'une vocation personnelle, qui l'avaient hissé au sommet de la hiérarchie des forces maritimes. Loin d'être déboussolé par ce combat terrestre, il se sentait satisfait des événements. Le jeune prince avait foncé tête baissée vers Lomvarde, comme il l'avait prévu. Et comme il l'avait subodoré, Phébus ne s'était pas donné la peine d'envoyer une délégation exiger une négociation avant de s'élancer sur les murailles de la ville… Néanmoins, Anglas admettait que l'armée rebelle était impressionnante ; la bataille n'allait pas être une simple formalité. Phébus était parvenu à réunir autour de lui de nombreux régiments, des officiers expérimentés et une artillerie puissante, que l'amiral Karzian de Varm craignait particulièrement.

— Où se trouvent les canons lourds du félon ? demanda-t-il à son aide de camp, debout à côté de lui dans une autovape blindée.

— Les batteries du prince ne se sont pas positionnées, nous ignorons où elles se trouvent, répondit le lieutenant-colonel en lui tendant des jumelles. Il n'y a que de l'artillerie légère et de la mitraille…

— Je ne peux pas croire que Phébus refuse de se servir de son point fort, c'est une folie, commenta pour lui-même le duc commandant. Restons vigilants…

À travers les verres grossissants, Anglas pouvait observer les premières collisions entre les régiments ennemis qui portaient le même uniforme. Les coups de fusils se transformaient rapidement en coups de baïonnettes, et seul le brassard rouge des soldats loyalistes permettait de les distinguer. Les soldats s'écharpaient avec violence, et chaque commandement évaluait la rage du camp adverse à travers ces escarmouches. Les canons vapeur d'Anglas tirèrent plusieurs salves qui éclaircirent les rangs ennemis sans freiner leur progression. Phébus avait visiblement choisi une stratégie basique, brutale et frontale. Pendant un instant, Anglas se demanda si ses lignes soutiendraient la charge.

Dans la masse indistincte des combattants, les soldats couraient à travers les épis de blé mûr, évitant les balles fusantes et les éclats de mitraille que crachaient des gueules vapeur épaulant les régiments d'infanterie. Les fantassins de Phébus progressaient rapidement, à couvert dans les champs de blé qui n'avaient pas été moissonnés. Ne pouvant profiter de l'abri des chars qu'on avait réservés pour plus tard, ils devaient faire preuve de rapidité et d'agilité pour essuyer le moins de pertes possible. Il fallait tester l'ennemi d'abord et oser perdre un peu, pour gagner beaucoup.

Soudain, les deux fronts se trouvèrent et engagèrent les hostilités générales. Des cris puissants résonnèrent dans les champs et, de la même manière que le bûcheron coupe des arbres, les militaires se mirent à l'ouvrage en s'entre-tuant. Les soldats tirèrent d'abord des salves répétées avant de se jeter sur l'ennemi pour l'embrocher. Appuyée par des renforts de cavalerie qui venaient harceler les formations, la charge de Phébus faillit réussir du premier coup. Les commandants rebelles espérèrent que le choc physique entraînerait un choc psychique et que les troupes inexpérimentées d'Anglas allaient rompre. Précédés par leurs officiers, les soldats du prince de la Guerre s'enfoncèrent plus avant en faisant preuve d'un courage admirable. Ils n'hésitèrent pas à s'engouffrer dans les brèches pour contourner les bataillons et les isoler afin de les réduire.

Pendant une heure, Phébus crut ainsi que sa première charge allait suffire. Ses troupes continuaient de se rapprocher de la cité sans que celles du Conseil lui opposent de résistance sérieuse. Le jeune prince n'était pas dupe et savait que l'amiral avait tout intérêt à se maintenir aux abords de la cité. Il bouillait de ne pas être avec ses hommes, mais on lui avait défendu de prendre un tel risque. Phébus se sentait inutile. Brutus donnait ses ordres avec assurance, pendant que Tibère menait ses canons légers sur le théâtre d'opérations et que Montclair attendait impatiemment d'entrer en piste.

Soudain, un officier arriva en trombe, le visage couvert de poussière.

— Majesté, le colonel de Tarn est enfoncé ! L'aile droite est en train de se laisser submerger, faut-il sonner la retraite ?

— Non, un peu de patience. Que Tarn ne la fasse pas sonner trop vite ! Attendons un peu avant de crier à la débandade, dit le prince avec un calme apparent. Et que Montclair se prépare !

— Bien, Majesté !

Phébus avait intentionnellement élargi le front de

la bataille pour échapper à l'artillerie et inciter Anglas à chercher une brèche pour pousser sa chance en avançant. Il aurait bien aimé que sa première charge l'emporte, mais cette possibilité était trop mince pour qu'il ait sérieusement compté dessus. Aussi, un autre plan avait été décidé. Elliot de Tarn, jeune colonel fougueux, était suffisamment fou pour prendre le commandement d'une telle opération. Sa troupe s'était volontairement portée trop loin, feignant l'erreur tactique, pour attirer l'ennemi à elle. Dans leur panique feinte, les régiments du colonel de Tarn devaient désorganiser le reste des forces rebelles et faire croire à une bousculade généralisée. L'armée se reformerait derrière le village de Mortcerf-la-Clairière.

Cet enfoncement de l'aile droite ne passa pas inaperçu dans le camp loyaliste. C'était l'occasion rêvée pour reprendre l'initiative. Anglas aimait les contre-offensives. Il avait voulu voir ce que valaient les troupes de Phébus, mais n'avait nulle intention de le laisser avancer de trop, au risque de se retrouver coincé au pied des murailles. Le jeune prince avait démesurément étendu son armée et Anglas comptait mettre à profit cette erreur pour presser l'ennemi et casser son élan. C'était à son tempo que se jouerait cette symphonie martiale !

— Son flanc droit est trop maigre, nous allons pouvoir les pousser ! Pas de temps à perdre, regroupez et donnez le change sur la droite. Tirez-moi sur ces fuyards, pas de quartier ! hurla Anglas sur son blindé qui suivait à l'arrière des troupes.

— Amiral, tous nos régiments doivent-ils enfoncer la ligne ?

— Que tout le monde pousse ! Faites tirer les calibres à pleine cadence !

Les soldats rebelles entendirent le cor de la retraite sonner le long du front, touchant progressivement les combattants comme une vague lèche la grève. Feignant la débandade, ils rompirent le combat et se retirèrent à la hâte, en courant pour éviter les balles fusantes qui tentaient de les atteindre dans le dos. C'est alors qu'ils virent les obus fuser juste au-dessus de leurs têtes et faucher leurs camarades qui avaient reflué les premiers. L'amiral de Varm n'hésitait pas à leur tirer dessus grâce aux lourds canons qui s'appuyaient contre les murailles de la ville. En s'avançant dans la plaine, les troupes de Phébus s'étaient mises à portée, elles devaient désormais rejoindre les nouvelles positions sous une pluie d'acier mortel.

On zigzaguait, on s'accroupissait pour éviter un éclat et on sautait dans un trou le temps de comprendre ce qui se passait. Les obus hauts étaient les moins mortels, mais les tirs de boulets rasants permettaient aux projectiles de ricocher contre la terre en semant la mort dans les rangs rebelles. Ils vous arrachaient une jambe, un bras, vous trouaient la poitrine et vous emportaient la tête en un battement de cils. Quant aux obus, certains avaient la capacité d'exploser en plein vol, en semant une nuée d'éclats de fer qui transperçaient les chairs et clouaient les fantassins sur place. L'imagination des hommes est foisonnante quand il s'agit de donner la mort, car souvent il s'agit d'éviter la sienne. Plus une arme est terrible, plus l'ennemi redoute de l'affronter. Un furieux cri de triomphe retentit des rangs de l'armée loyaliste qui progressait avec le soutien de son artillerie.

Où étaient donc les canons du général Marvelle ?

Submergé par une frénésie hallucinée, Tibère passait dans les rangs de ses canons légers, tractés sur le champ de bataille pour apporter un soutien aux régiments désunis. L'artilleur maudissait les réticences religieuses et imbéciles des officiers qui livraient leurs propres soldats aux gueules de l'adversaire. Il aurait fallu jeter toutes ses forces dans la bataille et se servir de l'artillerie comme d'une pure arme offensive ! Les survivants passaient à proximité du général aux favoris grisonnants, le visage terreux, les cheveux ensanglantés. Tibère capta quelques regards vides, mais préféra focaliser son attention sur les batteries ennemies qui profitaient de l'avantage pour affermir leur pilonnage. Loin de vouloir reculer, Tibère donna l'ordre de se porter en avant, dans les blés hauts, pour se positionner à portée. Ses artilleurs intrépides ne bronchaient pas, la terre explosait autour d'eux en gerbes avides, mais ils restaient concentrés sur leur tâche. Ils chargeaient les canons vapeur, entretenaient les chaudières et exécutaient les calculs de tir avec un sang-froid remarquable. Tibère savait que son artillerie devait se poster au plus près des lignes ennemies pour développer sa puissance meurtrière. Ses dégueuloirs vomissaient leur mitraille presque à bout portant. Mais un des servants du canon juste à côté disparut soudain, emporté par un boulet, et Tibère prit conscience qu'ils allaient bientôt se retrouver isolés. Le général ne souhaitait pas donner ses pièces à l'ennemi et il savoura une dernière salve avant d'ordonner lui aussi la retraite.

Sur son cheval au sommet de la colline d'où il observait la bataille, Phébus vit ses régiments en déroute refluer vers lui. Quand bien même cela faisait partie de son plan, le jeune prince souffrit de voir ses soldats défaits et exténués ; certains portaient leurs camarades qui se vidaient de leur sang, laissant derrière eux une trace sanguinolente et funeste. Néanmoins, comme prévu, à une demi-lieue devant eux, l'armée d'Anglas au complet progressait à son tour dans les champs de blé, en bon ordre. Les quelques blessés sur son chemin étaient achevés sans ménagement.

De son point d'observation en hauteur, l'état-major rebelle regarda fébrilement ses troupes se reformer au pied de la colline, à l'abri derrière Mortcerf-la-Clairière, tandis qu'un gros détachement de l'armée d'Anglas s'apprêtait à prendre le village d'assaut. Il fallait les laisser pénétrer à l'intérieur pour les y fixer. Mortcerf-la-Clairière ne pouvant être abandonné à l'ennemi sans résistance, quelques régiments de Phébus tenaient les petites rues et les bâtiments principaux afin de laisser au reste des troupes rebelles le temps de reprendre leur souffle et leur nouvelle formation. Il ne fallait surtout pas qu'Anglas se doute du piège.

Cela faisait trois heures déjà que la bataille avait débuté. Le gros des régiments de Phébus se maintenait aux environs des habitations pour bloquer les troupes de l'amiral autour du village. Deux détachements autonomes, plus distants, gardaient une position ferme sur les accès et prévenaient ainsi la possibilité d'un mouvement tournant. De cette manière, Phébus imposait à Anglas de se poster à un endroit précis et se créait une situation défensive qui l'avantageait. Pour reprendre l'initiative, le duc devait isoler les forces du félon et insister sur la prise du village qui contrôlait les communications. C'était une évidence tactique et Phébus comptait là-dessus pour tromper son cher cousin. Au bout d'une heure de combat acharné, les troupes de l'amiral de Varm réussirent à emporter le village et cette prise marqua une légère accalmie.

Mais, pour l'emporter, Anglas avait dû s'avancer en force, loin de l'ombre protectrice des murailles et de ses gros calibres. Les soldats du Triumvirat commençaient à préparer les positions d'artillerie qui progressaient péniblement, ralenties par le sol mou des champs ; les roues crantées accrochaient la terre et laissaient une ornière profonde. Les canons se préparaient à tonner. Un œil non averti aurait cru à la victoire totale des forces loyalistes, mais c'était compter sans l'habileté du jeune prince qui avait conçu sa retraite comme une fausse dérobade. Il fallait qu'Anglas se sente en confiance et que ses troupes croient la partie gagnée. Un drapeau impérial flotta au-dessus de la maison commune du village et Phébus sut que la contre-attaque était imminente.

Le bruit caractéristique d'une cavalcade se rapprocha et le prince vit Brutus de Léry et sa suite d'officiers arriver. Le vieux général stoppa net devant lui et serra la bride à son cheval qui piaffait d'excitation.

— Anglas a mordu à l'hameçon ! annonça Brutus, qui revenait de la manœuvre.

— Quelles sont nos pertes ? demanda le prince d'un air plus sombre qu'il ne l'aurait voulu.

— Acceptables. Ce n'est pas le moment de

faiblir, dit Brutus autant pour lui-même que pour son filleul.

— Montclair, es-tu prêt ?

— Oui, Majesté !

— Donne donc ta leçon !

Montclair acquiesça sans un mot et partit à l'arrière chercher son armée. Des régiments d'infanterie aguerris, des divisions blindées et surtout une force de cinq mille cavaliers lourds, cuirassés, sabre au clair, sortirent des bois qui les protégeaient des regards ennemis. Le colonel à leur tête, cette armée autonome se mit au trot et contourna lestement les positions du prince de la Guerre et le village de Mortcerf-la-Clairière, puis la cavalcade accéléra. Avant que l'ennemi ait le temps de réagir, Montclair ordonna la charge.

Les soldats du Triumvirat virent plusieurs milliers de cavaliers déferler sur eux, comme un raz-de-marée, une coulée de lave ou le tonnerre des enclumes de Befesto le Forgeron en personne. C'était une seule masse, une masse grouillante, vivante et galopante qui faisait vibrer l'air avant de fracasser les corps ; la charge était immense. Ce n'étaient pas des hommes sur des chevaux, mais des êtres mythiques comme on en croisait dans les récits du Faëton, des créatures infatigables et immortelles. Le sol tremblait plus violemment que sous les chenilles des chars, et le bruit des sabots donnait l'impression qu'une montagne s'écroulait sur eux.

Le colonel en première ligne, les cavaliers de Montclair sabrèrent les têtes, les poitrails des chevaux, propulsant les soldats désarticulés sur leurs camarades terrifiés et piétinant furieusement les blessés. Le colonel se battait comme une bête écumante de Perrotin le Sanglant et entraînait ses soldats toujours plus loin dans les positions ennemies. Ses autovapes blindées filaient dans les champs de blé et traçaient au milieu des épis des routes qui facilitaient le déploiement de l'infanterie les talonnant. Cette fois, les chars servaient de couvert et permettaient d'éclaircir les rangs ennemis grâce aux lourdes volées de mitraille et aux tirs cadencés des mitrailleuses vapeur.

Prises au dépourvu, les troupes d'Anglas se firent proprement trancher en deux. Une partie reflua vers la Cité sainte pendant que l'autre se retrouvait prise au piège dans l'enceinte de Mortcerf-la-Clairière. La manœuvre avait brillamment réussi. La cavalerie poursuivit sa charge et volta avant de revenir creuser son sillon, tandis que l'infanterie se servait des blindés pour se protéger des murailles de Lomvarde et couper la retraite des troupes enfermées dans le village. L'état-major de Phébus poussa un cri de victoire.

— Que le colonel de Tarn se charge de maintenir nos flancs à l'abri !

— Le colonel est déjà prêt, ses troupes ont repris l'assaut, lui indiqua Brutus, qui venait d'écouter un messager. Maintenant, il nous faut les culbuter une bonne fois pour toutes !

— Très bien. Ma garde, avec moi ! s'exclama Phébus en sortant son pistolet vapeur de son étui, avant d'éperonner son cheval d'un mouvement sec.

— Phébus ! cria son parrain sans pouvoir le retenir.

Le prince trouvait insupportable de voir ses soldats combattre sans lui. Il était inconcevable qu'il n'ait pas risqué sa vie une seule fois durant la bataille ! Cette victoire devait être la sienne. Prête à tout pour son jeune héros qui avait la faveur de Nyal et Abaal, la garde s'avança comme un seul homme. Phébus était entouré des meilleurs soldats de l'Empire, des vieux loups, des ours, des lionnes assoiffées qui avaient trempé plus d'une fois le nez dans l'ivresse des champs de bataille.

À leur tête, il chargea les régiments d'Anglas qui tenaient Mortcerf-la-Clairière. Phébus étincelait dans le soleil, désormais haut dans le ciel, qui frappait la terre de ses rayons ardents ; sa figure, plus belle qu'à Rocca, plus grave que le jour du départ de Mange-Terre, resplendissait comme si le prince était un dieu. On ne pouvait s'empêcher d'admirer son courage.

Ce fut aussi le sentiment d'Anglas qui voyait, grâce à ses jumelles, son jeune cousin fondre sur le village. Il fallait réagir au plus vite ! Heureusement, le duc Karzian de Varm avait prévu cette possibilité. Et les troupes de Phébus venaient de commettre une erreur fatale : emporté par sa fureur et sa soif de sang, Montclair avait porté sa charge trop loin, abandonnant son infanterie et ses blindés ; sa cavalerie compacte était désormais à la portée des canons du duc. Seule l'artillerie lourde du général Marvelle aurait pu maintenir à l'abri les troupes de Montclair, en martelant les positions d'Anglas par une pluie d'obus. Phébus semblait s'être soumis aux préceptes les plus archaïques du Faëton. Anglas n'avait que faire de ces vieilleries.

— Faites tirer tout ce que nous avons sur la cavalerie et faites sortir les troupes de Lomvarde pour la contre-offensive.

— Maintenant, Monseigneur ? Ne faudrait-il pas

temporiser ? demanda son aide de camp, impressionné par les innombrables cavaliers rebelles qui semaient la mort sur leur passage.

— Maintenant, répondit Anglas avec calme.

Les quelques canons lourds qu'ils avaient transportés depuis Seth tirèrent plusieurs salves, mais ce fut surtout l'artillerie mobile qui cracha sa mitraille et ses boulets et faucha les forces de Phébus. Si la cavalerie est une arme puissante, un cheval à qui il manque une jambe n'est plus bon à rien et son cavalier devient un simple piéton. Les pertes furent immenses. Montclair se trouvait pressé d'un côté par l'artillerie, de l'autre par l'infanterie ennemie qui refluait du village, où Phébus et sa garde faisaient des dégâts terrifiants. Pourtant, la situation n'était pas encore désespérée, elle le devint juste après.

Les portes de Lomvarde s'ouvrirent pour déverser sur la plaine des régiments frais et dispos, les meilleures troupes dont l'amiral disposait. Au mépris de toutes les traditions et lois religieuses qui interdisaient les armes au cœur de la Cité sainte, Anglas les avait cantonnées derrière les murailles pour s'assurer une réserve invisible aux yeux de l'ennemi. C'était pour cette raison que les officiers du prince de la Guerre avaient trouvé ses effectifs peu nombreux et sa force blindée plus faible encore. Les chars fonçaient sur les routes qui longeaient les champs, pendant que l'infanterie, en carré solide hérissé de baïonnettes, se projetait vers la cavalerie qui s'était débandée sous les tirs d'artillerie.

Montclair tenta de rassembler ses forces, mais le champ de bataille était désormais trop large pour que ses ordres atteignent à temps ses officiers. Au contraire, les forces d'Anglas avaient une vision claire des opérations et savaient parfaitement ce qu'elles devaient faire. Le colonel lutta, le temps que l'information parvienne à l'état-major de Phébus. Il fit courageusement front avec ses hommes devant l'ennemi et réussit à ralentir sa progression. Galopant entre les boulets de canon, la mitraille des chars et les lames des soldats qui prenaient position, sa cavalerie se montra héroïque. Sa détermination ne pouvait malheureusement l'emporter face à la force mécanique écrasante de l'adversaire. Ses cavaliers se faisaient désarçonner, fauchés en plein galop par une rafale ou un tir précis, son infanterie tentait de se reconstituer, mais ses rangs tombaient les uns après les autres, sans savoir comment réagir. Les blessés étaient abandonnés par leurs frères qui fuyaient sans se retourner.

La consternation s'abattit sur l'état-major rebelle qui contemplait le massacre du haut de la colline. La poche du village et celle que formaient les nouveaux régiments d'Anglas étaient désormais impossibles à contenir simultanément. Il manquait du temps pour reprendre le village et se porter au secours des troupes attaquées. Montclair était allé trop loin, trop vite, et on ne pouvait pas se permettre de laisser une force ennemie sur ses arrières.

Les régiments du duc remontaient les champs et parviendraient bientôt à rejoindre la position forte de Phébus. Quand le colonel de Montclair ordonna au reste de sa cavalerie la retraite totale, tout le monde sut que la bataille était perdue. Tout le monde, sauf Phébus.

Ivre de rage, il revenait à peine d'une charge qui avait fait des ravages à Mortcerf-la-Clairière et n'avait pris conscience de la situation qu'en voyant la mine décomposée de ses officiers. Anglas avait trahi sa foi ! Anglas avait renié les dieux et les traditions en s'autorisant ainsi l'infamie de faire pénétrer la guerre au cœur d'un sanctuaire sacré ! Le jeune prince ne pouvait pas croire qu'un geste aussi vil allait offrir à son cousin les palmes de la victoire. Un tel blasphème, les dieux ne pouvaient le permettre !

— Nous devons sonner la retraite, insista Brutus.

— Nous n'avons pas les moyens de reprendre l'offensive, tenta Tibère, qui venait d'arriver et regrettait une fois encore, sans oser le dire, que son artillerie ne soit pas là pour rabattre les prétentions du duc.

— Montclair a débandé, il n'aura pas les moyens de charger encore. Leurs blindés sont trop nombreux ! s'affola un officier supérieur.

— Non ! cria Phébus en faisant signe à sa garde. Avec moi !

Sous les cris de ses deux vieux conseillers et la stupeur du reste de l'état-major, Phébus talonna son destrier et repartit au combat. Les officiers, désemparés, furent pris de court en voyant leur prince se jeter dans la gueule du loup. Des cavaliers rescapés, à la recherche de leur compagnie, ne purent ignorer l'appel et s'élancèrent sur les traces du jeune prince qui fondait sur l'ennemi au triple galop. Ils chevauchaient derrière lui, implorant le prince de revenir tout en l'accompagnant vers une mort certaine. Et les fantassins de la garde couraient à perdre haleine pour les rejoindre au cœur du danger. S'il fallait mourir !

— On ne peut pas le laisser y aller seul ! s'écria Brutus, paniqué.

— Cet assaut envoie nos hommes à une mort certaine et inutile, cracha Tibère avec amertume.

— Baste ! Phébus ne mourra pas !

Brutus ne pouvait laisser le fils d'Urien tenter ce geste désespéré sans le seconder. Il voyait son filleul braver la mort à bride abattue et il sut qu'il ne se pardonnerait jamais de n'avoir rien fait. Il chargea, ordonnant à son infanterie de l'attendre, mais ses soldats le suivirent quand même. D'autres régiments chargèrent encore.

On regarda les soldats et le prince parvenir jusqu'aux premières troupes du duc et on crut un instant que cette charge allait changer le cours de la bataille. Anglas lui-même ordonna au chauffeur de son autovape de foncer pour se rapprocher des combats. Même s'il le détestait, même si toute sa vie il avait rêvé de prendre sa place, l'amiral ne put s'empêcher d'éprouver pour son cousin une formidable admiration. Quelle foi, quelle puissance peut amener un homme si jeune à défier la mort sans hésitation ? Quelle folie peut-être... Mais cette folie avait des accents de grandeur, et la grandeur est une forme d'éternité que les hommes peuvent atteindre de leur vivant. Cela valait sans doute la peine qu'on meure pour elle. Phébus croyait en son combat, il se donnait à la mort parce qu'il se croyait plus grand qu'elle. Anglas sut qu'en cet instant, cela était vrai.

Les troupes fidèles au Triumvirat virent le prince de la Guerre fondre sur elles et les soldats restèrent stupéfaits par l'image qui s'imprimait sur leur rétine. C'était Abaal en personne qui possédait le prince, c'était Nyal qui tenait son sabre pointé sur eux, c'était la Guerre qui leur faisait la guerre. Et sa fureur était belle, si belle qu'elle les subjuguait. Phébus écumait de rage, les yeux injectés de sang, la peau maculée de poussière. Il ignorait tous les dangers ; il tranchait des membres en s'enfonçant toujours plus avant dans les lignes ennemies. Bientôt il fut rejoint par sa garde et les troupes qui n'avaient pas résisté à la gloire de cet ultime assaut, et tout recommença.

Les troupes du Conseil reprirent leurs esprits et se mirent à rendre coup pour coup. Le village était le théâtre d'une pièce macabre où les corps s'entassaient au milieu des gravats, où coulaient des ruisseaux de sang. On se battait avec frénésie, comme des automates, comme des animaux, jusqu'au bout. C'était un état inconnu des civils, un dépassement de soi qui touchait au sublime, même si ce sublime puerait bientôt la charogne. Les hommes mentent quand ils affirment ne pas aimer la guerre. Les rangs n'ont jamais manqué de recrues. Le guerrier se joue de la mort, entouré de ses compagnons d'armes, ses sœurs et ses frères, il n'est jamais vraiment seul. Ensemble, les combattants se sentent plus vivants qu'ils ne l'ont jamais été. Les cadavres décomposés, les membres déchiquetés et les gueules cassées sont oubliés dans la splendeur d'un combat désespéré. L'avenir dans une bataille n'existe pas encore.

Malheureusement, soutenues par des forces blindées et des régiments frais qui n'avaient pas encore combattu, les forces d'Anglas prirent bientôt le dessus. Bien qu'héroïque, la charge des rebelles manquait de poids, d'acier, de vapeur, et de soldats qui cherchaient la mort. Ils étaient pourtant si vaillants ! Brutus vit Phébus se battre de toutes ses forces au milieu de l'ennemi. Il n'avait pas la puissance ni la carrure de son père, mais le vieux général reconnaissait là le sang bouillonnant de son maître et prince,

Urien Karzian d'Estée. Le fils était bien l'égal de son père, peut-être même l'avait-il déjà surpassé. Les baïonnettes ne l'atteignaient jamais alors qu'il faisait pleuvoir sur les soldats des coups meurtriers.

Mais sa monture n'avait pas la même adresse et finit par s'affaler par terre, laissant le prince seul au milieu d'une foule ennemie. Le sang de Brutus ne fit qu'un tour, sans réfléchir il se précipita pour le sortir de cette nasse.

— Avec moi, pour le prince ! hurla-t-il.

Le général de Léry se fraya un chemin avec d'autres cavaliers. Dans la fureur du moment, il ne se rendait pas compte que ses joues ruisselaient de larmes. Non, il ne pouvait pas assister à la mort de Phébus, il ne pouvait pas le laisser aux mains de ces ignobles soldats qui avaient trahi l'Empire en trahissant son prince.

Brutus parvint à ouvrir une brèche jusqu'au jeune homme qui tenait les soldats en respect avec un simple sabre. C'est alors qu'un officier loyaliste dégaina un pistolet et tira sur Phébus, qui s'écroula au sol.

Brutus démonta immédiatement pendant que ses hommes le protégeaient de leurs corps. La balle l'avait atteint en pleine poitrine mais Phébus vivait encore. Le vieux général hissa son filleul sur sa monture et claqua la croupe du cheval, qui détala aussitôt, encadré par des cavaliers et les fantassins de la garde qui préféraient se jeter sur les baïonnettes que de laisser capturer leur souverain. Brutus souffla en espérant que son geste avait sauvé la vie du prince et fit face aux soldats d'Anglas d'un air sombre.

Phébus ne devait pas mourir devant Lomvarde, mais Brutus, oui. La nasse, qui s'était d'abord ouverte sous le coup de la surprise, se referma aussitôt sur le général et les quelques officiers qui avaient refusé de l'abandonner. Il n'était pas question d'être fait prisonnier. Le vieux Léry, irréprochable et brave jusqu'au bout, ramassa un sabre ensanglanté et s'élança contre le premier adversaire venu. Il en tua un premier, un deuxième, mais le troisième para et un quatrième lui planta sa lame dans le dos. Brutus tomba à genoux et n'eut pas la chance de se relever. Sept baïonnettes le percèrent en même temps et lui octroyèrent la belle mort des guerriers, la mort au champ d'honneur.

Voyant le glorieux sacrifice de leur général, les officiers refusèrent de poser les armes ; ils préféraient mourir.

Tibère était désormais le plus haut gradé de l'armée de Phébus en état de commander. On avait vidé une ambulance qui transportait du matériel pour y installer le prince en toute hâte. Son médecin personnel était déjà au-dessus de lui, avec ses pinces, ses aiguilles et des bandages qui se gorgeaient de sang. Son air paniqué n'annonçait rien de bon. La bataille de Lomvarde était perdue, mais il fallait en limiter les dégâts. Tibère Marvelle était un soldat endurci, et malgré sa peine, il réussit à garder la tête froide.

Une autovape blindée déboula soudain à toute allure et s'arrêta devant les officiers démunis.

— Général Marvelle ! C'est inespéré ! Saint-Loup vient d'arriver avec ses troupes ! Ils ont fait jonction au sud du bois avec le colonel de Montclair. Faut-il ordonner une contre-offensive ? Saint-Loup a presque dix mille hommes.

— Le prince est blessé, nous avons perdu toute initiative, nous devons sonner la retraite ! ordonna Tibère.

— Mais le colonel de Montclair veut…

— Faites sonner la retraite, c'est un ordre, commandant ! Seule la vie du prince compte ! cracha le général d'artillerie, qui ne voulait pas s'acharner.

Tibère vit les troupes d'Anglas se reformer devant le village et il sut que l'amiral n'allait pas les laisser repartir comme ils étaient venus. Heureusement, l'artilleur avait suivi les conseils de Brutus. Il réservait une surprise de taille aux troupes qui voudraient les talonner.

Tibère prit conscience que Brutus était mort, mais aucune larme ne coula sur ses joues. Sa peine était trop vive.

La guerre était-elle déjà finie ?

22

Nous sommes des millions

Fête, fête Samartin, car un jour prochain
Ce seront tes enfants qui viendront célébrer
Ton souvenir, ce que tu es toi,
Ou plutôt, pour eux, ce que tu as été.

Ce que tu dois à tes anciens,
Tes enfants te le devront un jour.
Et si nul ne s'en souvient, […]

Chant populaire de Samartin,
AUTEUR ET DATE INCONNUS

Céder et fuir. Parce qu'ils se croient impuissants, parce qu'ils pensent que c'est impossible, que cela n'a jamais été fait, que cela ne se fait plus, au fond, que leur nature est faible, certains hommes s'abandonnent à la lâcheté en la présentant comme une raisonnable résolution. Ils espèrent qu'avec le temps, nul ne verra leur honte sous la couche de poussière.

Il y a ceux que cette honte fait taire, et ceux qu'elle fait parler, comme parle un condamné sous la torture. Tout vient pêle-mêle, trop de mots qui s'opposent, trop de sources qui ne forment aucun fleuve, mais un marécage dans lequel on s'englue. Toutes ces contradictions ne les dérangent pas, au contraire, ils les célèbrent. Sous l'apparente complexité du cercle-monde qu'ils feignent d'imiter, ces bavards cachent leur manque de courage.

Car le courage ne réside pas dans l'absence de peur, il n'est ni bravache ni gouailleur, il n'est pas sage ou modéré, le courage refuse quand tout le monde se rend. À raison ou à tort, là n'est pas la question, c'est une attitude qui dit simplement non. Le chemin qu'il emprunte est toujours difficile, souvent sans compromis, hors des fêtes et des honneurs. C'est pourquoi les hommes courageux doivent endurer plus d'épreuves que les autres avant de l'emporter ; mais ils l'emportent toujours. À ceux-là, il est inutile de raconter des mensonges.

Comme tous les hommes ou toutes les femmes qui auraient vécu ce qu'il venait de traverser, depuis son réveil miraculeux, Alfred avait songé à s'enfuir pour partir vivre en reclus dans un coin perdu de l'Empire. Il avait imaginé descendre les marches du manoir en pleine nuit, traverser la pelouse et fuir. À pied, en empruntant les trains de marchandises et les chemins de traverse, pour rejoindre un village isolé en gagnant son pain comme simple mécanicien. De son ancienne vie ne lui restait plus que son savoir-faire.

Il avait tout perdu. Sa réputation et son travail, ses ateliers, son titre, jusqu'à son nom et sa famille. L'attentat l'avait dépouillé de ses anciennes responsabilités, et l'œuf et le sacrifice de Léonore lui offraient désormais le moyen de disparaître dans l'oubli. Il suffisait de faire quelques pas, d'emporter quelques provisions, pendant que tout le monde dormait à poings fermés. Fallait-il ignorer cette chance ?

Alfred s'était réveillé en sursaut au cours de la première nuit. Déboussolé, il s'était accroché aux montants de son lit, comme un marin au cœur de la tempête se tient au mât de sa frêle embarcation. Tout ce qu'il avait vécu remontait à la surface, sans ordre ni cohérence, et la peur qu'il avait ressentie lui donnait la nausée. Le visage fantomatique de Léonore était apparu devant ses yeux dans la pénombre de sa chambre. Chaque cicatrice laissée par les braises creusait affreusement la peau douce de la mécanicienne, comme autant de reproches. Perdu dans ses songes, l'ingénieur croyait entendre à nouveau le chœur macabre des tortionnaires et ses propres rugissements au moment de l'attentat, il croyait voir les yeux du bourreau et la sinistre silhouette du gibet. Dans sa détresse, tout se brouillait pour l'accabler.

Assis sur son lit, le cœur battant la chamade, il avait pleuré pendant plusieurs heures. Il avait versé les larmes de Léonore qui le regardait mourir, les larmes de ses ouvriers qui tentaient de le sauver, et toutes ces larmes avaient le même goût. La première nuit n'avait pas été bonne.

Mais ces pleurs répandus l'avaient purgé de la noirceur qui l'habitait. Une fois la tempête apaisée, une chose frêle et délicate s'agitait toujours en lui. Au début, elle lui paraissait chétive, à l'agonie. Il se trompait. Comme les engrenages d'une immense machinerie intérieure qui se mettent en branle, comme les premiers sifflements des chaudières annonçant l'arrivée progressive de l'énergie, Alfred sentit grandir cette force qu'il croyait perdue. C'était une volonté pure, volonté de vivre, de continuer malgré les épreuves, qui accélérait la cadence, passait d'une machine à l'autre, et ravivait en lui tous les feux qu'il avait cru noyés. Alfred retrouvait son souffle, son cœur battait plus fort, la puissance de son esprit revenait intacte. Malgré tout ce qu'on lui avait fait, l'essentiel était sauf.

Après avoir pensé à sa propre existence, l'ancien comte d'Empire se mit à penser à celle de tous les autres. Il refusait de s'enfuir après le sacrifice de Léonore et les efforts d'Astrée. Et les ouvriers et les artisans qui souffraient dans les usines, les entrepôts, les ateliers ? Et les millions de parias, de damnés, qui ne s'appartenaient pas depuis des siècles ? Il ne pouvait ignorer ce qu'il savait désormais. Les princes, les dieux, tous ces puissants emprisonnaient dans leurs mains vierges celles des pauvres, tachées de cambouis et de boue. Pouvait-il s'y résoudre ? Alfred aimait l'ordre, mais Seth ne connaissait plus l'ordre, juste un arrangement coupable.

Les ouvriers et les artisans, les petits et les damnés se résignaient à leur existence misérable au nom de ceux qu'ils aimaient, parce qu'il le fallait bien, parce que la pauvreté n'est ni vice ni vertu, juste une affaire de naissance. Un état qui ne justifie rien mais qui entrave, quand la richesse libère. Riches et pauvres sont bien les mêmes hommes en ce qu'ils s'abandonnent tous à la fatalité. Alfred ne pouvait s'en contenter et savait désormais que la fatalité n'en était pas une, que les dieux eux-mêmes n'étaient ni omnipotents ni omniscients. Tout n'était pas écrit. Léonore avait consenti à risquer sa vie pour sauver la sienne ; en payant le prix de sa beauté, elle l'avait donc chargé d'un devoir : celui d'être à la hauteur.

Le comte ingénieur avait cru qu'un nouveau millénaire, débarrassé de ses oripeaux, prêt à s'affranchir de dieux inexistants, allait donner à l'Empire un nouvel espoir. Tout ce qu'il avait imaginé se révélait faux, et ce qu'il avait vécu lui prouvait le contraire :

l'ombre inquiétante des dieux planait toujours, et l'obscurantisme d'un âge de superstitions et de passions sanglantes gagnait même du terrain. Mais Alfred refusait de fuir ou de céder à la peur. Il n'avait pas dit son dernier mot. Cette guerre, cette quête, et la vérité qu'on lui avait esquissée l'attendaient toujours…

Les jours suivants lui avaient permis de faire le point. On avait mis l'atelier de Cassio à sa disposition. Le garde-chasse du manoir des Croquants ne possédait pas d'équipement dernier cri, seulement un appentis garni d'outils rudimentaires mais efficaces et une petite forge suffisante pour les besoins de l'ingénieur. Alfred avait toujours aimé les défis. Chaque vis qu'il serrait, chaque plaque qu'il redressait, limait et ajustait, chaque mécanisme était une revanche qu'il prenait sur les dernières semaines. Il travaillait sans relâche. En assemblant les pièces, en vissant, tordant le métal rouge, il avait le sentiment de reprendre peu à peu le contrôle de sa vie. Il aurait aimé avoir des milliers de prothèses à faire. La création d'un nouvel instrument pour ses doigts amputés exigeait toute sa concentration, car il devait compenser le manque d'équipement par de l'ingéniosité, et les heures s'envolaient en le libérant progressivement du souvenir des mauvais jours. Cette petite pièce de mécanique lui rappelait l'essence même de son métier : transformer la matière pour lui donner une utilité qu'elle n'offrait pas au départ. Il fallait parfois déployer des trésors d'imagination. Mais, de la même manière qu'il parviendrait au bout de tous les mystères qui l'entouraient, sa main allait bientôt retrouver les trois doigts qu'elle avait perdus.

Alfred passait ses heures dans la solitude de

l'atelier, portes et fenêtres ouvertes sur les bosquets en fleurs, au milieu des courants d'air qui le rafraîchissaient des chaleurs orageuses des derniers jours d'été. Parfois la pluie tombait dru sur la tôle du toit, il s'arrêtait de travailler pour écouter ce son réconfortant. Il avait besoin de réfléchir en paix, loin de la froideur apeurée du personnel qui persistait à le fuir. Malgré les paroles rassurantes de la maîtresse de maison, le miracle de la résurrection d'Alfred s'était transformé en une aura de malédiction. Peut-être même était-il possédé par l'esprit d'un dieu sombre, car pour récompenser les humains, les dieux ne ressuscitaient pas les morts, ils les gardaient auprès d'eux. L'attentat perpétré par le comte de Pergoal avait dû tant plaire à Bavène le Balafré que celui-ci l'avait renvoyé pour continuer ses crimes. Voilà pourquoi il était revenu parmi les vivants, murmurait-on à la table des serviteurs.

Impossible de leur expliquer qu'un œuf de pierre l'avait sauvé de la mort, qu'il avait seulement fait un court séjour dans la Vallée. Comment leur dire, enfin, que l'ordre naturel issu de leur foi n'était ni vrai, ni naturel ? Car plus Alfred s'y attardait, plus il lui paraissait que les dieux eux-mêmes n'étaient ni l'origine ni la fin du cercle-monde dans lequel ils vivaient tous, mortels et immortels. Pourquoi les dieux auraient-ils besoin de compulser les véritables lois de l'univers, si ces lois étaient simplement l'expression de leur volonté divine ? Ces êtres puissants semblaient révérer ce livre comme les humains vénéraient le Faëton. Que devait-il découvrir qu'un dieu n'avait pas osé lui révéler ?

L'ingénieur finit de visser une petite plaque pour masquer le mécanisme interne qu'il avait copié de ses anciennes prothèses. Il avait conçu des modèles plus sophistiqués que celui-ci, mais le résultat restait satisfaisant. Il souleva délicatement l'instrument en cuivre pour l'examiner à la lumière de la lampe à huile qui éclairait son établi à la nuit tombée.

Sa surface était gravée des symboles du Livre de l'Âtre Blanc dont Alfred se souvenait : des symboles variés, parfois isolés, parfois associés, et des figures qui ressemblaient à d'étranges équations mathématiques, des schémas d'une géométrie complètement inconnue. Il les avait reproduits, presque machinalement, sans donner à cet acte le moindre sens religieux. Même si les symboles lui rappelaient ceux qu'on voyait sur les chasubles des prêtres et le fronton des temples, leur vision ne lui procurait pas la même répugnance. Au contraire, désormais leur beauté le fascinait.

Chaque fois qu'il les regardait, il avait l'impression de les redécouvrir. S'il en croyait le serviteur de Borance Noir, ce code ordonnait et façonnait le cercle-monde ; Alfred brûlait de connaître la signification de chaque symbole et de chaque formule, et la logique qui devait nécessairement les lier. Dès qu'il avait été en état de se tenir debout, il n'avait pu s'empêcher de les dessiner du bout du pied dans le gravier des allées, dans la pellicule de poussière qu'on devine sur les meubles au soleil, ou sur les feuillets des plans de sa prothèse. Il en noircissait les pages d'un carnet quand il n'était pas devant son établi.

Et si, bien à rebours des autres habitants du manoir, la baronne de Lucq n'était pas souvent venue lui rendre visite dans l'atelier pour prendre de ses nouvelles, Alfred se serait sans doute perdu dans ses réflexions. Cette amie, qu'il avait rencontrée dans un club quelques années après son arrivée à Seth, lui rappelait que le cercle-monde continuait de vivre autour de lui. Aussi subtile que volontaire, elle avait tout de suite voulu savoir ce qu'Alfred envisageait de faire. Il n'en avait aucune idée, ou plutôt ne s'était pas encore décidé. Sa mort lui épargnait le souci d'être pourchassé, ses interrogations sur l'œuf le menaient vers la caste de la Foi sans qu'il sache comment l'atteindre, et il ignorait où se trouvait Valère de Myocène. Un temps de réflexion était nécessaire, sans doute le même temps qu'il faudrait à Léonore pour guérir de ses brûlures.

Concernant les dieux, Alfred avait préféré ne rien révéler à personne. Il ne souhaitait pas s'épancher sur ce qu'il avait vécu après la pendaison, pas auprès d'Isabella du moins, et il s'était borné à lui raconter sa version de l'attentat et à redire son innocence. Heureusement, la baronne l'avait cru. Elle s'était absentée le jour même pour se rendre à la capitale en promettant à Alfred de prévenir Cornélia qu'il était en vie. L'ingénieur attendait avec impatience son retour pour connaître la situation réelle de l'Empire. Il aviserait ensuite.

Il jeta un dernier coup d'œil satisfait à sa prothèse, l'ajusta sur sa main et tenta de serrer les lanières de cuir qu'il avait fabriquées. Il s'y reprit maintes fois avant d'y parvenir. La première pose était toujours la plus compliquée, surtout quand Léonore n'était pas là pour l'assister. On avait épargné à la jeune femme une trop grande douleur en la plongeant dans un sommeil artificiel. Alfred ne lui avait toujours pas parlé. Quand il bougea l'annulaire et l'auriculaire, son pouce métallique prit soudain vie, mais sans force ni dextérité. Avec une paire de gants, cette prothèse ne servirait qu'à faire illusion. C'était tout ce qui était en son pouvoir pour le moment.

Alfred se leva de sa chaise et fit quelques pas dans l'atelier pour se dégourdir les jambes. Il s'étira et fit craquer ses articulations par réflexe, comme après une dure journée de travail dans ses propres bureaux. Comme il était fascinant de voir à quel point les habitudes étaient ancrées ! Les tortures, les privations, tout cela s'était effacé. Il avait seulement besoin de marcher souvent.

Il cessa de tourner en rond quand son regard tomba sur le morceau d'œuf posé sur l'établi. Alfred s'en approcha et réussit, après plusieurs essais, à l'attraper avec sa prothèse. La pierre avait perdu son éclat saphir, elle était noire comme l'obsidienne. Son pouce valide passa et repassa sur l'unique inscription qu'on pouvait encore lire et que l'ingénieur avait recopiée intégralement dans son carnet. L'œuf s'était brisé dans son estomac et sa surface avait légèrement fondu. Le fragment n'avait plus ni chaleur ni effet.

Cet œuf lui avait sauvé la vie mais pour des raisons qui demeuraient inconnues. Comment fonctionnait-il ? Quel était le rôle de ces inscriptions ? Valère de Myocène possédait nécessairement des connaissances secrètes pour fabriquer un tel prodige. Le savoir contenu dans le Livre de Borance Noir était peut-être accessible aux hommes. Alfred avait reconnu la même énergie palpiter dans l'œuf et dans les pages du mystérieux ouvrage. Le pouvoir que ces symboles et ces formules renfermaient exerçait sur l'ingénieur une terrible fascination. Toutes les choses qu'il savait désormais lui avaient plus sûrement brûlé les prunelles qu'elles n'avaient éclairé son chemin, mais il ne doutait pas d'en venir à bout. Au-dehors, le silence de la nuit, et parfois le cri perçant d'un oiseau nocturne qui ouvrait la chasse.

Qu'il soit en train de s'assoupir, qu'il travaille, déjeune ou se lave, la pensée que les dieux existaient ne quittait pas Alfred. Mais ces dieux semblaient bien trop humains, gouvernés par les mêmes passions et les mêmes vices, loin de l'image qu'on leur prêtait, plus proches des histoires qu'on apprenait aux enfants. Et loin de se renier en se soumettant à leur vénération, l'ingénieur voulait comprendre les secrets qui les rendaient si puissants. C'était, pensait-il, le but que lui avait donné le serviteur de Borance Noir. Les propos du mystérieux guide venaient régulièrement hanter l'ingénieur.

Peut-être que ce dieu lui avait envoyé son serviteur pour le tromper. Peut-être que ce nouveau livre n'était qu'un leurre ; Alfred n'avait aucune envie de tomber entre les mains d'un nouveau maître. Il en voulait farouchement à tous ces princes, et désormais ces divinités bien réelles, qui tyrannisaient les plus faibles au nom de leur pouvoir. Sa haine des dieux dépassait la simple absence de foi ou son refus de la superstition, elle était aussi palpable que le cuivre qu'il forgeait sur l'enclume. On lui avait montré une carte, on lui avait parlé d'une vérité cachée. Alfred n'avait d'autre choix que de découvrir le fin mot de l'histoire. Les dieux jouaient sans doute un rôle dans la guerre qui démarrait et Alfred ne comprenait pas encore pourquoi le serviteur lui avait montré cet autre continent qui se cachait derrière un immense mur de brume. Jusqu'où cela le mènerait-il ? L'immensité de la tâche paraissait inhumaine, et

Alfred savait qu'il n'obtiendrait sa liberté qu'au prix de la connaissance, et sa vengeance également.

L'œuf qu'il tenait entre ses mains *était un œil*. L'objet lui avait dévoilé un nouvel horizon de ficelles et de rouages. La vérité était cousue par des milliers de fils qui emprisonnaient chaque chose dans un réseau, une toile extraordinaire. Quel que soit le bout par lequel il prenait le problème, il lui faudrait tout comprendre ou ne rien comprendre du tout.

Quelqu'un toqua à la porte béante de l'atelier qui donnait sur le manoir.

Il reposa le morceau d'œuf et se retourna. La silhouette d'Astrée de Saint-Ange se découpait sur le seuil. C'était inédit, la comtesse gardait d'habitude ses distances. Alfred ne pouvait oublier son regard, depuis le pas de la porte, tandis qu'une servante lui apportait son petit déjeuner en tremblant de la tête aux pieds lors du premier matin. Sur ses traits, la froideur des derniers jours avait laissé place à l'excitation. Alfred la regarda, intrigué. Elle tenait un poste d'ondes telluriques.

— Que se passe-t-il ?

— Le poste d'ondes-T ne fonctionne plus, dit-elle avec un sourire bien étrange.

— Je ne peux pas t'aider, seuls les ingénieurs spécialisés peuvent…

— On ne sait jamais, c'est peut-être un simple problème de rouille… Si tu peux y jeter un coup d'œil.

Alfred lui fit signe de déposer le poste sur l'établi et approcha la lampe à huile pour y voir plus clair. Astrée le regarda dévisser le dos de l'appareil pour exposer son mécanisme : un boîtier métallique, des liens connecteurs et ce qu'on appelait des haut-parleurs. Les gros postes étaient, paraît-il, plus sophistiqués. Alfred n'avait aucune idée de son fonctionnement, Constantin se refusant obstinément à lui dire quoi que ce soit des recherches sur les ondes telluriques.

— Ça te dit quelque chose ?

— Non, c'est une technologie très spécifique.

— Ça a l'air cassé ? voulut-elle savoir.

L'ingénieur observa chaque élément à la lumière, les soudures semblaient en bon état, pas de rouille, pas de liens rompus. Si un problème existait, il se trouvait à l'intérieur du boîtier.

— À vue de nez, non. Tout semble en ordre.

— Tous les postes se sont arrêtés au même moment, dit-elle sans en paraître chagrinée.

— Ça doit être un problème de relais, alors.

— Ce serait donc vrai…

Alfred ne l'avait jamais vue aussi satisfaite.

— Qu'est-ce qui est vrai ? demanda l'ingénieur.

— Le bruit court que Constantin et Nine ont quitté la capitale. Et qu'ils ont mis le réseau tellurique hors service. Ils auraient donné l'ordre de couper les relais.

— Il y a effectivement un relais d'ici jusqu'à la capitale, remarqua Alfred, songeur.

— Justement.

Cette nouvelle avait de quoi remonter le moral de la jeune femme. Depuis que la bataille de Lomvarde avait commencé, le matin même, les ondes avaient relayé toutes les rumeurs possibles. Certains commentateurs annonçaient d'ores et déjà la défaite de Phébus, d'autres restaient prudents. Les gens qui disaient son armée en déroute, ses forces anéanties, faisaient sans doute passer leurs propres espoirs pour des réalités. Rien n'avait été confirmé jusqu'ici, et à présent les relais n'émettaient plus. Même si ce n'étaient que des rumeurs, ces nouvelles avaient miné le moral des habitants du manoir des Croquants. Si les rebelles avaient perdu, Phébus devait être en fuite vers les Lacs, à l'heure qu'il était. Là-bas, le prince de la guerre serait hors d'atteinte pour les forces d'Anglas, mais également pour ses alliés. Cette défaite allait considérablement entamer son prestige. Astrée ne savait plus quoi faire. Rejoindre son prince ? Rallier de nouvelles troupes ? En restait-il ? Elle ne savait même pas où les trouver. Le capitaine de Saint-Ange avait le sentiment que la folle équipée qui devait les faire entrer dans l'histoire avait été stoppée en plein élan. Tous leurs rêves de justice s'étaient évanouis. Pas encore trente ans, et déjà sa vie derrière soi…

Cependant, voilà que l'espoir avait fait effraction par la porte principale. Cassio et deux servantes étaient rentrés à toute vitesse d'une visite dans le village voisin, criant la nouvelle à toute la maisonnée : les deux princes de la Technique avaient quitté la capitale ! Le poste d'ondes-T avait aussitôt été allumé, mais il n'avait émis que le silence. Astrée s'était précipitée vers l'atelier où travaillait Alfred pour en avoir le cœur net.

Elle attendait que l'ingénieur intègre l'information, difficilement, comme elle quelques minutes plus tôt.

— Comment cela, quitté la capitale ? demanda-t-il.

— Cassio nous a raconté qu'un ouvrier a lu une déclaration dans le troquet du village. Constantin et Nine enjoignent à leurs sujets de les suivre, non par foi, mais par conscience… Plus d'Inquisition, plus de Faëton, plus de damnés… Ils se déclarent eux-mêmes hérétiques.

— C'est inimaginable, dit Alfred en s'asseyant, complètement déboussolé.

— Ce n'est pas ce que tu voulais ? répliqua-t-elle en s'approchant de quelques pas.

Il lui jeta un regard affolé et se prit la tête dans les mains, incapable de dire un mot. Le geste de Nine et Constantin lui paraissait à la fois fou et grandiose. Il ne les en pensait pas capables. Astrée comprenait son effroi sans le partager. Était-ce seulement vrai ? Cela semblait à peine croyable, même si le silence des ondes semblait témoigner en faveur de la rumeur. C'était toute la structure de la société, toute la religion de leurs ancêtres que les deux princes remettaient ainsi en cause.

Jusque-là, le capitaine de Saint-Ange avait pensé que seule la guerre pouvait changer l'Empire, et la guerre que menait Phébus ne voulait pas s'en prendre au Faëton. La religion lui paraissait intouchable, ses voies tortueuses distillaient en elle crainte et respect et elle observait les rites sans penser à leur sens, comme on mange et se lave. Astrée venait seulement de comprendre qu'il n'en allait pas forcément ainsi pour les autres. Voilà qui expliquait un peu mieux les réticences entre les dirigeants des deux castes rebelles : la Guerre et la Technique ne recherchaient pas la même chose.

Elle regarda Alfred qui marmonnait sur son tabouret. Ses yeux s'animaient follement, roulaient parfois. On aurait dit un possédé. Elle avait envie de déguerpir. Cet ingénieur de malheur recommençait à se comporter bizarrement, comme chaque fois qu'elle le voyait depuis sa renaissance. Il chercha un objet sur lequel concentrer son attention et se tourna vers le boîtier métallique du poste qu'il examina encore, avec des gestes fébriles.

Pour Astrée, la joie de le revoir vivant s'était vite évanouie face à l'étrangeté de son retour. Alfred s'arrêtait au milieu du parc sans bouger, parlait souvent tout seul. Son agitation permanente inquiétait tous les habitants du manoir. Il ne leur avait pas dit grand-chose de ce qu'il avait vécu et, l'imagination aidant, chacun envisageait le pire. Ce qui touchait aux dieux effrayait le capitaine, et Alfred les avait approchés d'un peu trop près. Il n'avait rien dit mais elle le sentait, elle avait vu son cadavre et savait à quoi s'en tenir. La simple présence de l'ingénieur lui hérissait le poil, et elle n'était pas la seule ; Cassio s'était empressé de lui abandonner l'usage de son atelier pour soulager le personnel apeuré. Astrée se tança intérieurement et reprit courage.

— On en saura plus demain matin au village. Cette nouvelle pourrait changer beaucoup de choses.

Si seulement cela pouvait être vrai, pensa-t-elle. Si les ondes étaient hors service pour de longs mois, si les villes se retrouvaient isolées et si Phébus n'était plus seul à mener son combat, même sa défaite ne serait pas définitive… Qu'importe en qui les uns et les autres croyaient ! La guerre n'était pas finie !

La rébellion ouverte d'une caste aussi importante que la Technique rebattait les cartes. La mise hors service des ondes telluriques allait rendre le gouvernement des territoires pénible et ralenti pour le Triumvirat ; les distances reprenaient du poids. Ce serait le retour des grandes chevauchées et des coups de théâtre. La princesse de la Foi était elle aussi sur les routes, hors d'atteinte du pouvoir direct d'Arsène, et peut-être elle aussi au bord d'une décision cruciale. Oui, si seulement cela pouvait être vrai…

— Nous devons être absolument sûrs que… Alfred, tu m'écoutes ? Alfred ?

— Tais-toi, Astrée…

Alfred était penché sur le poste. Il chercha parmi ses outils un marteau et attaqua le boîtier en se servant d'un tournevis comme d'un burin. En quelques coups, il réussit à faire sauter un panneau. L'intérieur avait de quoi laisser perplexe. Un ensemble de soudures rejoignait des petits blocs métalliques incrustés dans une plaque. À cette vue, Alfred fit un bond. Il en prit un et l'arracha de son socle pour l'observer dans la lumière. Sur chaque face, des symboles étaient gravés, des signes qui ressemblaient étrangement à… L'ingénieur poussa un cri. Chaque bloc possédait son symbole, certains longeaient même les soudures.

— Qu'est-ce qu'il y a ? Que fais-tu ? s'inquiéta Astrée.

— C'est… c'est… Attends, lui dit-il fiévreusement.

Son regard allait et venait de sa prothèse au boîtier. Alfred se leva et alla chercher son carnet, le feuilleta à toute vitesse avant de s'arrêter sur une page en particulier. Il l'approcha du petit bloc métallique et compara les symboles qui s'y trouvaient gravés. C'était bien cela ! Alfred éclata de rire. Qu'est-ce que Constantin pouvait bien trafiquer dans ses laboratoires ? Qu'avait donc découvert ce fou, ce génie ! Les symboles n'étaient pas tout à fait identiques à ceux du Livre de l'Âtre Blanc, mais leur parenté était évidente ! Elle crevait les yeux ! Les symboles du boîtier étaient des copies déformées des symboles du véritable Livre, des copies plus proches encore que les symboles des prêtres et des temples. Les ingénieurs des laboratoires de Brise-Fer savaient donc des choses qui pouvaient l'aider dans sa quête ! Ils cherchaient eux aussi à percer les mystères de cet étrange langage ! Et les ondes cachaient effectivement un fantastique secret, un très lourd secret. Alfred comprenait pourquoi Constantin refusait de dire quoi que ce soit. Il n'en revenait pas. La curiosité ne le brûlait plus, elle le dévorait.

— Bon, réponds-moi, Alfred ! Qu'est-ce qui se passe ? s'énerva Astrée.

— Je ne peux pas… Pas tout de suite… Je ne comprends pas moi-même, mais c'est incroyable…

— Qu'est-ce qui est incroyable ?

— Ce que je viens de découvrir. C'était là, sous mon nez… Je comprends mieux pourquoi les postes ne sont réparés qu'à Brise-Fer ! Constantin, sacré renard…

— Tu ne veux pas me dire ?

— Pas encore.

Agacée par les cachotteries de l'ingénieur et ses airs de conspirateur, Astrée avait bien envie de le planter là, mais il lui restait une information de taille à lui communiquer.

— Léonore s'est réveillée, Méribon ne lui a pas donné de nouveaux sédatifs, dit-elle sèchement.

— Léonore !

Alfred regarda le boîtier et la porte de l'atelier, visiblement hésitant. Pouvait-il abandonner l'examen des symboles utilisés dans le poste ? Les implications de sa découverte pouvaient tout changer ! Si les ingénieurs s'emparaient des symboles sur la tunique des prêtres… D'où ce savoir leur venait-il ?

Comment l'utilisaient-ils ? Toutes ces nouvelles questions s'ajoutaient en épaississant le mystère un peu plus.

Cependant, il pensa à Léonore et sut qu'il ne pouvait attendre plus longtemps pour la voir et lui parler. Le boîtier n'allait pas s'envoler. Il se leva brusquement et passa devant Astrée sans précaution pour filer au manoir. Alfred ne ressentait peut-être plus de douleur mais le capitaine voyait bien qu'il boitait encore. Un léger voile nacré recouvrait ses yeux et rendait son regard inquiétant.

Il existait une histoire que chaque sujet de la Technique se devait de connaître. Comme beaucoup d'autres tirées du Faëton, elle servait autant à l'apprentissage des règles de vie qu'à l'instruction de la crainte et du respect des dieux. L'un n'allant jamais sans l'autre. Rien de ce que les dieux faisaient n'était dû au hasard, tout avait un sens. Les enfants comme les adultes ne devaient jamais remettre en cause cette simple vérité.

Cette histoire, tous les rangs de la caste l'apprenaient quand ils atteignaient l'âge de jouer avec le feu. Elle leur enseignait comment Sayef le Talent avait voulu s'emparer du feu originel chez Borance Noir. En ce temps-là, les dieux étaient insolents, impatients et brouillons. La nature était neuve et les lieux sans mémoire.

Un jour, le dieu Borance Noir, bientôt maître des cendres, avait demandé à son frère de lui construire une vasque d'une solidité à toute épreuve. Sayef le Talent s'était exécuté et lui avait fait porter l'objet dans la pierre la plus résistante qui soit. Le dieu avait passé beaucoup de temps à la sculpter et le résultat était splendide. Borance l'avait chaleureusement remercié en l'invitant à un somptueux festin en son honneur.

Sayef, le dieu au Compas, voulut connaître l'utilisation de son cadeau mais Borance Noir refusait de lui répondre. Brûlant de curiosité, le plus ingénieux des dieux n'avait pas voulu en rester là. La nuit suivante, il était revenu sous la forme d'une souris dans l'intention de percer le secret de son frère. Il ne lui avait pas fallu longtemps. Le spectacle l'avait ébloui au premier regard. Ses yeux, d'abord aveuglés, s'étaient habitués à l'intensité de la lumière qui perçait pour la première fois l'obscurité nocturne. Cette chaude clarté faisait crépiter des bûches dans la vasque de pierre qu'il avait fabriquée. Il en était tombé immédiatement amoureux et avait voulu en connaître le nom et tous les secrets. En cette enfance, Borance pratiquait déjà d'étranges expériences qui rebutaient souvent ses frères et sœurs, mais pas Sayef, qui s'adonnait lui aussi à des activités réprouvées par leurs parents.

Le dieu, qui captura plus tard le temps de son frère Quint grâce à des engrenages, vint donc chaque nuit pendant dix jours contempler le spectacle. Il veillait à rester hors de portée des oiseaux familiers que Borance aimait tant. Et l'envoûtement se renouvelait à chaque fois ; telle la danse langoureuse d'une imprévisible nymphe dans la forêt, il réchauffait son esprit et insufflait dans son corps une ardeur nouvelle.

Chaque soir, Sayef courait vers sa cachette à côté de la vasque. Il observait les remarquables caractéristiques de cette découverte : la chaleur, la lumière, le plaisir et la destruction. Rien ne semblait surpasser sa puissance. Le dieu rêvait de s'en emparer. Il avait hésité à faire appel aux astuces de son frère Mérézin mais préféra finalement garder le secret pour lui. Son stratagème était simple : profiter du sommeil de Borance pour dérober cette source en l'emprisonnant dans une boîte en pierre conçue pour cet usage, petite et légère.

Le onzième soir, il mit son plan à exécution. La petite souris s'approcha du foyer et resta immobile un moment. La chaleur faillit l'endormir. Soudain, Sayef reprit son apparence réelle et sortit d'un grand manteau vert qu'il portait toujours un coffret de pierre au couvercle percé d'un trou. Il approcha la main du feu, se croyant à l'abri de ses effets puisqu'il était un dieu. Or les flammes vinrent lécher sa peau et lui brûler la main.

Sayef poussa un cri auquel répondit un rire en écho. C'était Borance, caché derrière un pilier, qui riait de son échec. Depuis dix nuits, il observait lui aussi le feu en prenant l'apparence d'une braise. Il n'avait pas aperçu le petit rongeur tout de suite, mais seulement au petit matin. Borance avait alors compris que cette souris n'était autre que Sayef et qu'il en voulait à son prodige.

Pris la main dans le sac, ou plutôt la main dans le feu, Sayef dut renoncer à ses projets. Heureusement, Borance n'était pas rancunier. Comprenant l'attrait que sa découverte pouvait susciter chez son frère, le gardien des cycles lui expliqua qu'il comptait l'offrir à tous les autres dieux. Il lui donna son nom. Le feu brûlait, il transformait la matière et produisait en retour chaleur et lumière. Le bois n'y résistait pas et l'eau bouillait à son contact pour se transformer en vapeur. Leurs parents, Algard et Vanoë, créateurs de toutes choses, l'avaient façonné, puis caché parce qu'ils ne faisaient pas confiance à leurs enfants. Et Borance en avait découvert la cachette.

Pour soulager Sayef de sa brûlure – sa première blessure depuis qu'il était né –, Borance lui fit cadeau d'un brandon. Gare à ne pas le répandre au hasard ! Ensemble, les deux frères créèrent les alliages de métaux avec Égide Horace, la poudre avec Mérézin, la cuisine avec Ralto.

Depuis cette nuit, jamais Sayef n'avait remis la main dans les braises et il considérait le feu avec prudence. Telle devait être son utilisation et les enfants de la caste ne devaient pas agir autrement.

Cela, Léonore pouvait en témoigner. La douleur qu'elle éprouvait était atroce, comme si des centaines d'aiguilles s'enfonçaient continuellement sous sa peau. Son sommeil sans rêves lui manquait déjà tandis que le docteur Méribon finissait de l'ausculter.

La mine découragée du vieux médecin n'augurait rien de bon. Il venait à peine d'appliquer de nouveaux pansements gras. Méribon s'essuya les mains sur un torchon imbibé d'alcool. Il connaissait le véritable visage de Léonore et savait qu'elle ne le reverrait jamais dans un miroir.

— Il vous faudra encore des semaines pour guérir, mademoiselle Azur… Mais il serait risqué de vous droguer plus longtemps.

— J'aurai des cicatrices ?

— Oui. Je ne peux rien y faire. Ce qu'il faut, c'est que l'infection ne reprenne pas… Il faut vous nourrir et vous tenir à l'écart de la saleté.

Le docteur peinait à cacher son pessimisme.

Léonore venait seulement de sortir d'un sommeil artificiel et fiévreux. Son organisme ayant été affaibli par sa première blessure, ses plaies cramoisies pouvaient se gâter encore. Il lui promit d'être vigilant.

La porte s'ouvrit soudainement, dévoilant Alfred qui se précipita au chevet de la malade. Sous la surprise, et une pointe d'anxiété qu'il éprouvait désormais en venant au manoir, Méribon recula. Astrée entra sur les talons du comte de Pergoal, mais s'arrêta sur le seuil. Elle préférait attendre dehors.

Contrairement aux domestiques, Méribon ne croyait pas aux histoires de démon. Il ignorait ce qui avait sauvé Alfred, mais ne se raccrochait pas une seconde aux explications superstitieuses. On s'habitue au mystère quand on est médecin. Il leur avait bien dit que son cadavre était bizarre ! Il remballa ses affaires.

— Je reviens vous voir demain, dit-il en saluant la mécanicienne et l'ingénieur avant de refermer la porte derrière lui.

Dans le couloir, Astrée lui adressa un hochement de tête et lui fit signe de garder le silence.

Alfred contempla les pansements qui recouvraient une bonne partie du visage et du buste de Léonore. Son bras en écharpe était intégralement bandé. Les brûlures devaient être terribles. On lui avait raconté toute la scène. Il arrêta son inspection quand il rencontra son regard. Il se sentait tellement reconnaissant. Léonore Azur était une force de la nature. Sa liberté, elle l'avait obtenue au prix d'un travail acharné et venait de prouver à tous que son courage n'égalait que sa pugnacité. Et pour toute la peine qu'elle s'était donnée, on lui avait arraché sa famille et sa beauté.

— Alors, patron, on est vivant ? souffla-t-elle.

— Grâce à toi... Je ne pourrai jamais te remercier assez...

— Je t'ai à l'œil, Alfred.

Léonore tenta de se redresser péniblement sur ses oreillers. Alfred vint à son secours et l'aida comme il pouvait, en tentant d'épargner les bandages. Ils s'enlacèrent. En un mois à peine, ils avaient tous les deux changé, mais ces deux corps, l'un contre l'autre, se rappelaient à leur manière que certaines choses demeuraient identiques – les paroles n'ont pas ce pouvoir-là.

— Il faut me dire maintenant...

La voix éraillée de Léonore le toucha droit au cœur. Elle lui sourit pour l'encourager à parler.

Alfred avait appris par Isabella qu'elle connaissait ses activités : elle savait pour les ateliers, pour Cornélia Wulokind, et était au courant de ses croyances profondes. Il regrettait de l'avoir écartée en croyant la protéger. On ne protège personne, à part soi-même, en cachant la vérité. Il fit le tour de la chambre, le temps de mettre ses idées en place. Il repensa aux questions d'Isabella et se demanda s'il devait vraiment tout lui dire... Mais sa relation avec la baronne de Lucq n'était pas aussi intime que celle qu'il entretenait avec la mécanicienne, il ne recommencerait pas les mêmes erreurs.

Dans le couloir, Astrée s'était assise contre la porte, dans l'attente de la conversation qui allait suivre. Elle devait savoir.

— Si je te dis la vérité, tu me prendras pour un fou, ou un menteur. Et pourtant, Léo, je te jure que je ne te mentirai pas et que je veux bien tout te dire. Astrée ne veut rien savoir encore. Elle a trop peur...

Mais je sais maintenant que j'ai besoin de toi, et d'elle et d'autres encore…

C'est ainsi que, tout en allant et venant au pied du lit de Léonore, il commença le récit de ces dernières années. Il lui parla de sa rencontre avec Constantin, de la complicité qui les unissait, de leur absence commune de foi, de la volonté de vivre en dehors des lois religieuses qui les avaient rapprochés, lui et ses deux souverains. Il relata les détails de leur organisation, de son travail avec Nine et Cornélia, du départ précipité de Phébus qui les avait tous pris de court, pour en venir au soir du Carnaval et à cet attentat dont on le disait responsable. Son ton ne laissait aucune ambiguïté quant à son innocence.

La chef mécanicienne ne cacha pas sa surprise et grimaça plusieurs fois de douleur après une trop vive émotion. Le récit de la détention d'Alfred et des tortures qu'il avait endurées lui fit verser des larmes, peut-être autant que l'exécution, dont elle revit avec lui chaque instant, puis ce fut l'étonnement total devant les révélations de l'œuf, l'identité de son créateur, le séjour dans la Vallée et la rencontre avec le serviteur d'un dieu. Cette partie la laissa sans voix. Un être banal et terne, pour qui l'extraordinaire n'existe que dans les contes, n'aurait jamais pu croire une histoire pareille, mais Léonore n'avait rien de terne ni de banal, bien au contraire. Elle n'avait jamais cessé de croire, et en elle, et aux dieux, et en Alfred qui l'avait instruite et tirée de la misère. Elle estimait n'avoir fait que rembourser sa dette. Et elle savait qu'il ne lui mentait pas en cet instant.

— Et toi ?

Léonore se mit à son tour à énumérer ce qui lui était arrivé depuis l'attentat. La fuite dans Seth en flammes, la semaine d'émeutes qui avait secoué tous les quartiers, comment elle avait évité une arrestation et vu sa famille se faire cueillir au matin, comment elle avait trouvé de l'aide chez Cornélia… Repenser à sa mère adoptive et à son frère la fit pleurer encore. Elle se reprit et termina par la fuite de Seth jusqu'au manoir des Croquants. Elle ne lui dit rien des inconnus qu'elle avait tués pour survivre. Léonore n'était pas encore prête à affronter ces souvenirs. Alfred, de son côté, se garda de lui faire part de toutes ses interrogations sur les mystérieux symboles.

— Comment as-tu su que j'étais vivant ?

— J'ai vu le cercueil bouger et… j'ai su. Comme si quelqu'un me l'avait dit, murmura-t-elle.

— C'est toi qui m'as sauvé, Léonore. C'est toi et personne d'autre qui t'es jetée dans le brasier. Si les dieux du Faëton existent, cela ne veut pas dire qu'ils ont tous les pouvoirs qu'on leur prête. Ils sont peut-être puissants, ils agissent peut-être sur nos vies, mais je refuse de croire que cela nous enlève nos responsabilités. En bien, comme en mal. Le contraire voudrait dire que nous ne sommes que des esclaves…

— Tu croyais qu'ils n'existaient pas, et maintenant que tu sais qu'ils existent, tu refuses toujours de les honorer ? demanda la jeune femme, impressionnée par le récit qu'Alfred venait de faire.

— Toute la foi de l'Empire est mensongère, elle est faite pour qu'aucun de nous ne puisse s'appartenir. Elle nous oblige à suivre une route comme un troupeau de moutons et refuse de nous laisser le choix. Tout ce que nous disons est contrôlé, tout ce que nous faisons est surveillé par les prêtres, ce n'est pas vivre… C'est vivre à moitié, et je ne veux plus vivre à moitié, je veux m'appartenir pleinement. C'est la seule certitude que j'ai, Léo.

À la lueur de sa lampe à huile, Alfred aperçut son reflet dans la glace et, derrière lui, le visage bandé de Léonore. Il portait un pantalon de toile et une chemise épaisse de lin sans le cordon vert de son rang au col ; Léonore n'avait qu'une longue chemise de nuit en coton. Aucun signe ne les distinguait plus l'un de l'autre.

— Peut-être que nous les appelons « dieux » parce que nous ne savons pas comment les appeler autrement, reprit-il. Ils nous mentent, le Faëton est une mascarade… Et la Vallée ne nous attend pas, seulement le Gouffre. Le serviteur de Borance Noir me l'a avoué. Ils choisissent eux-mêmes qui a le droit ou non de vivre après la mort. Et ils sont rares… Comment pourrait-on accepter cela ?

— C'est horrible… mais on ne peut rien faire contre ça, regretta la jeune femme.

— C'est ce qu'ils veulent nous faire croire. Je leur en veux tellement…, souffla Alfred qui sentait la colère le gagner. Constantin et Nine se sont déclarés eux-mêmes hérétiques. Plus de rangs, plus de dieux, plus de livre maudit… Nous sommes libres si nous le voulons, Léonore. Je crois que ça commence par là. D'abord nous délivrer de leur tutelle odieuse, de leurs règles stupides, et ensuite…

Combien de temps avaient-ils tous perdu à vouloir jouer avec les règles qu'on leur imposait, des règles qui n'avaient pour but que de fausser les résultats ? Cela ne l'inquiétait plus. C'était seulement aux hommes et aux femmes de bonne volonté qu'Alfred voulait s'adresser, et avec ceux qui acceptaient les dangers de la liberté qu'il voulait vivre.

— Qu'allons-nous faire ? demanda Léonore d'une voix faible.

— Es-tu sûre de vouloir…

— Regarde bien ces bandages sur mon visage, Alfred.

Il s'approcha du lit calmement. Ses idées étaient claires, la détermination avait remplacé la peur. On s'était moqué de lui, on s'était joué de lui mais, comme Léonore, Alfred ne fuirait pas. Il allait se jeter dans le bûcher à son tour. La dissimulation était pour les lâches, il ne serait plus jamais lâche.

— Les dieux, comme les princes, ont un très grand pouvoir, mais ce pouvoir n'est pas absolu. Ce n'est qu'un obstacle et il faut le franchir. C'est ce que nous allons faire. La partie a commencé et je compte bien trouver les réponses à mes questions.

— Mais comment, Alfred ? demanda la jeune femme, plus terre à terre. Les dieux sont hors d'atteinte et Virolles ne va pas laisser Nine et Constantin tranquilles bien longtemps, il aura la main sur les usines de la capitale, il a la puissance des armées d'Anglas.

— Nous avons des moyens que le Triumvirat ne soupçonne pas, répliqua Alfred en pensant aux symboles. Je sais bien que d'innombrables dangers mortels nous attendent, Léo. Mais nous serons plus forts qu'eux. Et si nous échouons, au moins nous aurons essayé… Comment pourrait-on rester à l'écart quand nos propres princes ont eux-mêmes rejeté cette foi infâme ? Si nous gagnons, nous serons véritablement libres, sans maître pour nous gouverner.

— Tu rêves encore… Un cercle-monde comme ça ne peut pas exister, il y aura toujours des chaînes, opposa Léonore.

— Oui, mais des chaînes que nous aurons librement choisies. Mieux, elles deviendront les bijoux de notre condition d'homme. Que ce soient des dieux ou des hommes, ou même d'un maudit livre, je ne veux plus être l'esclave de personne !

« Que peuvent-ils nous faire qu'ils ne nous ont pas déjà fait ? Ils t'ont arraché ta famille, ils ont ruiné ma vie. Et pourtant, nous sommes toujours debout. Nous leur montrerons qui nous sommes, nous leur ferons regretter d'avoir voulu jouer avec nous. J'ai cru que j'étais seul, tu m'as prouvé que j'avais tort… Nous ne sommes pas seuls. L'Empire s'effondre et nous sommes des millions !

Toute sa vie, il avait cherché à devenir quelqu'un, pour être libre, fort au regard des autres – toujours le regard des autres. L'édifice de sa vie s'était écroulé sous ses propres yeux parce qu'il l'avait construit en dehors de lui, pour des raisons qui n'étaient pas les siennes.

À la lueur des deux lunes irrégulières teintées de rose et de rouge dans le ciel tissé de fils d'étoiles, Alfred frémit. Son ton était dur, sous les mots perçaient même de sombres intentions, mais ce qu'il disait était juste. Les victimes du Triumvirat et tous les morts oubliés dans le Gouffre n'étaient plus là pour réclamer justice. C'était pour eux et tous ceux qui voulaient obtenir la liberté qu'Alfred désirait se battre. Ni des concepts, ni des idées, ni un livre maudit, ni des dieux, ni même un pouvoir. Les raisons de ce juste combat étaient autour d'eux, palpables.

Toutes ces belles idées paraissaient impossibles à concrétiser, mais elles remuaient en Léonore des sentiments profonds. Et l'ardeur que mettait Alfred à les défendre les rendait plus belles encore. Derrière ses doutes, la jeune femme avait envie d'y croire. Qu'importent les pronostics, elle voulait se battre.

Léonore lui tendit sa main. Alfred la prit dans la sienne.

— D'accord, dit-elle. S'il faut mourir, que ce soit comme cela…

Ils n'échangèrent plus aucune parole. Un même destin les liait, ils rejoignaient ceux qui se levaient, partout dans l'Empire, pour ne plus jamais avoir à se mettre à genoux. Exténuée par les émotions et la fatigue, la mécanicienne finit par s'endormir.

Depuis le couloir, Astrée avait tout entendu. Elle s'était revue dans le wagon du train de marchandises pendant qu'Alfred racontait ses tortures ; elle se revoyait à Seth le jour de l'exécution, et toute seule au milieu des officiers ; elle souffrit pour Léonore en apprenant son errance dans les rues de la capitale et l'emprisonnement de sa famille. Et que dire de la visite d'Alfred dans la Vallée chez Borance Noir. Comment le croire ? C'était si extraordinaire. Et pourtant si détaillé…

Astrée avait entendu le discours d'Alfred comme s'il s'adressait à elle. Les années passées à suivre son prince ne lui avaient jamais laissé la moindre liberté ; depuis sa naissance et jusqu'à sa mort, sa vie était toute tracée, jamais elle n'avait remis sa foi en question. Pourquoi se battait-elle ? Pour une idée dont elle percevait mal la chair et le poids. Astrée comprenait qu'elle avait beau se tenir au côté de Phébus chaque jour, toute sa vie elle s'était sentie seule. Les mots ne suffisaient plus. Elle avait besoin de chaleur, de sortir de la solitude que lui imposaient les préceptes de sa caste. Elle était un soldat, mais elle n'était pas que cela. La même question sans réponse revint : comment ne pas trahir et ne pas se trahir ? Pouvait-elle concilier Astrée avec Saint-Ange ?

En essuyant une larme sur sa joue, elle s'écarta silencieusement de la porte et s'éloigna dans le couloir avant que l'ingénieur ne la surprenne.

Alfred resta au chevet de Léonore pour la veiller. Même dans son sommeil, la mécanicienne grimaçait de douleur. Il aurait tellement aimé pouvoir la soulager ! Griffonnant les symboles de l'œuf sur une nouvelle page du carnet qui ne le quittait pas, il repensa à sa récente découverte. Constantin possédait un précieux savoir et Alfred devait l'interroger. C'était la seule piste qu'il avait. Il n'avait aucune idée où le prêtre Valère de Myocène se cachait. Au contraire, l'ingénieur savait parfaitement où s'étaient réfugiés ses deux souverains. Il avait contribué, avec Nine, Cornélia et les autres, à faire des Arpentes un bastion. C'était là-bas qu'il les trouverait, et là-bas qu'il pourrait se rendre utile. Le chemin était périlleux, la guerre bloquait les routes et les cités, rendant ce genre de voyage incertain. Le risque était à prendre. Alfred voulait tout découvrir des mystérieux symboles qui permettaient de transporter la musique et de tromper la mort.

L'ingénieur se leva de sa chaise et laissa la feuille griffonnée au bord du lit avant d'éteindre la lampe de chevet. Léonore dormait enfin à poings fermés. C'était une bonne chose. Il fallait qu'elle récupère. Les mois à venir ne seraient pas de tout repos. Alfred s'en alla retrouver son propre lit, exténué.

Au-dehors, une chouette hulula dans la nuit ; un corbeau lustrait son ramage sur une branche face à la fenêtre. Un silence serein régnait dans la chambre de la mécanicienne. Les symboles sur le papier s'illuminèrent alors d'une douce clarté bleutée, nouvelle lumière dans l'obscurité.

*

Votre Sainteté,

Que ce message vous trouve en bonne santé, qu'il vous parvienne sans encombre. Un cavalier traverse l'Empire pour vous le porter, comme au temps jadis.

Votre Majesté va bientôt avoir quinze ans, c'est avec impatience que vous devez attendre ce moment. Comme je vous comprends ! Votre mère, vos aïeux et tous les dieux sont fiers de vous. Je regrette de ne pouvoir être à vos côtés le jour du rituel, je ne doute pas un instant que vous y serez superbe, resplendissante. Vous avez hérité de la grâce de votre mère, les dieux en soient loués.

Ici, la guerre gronde, les troupes de l'amiral avancent. Bientôt, il faudra que je prenne une décision, dois-je me dévoiler déjà, dois-je patienter ? En attendant, la chaleur m'accable mais je continue les exercices que je vous ai appris, les dieux me guideront.

Avez-vous vu les signes ? Que dit M ? L'artefact a fonctionné, un premier contact a eu lieu. Vous trouverez mes interprétations dans les documents que je joins à ce message.

Préparez-vous au rituel, soyez forte, le flambeau de votre mère vous attend. N'oubliez pas, Majesté, ce que vous vous apprêtez à faire, votre mère et moi-même en avons longuement rêvé. Si jeune, et pourtant déjà dans l'Histoire, que les dieux nous guident pour l'éternité,

Votre dévoué maître

23

Un nouveau cercle-monde

> Bramassa, d'abord intégrée à l'Empire à la suite de la bataille du Champ-Fleuri, fut finalement cédée par les Karzian en 48VI aux mercenaires de Braams pour leur aide dans la bataille du golfe des Talliants, qui opposa Ar Nigma à l'Empire de Seth. Les mercenaires permirent le retour des pirates. Au VIIe siècle, les habitants instaurèrent un gouvernement de la ville fondé sur le personnage du maire – élu originellement. Malgré son statut, Bramassa est ville d'Empire, elle honore le Faëton et respecte l'autorité des princes. Ses habitants sont à la fois sujets de l'Empire et citoyens de la ville portuaire.
>
> *Des grandes cités de l'Empire*,
> ECTO ORDALIS, 32IX

De longues colonnes d'hommes et de femmes, d'enfants et de vieillards progressaient en silence dans les tunnels qui traversaient le sous-sol de la capitale. Malgré la fine poussière qu'elles soulevaient en marchant, les roues croisées de la Technique se distinguaient sur les poitrines haletantes et les cols crasseux. Le front en sueur, les habits maculés de terre, les tout récents fugitifs avançaient avec régularité dans la pénombre.

À la lueur des torches, l'ombre des silhouettes dansait sur les briques suintantes. Les flammes réchauffaient l'atmosphère qui se transformait peu à peu en un fin brouillard. Et du plafond, des gouttes de condensation tombaient sur le sol sans un bruit. Ces boyaux n'avaient pas vu la lumière depuis des siècles. La mousse et le lichen, telle une immense dentelle végétale tissée par des mains arachnéennes, s'étoilaient sur la voûte en de sinistres constellations. Avec les racines profondes qui rongeaient le mortier par endroits, les visiteurs d'un soir avaient l'impression de marcher dans les veines caverneuses d'un cercle-monde éteint.

Parmi eux, les parias, facilement reconnaissables à l'absence d'insigne et à l'indigence de leurs vêtements, goûtaient leur toute nouvelle liberté. Si leurs regards semblaient plus inquiets que ceux des autres fuyards, c'est qu'ils ne voyaient pas la même chose : jamais les ténèbres ne leur avaient paru si lumineuses. Pour la première fois depuis mille ans, des habitants de Seth se retrouvaient unis, sans rang ni caste.

Les pas étouffés par la terre battue ne parvenaient pas à couvrir les vibrations qui agitaient les murs du souterrain depuis la surface. À chaque craquement, les fugitifs rentraient la tête dans les épaules et regardaient les briques avec appréhension. Les architectes assuraient que la voûte était sûre. Ils ne cessaient de le répéter en jetant les mêmes regards apeurés. Les mères poussaient leurs petits en avant, pendant que les pères cherchaient des yeux la moindre trace indiquant la sortie. Des couples se formaient puis s'oubliaient au gré des mouvements. Peu à peu, les vibrations s'étiolèrent et le calme s'installa. Seuls les reniflements bruyants des enfants se réverbéraient dans les tunnels. Des sanglots éclataient encore, malgré les paroles rassurantes qu'on chuchotait au creux de l'oreille. Toute la nervosité des dernières heures continuait d'accabler cette foule. Les sens chamboulés, la vue et l'ouïe en pleine confusion, tout le monde attendait impatiemment l'air libre. Mais seuls les ordres retentissaient : il fallait avancer, vite et en silence.

Tous ces gens avaient choisi de suivre une nouvelle voie, incertaine mais libératrice. Excédés par des années passées à souffrir en silence le bon vouloir d'un livre maudit, ils avaient abandonné leur foyer par honneur et fidélité pour Constantin et Nine. On leur avait dit pourquoi, on leur avait dit comment, mais la décision restait la leur. Ils refusaient de devenir les bêtes de somme du nouveau pouvoir et s'opposaient à ce qu'on maltraitât ceux qui se souciaient d'eux.

À la tête de ces colonnes tremblantes, Nine d'Entres-Ombres et Constantin l'Ariologues avançaient en compagnie des nobles qui épousaient leur cause. Bien que moins nombreux que les sujets de condition modeste, ils étaient les meilleurs de leur caste. Pour la première fois de leur vie, ces ducs et ces comtesses, ces baronnes et ces chevaliers portaient pour seules décorations des valises pleines à craquer de plans et de croquis.

Les domestiques de confiance, même s'ils n'appartenaient pas à la caste de la Technique, les avaient préférés à leurs princes tutélaires et charriaient ce qu'ils avaient pu sauver des hôtels particuliers, des cassettes de sols, des bijoux et parfois même des tableaux. Certains avaient arraché le masque tranché qui était leur insigne. Et, faisant office de nouveaux serviteurs, des ouvriers s'étaient proposés pour transporter les malles des laboratoires et des cabinets d'étude. La technologie la plus poussée de l'Empire se trouvait à l'intérieur. Elle quittait la capitale pour un nouveau foyer au cœur des Arpentes. Sans ingénieurs de talent pour faire fonctionner les machines, le Triumvirat s'affaiblirait. L'illusion du pouvoir deviendrait chaque jour plus flagrante. Malheureusement, tout cela n'était pas suffisant, il fallait que Phébus l'emporte.

Voilà ce que pensait Cornélia Wulokind, qui menait la marche aux côtés des deux princes, en soulevant sa torche le plus haut possible. Les ouvriers qui travaillaient dans les ateliers d'Alfred les suivaient en silence, le fusil en bandoulière. Cette évasion était la suite logique de tout ce qu'ils avaient entrepris depuis des années. Même si l'angoisse l'étreignait, l'ancienne espionne ne pouvait s'empêcher de ressentir de la joie. Elle n'avait pas choisi la clandestinité pour rien… Si seulement Alfred était là pour le voir !

— Quand serons-nous dehors, Cornélia ? demanda Constantin qui portait un cartable de cuir bourré de rouleaux.

— Dans un instant. Nous avons dépassé les enceintes de la ville. Regardez, là au mur, répondit-elle en pointant une inscription mangée par le lichen.

— La route est encore longue jusqu'à notre destination, souffla Nine.

— J'aimerais tellement savoir si Phébus l'a emporté…

— Phébus sait ce qu'il fait.

Après un dernier virage, une lumière crépusculaire apparut. Poussé par l'irrésistible envie de retrouver l'air frais, chacun se pressait vers la sortie. La fatigue disparaissait soudain et les rires remplaçaient les sanglots. Cornélia lança quelques ordres brefs pour contenir l'engouement collectif. Bientôt, ils franchirent le seuil et débouchèrent au milieu des ronces et des herbes folles, dans la maigre clarté qui les lavait de ces heures angoissées à marcher dans le noir et la saleté. Cornélia fit signe à ses ouvriers de partir en éclaireurs. Ils revinrent quelques minutes plus tard en confirmant que la situation était sous contrôle.

Au-dehors, la forêt frissonnait. Une légère brise leur caressa les joues et une odeur douceâtre de bois calciné leur monta au nez. Les paysans charbonnaient souvent en cette saison. Un chemin dévalait une pente broussailleuse jusqu'à une clairière où ils distinguèrent des camions dans la pénombre.

— Je vais vous conduire…, commença Cornélia en invitant les princes à la suivre.

— Non. Nous n'embarquerons que lorsque tout le monde sera hors du souterrain, avertit Constantin.

— C'est prendre trop de risques, Majesté.

— Quand tout le monde sera sorti des tunnels, répéta Nine.

Les nobles fugitifs s'inclinèrent respectueusement devant leurs souverains. Puis défilèrent des centaines de visages inconnus qui les fixèrent intensément, pour la première fois. Ces gens travaillaient dans leurs usines mais ne connaissaient ces silhouettes impressionnantes que par ce qu'en disaient les ondes dans les troquets. Ils ne croisaient jamais les coprinces dans les méandres de leur palais. Les basses castes osaient à peine lever les yeux sur eux. On ne revient pas sur mille ans d'histoire par une simple déclaration. Constantin en rêvait pourtant.

Les Premiers, à leurs côtés, ingénieurs et architectes au nombre de six, ne cachaient pas leur anxiété malgré ce qu'ils venaient d'accomplir. Ils formaient désormais un conseil rapproché.

— Sommes-nous tirés d'affaire ? demanda Camille Luyne-Tambour.

— Espérons-le, répondit Cornélia, qui cria aux ouvriers d'accélérer la marche.

— La bataille doit être finie à l'heure qu'il est, soupira Nine.

Tous souhaitaient ardemment la victoire du jeune prince. Ils n'appréciaient pas forcément ses faits et gestes, mais le prince de la Guerre valait toujours mieux que les autres. Si Phébus se drapait dans la foi, c'était pour mieux déstabiliser le Triumvirat, pensaient-ils. Au contraire, Virolles était un fanatique obsédé par les dieux et son propre pouvoir. La véritable prospérité de l'Empire valait bien qu'on rompe avec ces icônes et leurs incantations. Il fallait brûler ce livre et les castes ! Le Faëton n'avait jamais atténué le moindre grincement de machine, ironisaient les ingénieurs. Que ces psalmodies s'élèvent sans l'aide des panaches de vapeur !

Contrairement au Savoir qui s'était laissé acheter, les techniciens ne croyaient pas aux déclarations du Triumvirat et ne voulaient plus de prêtres pour leur dire ce qu'ils avaient ou non le droit de faire. Des menuisiers et des ouvriers étaient partis avec la bénédiction de Nine et Constantin répandre la nouvelle dans tous les paÿs. Bientôt, la caste de la Technique ne serait plus rien qu'un cœur et un esprit, sans crainte et sans entrave. Tout allait changer, songea le prince ingénieur qui observait ses sujets s'incliner devant lui avant de rejoindre les camions dans la clairière. Mais une victoire des forces rebelles permettrait de craindre moins et d'espérer plus...

Un couple et leurs deux enfants furent les derniers à sortir du tunnel. Ils n'étaient pas bien nés, pas même franc-loyaux. Toute leur vie, ils avaient dépendu d'un patron. Ce jour était leur premier jour de liberté. Le petit garçon et sa grande sœur, bouche bée, pointèrent du doigt les deux princes. Impressionnés et tremblants de fatigue, les parents s'inclinèrent respectueusement devant leurs souverains.

— Nous n'oublierons pas notre promesse, leur assura Constantin de cette voix profonde et posée qui le caractérisait.

Incapable de parler, l'homme tomba à genoux tandis que la femme éclatait en sanglots. Comment un prince pouvait-il s'abaisser au point de leur adresser la parole ? C'était inimaginable. Cornélia fit signe à deux ouvriers qui aidèrent doucement le couple à se relever. Dans le regard de ces deux modestes sujets, Nine lut une reconnaissance infinie qu'elle goûta avec satisfaction.

Le cortège des princes et des conseillers s'avança dans la clairière vers les berlines dont les chaudières fumaient d'impatience. Quelques camions avaient déjà pris la route. La nuit était désormais drapée de son grand manteau pourpre et les deux lunes ne brillaient pas encore à l'horizon. Pour ne pas éveiller les soupçons, les fugitifs emprunteraient des itinéraires différents pour gagner la même destination, les Arpentes.

Nine s'approcha de la berline vapeur verte réservée pour elle et son frère. Les chauffeurs s'écrasèrent le nez sur la carrosserie. La discipline et la hiérarchie façonnées par les prêtres étaient ancrées en eux depuis des dizaines de générations. Moins naïve que Constantin, la princesse architecte savait qu'il ne serait pas facile de trouver un nouvel ordre qui convienne à tous. Leurs sujets n'avaient jamais expérimenté la liberté et les deux souverains n'avaient connu que le respect et les hommages.

Les nuages noirs qui planaient au loin au-dessus de la capitale la rassurèrent. D'ordinaire sombres présages, ce soir ils étaient d'heureux messagers. La princesse passa la main le long de la carrosserie. Avec ses courbes rondes, sa caisse basse et son capot tout en longueur, il n'était pas difficile de deviner la vélocité de l'engin. Une caractéristique des machines conçues et fabriquées par son ami décédé, le comte de Pergoal. Que ferait Alfred à sa place ?

Cornélia s'avança vers la princesse, les mâchoires serrées, sans cesser de jeter des regards vers l'entrée cachée du tunnel.

— Mon rapporteur devrait déjà être là, dit-elle.

— Faut-il aller le chercher ?

— Non, il va venir, déclara Cornélia avec une inquiétude qui désempara Nine.

Constantin les rejoignit, suivi des nobles qui formaient une cour de fortune. Chez eux aussi, les habitudes avaient la vie dure : l'angoisse se lisait sur les visages. Où étaient le confort et la sécurité ? Quelque chose clochait. Le malaise qui les avait accompagnés pendant la traversée des souterrains les gagna à nouveau.

— Allons-nous toujours dans les Arpentes ? Pourquoi ne partons-nous pas tout de suite ? demanda Ocelle de Fresson, doyen des Premiers, qui souffrait de la marche. Le chemin est long.

— Nous devons être certains…, commença Constantin en fixant Nine.

— Et qu'allons-nous faire si on nous poursuit ? Faut-il changer nos plans ? voulut savoir Fabrice d'Astran, le duc architecte dont la peau sombre faisait ressortir ses yeux luisants d'intelligence.

— On ne nous poursuivra pas, souffla Nine.

— Nous n'en savons rien ! déclara avec amertume Mathilde Le Cerf Piquet, Première architecte à la Loi.

La panique gagnait les rangs et Constantin se résolut à partir. La sécurité des siens était plus importante que le sort d'un seul ouvrier. Il ordonna à ses conseillers, qui ne se firent pas prier, de monter dans les berlines. C'est alors que l'écho d'un cri retentit dans le tunnel. La petite cour se précipita à l'intérieur des véhicules et fit claquer les portières sans plus attendre. Les véhicules démarrèrent en file indienne et seul l'éclat de leurs phares était visible dans la nuit. La dernière voiture s'arrêta si brusquement que la terre meuble gicla sous ses roues. Fabrice d'Astran et Camille Luyne-Tambour, honteux de leur couardise, en descendirent sur-le-champ pour rejoindre leurs deux princes, qui étaient restés comme pétrifiés. Les deux conseillers n'étaient pas du genre à fuir le danger qui menaçait leurs souverains.

Sans perdre une seconde, Cornélia donna des ordres à ses hommes qui attendaient autour du dernier camion. Ils récupérèrent des fusils et la rejoignirent à toute vitesse. De nouveaux cris retentirent, plus forts.

— Leurs Majestés doivent partir ! Montez dans vos berlines ! leur lança-t-elle.

— C’est peut-être votre dernier ouvrier ! objecta Constantin, qui avait recouvré ses esprits.

— Et il crie sûrement parce qu’il est poursuivi ! Fuyez ! ordonna l’ancienne espionne sur un ton martial.

— Et toi ? demanda Nine.

— Ne vous occupez pas de moi ! Fuyez ! Dois-je vous tuer pour qu’on vous emporte ?

Devant sa détermination, les princes obtempérèrent et s’engouffrèrent dans leur véhicule, qui démarra en trombe, bientôt suivi par celui des deux conseillers. Les ouvriers embarquèrent à toute vitesse dans le dernier camion, qui décampa.

Avec ses hommes, Cornélia alla se positionner dans la broussaille de la clairière. Le son des moteurs vapeur s’évanouit, vite remplacé par la respiration de la forêt. Ils attendirent en silence. « Attention ! Attention ! » L’ouvrier ne devait plus être très loin. Cornélia l’entendit s’empêtrer dans le camouflage végétal qui protégeait l’issue. Il cria de plus belle, puis tout devint silencieux. Un corps s’affala en faisant craquer les branchages sous son poids. Les ouvriers armèrent la cellule de compression de leurs fusils. Cornélia sortit le pistolet qu’elle cachait sous son blouson en feutre et fit signe à chacun de se tapir dans l’obscurité. Rien, absolument rien ne trahissait leur présence.

Des silhouettes noires émergèrent l’une après l’autre du tunnel. L’espionne en compta dix – autant qu’eux. À la lueur de leurs torches et lampes à huile, elle reconnut les uniformes de l’Inquisition. Hormis le chef, ils semblaient tous très jeunes. Visiblement, le prince de Virolles avait recruté. Ils s’arrêtèrent à l’entrée du souterrain. L’endroit paraissait désert, mais les cris de l'ouvrier devaient bien s'adresser à quelqu'un. Le chef de la brigade fit signe à ses agents d'avancer prudemment. Ils descendirent la pente d'un pas lent en faisant attention au moindre détail. L'un d'eux se détacha du groupe et passa devant Cornélia et ses compagnons sans les voir. Il pointa sa torche vers le sol et remarqua les traces de pneus qui zébraient la clairière. Il appela les autres qui rappliquèrent au pas de course.

— Ils sont déjà partis…

— Et ils devaient être nombreux. La terre est foulée de partout, ajouta le chef, visiblement déçu. Tu n'aurais pas dû lui tirer dessus…

— Je suis désolé, sergent… J'ai cru bien faire…

Trop occupés par leur découverte, ils n'entendirent pas le frémissement des fourrés où les ouvriers épaulaient leurs fusils. Au cri de Cornélia, les canons crachèrent leurs balles dans un bel ensemble. Neuf silhouettes s'effondrèrent dans l'herbe. Malheureusement, un homme n'avait pas été touché. Il lâcha sa torche et détala devant eux dans l'obscurité. Ce n'était plus qu'une ombre sur le sentier. Une deuxième salve le manqua.

Cornélia envoya à sa poursuite Sylvestre, son lieutenant depuis la mort d'Ernest, et la moitié de son escorte. Impossible de laisser derrière elle des blessés, ni qu'un témoin retourne dans le giron de l'Inquisition. Plusieurs détonations retentirent. Les ouvriers achevaient les blessés. L'ancienne espionne s'arrêta devant le sergent qui gigotait dans son uniforme noir : sa poitrine était percée de part en part et d'étranges gargouillis sortaient de sa bouche pleine de sang. Cornélia avait l'impression qu'il la suppliait entre deux rictus de douleur. Il ne la quittait pas des yeux.

— Vous… vous…, réussit-il à prononcer.

— Oui, moi.

Elle lui tira une balle en pleine tête. L'homme ne bougea plus, les yeux écarquillés sur la voûte étoilée. Cornélia vérifia que tous les agents de l'Inquisition étaient bien morts et fit signe à ses ouvriers de lever le camp. Les cadavres nourriraient les animaux. Ce danger-là était écarté.

*

— Nous interrompons nos programmes pour un bulletin d'informations spécial.

— Victoire ! Victoire ! Victoire ! C'est une victoire pour les armées du Conseil face aux troupes du prince félon ! Cet après-midi, les forces loyales à notre Conseil ont remporté une victoire déterminante sur les rebelles. Le prince félon a attaqué le premier l'armée du duc Anglas Karzian de Varm qui stationnait en protection au pied des remparts de Lomvarde. Selon nos informations, la surprise de l'assaut a fait craindre que la cité ne soit dévastée par les impies du prince déchu. Le félon n'a pas hésité à lancer contre notre cité assiégée son artillerie, bravant les dieux et jetant les civils dans les horreurs de la guerre. Mais le duc Karzian de Varm a tenu bon et repris le terrain pied à pied. Selon les mots du commandant en chef des armées impériales, cette victoire est « un signe manifeste de la félicité des dieux à l'égard du nouveau Conseil des trois princes. Alliés à d'obscures forces impies, les régiments rebelles n'ont rien pu faire contre la gloire de nos armes et la faveur de nos dieux ».

Cette bataille a tué des milliers de nos soldats loyaux auxquels nous rendons hommage ce soir. On peut, néanmoins, se réjouir du décès du traître Brutus de Léry, mort au cours d'une attaque fourbe lancée par le prince qui en est sorti grièvement blessé. Soyez sûrs, chers auditeurs, que nous vous tiendrons informés au cours de la soirée. Que vous dire… Que l'Empire est sauf ? Que nous allons pouvoir à nouveau vivre sereinement et soutenir nos trois princes ? Que la paix et la justice vont revenir dans nos provinces et nos villes ? Je l'espère… Chers auditeurs… Nous allons bientôt accueillir nos intervenants et spécialistes sur les conséquences de cette victoire.

Dans les studios de l'O.T.I., tout le monde s'était arrêté de travailler en voyant le message arriver. Depuis la nouvelle des combats, toute la journée s'était déroulée dans une angoisse fébrile. Au lieu de rechercher, lors des pauses, les rayons du soleil, les gens se regroupaient pour commenter les maigres informations qui étaient déjà parvenues jusqu'à la capitale.

Les assistants des grandes bobines d'enregistrement en cuivre écoutaient l'annonce d'Armand La Rochelle, les mains suspendues au-dessus de leur machine à écrire, stupéfiés, comme les jeunes serviteurs qui s'étaient figés en pleine activité ; toute l'équipe de la rédaction entourait le présentateur vedette, qui avait lu la dernière dépêche le front en sueur. De l'autre côté de la paroi de verre s'agglutinaient les travailleurs du relais central impérial qui ne cessaient d'affluer.

Pas une seule fois Armand La Rochelle n'avait lu sa fiche. Il s'était bien gardé de livrer aux auditeurs la teneur authentique de la missive, trop sèche et technique pour être intéressante. En quelques secondes, l'animateur s'était interrogé sur le ton, l'enthousiasme, la longueur du message et les effets de voix qu'il pouvait moduler avec précision. Il n'avait pas adressé un regard à ses collaborateurs – qui n'existaient pas plus à ses yeux que les autres. Désormais et pour de nombreuses heures, le cercle-monde était suspendu entre sa bouche et le pavillon récepteur. La Rochelle y prenait un plaisir de gourmet. La déclaration du duc Karzian de Varm était inventée de toutes pièces ? Jamais l'amiral ne lui reprocherait d'avoir transmis sa parole historique. Il fallait que cela reste crédible. Armand avait toujours peur d'en faire trop.

Pour tromper l'attente, un assistant diffusa de la musique. Le studio se vida un peu, chacun affichant une satisfaction de bon aloi.

Deux spécialistes prenaient déjà place autour de la grande table. Engeance ! Quel pied ! Armand vivait *le* moment de sa vie. Le présentateur les sonda aussitôt. La Grande Juge échangeait avec son assistant qui lui montrait des documents, tandis que la spécialiste militaire attendait en s'efforçant de cacher sa contrariété. Cela confirmait les soupçons de La Rochelle. Il voulait bien servir le pouvoir, mais à la condition de connaître la vérité, et un bon mensonge se devait d'en être le plus proche possible. Ainsi, il était plus facile de prétexter ingénument une maladresse si on se faisait prendre la main dans le sac.

Il fixa la spécialiste militaire et demanda, sans tourner autour du pot :

— Phébus a-t-il réussi à s'enfuir ? Ils parlent d'une

bataille « difficile », dit-il en lui tendant le message qu'il n'avait pas lâché.

— Le prince a protégé ses arrières en sacrifiant son artillerie. L'amiral de Varm n'a pas pu le poursuivre, les canons lourds du félon ont fait barrage le temps que ses troupes prennent le large… soufflat-elle après avoir vérifié qu'aucune oreille ne traînait.

— Au moins, nous avons récupéré les canons de Marvelle, répondit Armand, optimiste.

— Le général Marvelle les a sabotés, regretta la spécialiste.

— Et Phébus, ils vont l'avoir ?

— Pas tout de suite… Nous avons essuyé de grosses pertes.

Armand se rencogna dans son siège pendant qu'un assistant venait vérifier le matériel devant lui. Il le renvoya d'un geste agacé. Phébus avait perdu la bataille mais le Conseil n'avait pas encore gagné la guerre. Ce freluquet leur donnait du fil à retordre ! D'abord ces villes qui désobéissaient, puis le riche païs du Navis qui se soulevait en sa faveur, et maintenant cette sagesse qu'il avait d'envisager la défaite, ce qui ne la rendait pas définitive… Phébus Karzian d'Estée était peut-être un hérétique, il n'en restait pas moins un stratège exceptionnel pour son âge !

Et si l'armée du Triumvirat était dans un sale état, alors Anglas ne pourrait pas se porter à la fois au secours de Bleu-Démir et à la poursuite du félon. Sans parler de l'ordre qu'il fallait maintenir dans les provinces et les villes… Oh, il restait bien des choses à commenter ! Armand aurait sans doute l'occasion prochainement d'annoncer des nouvelles plus extraordinaires encore… À cette seule pensée, il jubila. Quelle fête ce devait être dans les salons de la noblesse ! Armand aurait aimé quitter son studio au sommet de la Tour des Ondes pour en profiter.

*

Le salon des Officiels n'avait pas tardé à accueillir ses premiers invités. Il y avait tant de pierres précieuses aux ourlets des robes et de bagues aux doigts que leurs reflets éclatants dans les miroirs de Galaton éblouissaient l'assistance. Les domestiques, solennels dans leur livrée impeccable, passaient entre les plus grands noms de l'Empire pour proposer rafraîchissements et petits-fours. L'heure était à la fête. Comme les organisateurs avaient été pris par le temps, en lieu et place d'un orchestre de salon, un simple poste d'ondes-T diffusait de la musique pour égayer les convives.

La capitale vibrait à la nouvelle de la défaite du prince de la Guerre. Les niveaux inférieurs s'étaient d'abord regroupés autour des postes qu'on avait installés sur les terrasses des brasseries. Dès les premiers mots, le petit peuple avait compris que tout était perdu. La voix d'Armand La Rochelle sortait encore des haut-parleurs mais plus personne ne l'écoutait. En réponse à leurs lamentations, des cris de victoire résonnaient déjà dans les niveaux supérieurs. Dès lors, les plus virulents voulurent s'en prendre aux postes, puis aux boutiques qui n'avaient pas fermé. Des vitrines volèrent en éclats, et des mouvements de foule se multiplièrent ; au drame de la nouvelle s'ajoutèrent des cadavres d'enfants piétinés. L'Inquisition et les soldats n'attendaient qu'une occasion pour intervenir et finirent de répandre la mort à coups de bâton et de fusil. Les survivants filèrent s'enterrer, conscients que leur situation était plus sombre que jamais. Le silence qui régnait à Bas-Bœuf avait de quoi surprendre, tout comme l'absence d'activité des usines de l'Horlogerie.

Bien au contraire, aux deux niveaux plus élevés, les castes supérieures exultaient, en se pavanant dans les rues à grand renfort de klaxons et de cris de joie. Les meilleurs établissements, les portes grandes ouvertes, distribuaient aux riches clients, à peine le seuil passé, des verres de liqueur. Derrière les postes de sécurité qu'on avait installés pour se mettre à l'abri de la fureur populaire, la bonne société prenait sa revanche sur les derniers mois d'angoisse.

Les discussions allaient bon train. On commentait la bataille en échangeant d'un air important des informations que tout le monde connaissait déjà : les estimations du nombre des morts et des blessés, la blessure de Phébus, la fin héroïque – bien qu'hérétique – de Brutus de Léry, qui avait permis au prince de s'échapper en s'interposant avec son carré, la destruction des canons lourds de la rébellion... On n'évoquait pas la retraite en ordre ni les dizaines de milliers de soldats rebelles encore valides.

Tous les hauts rangs avaient quitté leurs somptueux appartements pour se rassembler et fêter la glorieuse victoire du duc, bientôt prince, Anglas Karzian de Varm. De la même manière, les plus grandes familles des trois castes au pouvoir n'avaient pas eu à se donner le mot pour se retrouver dans le salon des Officiels de la Chancellerie. Le prince diplomate Edmond de Rocca se chargeait toujours de les accueillir quand il s'agissait de célébrer les plus grandes nouvelles. Quant aux autres castes, elles brillaient par leur absence.

Les éclats de rire et les regards amusés, qu'on distribuait allègrement au milieu des boiseries et des dorures, animaient la salle d'une folle rumeur, bien loin du cérémonial ordinaire. L'Empire était sauf! Depuis plus d'un mois, Seth était captive des misérables, les dîners et les fêtes, les clubs, tout cela semblait fini à jamais. Avec la victoire du duc, ils respiraient enfin et personne ne voulait bouder son plaisir.

Pas même le prince de la Loi qui, pour la première fois depuis plusieurs semaines, avait dédaigné son bureau, à la demande de sa femme, pour venir profiter de la gloire de ses armées. Enfin, celles du Triumvirat… Un mince sourire aux lèvres, une main caressante posée sur le bras de sa jeune épouse et une coupe de vin épicé dans l'autre, Arsène de Virolles avait la victoire modeste, en apparence. Dans son for intérieur, il exultait.

L'armée de Phébus constituait la plus grande menace à l'encontre de sa politique de transformation, et son éviction était d'autant plus appréciable que le prince de la Guerre finissait perdant au bout d'une bataille seulement. Il avait pu battre en retraite et ses forces demeuraient nombreuses, mais il fuyait et ne trouverait pas le moyen de leur échapper. Le Triumvirat contrôlait les ondes et possédait des yeux et des oreilles partout dans l'Empire.

Arsène observa l'aristocratie qui s'agitait gaiement autour de lui. Elle ne semblait pas plus profonde ni sérieuse que les sujets qui vivaient sous ses ordres. Mais pour une fois, Virolles ne lui donnait pas tort. Il n'avait jamais réussi à profiter pleinement de ses succès. Son ambition était si grande que chaque accomplissement ne faisait qu'en appeler un nouveau, et un autre encore. Le prince de la Loi se fit violence pour ne pas s'encombrer l'esprit de sombres pensées. Il serait toujours temps de s'occuper de la jeune Marianne qui était partie sur les routes. Son dual, Baras d'Arcane, s'était arrangé pour faire partie du convoi et lui avait déjà expédié un premier rapport. Si cela s'avérait nécessaire, l'inquisiteur pourrait mettre un terme au pouvoir de cette gamine. Quant au vieil Isodore de Bô, qui se murait dans le silence, la défaite de Phébus allait sans doute le faire changer d'attitude. Il ne restait plus que Nine et Constantin qui devaient préparer leurs valises et qu'il faudrait reconduire par la force dans leur palais. Depuis l'annonce de la victoire, Arsène avait posté des agents tout autour de Brise-Fer.

À quoi cela servait-il de s'inquiéter en un moment pareil ? L'instant présent avait ses vertus. Bientôt, les voix dissidentes se tairaient. Et l'œuvre de sa vie donnerait à l'Empire l'occasion de continuer sa course. On oublierait les morts et la souffrance, on ne se souviendrait que de la métamorphose audacieuse entreprise pour le bien de Seth. Aujourd'hui, il était le véritable vainqueur, et le seul à connaître l'avenir.

— Je suis heureuse de voir que vous vous réjouissez, mon mari, lui glissa à l'oreille Éloïse de Virolles.

— Vous avez raison, très chère, l'heure est à la fête ! lui répondit-il en levant son verre devant l'assemblée qui l'imita aussitôt. Bénis nos dieux qui nous bénissent !

— Bénis nos dieux qui nous maudissent, répondit en chœur la crème de la capitale.

Cette fois pourtant, point de crainte dans la voix et les yeux, point de timidité déférente dans l'attitude, la noblesse se sentait chérie et de nouveau en position de force. Tous répétèrent plusieurs fois cette phrase comme un mantra. Plus ils la prononçaient, plus elle se vidait de sa signification.

Éloïse abandonna enfin le bras de son mari en voyant ses propres amis faire leur entrée dans le salon. Elle se précipita vers Alice de Chevreul, sa confidente, presque sa sœur, celle qui lui avait fait découvrir la vie nocturne et mondaine. Arsène n'adressa à la marquise aucun regard, aucun signe ; il ne put contenir une moue blasée en voyant sa femme s'exciter comme une adolescente. De vingt ans sa cadette, elle ne rêvait que de bals et de dîners, pendant que lui travaillait. Arsène l'avait choisie pour sa grâce aristocratique et l'alliance de sa famille, il ne l'avait jamais aimée et préférait être seul qu'en sa compagnie. C'est le moment que choisit un courtisan de sa caste pour s'approcher discrètement.

Le comte Louis de Falaize le servait avec beaucoup de zèle en tant que procureur général et conseiller. Il était l'un des rares amis que l'on connaissait au prince magistrat. Arsène eut plaisir à les voir, lui et celle qui l'accompagnait, une femme qu'il connaissait bien, même si personne ne pouvait s'en douter. Conseillère, et amante à l'occasion, du même âge que le sien, il l'avait rencontrée dans sa jeunesse. Sa beauté mûre, aussi sensuelle que l'étaient les courbes de son corps mises en valeur par son fourreau, cachait une intelligence remarquable et aiguisée.

— Majesté, je vous prie de recevoir mes plus humbles compliments pour cette victoire éclatante sur les forces du félon, commença Louis de Falaize.

— Je présente mes hommages à Sa Majesté. Qu'elle sache qu'elle pourra toujours compter sur mon dévouement et ma foi, déclara Isabella de Lucq de façon formelle pour ne point éveiller les soupçons.

Louis de Falaize jeta un regard circulaire pour s'assurer qu'aucune oreille indiscrète n'était à portée de voix. La vigilance n'est utile que par sa constance. Isabella adressa au prince un sourire complice sans le quitter des yeux.

— Je me suis permis d'inviter la baronne de Lucq à cette célébration, Majesté. Madame la baronne nous vient de sa province et a des informations à vous communiquer…

— Vous avez bien fait, Falaize. Tous nos sujets désireux de soutenir la rénovation de l'Empire et la gloire de nos dieux sont les bienvenus ici, dit Arsène, intrigué. Comptez-vous rester longtemps à Seth, baronne ? ajouta-t-il pour la forme.

— Le temps que mes supérieurs jugeront nécessaire, Majesté, répondit Isabella dans une profonde révérence.

Arsène de Virolles se réjouit intérieurement de cette visite inopinée qui promettait des délices pour le corps et l'esprit. Si le prince goûtait aux faveurs d'Alice avec délectation, les caresses d'Isabella possédaient une maturité à laquelle ne pouvait prétendre l'intrigante marquise. Sa relation avec Isabella était ancienne et sans exclusivité. Arsène l'avait aidée à devenir ce qu'elle était et il ne doutait pas que l'inverse fût vrai, d'une autre façon. Il avait toute confiance en elle.

Devant l'insistance des regards qu'Isabella lui jetait, le prince comprit que les informations exigeaient une attention immédiate. Une des fenêtres du salon était libre et il s'en approcha, suivi par ses deux sujets. D'un rictus sévère, il repoussa une jeune femme qui s'avançait à sa rencontre, tous appas dehors, croyant profiter d'un tête-à-tête. La demoiselle s'arrêta et rougit avant de se fondre dans un groupe de courtisans. L'alcôve que formait le renfoncement de la fenêtre protégea Arsène, Isabella et Louis des indiscrets.

La vue sur l'extérieur aurait comblé n'importe quel visiteur : les toits d'ardoise et de métal des niveaux supérieurs rougeoyaient dans l'éclat du soir. Comme un signe du destin, l'été semblait ne jamais vouloir finir. Si Louis de Falaize s'absorba dans cette contemplation, le prince et Isabella n'avaient que faire d'un tel spectacle.

— Puis-je parler librement devant monsieur le comte ? souffla Isabella. Je ne voudrais pas paraître méfiante mais…

— Parle, Isabella, lui murmura Arsène.

Ce préambule capta l'attention de Louis, qui n'en voulut pas une seconde à son amie la baronne. C'était elle qui l'avait fait entrer au service du prince et il la savait aussi intelligente que précautionneuse.

— Alfred de Pergoal n'est pas mort.

— Pardon ?! ne put s'empêcher de tousser le comte de Falaize.

— Il se trouve en ce moment même aux Croquants, avec sa mécanicienne, le capitaine de Saint-Ange et son lieutenant…

— Pourquoi ne pas nous avoir prévenus plus tôt ? s'indigna Louis.

Arsène l'arrêta d'un geste. Heureusement, l'agitation du comte était passée inaperçue auprès des invités grisés par les liqueurs. Le prince ne quittait pas des yeux Isabella qui, contrairement à la plupart de ses sujets, soutint son regard. Il n'était pas facile de garder contenance quand Arsène de Virolles sondait votre âme.

— Ils sont arrivés la nuit qui a suivi l'exécution. Le comte de Pergoal était mort à ce moment…

— Comment ! s'émut à nouveau Louis.

— Silence, comte, Isabella parle, s'agaça le prince.

— L'histoire est incroyable, Majesté, mais je peux vous assurer qu'Alfred de Pergoal est revenu à la vie. Un médecin me l'a confirmé. Ils ont confiance en moi…

— Et… ?

— Je suis restée le temps d'en apprendre davantage, puis j'ai prétexté un ordre du palais pour courir vous en informer moi-même. Je suis arrivée il y a quelques heures à peine. Et je n'ai pas trouvé qui vous savez…

— Sont-ils encore chez vous ? questionna Arsène.

— Ils y sont. Et ils ne vont pas en partir tout de suite…

Ils n'eurent pas le temps de continuer cette discussion capitale. Le maître des lieux, Edmond de Rocca, superbement vêtu comme à son habitude, fit enfin son entrée dans le salon. Les courtisans l'applaudirent mais Edmond s'en moquait. Il chercha du regard son frère et fonça sur lui en envoyant s'égailler ailleurs le cortège de ses courtisans. Edmond le saisit par la manche et jeta à ses deux interlocuteurs un regard mauvais pour les congédier. Devant cette insistance, et pour ne point se dévoiler, le prince de la Loi leur fit signe à regret de s'éloigner.

— Arsène ! commença Edmond. Je crains que nous n'ayons commis une grave erreur…

— Comment ça ? s'inquiéta le prince de la Loi,

qui s'émut de voir son flegme habituel abandonner Edmond.

— Constantin et Nine... Ils... Ils préparent quelque chose...

— Oui, je sais.

— Tu sais !

Edmond regarda son frère, éberlué. Comment Arsène pouvait-il garder cet air serein ! Lui-même, avec ses quatre-vingts ans passés, ne pouvait contenir son inquiétude. Que faisait le prince de la Loi à grignoter des petits-fours avec tous ces pique-assiette qui se précipitaient à la Chancellerie pour manger à l'œil et se faire voir, à défaut d'être bien vus !

— Une de mes mouches vient de me rapporter que les relais des ondes étaient coupés en dehors de la capitale... Pire encore ! Que les princes allaient faire sauter les usines de Seth !

Arsène haussa les épaules. Ce n'était pas la première fois que ce genre de rumeurs circulait. Le populaire passait son temps à rêver à voix haute. Des centaines de rapports dans ce goût-là attendaient d'être lus sur les bureaux de l'Inquisition.

— Tu sais comme moi que ce ne sont que des paroles en l'air. Mes services les surveillent... Nine et Constantin préparent leur fuite, c'est tout. Ils n'auraient pas pu avoir le temps de...

— Ton Inquisition n'est pas omnisciente ! Nous aurions dû les enfermer !

— Du calme, Edmond, tu ne te ressembles pas, répliqua le prince de la Loi. Ce n'est sans doute pas la première fois que des ouvriers exagèrent. Que t'arrive-t-il ?

Edmond s'approcha de son frère pour lui chuchoter à l'oreille. Arsène péchait-il par excès de confiance, ou avait-il des informations que lui-même, prince des espions, ne possédait pas ?

— Tout est vide, ce n'est pas normal !

— Vide ?

— Vide ! Je reviens de mon bureau et les rapports sont formels : les usines sont vides, les cabinets et les ateliers sont vides. Tout ce qui compte est vide. Les ouvriers sont venus ce matin, ils sont partis déjeuner et ne sont pas revenus… Tes agents poireautent devant Brise-Fer, les miens y sont entrés ! Vide !

Toute la journée, Arsène s'était concentré sur les nouvelles de la bataille. L'issue était tellement importante que le reste était passé au second plan. Depuis qu'ils avaient confisqué le pouvoir du Conseil, le travail était incessant et les priorités difficiles à établir.

— Ils n'oseraient tout de même pas…, commença-t-il.

Le plus haut magistrat de l'Empire n'eut pas le temps de finir sa phrase. Une première explosion retentit dans le lointain. Puis deux, trois, puis une multitude de déflagrations secouèrent la capitale. Il fallut quelques secondes aux nobles présents pour prendre conscience de l'événement. Partout, dans le quartier de l'Horlogerie, des usines explosaient, prenaient feu. De nombreuses habitations se trouvaient déjà sous les décombres. Le tram aérien continuait de circuler en traversant des nuages de poussière et de gravats.

Tout le monde se précipita aux fenêtres. Dans le ciel violacé s'élevaient des panaches de fumée. Quelques femmes se mirent à pleurer et à crier. Les hommes serraient leur canne et brisaient leur verre, de rage. La fête était gâchée. Arsène de Virolles n'en croyait pas ses yeux. Un quartier de Seth brûlait à nouveau, un mois à peine après les « émotions du Carnaval », selon la dénomination qu'on avait déjà trouvée pour désigner cette terrible semaine. Les incendies se répandirent peu à peu et débordèrent bientôt de l'Horlogerie. Le tocsin de la Capitainerie retentit, puis les temples sonnèrent l'alerte frénétiquement, les premiers camions de pompiers sortirent précipitamment des casernes. Le long des quais, les phares des véhicules se suivaient comme les perles d'un collier au cou d'une belle décapitée.

Un nouveau choc tétanisa l'assemblée quand elle aperçut dans le ciel un tram qui vacillait sur son axe. Il s'était arrêté juste au-dessus d'une fournaise ; ses passagers allaient rôtir comme dans un four. Sans attendre cette mort horrible, une silhouette se jeta hors du wagon branlant. Soudain, chacun vit les piliers de la Tour des Ondes éclater l'un après l'autre et la belle construction galatique, qui semblait avoir toujours été là, s'effondrer lentement sur elle-même, dans un grondement. Ses vitraux furent soufflés, ses statues plongèrent dans le vide, puis les derniers piliers déséquilibrés grincèrent avant d'exploser en une pluie de confettis. Toutes les machines nécessaires à l'exploitation du réseau tellurique de l'Empire s'y trouvaient.

Dans le salon, la musique s'arrêta une seconde plus tard. Comme si rien d'extraordinaire n'avait lieu, un serviteur tourna calmement la molette du poste à la recherche d'une autre station. Mais plus aucun son n'en sortait. Ce n'était qu'une boîte de bois dénuée d'utilité.

Arsène vida son verre d'une traite. Le vin épicé lui râpa la langue. Nine et Constantin l'avaient pris de court. Ils avaient profité des troubles du pouvoir pour fomenter à leur tour d'horribles attentats. Les ennemis de l'Empire ne reculaient devant rien. Leur implication dans le massacre du Carnaval ne faisait plus aucun doute. Lorsqu'on ouvrit les fenêtres, l'air enfuma la pièce et le ronflement des flammes parvint jusqu'à lui ; elles crépitaient dans sa cervelle. Comment avait-il pu ignorer les ténèbres qui régnaient dans le cœur de Constantin et Nine ? Comment avait-il pu croire que la partie était déjà gagnée ?

Une nouvelle vague de cris tira le prince de ses pensées. D'autres explosions retentissaient, plus impressionnantes encore. L'assistance paniquée se pressait contre les rambardes, s'accrochait désespérément aux fenêtres qui vibraient à chaque détonation, déchirait les rideaux.

— Que les dieux nous protègent…, murmura Edmond.

Le prince diplomate fixait l'Horlogerie. Arsène plissa les paupières pour distinguer le palais atelier des Ariologues qui se défaisait progressivement de ses bâtiments. Brise-Fer était en train de partir en lambeaux, pan après pan ; la pierre s'envolait en nuages de poussière, portés par le vent d'ouest au-dessus de la capitale. Les coupoles volaient en éclats, les poutres métalliques grinçaient pendant que les murs épais se fissuraient avant d'éclater.

Arsène, loin de son formalisme habituel, sortit une tanavé de sa poche et l'alluma nerveusement. Il en tira plusieurs bouffées angoissées. Edmond s'affala sur un siège en tentant de reprendre son souffle.

— Sale engeance ! Chiures de damnés ! Les infâmes ! s'exclama-t-il après avoir bu quelques gorgées d'une liqueur qu'un serviteur venait de lui apporter.

— Nous avons sous-estimé notre frère et notre sœur, regretta amèrement Arsène.

— Et maintenant ? Tu as une idée peut-être ? On ne peut même plus communiquer avec Anglas !

Bosco Lalande, l'un des secrétaires d'Arsène, se posta à côté de son maître. Assis sur une chaise dans un coin reculé du salon, il ne l'avait jamais vraiment quitté. Isabella et Louis de Falaize s'approchèrent eux aussi. Le silence décontenancé d'Arsène, plus encore que ses froides colères, glaçait son entourage.

— Il faut les retrouver…

— Tu penses bien que ces engeances de Constantin et Nine ont quitté Seth !

— Je sais ! cria Arsène dont la colère contenue s'exprimait enfin.

La porte du salon des Officiels s'ouvrit à la volée. Trois inquisiteurs fendirent la foule stupéfaite.

— Majestés ! Nous vous conseillons de vous retirer quelque temps de la capitale pour…

— Excellente idée ! approuva Edmond de Rocca en se levant de son siège.

— Non, répondit simplement Arsène. Certainement pas. Qui tient la capitale tient l'Empire. Ils pensent nous affaiblir, mais ils se trompent.

— Mais les dégâts ! Et bientôt les émeutes !

— Ce n'est que du matériel… Ne nous sous-estime pas, Edmond.

Tout ce qui était matériel ne comptait pas pour Arsène. Les murs seraient rebâtis, les usines trouveraient de nouveaux maîtres. Toute la caste de la Technique n'avait pu s'enfuir et les opportunistes n'allaient pas manquer. Ce n'était qu'un contretemps, il voulait y croire absolument.

Les destructions et les explosions, qui sévissaient encore dans le lointain, n'étaient pas le plus inquiétant. Le message dont elles étaient porteuses et qu'elles venaient de déclarer à la face de l'Empire, en revanche, l'était tout à fait. Phébus combattait au nom de la foi. Nine et Constantin avaient mis le feu à leur propre palais. Une caste se déchirait, une autre faisait sécession, qu'allait-il encore advenir ? Une chose était certaine pourtant, cette guerre ne faisait que commencer.

Ils se souviendront

Au même moment, à des milliers de lieues de l'Empire de Seth, trois navires fendaient à vive allure une mer démontée. Ils cinglaient plein ouest, aux confins du cercle-monde. La proue métallique des vaisseaux percutait l'eau avec une brutale indifférence, étrangère à l'agitation des hommes sur le pont.

La pluie tombait dru et le vent repoussait les panaches de fumée noire vers le ponton du navire amiral, où des marins amarraient des caisses en bois qui glissaient à cause de la houle sur le métal mouillé. Les cris fusaient de partout, presque inaudibles au milieu du tonnerre, de la pluie battante et des rafales de vent. Ils avaient été surpris par le mauvais temps, malgré leur expérience. Les seuls explorateurs à être revenus vivants de cette région les avaient pourtant prévenus : il ne fallait pas s'y rendre.

Le navire tangua dangereusement dans le creux d'une lame traîtresse. Une caisse qui faisait deux fois la taille d'un homme se détacha et vint écraser un pauvre marin contre le bastingage. Le malheureux poussa d'horribles hurlements qui furent couverts par le rugissement des eaux, et ses camarades mirent quelques secondes à s'apercevoir de sa mort. Entre-temps, le bateau s'était stabilisé. Ils finirent de sangler tout le matériel avant de s'occuper du cadavre.

Un homme seul sortit du château d'arrière. Le ciré qui lui remontait jusqu'au menton était aussi noir que le ciel. La silhouette traversa le pont sans se soucier des matelots et slaloma entre les caisses de matériel jusqu'à la proue, pour contempler le spectacle. Le ciel grondait, zébré d'éclairs, la tempête était extraordinaire, hypnotique. Sur la mer verte, l'écume d'une blancheur glaciale tourbillonnait jusqu'au sommet des vagues.

Les chaudières s'arrêtèrent, tant le courant était fort. Ils allaient si vite que les trois navires de l'expédition semblaient voler au-dessus des flots. Mais le vacarme de l'eau contre la coque et les grincements du vaisseau tout entier le ramenèrent à la réalité.

C'était, disait-on, le bout du monde, mais Rackam Thorpe ne le pensait pas. Devant lui, la nuit étoilée était brouillée par un immense nuage que l'on avait trop longtemps confondu avec les limites du cercle-monde. Malgré la couleur sinistre de la nuée, ou plutôt à cause d'elle, Rackam pouvait affirmer que c'était de l'eau, de la vapeur d'eau. Il était persuadé que ce mur de brume-là était traversable. Restait à le prouver.

Une silhouette émergea d'une passerelle et le rejoignit à l'avant. Le second s'accrocha au dernier moment à la rambarde, bien lui en prit car le roulis faillit le renverser. Les conditions étaient épouvantables.

— Amiral ! Amiral ! Nous… trop vite ! Il faut…

grappins maintenant au… et à l'*Ardent*, et jeter nos ancres !

— Encore un peu, Harold.

— Non, amiral, c'est trop… dangereux… juste à la limite, nous allons nous faire absorber ! Le courant… violent…

Le vent emportait un mot sur deux mais Rackam savait pertinemment ce que lui disait son second. Il percevait sa peur à l'idée d'être dissous dans le front brumeux qui grossissait à vue d'œil en face d'eux. L'amiral jeta un regard aux marins remplis d'effroi. Il devait faire preuve de patience.

Il acquiesça et Harold ne perdit pas une seconde pour faire signe à une silhouette qui se distinguait au dernier étage du château. Une alarme retentit, à laquelle répondirent celles des deux autres bâtiments. Les marins se résignèrent à rejoindre leurs postes. D'autres émergèrent des entrées de pont et allèrent se placer à côté de plusieurs lance-harpons qui jalonnaient toute la longueur du navire. Rackam et Harold rentrèrent se mettre à l'abri tandis que les marins inoccupés se cachaient derrière des panneaux de bois.

Les officiers hurlèrent leurs ordres et, à la seconde même, six harpons munis de grappins impressionnants s'envolèrent vers l'*Ardent* et le *Courageux* qui crachèrent à leur tour une volée. Plusieurs marins s'empressèrent de les attraper et les accrochèrent à des bittes prévues à cet effet. Une fois la manœuvre opérée et le signal donné, les machines se mirent à tirer. Les cordages se tendirent dans un claquement humide et les vaisseaux commencèrent à se rapprocher les uns des autres avec lenteur.

Ils finirent par se rejoindre et les marins en

profitèrent pour finaliser l'amarrage à couple. On faisait de même au pont inférieur, en se lançant des cordages par les sabords vidés de leurs canons. Les trois bâtiments continuaient leur course folle vers l'immense nuage noir qui les dominait, telle une gigantesque falaise, mais ils ne formaient à présent qu'un seul navire à trois coques. Les marins n'attendirent aucun signal pour se réfugier à l'intérieur. Une nouvelle alarme retentit depuis le château du vaisseau amiral.

Dans la cabine de commandement, des marins envoyaient des signaux grâce à de grandes boules de gaz sous verre. Les briquets métalliques qui provoquaient l'étincelle nécessaire à leur allumage cliquetaient frénétiquement au rythme des ordres qu'on transmettait aux deux autres bâtiments. Rackam regardait le matelot en train d'envoyer le message qui allait freiner leur course.

— Préparez-vous, ça va secouer ! cria l'un des officiers.

— On largue, dans trois, deux, un…, annonça un autre.

Comme les autres, Rackam s'assit le dos contre une console pour prévenir le choc. Les trois navires enclenchèrent leurs moteurs en même temps, mais les hélices à contre-courant ne parvinrent pas à les arrêter. Un deuxième signal sonore retentit et une douzaine d'ancres massives furent larguées. On n'en avait jamais forgé d'aussi grandes dans tout le Royaume.

Les flèches s'engouffrèrent dans l'eau, les chaînes épaisses tintant contre le rebord métallique transmettaient aux bateaux des vibrations lancinantes. Leur course sembla ne pas vouloir finir. Personne ne connaissait la profondeur exacte des flots à cet endroit ; les bateaux risquaient de dériver jusqu'au pire. Finalement, les ancres touchèrent les fonds marins. Rackam regarda l'aiguille indiquer un ralentissement, sans malheureusement atteindre une vitesse nulle. Les ancres avaient seulement freiné leur allure. Il commença à s'inquiéter.

C'est alors que deux chaînes se tendirent brusquement, tirant brutalement l'*Ardent* vers bâbord et entraînant avec lui les deux autres bâtiments. Le choc fut violent et Rackam faillit se retrouver projeté au sol. Un horrible grincement leur perça les tympans : la coque du navire amiral souffrait sous la pression. Un globe explosa dans la cabine, enflammant une console en bois. La fumée se répandit dans l'habitacle. On partit chercher de l'eau.

L'amiral Thorpe n'aimait pas la tournure des événements. Le ciel au-dehors avait disparu, ce n'était plus qu'un obscur néant dont les lambeaux cotonneux frôlaient la proue. Rackam jeta un coup d'œil au compteur. Malgré la tension des chaînes, les ancres continuaient de racler le fond. Il fallait absolument qu'ils s'arrêtent. Un bref regard aux autres navires lui montra qu'ils n'étaient pas les seuls à souffrir ; un feu s'était déclaré à la poupe de l'*Ardent* et les liens du *Courageux* cédaient à l'avant.

Toute la structure des trois navires reliés gémissait des crissements métalliques aigus qui leur transperçaient les os. Celui de bâbord n'allait pas pouvoir soutenir la tension des chaînes plus longtemps. Rackam ordonna qu'on inverse les moteurs. Le mécanicien le regarda sans comprendre, avant d'obéir. La timide poussée soulagea légèrement le navire de tribord.

Un deuxième choc survint, bien plus brutal que le premier, et leur fit penser à la mort. C'était tout le côté tribord qui venait de trouver un point d'ancrage. Emportés par les courants, tirés à hue et à dia, les trois navires risquaient de vriller et de rompre leur unité. Rackam se jeta sur la manette des moteurs pour les pousser à bloc. Les hélices du vaisseau amiral s'emballèrent. Les mécaniciens évacuèrent la salle des machines, croyant que la pression vapeur allait tout faire exploser. Heureusement, la forte poussée réussit à les stabiliser peu à peu et les chaudières tinrent bon. La quasi-totalité des ancres s'accrochaient à des rochers et Rackam vit l'aiguille rejoindre enfin le bord du cadran. Les ancres affermirent leurs prises sur les profondeurs et on put baisser la cadence infernale des machines.

Ils étaient stables et immobiles dans le plus puissant courant de tout l'Océan. Rackam regarda le mur de brume, en face, qui ne bougeait plus. Il s'aperçut ensuite que les flammes dans la cabine avaient gagné du terrain. Ce n'était pas un feu qui allait compromettre son expédition ! Il était si près du but !

— Occupez-vous de ce feu au lieu de rester les bras ballants ! lança-t-il. On dirait des Sethis ! Du nerf !

Les seaux arrivèrent enfin et on finit par venir à bout de cet incendie. Rackam ne pensait déjà qu'à la suite. Pour résister à l'envie d'envoyer dès à présent la première expédition prévue, l'amiral quitta le pont supérieur pour rejoindre sa cabine. Quelques minutes plus tard, son second toqua et entra, suivi des deux autres commandants qui venaient d'arriver de leurs bâtiments respectifs.

Rackam les invita à s'asseoir et leur désigna un chariot avec de la mélasse et du tonique. Harold fit office de préparateur et servit à chacun un verre qui exhalait une odeur d'agrumes et d'hâblette, une plante aromatique de leur chère île, où cette boisson emblématique faisait presque l'objet d'une dévotion.

— Les dégâts de l'*Ardent* sont intérieurs, la coque a souffert et je crains qu'il ne faille envisager des réparations d'urgence, commença Kasper du Toril.

— De ce côté-là, nous sommes tranquilles sur le *Courageux*, nous avons craint le pire mais les dégâts sont superficiels.

— Le rapport est similaire ici, amiral.

— Plus de peur que de mal, donc, conclut Rackam avec satisfaction.

Il était l'instigateur et le concepteur de l'audacieux plan qui consistait à explorer ce bord précis du cercle-monde. Si le Royaume Volant de Tallid avait bien voulu lui confier trois navires parmi les plus modernes de sa flotte, c'était grâce à sa réputation, et il avait bien l'intention de la conserver.

— Quand estimez-vous que nous pourrons envoyer la première nacelle ?

— Si le courant ne faiblit pas, il faudrait peut-être envisager de rebrousser chemin, tenta Elliot Borso, le commandant du *Courageux*.

Un simple regard de l'amiral Thorpe lui signifia la vacuité de son intervention. Personne ne voulait se retrouver sous le feu de ces yeux noirs enfoncés dans des orbites grises, creusées par la fatigue et l'excitation. Borso aurait dû savoir que Rackam ne reculerait que contraint et forcé. On disait même qu'il était têtu comme un marchand sethis.

— Dans un ou deux jours pour le vaisseau

amiral, sans doute de même pour le *Courageux*, répondit Harold, et Elliot acquiesça silencieusement.

— Il nous faudra peut-être deux jours supplémentaires pour l'*Ardent*.

— Faites au plus vite. Moins longtemps nous resterons ici, et plus nous aurons de chances de rentrer. Je ne suis pas inconscient, Elliot…

L'intégrité des trois navires devait être parfaite pour assumer le poids de la nacelle qui filerait dans le courant. On ne pouvait pas se permettre la moindre brèche, ni la moindre faiblesse dans la coque.

— Il va falloir se poser la question du retour. Le courant est plus fort que prévu et je ne suis pas sûr que nous ayons la capacité de le remonter avec les trois navires.

— Chaque chose en son temps. Nous venons d'arriver et vous voulez déjà repartir ! Je vous rappelle que notre but n'est pas seulement de frôler le bord du cercle-monde, mais de prouver que ce bord-là n'en est pas un. Je vais personnellement monter dans la première nacelle…

— Amiral, vous n'y pensez pas ! s'exclama Harold.

Son second de toujours s'efforçait de l'en dissuader depuis qu'il avait émis cette idée. Rackam savait que le contre l'emportait sur le pour, mais il brûlait de découvrir de ses propres yeux la réponse à ses questions.

C'était le livre d'un ancien explorateur qui l'avait convaincu de tenter ce voyage, un marin venu de l'Empire honni, qui s'était échoué après une expédition catastrophique sur les côtes de Tallid, non loin de Bélarès la capitale. Au début de sa captivité, l'homme avait refusé de révéler ce qu'il avait vu. Mais au fil du temps, il avait appris la langue du Royaume, très proche de celle de l'Empire, et sa relation avec ses geôliers s'en était trouvée grandement améliorée. On avait fini par l'apprécier et même par le relâcher au bout de plusieurs années. Le prisonnier s'était installé dans un village, au sud de Bélarès, et avait rédigé ses mémoires. Quelque temps plus tard, il avait disparu à bord d'une chaloupe, laissant derrière lui un simple carnet en guise de remerciements. On ne l'avait jamais revu et certains racontaient qu'il avait rejoint Seth. Mais cette histoire remontait à plusieurs siècles et les sources manquaient pour l'établir avec certitude.

Ce carnet, dont Rackam avait découvert les pages mangées de moisissures au cœur des archives de l'Amirauté, lui avait ouvert les yeux. Il épluchait depuis lors tout ce qu'on pouvait savoir sur les limites occidentales du cercle-monde. Ce champ d'exploration n'intéressait pas les marins du Royaume Volant, qui préféraient la course et la guerre navale contre l'Empire. Ils se bornaient à contrôler les côtes continentales sans jamais chercher à découvrir ce que cachait l'immense Océan. On racontait qu'il n'y avait que de l'eau à perte de vue, un espace maritime sans autre intérêt que la pêche. Mais c'est un détail, non sans rapport, qui avait tout changé pour l'amiral alors au sommet de sa carrière : les poissons.

Le marin de Seth dont on ne connaissait que le prénom, Xavros, signalait la présence de grands bancs de poissons grâce auxquels lui et ses hommes avaient pu survivre quand la nourriture venait à manquer. Pourtant, ceux qui auparavant avaient osé s'approcher de la brume lumineuse aux confins des terres connues disaient l'inverse : la vie animale, comme les vents, disparaissait au fur et à mesure qu'on s'approchait de la limite. La surface des eaux devenait parfaitement lisse, d'un calme inquiétant. Il y avait là une contradiction de taille. Une de plus, si l'on considérait la question du courant, car l'explorateur sethis insistait sur la puissance des flots qui avait emporté son navire toujours plus à l'ouest.

Plus que tout autre amiral, Rackam s'interrogeait sur les raisons qui expliquaient ce phénomène singulier. Il avait passé des nuits enfiévrées à comparer les rapports de voyages et les carnets d'explorations. À force de recoupements, il avait compris que la nature de la brume à cet endroit du cercle-monde était différente de partout ailleurs. Tous les marins le savaient : il était impossible de traverser la brume qui vous absorbait et vous désagrégeait en millions de particules. Sauf ici, où Rackam était persuadé que la brume n'était que de la vapeur d'eau. Sa couleur changeante montrait bien qu'elle était soumise aux rayons du soleil, contrairement aux brumes nacrées, faiblement mais perpétuellement lumineuses qu'on trouvait au sud, à l'est et au nord, si l'on en croyait les rapports maritimes de ces contrées.

— L'équipe de la première nacelle s'est entraînée dur pour apprendre à la manœuvrer. Votre présence dans la nacelle ralentirait la mission, amiral, avança Kasper.

— Et si je peux me permettre, nous perdrions plus en vous perdant qu'en perdant ces trois hommes, si un malheur devait survenir, renchérit Harold, mal à l'aise.

— Soyons déjà prêts à lancer l'opération. Nous verrons à ce moment-là.

Rackam regrettait l'époque où, simple capitaine, il aurait fait partie de l'équipage d'exploration et personne n'aurait trouvé à y redire. Bien au contraire, on l'aurait félicité de s'exposer en première ligne. Cette époque n'était pas si lointaine – quelques années seulement avant son coup d'éclat sur les rives de l'Empire Bleu, tout au sud de l'Acréon. Paradoxalement, l'audace qui vous hissait au sommet des honneurs avait pour contrepartie de ne plus devoir en faire preuve. L'amiral du Royaume Volant pensait pourtant que, comme bien d'autres choses, l'audace devait s'entretenir, faute de quoi elle disparaissait.

— Les nacelles n'ont pas trop souffert ?

— Non, les deux modèles sont en parfait état. C'est la première chose que j'ai fait vérifier, lui répondit Harold. Nous bénéficions même d'un rab de chaîne…

— Très bien. Messieurs, nous venons d'accomplir un premier bout du chemin. Les difficultés d'aujourd'hui seront les bons souvenirs de demain ! Au Royaume, aux Quarante-Cinq et au Roi ! lança Rackam en levant son verre.

Les quatre officiers supérieurs trinquèrent avec une joie non dissimulée. C'était un moment de répit chèrement acquis. Les premiers mois de traversée les avaient déjà usés, une fièvre marine s'était déclarée sur deux bâtiments, clouant sur leur couchette des dizaines de matelots et causant la mort de certains. L'absence de terre à l'horizon et le temps de plus en plus menaçant pesaient lourdement sur le moral des hommes qui se racontaient à la nuit tombée des histoires sinistres. La montée progressive du courant était devenue leur première préoccupation. Comment allaient-ils faire pour rentrer ?

L'ambiance dans les quartiers virait facilement à l'orage – moins terrible cependant que celui qui régnait dans le ciel. À travers une écoutille, Rackam pouvait voir l'immense falaise qui obscurcissait l'horizon. Des panaches et des lambeaux s'en détachaient comme pouvait le faire de la vapeur d'eau. On aurait dit de l'écume sur des rouleaux de nuages. Derrière se cachait quelque chose que personne n'avait jamais vu.

Trois jours plus tard, on lança en fanfare la première expédition. Les matelots étaient montés dans la nacelle au son des instruments à vent typiques des orchestres de la marine royale. On s'enorgueillissait, à Tallid, de posséder les meilleures formations musicales et les airs les plus beaux. Le temps n'avait pas changé, la tempête continuait de rugir, effroyable, implacable, alors qu'on observait le courant emporter les courageux camarades dans leur boîte métallique. Pour marquer l'événement et remonter le moral des hommes, Rackam avait fait ouvrir les celliers des officiers et donné aux cuisines des ordres généreux. Il fallait désormais attendre les premières communications des explorateurs.

Mais elles ne vinrent jamais. Les officiers gardèrent le silence, cela n'empêcha pas la rumeur d'enfler sur les trois navires. L'impatience se faisait sentir dans les saillies ironiques, cyniques même, et très vite, les marins ne se cachèrent plus pour échanger des propos lugubres sur le sort de leurs camarades. Les hommes passaient leurs journées à fixer le ciel noir et les techniciens du pont de commandement vérifiaient fébrilement la solidité des ancres et les compteurs de vitesse, dans l'espoir que l'aiguille reste morte.

Nul ne peut vivre et rester sain d'esprit quand il fait face à une masse imposante qui le domine et l'impressionne sans jamais l'abandonner. Si les hommes ne peuvent lui échapper, sur terre ou en mer, ils craquent et se fêlent ; s'ils ne peuvent s'y soustraire, ils suffoquent, se débattent et deviennent méchants. La société de bonne intelligence qui existait auparavant se transforme en une pantomime erratique, et les gesticulations ne font qu'annoncer un ultime effondrement. Ne subsiste alors que la première des lois de la nature : la survie des plus forts.

Pour résister à cette pression, faute de pouvoir s'en libérer, il faut à ces hommes un horizon intérieur si vaste qu'il offre la possibilité de s'évader en songe, de parcourir par la seule force de la pensée l'immensité des terres. Combien peuvent se targuer de posséder une telle capacité ?

Le mur qui dominait l'équipage des trois navires du Royaume Volant ne bougeait pas depuis qu'on avait mis à l'eau la première nacelle. Deux jours seulement s'étaient écoulés, qu'il fallait ajouter aux trois jours qu'avaient nécessités les réparations, et pour l'ensemble des matelots, c'était une éternité.

On perdait le fil face au rempart nuageux, perpétuellement sombre, qui dévorait le ciel. Chaque jour, l'immense rideau opaque de vapeur se délitait en lambeaux qui caressaient la proue des trois navires, et chaque matin cette falaise oppressante semblait intacte. Sa hauteur démesurée ensorcelait les esprits faibles, le mur de nuages leur écrasait le cœur et leur comprimait les entrailles. Ce gigantesque obstacle imposait sa présence, depuis les balustrades des ponts supérieurs, au travers des hublots des salles inférieures, et continuait inexorablement de capturer les marins exténués dans son filet d'ouate.

La situation était en train de dégénérer.

Dès la première nuit, deux hommes s'étaient jetés à l'eau sans qu'on puisse se l'expliquer. On les avait vus se diriger vers la poupe, sans une parole, chacun de son côté. Ils avaient enjambé le bastingage et s'étaient laissés tomber sans un regard en arrière pour les marins qui se précipitaient vers eux. Le courant les avait emportés vers une destination inconnue. L'incident avait suscité l'effroi, des bagarres avaient éclaté, des rixes imprévisibles entre des membres d'équipage qui naviguaient ensemble depuis des années. L'ordre était de plus en plus difficile à maintenir ; les officiers eux aussi se sentaient mal, certains racontaient entendre des voix dans le vent et des murmures glaçants qui les invitaient à fuir cette région au plus vite. Une semaine n'était pas encore passée et on oubliait déjà comment et pourquoi l'on était venu ici.

Quelque chose de pourri émanait de cette masse sombre. La puissance phénoménale du courant, les bourrasques violentes et imprévisibles qui vous soulevaient presque du pont, les dimensions frôlant l'infini ; tout ici était démesure et rien n'était propice à l'épanouissement d'un groupe d'hommes et de femmes. Pourtant, les trois navires amarrés continuaient de braver les flots, de subir les intempéries en attendant que l'amiral Rackam Thorpe, l'explorateur intrépide, se décide à remonter la nacelle.

Harold n'en pouvait plus d'attendre. L'amiral ne sortait pas de ses appartements. Le second, d'ordinaire si proche de son commandant, brûlait de savoir ce qui provoquait cet état. De nombreuses fois refoulé par son supérieur, il attendait derrière la porte de l'amiral en regardant sa montre de gousset. Il fallait que Rackam se ressaisisse, et la fin du délai d'exploration de la nacelle lui semblait être un argument incontestable. Harold n'accepterait pas un refus supplémentaire, il devait répondre aux deux autres commandants qui lui transmettaient les rapports de bord inquiétants de l'*Ardent* et du *Courageux*. Ils ne s'occupaient plus que de discipline et craignaient qu'une mutinerie n'éclate.

L'aiguille dépassa midi. Sans attendre, Harold frappa à la porte. Aucune réponse. Une deuxième fois, plus fortement, pas de réponse non plus. Malgré tout le respect qu'il devait à son chef, qu'il servait depuis presque une décennie, Harold allait lui forcer la main. Il toqua une troisième fois et entra sans autorisation.

L'amiral du Royaume Volant était penché sur des cartes, la barbe longue et mal taillée, l'uniforme débraillé, le regard étincelant de cette lueur folle que l'on devinait aussi dans les yeux des matelots. Harold s'inquiéta, sans rien laisser paraître, et referma la porte derrière lui. Il s'approcha lentement de son supérieur qui ne fit pas un geste pour l'accueillir. Les appartements n'avaient pas été aérés depuis plusieurs jours et l'odeur incommoda Harold qui contint un haut-le-cœur. La cabine recouverte de belles boiseries baignait dans une atmosphère glauque. Il fallait sortir l'amiral de cette retraite incompréhensible. Harold n'y alla pas par quatre chemins.

— Amiral, les deux journées pleines sont désormais passées, il nous faut remonter la nacelle.

Amiral Thorpe ? Si vous ne me répondez pas, je suivrai le protocole.

— Deux jours seulement… Tu es nerveux, Harold, dit Rackam en arrêtant sa lecture. A-t-on des nouvelles de l'équipe d'exploration ?

— Aucune. Les câblages n'ont jamais été tendus de leur côté. Nos tentatives sont restées lettre morte. Il est possible que quelque chose gêne le mécanisme. Quoi qu'il en soit, la situation à bord des navires est des plus préoccupantes.

— La chaîne tire toujours ?

— Oui, rien n'a lâché ; à ce qu'on en sait, la nacelle est toujours au bout. Mais ce n'est pas le plus grave, il faut…

— Remontez-la d'abord… Nous verrons ensuite.

Rackam releva le nez de ses cartes. Il n'avait d'autre choix que de se confronter à l'échec de cette mission. Selon toute vraisemblance, la nacelle avait subi une avarie, les hommes devaient être morts et leurs cadavres attendaient depuis deux jours qu'on les récupère. Seulement deux jours ? Cela lui paraissait si peu et tellement à la fois. Le temps lui filait entre les doigts, les heures n'avaient plus de consistance. Ce n'était qu'un des nombreux constats qui rendaient Rackam soucieux. Pourtant, abandonner lui semblait impossible.

Il ne voulait pas répondre à son second et faisait la sourde oreille aux réclamations des matelots, car l'idée de devoir renoncer pour des raisons de discipline était insupportable. Certaines choses valaient bien qu'on fasse abstraction de soi. Ses marins qui lui avaient juré fidélité étaient en train de l'oublier. Il comprenait leur peur, elle le harcelait aussi.

— Amiral, vous allez bien ? Votre silence inquiète

l'équipage. Nous sommes tous fatigués, vous savez, c'est…

— Devant les ruines du cap Cavran aussi nous étions exténués. Avons-nous rebroussé chemin pour autant, Harold ?

— Mais la mer… la mer n'était pas aussi mauvaise et cette maudite brume n'existait pas… Nous savions à quoi nous attendre. C'est l'attente qui mine nos hommes, cette attente qui n'en finit pas.

— C'est étrange… On dirait que le temps se joue de nous. Parfois j'ai l'impression que cela fait une éternité que nous attendons, parfois, une journée à peine…

— Le soleil est perpétuellement voilé, nous n'arrivons plus à distinguer le matin du soir, cela pèse sur notre moral… Il faut agir ! répliqua Harold qui le voyait replonger dans ses pensées.

— Tu as raison, se reprit Rackam. Donne donc l'ordre de remonter cette nacelle, je vous rejoins sur le pont dans un instant, conclut-il en refermant un livre sur la table.

— Bien, amiral, salua le second, soulagé de constater que Thorpe n'avait pas perdu la tête.

Harold ne perdit pas une minute pour transmettre l'ordre aux mécaniciens qui s'occupaient du treuil. Sa vigueur fit du bien à Rackam, qui se félicitait d'avoir à ses côtés un homme doté d'un grand sang-froid. Sa venue l'avait tiré d'une songeuse apathie. Contrairement à certains qui arboraient des airs bravaches et s'écroulaient au moindre obstacle, Harold cachait une ferme résolution sous son apparente anxiété.

Rackam Thorpe marcha tranquillement vers un hublot et contempla l'objet de tous les fantasmes.

Comme le reste de son équipage, comme ses officiers, il ressentait l'étonnant pouvoir qu'exerçait cette brume sur son esprit et son moral. Il s'était réveillé chaque nuit en entendant des voix, en frissonnant de froid sous ses couvertures, comme si son corps était malade. Mais sa détermination résonnait plus fortement encore, combattant l'inexorable sentiment d'impuissance qui voulait s'emparer de lui. Parce qu'il était leur chef, il n'avait pas le droit de se cacher, ni celui de se plaindre. Harold, qui semblait lui aussi résister à cet indicible envoûtement, l'avait rappelé à ses devoirs par sa simple présence.

La nouvelle se répandit comme une traînée de poudre, et pour chaque homme d'équipage ce fut comme une bouffée d'air frais. Sur le pont supérieur, à la proue du navire amiral, les marins s'activaient pour accueillir la nacelle. La solide chaîne, dans laquelle plusieurs câbles étaient entremêlés, s'enroulait à toute allure sur le treuil à pleine vapeur. Tout le personnel était sur les ponts, dans l'attente de voir enfin se profiler sur l'écume la nacelle métallique conçue pour supporter le poids de l'eau et les rochers coupants. L'agitation des marins était palpable, ils ne cachaient pas leur excitation fébrile à l'idée de rentrer chez eux. Chacun espérait que cette action serait la dernière avant de rejoindre la base navale des Fosses Dantecs, même si, la force du courant ne faiblissant pas, beaucoup y pensaient avec une certaine amertume. La possibilité de ne jamais revoir leur famille et l'île qui les avait vus naître ne pouvait être exclue.

Les matelots et les officiers se redressèrent en voyant l'amiral Thorpe arriver sur le pont central. Au grand soulagement d'Harold, il était en grand uniforme et avait tenté maladroitement de discipliner sa barbe broussailleuse. Harold se fit alors la remarque qu'elle avait poussé en un temps record ; il passa la main dans la sienne et s'aperçut avec étonnement de son volume. Les soldats se mirent au garde-à-vous et l'amiral les salua comme il en avait l'habitude. Ce fugace moment de normalité renforça l'apaisement de l'équipage. Il y avait de nouveau quelqu'un à la barre.

Harold se pressa de rejoindre son commandant et l'accompagna jusqu'au bastingage, d'où ils regardèrent la chaîne tracer lentement son sillon d'écume.

— Il faudra encore quelques minutes pour que la nacelle soit en vue, amiral.

— Toujours aucune nouvelle ?

— Non. Mais les hommes sont contents de vous voir sur le pont, ajouta Harold en se retournant vers les marins qui fixaient le treuil autant que leur commandant. Si je peux me permettre, il n'est pas bon de les laisser dans l'inconnu comme vous l'avez fait, il faut leur parler…

— Je sais, Harold. J'y ai réfléchi.

Rackam posa une main sur le bras de son second et, pour la première fois depuis qu'ils avaient atteint le mur de brume, lui sourit avec sa franchise coutumière. Malgré l'affection dont témoignait ce geste, Harold lut dans son regard une si grande tristesse qu'il en fut désarçonné. C'était là le projet de toute une vie, une intuition qui s'était transformée en une certitude, une certitude qui pouvait changer la face du cercle-monde et bouleverser tout ce qu'on pensait en connaître, et voilà que ce rêve allait peut-être s'effondrer sous ses yeux. Nul ne pouvait douter de l'échec de la première exploration ; les difficultés de l'équipage, sa réticence grandissante compromettaient les chances de réaliser la seconde. Harold sourit à son supérieur pour lui transmettre toute l'énergie qu'il pouvait. L'amiral se détourna pour faire face aux officiers et aux marins. Il n'avait pas encore dit son dernier mot.

— Prends des notes et transmets ce message aux autres navires.

— Bien, amiral.

Rackam s'éclaircit la voix et fixa dans les yeux chacun des marins avant de commencer son discours. Harold avait raison, il devait leur dire pourquoi ils étaient ici, pourquoi leur sacrifice était nécessaire et pourquoi la peur que chacun éprouvait ne devait pas être une excuse pour refuser de prendre des risques.

— Marins, je veux de vous encore un effort… Imaginez. Imaginez le premier homme qui a vu les étoiles. Imaginez le premier homme qui a contemplé une forêt en feu, et le premier qui a vu tomber la foudre. Représentez-vous cette image, entendez le crépitement des éclairs, le grondement du tonnerre et sentez l'odeur de la terre, contemplez la nuit étoilée et tous ces arbres en flammes, et ressentez cette peur terrible qui s'est emparée de lui.

« Cet homme n'avait rien pour se vêtir, des peaux au mieux, peut-être ne portait-il rien. Sentez le froid de l'hiver sur votre peau et la chaleur du soleil en été, goûtez la pluie qui ruisselle dans vos cheveux et touchez le sable qui se glisse dans vos yeux. Cet homme pensait jour et nuit à trouver de quoi manger, de quoi boire, où construire un abri pour se protéger des bêtes sauvages. Il était seul face à l'immensité d'un cercle-monde inconnu. Les rares instants de répit devaient être pour lui d'intenses moments de joie, mais presque toute sa vie, cet homme a connu la peur.

« Des millénaires plus tard, voilà où nous en sommes. Nous portons nos tenues de marin sur un navire que nous avons construit de nos mains. Nous voulons revoir notre chère île et nos villages avec leurs toits pentus et leurs pavés. Nos familles nous attendent au chaud, dans nos foyers, et préparent sans doute un festin pour notre retour. Et tout cela, nous le devons à ce premier homme qui a eu peur toute sa vie. Car cette peur ne l'a pas empêché d'être fasciné par les éclairs dans le ciel, de s'approcher du feu et d'admirer les étoiles. Elle ne l'a pas empêché de croire qu'il pouvait en aller différemment.

« Nous ne savons pas quand ni comment, mais cet homme est parvenu à maîtriser le feu, à utiliser la foudre qui brûlait les forêts, à s'orienter en regardant les étoiles. De son abri de fortune, il a fait une maison, en travaillant la terre, en domestiquant les bêtes sauvages, en comprenant le monde qui l'entourait. De la peur qui ne l'abandonnait jamais, cet homme a tiré sa connaissance, et grâce à cette connaissance il a fait de son environnement un endroit plus sûr et plus propice à son existence. Pensez à son mérite.

« Cet homme n'est pas différent de vous. Nous sommes cet homme-là. Il est votre arrière-grand-père et votre arrière-grand-mère, il est homme et femme, individu et famille, il est celui qui a accosté pour la première fois sur notre île afin d'échapper aux chefs sanguinaires du continent ; il est celui qui a lutté pour que ces tyrans fanatiques se tiennent à distance ; il est chacun des Quarante-Cinq et il est le roi qui nous protège ! Cet homme des origines est en chacun de nous.

« Marins ! Ne pas admettre notre peur, c'est nous croire au-dessus de tous ceux qui ont dû souffrir ce que nous n'avons jamais souffert. Mais succomber à notre peur, c'est les renier, c'est renier leurs efforts et leur force. C'est *nous* renier !

Rackam laissa les mots pénétrer l'esprit de ses matelots. Il fallait du temps pour que le message infuse, qu'ils comprennent ces enjeux si vastes qui, les dominant, pouvaient aussi les emporter toujours plus haut. Quand il vit que chacun avait assimilé ses propos, il reprit :

— Ce n'est pas ce mur de brume qui nous fait peur ! C'est l'inconnu qu'il contient, c'est le mystère qu'il voile et qui nous fait croire qu'il serait préférable de reculer. Je le comprends, moi aussi j'ai peur ! Peur de ce que nous pouvons découvrir, peur de ce que nous allons révéler de nous-mêmes, à nous-mêmes et au cercle-monde ! Ces voix que certains entendent, que j'entends moi aussi, c'est la peur qui nous parle et tente de nous dissuader de l'affronter. Elle sait de quoi nous sommes capables, elle sait que nous pouvons la battre, car de ce premier homme nous sommes les héritiers.

« Regardez cette falaise qui s'étiole et se reconstitue chaque jour : elle n'est qu'un ciel étoilé qui n'a pas encore livré ses clefs, elle n'est qu'une forêt qui bientôt sera un brûlis, un feu qui n'est pas encore un foyer. Cette fois, c'est à nous de nous montrer à la hauteur ! Nous sommes venus pour obtenir des réponses. Vous connaissiez les périls, il est temps de vous souvenir de votre engagement. Car il y aura un jour lointain où d'autres hommes diront de nous : ils ont su combattre leur peur et nous porter là où personne ne le croyait possible ! Ils ont su prendre un risque, avoir confiance en eux et se battre pour être plus grands encore. Ils ont combattu la peur, pour que nous n'ayons pas à la connaître, et nous ferons de même.

« Car sous différents masques, la peur revient toujours, mais en réalité elle est vieille, fatiguée, déjà battue. Souvenez-vous, marins, du premier homme et de la première femme. Rappelez-vous que nos enfants se souviendront de nous et de notre exemple ! Embrassez votre peur… et tuez-la ! Pour le Royaume, pour les Quarante-Cinq et le roi !

Tous les marins reprirent en chœur les dernières paroles de l'amiral. Les officiers supérieurs vinrent féliciter Rackam pour son discours qui avait obtenu l'effet escompté. Tout l'équipage avait retrouvé un peu de couleurs et certains semblaient méditer favorablement les paroles de leur commandant. C'était un début.

La nacelle avait été conçue comme une capsule de survie, mi-embarcation mi-submersible, tout en longueur pour offrir le moins de prise à l'eau et à la rocaille qui, selon les prédictions de l'amiral, devait tapisser ce bord-là du cercle-monde. En observant avec impatience sa masse écumeuse fendre l'eau, tout le monde se pencha pour mieux voir. Un crochet descendit d'une grue et réussit, au bout de la troisième tentative, à s'insérer dans le réceptacle dédié ; l'engin put être extrait de l'eau dans une horizontalité approximative. Il ne fallait pas qu'en fin de course les explorateurs à l'intérieur se blessent inutilement.

Cachant mal sa nervosité, Rackam la regarda descendre sur le ponton et fut satisfait de la découvrir intacte. La coque blindée en acier des Arpentes portait des éraflures bénignes, mais typiques, qui attestaient la nature rocailleuse du fond. Les triples hublots avaient tenu. Sans aucune fêlure extérieure, la nacelle était bien là, entière. Les théories de Rackam tenaient bon jusque-là : un monde existait derrière ce mur de brume.

Enfin elle s'immobilisa et deux marins se dépêchèrent de regarder par les hublots pour saluer leurs camarades, pendant qu'un autre grimpait à l'échelle pour ouvrir l'écoutille. Pas un bruit à l'intérieur. Les deux matelots étaient livides. Rackam s'inquiéta et fit signe à Harold d'aller voir lui-même. Le marin sur le toit ouvrit l'écoutille en s'annonçant. Quand il eut fini de la dévisser et de la tirer à lui, il se recula vivement. Au grand étonnement de tous, un corbeau sauta alors sur le rebord métallique. L'oiseau regarda autour de lui un instant avant de s'envoler brusquement. Les hommes le suivirent du regard avant de se rappeler que la nacelle n'avait pas encore été examinée. Remis de ses émotions, le marin y descendit quelques instants et remonta aussitôt.

— Amiral, il n'y a personne ! C'est vide !

— Vide ? C'est impossible ! Comment est-ce à l'intérieur ?

— Tout... tout est... vide... Oh, il y a quelque chose... là.

— Quoi ? cria l'amiral.

— Un... oiseau, on dirait, un corbeau plus petit, non, une corneille, elle est morte...

Rackam étouffa un juron et se précipita vers l'échelle en acier moulée sur la coque. Il grimpa les barreaux deux à deux et écarta soudain le marin pour s'engouffrer dans l'habitacle. Effectivement tout était vide. Les casiers n'avaient plus de matériel, les couches sommaires de couvertures, les instruments inamovibles étaient intacts mais toutes les réserves alimentaires avaient disparu. Il y avait pourtant de quoi tenir des semaines…

L'intégrité de la coque n'avait pas été compromise, malgré quelques traces d'humidité et des flaques au sol. L'amiral allait et venait dans le tout petit espace en s'interrogeant. La brume était bien formée par de la vapeur d'eau car la nacelle était revenue intacte. L'écoutille était refermée, mais l'absence des matelots, du matériel et des vivres prouvait qu'elle avait été délibérément ouverte à un moment donné. On avait récupéré méthodiquement tout ce qu'on pouvait emporter. Si les explorateurs avaient pu le faire, cela signifiait qu'ils étaient à l'air libre, et non en immersion. Peut-être que l'Océan continuait à perte de vue de l'autre côté de ce mur de brume. Il devait y avoir des îles, autrement ses hommes n'auraient pas envisagé de quitter la nacelle. Peut-être n'étaient-ils pas partis de leur plein gré mais de force, peut-être qu'on les avait attaqués avant de piller la nacelle. Pas de traces de combat pour confirmer cette thèse. Rackam réfléchissait en continuant son inspection. En dehors de ces considérations, comment expliquer la falaise de vapeur ? Une seule solution permettait de relier le courant, la brume et tous ces indices, bien qu'elle lui paraisse hautement improbable : ils se trouvaient devant une immense cascade haute de plusieurs lieues. C'était inconcevable, à sa connaissance, cette configuration ne se rencontrait nulle part dans le cercle-monde. Pourtant, si tel était le cas, l'équipe d'exploration – ou de possibles assaillants – avait pu emprunter un passage sous les chutes d'eau.

Pourquoi n'avaient-ils pas communiqué ces découvertes ? Le mystère restait entier, comme la présence des oiseaux dans l'habitacle.

Quelqu'un toqua au hublot, c'était Harold qui regardait Rackam en pleine réflexion.

L'amiral remonta par l'échelle et se redressa sur le toit de la nacelle. De ce promontoire de fortune, il dominait ses hommes qui montraient des signes d'affolement. Les rumeurs de malédiction reprenaient de plus belle et, comme lui, tout le monde se demandait ce qui avait pu provoquer la disparition des trois hommes partis en mission.

— Harold !

— Oui, amiral ?

— Fais préparer la deuxième nacelle !

— Amiral !

— J'irai personnellement, avec deux volontaires.

— Amiral Thorpe, vous n'y pensez pas ! s'écria Harold devant l'air imperturbable de son supérieur. Rackam, c'est une folie !

Les marins assistaient, incrédules, à la scène. Ils n'étaient pas habitués à entendre les officiers parlementer devant eux, mais la situation était tellement extraordinaire que cela ne les choqua pas. Ils n'avaient pas pris conscience qu'il n'était toujours pas question de rejoindre la terre ferme. Harold, au comble du désarroi, piétinait au bas de l'échelle en attendant que Rackam redescende.

— Amiral, la situation… les hommes… Je ne vous l'ai pas dit, mais nos réserves de vivres sont basses ! C'est incompréhensible…

— Il le faut pourtant, rétorqua Rackam, imperturbable.

— C'est nous faire courir trop de risques !

— Au contraire, Harold ! Si nous repartons, tout ce que je viens de dire n'a plus aucun sens.

— Dans ce cas, je viens avec vous ! répliqua le second qui n'admettait pas de laisser l'amiral partir au-devant de tels dangers sans son aide.

— Non, tu auras la charge des trois navires !

— Mais… Qu'allez-vous faire ?

— Harold, il faut bien que quelqu'un montre comment on combat la peur.

Sa décision était irrévocable, il irait voir en personne ce qui se cachait derrière cette immense falaise de vapeur. L'équipage disparu était encore en vie et quelque chose l'attendait là-bas qui révolutionnerait le cercle-monde, il en était convaincu. De nouveaux dangers guettaient, mais Rackam n'avait jamais éprouvé une excitation aussi sauvage : il se trouvait de nouveau en première ligne et l'aventure s'annonçait grandiose.

FIN DU TOME PREMIER

DU MÊME AUTEUR

Aux Éditions Anne Carrière

L'EMPIRE S'EFFONDRE (Folio Science-Fiction n° 706)

L'EMPIRE S'EFFONDRE, II

Dans la même collection

550. Paul Carta	*Le Siège des dieux* (Chroniques d'au-delà du Seuil, II)
551. Arnaud Duval	*Les ombres de Torino*
552. Robert Charles Wilson	*La trilogie Spin*
553. Isaac Asimov	*Période d'essai*
554. Thomas Day	*Sept secondes pour devenir un aigle*
555. Glen Duncan	*Rites de sang*
556. Robert Charles Wilson	*Les derniers jours du paradis*
557. Laurent Genefort	*Les vaisseaux d'Omale*
558. Jean-Marc Ligny	*Exodes*
559. Ian McDonald	*La petite déesse*
560. Roger Zelazny	*Les princes d'Ambre* (Cycle 2)
561. Jean-Luc Bizien	*Vent rouge* (Katana, I)
562. Jean-Luc Bizien	*Dragon noir* (Katana, II)
563. Isaac Asimov	*Cher Jupiter*
564. Estelle Faye	*Thya* (La voie des Oracles, I)
565. Laurent Whale	*Les damnés de l'asphalte*
566. Serge Brussolo	*Les Geôliers* (INÉDIT)
567. Estelle Faye	*Enoch* (La voie des Oracles, II)
568. Marie Pavlenko	*La Fille-Sortilège*
569. Léo Henry	*La Panse* (INÉDIT)
570. Graham Joyce	*Comme un conte*
571. Pierre Pevel	*Les enchantements d'Ambremer* (Le Paris des Merveilles, I)
572. Jo Walton	*Le cercle de Farthing*
573. Isaac Asimov	*Quand les ténèbres viendront*

574. Grégoire Courtois *Suréquipée*
575. Pierre Pevel *L'Élixir d'oubli* (Le Paris des Merveilles, II)
576. Fabien Cerutti *L'ombre du pouvoir* (Le Bâtard de Kosigan, I)
577. Lionel Davoust *Port d'âmes*
578. Pierre Pevel *Le Royaume Immobile* (Le Paris des Merveilles, III)
579. Jean-Pierre Boudine *Le paradoxe de Fermi*
580. Fabrice Colin *Big Fan*
581. Fabien Cerutti *Le fou prend le roi* (Le Bâtard de Kosigan, II)
582. Jo Walton *Hamlet au paradis*
583. Robert Charles Wilson *Les Perséides*
584. Charles Yu *Guide de survie pour le voyageur du temps amateur*
585. Estelle Faye *Un éclat de givre*
586. Ken Liu *La ménagerie de papier*
587. Chuck Palahniuk et Cameron Stewart *Fight Club 2*
588. Laurence Suhner *Vestiges* (QuanTika, I)
589. Jack Finney *Le voyage de Simon Morley*
590. Christopher Priest *L'adjacent*
591. Franck Ferric *Trois oboles pour Charon*
592. Jean-Philippe Jaworski *Chasse royale – De meute à mort* (Rois du monde, II-1)
593. Romain Delplancq *L'appel des illustres* (Le sang des princes, I)
594. Laurence Suhner *L'ouvreur des chemins* (QuanTika, II)
595. Estelle Faye *Aylus* (La voie des Oracles, III)
596. Jo Walton *Une demi-couronne*

597.	Robert Charles Wilson	*Les affinités*
598.	Laurent Kloetzer	*Vostok*
599.	Erik L'Homme	*Phænomen*
600.	Laurence Suhner	*Origines* (QuanTika, III)
601.	Len Deighton	*SS-GB*
602.	Karoline Georges	*Sous-béton*
603.	Martin Millar	*La déesse des marguerites et des boutons d'or*
604.	Marta Randall	*L'épée de l'hiver*
605.	Jacques Abeille	*Les jardins statuaires*
606.	Jacques Abeille	*Le veilleur du jour*
607.	Philip K. Dick	*SIVA*
608.	Jacques Barbéri	*Mondocane*
609.	Romain d'Huissier	*Les Quatre-vingt-un Frères* (Chroniques de l'Étrange, I)
610.	David Walton	*Superposition*
611.	Christopher Priest	*L'inclinaison*
612.	Jacques Abeille	*Un homme plein de misère*
613.	Romain Lucazeau	*Latium I*
614.	Romain Lucazeau	*Latium II*
615.	Laurent Genefort	*Étoiles sans issue*
616.	Laurent Genefort	*Les peaux-épaisses*
617.	Loïc Henry	*Les océans stellaires*
618.	Romain d'Huissier	*La résurrection du dragon* (Chroniques de l'Étrange, II)
619.	Romain Delplancq	*L'Éveil des Réprouvés* (Le sang des princes, II)
620.	Jean-Philippe Jaworski	*Chasse Royale – Les grands arrières* (Rois du monde, II-2)
621.	Robert Charles Wilson	*La cité du futur*
622.	Jacques Abeille	*Les voyages du fils*
623.	Iain M. Banks	*Effroyabl Angel*

624. Louisa Hall	*Rêves de Machines*
625. Jean-Pierre Ohl	*Redrum*
626. Fabien Cerutti	*Le Marteau des Sorcières* (Le Bâtard de Kosigan, III)
627. Elan Mastai	*Tous nos contretemps*
628. Michael Roch	*Moi, Peter Pan*
629. Laurent Genefort	*Ce qui relie* (Spire, I)
630. Rafael Pinedo	*Plop*
631. Jo Walton	*Mes vrais enfants*
632. Raphaël Eymery	*Pornarina*
633. Scott Hawkins	*La Bibliothèque de Mount Char*
634. Grégory Da Rosa	*Sénéchal*
635. Jonathan Carroll	*Os de Lune*
636. Laurent Genefort	*Le sang des immortels*
637. Estelle Faye	*Les Seigneurs de Bohen*
638. Laurent Genefort	*Ce qui divise* (Spire, II)
639. Ian McDonald	*Luna – Nouvelle Lune* (Luna, I)
640. Lucie Pierrat-Pajot	*Les mystères de Larispem, I* (Le sang jamais n'oublie)
641. Adrian Tchaikovsky	*Dans la toile du temps*
642. Karin Tidbeck	*Amatka*
643. Jo Walton	*Les griffes et les crocs*
644. Grégory Da Rosa	*Sénéchal II*
645. Saad Z. Hossain	*Bagdad, la grande évasion !*
646. Al Robertson	*Station : La chute*
647. Peter Cawdron	*Rétrograde*
648. Fabien Cerutti	*Le Testament d'involution* (Le Bâtard de Kosigan, IV)
649. Yoon Ha Lee	*Le gambit du Renard*
650. Sabrina Calvo	*Toxoplasma*
651. Karoline Georges	*De synthèse*
652. George R. R. Martin / Lisa Tuttle	*Elle qui chevauche les tempêtes*
653. Katherine Arden	*L'Ours et le Rossignol*

654. Laurent Genefort	*Ce qui révèle* (Spire, III)
655. Léo Henry	*Thecel* (INÉDIT)
656. Grégory Da Rosa	*Sénéchal III*
657. Romain d'Huissier	*Les Gardiens célestes* (Chroniques de l'Étrange, III)
658. Thomas Spok	*Uter Pandragon*
659. Estelle Faye	*Les nuages de Magellan*
660. Chris Vuklisevic	*Derniers jours d'un monde oublié* (INÉDIT)
661. Annalee Newitz	*Autonome*
662. Nicolas Texier	*Opération Sabines* (Monts et merveilles, I)
663. Ray Bradbury	*Le Pays d'octobre*
664. Patrick K. Dewdney	*L'enfant de poussière* (Le cycle de Syffe, I)
665. Mary Robinette Kowal	*Lady astronaute* (INÉDIT)
666. Lucie Pierrat-Pajot	*Les mystères de Larispem, II* (Les jeux du siècle)
667. Lionel Davoust	*La messagère du ciel* (Les dieux sauvages, I)
668. Thibaud Latil-Nicolas	*Chevauche-Brumes*
669. Nicolas Texier	*Opération Jabberwock* (Monts et merveilles, II)
670. Ernest Callenbach	*Écotopia*
671. Adam Roberts	*Jack Glass, l'histoire d'un meurtrier*
672. Élisabeth Vonarburg	*Chroniques du Pays des Mères*
673. Pierre Alferi	*Hors sol*
674. Alain Damasio	*Les Furtifs*
675. Michael Roch	*Le livre jaune*
676. Yoon Ha Lee	*Le stratagème du corbeau*
677. Ian McDonald	*Luna – Lune du loup* (Luna, II)
678. Gareth L. Powell	*Braises de guerre*

SÉBASTIEN COVILLE
L'EMPIRE S'EFFONDRE
ROMAN
EDITIONS ANNE CARRIÈRE

Tous les papiers utilisés pour les ouvrages
des collections Folio sont certifiés
et proviennent de forêts gérées durablement.

Composition IGS-CP à L'Isle-d'Espagnac (16)
Impression Novoprint
à Barcelone, le 13 avril 2022
Dépôt légal : avril 2022

ISBN 978-2-07-294784-1 / Imprimé en Espagne

395591